Konrad Hummel (Hrsg.)

Bürgerengagement
Seniorengenossenschaften, Bürgerbüros und Gemeinschaftsinitiativen

LAMBERTUS

Inhalt

Editorial

Bürgerschaftliches Engagement wird immer häufiger und von immer mehr Gruppen und Organisationen als ein notwendiger Bestandteil des Sozialstaates erachtet. Der Begriff „bürgerschaftliches Engagement“ wird umfassender verstanden als das, was bisherig unter dem Terminus „Ehrenamt“ gemeint war und diskutiert wurde. Das bürgerschaftliche Engagement ist zugleich ein Stück Ziel- und Methodendiskussion und baut eine praktische Brücke zwischen bisherigem Sozialstaat und Zukunftsvorstellungen einer Bürgergesellschaft.
Die Sozialpolitik des Landes Baden-Württemberg hat mit *drei Programmelementen* den Zugang zu dieser Diskussion gefunden und will dazu durch praktische Modelle einen eigenen aktiven Beitrag leisten. Es sind dies die drei Programme

(a) „Seniorengenossenschaften“ (Laufzeit 1990 bis 1994) als praktische Initiativen gegenseitigkeitsorientierter Hilfen und Dienstleistungen,
(b) „Älter werden in Europa“ und „Älter werden zwischen den Kulturen“ (Laufzeit 1991 bis 1995) mit interkulturellen Seminaren, Euroforen, Ideenbörsen, einem europäischen Städte-Netzwerk und einem deutsch-türkischen Seniorenprojekt,
(c) „Initiative Drittes Lebensalter“ (Laufzeit 1992 bis 1996) mit den in verschiedenen Kommunen in Selbstverwaltung entstandenen Bürgerbüros und Projektgruppen.

Was ist diesen Projekten gemein, und in welche *Richtung* haben sie die *sozialpolitische Diskussion* beeinflußt?

(a) *Freiwilligkeit und Ressourcenorientierung:* Gemeinsam ist diesen Programmen, daß sie auf dem freiwilligen Engagement der Bürgerinnen und Bürger aufbauen. Sie orientieren sich nicht an Versorgungs- oder Bedürfnissituationen, sondern an den Fähigkeiten und Interessen der Betroffenen. Sie werden durch diesen Prozeß zu Beteiligten an der kommunalen Sozialpolitik.
(b) *Neue Gleichberechtigungen und Rollen:* Die Projekte leben vor allem vom aktiven Erfahrungs-, Meinungs- und Gedankenaustausch der Beteiligten, der konstruktiven Austragung von Interessenunterschieden, der konsequenten Vernetzung der Projekte auf Landesebene und der Gleichheit und Gleichberechtigung von Fachkräften, Bürgern, Vertretern von Trägern und Verwaltung. Dies hat nachhaltig das Rollenverständnis des älteren Menschen in der Gemeinde verändert.

(c) *Selbststeuerung und Zeitaustausch:* Gegen den Trend der Erlahmung ehrenamtlichen Engagements und restriktiver Finanzpolitik der öffentlichen Hand gelang es, eine Art „Begeisterungswelle" zu organisieren, die in vielen Bereichen und an vielen Orten Bürgerinnen und Bürger mit oder ohne öffentliche Unterstützung dazu veranlaßte, neue Formen von Bürgertreffpunkten und Bürgerinitiativen zu gründen, vor allem aber neuen Tauschelementen wie den „Zeitgutscheinen" ein Experimentierfeld zu eröffnen.

Für die *Zukunft des Sozialstaates* sind solche Initiativen von größter Bedeutung. Sie unterstützen Eigenverantwortung, stellen eine Infrastruktur der Selbsthilfe dar, leisten einen Beitrag zu sozialer Prävention, zeigen Wege gemeinschaftsorientierter Lösungen auf, führen Betroffene an sozialpolitische Mitsprache und Beteiligung heran, erhöhen die Akzeptanz in der Bevölkerung für sozialpolitischen Konsens und Abgaben, helfen verkrustete Strukturen aufzubrechen und flexiblere Dienstleistungslösungen zu finden. Für den bisherigen Sozialstaat und seine Instrumente stellt dieses eine Herausforderung dar. In der Regel reagiert der Sozialstaat auf Krisen und Probleme, versucht seine Mittel darauf zu konzentrieren, wo Bedarf und Not am größten sind, und verfügt über wenig personelle und konzeptionelle Möglichkeiten, verhaltenssteuernd in die Lebensbereiche der Bürger in gemeinschaftsbildender Absicht einzugreifen.

Politisches und praktisches Handeln, das bürgerschaftliches Engagement als Bestandteil des Sozialstaates sichern und ausweiten soll, benötigt ein *erweitertes Verständnis vom Sozialstaat.* In den Mittelpunkt der Aufmerksamkeit rückt nicht der verteilende und sichernde Staat, sondern die Gesellschaft und ihre Normen und Herrschaftsstrukturen. Sie gilt es zu beeinflussen, in ihr Beispiele zu setzen und in ihr nicht nur die Versorgung, sondern vor allem die Teilhabe aller Beteiligten im Sozialstaat zu sichern.

Solche Überlegungen stehen im Mittelpunkt der Bewegung des *US-amerikanischen Kommunitarismus.* Eine große Gruppe von Sozialwissenschaftlern, Bürgerinitiativen, Politikern und Selbsthilfegruppen haben ein nationales Netzwerk gegründet und eine gemeinsame Plattform formuliert, in der sie den hohen Stellenwert der Gemeinschaft („community") und des Gemeinschaftsbildenden im Unterschied zur Vereinzelung und Individualisierung betonen. Dabei werden durchaus unterschiedliche Schwerpunkte gesetzt, weil auf der einen Seite der Appell an die Tugenden und auf der anderen Seite die Analyse steht, daß nur durch mehr Demokratie die Zukunft der Gemeinwesen und der sozialstaatlichen Solidarität gesichert werden können.

Die baden-württembergische Sozialpolitik hat sich nicht nur der *europäischen Diskussion um die Zukunft des Sozialstaats*, sondern auch dem Dialog mit dem US-Kommunitarismus gestellt. Es gelang in einer Vortragsreihe deren wichtigste Sprecher für Diskussionen und Vorträge in Baden-Württemberg zu gewinnen: die Professoren Michael Walzer und Benjamin Barber. Diese beklagen den Individualismus unserer Gesellschaft nicht, sondern fordern eine *höhere Beteiligung* möglichst vieler Menschen an der Produktion und Verteilung von Wohlfahrt in der Gesellschaft ein.

Dieses Buch dokumentiert die genannten Modellprogramme und Bemühungen sowie die zu diesen Fragen laufende Diskussion auch außerhalb von Baden-Württemberg. Erstmals werden sozialpolitische Projekte und die Debatte um den neuen Sozialstaat, um die Rahmenbedingungen einer stärker teilhabenden Demokratie – nach dem Leitgedanken „Gemeinsam sich engagieren heißt die Demokratie stärken“ – miteinander verknüpft und Perspektiven deutlich gemacht. Damit ist dieses Buch selbst ein Beitrag zu einem Erkenntnisprozeß, da vermeintlich alltägliche Projekte und politische Grundsatzfragen mehr miteinanader zu tun haben und aufeinander angewiesen sind, als es vorherrschende Polit-Diskurse wahrhaben wollen.

Um den Beitrag von Michael Walzer (S. 42 ff.) gruppieren sich zahlreiche Beiträge. Seiner Forderung, nicht nur bei der Herstellung von Wohlfahrtsqualität, d. h. bei der Abgabenpflicht der Bürger und der Organisierung sozialer Dienstleistung durch professionalisierte Verbände alle zu beteiligen, sondern auch bei der konkreten Verteilung der Dienste und der konkreten Zuwendung alle heranzuziehen, entsprechen viele Initiativen, die im Land Baden-Württemberg entstanden sind. Dieser gesellschaftspolitischen Forderung entspricht durchaus auch ein Werte- und Einstellungswandel der betroffenen Zielgruppen und besonders der zukünftig zahlenmäßig wichtigen Gruppe der Fünfzig- bis Siebzigjährigen. Hans-Peter Tews (S. 80 ff.) und Hannelore Jani-Le Bris (S. 129 ff.) beschreiben diese neuen Verhaltensanforderungen.

Für die Seite der Städte und Gemeinden zeigen die Beiträge von Ursula Frenz (S. 136 ff.), Matthias Bullinger und Gisela Diringer (S. 156 ff.) die vielfältigen Aspekte des dritten Lebensalters. In der Form begleiteten sozialen Wandels in den Gemeinden ist es gelungen, neue Lösungen in Form von Bürgerbüros und neue Wege der Öffnung sozialer Leistungsstrukturen und Institutionen zu erreichen. In den beteiligten Projektstädten des Landes ist der Stellenwert der Bürgerinnen und Bürger, die sich in der Sache engagieren, weniger durch formale Beiratsstrukturen als durch praktische Formen von Projektmanagement und Selbstverwaltung erheblich gestiegen.

Die Entwicklung der Seniorengenossenschaften hat Roland Schmidt (S. 169 ff.) beschrieben und beobachtet, wie diese durch ihr praktisches Tun die örtliche Sozialplanung nachhaltig verändern oder uminterpretieren.

Ähnliches haben die Selbsthilfekontaktstellen in Baden-Württemberg im

Bereich der Gesundheitspolitik bewirkt, weil sie die Sicht der Betroffenen in die fachlichen Zusammenhänge einbringen. Ihr Landesarbeitskreis stellt diese Arbeit vor. Die Projekte von Inge Haffner (S. 274 ff.) einerseits und Irene Steiner-Hummel und Hannes Wetzel (S. 226 ff.) andererseits zeigen Beispiele, die neuen Verhaltensweisen und Begriffe nicht nur zu besetzen, sondern mit Leben zu erfüllen. Privates Engagement wird auf vielfältige Form bürgerschaftlich gewürdigt, und individuelles selbstbestimmtes Engagement wird in einen größeren Zusammenhang von Freiwilligenarbeit eingeordnet. Erfahrungs- und Erlebnisberichte einzelner Bürgerinnen und Bürger, die sich in neuen Bürgerbüros bei Zeittausch- oder Hospizprojekten engagieren, zeigen das Bemühen, daß die Akteure nicht in einer Helferrolle aufgehen oder einer Art blinden Zuarbeit zur Sozialpolitik enden wollen, sondern mitsprechen und ihre eigenen Interessen mit denen der Gruppe, der Kommune und den Hilfeempfängern in einem Gleichgewicht halten wollen.
Der Fachbeitrag aus Berlin (S. 250 ff.) zeigt sowohl bei Zentralen des freiwilligen Engagements als auch bei Vernetzungen professioneller und sozialer Dienste, daß die Notwendigkeiten des Wert- und Methodenwandels unübersehbar sind.
Der Einsatz des bürgerschaftlichen Engagements zieht immer größere Kreise. Sowohl im ehrenamtlichen Besuchsdienst, im Betreuungsverein, in der Asylhilfsgruppe als auch bei Kommunalpolitikern wächst die Bereitschaft, genauer hinzuschauen, welche Art von Landschaft es braucht, wenn solches Engagement gefördert wird. Mit Abschluß der sozialpolitischen Landesprojekte fällt damit ein wichtiges *Mandat an die Landessozialpolitik* zurück: Kommunikation zwischen den Initiativen herstellen, Rahmenbedingungen und Methoden erfolgreicher bürgerschaftlicher Arbeit erkennen, dokumentieren und verbessern und die Begriffsverständigung, um die sich Wolf-Rainer Wendt (S. 288 ff.) im Schlußbeitrag bemüht, voranzubringen. Dafür hat das Sozialministerium Baden-Württemberg eine Geschäftsstelle Bürgerschaftliches Engagement geschaffen. Dafür arbeiten Geschäftsstelle, Städte-, Landkreis- und Gemeindetag auf einer neuen Grundlage eng zusammen. Um dieses Mandat mit Leben zu erfüllen, soll der Dialog verstetigt und mehr Menschen zugänglich gemacht werden. Dem dient auch dieses Buch. Es konnte dank der Bereitschaft vieler engagierter Bürgerinnen und Bürger, ihre Erfahrungen darzustellen und der Bereitschaft der Sozialpolitik, solche Darstellungsformen auch finanziell abzusichern, verwirklicht werden. Dafür möchte ich allen Beteiligten danken.

Stuttgart, im Juli 1995 Konrad Hummel

Teil 1
Das Projekt des Staates: Gemeinschaftsinitiativen

Das bürgerschaftliche Engagement als Lernprojekt des Sozialstaates

Konrad Hummel

Dieser Einführungsbeitrag versucht – ausgehend von kritischen Grundfragen an den Sozialstaat (Abschnitt 1) – zu hinterfragen, worin Solidarität, Gemeinschaftssinn und Leitgedanken des Handelns bestehen (Abschnitt 2). Sodann stelle ich die drei sozialpolitischen Programmelemente in ihrer Genese und ihrem Verlauf dar, mit denen die Landesregierung in Baden-Württemberg den Anstoß zu neuen Wegen bürgerschaftlichen Engagements gegeben und für die Gestaltung dieser sozialstaatlichen Lernprojekte Sorge getragen hat: die „Seniorengenossenschaften" (Abschnitt 3), die „Initiativen Drittes Lebensalter" (Abschnitt 4) und Ansätze des europäischen und interkulturellen Austauschs (Abschnitt 5).

1. Voraussetzungen, um vom Ehrenamt zum Bürgerengagement zu kommen

Die Bereitschaft, die Fähigkeit und die Möglichkeit der Bürgerinnen und Bürger sich zu sich selbst und mit anderen zusammen für das Gemeinwesen zu engagieren, ist an Voraussetzungen und Rahmenbedingungen gebunden. Damit Menschen auch in unterschiedlichsten Lebenslagen handlungsfähig, sozial integriert und doch eigenständig sind, benötigt *Chancen*, um auf vielfältige Weise an der Gesellschaft teilzuhaben, *Rollen*, in denen Bürgerinnen und Bürger von anderen wahrgenommen und anerkannt sind, sowie *Visionen* und Ziele, auf die hin sich das Engagement lohnt.
Die im weiteren hier vorgestellten Programme „Seniorengenossenschaft", „Initiativen des Dritten Lebensalters" und „Interkulturelles Lernen" und zahlreichen anderen Beispielen bürgerschaftlichen Engagements auf örtlicher und überörtlicher Ebene werden als *Chancen der Teilhabe* begriffen. Die Probleme und Zwiespältigkeiten staatlich oder verbandlich vorgelegter Teilhabechancen werden an späterer Stelle aufgezeigt.
Unübersehbar ist im Sozialstaat, daß immer mehr Menschen in die *Rolle von Empfänger* gedrängt werden. Es gibt mehr Empfänger von Arbeitslosenhilfen, mehr Rentenempfänger, immer mehr Empfänger staatlicher Beihilfen oder Leistungen. Auf der anderen Seite drängen Menschen aus diesen Rollen heraus, verweigern sich ihnen oder entziehen sich. Ältere Menschen verste-

hen sich immer häufiger als *selbständige Konsumenten, produktive Investoren oder aktive Mitglieder* zahlreicher Vereine. Pflegende Angehörige beziehen eher Geldleistungen, als Empfänger vorgefertigter Dienstleistungen zu werden. Frauen gründen lieber eine Mutter-Kind-Initiative als auf fertige Kinderbetreuungs- und Sozialhilferichtlinien zu warten. Solche neuen Rollen erwerben, erkämpfen und ausgestalten zu können, ist eine der Voraussetzungen, um sich in der gemeinsamen Sache in der gesellschaftlichen Öffentlichkeit engagieren zu können.

Über das vermeintliche Mitleid oder das schlechte Gewissen helfender Personen hinaus bezieht bürgerschaftliches Engagement seine Kraft aus Leitmotiven, Vorstellungen und *Visionen* einer humanen, gerechten oder solidarischeren Welt. Das Engagement im Einzelfall ist das exemplarische Beispiel, um auf eine solche Welt hin einen eigenen Beitrag zu leisten. Ginge es um die Herstellung einer Dienstleistung, die Befriedigung eines Bedürfnisses oder die kurzfristige Lösung eines Problems würde es reichen, „so gut wie möglich über die Runden zu kommen. Zur Produktion von Produktionsverhältnissen bedarf es (aber) einer zukunftsorientierten, das eigene Leben übergreifenden Erwartung, die Bloch das Prinzip Hoffnung nennt. Diese Motivation nennen wir Engagement“ (Jouhy 1988, S. 162).

Engagement ist eng verbunden mit der Hoffnung, Verhältnisse zu verändern und zu verbessern. Für Jürgen Habermas ist die Entstehung des Sozialstaates vor allem verbunden mit dem Element der utopischen Kraft, nämlich „der Stiftung von egalitär strukturierten Lebensformen, die zugleich Spielräume für individuelle Selbstverwirklichung und Spontanität freisetzen sollen“ (Habermas 1985, S. 151).

Die Hoffnung auf die soziale Veränderung der Verhältnisse, die Kraft der Utopie auf mehr Gleichheit bei gleichzeitiger individueller Vielfalt für alle ist gebrochen oder hat zumindest nachgelassen. Habermas stellt fest, was inzwischen herrschende tagespolitische Auffassung geworden ist: Der Sozialstaat ist gleichzeitig an seine finanziellen Grenzen gestoßen, seine bürokratische und kontrollierende Dimension ist gelegentlich genauso groß geworden wie seine helfende Wirkung und immer mehr Bürger entziehen sich ihm, um sich ihre eigenen Lebensweisen zu erhalten. Bis hinein in den Einzelfall ist diese Krise aufzeigbar. Die Selbstverständlichkeit spontanen Helfens ist in vielen Fällen selbst zum Problem geworden. Was beim Demenzkranken oder suchtabhängigen Menschen dem Helfer kurzfristig gut erscheinen mag, erscheint aus der langfristigen und fachlichen Perspektive einer Sozialorganisation und ihrer Fachkräfte wenig hilfreich und hinderlich. Der Aufwand für konkretes soziales Engagement und vor allem für dessen Organisierung, Öffentlichkeitsarbeit, versicherungsrechtliche Abwicklung und Qualifizierung wird selbst zum Problem, das auf den Helfenden

zurückfällt. Komplizierte Angebots- und Nachfragestrukturen sind entstanden. Wo sich Bürger spontan für soziale Anlässe engagieren möchten, tun sich keine Tätigkeitsfelder auf. Wo Organisationen dringend nach Helfer und Freiwilligen rufen, stehen scheinbar keine zur Verfügung.
Alles dies ist einer starken Kraft sozialstaatlicher Utopie von Gerechtigkeit und Vielfalt abträglich. Wer kurzfristig nicht gebraucht wird, fragt sich, ob die Not überhaupt groß ist. Wessen Hilfe in Frage gestellt wird, fühlt sich gekränkt und entmündigt. Wer für das, was er für andere leistet, auch noch draufzahlen muß, fragt sich, was der Sozialstaat mit ihm vorhat.
Undurchschaubar erscheinen zahlreiche Regelungen, Organisationen und Entscheidungsverfahren im Sozialstaat. Eigenwillig und nicht immer dankbar erscheinen die Klienten in den verrechtlichten Strukturen des Sozialstaates. Unübersehbar schrumpft die Leistungsfähigkeit der immer kleineren Familieneinheiten zusammen für die Eventualitäten und Schicksalsschläge eines Lebens. Gleichzeitig steigen Versicherungs- und Sozialabgaben für die Solidarrisiken in der Gesellschaft.
Was folgt aus dieser Krise der sozialstaatlichen Utopie? Was folgt darauf, wenn sich Bürger in einen „Pluralismus abwehrender Subkulturen“ zurückziehen? Was folgt daraus, wenn zu guter letzt alle einzelnen Gruppen im Sozialstaat sich interessenpolitisch aufrüsten und gegeneinander um die Anteile der Wohlfahrtsqualität streiten?
Für Habermas bleibt neben der Gewalt des Geldes und der Gewalt der bürokratischen Macht nur die „sozialintegrative Gewalt der Solidarität“. Aber auch diese *Solidarität* sieht sowohl im Ziel wie in der Methode anders aus als in den Anfängen des Sozialstaates.
In einem weiten Sinne reichen die solidarischen Formen vom *klassischen sozialen Ehrenamt*, das eher aus ethischen und moralischen Motiven heraus geleistet wird. Es geht weiter über die Motivation, sich mit der eigenen Kompetenz zur Verfügung zu stellen und sich selbst zu verwirklichen in Form des *freiwilligen Engagements (Voluntariat)*. Es reicht hinaus bis in die grundsätzliche Bereitschaft, sich aus Gründen der Unterstützung von Gemeinwesen und Gemeinwohl über die eigenen Privatinteressen *bürgerschaftlich zu engagieren*.
Der grundlegende *Wandel der Solidarität* betrifft alle drei Formen. Solidarität ist nur noch in begrenztem Umfang der Schulterschluß zur Durchsetzung von Gruppeninteressen. Solidarität ist der Respekt geworden, vor der „Unversehrtheit und Autonomie der Lebenstile und Lebensformen“ meiner Nachbarn und Mitmenschen in der stillschweigenden Annahme, daß dieses auch mir selbst ein eigenständiges Leben in ungebrochener sozialer Integration ermöglicht. Vergleichbar dem Begriff „sozialintegrative Gewalt der Solidarität“ von Jürgen Habermas setzt die kommunitaristische Bewegung

in den USA auf die „Gewalt" der Werte „Gemeinschaft" und „Gemeinwesen".

Gemeinsam ist beiden Ansätzen, daß sie die Stärkung des gesellschaftlichen Bereiches für bitternotwendig halten. Während die amerikanische Bewegung auf das berühmte Kennedy-Zitat verweist, wonach der Bürger weniger zu fragen habe, was der Staat für ihn, sondern er sich zu fragen habe, was er für den Staat tue, so verweisen europäische Sozialstaatstheoretiker abermals auf die *Überforderung des Mediums „Macht"*. Neue solidarische Lebensformen könnten nicht auf dem direkten Weg einer rechtlich administrativen Umsetzung von Programmen erreicht werden. Die Umsetzung sozialer Gesetzgebung in staatliche Programme zeige, daß der Widerspruch dieser Programme unaufhebbar sei. Mit jedem weiteren zugestandenen Rechtsanspruch werde gleichzeitig ein Stück Normierung, Standardisierung, Rollenzuweisung und Zerstörung persönlicher Autonomie betrieben.

Jede Bürgerinitiative kennt das Dilemma öffentlicher Bezuschussung und Förderung. Mit jedem Schritt und Zuschuß erfolgt ein Stück Unterwerfung unter Regelungen, Normen oder öffentliches Haushaltsrecht. Verbunden ist dies mit den Folgen einer Bilanzierung und Berichterstattung in einer vorgegebenen Sprache.

Gemeinsam ist der weiteren Entwicklung des Ehrenamts, der Freiwilligenarbeit und dem bürgerschaftlichen Engagements also die Notwendigkeit, auf den Zerfall der sozialstaatlichen Utopie mit einer *eigenen Kraft* zu antworten. Diese Utopie wird nicht an den Staat, sondern eine Gesellschaft geknüpft sein mit der Notwendigkeit der Solidarität, die Lebensqualität und Freiheit meiner selbst durch das Eintreten für die Lebensqualität und Freiheit des anderen zu schützen.

Ein solcher gesellschaftspolitischer Anspruch kann nicht individuell eingelöst werden, sondern muß sich als gesellschaftlich anerkannte Verhaltensweise durchsetzen und Gehör finden. Je nach Lebenssituation, Praxisebene und Interesse mag dabei der Kampf um neue Rollen, der Kampf um mehr Teilhabechancen oder der Kampf um gesellschaftliche Visionen im Vordergrund stehen. Das eine ist nicht vom anderen zu trennen, wenn bürgerschaftliches Engagment sich durchsetzen soll.

Umgekehrt gilt, daß Menschen, die sich auf den Weg des bürgerschaftlichen Engagements gemacht haben, ihre Rollen neu ordnen werden, ihre Visionen überprüfen und Teilhabechancen realistisch neu einschätzen werden.

2. Drei Anregungen aus der Kommunitarismus-Diskussion für den Sozialstaat

Mit einem nationalen Netzwerkbüro in Washington und einer gemeinsam verabschiedeten kommunitaristischen Plattform haben sich unübersehbar viele Initiativen, Bürgerrechtsbewegungen und Wissenschaftler in den USA zusammengetan, um an den *Wert von Gemeinsinn und Gemeinschaft* zu erinnern. Eingeklagt werden sowohl beim Bürger als auch bei der Politik die Bereitschaft, den unaufhaltsamen Einzelinteressen, die Gemeinschaftsinteressen einer humanen Gesellschaft entgegenzustellen.
Drei Anregungen sind dabei nach meiner Überzeugung für die Diskussion um den Sozialstaat wichtig. Für sie stehen auch drei der bekanntesten Theoretiker. Auch wenn diese Anregungen in ihrer Gewichtung zuerst in einer inneramerikanischen Wertediskussion zu finden waren, so möchte ich sie im Anschluß jedoch der europäischen Wertediskussion gegenüberstellen.
Diese *drei Anregungen* besagen im wesentlichen, daß

(a) das Leitbild des Menschen sehr viel vielschichtiger und differenzierter ausfallen muß,
(b) eine gemeinschaftsorientierte Politik noch mehr Unterschiede und Interessengegensätze austragen muß als ein blühender Individualismus und
(c) wir auf diesem Weg nur durch große pädagogisch-politische Anstrengungen vorankommen, die sehr viel umfassender sind als etwa die „Verschulung“ der Gesellschaft.

Für diese Anregungen stehen Amatei Etzioni, Michael Walzer und Benjamin Barber. Sie argumentieren – jeder auf seine Art – gegen ein Menschenbild, wonach jeder Mensch, wenn er nicht kontrolliert wird, nach seinem größtmöglichen Vorteil strebt und sich per Ellenbogen in bester Westernmentalität durchsetzt. Sie argumentieren gegen ein Harmoniebild besten amerikanischen Patriotismusses oder Verfassungstreue, wonach es unhinterfragte Gemeinsamkeiten gibt. Und sie argumentieren gegen einen eifrigen Aufklärungsoptimismus, wonach bei besten pädagogischen Institutionen durch Lernen und Studieren jeder Mensch alles machen kann.

(1) Amatei *Etzioni* versucht in unzähligen Untersuchungen zu beweisen, daß „die Menschen eher danach streben, ein Gleichgewicht zwischen ihren moralischen Ansprüchen und ihrem Lustgewinn herzustellen, als danach, eines von beiden zu maximieren“ (Etzioni 1994, S. 136). Und er fügt hinzu „Konflikte zwischen dem Streben nach Vergnügen und moralischen Verpflichtungen stellen eine wichtige Quelle für Dissonanzen dar, die wiederum dazu

führen, daß das Individuum nicht handelt und/oder sich weigert. Konflikte zwischen Bewertungen führen zu interpsychischen Streßsituationen, die die Fähigkeiten des Akteurs vermindert, rationale Entscheidungen zu treffen" (ebd., S. 451).

Etzioni geht deshalb so weit, daß er Rationalität als reinstes Leitprinzip menschliches Verhandelns für einseitig und unrealistisch erklärt, und andererseits soweit, in vielen Fällen menschlichen Handelns und Nichthandelns Blockierungen und Streßsituationen zu vermuten, die nicht auf Desinteresse oder Egoismus schließen lassen sondern auf Gleichgewichte, die völlig durcheinander geraten sind.

Bei der Frage nach bürgerschaftlichem Engagement und nach der Bereitschaft der Menschen in der Gesellschaft sich für sich selber, für andere und mit anderen für das Gemeinwohl zu engagieren, erscheint diese Analyse als sehr hilfreich. Sie weist darauf hin, daß die Bereitschaft, sich bürgerschaftlich zu engagieren, nicht automatisch gesunken sein muß, wenn Menschen nicht oder vorsichtiger handeln. Die Analyse weist darauf hin, daß Menschen jeweils ein neues Gleichgewicht gefunden haben müssen zwischen Vergnügen und Nutzen einerseits und moralischer Verpflichtung und Integration andererseits. Dieses Gleichgewicht ist unter immer rascheren Wertewandel und vielfältiger Alltagssituation oft nur kompliziert zu finden. Die Grenzen verfließen zwischen Nutzen und Moral, zwischen kurzfristigem und langfristigem Vergnügen und sozialer Integration.

Vieles wird den Menschen erst im Verlauf ihres sozialen Tuns bewußt, und ihr Handeln orientiert sich eher an Versuch und Irrtum als an klaren Entscheidungen. Die Klage vielerorts, daß Menschen sich weniger ehrenamtlich engagieren, mehr konsumorientiert sind und nur im „Freizeitpark" leben wollen, greift völlig zu kurz.

Moralisch angemessen und sozial verantwortungsbewußt handeln zu können, erfordert genauso Gelegenheiten und Chancen wie alles andere Verhalten auch. Um in jedem Einzelfall entscheiden zu können, ob es jeweils meinen Moralvorstellungen oder meinem Wertecodex entspricht, benötige ich vielfältige Vergleichsmöglichkeiten und gesicherte Normen. Es ist für viele wichtig geworden, an den Rahmenbedingungen solchen Handelns mitentscheiden und mitbestimmen zu können, möglicherweise den Vorgang selbst bestimmen zu können, sich dabei als identisch zu erfahren und sich wenn möglich uneingeschränkt mit den Zielen solchen Handelns identifizieren zu können. Dies alles hat mit nachlassendem Gemeinschaftsgeist oder purem Egoismus nichts zu tun.

Deutsche Sozialwissenschaftler wie etwa Helmut Klages, Ulrich Beck und Thomas Rauschenbach haben immer wieder darauf hingewiesen, wie anstrengend dieser Vorgang für das Individuum geworden ist. Jeder einzelne wird „sein eigenes Planungsbüro“ (Rauschenbach), in dem er das „Risiko individueller Freiheit“ (Beck) jeweils abwägt.

Diese Analyse hat meines Erachtens unmittelbare *Folgen* für die Diskussion um Ehrenamt und Sozialstaat. Soziales Handeln und bürgerschaftliches Engagement sind nichts, was ich dem Bürger mühsam abringen muß, sondern sind ein Bedürfnis jeden Bürgers und Bürgerin, um selbst das Gleichgewicht zwischen moralischen Ansprüchen und Lustgewinn herzustellen. Zugespitzt formuliert muß es nicht nur die Diskussion um das Recht auf Arbeit, sondern auch die Diskussion um das Recht auf soziales Engagement geben.

Dies stellt den bisherigen Charakter ehrenamtlichen Tuns und sozialen Engagements vom Kopf auf die Beine. Nicht der Klient, der Notleidende, die Sozialorganisation, der Wohlfahrtsverband oder der Sozialstaat bestimmen und definieren, wo, wieviel und wer als Helfer gebraucht wird. Der Bürger und die Bürgerin sind vielmehr dafür zu gewinnen, daß sie die Mitwirkung an einer solchen Wohlfahrtsproduktion als einen Beitrag für ihr Wohlbefinden und ihr psychosoziales Gleichgewicht empfinden können.

Wir stehen meines Erachtens erst am Anfang der Erkenntnis, daß der Sozialstaat nicht nur Verantwortung für die hilfebedürftigen Mitglieder der Gesellschaft trägt, sondern auch Verantwortung dafür, daß Menschen unter komplexen gesellschaftlichen Verhältnissen sozial und bürgerschaftlich handeln „dürfen“.

Es wird dabei weniger Tabus geben. Diejenigen, die dem eigenen Nutzen und Vergnügen frommen, müssen gefragt werden können, wie sie es mit Moral und Integration halten. Und die, die sich engagieren, dürfen gefragt werden, wie sie es mit dem offenen oder versteckten Nutzen und dem Vergnügen halten. Nicht umsonst versuchen sich viele Initiativen in den letzten Jahren mit dem Motto „Helfen macht Spaß“.

(2) Eine zweite wichtige Anregung formuliert Michael *Walzer* in seiner „Theorie der Differenzen“ (1992). Unterscheidungen, Verschiedenartigkeiten, Vorgänge von Gewaltenteilung haben – nach Walzer – dem Fortschritt der Menschen mehr gedient als Vereinheitlichungen, Machtkonzentrationen oder vermeintliche Gemeinsamkeiten. Er knüpft damit an den Grundgedanken der Aufklärung an, wonach gegen Aberglauben, Willkür und Abhängigkeit nur die stetige und schrittweise nach vorne drängende Erkenntnis hilft, daß den Dingen und Lebensbereichen eine jeweils eigene Dynamik und Struktur innewohnt, die man nach Möglichkeit aufgreifen sollte.

Was zwischen den Herrschaftsapparaten des Staates oder etwa zwischen Staat und Kirche, zwischen formalem Stimmrecht und Einkommensverhältnissen längst zu den Grundsicherungen unserer Demokratien gehört, ist im zwischenmenschlichen Bereich noch unvollkommen entwickelt. Zwischen den Generationen, zwischen den Geschlechtern, zwischen den ethnischen Gruppen müssen die Unterschiede und Differenzen erst erkannt und benannt, zum Teil entwickelt werden, damit sie insgesamt human, kreativ und einverträglich miteinander auskommen können.

Der Zerfall der Gesellschaft in Gruppen ist nicht nur eine folgenlose Atomisierung, eine Auflösung von Strukturen, sondern bringt neue Strukturen hervor und macht differenziertere Spielregeln des Umgangs miteinander notwendig. Eine Gesellschaft, in der keine Gruppe, keine Nation, keine Generation alleine die selbstverständliche Mehrheit und Normenvorherrschaft beanspruchen kann, muß neue Wege des Konsenses finden, muß daran interessiert sein, daß ihre Mitglieder sich gleichzeitig in verschiedene Wertesysteme einbinden lassen.

Margaret Mead hat dies in bezug auf die Altersentwicklung der westlichen Demokratien lange vorausgesagt. Auf die Vorherrschaft und Verantwortung der Alten für alle nachfolgenden und für die Gesellschaft ist eine Phase der Parallelität und des Nebeneinanders der Generationen erfolgt. Zeitweise hat es sich umgedreht zu einer Vorherrschaft der Jüngeren, die besser mit den gesellschaftlichen Entwicklungen und den elektronischen und technologischen Herrschaftsmitteln umgehen können. In Wahrheit hat aber keine Generation mehr die Vorherrschaft, und gemeinsam müssen sie damit beschäftigt sein, ihr Handeln auf die zukünftigen Folgen hin zu überprüfen und ihre eigene Zukunft ständig neu zu entwerfen.

Jüngere Menschen sind, wenn es handfest um die Zahlungsverpflichtungen des „Generationenvertrages" geht, den Renten- und Pflegeversicherungsleistungen, nicht mehr unhinterfragt bereit, dies einer Generation zukommen zu lassen, der man unterstellt, ihre gesellschaftlichen und vor allem umweltpolitischen Folgelasten ohnehin tragen zu müssen. Vor allem baut die Kritik auf der Skepsis auf, daß künftige Generationen sich an die Solidarverpflichtungen halten werden, mithin die eigene Alterssituation ungesichert erscheint.

Alle Generationen reagieren auf solche Vertrauensverluste. Während die Dreißigjährigen ihre eigenen Renten hochrechnen, zweifeln die Sechzigjährigen, ob sie für ihre Rentengelder in den nächsten zwanzig Jahren genügend Pflegekräfte finden. Die Achtzigjährigen bezweifeln, daß sie fair am gesamtgesellschaftlichen Reichtum beteiligt sind und die Zehnjährigen befürchten, daß sie keine Chancen mehr bekommen.

Die Analyse von der Notwendigkeit und dem Umgang mit der Differenz hilft meines Erachtens, die Vielfalt der Unterscheidungen und unterschiedlichen Interessen besser zu ordnen.

Ohne diese Analyse reduziert sich die hier vorgetragene Situation auf einen „Generationenkrieg". In ihm wird unterstellt, daß es mehr oder minder einheitliche Generationsinteressen gegeneinander gibt. In Wahrheit ist diese Sichtweise nur eine neben vielen und vermutlich nicht die wichtigste.

Das Alter selbst differenziert sich aus. Die vielbeschworene Erkenntnis, daß das Alter vielfältig, wahrscheinlich sogar die vielfältigste und sozial am unterschiedlichsten ausgestattete Lebensphase ist, bleibt politisch bisher ohne Folgen bzw. hat nur die sozialstaatliche Folge, daß der Staat sich von einkommenstärkeren Rentnern zurückziehen könnte. Sowohl innerhalb der Alters- wie auch der Jugend- und anderen Gruppen gibt es solche, die ihren Beitrag für die Solidarsysteme leisten, und solche, die sie dem verweigern, oder solche, die Empfänger von Solidarleistungen sind. Innerhalb dieser Gruppen gibt es Menschen, die Folgelasten vermeiden, solche die diese verursachen oder gar solche, die an deren Beseitigung beteiligt sind.

Differenzen nach Generationen zu ordnen, ist eben nur eine der möglichen Ordnungsmuster. Sie nach der Geschlechterfrage oder der Klassenfrage oder – wie derzeit weltweit am brisantesten wohl – nach den ethnischen Differenzen einzuteilen, eine andere Möglichkeit. Die Verschränkung dieser Differenzen miteinander mag alles unübersichtlich machen. Nicht umsonst hat Jürgen Habermas 1985 seine Überlegungen zur Zukunft des Staatswesens und Sozialstaates unter die Überschrift „Neue Unübersichtlichkeit" gestellt.

Wer die Differenzen nicht wahrhaben will, sie herunterspielt, tabuisiert oder unterdrückt, leistet damit nur einen Beitrag, daß sie an anderer Stelle – vergleichbar den Ausländergewalttaten in Deutschland – hervorbrechen und den sozialen Frieden zerstören.

Die Forderung von Michael Walzer lautet, im Umgang mit solchen Differenzen individuell als auch politisch ein Verfahren zu finden, das „artikuliert, interpretiert und kooptiert". Die Differenzen müssen benannt werden, eine Sprache und Ausdruck finden. Sie brauchen Interessenvertretung, Mitwirkung im politischen Interessenausgleich und die Elemente gegenseitiger Selbsthilfe. Schließlich müssen und sollen sie wieder Teil des Gemeinwesens in der Gesellschaft werden können, indem sie Verbindungen eingehen, ein Teil neuer Interessen werden und sich mit den Spielregeln der Gesellschaft identifizieren.

Eine Voraussetzung, damit dieses Vorgehen erfolgreich ist, hat Walzer in diesem Band (S. 42ff.) beschrieben. Er hat leidenschaftlich dafür plädiert, daß die Demokratisierung auch vor dem Sozialstaat und der Verteilung der Wohlfahrtsgüter nicht haltmachen darf. Er will es beim Sozialstaat nicht dort bewenden lassen, daß dieser viele Bürgerinnen und Bürger in die Pflicht nimmt, Sozialleistungen und soziale Dienste aufbaut, herstellt und gewährleistet, sondern auch bei der Umsetzung, Anwendung und der alltäglichen Gestaltung von sozialen Diensten und Leistungen möglichst viele Menschen beteiligt sehen. Er fordert eine „Sozialisierung der Wohlfahrtsverteilung“.

Er analysiert meines Erachtens zu Recht, daß ein Dilemma des Sozialstaates darin besteht, daß sich durch Spezialisierung, Professionalisierung und Verrechtlichung zu viele Menschen verabschiedet haben von der Sorge um das Ganze, der Verständigung um das Gemeinwohl und der Summe der sehr konkreten Erfahrungen unmittelbarer solidarischer Praxis.

Unausgesprochen steht dahinter die Überzeugung, daß bei mehr praktischer Beteiligung aller in der Gesellschaft Respekt und Toleranz gegenüber unterschiedlichsten Lebenslagen und Schicksalsschlägen zunehmen, der Wunsch nach vernetzten und ganzheitlichen Lösungen brennend wird und die Absicht zunimmt, viele Teilprobleme präventiv zu vermeiden oder unbürokratisch zu lösen.

Für die Diskussion um Ehrenamt und Sozialstaat, um bürgerschaftliches Engagement im weitesten Sinne *folgt* daraus meines Erachtens die nüchterne Analyse, daß auch für den sozialen und helfenden Bereich der Gesellschaft gelten muß, was in anderen Bereichen, insbesondere der Umwelt, schon lange gilt: Mehr Hilfe, mehr Sozialleistungen und mehr Helfer zu organisieren, kann nicht ein Ziel an sich sein. Vergleichbar dem Umweltmotto, daß die Müllvermeidung vor der Müllverwertung kommt, muß bürgerschaftliches Engagement mehr als bisher darauf ausgerichtet sein, durch kluges und politisches Handeln Gewalt, soziale Randständigkeit und Problemlagen zu vermeiden, statt sie aufwendig zu beseitigen. Unterschätzt wird dabei, daß bürgerschaftliches Engagement selbst für die, die sich beteiligen, in der Regel eine unmittelbar präventive Wirkung hat.

(3) Die dritte Anregung des US-Kommunitarismus schließt an die zweite Anregung unmittelbar an. Um mit den Gleichgewichten bei den Menschen und den Differenzen zwischen den Gruppen angemessen umgehen zu können, benötigt es Fertigkeiten, Fähigkeiten und gesellschaftliche Institutionen. Benjamin *Barber* fordert in einem weiteren Sinne die „community education“. Er fordert ein „Bürgerforum“, einen Platz, eine Gelegenheit, bei der öffentlich gelernt und gelehrt werden kann, wie dieses alles geht. Er weist mit einiger Polemik auf die Verschuldung der Erziehungsinstitutionen hin, mit beißender Kritik auf die „Erziehungswirkung“ der Massenmedien und auf den Glaubwürdigkeitsverlust der Politik. Seine Analyse erinnert daran, daß das Postulat von der Freiheit und Gleichheit der Menschen kein von Geburt an gegebenes ist, sondern ein gesellschaftlich errungenes. Es muß im Laufe eines Lebens erst verwirklicht werden.

Er erinnert daran, daß Demokratie selbst ein lebenslanger Prozeß ist. Er erinnert die Europäer daran, daß der Sozialstaat nicht nur Gegenwart oder große Utopie ist, sondern Aufgabe und Gebot. Menschen lernen in Praxis, im Tun,

an Beispielen, an der richtigen Mischung zwischen Sehen, Handeln, Denken und Sprechen in gesellschaftlichen Zusammenhängen.
Deshalb fordert er eine „starke Demokratie“. Er warnt davor, auf gestiegenes Mißtrauen der Menschen, auf Wertewandel und Neuorientierung, auf Kritik an Sozialabgaben oder Ungerechtigkeiten so zu reagieren, daß Politik und Staat sich zurückziehen, Verantwortung weggeben oder privatisieren und damit Prozesse noch unüberschaubarer werden. Am Beispiel der Privatisierung, der Deregulierung und der Zunahme des marktwirtschaftlichen Ansatzes im Sozialbereich ist dieser Hinweis von Barber hochaktuell. Was in unserer Diskussion als Widerspruch erscheint, starker Sozialstaat oder starke Individualinteressen, ist für Barber zwingender Zusammenhang.
Nüchterne empirische Daten über das Ehrenamt und das bürgerschaftliche Engagement in unserem Land geben Barbers Analyse Recht. Engagement erfolgt dort eher, wo der Sozialstaat funktioniert. Auch als Faustformel gilt, daß sich die Menschen engagieren, die Arbeitsplätze, zahlreiche Kinder und funktionierende Kontakte haben, und nicht dort, wo alles gefährdet ist. Engagement entsteht nicht automatisch dort, wo Menschen freigesetzt werden und nun über Zeit verfügen, sondern dort, wo sie in zahlreichen sozialen Zusammenhängen erfahren, daß noch mehr Engagement notwendig ist. Auch die Empirie der Selbsthilfebewegung gibt Barbers Analyse Recht. Ein soziales, gesundheitliches oder ökonomisches Problem zu haben, motiviert nicht automatisch. Erst die Erfahrung, es mit anderen zu teilen, und vor allem der Mut, es gemeinsam öffentlich zu vertreten und durchzustehen, verhilft zu einem starken Engagement. Bürgerschaftliches Engagement kann deshalb nicht an die Stelle von Politik treten und die Wirkungen von bürgerschaftlichem Engagement können den Sozialstaat nicht ersetzen.
Umgekehrt gilt, daß der Sozialstaat nur dann als stark empfunden wird, wenn er von starken Menschen mit Leben erfüllt wird.
Diese Überzeugung, Menschen in ihrem Tun zu bestärken, findet Niederschlag im Arbeitsprinzip des „Empowerment“. Empowerment verbindet Praxis und Engagement mit der Stärkung des Selbstbewußtseins der Bürgerinnen und Bürger. Dieses Prinzip zu kultivieren, lautet die *Schlußfolgerung* aus der dritten Anregung.
Die deutsche und europäische Diskussion um das Ehrenamt, den Sozialstaat und das Bürgerengagement dreht sich meines Erachtens zu stark im eigenen Kreise. Diskutiert wird der Strukturwandel des Ehrenamts, der neue Helfertyp, die Frage, ob in der Gesellschaft ein Werteverlust zu beklagen sei und wie die Ausbeutung der Helfer verhindert wird. Im transatlantischen Dialog mit dem Kommunitarismus werden weitergehende gesellschaftspolitische Perspektiven deutlich, die Engagement in den Zusammenhang der Zukunft unserer Demokratie schlechthin stellen.

Das Modellprogramm soll im Folgenden als Beispiel eines generationenspezifischen Bürgerschaftsansatzes vorgestellt werden.
Die Seniorengenossenschaften verstehen sich in ihrer baden-württembergischen Ausprägung als eine Gemeinschaft von Menschen, die sich verpflichtet hat, zusammen *Dienste zur Alltagsbewältigung* im Alter zu erbringen und diese so miteinander zu organisieren, daß die Mitglieder einen gegenseitigen Nutzen davon haben. Die Art und Weise der Dienstausgestaltung wird immer wieder neu durch die Mitglieder entschieden. Dabei bedienen sich die Seniorengenossenschaften vor allem der am Ort vorfindbaren Ressourcen und Aufgabestellungen und versuchen, *neue Tauschformen* wie die der Zeitgutschrift zu erproben.
Das bisher in der deutschen Altenarbeit am „umfassendsten angelegte Projekt zur Förderung von altersbezogener Wohlfahrtskultur“ (Heinze/Olk 1992) hatte 1990 unter Aspekten begonnen, die es den Skeptikern der Wohlfahrtsszene anfangs erlaubte, ein Scheitern des Projektes einfach abzuwarten. Es gab im wesentlichen drei *Bedenken*: Das Projekt wurde ausdrücklich auf vier Jahre befristet und enthielt eine degressive Förderung, d.h. die Zuschüsse hatten rückläufig, auslaufend und nicht stetig wachsend zu sein. Das Projekt wurde unmittelbar dem Sozialministerium als praktische Entwicklungsaufgabe im Land zugeordnet, d.h. nicht als Verwaltungsprogramm mit vorfindbaren Regelsätzen und Förderrichtlinien und auf Auftrag hin vollzogen. Das Projekt wurde im ordnungspolitischen Umfeld von betrieblichen Genossenschaften und städtischer Wohlfahrtskultur angesiedelt und nicht wie gemeinhin bei Wohlfahrtsverbänden, Kirchen professionellen oder gemeinnützigen Anbietern und Initiativen.
Was hinter diesem Programm und dem politischen Vorgehen der Landesregierung steckte, was Antriebskräfte und Motive waren, wurde zum Gegenstand zahlreicher Interpretationen. Groß war die Zahl der *Väter dieses Projektes*. Auffällig in diesem Zusammenhang war, daß sich selbst keiner der „Väter“ im engeren Sinne zu den Betroffenen zählte. Alle aber benutzten lange Zeit die Formel: Ältere helfen Alten.
1988 hatte in Baden-Württemberg ein Zukunftskongreß „Alter als Chance und Herausforderung“ stattgefunden, der die Gerontologin Ursula Lehr und Ministerpräsident Lothar Späth in der Absicht zusammenführte, das Thema „Alter“ nicht nur mit Pflegefragen abzuhandeln. Gleichzeitig fand ein Untersuchungsausschuß auf Anregung der SPD-Opposition unter dem Thema „Würde im Alter“ statt. Experten der Wohnbaugenossenschaften forderten die Erprobung seniorengenossenschaftlicher Dienstleistungen. Der baden-württembergische CDU-Landtagsabgeordnete Wieser trug diese Idee als

praktizierte Eigenverantwortung vor; der damalige Pressesprecher der Landesregierung Zach unterstützte diese Idee als Selbsthilfelement künftiger Sozialstaatlichkeit (MAGS-BW 1994).
Aus dem Umfeld Späths wurde der Hinweis eingeführt, daß in den USA zahlreiche Erfahrungen zu Hilfegenossenschaften und Zeitaustauschverfahren vorlägen. Dieser Hinweis, der sich auch auf eine populäre Darstellung in der Zeitschrift „Das Beste" vom Mai 1990 sowie später auf wissenschaftliche Abhandlungen der Johnson-Foundation stützen konnte, wurde immer wieder zitiert, um das Außergewöhnliche des Vorgehens deutlich zu machen.
Demgegenüber konnten Vertreter der Wohlfahrtsverbände *vor der allgemeinen Euphorie* zu diesem Thema nur *warnen*. Die Probleme der Passivität älterer Menschen, der Mangel an Pflegekräften oder auch an Kapital für bessere Vorsorgemaßnahmen und Fachlichkeit von Pflegeleistungen seien allesamt durch solche Ideen nicht zu lösen. Aus Kreisen des Landesseniorenrates wurde davor gewarnt, mit Hilfe der Genossenschaftslösung die anstehende Pflegeversicherung überflüssig machen zu wollen. Der Landkreistag Baden-Württembergs wies darauf hin, daß die in den Seniorengenossenschaften enthaltenen Versprechungen auf zukünftige Garantien nicht einlösbar seien. Der Städtetag wies verärgert darauf hin, daß auch dies eine neues Modellprogramm sein könne, auf dessen Folgekosten die Städte ohne Hilfen sitzen bleiben würden. Ein Verband hörte schon die Totenglocke des Ehrenamtes läuten: Wer sollte sich künftig noch engagieren, wenn er hier ein Modell vorfände, in dem er Gegenleistungen, Garantien oder Gutschriften bezöge, statt einfach Dienst am nächsten zu tun. Zusätzlich wurde aus Kreisen der meist kirchlich geprägten Krankenpflegevereine darauf hingewiesen, daß der Staat besser daran tue, ihre Idee in den neunziger Jahren zu fördern, statt neue Ideen in die Landschaft hineinzudrücken.
Einem Großteil der politischen und wirtschaftsorientierten Landespolitiker waren diese Bedenken aus dem sozialen Lager fremd. Sie nahmen sie zwar machtpolitisch ernst, ihrer Logik aber entsprach mehr, daß es einen Wettbewerb an Projekten, einen Markt für Ideen geben müsse, aus dem sich dann ersehen lasse, ob sich solche Ideen durchsetzen würden. Schließlich sei die Lage der Älteren besser, als es die Verbände aufzeigten.
Deutlich standen bei dieser Diskussion Argumentationsmuster von Sozialstaatsvertretern einerseits und wirtschaftspolitischen Denkern andererseits gegenüber. Diese Positionen gingen quer durch die beiden Volksparteien. Aufgrund der besonderen Regierungskonstellation 1990 in Baden-Württemberg trug die CDU anfangs das Modell eher mit, während die SPD Bedenken äußerte.

In dieser Ausgangssituation befand sich das Landeskabinett im Frühsommer 1990. Der Kompromiß wurde im Juni *beschlossen.* Es sollte alles ausprobiert („learning by doing") und der Fachabteilung des Sozialministeriums und der dort vergleichsweise neuen Führungsmannschaft freie Hand gegeben werden, um rasch aus der unentschiedenen Situation herauszukommen.
Innerhalb von drei Monaten wurde eine Geschäftsstelle eingerichtet mit einem Geschäftsstellenleiter von außerhalb des Ministeriums, der seine Altenhilfe- und Kommunalpraxis in die Landespolitik einbringen sollte.
Die *Präsentation der Konzeption* erfolgte am 5. September 1990 im Staatsministerium. Das Projekt wurde Mitte September auf der ersten Ideenbörse in Fellbach und Mitte Oktober im Staatsanzeiger ausgeschrieben. Der Aufbau eine teilautnomen Organisation im Ministerium, die Art der Personalbesetzung und Öffentlichkeitsarbeit mit dieser Zeitabfolge waren das positive Gegenteil dessen, was ministerielle Bürokratie normalerweise zu leisten vermag.
Als *Anforderung* enthielt die Ausschreibung:

(a) Hilfen auf Gegenseitigkeit vor Ort,
(b) hohe Verbindlichkeit und die Erklärung, dies mindestens zwei Jahre tun zu wollen,
(c) Durchführung in einer der Rechtformen „Genossenschaft", „Gesellschaft mit beschränkter Haftung" oder „eingetragenen Verein" für ältere Menschen ab sechzig Jahren
(d) sowie vielfältige Dienstleistungen von Wohnbetreuungsdiensten über leichte Alltagspflegeleistungen bis zu Kultur- und Bildungsaustausch.

Ursprünglich waren fixe Altersgrenzen, Rechtsformen und ausschließlich Pflegeleistungen vorgesehen gewesen.
Dieses veränderte Vorgehen zeigte bei den kommunalen Vertretern sofort Wirkung. Entgegen der Bedenken des Städtetags interessierten sich sofort mehrere Oberbürgermeister und Sozialamtsleiter für dieses Projekt. Letztendlich stammten die Hälfte aller *Bewerbungen* direkt von Stadtverwaltungen. Viele Antragsteller betonten den generationsübergreifenden Charakter ihrer Absichten. Besonders galt dies für die Gruppen, die Wohninitiativen aller Generationen unter einen Hut bringen wollten. Nur ein einziger Bewerber gehörte einer eingetragenen Genossenschaft an. Nur ein Viertel kam aus dem klassischen Kreis der Wohlfahrtsverbände. Insgesamt trafen etwa vierzig Bewerbungen ein trotz der zurückhaltenden Öffentlichkeitsarbeit.
Die Geschäftsstelle bildete einen *Fachbeirat zur Auswahl und Begleitung der Projekte.* Drei der späteren sechs Sitze im Beirat waren für Delegierte des Landesseniorenrates reserviert. Der *wissenschaftliche Arbeitskreis* be-

stand mit Adalbert Evers aus Wien, Thomas Olk aus Halle, Roland Schmidt aus Berlin, Michael Opielka aus Bad Honnef, Gerhard Haag aus Frankfurt, Hannelore Jani-Le Bris aus Paris sowie Wolf-Rainer Wendt aus Stuttgart aus landespolitisch unabhängigen Experten. Ergänzt wurde er duch Frau Christner vom Städtetag und Frau Inge Hafner vom Landkreistag. Die kommunale Seite erwies sich als wichtigster Strukturpartner des Projektes. Ulrich Otto vom erziehungswissenschaftlichen Institut der Universtität Tübingen wurde um die wissenschaftliche Begleitung gebeten (Otto 1995).

Die Geschäftsstelle baute einen monatlichen *Informationsdienst* auf, der alle Bewerber und Initiativgruppen in das gesamte Netzwerkgeschehen einbinden konnte. Für die Projekte erwies es sich als notwendig bei den zahlreichen Anfragen, über einen Infodienst und Materialien verfügen zu können. Die Geschäftsstelle nahm mit großen zeitlichen Einsatz Öffentlichkeitstermine und Vorträge zwischen November 1990 und November 1991 an vielen Orten wahr.

Dieses Gerüst aus Beirat, Wissenschaftlichkeit, Öffentlichkeitsarbeit, Dokumentation, Präsenz und dem Versuch der Verankerung im politischen Apparat war und ist als Ganzes Voraussetzung für die Sicherung eines offenen Lernkonzeptes. Besonders bei Projekten, die in die festverteilten „Ländereien" des Sozialstaates eingreifen, bedarf es der Sicherung solcher Entwicklungsräume. Insgesamt wirkte dieses *offene Lernkonzept* integrierend auf die unterschiedlichen Initiativen, konzentrierte sie und die vielen Diskussionen dazu immer wieder auf die Kerngedanken des Modells.

Wichtig waren im Verlaufszeitraum 1991 bis 1994 Sitzungen im Staatsministerium und Besuchsfahrten der Ministerin, um den Partnern den *politischen Willen zum Modellprojekt* zu signalisieren.

Politische Modellprojekte dieser Art leben von solchen Kontakten, Anfragen von Seiten der Praxis und von Seiten des Landtages und von symbolischen Erklärungen und Veranstaltungen, wenn sie politisch gewollt sind.

Die *Auswahl* der zur fördernden Seniorengenossenschaftsprojekte konzentrierte zum einen auf die landesübliche Verteilung nach Regionen, zum anderen auf die künftigen Tätigkeitsfelder und Trägerstrukturen. Meistens wurden Aufgabenfelder im Bereich *Wohnen*, *Kontakt- und Wissensbörsen*, *Reparaturdienste* und *Tagespflegen* genannt.

Letztlich war die Aufgabenstellung selbst Gegenstand des Projektaufbaus. So wurde z. B. in Ulm aus der Arbeit „genossenschaftlicher Wohnbegleitdienste" eine Stadtteilversorgung durch Bürgerinnen und Bürger in Selbstverwaltung als Folge zahlreicher Planungsgespräche vor Ort.

Da sich im Modellzeitraum bei *allen Partnern Ziel, Zweck und Methoden mitverändert haben*, will ich dies hier als Spannungsverhältnis von sozialstaatlicher und bürgerschaftlicher Entwicklung definieren und beschreiben.

Die Antragsteller (Stadtverwaltungen, Bürger, Verbände) reagierten auf lauthals geäußerte Not oder sichtbare Mißstände. Sie meinten dafür die geeigneten Mittel zu kennen: mehr Unterstützung, mehr Helfer, mehr Planstellen. Sie wiesen dem Modellgeber „Staat" seine herkömmliche Rolle zu, das Ehrenamt großzügig zu honorieren, Stellen zu schaffen und klare Zuschußrichtlinien mitzugeben. Diejenigen, um dies es ging – Hilfeempfänger und Helfer – wurden fürsorglich umgangen. Ihnen seien weitere Lasten, Entgelte, Selbstverwaltung, Methodenwechsel „nicht zuzumuten", hieß es.
Dieses sozialstaatliche Schema zeigte auf einfachem Niveau Wirkung in Riedlingen, wo es an Warm-Essens-Diensten für ältere Menschen mangelte, ebenso wie in Freiburg oder Marbach, wo es zusätzlich zu den Handwerkern oder der Volkshochschule noch eigenverwaltete Dienste der Älteren auf gehobenen Niveau geben sollte.
Ein Ansatz, der zivile Entwicklung fördert, hinterfragt zunächst sowohl die Not und die Wahrnehmung der Mißstände als auch Status und Methoden der Akteure. Der Modellgeber „Staat" wird dabei zum Moderator eines Prozesses der Selbstklärung und Vergewisserung, was alle Beteiligten wirklich wollen und leisten können. Nur in diesem Spannungsverhältnis sind Prozesse zivilen Lernens auszulösen (siehe Ausführungen zu Benjamin Barber). Auf die Notwendigkeit, Verantwortung im Gemeinwesen sowie Gemeinschaftlichkeit überhaupt lernen zu können, hat auch Hartmut von Hentig eindringlich hingewiesen. Daß sich dieses als Möglichkeit erst entwickelt hat, macht Michael Walzer deutlich. „Die meisten Männer und Frauen waren Herschaftsverhältnissen unterworfen, in denen das zivilisierte Verhalten, das sie lernten, eher unergiebig als unabhängig und aktiv war" (Walzer 1992, S. 96).
Aus zivilisiertem ein ziviles Verhalten zu machen, aus bürgerlichem ein bürgerschaftliches Engagement entstehen zu lassen, ist nur auf der Grundlage einer Entwicklung denkbar, in der sich Institutionen der sozialen Sicherheit und auch das individuelle Selbstbewußtsein parallel und aufeinander bezogen entwickeln (Michalski 1991, S. 51).
Ein „zivileres Niveau der Gesellschaft" (Seligmann 1992, S. 206) erreichen, bedeutet vor allem, daß gleichzeitig zu einem Mehr an sozialen Sicherungen auch ein Mehr an Handlungschancen eröffnet wird, damit die Betroffenen ihre Sache selbst in die Hand nehmen können und sie den Vorstellungen eines gelingendes Lebens im Alter gemäß handeln können.
Traditionell formuliert bedeutet dies, daß sozialstaatliche Freiheit Voraussetzung und Bedingung zugleich ist, sozialverpflichtete Freiheit entstehen zu lassen. Hermann Scheer (in: Bellah 1987, S. 46ff.) weist darauf hin, daß allzuoft daran geglaubt wurde, wenn man gleichgesonnen sei, werde man sich auch mit- und füreinander verantwortlich fühlen. Dies sei aber ein fol-

genschweres Mißverständnis. Mehr Dienstleistungen garantieren keine zivile Struktur.
Für diesen komplexen Zusammenhang verwendet Michael Walzer den Begriff von „pluralistic citizenship“: „Bürger stehen in verschiedenen Anerkennungsverhältnissen und haben als Mitglieder verschiedener sozialer Gemeinschaften verschiedene Verpflichtungen, und so besteht die Aufgabe der Staatsbürgerschaft darin, diese Verpflichtungen miteinander zu verbinden und demokratische Selbstregulierung in politisch-argumentativen Diskursen unter freien und gleichen und zugleich sehr verschiedenen Bürgern zu verwirklichen“ (Forst 1994, S.201). An der Schnittstelle von Lebenswelt und Sozialstaat, von traditionellen sozialstaatlichen und bürgerschaftlich-zivilem Ansatz erweisen sich die bisherigen gesellschaftlichen Leitbilder als nicht hilfreich. An ihnen wäre die Qualität der Seniorengenossenschaften im Verlauf der Projektjahre immer wieder gescheitert. Dem liberalistischen „das können die (oder auch wir selbst) alleine lösen, und deshalb brauchen wir keine neuen Ideen“ steht das sozialstaatliche Credo gegenüber „das können die (oder wir selbst) nicht so leisten und nicht alleine lösen, und deshalb wollen wir statt billiger Ideen vor allem mehr Dienstleistungen haben“.
Selbst in einer von außen vorgenommenen Würdigung der ersten zwei Anfangsjahre der Seniorengenossenschaften war das sozialstatliche Leitbild angelegt, hieß es doch in einer wissenschaftlichen Zwischenanalyse: „Bemerkenswert wären (die Seniorengenossenschaften), wenn sie vor Ort zu zwei oder drei Planstellen führten, vorwärtsbringen würde die Überwindung bevormundender Altenhilfe, und innovativ wäre die Verknüpfung von Hilfequalität und autonomem Alter“ (Otto 1992, S. 131). Das Projekt wurde als Hilfsmittel gesehen, um die eigentliche Sache voranzubringen, die vor allem im Ausbau der Dienstleistungsstruktur bestand. Dieser Struktur wurde unterstellt, daß sie sowohl berechenbarer als auch gerechter hilft.
Auf der anderen Seite wurde der konservative neoliberale Maßstab angelegt, wenn gefragt wurde, ob die Genossenschaften genügend ehrenamtliche Helfer mobilisiert haben.
Ein *bürgerschaftlich-ziviler* Maßstab wäre dagegen zu fragen, ob es gelingt, die sozialstaatlichen Dienstleistungen und die verursachenden gesellschaftlichen und ökonomischen Strukturen soweit zu verändern, daß sie Bürger und Bürgerinnen ermutigen, für sich und für andere mit anderen gemeinsam mehr Verantwortung zu übernehmen und für das Gemeinwohl zu handeln.
Der Zuwachs wäre vorallem ein Zuwachs an

(a) sozialplanerischer Einmischung,
(b) kleinen, bedarfsgerechten Dienstleistungslösungen,

(c) mehr Selbstbewußtsein und Selbstverwaltung,
(d) Einbeziehung von mehr gesellschaftlichen Gruppen,
(e) präventives Handeln und letztlich
(f) Zivilcourage.

Seniorengenossenschaften sollten von Anfang an ihre eigenen Interessen und Fähigkeiten artikulieren. Darauf achtete die Geschäftsstelle bei der Auswahl der Projekte und bei der Aufbauhilfe 1990 und 1991. Erwartungsgemäß wurden aber vor allem Bedarfslücken am eigenen Ort nachgewiesen und noch mehr Fürsorglichkeit und neue Dienste angeboten. Um das Anliegen in gemeinschaftlicher Absicht voranzubringen, mußte sowohl von der Geschäftsstelle als auch von den Initiativen selbst dem Umgang der Menschen miteinander, der Organisation ihres gegenseitigen sozialen Austausches und der Organisation ihrer Dienstleistungsinteressen große Aufmerksamkeit gewidmet werden. Dieses zeitaufwendige Verfahren erwies sich als hilfreich. Standardisierte Zielsetzungen, Namen und Satzungen halfen wenig weiter.
Schließlich wurden zehn verschiedene Antragsteller als Modelle ausgewählt, 1992 wurden zwei weitere hinzugenommen. Von der Geschäftsstelle wurden drei Initiativen zu gemeinsamen Wohnen in einem einzigen Projekt zusammengefaßt. Einem Wohlfahrtsverband wurde angeboten, die Vorhaben von drei Mitgliedsorganisationen als ein Projekt gemeinsam zu entwickeln, für das der Wohlfahrtsverband selbst Zuschußmittel bekam. Der Antrag der Alzheimer-Initiative wurde als besonderes Selbsthilfetransformationsprojekt aufgenommen. Der Seniorenservice und die Reparaturdienste in Freiburg und Mannheim wurden in die Unterstützung als Modell aufgenommen. Die Absichten der Stadtverwaltungen in Ulm, Köngen und Marbach wurden aktiv unterstützt, die eigenen Bürgerschaftspotentiale zu nutzen und Entwicklungsaufgaben voranzubringen. Diese stellten sich in Köngen als Aufgaben der Tagespflege im Vorfeld eines neuen Pflegeheimes dar, in Marbach in Form einer selbstverwalteten Begegnungsstätte mit Kursangeboten und in Ulm im Aufbau eines Stadtteilvereins mit umfassenden sozialen Diensten. Die Initiativen aktiver Bürger in Ravensburg und Riedlingen, die sich um Krankenhausnachsorgedienste und offene neue Dienste kümmerten, wurden aufgegriffen.
Die Geschäftsstelle unterstützte neben der finanziellen, personellen und fachlichen Seite der Arbeit völlig *neue Wege in der Arbeit*. Im Zentrum innovativer Strategien bei den Seniorengenossenschaften standen etwa die *Zeittauschverfahren*, vergleichbar den LET's (local exchange trade), den Time Dollars (USA, Projekt St. Louis u. ä.) und dem Punktetausch der „Knochenwährung" u. ä. (Schweiz/Berlin: Prenzlauer Berg). Es wurden Verfahren ge-

sucht, die unabhängig von der Geldwährung geleistes Engagement dokumentierten, anders als in tariflich-hierarchischen Verfahren, die messen, tausch- und austauschbar machen.

Die Wertigkeit ergab sich mehr aus dem Gebrauchswert (eine geleistete Stunde meines Lebens) statt aus dem Tauschwert, der bekanntlich besser qualifizierte oder häufig nachgefragte und selten befriedigte Anfragen teuer bewerten müßte.

Der Verein legte die Tätigkeitsfelder fest, der Empfänger bestätigt die per Unterschrift, der Leister kann die Stunden gegen andere Leistungen anderer Mitglieder eintauschen, möglicherweise sogar an einem anderen „Genossenschaftsort", und ansparen. Dabei ist ein Verschenken des „Guthabens" denkbar,aber es kann nicht vererbt werden. Dies war Gegenstand einer der vielen Diskussionen, die die Genossenschaften bei der Einführung dieses Systems hatten. Die Hälfte aller Genossenschaftsmodelle führt dieses Verfahren inzwischen mit Erfolg durch. Da nicht alle Gegenseitigkeitsleistung möglich und vorhanden sind, und der Wunsch, unmittelbar zu tauschen, geringer ist als erwartet, bieten die meisten Vereine eine Pauschale von 10 DM/Stunde an, die bei Umzug, Kündigung usw. einlösbar ist (siehe den Beitrag von Elfriede Wiech, S. 194 ff.).

Bezeichnenderweise hatten sich die Dienste, die zwischen 1991 und 1993 entstanden, in keinem der örtlichen Altenhilfepläne befunden. Sie wurden erst nach und nach in die laufenden Pläne integriert und veränderten zunehmend die Planung und die Dienstleistungsaufteilung. Mit insgesamt zwölf Projekten ergab sich 1994 schließlich eine (ständig noch steigende) Mitgliederzahl von über 2.400 Menschen. Im Durchschnitt waren die Mitglieder knapp sechzig Jahre alt. 40 Prozent davon waren Männer; das ist mehr als in vergleichbaren Projekten. Parallel dazu entwickelten sich Bürgerinitiativen, wie in Gerlingen, und Bürgertreffpunkte, wie in Nürtingen, wo je nach Situation Bürger oder Fachkräfte aus eigener Kraft vergleichbare Strukturen und Vereine aufbauen konnten.

Gegen Ende des vierten Projektjahres, Mitte 1994, bot der von der Geschäftsstelle mit angeschobene *Zusammenschluß* „Arbeitsgemeinschaft bürgerschaftliches Engagement-Seniorengenossenschaften" (ARBES) die Möglichkeit, all diese Initiativen unter einem Dach zusammenzuführen.

Gleichzeitig entwickelten sich auch in Hannover, Köln, dem Landkreis Offenbach und in Sachsen Seniorengenossenschaften. Anfänglich war die Entwicklung der sächsischen Projekte Teil der Aufgabe des Stuttgarter Sozialministeriums.

Alle Projekte wollten ihre eigenen Wege gehen, die sich zum Teil aus örtlichen Kontakten und Beziehungen ergaben. Die Akteure wollten nicht in eine Schüler- und Ausführungsrolle geraten. Die Geschäftsstelle reagierte darauf

mit der Vermittlung von Experten in Einzelfragen, Veranstaltungshilfen, zentralen Fachkräftetreffen usw. Flankierend wurden Kolloquien durchgeführt, auf denen Genossenschaften und Fachexperten zusammentrafen. Solche Kolloquien fanden in Mannheim zur Methodenfrage in der Sozialarbeit, in Friedrichshafen zur Wohnungsfrage, in Leipzig zur Stadtteilarbeit und in Köngen zur Tagespflege statt.
So gelang es in vier Jahren, eine Initiativenform in der sozialen Landschaft zu installieren, die sich weit vom Altenhilfe- und -dienst-Image löste und zum Beispiel für bürgerschaftliches Engagement wurde. Kommentar eines Mitglieds: „Eigentlich stört nur noch das Wort ‚Senioren' am Konzept der Seniorengenossenschaften."

4. Initiative Drittes Lebensalter

1992 wurde die Konzeption „Initiative Drittes Lebensalter" entwickelt, von Ministerin Helga Solinger ausgeschreiben und im März 1993 für drei Jahre in vier, später in fünf Städten in Gang gesetzt. „Handlungsfähig, sozial integriert und eigenständig" – dieses wurde als Leitbild für die nachberufliche Lebensphase definiert und konnte sich über die Jahre hinweg als griffiges, kritisches und vielschichtiges Motiv behaupten. Es wurde schließlich in der einen oder anderen Oberbürgermeisterrede als Element bürgerschaftlichen Engagements schlechthin übernommen (z. B. Esslinger Schwörtag 1995).
Diese Konzeption basierte auf drei *Schlußfolgerungen* aus vorlaufenden Modellprojekten und kann deshalb als eine der praxis- und bürgernahesten Konzeptionen der Landespoltik betrachten werden:

(a) Vorgabe war ein Leitbild, das als Meßlatte an vielerlei Maßnahmen angelegt werden konnte,
(b) Vorgabe war ein Vernetzungsberiff, der sich statt auf einer formalen Ebene konkurrierender Dienstleistungsanbieter auf neue Institutionen der Meinungsbildung („Projektausschüsse") zwischen Verwaltung und Bürgern bezog,
(c) Vorgabe war die Etatisierung eines kommunalen Modellfonds, d. h. die Möglichkeit mit einer Summe von 100.000 DM je Kommune und Jahr am Ort ein differenziertes Maßnahmenbündel einschließlich gewisser Personalmaßnahmen zu entfalten.

Damit waren Instrumente für den Gegenstand der Initiative, nämlich den sozialen Wandel des Gemeinwesens zugunsten handlungsbereiter, integrierter, eigenständiger Bürgerinnen und Bürgern in der nachberuflichen und nachfamilialen Lebensphase geschaffen worden. Für jede Stadt galt es, Pro-

grammschwerpunkte für drei Jahre zu entwickeln, um den örtlichen Sozialplan zu beschleunigen, zu korrigieren und bürgerschaftlicher auszurichten.
Der Projektkonzeptualisierung war 1991/2 eine Studie des Ministeriums zu *Leitbildern der Altenarbeit* vorausgegangen. Das Team des Instituts für Sozialarbeit und Sozialpädagogik (ISS) hatte text- und inhaltsanalytisch drei Typen von Angeboten der offenen Altenarbeit herausgefiltert: die Aktivität, die Kompetenz und die Produktivität des Alters. *Produktives Alter* als Sinnbild für die Selbstbestimmung und Schaffenskräfte erwies sich als Zugpferd für neue Projekte (Tews 1995).
Immer häufiger fragten Kommunen oder ihre Fachkräfte und Sozialamtsleiter nach Fortbildungsangeboten, Ratschlägen für den Wandel ihrer Altentages- und Begegnungsstätten. Generationsübergreifende Bürgertreffpunkte sind gefragt. Sie sollen Elemente der Selbstverwaltung, Fachlichkeit und Ehrenamtlichkeit miteinander verbinden.
1992 ergriff das Ministerium die Initiative und führte ein Gespräch mit Vertretern des Städte- und Landkreistags, des Landeswohlfahrtsverbandes und des Landesseniorenrats. Ziel des Gespräches war es, diesem zunehmenden Bedarf gerecht zu werden und auf eine Art Akademie oder Beratungsinstitution auf Landesebene zuzusteuern. Möglich erschien es, im Schulterschluß mit den kommunalen Spitzenverbänden *eine Art gemeinsames Entwicklungsinstitut* zu installieren, zumal die Zuständigkeit für offene Altenarbeit bei den Kommunen liegt.
Das Thema „Pflegenotstand" beherrschte aber 1992 die öffentliche Diskussion so, daß solche Überlegungen als Luxusdebatten erschienen und „nur" an die Durchführung eines Modellversuchs gedacht werden konnte.
Der erfolgreiche Verlauf der Initiative und die vertiefte Zusammenarbeit mit den kommunalen Landesverbänden und deren Sozialausschüssen führte im Frühsommer 1995 schließlich zu einem zweiten Anlauf, ein *mehrjähriges gemeinsames Programm zu bürgerschaftlichen Engagement* aufzulegen.
Die wissenschaftliche Begleitung in Form von Aktionsforschung und Dokumentation wurde von Hans Peter Tews (Beitrag S. 80ff.), Ursula Frenz (S. 136ff.) und Gisela Dirlinger und Mathias Bullinger (S. 156ff.) übernommen.
Die beteiligten Bürgerinnen und Bürger wurden selbst in die Lage vesetzt, den Prozeß zu beobachten. Hierfür wurden allen Beteiligten die Daten aus jeweils allen anderen Initiativstädten regelmäßig zugesandt. Sie wurden jährlich befragt. 1995 erschien ein erster Zwischenbericht „Die Bürgerbüros" (Stuttgart 1995).
Welches war der *Ausganspunkt* in den Städten? In der Stadt Bühl hatte die Frauenbeauftragte erfolgreich verschiedene Frauenbildungskurse mit jüngeren Älteren in Gang gesetzt, deren Interessen sich vom traditionellen An-

gebot der Altenhilfe abgesetzt hatten. In Kirchheim lag ein Altenaktionsplan vor, der nahezu alles enthielt, was zeitgemäß auf dem Markt war. Vorgesehen war eine städtische Altenleitstelle, ein Seniorenrat, die Unterstützung sozialpsychiatrischer Modelldienste und ein Angehörigenmodellprojekt. Allerdings standen diesen Ideen zuviele „gewachsene Traditionsstrukturen" gegenüber. In Friedrichshafen waren Bürger zum Thema „Alter" befragt, eine Altenbegegnungsstätte eingerichtet und der Bau eines grundlegend neues Alten-Rehabilitationszentrum vom Gemeinderat beschlossen worden. Dennoch zeigte sich keine nennenswerte Mobilisierung der städtischen Bevölkerung zum Thema „Alter". In Mannheim lag ein Antrag der Arbeiterwohlfahrt zur besseren Altenversorgung türkischer Rentner vor, aus dem schließlich eine gesamtstädtische sozial- und ausländerpolitische Konzeption „Älter werden zwischen den Kulturen" gemacht werden konnte. Eineinhalb Jahre nach Modellbeginn beantragte die Stadt Geislingen die Aufnahme in den Verbund. Dort stand nach der Errichtung eines modernen Kultur- und Kommunikationszentrums die Vollendung eines modernen Altenzentrums ohne parallele Modernisierung der Strukturen an, d.h. eine traditionelle Seniorenbegegnungsstätte, die in keiner Weise mehr zeitgerecht gewesen wäre.

Im Verlauf der weiteren Gespräche über die Prioritäten wurden in den Städten besondere *Merkmale der Initiative* herausgearbeitet. In Bühl war dies die Kulturfrage des dritten Lebensalters, in Kirchheim die Kommunikationsfrage, in Friedrichshafen die Frage der sozialen Vorsorge, in Geislingen der Übergang „Arbeit – Ruhstand". Die Projektgespräche mit den beteiligten Städten wurden protokolliert und enthielten auch ein Zeitraster für die beabsichtigten Maßnahmen. Die Stadtverwaltungen wurden gebeten, Gremien paritätisch aus Experten und Bürgern vorzuschlagen.

Erst nach einem vollen Modelljahr wurde aus dieser Maßnahme Routine: Die Umgangsspielregeln dieser Gruppen und das Profil ihrer Rollenmuster wurden langsam klarer und die Interessenkonflikte deutlicher. Die aktive Teilnahme der Geschäftsstelle des Ministeriums an fast allen Ortsterminen bezog sich dabei nicht auf eine neutrale, sondern auf eine aufdeckende und analysierende Rolle. Mit einer reinen Moderation zwischen den Interessenten oder der Interpretation der Vorgänge lassen sich keine Innovationen auf kommunaler Ebene herstellen. Deshalb erwies sich die machtorientierte Zuordnung der Geschäftsstelle zum Sozialministerium als hilfreich. Das Modell warf in allen Städten Machtfragen zwischen traditionellen und neuen Strukturen, zwischen Stadt und Trägern, zwischen Altenhilfe und Erwachsenenbildung auf.

Es wurden keine wirklichen „Lösungen" erzielt, sondern *neue Machtgleichgewichte* hergestellt. Ob es gelingt, solche Entwicklungen und kommunale

Spielzüge auf dem Schachbrett der Machtinteressen neu vorzunehmen, ob es gelingt, Widerholungszwänge zu vermeiden und die Debatten wieder öffentlich zu führen, hängt vor allem von einer sensiblen und politisch entschlossenen Diskussions- und Projektleitung ab.

Es bedarf der Mitwirkung anderer im Projekt und der am Ort beteiligten Institutionen, solche Normen und Milieus zu verbessern, in denen die Generation des dritten Lebensalters Öffentlichkeit sucht, wagt und gestaltet. Nur wer diese Risiken überschaubar halten und gleichzeitig die herrschenden Normen mit verändern kann, wird breitere Kreise für neues Engagement im dritten Lebensalter gewinnen. Aus diesem Grund wurde die „Initiative Drittes Lebensalter" von Anfang an auf die Grundlage eines *Kooperationsvertrages* gestellt. Dieser Kooperationsvertrag, ausgehandelt zwischen Geschäftsstelle und den Stadtverwaltungsvertretern, schrieb die Ziele, Themen und Gremien fest. Er wurde den örtlichen Gemeinderäten zur Abstimmung vorgelegt.

Auf dieser Grundlage konnten Konflikte ausgetragen, aber auch Positionen in der Landespolitik z. B. durch einzelne Oberbürgermeister vorgetragen werden.

Das Anliegen der Geschäftsstelle war die *Stärkung der Position der bürgerschaftlichen Seite* in den Projekten. Zur gemeinschaftlichen Vertragsunterzeichnung wurden Bürger aus allen vier Städten eingeladen. Wenig später wurde eine erste Seminartagung über Leitgedanken der „Initiative Drittes Lebensalter" durchgeführt.

Immer häufer präsentieren die Bürger aus den jeweiligen Orten das Konzept bei Fachtagungen oder gegenüber anderen Verwaltungen. Die gefundenen und diskutierten Leitgedanken zum dritten Lebensalter wurden zu einem zentralen Instrument der weiteren Arbeit.

Leitgedanken auszuformuieren und anzuwenden, ist nicht unproblematisch. Die Bürger auf der einen Seite können sich leicht dieses Instrumentes bedienen. Sie identifizieren sich mit einer Formulierung wie: „Wir entscheiden selbst, wir engagieren uns". Den Fachkräften, Experten und Verwaltungsvertretern auf der anderen Seite fällt es schwer, sich in dieser persönlichen Weise mit der Aufgabenstellung zu identifizieren. Sie stecken in der Schwierigkeit, sich entweder als Privatpersonen zu definieren oder aber sich mit dem jeweiligen Arbeitgeber abzustimmen. Dieser Vorgang konkretisiert Politik und macht sie persönlicher. Allzuoft fügen Fachkräfte das bürgerschaftliche Engagement sonst nur in die Lücken des Dienstleistungssystems ein.

Die Projektgruppenmitglieder in allen Städten stimmten mehrheitlich in einer Befragung der Aussage zu, daß es in Zukunft wohl notwendig sein müsse, daß sich ältere Menschen noch mehr selbst und gegenseitig helfen müßten. Für diese Art von Selbsthilfe ist nicht so sehr das neue Angebot wichtig, sondern die Möglichkeit, den Weg zu erleben, den die Menschen bis dorthin beschreiten müssen (siehe Hans Peter Tews in seinem Beitrag S. 80ff.).

Das Erfolgserlebnis, einen solchen Weg gefunden zu haben, ist das Element, mit Hilfe dessen weitere Selbsthilfekompetenz den Betroffenen zuwächst. Mit Nachdruck, aber ohne Zwang, so die Aussage der Bürger im Fragebogen, gelte es, künftige Alte auf solche Aufgaben und Erfahrungen vorzubereiten. Die Befragung zeigte deutlich, daß das Problembewußtsein auf Seiten der Bürger und auf Seiten der modelltragenden Politik ähnlich ist.

Schwieriger wurde es im weiteren Verlauf des Projektes. Mit der Entstehung örtlicher Institutionen – von der Geschichtswerkstatt über das Seniorenblasorchester und die Tagesstätte bis hin zum Bürgerbüro – stellte sich die Frage der Verbindlichkeit, Selbstverwaltung und Interessenvertretung über das Ende des Modellversuches hinaus. Für das bürgerschaftliche Engagement war zwar ein Rahmen gefunden worden, dessen innere Struktur und die Interessenvertretung zur Absicherung von Kostenzuschüssen verlangten aber zudem eine demokratische und verbindliche *Organisation*. Aus Beteiligten im Projekt mußten Mitglieder einer neuen Institution werden, – ein durchaus umstrittener Vorgang, der 1995 zu langen und vielen Sitzungen führte.

Gleichzeitig wurden die Initiativen bürgerschaftlicherseits Mitglied in der Landesarbeitsgemeinschaft „Bürgerschaftliches Engagement“ (ARBES).

Spätestens zu diesem Zeitpunkt wandelte sich der Charakter der „Initiative Drittes Lebensalter“ auch im Spiegel der öffentlichen Meinung weg von einer Angebotsstruktur für junge Alte hin zu einem Element kommunaler Selbstverwaltung. Gemeinsam ist das Bemühen der beteiligten Gruppen, daraus nicht nur einen neuen Verein werden zu lassen, sondern eine für jeden neuen Jahrgang von Menschen beim Wechsel in die Nacherwerbsphase offene Organisationsstruktur zu schaffen. Während die Wohlfahrtsverbände in den Städten eher abwartend blieben, zeigten sich die Kommunalpolitiker an der Weiterentwicklung der Bürgerbüros sehr interessiert.

Unübersehbar ist gegen Ende des Modells das Selbstbewußtsein der Bürgerinnen und Bürger (siehe die Beiträge von Traude Müschenborn, S. 187ff., und Monika Zeisler, S. 190ff.), sich in das Gemeinwesen einzumischen. Kommunalpolitiker beobachten, daß mit diesem bürgerschaftlichen Engagement weniger eine Altenlobby als rundherum interessierte praktische handlungsbereite und kritische Bürger in der Sache des Gemeinwesens erwachsen.

5. Der Ansatz des europäischen und interkulturellen Austausches

Landespolitisch war 1990 das Profil des Alters als einer eigenständigen Lebensphase nicht deutlich formuliert. Der Leitgedanke beschränkte sich auf „aktiv sein". Das Dilemma wurde 1990 elegant durch die Abhaltung einer großen landesweiten Ideebörse gelöst, bei der sich alle Einsender und Antragsteller fortschrittlicher Projekte gegenseitig vorstellen konnten.
Im Jahre 1992 bei der zweiten Börse waren es mehrheitlich bürgerschaftliche Initiativen, die sich präsentierten. Ratlos stand die Sozialpolitik diesen seniorenkulturellen Bemühungen und der immer wieder angesprochenen Verbindung von Europa- und Altenpolitik gegenüber.
Dieser Europa-Bezug ging zurück auf eine 1988 begonnene *Kooperation* der „Vier Motoren" (Baden-Württemberg, Lombardei, Katalonien, Rhone-Alpes). Diese fand 1991 ihre sozialpolitische Ergänzung in einer ersten Sozialkonferenz und in der Einrichtung einer länderübergreifenden Fachgruppe „Altenarbeit".
Die älter werdende deutsche Gesellschaft tut sich schwer mit europäischer Integration und Modernisierung, weil sie um das hohe Niveau ihrer Rente, Gesundheitsversorgung und Wohnraumverteilung weiß und europäische Harmonisierung „nach unten" befürchtet. Andererseits wirkt die soziale Situation in Deutschland durch Flüchtlingsumzüge, Zuwanderung, berufliche Mobilität und Kleinstfamilien besonders plural und entwurzelt.
Diese Verunsicherung schlägt sich in deutschen Sonderlösungen (Rolle der Wohlfahrtsverbände, Berufsbild Altenpfleger usw.) und Verklärungen über die Lebenssituation älterer Menschen in Nachbarländern nieder: Dänemark wird zum Modelland, Italien zum Hort der Großfamilie, die Niederland zum Land der Pflegeversicherung usw.
Ohne Frage gibt es Beispiele, aus denen wir lernen könnten: in Schwerden die Seniorengewerkschaften, in England die nationale Organisation pflegender Angehöriger (carers association), in Rotterdam die riesige Interessenbörse „Gilde", in Barcelona die Selbsthilfegruppen „Conex" und „Freunde des Alters", in den französischen Raiffeisenkassen die kleinen Altenheime Marpa, in der Schweiz die allumfassende „pro senectute".
Mit dem Ziel, Klischees zu brechen, durch persönliche Begegnung Wissen austauschen und vergleichen zu können sowie die ministeriellen Absprachen, europäische Regionen zu demokratisieren, wurde 1991 eine *Reihe „Älter werden in Europa"* mit Unterstützung des Robert-Bosch-Stiftung organisiert. Mit Seminaren richtete sie sich an Bürger der beteiligten Regionen, in Form von Foren an Fachkräfte und mit Austauschmaßnahmen an Projektgruppen.

Schließlich kamen Seminare in La Begude en Mazenc bei Montelimar, Bad Urach und in Bad Boll zustande. Die beiden letztgenannten Orte und Akademien sind durchaus symbolträchtig für die württembergische Identität. Am Ende wurde in Bad Boll ein Memorandum unter dem Motto „wir wollen Verantwortung übernehmen“ beschlossen.
Euroforen fanden in Stuttgart, Straßburg und in intensiver Zusammenarbeit mit Katalonien in Barcelona statt. Von besonderer Bedeutung waren dabei die hohe Motivation der Fachgäste aus Mitteleuropa. Dies ermöglicht zwei Jahre später die Teilnahme der polnischen Stadt Bialystok am europäischen Netzwerk EUROBES.
In Vorbereitung der dritten Sozialkonferenz der Regionen in Mailand 1994 wurde von der Geschäfsstelle der Versuch unternommen, auf der kommunalen Ebene alle Elemente der driten Lebenphase interkulturell für eine gewisse Zeit verbindlich miteinander zu vergleichen, Bürgern das Instrument der europäischen *Kooperation* selbst in die Hand zu geben.
Es war gelungen, zwischen den Seniorenhochschulen Schwäbisch Gmünd und Warschau eine Partnerschaft zu vermitteln. In Bialystok-Antoniuk in Ostpolen hatte sich eine Seniorengenossenschaft gegründet und mit Genossenschaften in Ulm und Riedlingen am Rande der großen Euroseminare Kontakt gesucht. Auf katalanischer Seite konnte die Stadt Olot für eine Kooperation gewonnen werden. Sie war an der Erstellung des gesamtkatalanischen Altenplans („plan integral“) beispielhaft beteiligt gewesen. Die zuständige Sozialdezernentin erwies sich als sehr interessiert. Die Stadt erfüllte ähnliche Kriterien, wie sie bei der „Initiative Drittes Lebenalter“ formuliert worden waren.
Die Geschäftsstelle erhielt Anfang 1994 die vorläufige Zusage der engagierten Abteilung 5 der Europäischen Kommission für Zuschüsse für ein *Netzwerk*. Das „Europäisches Netzwerk bürgerschaftliches Engagement und Selbsthilfe im Dritten Lebensalter“ (EUROBES) war von Stuttgart aus zu verwalten. Es sah vor, daß an jedem Ort eine gemischte Projektgruppe entstand, die ihrerseits Arbeitsgruppen beauftragen und auch örtliche Begegnungen traditioneller Art (Besuch, Besichtigung, Führung, Kulturabend) durchführen konnte. Diesen Gruppen wurden von Seiten der Sozialarbeiterin der Geschäftsstelle alle Dokumente in den drei Sprachen vorgelegt, mittels Schemata Strukturen durchschaubar gemacht und besonders Elemente herausgearbeitet, die einen gemeinsamen Zukunftshorizont eröffneten, ältere Bürger im vereinten Europa zu sein.
Für das EUROBES-Projekt, die Seniorenkultur und die Landesideenbörsen gilt die gleiche Ausgangssituation: Gelernt wird vor allem am Vergleich der Altersgruppen mit – und untereinander. Der soziale Vergleich, wird in solchen Projekten zum interkulturellen Arbeitsansatz. Im anderen älteren Men-

schen begegnet einem nicht nur ein Mensch mit anderen Lebensweisen und Lebenslagen, sondern ein Träger anderer Kultur und Herkunft. Gleich sind in Europa Altersfragen, verschieden die kulturell gepräften Sinndeutungen, gleich ist die Bereitschaft sich zu vorderst als Bürger oder Bürgerin eines Europas ansprechen zu lassen, verschieden das, was jeder unter Engagement versteht.

1995 versuchte die Geschäftsstelle deshalb eine repräsentative Bevölkerungsbefragung kurz vor der dritten Landesideenbörse durchzuführen und europäisch mit gleichlaufenden Befragungen im Partnerland Katalonien zu vergleichen.

6. Zusammenfassung

Als gemeinsamer Ausgangspunkt der Debatte um Bürgerengagement, den Maßnahmen der Geschäftsstelle im Stuttgart Sozialministerium und dem Kommunitarismus kann die Aussage Michael Walzers gelten: „Wir haben zuviel über soziale Strukturen nachgegrübelt, die sich von der zivilen Gesellschaft unterscheiden und mit ihr im Widerstreit liegen. Und so haben wir die Netzwerke vernachlässigt, die einen zivilen Umgang miteinander hervorbringen und reproduzieren." (Walzer 1992, S. 66)

Die Geschäftstelle Seniorengenossenschaften wurde mit Beschluß von Kabinett und Amtsspitze vom 4. Juli 1994 unbenannt und mit dem Schwerpunkt „bürgerschaftliches Engagement" – mit einem Anspruch also weit in Selbsthilfekontaktstellen, generationenübergreifender Arbeit und Ehrenamt hinein – versehen und ab 1995 neu konsitutiert. Hierzu wurde ein umfassendes Jahresprogramm für die unterschiedlichen Arbeitsfeldern (Genossenschaften, Initiativen, Familienpolitik, türkische Integrationsprogramme, Selthilfekontaktstellen, Kommunalverwaltungen, Sozialarbeiter, Ehrenamt, Europa) erstellt.

Ende 1995 soll ein erster Kongreß zur Standortbestimmung „Bürgerschaftliches Engagement" durchgeführt werden, der darauf abzielt, Mut zu machen, neben der professionalisierten die bürgerschaftliche Seite im Sozialstaat zu stärken. „Netzwerke hervorzubringen und zu reproduzieren" (Walzer) kann weder einem Staatsapparat noch den Wohlfahrtsverbänden oder Fachkräften überlassen werden, sondern ist zuerst *Sache der Bürgerinnen und Bürger selbst*, die dafür allerdings *Rahmenbedingungen* brauchen, die mit ihnen innovativ entwickelt werden müssen.

Die Erfahrungen der Projekte „Seniorengenossenschaften", „Initiative Drittes Lebensalter" und den Ansätzen interkulturellen Lernens fließen als fruchtbare Bereicherung in die generationsübergreifende, gesellschaftliche

Arbeit am Bürgerengagement ein. Eingangs habe ich festgestellt, daß Chancen, Rollen und Visionen die Voraussetzungen sind, um bürgerschaftliches Engagement entstehen zu lassen.
Die Projekte zeigen, daß das Gemeinwesen Teilhabechancen eröffnen kann, die Betreffenden ihre Rolle selbst ausfüllen und gestalten können und das Engagement eine zeitgemäße Vision braucht. „Freiheit und Gleichheit sind, ohne daß Menschen miteinander verbunden und füreinander verantwortlich sind, weitaus weniger anziehend, als wir früher glaubten" (Walzer 1992a, S. 97). Führen wir Menschen in solchen Initiativen und Bürgerbüros zusammen und stärken wir ihre Verantwortungsbereitschaft. Bringen wir bürgerschaftliches Engagement voran. Erleben wir Freiheit *und* Gleichheit nicht als Gegensatz, sondern sich bedingende konkrete Utopie.

Die Sozialisierung des Wohlfahrtsstaates als Zukunftsperspektive der Wohlfahrt[1]

Michael Walzer

Michael Walzer, Sozialwissenschaftler am Universitätsinstitut in Princeton, ist seit über 20 Jahren einer der wichtigsten Theoretiker der Demokratie- und Bürgerinitiativenbewegung in den USA. 1980 hat er den Begriff der „Zivilgesellschaft" bekanntgemacht. Sein Buch „Zivile Gesellschaft und amerikanische Demokratie" wurde 1992 in deutscher Sprache veröffentlicht. In seinem Festvortrag anläßlich des Abschlußkongresses des Modellprojektes „Seniorengenossenschaften" am 5. Dezember 1994 in Stuttgart vertrat er die These, daß der Forderung nach Sozialisierung der Produktionsmittel nun die nach der Sozialisierung der „Verteilung der Wohlfahrtsmittel" folgen müsse, d. h. der vielfältigen Leistungen im Sozialstaat. Letztlich zielt dies darauf ab, mehr Bürger am Sozialstaat aktiv zu beteiligen (K. H.). –

1. Der Wohlfahrtsstaat als verstaatlichte Verteilung

In einem Denkmodell läßt sich der moderne Wohlfahrtsstaat als ein *System der verstaatlichten Verteilung* sozialer Güter begreifen. Bestimmte Schlüsselgüter sind aus der privaten Kontrolle oder aus der ausschließlich privaten Kontrolle herausgenommen und werden jetzt nach dem Gesetz an alle (oder an bestimmte Untergruppen von) Staatsbürgern gegeben. Die Verteilung wird mit öffentlichen Mitteln bezahlt und von Beamten organisiert.

> Ein gutes Beispiel dafür ist die Sozialversicherung. Früher verkaufte die Privatindustrie Altersversicherungen und Pensionen an Menschen, die sich die Bezahlung der Beiträge leisten konnten. Jetzt übernimmt der Staat diese Aufgabe, kassiert die Prämien in Form einer Steuer und garantiert die Renten. Im britischen Gesundheitswesen sieht es ähnlich aus: Ohne den privatwirtschaftlichen Sektor abzuschaffen, organisiert und kontrolliert der Staat die Verteilung der Gesundheitspflege und garantiert einen gewissen Mindeststandard an Pflege für jeden.

---

[1] Der Beitrag gibt den Vortrag wieder, den Walzer anläßlich des Abschlußkongresses des Modellprojekts „Seniorengenossenschaften" am 5. Dezember 1994 in Stuttgart gehalten hat. Die Übersetzung nahmen Gerda Bernhardt und Konrad Hummel vor.

Die „Ver-Staatlichung“ ist kein neuer Prozeß. Der Staat, so wie wir ihn kennen, hat seinen Ursprung in der Verstaatlichung des Polizeischutzes und der militärischen Sicherung, die beide im Feudalsystem noch privat geführt worden waren (und später zum „Gewaltmonopol“ geführt haben, neben dem es dennoch Gewalt gibt; K. H.).
Verstaatlichungen in jüngerer Zeit erfolgten zu Lasten der kapitalistischen oder Marktverteilung, ohne jedoch den Kapitalismus oder die Marktwirtschaft abzulösen. Dieser Prozeß kann unendlich variiert werden. Selbst wenn es eine endliche Zahl an Gütern gibt, deren Vertrieb verstaatlicht werden könnte, so gibt es doch keine Grenze für die Art, in der verstaatlichte Verteilungen zu organisieren wären, oder für die Gruppen von Menschen, für die die Bereitstellung des einen oder anderen Gutes garantiert werden könnte. Die meisten verstaatlichten Verteilungen umfassen nicht die Gesamtheit der betreffenden Güter und bestehen neben anderen Formen von Verteilungsaktivitäten, so wie etwa der öffentliche Erziehungsbereich, obwohl er allen Bürgern garantiert ist, gleichzeitig neben der privat organisierten Erziehung besteht, oder die „Nationale Stiftung für Geisteswissenschaften“ in den USA, die eine typische, wenn auch kleine Behörde des Wohlfahrtsstaates ist, die Gelder verteilt, ergänzend zu anderen Verteilungen, von denen einige einen philanthropischen Charakter haben und andere eher auf einer Marktbasis beruhen; trotzdem ist die Förderung der Geisteswissenschaften inzwischen zu einem nationalen Projekt geworden ist.
Die Entwicklung und Expansion solcher Projekte gingen in manchen Ländern viel weiter als in anderen, aber Länder können nicht an einem einzigen Kontinuum ausgerichtet werden, als ob die Verstaatlichung eine notwendige Form oder einen logischen Endpunkt hätte. Sie hat es nicht. Jeder Wohlfahrtsstaat hat seine eigene Geschichte und auch wohl sein eigenes Schicksal. Aber die Verstaatlichung produziert unter den heutigen Bedingungen ein ganz bestimmtes *Instrumentarium*: eine zentrale Verwaltung, einen neuen administrativen Kader, eine mehr oder weniger einheitliche Sammlung von Gesetzen und Vorschriften. Zwar sind diese Instrumente nur partiell, aber soweit sie Staatsinstrumente sind, werden sie nach Weberianischen Linien organisiert und kontrolliert: gemäß einem „rationalen/legalen“ Ideal. Der Wohlfahrtsstaat ist zuerst einmal ein *Staat*. Der Empfänger von Wohlfahrtsleistungen steht in einem notwendigen Verhältnis zum Staat, – einem Verhältnis, das von der Staatsbürokratie vermittelt wird.
Wenn wir die Verstaatlichung der Verteilung auf diese Weise beschreiben, drängt sich der *Vergleich mit der Verstaatlichung der Produktion* auf. Mein Argument besteht hauptsächlich aus diesem Vergleich; es ist ein Argument, das mit Analogien arbeitet. Meine These ist, daß die Probleme des Wohlfahrtsstaates schon vorweggenommen und einer kritischen Reflexion unter-

worfen wurden, als die sozialistische Debatte über Verstaatlichung stattfand, auch wenn es damals mehr um die Produktion als um die Verteilung ging. Die beiden Verstaatlichungen verlaufen parallel. In beiden Formen übernimmt der Staat Aktivitäten, die vorher vollständig in privater Hand waren. Die *Produktion* von Gütern kann genau wie die *Verteilung* von Wohlfahrtsleistungen zu einem nationalen Projekt gemacht werden, das von (beamteten) Administratoren geleitet wird und dessen Investitionskapital notfalls aus Steuergeldern kommt. Keines dieser Projekte hat eine notwendige Form oder einen vorbestimmten Endpunkt. Genau so, wie es möglich ist, die Verteilung von einem bestimmten sozialen Gut zu übernehmen und nicht die eines anderen, so ist es auch möglich, die eine Branche zu übernehmen und die andere unberührt zu lassen, z. B. Stahl und nicht Chemie, oder Chemie, aber nicht Stahl. Die Verstaatlichung umfaßt nie alle Waren oder Industriezweige. Sie stellt keine Schranke dar für kleine (manchmal nicht einmal für große) unternehmerische Aktivitäten, die nebenher ablaufen, genau so wie in der Ausbildung oder im Gesundheitswesen oder in den beiden genannten Bereichen „Chemie" oder „Stahl". Aber wie auch immer der Umfang und der Grad der Verstaatlichung aussehen mag, ihre charakteristischen Eigenschaften tauchen immer wieder auf: zentralisierte Kontrolle, Bürokratie, einheitliche Regelungen.

2. Die Enttäuschung verstaatlichter Produktion

Wenn die verstaatlichte Verteilung sozialer Güter den Wohlfahrtsstaat ausmacht, so macht die verstaatlichte Produktion den sozialistischen Staat aus, oder zumindest wurde das früher so angenommen. Die Theoretiker des Sozialismus hatten über die Verteilung wenig zu sagen. Wenn die Produktionsseite stimmt, so sagten sie, ergibt sich die Verteilung ganz von alleine. Ein Zitat von Karl Marx: „Jedwede Verteilung der Verbrauchsgüter ist nur eine Folge der Produktionsart selbst." Obwohl amtierende Sozialisten viel erfolgreicher waren, wenn sie die Verteilung und nicht die Produktion von Gütern verstaatlichten, hat eigenartigerweise die Theorie die politische Realität nie eingeholt. Die Produktion ist im Prinzip immer noch primär, und der Streit über die Vorteile der Verstaatlichung konzentriert sich immer noch auf die produktive Aktivität. Ein Grund hierfür ist natürlich auch, daß der Sozialismus durch die Übernahme (von Teilen) der Industrie keineswegs erfolgreich war. Die verstaatlichte Produktion war eine große *Enttäuschung*. Ich werde versuchen, die Art dieser Enttäuschung zu erklären, und mich dann den analogen, wenn auch kleineren Enttäuschungen in der verstaatlichten Verteilung zuwenden.

Es ist nicht die Ineffizienz, die zur *Enttäuschung über die verstaatlichte Produktion* von Gütern geführt hat. Staatsbetriebe sind (im Westen) nicht deutlich weniger effizient als die Privatindustrie. Die Probleme der beiden und ihre Leistung angesichts dieser Probleme waren nicht einmal so besonders unterschiedlich. Die britische und die amerikanische Stahlindustrie haben beispielsweise aus ähnlichen Gründen einen ähnlichen Konjunkturrückgang erlebt. Es kann sogar sein, daß der Mangel an unternehmerischem Wagemut einer der Gründe in beiden Fällen ist: Warum sollten Firmen, Manager und Staatsmanager, die aus derselben sozialen Gruppe stammen und buchstäblich identischen Anreizen und Zwängen unterworfen sind, sich unterschiedlich verhalten? Die Möglichkeit für unternehmerische Initiative ist im privaten Sektor zweifellos größer, aber selbst da besteht sie nur marginal, nicht im Zentrum, nicht in der Schwerindustrie, nicht in den großen Konzernen. Die Chancen für soziale Verantwortung und langfristige Planung sind in Staatsbetrieben zweifellos besser, aber es hat sich auch als möglich erwiesen, ohne Verstaatlichung Verantwortung zu übernehmen und Planungen vorzunehmen. Im modernen ordnungspolitischen Staat ist die verstaatlichte Produktion nicht erheblich anders als die private Produktion, und darin liegt natürlich die Enttäuschung. Auch die Erfahrung der Arbeiter in staatseigenen Fabriken ist nicht so viel anders, und nachdem die Verstaatlichung angeblich im Interesse der Arbeiter durchgeführt wurde, ist das die größte Enttäuschung. Was für einen Unterschied macht es aus, ob der Chef ein Beamter ist oder ein leitender Mitarbeiter einer Firma? Im Prinzip ist es vielleicht ein großer Unterschied, da die Arbeiter auch Wähler sind und so bei der Wahl ihres Chefs mitreden können. Aber der politische Abstand ist zu groß: Was im Prinzip wahr ist, ist in der Praxis ohne Bedeutung. Die effektive Befehlskette, die tägliche Erfahrung der Hierarchie, ändert sich durch die Tatsache von regelmäßigen nationalen Wahlen nicht. Das Verhältnis der Produktion ist durch die Verstaatlichung nicht umgewandelt worden. An einem Fließband in einem verstaatlichten Betrieb zu arbeiten, ist auch nicht anregender oder wünschenswerter, als an einem Fließband in einem Privatbetrieb zu stehen. Wenn der Arbeiter seine Kosten und seine Vorteile berechnet, dann kommt die Verstaatlichung kaum in Betracht.

Daher lautet die Standardkritik des linken Flügels bezüglich der verstaatlichten Produktion folgendermaßen: Was wir wirklich wollten, war eine *sozialisierte Produktion* von Gütern. Die wirkliche Alternative zum privaten Management sind Selbstmanagement, Selbstverwaltung und Arbeiterkontrolle, eine zeitgemäße Version des Syndikalismus. Denn die Standardkritik rekapituliert viel von dem, was Syndikalisten, Innungssozialisten und andere pluralistische Kritiker des Staates vor Jahrzehnten schon sagten. Wenn die Erfahrung der Produktion geändert werden soll, reicht es für die Nation oder den Staat nicht aus, den Prozeß in die eigene Regie zu übernehmen. Die Produzierenden selbst müssen ihn übernehmen: Die Aufgaben der Geschäftsführung müssen geteilt werden, die Geschäftsführer müssen von den Männern und Frauen am Band kontrolliert werden. Sonst ist es nur eine Staatsmacht, und nicht die Macht des Volkes, die gefördert wurde.

3. Die Kritik an verstaatlichter Verteilung sozialer Güter

Ich möchte diesen Aspekt nicht weiter verfolgen, sondern auf meine Analogie hinweisen: Die Kritik an der verstaatlichten Produktion ist auch im Fall der verstaatlichten Verteilung relevant. Die *Enttäuschung* ist hier natürlich *nicht so groß*. Zum einen, weil die staatliche Verteilung von sozialen Gütern ja tatsächlich Güter liefert und zudem an viel mehr Menschen, als die privaten Verteiler dies je erreicht haben, und mit viel größerer Regelmäßigkeit und Beständigkeit. Und zum anderen, weil die Wohlfahrtsempfänger jetzt das, was sie bekommen, nicht mehr in Form von milden Gaben und „noblesse oblige" bekommen, sondern in Form eines Rechtsanspruches, nicht als Bettler, sondern als Bürger. Aber diese Wandlung ist nur partiell, denn es stimmt ja auch, daß die alten Muster der Abhängigkeit als neue *Muster der zivilen Klientel* neu geschaffen worden sind. Die privaten Verteiler sind ersetzt (und zweifellos verbessert) durch staatliche Administratoren, aber was die Wohlfahrtsbeziehung genannt werden könnte, ist nicht verschwunden. Die Position der angestellten Arbeiter, selbst der relativ schlecht bezahlten Arbeiter, hat sich verstärkt und stabilisiert. Aber die ärmsten Bürger, die Arbeitslosen und die Hilflosen, sind nicht in entscheidendem Maße unabhängiger oder verantwortungsbewußter oder fähiger geworden, ihr eigenes Leben zu gestalten und zur gemeinsamen Arbeit der Bürgerschaft beizutragen. Und das ist die Enttäuschung: Der Zweck der Verstaatlichung der Verteilung von Wohlfahrtsleistungen war, uns alle von den überflüssigen und demütigenden Formen der menschlichen Abhängigkeit zu befreien. Doch was wir jetzt an „Fortschritt des Wohlfahrtsstaates" messen, ist die steigende Anzahl von Abhängigen, die jeder Werktätige unterstützen muß; und diese Zahl erscheint vielen Bürgern heutzutage als unerträglich.

Die Enttäuschung liegt auch noch in einem anderen Punkt. Die verstaatlichte Verteilung von sozialen Gütern sollte den Sinn der Nation oder des Staates als eine Gemeinschaft ausdrücken, die ihren Mitbürgern verpflichtet war – oder besser: als eine Gemeinschaft, die aus Bürgern bestand, die sich gegenseitig verpflichtet waren. Der Wohlfahrtsstaat wurde als eine systematische Form der gegenseitigen Hilfe gesehen, die die unsystematischen (und unzuverlässigen) Formen ersetzte, die ehedem bestanden hatten. Hinter dieser

Vorstellung liegen bestimmte historische Bilder. Und diese Bilder stehen in einem interessanten Kontrast zu denen, die hinter der Vorstellung des Sozialismus liegen: Die Sozialisten versuchen, das Feuer des revolutionären Engagements, die Solidarität der Streikversammlungen oder der politischen Demonstrationen, auf ewig fortzusetzen. Ihre Helden sind nicht so sehr Arbeiter, die arbeiten, sondern Arbeiter, die (zusammen) entscheiden, wie sie arbeiten wollen. Dagegen bemühen die Verteidiger des Wohlfahrtsstaates andere Bilder: Der Hilflosigkeit, die aus der kollektiven Krise geboren ist, wollen sie mit dem Geist der Gegenseitigkeit begegnen – einem Geist, der von Bürgern kommt, die einer Überschwemmung oder einem Sturm oder vielleicht auch dem Angriff von Feinden gegenüberstehen. Sie versuchen, diese Zuwendung zu institutionalisieren und zu perpetualisieren. Nach diesem Muster entstand beispielsweise der britische Wohlfahrtsstaat, der sich aus der Asche des Blitzkrieges erhob. Seine Helden sind keine Almosengeber, sondern Männer und Frauen, die den anderen eine helfende Hand ausstrecken. Ein Scheck, mit der Post an Bedürftige versandt, auch wenn das sehr wichtig ist, erfüllt die Ansprüche dieses Bildes nicht.

4. Sozialisierte Verteilung als Alternative

Was wir als Alternative wirklich im Sinn hatten, war die *sozialisierte Verteilung* von Wohlfahrtsleistungen. Der bevorzugte Nachfolger der privaten Philanthropie ist die kollektive Hilfe, die Arbeit nicht nur von Bürokraten, die das Geld der Steuerzahler, sondern auch von Staatsbürgern ausgeben, die ihre eigene Zeit und Energie „ausgeben". Was alles dazu gehören würde, läßt sich jedoch nicht genau sagen.

Wie würde ein verstaatlichter Wohlfahrtsstaat ausschauen? Man kann ihn sich als „Alle Macht den Verteilern" – in Analogie zum alten sozialistischen Motto „Alle Macht den Produzenten" – vorstellen. Aber die Verteiler sind meist Administratoren und Professionelle, und sie üben bereits eine erhebliche Macht über ihre Klienten, die Leistungsempfänger, aus. Wie sieht es also aus mit dem Motto „Alle Macht den Empfängern"? Würde das aus der Abhängigkeit schon eine Tugend machen? Und würden die plötzlich bevollmächtigten Empfänger etwas anderes verlangen als mehr von dem, was sie bereits bekommen? Weder die Verteiler noch die Empfänger, so wie sich diese beiden Gruppen derzeit darstellen, erscheinen als plausible Kandidaten für Ermächtigungen. Aber beide Gruppen könnten auf einer breiteren Basis neu gebildet werden.

Das würde den Weg für ein *doppeltes Programm* eröffnen, das ich erklären und verteidigen möchte:

(a) Macht nur insoweit an die Verteiler zu geben, als viel mehr Menschen – Laien und Professionelle – bei der Arbeit der Verteilung sozialer Güter mitwirken;
(b) Macht an die Empfänger und möglichen Empfänger zu geben, d. h. den „normalen“ Bürger, die bereits jetzt oder in naher Zukunft Wohlfahrtsleistungen erhalten.

5. Die Spannung zwischen Verstaatlichung und Sozialisierung

Die Verstaatlichung der Verteilung sozialer Güter verlangt in der gleichen Weise wie die Verstaatlichung der Produktion von uns, daß wir Wege finden, in denen sich die Stärken der zivilen Gesellschaft im wachsenden Aktivismus des Staates widerspiegeln und durch diesen Aktivismus gefördert, jedoch nicht überwältigt werden. Dazu bedarf es nicht der Abschaffung oder der Ersetzung des Staates. Das wäre ein utopisches Projekt, das die zivile Gesellschaft wohl auch kaum stärken würde. Die „Zivilisten der Gesellschaft“ brauchen den Staat (und die Bürokratie), um sie gegen ihre eigene Entzweiung zu verteidigen, um sie zu schützen, wenn sie allein und hilflos sind, um den allgemeinen Standard der Fürsorge und Sicherheit zu stärken. Aber jeder Staat beutet die Gesellschaft, die er schützt, auch aus. Deshalb ist die *Sozialisierung* das notwendige *Korrelat der Verstaatlichung*.
Das Problem ist, wie diese beiden in einem ungefähren Gleichgewicht gehalten werden können: zentrale Planung und Kontrolle der Arbeiter, staatliche Regulierung und unternehmerische Initiative, ein Minimum an Wohlfahrt und lokale Selbsthilfe. Daß dieses Gleichgewicht nicht zu halten ist, erkennen wir, wenn wir uns beispielsweise die Organisation und Politik des amerikanischen Ausbildungswesens betrachten, der erste Verteilungsbereich, der sowohl verstaatlicht als auch sozialisiert wird. Die Ausbildung wird insoweit verstaatlicht, als sie vom Staat garantiert wird und ihre Erteilung von Bundesbehörden reguliert wird. Sie wird insoweit sozialisiert, als sie Tag für Tag von lokalen und gewählten Schulausschüssen organisiert und betrieben wird. Die Spannung, die über der Frage der Rassenintegration in öffentlichen Schulen entsteht – eine Politik, die von Bundesrichtern auferlegt wird und gegen die die Kommunen protestieren –, ist eine Spannung zwischen Verstaatlichung und Sozialisierung. Diese Spannung hat einen charakteristischen Inhalt, auf den ich gleich zu sprechen kommen möchte. Zunächst aber will ich noch ihre charakteristische politische Form beschreiben: Der Konflikt entsteht zwischen Staatsbeamten, gerichtlichen oder bürokratischen Personen, die von Berufs wegen staatlichen Zielen verpflichtet

sind, und gewählten Vertretern, die ihren eigenen Wahlkreisen verpflichtet sind. Man kann sich ähnliche Spannungen im Bereich der Güterproduktion zwischen staatlichen Planern und Betriebsräten vorstellen, wobei Spannungen dieser Art zumindest hierzulande nur imaginär sind, während sie im Bereich der Verteilung von Wohlfahrtsleistungen reell und sogar vordringlich sind. Ist es nur ein Zufall oder normal, daß solche grundsätzlichen Fragen hauptsächlich im imaginären Fall der Produktion so heftig debattiert werden und die nicht weniger bedeutsamen Probleme der Verteilung außen vor bleiben?

6. Ein Beispiel

Nehmen wir als einfaches Beispiel die Verteilung der Krankenpflege: Die Staatsbeamten wollen am liebsten eine arbeitsteilige Organisation, d.h. kostspielige Ausrüstungen (Gebäude, Geräte) sollen auf eine kleine Anzahl von zentralen Krankenhäusern konzentriert werden, deren Dienste für einen großen Einzugsbereich zur Verfügung stehen. Dagegen sollen kleinere Krankenhäuser sich auf präventive Pflege oder Routinepflege konzentrieren. Diese Teilung ist durchaus sinnvoll. Trotzdem könnte ein lokales Krankenhauskomitee, das für eine bestimmte Gemeinde tätig ist und von Mitgliedern dieser Gemeinde gewählt worden ist, versuchen, die neueste medizinische Technologie auch für das gemeindeeigene Krankenhaus zu erhalten. Es würde damit ein Beispiel für Wohlfahrtsautarkie geben, das höchstwahrscheinlich Nachahmer fände.

Das Wesen der Debatte um Verstaatlichung und Sozialisierung ist an diesem Beispiel schnell beschrieben: Es ist der Anspruch der Effizienz und der Universalität, der am häufigsten von den Vertretern der Wohlfahrtsverteilung durch Staatsbehörden ins Feld geführt wird. Die Menschen, die mit einem bestimmten Ort eng verbunden sind und ein Ohr für die Interessen einer bestimmten Gruppe haben, vertreten einen Anspruch auf Besonderheit. Dadurch kann es gar nicht ausbleiben, daß die (sozialisierte) Verteilung ortsspezifisch und damit verschieden ist, weil sie die Entscheidungen der vielen verschiedenen Ausschüsse widerspiegelt. „Verschieden“ bedeutet hier notwendigerweise „ungleich“. Manche Ausschüsse funktionieren besser, weil sie mehr Geld von ihren Mitgliedern nehmen, ihre Gelder klüger ausgeben oder weil sie sich für die eine und nicht für die andere Dienstleistung entscheiden. Genauso, wie Betriebsräte mehr oder weniger erfolgreich sind, sind auch Schulkomitees und Krankenhausausschüsse mehr oder weniger erfolgreich. Wenn die Wohlfahrt nicht national, sondern sozial verteilt wird, erhalten die Bürger *unterschiedliche Beträge* oder *Sorten von Wohlfahrt*. Natürlich versuchen staatliche Bürokraten, die im Namen der Effizienz und der Allgemeingültigkeit handeln, diese Ungleichheiten zu beheben, wie es ja auch ihre Aufgabe ist, etwa indem sie gleiche finanzielle Unterstützung an jeden Schulbezirk geben. Aber sie können nicht verlangen, daß das Geld gleichmäßig ausgegeben wird, es sei denn, man schafft die lokalen Ausschüsse ab.

7. Desozialisierung der Verteilung infolge der Verstaatlichung der Wohlfahrt

Die *Unterschiedlichkeit* und *Ungleichheit in der Verteilung* werden durch den besonderen Charakter der Verstaatlichung noch *verstärkt*. In der Verteilung von Wohlfahrtsgütern und Dienstleistungen sind alle Arten von freiwilligen Organisationen beteiligt. Es liegt auf der Hand, daß diese Gruppen in verschiedenen Gemeinden unterschiedlich funktionieren, je nach den Ressourcen (an Zeit und Energie und auch an Geld), über die sie verfügen, und nach dem Geschick ihrer führenden Köpfe. Auch hängt viel von den politischen Verpflichtungen ihrer Führungsleuten ab: Zwar sind diese Leute oft nicht direkt von den Bürgern gewählt, aber sie reflektieren doch die lokale Meinung (häufig nach dem Urteil der Mittel- oder Oberklasse). All das ist typisch für den sozialen Sektor, selbst wenn er nie in irgendeinem formellen Sinn sozialisiert worden ist, d. h. den lokalen Bürgern übergeben oder von diesen übernommen worden ist. Diese Organisationen stellen so etwas wie die freiwillige Mobilisierung der Bürger dar. Wir könnten uns diese freiwillige Mobilisierung als die spontane oder unpolitische Form der Sozialisierung vorstellen. Sie macht es einigen der Bürger möglich, die Lieferung von Wohlfahrtsdienstleistungen zu kontrollieren und zu gestalten. Und natürlich kontrollieren und gestalten sie diese unterschiedlich, je nach ihren unterschiedlichen Ansichten, wobei sie dies auch so tun würden, wenn die Ausgabe von Steuergeldern und von bürokratischen Leistungen im ganzen Land absolut einheitlich wäre.

Die Verstaatlichung der Verteilung sozialer Güter in Westeuropa hat unter anderem zur Folge, daß der *Umfang von ehrenamtlichen Aktivitäten reduziert* wird. Das deutlichste Beispiel ist der Zusammenbruch der alten arbeiterklasse-freundlichen Gesellschaften, die ihren Mitgliedern die früheste Form sozialer Sicherheit gegeben hat. Diese Gruppen wurden einfach vom Staat verdrängt, der seinen Mitgliedern, d. h. uns allen eine sicherere Sicherheit gibt. Andere Formen von gegenseitiger Hilfe wurden gedrosselt, weil die Akteure feststellten, daß die Arbeit, die sie gemacht haben, inzwischen effizienter (wenn auch nicht immer menschlicher) von Fachkräften durchgeführt wird. Ich glaube nicht, daß diese Beschneidung eine beabsichtigte Folge der Verstaatlichung ist. Doch die Befürworter des Wohlfahrtsstaates beabsichtigen einen gewissen Grad an Kontinuität und Einheitlichkeit in der Lieferung von Grunddienstleistungen, die ehrenamtliche Organisationen nicht erreichen können. Sie wollten diese Dienste professionalisieren, um mehr Beständigkeit und Einheitlichkeit zu erzielen, und sie in unpersönlicher Form geben, d. h. als Erfüllung eines Anspruchs und nicht als Geschenk, womit die ehrenamtlichen Aktivitäten überflüssig werden. Die ehrenamtlichen Helfer sind entmutigt. Eine nicht geringe Anzahl der weiterentwickelten Wohlfahrtsstaaten berichten in der Tat über einen erheblichen Rückgang der Bereitschaft, freiwillig Zeit, Energie und Geld für andere zu investieren. Damit *desozialisiert die Verstaatlichung der Verteilung* fortwährend die *Wohlfahrt*. Diese Auswirkung ist in den USA, wo die Verstaatlichung weniger fortgeschritten ist als in Europa und wo ehrenamtliche Aktivitäten noch höher bewertet werden, noch nicht so stark wie anderswo.

8. Die Sozialisierung der Wohlfahrt

Es war sicherlich nicht die Absicht der Befürworter des Wohlfahrtsstaates, altruistische Gefühle zu unterminieren oder zu mindern. Im Gegenteil – so argumentieren sie – der Zweck der staatlichen Maßnahmen sei nur, ein Minimum zu garantieren, über dem sich dann der Altruismus entfalten würde. Aber es zeigt sich, daß gegenseitige Hilfe wenn überhaupt nur auf einer untersten Ebene und in Bezug auf die grundlegenden Dienstleistungen ins Spiel kommt. Wir müssen uns deshalb Wege ersinnen, um Freiwillige für Aktivitäten zu gewinnen, die vom Staat finanziert und überwacht sind.

Wir brauchen eine *dezentralisierte Form der Servicebeschaffung*, um mehr Raum für Selbsthilfe und lokale Initiative zu schaffen. Die spontane Sozialisierung muß von einer *staatlich unterstützten Sozialisierung* begleitet und d. h. die staatlichen Behörden auf lokaler Ebene müssen demokratisch umgewandelt werden, die Autorität und Ressourcen müssen an ehrenamtliche Organisationen übergeben werden. Damit werden sicherlich wieder neue Ungleichheiten geschaffen, da manche dieser lokalen Organisationen wagemutiger oder energischer vorgehen als andere. Die Alternative besteht darin, daß wir mit den Enttäuschungen über die Verstaatlichung unseren Frieden schließen, daß wir die Vorteile, die Bürokratien bringen, dankbar entgegennehmen und die Hoffnung nicht aufgeben, einige dieser Vorteile in einer direkteren Form, als Teil der täglichen Aktivität von Bürgern geben zu können. Das Ergebnis wäre ein Wohlfahrtsstaat, der seine Ansprüche auf Gleichheit nicht durch das einlöst, was wir uns als Wohlfahrtsgesellschaft vorstellen.

Wie würde nun eine Wohlfahrtsgesellschaft aussehen? Der Sozialisierungsprozeß hat zwei Aspekte: Der erste, der in den sechziger Jahren viel diskutiert wurde, beinhaltet eine steigende Beteiligung der Bürger an der Entscheidungsbildung; der zweite umfaßt eine steigende Beteiligung in der tatsächlichen Erbringung von Wohlfahrtsdiensten. Meiner Meinung nach ist dieser zweite Aspekt der wichtigere. Hier gibt es keine Analogie zum Bereich der Produktion, wo es schon eine Masse von Produzenten gibt und wo die Sozialisierung nur verlangt, daß wir Wege finden, Mitglieder der Bürgerschaft in die Arbeit des Managements einzuführen, und zwar Mitglieder, die bereits wissen, was gemanaged wird. Bei der Verteilung liegt die Sache anders.

Dort ist es die erste Aufgabe einer Wohlfahrtsgesellschaft, die Zahl der Menschen, der Empfänger und möglichen Empfänger, die zugleich auch Verteiler oder Geber sind, zu erhöhen. Nur wenn diese Zahl größer wird, wird es möglich sein, den Empfängern und Verteilern zusammen ein größeres Mitspracherecht im Wohlfahrtsmanagement zu geben. Dazu gibt es ein Alternativmodell, das sich enger an die Analogie in der Produktion hält. Es handelt sich um eine Art von Wohlfahrts-Gewerkschaftssystem, in dem die Empfänger gegen die Verteiler organisiert wären. Allerdings hinkt der Vergleich mit den Gewerkschaften, weil die Abhängigkeit von der Wohlfahrt kein „Gewerbe" ist, die Empfänger nicht in eine Aktivität involviert sind, über die sie Kontrollrechte geltend machen könnten. Sie haben ihre Rechte als Bürger. Und sie können Interessengruppen oder Aktionsgemeinschaften organisieren, um diese Rechte zu verteidigen. Denn manchmal muß diese Verteidigung militant sein, wenn man überhaupt in den Genuß dieser Rechte kommen will. Doch Ansprechpartner der Empfänger sind ihre Mitstaatsbürger; mit diesen ist über die Größe und die Verteilung der Dienste zu sprechen (und nicht mit den Staatsbürokraten, so wie in der Industrie Tarifverträge ausgehandelt werden). Auf der anderen Seite gibt es eine Vielzahl von Entscheidungen, die durchaus von lokalen Bürgerausschüssen oder von Ehrenamtlichengruppen getroffen werden könnten, die etwas über die Verteilung der Leistungen wissen, weil sie selbst damit zu tun haben, und die gleichzeitig Empfänger oder potentiellen Empfänger von Wohlfahrtsleistungen sind.

9. Der Bürger in der Wohlfahrtsgesellschaft

Das Engagement könnte ausgearbeitet werden, entweder innerhalb eines demokratisierten Systems der staatlichen Verteilung oder durch die weniger systematische Aktivitäten von philanthropischen Organisationen. Es wäre wahrscheinlich ein Charakteristikum jedes Wohlfahrtsstaates, der auch eine Wohlfahrtsgesellschaft ist, daß die Grenzlinie zwischen diesen beiden zu verschwimmen beginnt. Sie ist bereits jetzt in bezug auf die wirtschaftlichen Ressourcen verwischt, da philanthropische Organisationen Steuergelder effizient ausgeben; aber sie verwischt sich auch in bezug auf das Personal. Stellen wir uns zum Beispiel vor, daß Ehrenamtliche vom Staat bezahlt werden. Sie würden dann wahrscheinlich nur nominelle Beträge erhalten, eher so, wie linke Aktivisten gerade den Lebensunterhalt (oder weniger) für ihre Arbeit in der Bewegung erhalten. Das Ziel dabei ist, daß es mehr Menschen möglich gemacht werden soll, freiwillige soziale Arbeiten zu erbringen, und auch eine größere Kontinuität im Freiwilligenamt zu schaffen. Ist die Vorstellung eines bezahlten Engagements ein Widerspruch in sich selbst? Nein, nicht solange der einzelne Zeit und Energie einbringt (und hoffentlich auch eine wachsende Geschicklichkeit), die auf dem freien Markt viel teurer bezahlt werden müßte. Oder denken wir an den Vorschlag, daß alle Staatsbürger eine bestimmte Zeit in nationalen Dienst treten müssen, und dann ein erheblicher Teil dieser Zeit und Energie in helfende Aktivitäten abgezweigt wird, für Arbeit in Krankenhäusern, Altenpflege usw. Offensichtlich gibt es nicht so etwas wie dienstverpflichtete Ehrenamtliche (auch wenn einzelne Wehrpflichtige durchaus den bestimmten Dienst wählen können, den sie erbringen). Aber die Zwangsverpflichtung würde eine große Anzahl von Laien in die Arbeit der Verteilung der Wohlfahrt einführen und das Verhältnis von Staatsbürger-Helfern zu professionellen Helfern radikal verschieben, genauso wie die Wehrpflicht das Verhältnis der Staatsbürgersoldaten auf Berufssoldaten verschiebt. Ein solcher Zivildienst hätte auch keinen Erfolg, wenn nicht ein gewisser Grad an philanthropischen Gefühlen vorhanden wäre, genauso wenig wie der Militärdienst erfolgreich sein könnte (in einer demokratischen Gesellschaft), wenn die Staatsbürger nicht zu einem gewissen Grade patriotisch wären. Die Wehrpflicht zieht die Jungen heran, aber es gibt noch eine andere Gruppe, mit mehr Zeit, wenn auch weniger Energie, die in der Erbringung der Dienstleistungen eine noch größere Rolle spielen könnte: die steigende Anzahl an älteren und pensionierten Mitbürgern. Es scheint keinen Grund zu geben, warum man ihnen nicht helfen soll, sich gegenseitig zu helfen oder Kleinkinder und Vorschulkinder zu betreuen. Die Hilfen, die früher natürlicherweise innerhalb der Großfamilie gegeben wurden, benötigen nun alternative Netze. Staatsbeamte können wahrscheinlich nur eine bescheidene Rolle in der Entwicklung solcher Netze spielen, aber wenn diese Netze schon entstehen, könnten sie genausogut innerhalb des staatlichen Systems anerkannt und sogar in gewissem Maße subventioniert werden.

10. Das Ehrenamt in einer entwickelten Wohlfahrtsgesellschaft

Haben wir es bei diesem Engagement nicht wieder mit einer Art von Ausbeutung zu tun, wenn die finanzielle Unterstützung nur gering ist? Diese Frage erhebt sich hauptsächlich in bezug auf Frauen, die in den vergangenen Jahren die weitaus größte Anzahl an ehrenamtlichen Helfern gestellt haben. Die wachsende Stärke der Frauenbewegung und die steigende Anzahl von Frauen im Arbeitsleben sind Faktoren, die den Niedergang des Ehrenamtes mit erklären. Warum sollten Frauen ohne Bezahlung das tun, was Männer (und immer mehr auch Frauen) gegen Bezahlung erbringen?

Doch es ist nicht sehr wahrscheinlich, daß irgendeine Gesellschaft alle Hilfestellungen bezahlen kann, die ihre Mitglieder benötigen. Es gibt auch gar keinen Grund dafür. Anderen zu helfen ist eine dankbare soziale Aktivität, und die Tatsache, daß manche Leute ihren Lebensunterhalt damit verdienen, sollte andere nicht von solchen Hilfeleistungen abhalten. Sie sollte jedenfalls keine ideologische Schranke darstellen. In der Vergangenheit bildeten die Frauen das, was man gemeinhin als die „Reservearmee des Wohlfahrtssystems" genannt hat. Es wäre natürlich besser, wenn wir eine geschlechtsunspezifische Reserve hätten.

In einer voll entwickelten Wohlfahrtsgesellschaft wären mehr Bürger als heute bereit zu helfen. Helfen und Hilfe erhalten – das Erste wäre nicht ausbeutend, und das Zweite nicht entwürdigend. Unter der Voraussetzung gleicher Chancen in allen Bereichen, z.B. bei den Arbeitsplatzchancen (was noch wichtiger ist) ist es meiner Meinung nach unerheblich, wenn eine Mehrheit der Ehrenamtlichen Frauen sind oder wenn eine Mehrheit der professionellen Mitarbeiter im Wohlfahrtsbereich Frauen wären. Das wären dann schlicht interessante Fakten, die die üblichen Verhaltensmuster widerspiegeln, die sich nur langsam ändern, oder die unterschiedliche Interessen in der Pflege signalisieren oder – wie im Fall von älteren Ehrenamtlichen – die Tatsache verdeutlichen, daß Frauen länger leben.

11. Die Beauftragten der verstaatlichten Verteilung

Der produktive Sektor unserer Gesellschaft absorbiert einen immer geringer werdenden Anteil von Arbeitskräften. Dies wird auch weiterhin der Fall sein, wenn wir nicht neue Wege der Arbeitsteilung finden. Dagegen steigt der Anteil von Männern und Frauen, die mit der Bereitstellung, Erbringung, Organisation und Verteilung von menschlichen Dienstleistungen befaßt sind. Viele dieser Leute sind im öffentlichen Dienst angestellt oder verbeamtet:

Schullehrer, Sozialarbeiter, Fürsorger und Verwalter verschiedenster Art; in Europa teilweise auch Ärzte und Krankenschwestern. Sie sind die Beauftragten der verstaatlichten Verteilung von Wohlfahrt. Wir könnten sie uns in Gedanken als professionelle Helfer vorstellen. Ihr Ziel ist nicht die Produktion von Waren, sondern die Förderung menschlichen Lebens. Von ihnen wird bisweilen gesagt, daß sie vor allem die Kontrolle der Gesellschaft, deren Mitgliedern sie helfen, anstrebten. In dem Maße, wie sie auf die Steigerung ihres eigenen Lebens als professionelle Helfer aus sind, haben sie ein Interesse an der Hilflosigkeit aller anderen. Dieser letzte Punkt ist sicherlich kein Ziel, das sie bewußt oder gewollt anstreben, aber es erklärt doch einen Teil ihres Handelns. Was sie tun, tun sie nicht aus eigenem Antrieb.
Sie haben auch kein Monopol in Sachen Hilfeleistung. Sie werden von privaten oder gemeinnützigen Gesellschaften der verschiedensten Arten unterstützt. Der Wohlfahrtsstaat koexistiert mit der Wohlfahrtsgesellschaft, aber die Gesellschaft ist heute im Vergleich zum Staat relativ schwach. Die Großfamilien, Gesellschaften auf Gegenseitigkeit, Kirchen und brüderliche Organisationen haben ihren Vorrang in der Bereitstellung von Wohlfahrtsleistungen verloren, und es sind keine neuen Gruppen aufgetaucht, um den Vormarsch des Zivildienstes auszugleichen. Der Staat ist – wieder einmal aus guten Gründen – aktiv, und die Bürger werden immer passiver (oder nur dann aktiv, wenn es sich darum handelt, Aktionen des Staates zu verlangen). Daraus resultieren der Bedarf bzw. die immer stärkeren Bemühungen, Aktivitäten des Staates selbst zu sozialisieren.

12. Sozialisierung – neue Netze gegenseitiger Hilfe

Nach meiner Meinung ist es die Verteilung von Wohlfahrtsleistungen und nicht die Produktion von Gütern, die als erster Bereich sozialisiert wird. Da die meisten Menschen nicht zufrieden sind in einer Welt, in der sie hilflos sind (selbst wenn ihnen gelegentlich geholfen wird), werden sie weiterhin Wege suchen, um sich selbst und anderen zu helfen. Der Zweck der Sozialisierung ist, neue Wege zu finden: eine Vielfalt von Netzen, Institutionen für gegenseitige Hilfe u. a. m. Das benötigt Erfahrungen mit lokaler Demokratie. Es erfordert auch das Bemühen, den Bereich der ehrenamtlichen Organisationen zu erweitern. Und das macht gleichzeitig einen Staat erforderlich, der stark genug ist, um die Arbeit der Staatsbürger und der Freiwilligen zu überwachen und zu subventionieren. Je größer die Anzahl dieser Staatsbürger und Freiwilligen ist, je mehr Arbeit sie als Teilzeitarbeit und als nicht professionelle Verteiler von Waren und Dienstleistungen erbringen, um so wahrscheinlicher ist es, daß die professionellen Helfer wirklich hilfreich sind. Eine lebendige und helfende Wohlfahrtsgesellschaft, die von einem starken Wohlfahrtsstaat unterstützt, aber nicht kontrolliert ist, das würde, um noch ein letztes Mal auf meine Analogie zurückzukommen, eine fundamentale Änderung in den Beziehungen der Verteilung sozialer Güter darstellen.

Bürgerschaftliches Engagement und Sozialisierung der Gesellschaft Auszüge aus der Podiumsdiskussion beim Kongreß „Seniorengenossenschaften – Bilanz und Perspektiven" am 5. Dezember 1994 in Stuttgart[1]

In der Podiumsdiskussion, die im Anschluß an das Referat von Michael Walzer (siehe seinen Beitrag S. 42ff.) stattfand, wurde debattiert, wie die Sozialisierung der Wohlfahrt aussehen kann, welche Herausforderung dadurch für das Ehrenamt entstehen, was eine Sozialisierung der Verteilung in einer Stadt und für die Bürger bedeutet und ob den Schwachen und Armen der Gesellschaft damit geholfen werden kann.
TeilnehmerInnen der Podiumsdiskussion waren: Helga Solinger, MdL, Ministerin für Arbeit, Gesundheit und Sozialordnung Baden-Württemberg, Stuttgart; Prof. Michael Walzer, Universität Princeton, USA; Prof. Dr. Thomas Olk, Universität Halle; Dr. Hartmut Dettling, Publizist, München; Helga Klingner, Süddeutscher Rundfunk. Stuttgart; Dr. Götz Hartung, Bürgermeister und Mitglied des Sozialausschusses des Städtetages Baden-Württemberg, Ulm; die Moderation erfolgte durch Dr. Konrad Hummel, Geschäftsstelle Seniorengenossenschaften und bürgerschaftliches Engagement im Sozialministerium Baden-Württemberg.

Dettling: Ich halte die Position von Michael Walzer für sehr interessant, und ich weiß nicht, ob das revolutionäre Potential, das in seinen Aussagen enthalten ist, auch deutlich geworden ist.
Als Europäer freue ich mich natürlich, daß einige mitteleuropäische Gedanken jetzt über Amerika wieder die Bedeutung in Europa finden, die ihnen gebührt: die sozialdemokratische Idee, daß es gesellschaftliche Solidarität geben sollte, die katholische Soziallehre mit ihrer Bedeutung der kleinen Netze und auch andere genossenschaftliche Traditionen.
Die Ideen der Communitarians stellen aber auch etwas Neues dar, und darauf kommt es mir jetzt an. Meine These ist die: Die Wohlfahrt der Menschen

---

1 Die redaktionelle Bearbeitung der Texte erfolgte durch Armin Brosch und Sun-Hee Chung.

hängt in Zukunft mehr als bisher zum einen von einer anderen Art staatlicher Tätigkeit und zum anderen von der Tragfähigkeit kleiner sozialer Netze – alter und neuer Gemeinschaften – ab. Brauchen wir mehr oder weniger Staat? Im Grunde ist diese Frage eine völlig falsche Alternative. Es kommt nicht darauf an, mehr oder weniger Staat zu haben, sondern es kommt darauf an, wie der Staat seine öffentlichen Aufgaben erfüllt, ob er die Produktivität der Gesellschaft mobilisiert oder ob er sie lahmlegt. Dies geht natürlich nur, wenn man Vertrauen in die Menschen hat. Eine der zentralen Aufgaben der Weiterentwicklung des Sozialstaates ist nicht die Entprofessionalisierung, sondern die kreative Zusammenarbeit von Professionellen und Laien. Und das könnte man durch eine Änderung der Verfahren erreichen. Nehmen Sie einmal an, eine Kommune kommt auf die Idee, Nachbarschaftszentren einzurichten. Das Vorhaben wird ausgeschrieben. Die Seniorengenossenschaften bewerben sich zusammen mit der Arbeiterwohlfahrt und schneiden – auch ökonomisch – am besten ab, weil sie am meisten Ehrenamt und Bürgerengagement mobilisieren. Sie würden dann von einer intelligenten Kommune den Zuschlag bekommen. Das wären Ideen, wie man gewissermaßen die Weiterentwicklung des Sozialstaats mit der Mobilisierung von Bürgerengagement verbinden kann. Wir erhalten so einen anderen Sozialstaat, der durch eine lebendige Sozialgemeinschaft wieder ersetzt wird, und neue Chancen für gesellschaftliche Solidarität.
Olk: Zunächst einmal ist auffällig, daß die Debatte um „Kommunitarismus und Bürgergesellschaft" von einem Zerfallsszenario der bürgerlichen Gesellschaft ausgeht. Es wird über das Vordringen eines egoistischen Individualismus diskutiert, der Zerfall der der Werte wird beklagt. Es wird ein Zerbrechen der Familie und eine Abnahme von Solidaritäts- und Bindungsfähigkeiten behauptet. Das moderne Schreckgespenst der nach-traditionalen Gesellschaft ist die Vereinzelung und Wertepluralität der Menschen. Die Frage ist aber, ob diese Diagnose überhaupt zutrifft. Führen Individualisierung und Pluralisierung der Gesellschaft überhaupt zu einer Krise des Sozialen, oder entsteht nicht vielmehr eine andere Form des Sozialen? Sind hoch individuierte Menschen Egoisten, oder müssen sie Egoisten sein? Oder können sie nicht aufgeklärte Altruisten sein? Wir sind dieser Frage in einem großen Wohlfahrtsverband nachgegangen, der sich nicht rühmen muß, an der Spitze von Graswurzelbewegungen zu stehen, bei dem wir die graue Normalität des Engagements am besten erfassen können. Was wir hier gefunden haben, ist sehr typisch für einen Formwandel des sozialen und bürgerschaftlichen Engagements in der modernen Gesellschaft.
Wir haben zwei Typen von Ehrenamtlichen und Ehrenamtlichkeit gefunden. Auf der *einen* Seite standen Menschen, die ihr Engagement als Ausdruck einer fremdauferlegten Handlungsaufforderung realisiert haben. Dieses sind

– das ist ganz interessant und nicht zufällig – Menschen, die unter bestimmten kollektiv-historischen Bedingungen aufgewachsen sind. Zumeist waren es Menschen aus der Generation der Vorkriegszeit, die also unter materiell eingeschränkten Bedingungen ihre Jugend und Kindheit erlebt haben, bei denen oft in der Familie schon durch Ausfall etwa des Haupternährers oder durch eine hohe Kinderzahl es notwendig war, schon in sehr jungen Jahren selbst mit anzupacken, in der Familie Sorge für andere zu tragen. Diese Disposition wird nun im Laufe des Lebens dieser Personen dadurch bestärkt, daß sie immer wieder – zumeist von Organisationen ihres Herkunftsmilieus – aufgefordert werden, sich etwa in der Kirchengemeinde zu engagieren, wenn es sich um ein kirchliches Milieu handelt, in der Arbeiterwohlfahrt, wenn es sich um ein sozialdemokratisches Milieu handelt usf. Diese Personen haben eine sehr starke Disposition entwickelt, auf diesen Appell zu reagieren. Sie sind es gewohnt, Sorge für andere zu entwickeln, nicht aus der freien Entscheidung des autonomen Individuums heraus, sondern aus der sehr frühen und auch durchaus bedrängenden Erfahrung, daß die Solidarität für die andere Person unbedingt notwendig ist – also aus einer Mangel- und Notsituation heraus. Den zweiten Typus, den wir gefunden haben, nenne wir „soziales Engagement als selbstgeschaffenes Handlungsfeld". Dieser Typus ist grundlegend anders gestaltet. Hier geht es um Personen, die bereits in ihrer Jugend biographische Gestaltungsmöglichkeiten vorgefunden haben, die schon früh wählen konnten, z. B. auf welche Schule sie gehen wollten, was sie biographisch noch vorhaben, wo sie sich engagieren wollen und wo sie sich raushalten wollen. Und sie haben biographische Begleiter gehabt, wichtige Bezugspersonen, mit denen sie solche biographische Probleme erörtern und reflektieren konnten. Diese Personen nun entwickelten einen reflektierten Umgang mit ihrer Biographie. Das bedeutet, daß sich auch ihr Engagement vor den Ansprüchen eines Reflexionsprozesses als sinnvoll erweisen muß. Diese Personen sind keineswegs einfach Egoisten. Dieses Begriffsgegensatzpaar von „Egoismus – Altruismus" läuft hier einfach ins Leere. Denn diese Personen haben einen starken Selbstbezug entwickelt, d. h. ihr Engagement für andere ist Ausdruck einer Reflexion über ihre bisherigen biographischen Erfahrungen und der Entwicklung von Projekten für die Zukunft. Darin spielt Engagement eine bestimmte Rolle oder auch nicht. Wir haben bei diesen Personen eine hohe Bereitschaft vorgefunden, die Felder des Engagements selbst auszusuchen oder sie selbst zu entwickeln. Diese marschieren also nicht etwa in die Kleiderkammer, in die sie der Pastor schickt, sondern sie bauen eine Gruppe auf, die etwas tut, die die Ziele bei der Entstehung der Gruppe erst entwickelt oder konkretisiert.

Die Folge aus diesen Befunden ist, daß wir damit rechnen müssen, daß Individuen heutzutage reflektierter und zugleich auch nüchterner mit Engagement umgehen. Es ist nicht mehr die große Aufopferung, die andauernde Fürsorge, die hier im Mittelpunkt steht, sondern das abwägende, reflektierte Sich-hin-Wenden zu einer Gruppe, zu einem anderen, zu einer Gemeinschaft. Dieses ist meiner Meinung nach kein Verlust, sondern dieses ist ein Gewinn, der allerdings gesellschaftlich organisiert werden muß. Doch dafür sind die klassischen, herkömmlichen Organisationsformen der bundesdeutschen Wohlfahrtsszene nicht die Foren und Zentren, die wir für ziviles Handeln, für bürgerschaftliches Engagement benötigen.

Hummel: Thomas Olk hat einen neuen Ausdruck geprägt: Zentren für ziviles Handeln. Frau Klingner, Ihr Medium und die Sendung, die Sie machen, tragen zu dieser Individualisierung bei: Ich selber traue mir zu, dieses Leben zu bewältigen, weiß, wo ich hingehen soll. Wie sehen Sie in Zukunft die Chancen, wenn Sie an Ihre eigene tägliche Berufsarbeit und an ihre Hörer denken, an deren Engagement, deren Zukunft, deren Bereitschaft, sich zu engagieren, und an die Rückmeldungen, die Sie erhalten?

Klingner: So ganz individualistisch sehe ich das nicht, was ich mache. Wir bemühen uns, praktische Beispiele, die Arbeiten von Menschen vorstellen, die sich engagieren. Dadurch – so glaube ich – können wir Anregung geben, damit sich andere engagieren.

Mein Problem in diesem Zusammenhang liegt ganz woanders. Wenn ich Sendungen zum sozialen Engagement hier in Baden-Württemberg mache, dann treffe ich immer dieselben Leute. Die kamen zu den verschiedensten Themen bei mir vorbei – meistens natürlich in den Themen der Altenversorgung. Da sehe ich ein großes Problem: Die Breite des sozialen Engagements fehlt. Da fällt es einem dann schwer zu sagen: „Engagiert Euch. Macht!" Da ist immer schon einer, der sich engagiert hat. Und wer dazukommt, darf dann zuarbeiten. Ich glaube, das entwickelt sehr großen Frust.

Hummel: Das ist vielleicht einer der Hinweise für die fließende Grenze zivilen Engagements – ein Engagement, das auf den ersten Blick nicht gleich schon wieder in der Bürgerinitiative, im Sozialen, in der Organisation stattfindet, sondern einfach sich für den Grunderhalt von Demokratie mobilisiert. Das ist die Frage der Breite – eine Frage auch an die Kommunen. Herr Dr. Hartung, eigentlich müßte eine gestandene süddeutsche Stadt sagen, jeder Bürger ist uns nicht nur als Steuerzahler und Arbeitnehmer etwas wert, sondern daß er sich in der Stadt mit Rechten und Pflichten engagiert. Gleichzeitig reden Michael Walzer und Warnfried Dettling davon, daß der Staat anders handeln solle als bisher, also dergestalt, daß die Städte ihren Bürgern einfach Geld auszahlen und die sollen sich selber für ihre Wohlfahrt organisieren. Wie sehen Sie diese Anfragen und Vorschläge?

Hartung: Patentrezepte gibt es natürlich nicht. In den Städten und Gemeinden leben die Bürger und kommen mit ihren Ansprüchen und Forderungen

genauso wie mit der bürgerschaftlichen Selbsthilfe. Sie gestalten kommunales bürgerschaftliches Leben. Vielleicht ist auch in der Politik und in der Bürgerschaft ein bißchen verloren gegangen, was eigentlich das kommunale Grundgesetz, die Gemeindeordnung unseres Landes, die vor knapp 40 Jahren erlassen wurde, festhält. Ich lese Ihnen aus § 1 der Gemeindeordnung zwei Sätze vor: „Die Gemeinde fördert in bürgerschaftlicher Selbstverwaltung das gemeinsame Wohl der Einwohner. Die verantwortliche Teilnahme an der bürgerschaftlichen Verwaltung der Gemeinde ist Recht und Pflicht des Bürgers." Ich glaube, es ist davon in den letzten vier Jahrzehnten viel in Vergessenheit geraten. Doch ich denke, daß diese Gemeindeordnung hochmodern und hochaktuell ist. Wenn wir uns daran halten und erinnern, dann sind wir, glaube ich, schon auf dem richtigen Weg.
Ich will aber konkreter werden: Frau Ministerin Solinger, Sie haben mit Recht gesagt: „Gemeinwesenorientierte und bürgerschaftliche Sozialpolitik"; ich würde daran gerne den Begriff „Gesellschaftspolitik" anfügen. Was bedeutet das für die Kommunen? In der Tat, wir müssen umdenken. Es bedeutet, daß wir ein Stück von der sogenannten Betreuungskommune wegkommen müssen, die diese von uns beklagte Forderungsmentalität erzeugt hat. Wo müssen wir hinkommen? Wir müssen zu einer kommunizierenden Verwaltung, zu einer kommunizierenden Kommune kommen, die vor allem hilft, Initiativen und Solidarität zu leben. Wir müssen miteinander unsere Städte und Gemeinden umbauen. Ich will ein Beispiel geben, was dieses konkret bedeuten kann. Bürgeraktivierung setzt eine neue Dialogfähigkeit voraus. Ist der Dialog in unseren Kommunen, wenn wir ehrlich sind, nicht ein Stück weit verloren gegangen? Erst aus dieser Dialogfähigkeit können sich neue Partnerschaften entwickeln. Damit ist ein Stück Mutation vom betreuten Bürger zum selbstengagierten Bürger verbunden. Dieses bedeutet natürlich auch neue innere Strukturen in den Kommunen wie im Staat. Dieses bedeutet ein Stück mehr Partizipation (Demokratisches Bürgerrecht). Wichtig dabei ist außerdem – denn dies kann davon nicht losgelöst sein –, daß wir uns der gesamtgesellschaftlichen Entwicklungen bewußt werden und daß neue Grundorientierungen in den Köpfen der Bürger entstehen. Die Bewußtseinsänderung muß sich in den Köpfen der Bürger vollziehen. Es nützt mir nichts, wenn solche Änderungen immer wieder von Experten vorgetragen werden. Bürgeraktivierung kann bedeuten: „Ehrenamtlichkeit statt Leistungsabbau", „Bürger übernehmen Aufgaben", „Nachbarschaftsgruppen und Netzwerke bilden", „Bürger als Planungspartner in der Entwicklung einer Stadt", „Bürger als Verwalter von Einrichtungen". Ich denke, wir sollten alles dies tun. Auf diesem Weg ist bürgerschaftliches Engagement unverzichtbar. Deshalb darf ich auch sagen, Frau Ministerin Solinger, daß wir das, was das Land mit auf den Weg gebracht hat, auch nachhaltig unterstützen

und umsetzen. Ich glaube, die Entwicklung in unserer Gesellschaft, in unserem Staat läßt überhaupt keinen anderen Weg mehr zu.
Hummel: Das Widersprüchliche ist schon, daß wir in diesen Jahren immer wieder hören, Leistung muß sich lohnen. Dann denkt man an das Gürtelenger-Schnallen; man denkt an das Ärmel-Aufkrempeln und vieles andere mehr. Gemeint ist damit, wenn wir ehrlich sind, hauptsächlich: wirtschaftliches Wieder-Tritt-fassen. Ich frage mich, wie eine politische Vision aussieht, die auch andere Leistungen umfaßt gibt, von denen oft nicht die Rede ist – Leistungen des Bürgerschaftlichen. Was muß die Politik tun, bzw. in welchem Dilemma befindet sich Politik, wenn sie dies fördert, Frau Ministerin Solinger?
Solinger: Ich tue mich mit der These „Leistung soll sich lohnen" generell sehr schwer, weil ich nie so genau weiß, von welcher Leistung gesprochen wird und wie sich das „Lohnen" definiert. Für manchen lohnt es sich, wenn er gerade sein Existenzminimum verdient, und für den anderen lohnt es sich erst, wenn es über die Zwei-Millionen-Grenze im Jahr geht, was nichts mehr mit Existenz zu tun hat, sondern mit unverschämtem Anhäufen von materiellen Gütern. Da sind wir alle in dieser Gesellschaft nicht ganz ehrlich miteinander. Deshalb ist diese These für mich sehr schwierig.
Ich möchte das sehr unterstützen, was Götz Hartung sagt. Wir haben überhaupt nicht die Frage „ob", sondern nur noch die Frage zu entscheiden: „Wie organisieren wir die Wohlfahrt?"; denn die Zukunft unserer Gesellschaft ist davon abhängig, daß Bürgerinnen und Bürger diesen Staat, die Wohlfahrt und die Regeln des Miteinander auch aktiv mitentwickeln und sich gegebenenfalls auch dagegen wehren, wenn sie in dem Bereich manipuliert werden. Dazu möchte ich gerne etwas aufgreifen, was Thomas Olk gesagt hat. Der Hintergrund der neuen und höchstwahrscheinlich auch immer mehr Raum greifenden Form von Engagement ist die Reflexion der eigenen biographischen Erfahrung und Planung. Dieses ist zur Zeit noch eine nur punktuell vorfindbare Selbstverständlichkeit. Mir scheint der ganz entscheidende Punkt der zu sein, daß diese Reflexion, das Einordnen meiner eigenen Person in das, was Nachbarschaft, Gemeinschaft, familiäre Bindung, Freundschaft, Partei, Kirche oder Sportverein ist, einfach eingeübt wird. Ich weiß, das ist wieder ein Appell an die Erziehung, an die Schule usw. Doch die Balance zwischen meinen individuellen Wünschen und Bedürfnissen und der Einsicht, daß ich diese Ansprüche nur realisieren kann, wenn ich mich in einer Gemeinschaft bewege, die mir dieses gestattet und sichert und der ich mich verbunden fühlen muß, um überhaupt meine Identität zu finden, diese Balance ist unabdingbar. Diese Notwendigkeit bezeichne ich mit dem Begriff „Emanzipation zur Gemeinschaft". Wir haben Jahrzehnte lang eine „Emanzipation zur Individualität" gehabt. Jetzt haben wir einen Nachholbe-

darf in dem Bereich der menschlichen Existenz, der unser soziales Wesen, uns als Person in Beziehung zum Du, zum anderen, zur Gesellschaft ausmacht. Diese Reflexionsprozesse scheinen mir der entscheidende Punkt zu sein.

Bei dieser Debatte und den eingängigen Slogans kriege ich Angst, daß dies die Hintertür ist, mit der wir die schwierigen finanziellen Probleme lösen und die Ansprüche an den Staat irgendwie über die Runden retten wollen. Es wird höchstens so sein, daß der Bürger etwas hinzubekommt, um diese Ansprüche einlösen zu können. Er wird also nicht umhinkommen, sich selber zu engagieren. Doch es ist nicht so, daß hier einfach ein Markt etabliert werden kann, denn das Produkt, das ich haben möchte, ist auf dem freien Markt überhaupt nicht finanzierbar. Wir haben diese Diskussion doch gerade im Bereich der Pflege. Wer glaubt, er könnte die Pflege per Markt organisieren, der wird sich ganz schnell wundern, was an Inhumanität und Verwahrlosung am Schluß dabei herauskommt. Dieses gilt für fast alle sozialen Bereiche, wo es um Beziehung, Begleitung und Kontinuität geht und auch ein Stück weit um Professionalität. Darüber sind wir uns sicher einig. Der entscheidende Punkt ist, wie wir eine solche Entwicklung vermeiden können.

Mir hat diese schlichte Konzeption von Michael Walzer sehr gut gefallen: Der Verteiler ist gleichzeitig Empfänger, und der Empfänger ist gleichzeitig Verteiler. Dieses ist so einleuchtend und tut auch denen, die empfangen müssen, so gut. Es ist nämlich ein Unterschied, ob ich im sozialen Brennpunkt und von Sozialhilfe lebe und erfahre, daß ich gebraucht werde, damit es in diesem Haus oder in diesem Quartier aufwärts geht, oder ob ich nur die professionellen Helfer begrüße (oder auch mal ab und zu ein paar Politiker), die sich darum kümmern, daß es nicht gar zu schlimm wird. Ich glaube, das ist ein ganz wichtiger Punkt und auch eine grundsätzliche Frage an die Professionellen. Auch diese müssen sich ändern.

Hummel: Ich habe den Eindruck, beim bürgerschaftlichen Engagement formulieren wir zunehmend auch die Aufgabe gemeinsam. Das entbindet uns nicht von der Frage, Michael Walzer, wer das machen soll. Was tun der Staat und die Bürger in diesem Wechselspiel?

Walzer: Ich bin nicht sicher, ob es gänzlich klug ist, einen Professor für theoretische Politik und Moralphilosophie zu bitten, er solle auf eine praktische Frage antworten. Ich werde mein Bestes geben, indem ich versuche, zwei Ziele zu beschreiben, von denen ich denke, daß die Organisatoren einer neuen Art des Wohlfahrtsstaates diese im Auge behalten sollen.

Das erste ist die Organisation der Gruppen der Schwächsten und Bedürftigsten. In den USA werden die besten sozialen Dienste von solchen religiösen Gemeinschaften unterhalten, die eine starke Mittelklassebasis haben. Hier

sind die Katholiken, die Juden und die Lutheraner bedeutend. Nach meiner Erfahrung betreiben diese Gemeinschaften die besten Alten- und Pflegeheime. Dagegen sind die baptistischen Kirchen in den schwarzen Gemeinschaften sehr schwach. Sie unterhalten keine entsprechenden Dienste. Es müssen Wege gefunden werden, diese Gruppen zu organisieren, die nicht die dafür nötigen finanziellen Ressourcen oder jahrelange Erfahrungen mit solchen Aktivitäten haben. Wenn wir die Versorgung mit sozialen Diensten dezentralisieren und lokalisieren, dann müssen wir die Schwächsten und Bedürftigsten der Gesellschaft erreichen, ansonsten werden sie aus diesem Prozeß einfach ausgeschlossen (weil sonst die, die fähig und voller Ressourcen sind, partizipieren).
Das Zweite, von dem ich denke, was getan werden müßte, ist, Leute in mehr als einem, in multiple Netzwerke einzubeziehen. Das gilt um der sozialen Integration willen vor allem für solche Gesellschaften, die zunehmend zu Einwanderungsgesellschaften werden. Mein Land war vom ersten Tage an eine Einwanderungsgesellschaft. Ihr Land und alle europäischen Länder werden heute zunehmend zu Einwanderungsgesellschaften. Deswegen ist die Frage der sozialen Integration ungeheuer bedeutend. Sie sollten über Wege nachdenken, wie differenzierte Dienste durch verschiedene Netzwerke und Organisationen zur Verfügung gestellt werden können. Die gleichen Menschen hätten es in verschiedenen Netzwerken mit jeweils anderen Personen zu tun. Sie wären dann manchmal mit Leuten ihrer Kirchengemeinde, mit solchen aus ihrer Nachbarschaft oder mit solchen aus ihrem Beruf zusammen. Die Menschen wären durch die sozialen Dienste mit verschiedenen Gruppen konfrontiert. Politologen bezeichnen dies als grenzüberschreitende (crosscutting) oder überlappende (overlapping) Verbindungen. Dies ist sehr bedeutend und sollte das zentrale Ziel einer zeitgemäßen Wohlfahrtspolitik sein.
Hummel: Das ist auch die „Philosophie“ unserer Seniorengenossenschaften. Wir wollen mit diesem Dienst nicht einfach anderes ersetzen. Wenn in einer Gemeinde eine Tagespflege läuft, soll die Seniorengenossenschaft nicht alles andere überflüssig machen. Es sind Mischformen, auf die wir zugehen werden. Das Wort „multiple Netze“ ist eines, das wir erst begreifen müssen.
Dettling: Es gibt bei uns und in Amerika zwei verbreitete Reflexe, wie man auf soziale Probleme reagiert. Der eine kommt in dem Spruch zum Ausdruck: „Was gut ist für General Motors, ist gut für die USA“. Der zweite Reflex ist, daß man, wenn es soziale Probleme gibt, davon ausgeht, daß irgendwie der Staat in Aktion treten muß; ich habe das „Staatsgläubigkeit“ genannt, die keine Frage von links und rechts ist. Die These von Michael Walzer, die man in meinen Augen nicht ernst genug nehmen kann, lautet, daß

beide Reflexe zu kurz gegriffen sind. Es gibt durchaus Gesellschaften, die wirtschaftlich erfolgreich sind, in sozialer Hinsicht aber versagen, d.h. sozial unproduktiv sind mit möglicherweise massiven Folgen für den sozialen Frieden und die gesellschaftliche Stabilität. Wenn aber soziale Produktivität sogar von ökonomischem Interesse ist, dann kommt die nicht von selbst – in Deutschland schon gar nicht. Wenn die Vision von Michael Walzer Wirklichkeit werden soll, müssen verschiedene Dinge geändert werden.
Ich glaube, daß die Unterscheidung zwischen der Produktion und der Verteilung sozialer Leistungen und Dienste die sozialen Dienste billiger und besser macht: more for less. Dieses Konzept empfiehlt auch ein Buch mit dem Titel „Reinventing government" (Regierung neu erfinden), das sich mit der Frage beschäftigt, wie eine Kommune, ein Staat auf soziale Probleme so kreativ eingehen kann, daß man für weniger Geld bessere Leistungen bekommt. Für jede Geldeinheit, das ist meine These, bekommen Sie eine bessere Leistung, wenn Sie einen Wettbewerb haben, der es im eigenen Interesse der Anbieter sein läßt, sich um die Bedürfnisse seiner Kunden zu kümmern.
Teilnehmer: Wenn man amerikanische und englische Erfahrungen der Wohlfahrtstradition nimmt und sie nach Deutschland verpflanzt, bekommt man eine heftige Verschiebung der Probleme. Mir ist das etwas zu flach, sich einfach auf anglo-amerikanische Erfahrungen zu beziehen.
Olk: Zur Frage, ob der Kommunitarismus und seine Diskussion nur im amerikanischen Umfeld sinnvoll ist oder auch auf unsere Verhältnisse übertragbar ist, möchte ich einmal relativieren. Ich möchte eine Leistung dieses Diskurses einmal herausstellen, die noch nicht genug gewürdigt und angesprochen worden ist. Der Kommunitarismus und seine Ansprüche sind zum einen ethisch-moralisch. Das ist ein Problem, aber auch eine Kennzeichnung. Der Anspruch dieses Kommunitarismus ist zum anderen aber viel weitergehender, als es die bisherige Debatte um die öffentliche Anerkennung des Ehrenamtes in Deutschland war. Die öffentliche Debatte um die Anerkennung von Engagement war bei uns bisher sehr stark von dem Gedanken „Entlastung der öffentlichen Sozialhaushalte" geprägt. Es war und ist sehr schwierig und mühsam – wer auf kommunaler Ebene mitdiskutiert hat, weiß das –, die Fraktionen in den Kommunalparlamente davon zu überzeugen, daß hier mehr als die Einsparung von öffentlichen Geldern zur Sache steht. Viele haben das inzwischen auch begriffen. Die Kommunitarismus-Debatte nun macht deutlich, daß es sich bei dem Engagement von Bürgern um viel mehr als um die Schließung von Dienstleistungslücken geht. Hier geht es um das Problem, wie soziale Integration in hochkomplexen Gesellschaften überhaupt noch möglich ist, wie jenseits von Apparaten und Bürokratien so etwas wie ein sozialer Kitt, Beziehungen und ein Zusammengehörigkeitsgefühl organisiert werden kann, das als Grundlage auch für gemeinschaftliches

Handeln zum praktischen Tun Anlaß und das natürlich auch eine neue Legitimation für soziales Engagement gibt – jenseits der reinen Kostenersparnis. Dieses sollte mal gewürdigt werden, und darüber muß man diskutieren. Danach kann man hingehen und klären, ob dieses oder jenes übertragbar ist oder man davon Abstand halten soll, weil es vielleicht sogar gefährlich ist. Auf eine Gefahr möchte ich aufmerksam machen: auf den schlanken Wohlfahrtsstaat, das „lean welfare". Der Wohlfahrtsstaat der Starken auf Kosten der Schwachen ist keine Grundlage für ein bürgerschaftliches Engagement. Die bisherigen historischen Erfahrungen haben gezeigt, daß nicht der Wohlfahrtsstaat der natürliche Feind des Bürgerengagements ist, sondern die Armut und die Knappheit.

Solinger: Ich möchte diese These von Thomas Olk ergänzen. Die entscheidende Frage wird sein, ob es gelingt, den Benachteiligten, den sozial Schwachen, den Armen die Partizipation als Gebende und Nehmende zu ermöglichen. Wenn wir unsere Aktivitäten bürgerschaftlicher Art anschauen, dann erfolgen sie zumeist im Mittelstand. In der unteren Skala unserer Gesellschaft fehlen ja häufig die individuellen wie auch die gemeinschaftlich getragenen Formen von Partizipation und damit auch die Rahmenbedingung dafür. Diese Teilhabe zu ermöglichen ist auch in den Kommunen die entscheidende Aufgabe.

Ich bin mit Ihnen darin einig, daß wir den Nutzen, den wir mit unserem sozialen Sicherungssystem erreicht haben, keinesfalls aufgeben dürfen. Wir dürfen diese auch nicht anknacksen lassen. Aber die Frage stellt sich trotzdem, wie wir das korrigiert bekommen, was sich an Bürokratien, an Fürsorge, an Entlassung des Bürgers aus seiner Verpflichtung als Bürger entwickelt hat, damit wir die soziale Basis für den Sozialstaat zurückgewinnen. Ich habe im Moment den Eindruck, daß es im Getriebe ganz schön knirscht. Ob wir wirklich noch einen Konsens in dieser Frage bekommen, weiß ich nicht. Es wäre aber gefährlich, wenn wir die Grenzen des Wohlfahrtsstaates bzw. diese Krise so lösen, daß wir den Sozialstaat auf einen Reparaturbetrieb beschränken und die eigentliche Lösung im bürgerschaftlichen Engagement suchten. Wenn wir das tun, ist es kaputt. Die Frage ist, wie kann diese Gesellschaft, in der verbindliche Orientierungen weggefallen sind und sich verbindliche Formen des Zusammenlebens aufgelöst haben, selber neue Formen und neue Orientierungen finden, ohne daß diese verordnet werden.

Die Seniorengenossenschaften sind diesbezüglich für mich ein Beispiel. Am Anfang stand hier eine Idee, die von vielen äußerst kritisch betrachtet wurde. Im Verlauf des Modells waren wir dann ungeheuer überrascht, daß die Leute, die diese Idee konkret vor Ort realisiert haben, sie sehr viel besser ausgestalteten als alle Vorüberlegungen. Was Menschen vermögen, wenn sie dafür die Chance in Form von Rahmenbedingungen kriegen, scheint mir der entschei-

dende Punkt zu sein. Diese Rahmenbedingungen zu schaffen, darin liegt die Verantwortung der Politik. Was am Schluß im einzelnen in der Region oder in der Gemeinde herauskommt, ist deren Problem. Da sollen sich die Politik und auch die Verbände heraushalten.
Walzer: Ich will nochmals kurz auf die aufgeworfene Frage nach der Übertragbarkeit von amerikanischen Konzepten des Kommunitarismus eingehen. Wenn wir diese Probleme diskutieren, sollten wir für die historische Traditionen jeder Gemeinschaft offen sein. Andererseits sollten die verschiedenen Gemeinschaften voneinander lernen. Die Perspektive, die ich Ihnen aus den USA bringe, ist natürlich überhaupt nicht so gemeint, daß diese Ihre Aufmerksamkeit auf Ihre eigene Geschichte ersetzen soll. Ich möchte klarstellen, daß ich in meinem eigenen Land ein Verteidiger des Wohlfahrtsstaates und ein Anwalt seiner Erweiterung bin. Der Wohlfahrtsstaat ist die große Errungenschaft der Linken, mit der ich mich völlig identifiziere. Aber im Vergleich zu anderen zentralen Errungenschaften der Linken zwingt uns diese, nach weiteren Errungenschaften zu suchen. Es gibt kein Ende. Die Arbeit geht notwendigerweise weiter. Das meinte ich, als ich sagte, daß der Wohlfahrtsstaat eine Enttäuschung war: Das Erreichte war keine letzte Errungenschaft. Wahrscheinlich hebt er das Niveau der Probleme, mit denen wir uns befassen, aber er läßt uns nicht ohne Probleme sein.
Hartung: Ich möchte gerne drei Fragen an Michael Walzer stellen. Ich glaube, die genannten Ziele auf der kommunalen oder gar auf übergeordneter Ebene erreichen wir nur, wenn wir in Anbetracht der vielfältigen Muster der individuellen Lebensgestaltung dennoch zu einem Konsens, zu einem übergreifenden Gemeinsinn kommen. Meine Fragen lauten: Wie kommen wir in diesem Dialog vielfältigster Interessen zu diesem übergreifenden Gemeinsinn, den wir brauchen, wenn das, was wir machen, tragfähig sein soll? Wie soll der Ausgleich der Interessen aussehen, dazu noch in finanziell schwierigen Zeiten, wo dies noch ein Stück schwieriger wird und das Ganze nicht eine irreale Utopie werden soll? Wenn die zunehmende Individualisierung letztlich zu so etwas wie einem „Zwang zur Selbstgestaltung" führt, was ist dann in diesem Zusammenhang die Aufgabe der öffentlichen Hand? Soll sie nur noch den Rahmen organisieren?
Walzer: All dies sind die Fragen, denen wir den Namen „Krise des Wohlfahrtsstaates" geben.
Ich wende mich der ersten Frage zu: Wie kann sich in einer zunehmend sich aufteilenden Gesellschaft sowohl unter den Einzelpersonen als auch unter den Gruppen Gemeinsinn (common understanding) entwickeln? Ich denke, es ist wichtig zu erkennen, daß diese Aufteilung der Gesellschaft nicht einfach ein Zeichen sozialen Zerfalls ist. Sie ist gleichzeitig ein Ergebnis unse-

res Erfolges. Wir haben tatsächlich Einzelpersonen, Männer und zunehmend Frauen von alten Strukturen der erzwungenen Unterordnung liberalisiert. Wir haben zunehmend den Gruppen unserer Gesellschaft eine Stimme gegeben, die vorher ohne Stimme und passiv waren. Wir haben diese Vielfalt, Unterschiedlichkeit und Uneinigkeit erzeugt, mit der wir nun befaßt sind. Wir haben dies im Namen von Emanzipation und Freiheit geschaffen. Dies ist eine Errungenschaft. Errungenschaften bringen Probleme. Es gibt in meinen Augen zwei Richtungen, in die wir gehen müssen, um Gemeinsinn zu erzeugen. Die erste ist politisch: Es geht um eine partizipativere Politik, um eine stärkere Beachtung des einzelnen als Bürger, der eine Stimme in der Gesellschaft, der Rechte und Pflichten hat. Es ist offensichtlich, daß diejenigen, die am meisten an öffentlichen Angelegenheiten partizipieren, den stärksten Sinn von Verantwortung fühlen. Diejenigen, die sich hier beteiligen, beteiligen sich auch dort. Es sind immer die gleichen Leute, die man zu Gesicht bekommt. Wir brauchen mehr solcher Leute. Wenn wir ihre Zahl vermehren könnten, würden sie sich gegenseitig erkennen. Sie würden sich als Mitbürger finden, selbst wenn sie anderer Ansicht sind. Die zweite Richtung ist die, wie ich vorher erwähnte: die Notwendigkeit, die schwächsten Gruppen unserer Gesellschaft zu stärken. Wenn man die schwachen Gruppen stärkt, sieht es oft so aus, als ob man die Trennung der Gesellschaft verstärken würde. Die größte Gefahr, der sich die amerikanische Gesellschaft gegenübersieht, ist die Entfremdung und die radikale Desorientierung der schwarzen Gemeinschaft. Stärkt man die schwarze Gemeinschaft, sieht es nach einem separatistischen Weg aus. Aber das ist es nicht. Je stärker sie werden, desto mehr werden sie integriert werden. Sie sind infolge ihrer Schwäche von der amerikanischen Gesellschaft getrennt. Die Schwachen zu stärken und die Nichtorganisierten zu organisieren, ist in der Tat eine Integration in die Gesellschaft. Dies ist ein sehr wichtiger Punkt, dem wir uns stellen müssen. Auf die anderen Fragen werden wir bei Gelegenheit im Laufe des Tages noch zu sprechen kommen.

Teilnehmer: Als Mitglied der Seniorengenossenschaft Marbach und stellvertretender Vorsitzender der ARBES möchte ich mich im Namen der Genossenschaften bei Ihnen, Frau Ministerin Solinger, dafür sehr herzlich bedanken, daß Sie in Zukunft dieses hoffnungsvolle Projekt weiter unterstützen wollen. Das finde ich ausgezeichnet. Sie haben es offen angesprochen, daß die Seniorengenossenschaften in Ihrem Hause nicht immer unumstritten waren und positiv angesehen worden sind. Um so mehr begrüßen wir es, daß Sie hier und in anderen Verlautbarungen dokumentieren, daß dieser hoffnungsvolle Weg weitergeführt wird.

Teilnehmerin: Ich will aus der Stadt Dietzenbach kurz berichten: Bei der Gründung der Seniorengenossenschaft ist sehr hilfreich gewesen, mit den

Dingen, die man vorhat, ehrlich umzugehen. Ich habe damals Menschen, mit denen wir seitens der Verwaltung Kontakt hatten, angeschrieben und in der Zeitung veröffentlicht: Wer in der Bürgerschaft Lust hat, gemeinsam etwas zu gestalten, möge sich melden. Es war mir egal, zu welchem Ergebnis man bei diesem Engagement kommen wird. Ich hatte selbst keine Erwartungen, die ich vorgab. Ich war voller Spannung, welche Ideen die Bürger vorbringen werden, die an jenem Nachmittag zu uns kamen. Das Ergebnis war, daß sich sehr schnell eine Seniorengenossenschaft gegründet hat, die innerhalb von ein paar Wochen über 100, mittlerweile über 500 Mitglieder hat. Anschließend mußten wir sehen, welches Potential und welches Können war vorhanden und welche Ziele wurden formuliert. Jetzt muß ich sehen, wie ich helfen kann, den engagierten Bürgern zu helfen, diese Ziele zu realisieren.
Ich will noch einen Punkt nennen, der in einer Genossenschaft wichtig ist. Wenn Sie eine Firma haben oder leiten, dann können Sie sagen, mit wem Sie arbeiten wollen. Das können Sie in einer Genossenschaft nicht. Sie müssen erst einmal alle kennenlernen, mit denen Sie das Produkt entwickeln wollen. Sie müssen genau wissen, was für Menschen mit welchen Anliegen und mit welchen Stärken Sie haben. Wenn diese Phase überstanden ist, können Sie sich auf den spannenden Weg begeben zu analysieren, was machen wir jetzt. Parallel dazu läuft noch eine Transmitterfunktion: Sie müssen die Interessen dieser Menschen, die sich hier zu einer Gruppe formiert haben, für politische Mandatsträger verständlich darlegen. Sie müssen Verständnis erringen dafür, daß die Kommune sagt: Das ist eine gute Sache; wir stellen Räumlichkeiten und Mittel zu Verfügung. Jetzt sind Verbindungen sehr notwendig, auch zu den Geldgebern, zur freien Wohlfahrtspflege, die Ängste entwickelt. Dann fängt das Gespräch mit allen Gruppen vor Ort an. Wenn man das alles hinter sich hat, kann man vielleicht frohen Mutes davon ausgehen, daß eine in das Gemeinwesen eingebundene, gute Zusammenarbeit möglich ist.
Hummel: Dieser Kongreß heißt „Bilanz", und gleichzeitig haben wir darum gerungen, ihn auch „Perspektive" zu nennen. Wir möchten ja die gewonnenen Erfahrungen für die Zukunft fruchtbar machen. Ich bitte Sie jetzt, in ihrem Schlußplädoyer prägnant und kurz für die Zukunft einige wichtige Stichworte zu nennen.
Solinger: Ich möchte zusammenfassend zwei Punkte nennen: Für mich war ermutigend, den Begriff „Sozialisierung" positiv im Raum stehen zu haben. Ich finde es ein wichtiges Ziel, daß wir den Wohlfahrtsstaat sozialisieren wollen.
Dettling: „Zivilisieren"!
Solinger: Als zweiten Punkt möchte ich den Begriff „Sozialisation" aufgreifen. Eine Antwort auf die Frage, wie wir zu mehr Gemeinsinn und zu mehr Bürgerschaftlichkeit kommen, lautet „Sozialisation". Diese Sozialisation

benötigt das konkrete Erleben von Personen, die als einzelne in unserer Umgebung ein Beispiel geben und dieses unter anderem auch der nächsten Generation weitergeben. Das ist meine Hoffnung.
In den letzten Jahren bin ich optimistischer geworden, daß die älter werdende Generation einen Aufbruch schafft, der auch für die jüngere Generation ein neues Kapital aufschlägt. Ich werde nie vergessen, wie in einer Diskussion eine ältere Mitbürgerin sagte: „Das Schlechte an den Seniorengenossenschaften ist das Wort ‚Senior' ". Wenn es uns gelingt, die Seniorengenossenschaften generationsübergreifend zu gestalten, dann sind sie für mich ein Beispiel im eben gemeinten Sinne. An einem solchen Beispiel kann man lernen, es kann im Wortsinne „Schule machen". Die Lust am Gestalten ist dann der entscheidende Punkt. Uns muß es gelingen, die Menschen an dem zu packen, was sie haben: an der Suche nach Emanzipation ihrer eigenen Person. Das ist das Kapital, was wir haben.
Klingner: Wir haben ohne Frage ein solches Kapital. Doch für mich macht das, was hier gefordert wird, im Kleinen ganz große Schwierigkeiten. Da gibt es die einen, die etwas lauter schreien als die anderen. Ich habe die Erfahrung gemacht, daß letztlich die, die nicht schreien, die effektiveren sind. Ein zweites will ich mit dem Stichwort, das Michael Walzer gab, umschreiben: „organize the disorganized". Damit sind wir in den sozialen Brennpunkten und in den Randgruppen. Es ist vergleichsweise einfach, Seniorengenossenschaften zu gründen und zu managen, als wirklich in den sozialen Brennpunkten etwas zu bewegen. Wenn uns dazu nichts einfällt, dann entsteht dort langfristig ein sozialer Zündstoff ersten Ranges. Wir können noch so sehr einen übergreifenden Gemeinsinn fordern, was wir ändern müssen, sind wir selbst, wir müssen in die sozialen Brennpunkte hineingehen. Das möchte ich vielen von Ihnen sagen: Kümmern Sie sich um die Ärmsten der Armen und nicht immer nur um sich selbst.
Hartung: Wir sollten einfach das ernst nehmen, was in der Kommunalverfassung drin steht und dies auch umsetzen. Dies bedeutet in der Tat ein Umdenken der Politik und der Bürger in den Städten und Gemeinden. Die zivile Gesellschaft ist zunächst ein Denkmodell. Doch diese Ansätze sollten wir aufnehmen und in Modellen erproben. Projekte, die bereits auf dem Weg sind, etwa solche zu einer stärkeren Bürgerbeteiligung, Bürgeraktivierung und Bürgerverantwortung, sollten wir fortsetzen. Ein solcher Weg kann eine neue sozialintegrative Funktion und Weichenstellung im Zusammenleben unserer Mitbürgerinnen und Mitbürger haben und damit vielleicht auch wieder ein Stück persönlicher Identität innerhalb der Stadt oder der Gemeinde stiften.
Dettling: Ich teile die Meinung, daß die Aufspaltungen in der Gesellschaft zunehmen werden. Es ist für mich eine völlig offene Frage, ob in Zukunft

Solidarität und damit der Sozialstaat mehrheitsfähig sind. Es kann sehr bald sein – um es einmal auf einen Punkt zu bringen –, daß wir bald Spannungen zwischen denen haben werden, die Steuern zahlen, und denen, die Steuern in Empfang nehmen, zwischen denen, die Solidarität geben, und denen, die Solidarität nehmen. Der Sozialstaat wird gegenwärtig insgesamt von zwei Seiten in Frage gestellt; in dieser Zangenbewegung kann er durchaus sein Leben aushauchen. Die einen Feinde des Sozialstaates sind die Radikalökonomen und die Radikalliberalen, die – vereinfacht – sagen: Was wir brauchen, ist eine erfolgreiche Wirtschaft; die, die erfolglos sind, sind selber Schuld. Der Sozialstaat wird aber genauso in Frage gestellt von denen, die in einer veränderten Lage die alten sozialstaatlichen Antworten geben, weil dieses System nicht mehr finanzierbar ist und nicht die erreicht, die es erreichen soll.

Man muß eine Neubegründung des Sozialen finden. Michael Walzer hat dazu wichtige Anregungen gegeben. Ich plädiere dafür, daß wir den Ansatz für den Sozialstaat in einem Ressourcen- und Kompetenzmodell sehen, d. h. daß wir die Leute für stark und fähig halten, etwas für sich und für andere zu tun, und daß wir ihnen dort, wo sie dazu nicht die notwendigen finanziellen Mittel haben, die Kaufkraft stärken. Damit verabschieden wir uns von der Vorstellung, daß es die gute Hand des Staates braucht, die die Bürger leitet. Emanzipation, die große Leistung der Arbeiterbewegung, bestand darin, daß sie die Arbeiter aus den Händen von Vormündern genommen hat. Die Leute können in aller Regel jetzt selbst gehen. Nach wie vor gibt es aber noch Not und Elend. Denen muß man konkret helfen. Ansonsten: Bahn frei für gesellschaftlichen Wettbewerb auch im sozialen Bereich.

Olk: Ich habe für künftige Debatten mitgenommen, daß wir zwei Dinge in den Mittelpunkt stellen sollten: Was ist Ziel, und was sind die Grenzen dieses Denkansatzes? Was kann über bürgerschaftliches Engagement geleistet werden und was kann oder soll nicht durch bürgerschaftliches Engagement, sondern vom Sozialstaat erbracht werden? Hier sind Ehrlichkeit und Selbstbeschränkung zu bedenken. Mein zweiter Punkt lautet: Wie kommen wir auf den Weg zu einer solchen Gesellschaft, zu solch einer Kultur des Sozialen? Das Vertrackte aber vielleicht auch die Chance dieser Situation ist, daß der Staat Solidarität nicht erzeugen kann. Er kann nur – das ist ganz wichtig – die Rahmenbedingungen dafür verbessern, daß Menschen in Abwägung anderer Bindungen, Pflichten und Möglichkeiten sich für Solidarität entscheiden. Hier sehe ich den Ansatz einer infrastrukturellen Förderung, wie er in Baden-Württemberg zukünftig verfolgt wird, als richtig und wichtig an. Wir müssen diese Instrumente perfektionieren und dafür sorgen, daß dieser Strang öffentlichen Handelns stärker beachtet und anerkannt wird als andere Zweige der Politik.

Hummel: Ich möchte mich bei Ihnen allen sehr herzlich bedanken und gehe davon aus, daß Sie für uns weiter Diskussionspartner sein werden.

Formen bürgerschaftlichen Engagements

Armin Brosch

Dieser Beitrag versucht eine theoretische Beschreibung bürgerschaftlichen Engagements, versucht, deutlich zu machen, wie bürgerschaftliches Engagement verstanden werden kann (Abschnitt 1), welche Erscheinungsformen dabei unterschieden werden können (Abschnitt 2) und welche Gemeinsamkeiten und Unterschiede zum freiwilligen sozialen Engagement gesehen werden (Abschnitt 3; siehe auch den Beitrag von Hans Peter Tews, S. 80ff.)

1. Zum Verständnis von bürgerschaftlichen Engagements

Bürgerschaftliches Engagement bezeichnet eine eigene Form freiwilligen Engagements. Bürgerschaftliches Engagement meint: „Ich engagiere mich als Bürger“. Der konkrete Platz hierfür ist die lokale Gemeinschaft, sei es ein Stadtteil oder eine Gemeinde. Bürgerlich Engagierte wollen an den Angelegenheiten und der Vielfalt des Lebensverlaufes im Gemeinwesen in kooperativer Weise partizipieren. Sie machen sich die Förderung des Gemeinwohls zur Aufgabe und übernehmen hierfür Verantwortung. Bürgerschaftlich Engagierte interpretieren ihr Leben als Bürger auch als Chance und Aufgabe für das Gemeinwesen. Ihre Projekte, in denen sie sich engagieren, sind innovatorisch, da sie eine andere, nach Meinung der Engagierten: eine bessere Interpretation ihrer sozialen Situation vorlegen. Für das Gemeinwesen stellen sie dadurch eine Sozialkritik dar, da sie die eigene lokale Sprache sprechen (Forst 1994, S. 204). Diese Haltung wird darin ausgedrückt, daß ein Teil des Handelns und der Energie auch für eine Tätigkeit in einer Gruppe besetzt wird, die eine Veränderung der lokalen Gemeinschaft in Richtung einer höheren Lebensqualität zum Ziel hat. Für bürgerlich Engagierte besteht die höhere Lebensqualität darin, daß sie versuchen, in selbstorganisierten Projekten gesellschaftliche Solidarität zu leben. Sie haben erkannt, daß sie ihr individuelles und gesellschaftliches Ziel nur mit anderen zusammen verwirklichen können. Bürgerschaftliches Engagement ist für sie Ausdruck einer zivilen Gestaltung des eigenen Lebens, die gleichzeitig Rechte und Pflichten in einer individuellen, gemeinschaftlichen und politischen Dimension umfaßt. Es findet eine zielgerichtete gegenseitige Instrumentalisierung statt. Man geht mit seinen Mitbürgern als Fremde um, achtet sie in ihrem geschichtlichen Werden und mit ihren individuellen Fähigkeiten und Eigenschaften. Beispiele für bürgerschaftliches Engagement bietet etwa die „Initiative Drittes Lebensalter“ (Frenz 1994a).

2. Formen bürgerschaftlichen Engagements

Formen bürgerschaftlichen Engagements sind das Ergebnis von Menschen in sozialen Wechselwirkungen und differieren nach der Struktur des Interaktionsprozesses, der sich im jeweiligen Grad der gesellschaftlichen Reichweite, in der Interaktionsebene (privat, Gruppe, Teilgesellschaft) und im Netzwerk (individuell, sektoral/gruppenzentriert, lokal/gemeinwesenzentriert) oder auch territorial, kategorial (Alter) und funktional (Interessen) auswirkt, in dem man/frau sich bürgerschaftlich engagiert. Mit diesen Indikatoren lassen sich die drei Formen des Engagements unterscheiden: „individuelles“, „gemeinschaftliches“ und „politisches bürgerschaftliches Engagement“. Diese Formen sind das Ergebnis eines Typenbildungsprozesses, der Motivationen, Situationen und Handlungen berücksichtigt. Sie sind als relativ vorläufige, ungefestigte Verallgemeinerungen zu verstehen. Als Konstrukte stellen diese Formen Abstraktionen und Generalisierungen von Handlungssituationen dar, die in vorangegangenen Interaktionsprozessen von den Handelnden selbst inszeniert wurden. Jede Form hat ihre eigene konkrete Ausprägung der in Anspruch genommenen Rechte und der dem Engagement zugrunde liegenden Pflichten. Darüber hinaus werden durch das bürgerschaftliche Engagement weitere Rechte, vor allem Teilhaberechte, eingefordert und weitere Pflichten übernommen. Verhaltensbereiche werden in öffentliche Zugriffe integriert.

Bürgerschaftliches Engagement beeinflußt über Ansprüche auf Informationsteilhabe sowie über Einblicke, Kritik und Forderungen die lokale, überregionale und landesweite Politik der Gebietskörperschaften und Verbände. Ihre Art selbstinszenierter, organisierter, teilweise oder ganz gelebter Solidarität regt andere an, ihre Werte zu konkretisieren, neu zu gewichten, zu hinterfragen und im bürgerschaftlichen Sinne zu verändern. Jede Ausprägung hat ihre jeweiligen Individualisierungschancen und -risiken. Die Ausprägung des bürgerschaftlichen Engagements der Personen eines Projektes und des Projektes selber können verschieden sein: Ein Projekt kann politisch sein, einzelne realisieren aber ihr individuelles bürgerschaftliches Engagement. Jemand macht beispielsweise bei einem Theaterstück oder einem Stadtspiel mit, weil ihn das Thema interessiert und er seine Kompetenzen einsetzen kann (weil er schon früher Theater gespielt hat oder sich seit langem mit der Stadtgeschichte beschäftigt). Ein Projekt kann aber auch einen individuellen Charakter haben, für einzelne ist es aber Teil ihres politischen

Verständnisses von bürgerschaftlichem Engagement. Zum Beispiel ist dies der Fall in dem Projekt „Musizieren ab 50“ (siehe den Beitrag von Gisela Diringer und Matthias Bullinger, S. 156ff.).

2.1. Individuelles bürgerschaftliches Engagement

Mit individuellem bürgerschaftlichen Engagement wird eine Haltung beschrieben, nach der sich der/die einzelne situativ, zeitlich und inhaltlich begrenzt für sich selbst engagiert: „Ich engagiere mich bürgerschaftlich; ich bringe mich ein; ich bestimme.“ Für das eigene Tätigwerden benötigt man/frau Gleichgesinnte. Mit dem Recht auf Selbstbestimmung wird die Pflicht der Selbstverantwortung übernommen. Die Individualisierungschancen bestehen in einer freien Entscheidung, mit der man/frau das Tätigwerden zu einem Teil des biographischen Projektes macht. Bei der Entscheidung für diese Form bürgerschaftlichen Engagements bestehen die Individualisierungsrisiken in der persönlichen Motivation, da passende Partner benötigt werden, nur die akzeptierten Herausforderungen angegangen werden und man/frau sich immer wieder neu für ein Engagement entscheiden muß. Die Gefahr besteht, daß keine neuen Herausforderungen und somit keine Risiken angegangen werden. Dadurch können über längere Zeit Formen der Unterforderung oder übermäßiger Starrheit und Schließung eintreten. Ihre Situationsabhängigkeit und Projektgebundenheit eröffnet das Risiko von Einzelaktivitäten mit einer fraglichen Kontinuität, wenn man/frau sich nicht immer wieder neu aufrafft.
Wissens- und Kontaktbörsen, Geschichtswerkstätten und Filmcafés sind Beispiele individuellen bürgerschaftlichen Engagements, da diese Strukturen die Möglichkeit bieten, sich zu einem bestimmten Thema zeitlich begrenzt zu beteiligen (siehe den Beitrag von Gisela Diringer und Matthias Bullinger, S. 156ff.).

2.2. Gemeinschaftliches bürgerschaftliches Engagement

Das Recht auf kollektives sektorales Selbstengagement steht beim gesellschaftlichen bürgerschaftlichen Engagement der Pflicht zur individuellen Mitwirkung an der kollektiven Verantwortung gegenüber. Das Motivation heißt: „Ich engagiere mich bürgerschaftlich mit anderen für ein Projekt, von dem ich selber konkrete Vorteile habe. Ich melde mich für meine eigene Sache zu Wort und vertrete diese gesellschaftlich und politisch. Ich übernehme Aufgaben und Verantwortung und lasse mich in die Pflicht nehmen. Zusammen mit anderen mache ich mir Gedanken um das für uns relevante Netzwerk. Als Personen und als Gruppe wehren wir uns gegen eine Stan-

dardisierung und Normierung". Der gemeinsame Handlungszusammenhang ermöglicht und erfordert eine gegenseitige Unterstützung und macht bürgerschaftliches Engagement für den einzelnen, in der Gemeinschaft und nach außen kommunizierbar. Die Indiviualisierungschance besteht in der sich daraus entwickelnden Identifikation als prägendem Teil einer beachteten Gruppe. Diese wiederum beinhaltet das Risiko einer Abgrenzung nach außen, eines Erfolgdrucks und einer gegenseitigen Überforderung.
Lokale Beispiele für Projektgruppen, die sich um die Umsetzung der Idee bemühen, sind der Bürgertreffpunkt „Inter-Kontakt" und der Stadtteilladen Lindorf in Bühl (siehe den Beitrag von Gisela Diringer und Matthias Bullinger, insbesondere S. 163 ff.). Landesweite Treffen, Fachtagungen, Arbeitstage und Kongresse stellen Netzwerkelemente dar. Arbeitsgemeinschaften wie die ARBES (siehe den Beitrag von Werner Matthes, S. 210 ff.) ermöglichen die notwendige Einflußnahme auf Dritte.

2.3. Politisches bürgerschaftliches Engagement

„Ich engagiere mich mit anderen für das Soziale. Meine persönlichen Rechte und Pflichten kann ich nur verwirklichen, wenn ich mich gleichzeitig um das Gesellschaftliche kümmere. Dies ist Ausdruck meiner zivilen Gestaltung meines Lebens. Ich will mit anderen zusammen eine qualitative Verschiebung des Wertesystems erreichen. Wir wollen lokale Aktivitäten fördern, die dem einzelnen neue Spielräume eröffnen." Dieses politische bürgerschaftliche Engagement fordert sein Recht auf gesellschaftliche Selbstgestaltung, politische Mitgestaltung und Teilnahme an der bürgerschaftlichen Verwaltung ein (siehe etwa § 1 Abs. 3 der baden-württembergischen Gemeindeordnung) und ist bereit, die damit zusammenhängenden Pflichten wie die Verantwortung für das Allgemeine und die verantwortliche Teilnahme am Lokalen zu übernehmen und zu gestalten. Diese Bürger haben erkannt, daß ihre Verantwortung mit dem Kompromiß beginnt, den sie eingehen müssen, damit sie vielfältige Interaktionsmöglichkeiten gruppenübergreifend mit lokaler Auswirkung mitbewirken können, die eine lokale Identität kommunikativ und handelnd ermöglichen. Das Risiko dieser Idee besteht darin, daß sie an zentrale Personen und Institutionen mit der nötigen Kontinuität gebunden ist. Nur wenige werden diese abstrakte Idee in konkrete Projekte übersetzen. Die Gefahr besteht einerseits, daß die meisten Bürger bei den Projekten „stehenbleiben", daß sie ihre in den Projekten gewonnenen Erfahrungen nicht in andere Bereiche übertragen, und andererseits, daß die zentralen Personen nicht mehr mit den „normalen Bürgern" kommunizieren.
Beispiele für diese Form sind das Modellprogramm selbst, der Bürgerausschuß in Kirchheim, ein Stadtspiel in Bühl, das in das örtliche Leben eingrei-

fen will, das „Kaleidoskop“ in Bühl, die Bürgerbüros in Kirchheim und Friedrichshafen, die gemeinsame Präsentation des Mannheimer Modellprojekts auf der internationalen Gartenbauausstellung am 11. September 1993 sowie Begegnungsnachmittage und gemeinsame Feiern in Mannheim (siehe den Beitrag von Gisela Diringer und Matthias Bullinger, S. 156ff.).

3. Bürgerschaftliches Engagement und freiwilliges soziales Engagement

Beide Engagementsformen sind Ausdruck eines nicht-entfremdeten Arbeitsbegriffs, da sie die Person als Ganzes umfassen. Ihr Motiv läßt sich dahingehend verallgemeinern, daß die Engagierten etwas für sich und etwas für andere und die Gesellschaft tun wollen (siehe den Beitrag von Hans Peter Tews, S. 80ff.). Das Engagement ist Ausdruck der individuellen Lebensqualität und Selbstverwirklichung. Die ausgeübte Tätigkeit ist selbstreferentiell, sie verschafft dem Engagierten einen persönlichen Nutzen, zum Beispiel Vergnügen oder das Gefühl, gebraucht zu werden, und ist Ausdruck moralischer Verpflichtung (Etzioni 1994, S. 150ff.). Beide Formen sind in und trotz ihrer Organisationsgebundenheit selbstbestimmt. Die Zusammenarbeit mit Hauptamtlichen ist um Gleichberechtigung und gegenseitige Anerkennung bemüht. Das Ziel des Engagements ist die Veränderung der Gesellschaft durch das eigene Beispiel, das aktive Handeln als Person und als Teil einer Organisation.

Freiwilliges soziales Engagement unterscheidet sich im Bezugsfeld, in dem, was als Problem wahrgenommenen wird, in der Ausrichtung der zentralen Infrastrukturmaßnahmen und wie sich die Engagierten selber wahrnehmen. Das freiwillige soziale Engagement bezieht sich auf das Feld des Sozialen und reagiert auf Probleme, die durch benachteiligende Lebenslagen oder Lebensumstände verursacht werden. Die zentralen Infrastrukturmaßnahmen sind Vermittlungsbüros wie der „Treffpunkt Hilfsbereitschaft“, die sich die „Passung“ von der Person mit der Tätigkeit und der vermittelten Organisation (Olk 1994, S. 205f.) zur Aufgabe machen (siehe den Beitrag von Carola Schaaf-Derichs, S. 250ff.). Die Engagierten nehmen sich selber als Personen mit Kompetenzen wahr, die sich einbringen wollen. Das bürgerschaftliche Engagement bezieht sich auf die Teilhabe am Gemeinwesen und an der Demokratie als Ganzes und zielt auf die Förderung gesellschaftlicher Solidarität. Die Bürgerbüros (MAGS-BW 1995, S. 19) sind öffentliche Räume, Zentren einer anderen Tätigkeitsstruktur, da sie Alltägliches und Zwischenmenschliches organisieren, Kontakte herstellen und nach dem Prinzip der

Selbstverwaltung freiwilligen Engagements gestaltet sind. Die Engagierten nehmen sich als Bürger mit Rechten und Pflichten wahr.
Bürgerschaftliches Engagement stellt keine Umdefinition bestehenden ehrenamtlichen Engagements dar. Äußerlich werden Formen des Ehrenamtes übernommen, aber die Haltung und das Verhalten der Bürger ist auf die Teilhabe an der Gesellschaft ausgerichtet. Bürgerschaftliches Engagement ist ein Beispiel für die Renaissance des Verhaltens der Bürger, die dem Leben in einer demokratischen Gesellschaft entspricht. Ich habe die Rechte und Pflichten sowie die Chancen und Risiken des bürgerschaftlichen Engagements für die drei verschiedenen Typen in der Übersicht 1 und in der Übersicht 2 zusammengestellt.

Übersicht 1: Rechte und Pflichten bürgerschaftlichen Engagements

bürgerschaftliches Engagment	*Rechte*	*Pflichten*
individuell	– Selbstbestimmung	– Selbstverantwortung
gesellschaftlich	– kollektives sektorales Selbstengagement	– individuelle Mitwirkung an der kollektiven Verantwortung
politisch	– gesellschaftliche Selbstgestaltung – politische Mitbestimmung, Wahlrechte (z. B. für Ausländer) – Teilnahme an der bürgerschaftlichen Verwaltung – Durchsetzung meiner Interessen und Organisationsrechte	– Verantwortung für andere und das Allgemeine, Gemeinwohl – verantwortliche Teilnahme am Lokalen – Verantwortung beginnt mit dem Kompromiß, den ich eingehe – Mandate

Quelle: eigene Erstellung

Übersicht 2: Individualisierungschancen und -risiken bürgerschaftlichen Engagements

bürgerschaftliches Engagement	*Individualisierungs-chancen*	*Individualisierungs-risiken*
individuell	– freie Entscheidung – Selbstbestimmung – Teil des biographischen Projekts	– individuelle Motivation, Entscheidungsdruck – Einzelaktionen – vereinzelte, wenige Familienressourcen – fragliche Kontinuität – eigene Suche nach sozialem Vergleich und sozialer Anerkennung – Unterforderung – benötigt passenden Partner
gemeinschaftlich	– gegenseitige Unterstützung – gemeinsamer Handlungszusammenhang – kommunizierbar	– Abgrenzung gegenüber anderen – gegenseitige Überforderung
politisch	– lokale Auswirkung – lokale Identität – gruppenübergreifend – vielfältige – Integration	– nur für wenige, abstrakt – von der Masse oder Politik unverstanden – lobby-, marktabhängig – benötigt Kontinuität – benötigt zentrale Personen/Institutionen

Quelle: eigene Erstellung

Ältere Menschen und bürgerschaftliches Engagement

Hans Peter Tews

„Bürgerschaftliches Engagement" wird hier als Oberbegriff benutzt und umfaßt ehrenamtliche Tätigkeiten, Formen der Selbsthilfe, aber auch politische Partizipation und Vereinsaktivitäten; denn knapp drei Viertel etwa der ehrenamtlichen Aktivitäten sind auf den Wohnort bezogen (Ministerium für Frauen, Bildung, Weiterbildung und Sport des Landes Schleswig-Holstein 1994, S. 39). Warum steht das *bürgerschaftliche Engagement der Älteren* hier im Vordergrund? Sie sind in einer *doppelten gesellschaftlichen Funktion* zu sehen:

(a) als *Zielgruppe bzw. „Konsumenten" bürgerschaftlichen Engagements*: Sie werden durch den demographischen und den Strukturwandel des Alters in absehbarer Zeit verstärkt zur „Zielgruppe", die der Hilfe und Unterstützung bedarf. Welche Rolle kann bürgerschaftliches Engagement bei der Deckung jenes Bedarfs übernehmen?
(b) als *„Produzenten" bürgerschaftlichen Engagements*: Die Fünfzig- bis Siebzigjährigen übernehmen heute einen beträchtlichen Teil ehrenamtlichen Engagements – im sozialen Bereich zumeist die Frauen, in Vereinen in Funktionen aber auch die älteren Männer.

Alter steht zwischen *Ent- und Verpflichtungen*. Die Entpflichtung des Alters hat durch seine frühe Entberuflichung, ganz wesentlich aber auch durch Singularisierung als Alleinleben und Lebensstil zugenommen. Bei der Frage nach den „Zielgruppen" für bürgerschaftliches Engagement gibt es somit eine *doppelte Perspektive*: Zu den „Problemgruppen" im (jungen) Alter sind jeweils Minderheiten zu rechnen – wie auf der anderen Seite bei den Engagierten auch. Ist es nicht naheliegend zu fragen, wie die Minderheit der Engagierten zu vergrößern ist, die sich dann in stärkerem Maße für die Minderheit der „Problemgruppen" engagiert?
Die Älteren werden auch weiterhin in absehbarer Zeit schon frühen Entberuflichungs- und Entpflichtungsprozessen ausgesetzt sein. Und sie haben die meiste freie Zeit. Andererseits nehmen die „Potentiale" der Älteren auf verschiedenen Ebenen eher zu. Die bestehende Diskrepanz zwischen den *wachsenden Potentialen älterer Menschen* und der fehlenden oder zu geringen gesellschaftlichen *Nutzung dieser Potentiale* wird in Zukunft noch deutlicher werden. Diese Diskrepanz abzubauen kann man als gesellschaftspoli-

tische und altersspezifische Entwicklungsaufgabe ansehen. Bürgerschaftliches Engagement in diesem Zusammenhang ist Mittel und Ziel.

Der quantitativen *Zunahme der Älteren* stehen *Abnahmen bei den mittleren Generationen* gegenüber. Auf sie entfällt ein weiterer Schwerpunkt der heute z. B. ehrenamtlich Engagierten. Werden diese demographisch bedingten Abnahmen durch ein stärkeres Engagement der zukünftigen Älteren bzw. jungen Alten kompensierbar sein? Die Organisation und Verstärkung von „Austauschprozessen" werden nötiger, wenn sich noch deutlicher zwei Zielgruppen entwickeln: jene, die Kompetenzen und Potentiale besitzen und die zu nutzen sind, sowie jene, die von diesen Potentialen profitieren können. Das Thema des *intergenerativen Ausgleichs* bei absehbarer Zunahme gesellschaftlicher Belastungen (auch) durch Alter wird uns in Zukunft verstärkt beschäftigen.

Es gibt *unausgeschöpfte Aktivierungspotentiale* für bürgerschaftliches Engagement bei den Älteren. Sie haben die meiste freie Zeit „von etwas" und auch „zu etwas". Und es gibt Trends und Zusammenhänge, die auf positive Perspektiven im Hinblick auf die Entwicklung bürgerschaftlichen Engagements bei den zukünftigen Alten schließen lassen.

Dazu werden das Engagement aktiver Bürger im weiteren Sinne umrissen, geschlechtsspezifische Unterschiede deutlich gemacht und die Diskussion um das alte und das neue Ehrenamt aufgegriffen sowie das bürgerschaftliche Engagement etwas näher eingegrenzt.

Die Angebote auch für bürgerschaftliches Engagement der Älteren wurden ausgeweitet. Es entwickeln sich *neue Formen* und *neue Institutionalisierungen* wie die Seniorengenossenschaften, Senioren- und Bürgerbüros. In den produktivitätsorientierten Angeboten liegt inhaltlich ein Schwerpunkt der Entwicklung. Bürgerschaftliches Engagement kann in sehr unterschiedlichen Tätigkeitsfeldern erfolgen, die von der Selbsthilfe über traditionelle politische Partizipation bis hin zu den neuen, innovativen Initiativen und Projekten reichen. Bürgeramt, Bürgerbüros und Bürgerhäuser – sind dies zukünftige Institutionalisierungsformen für die unterschiedlichen Ebenen des „Bürgerschaftlichen"?

1. Ausweitung der Altersphase: Differenzierung des Alters und die Entwicklung des jungen Alters

Die markantesten *Veränderungen des Alters* und der Alterssituation sind *sozialstrukturelle*:

(a) Die *quantitative Seite der Zunahme der älteren Menschen* ist nur eine Seite dieses Wandels.

(b) Durch gewachsene und wahrscheinlich weiter *zunehmende Lebenserwartung* hat Alter sich einerseits „nach oben", durch die *Verjüngung des Alters* und frühere Berufsaufgabe auch „nach unten" ausgeweitet. Schon jüngere Ältere werden mit „Altersproblemen" konfrontiert, ohne daß sie sich schon als „alt" einschätzen werden und auch ohne nach den Fremdeinschätzungen bereits zu den „Alten" zu gehören.

Alter hat sich schon durch diese *Ausweitung differenziert*: in ein „junges" und ein „altes Alter". Die Entwicklung des jungen Alters stellt sich als neue individuelle und gesellschaftspolitische Aufgabe.
Betrachten wir heute „Alter" insgesamt, dann steht auch demographisch-quantitativ das „junge Alter" im Vordergrund. Rechnen wir für 1992 (Statistisches Jahrbuch 1994, S. 66) die über Sechzigjährigen zusammen und unterscheiden nach West- und Ostdeutschland grob die „jungen" von den „alten Alten", ergibt sich eine Verteilung, wie im Kasten dargestellt.

	West		Ost
		– in % –	
Sechzig- bis Fünfundsiebzigjährige	67,6		69,3
über Fünfundsiebzigjährige	32,4		30,7
oder über Achtzigjährige	18,3		18,5

Aussagen über die Alten allgemein betreffen somit zu *über zwei Drittel die „jungen Alten"*. Die Altenhilfe ist jedoch stärker auf das letzte Drittel gerichtet. Die Ostdeutschen machen hierbei rund 3 von insgesamt 16 Mio über Sechzigjährigen in Deutschland aus. Inzwischen und mit wahrnehmbar bleibenden Unterschieden in absehbarer Zukunft gibt es mindestens „zwei deutsche Alter" – mit Trends zur Vereinheitlichung, so etwa durch Anpassungen in der ostdeutschen Altenhilfe. Bei Aussagen über ältere Menschen in der Bundesrepublik müssen wir uns dennoch immer fragen, ob diese auch oder modifiziert für die älteren Ostdeutschen zutreffen.
Über die *Abgrenzung des „jungen" vom „alten Alter"* – um eine andere Einteilung zu benutzen: des dritten, vierten oder gar fünften Alters (des hilfe-, pflegebedürftigen und todesnahen Alters also) – mag man streiten und die kalendarischen Grenzen mögen im Hinblick auf Veränderungen individuell fließend sein. Statistisch verändert sich zwischen dem 70. und 75. Lebensjahr, verstärkt ab dem 75. Lebensjahr – im Querschnitt betrachtet – einiges zum Schlechteren, z. B. im Hinblick auf Veränderungen des Gesundheitszustandes, immer abgelesen an den Vergleichen der Durchschnittswerte nach

Altersdekaden. Dies mag eine grobe Trennung in ein „junges“ und ein „altes Alter“ zudem rechtfertigen.
Die *Situation* der heutigen und zukünftigen Alten ist in einem doppelten Sinne politisch:

(a) Ihre Lebenssituation ist *Ergebnis von Politik* – abhängig von der Arbeitsmarktpolitik und reicht über die Einkommens- und Wohnungspolitik bis hin zu einer Politik, die die politische Organisation des Alters selbst fördert. Die Beeinflussung von Politik für die Älteren hat jedoch auch deutliche Grenzen. Bezweifelt wird heute z. B., daß die durch die Notwendigkeit der Sicherung der Renten begründeten Erhöhungen der Grenzen der Berufsaufgabe durch die Vorgaben der Rentenreform 1992 nachhaltig durchsetzbar sein werden, wenn die Älteren von den Betrieben nicht mehr benötigt werden und ihre Arbeitsmarktchancen nicht zu verbessern sind. Der Trend zur frühen Entberuflichung des Alters scheint in absehbarer Zeit also kaum umkehrbar zu sein. Wahrscheinlicher sind deshalb in Zukunft Abstriche in der Rentenpolitik und (wiederum) Absenkungen bei den Alterseinkommen. Dies wird die Ungleichheit im Alter (weiter) verstärken. Auf anderen Politikebenen könnte man dagegen absehbar erfolgreicher sein, so z. B. bei der Wohnungsbaupolitik für Ältere, die auch Versorgungsaspekte einbezieht, abzulesen an der Verbreitung des Betreuten Wohnens in den letzten Jahren mit inzwischen nachweisbaren Folgen auch für die stationäre Altenhilfe. Politik für die Älteren wird sich in Zukunft stärker am *intergenerativen Ausgleich* und der Entlastung der mittleren Generationen ausrichten müssen, wobei die Frage legitim ist, welchen Beitrag die zukünftigen Alten hier selbst leisten können oder sogar müssen.
(b) Die zweite Ebene der Altenpolitik ist die Beeinflussung von Politik durch die zukünftigen Alten selbst. Sie stellen schon heute ein Drittel der Wähler und können so Einfluß auf Politik nehmen. Die Selbstorganisation des Alters und seine Einflußnahme auf Politik ist zwar heute noch eher unterentwickelt. Aber dies muß nicht dauerhaft so bleiben. Eine aktivere Beeinflussung von Politik durch die Älteren selbst erscheint durchaus denkbar und entwicklungsfähig.

Mehr oder minder genau sind uns die *absehbaren demographischen Entwicklungen* geläufig. Daß es mehr alte Menschen geben wird, sich die Alterspyramide der Jahrhundertwende über die heutige Form einer stilisierten Tanne zum „Alterspilz“ im nächsten Jahrhundert entwickeln wird, kennen wir aus graphischen Darstellungen der demographischen Entwicklung nach Geburts-Altersjahrgängen. Demographisch altert unsere Gesellschaft dreifach: Wir werden absolut und relativ mehr ältere Menschen in Zukunft haben, und zudem wird der Anteil Hochaltriger steigen.

(a) Nach der Siebten koordinierten Bevölkerungsvorausberechnung für Deutschland (Wirtschaft und Statistik 1992) entwickelt sich die *absolute Zahl über Sechzigjähriger* von 16,3 Mio im Jahre 1990 auf 24,4 Mio im Jahre 2030. In Prozent der Gesamtbevölkerung ausgedrückt bedeutet das einen Ansteig von 20,4% im Jahr 1990 auf 34,9% im Jahr 2030. Von der absoluten Zahl hängt die Zahl der Bezieher von Renten ab, mit der absoluten Zunahme der Alten wird es dann auch z. B. absolut mehr kranke alte Menschen geben.

(b) Noch wichtiger ist der zweite Aspekt: die *relative Zunahme älterer Menschen* im Vergleich zur Entwicklung der jüngeren Generationen. Es werden sowohl die Zahl der unter Zwanzigjährigen als auch jene der Zwanzig- bis Sechzigjährigen abnehmen (siehe Kasten). Im allgemeinen werden die Zwanzig- bis Sechzigjährigen als die „produktive" Bevölkerung bezeichnet. Oder anders: Kamen im Jahre 1990 noch 25,2 über Sechzigjährige auf 100 Zwanzig- bis Sechzigjährige, sollen es schließlich 72,7 über Sechzigjährige im Jahr 2030 sein. Hier wird zumeist verkürzt fälschlich argumentiert, ein Erwerbstätiger müsse dann einen Rentner „miternähren", der „Generationenvertrag" wäre schon deshalb generell in Frage gestellt.

	unter Zwanzigjährige	Zwanzig- bis Sechzigjährige
1990	21,7%	58,0%
2030	17,7%	48,0%

(c) Der dritte Aspekt, die *Entwicklung der Hochaltrigkeit*, ist aus Sicht der Altenhilfe wohl noch wichtiger. Einen überproportionalen Anstieg soll es bei den über Achtzigjährigen geben. Der Anteil der über Fünfundsiebzigjährigen lag 1950 noch bei 2,7%, 1990 bei 7,2 und wird im Jahr 2030 auf 10,4% der Bevölkerung insgesamt steigen. Die Zahl der über Achtzigjährigen wird von 3,2 Mio auf 4,3 Mio im Jahr 2030 zunehmen, insgesamt 6,2% der Bevölkerung. Besonders auffällig war bisher die Steigerung der Hochaltrigen durch die stetige Erhöhung der Lebenserwartung. Allerdings ist auch die Entwicklung der Zahl der Hochaltrigen nicht durch eine stetige kontinuierliche Zunahme bestimmt, weil es nach 1995 zunächst einen Rückgang der Zahl und des Anteils der über Achtzigjährigen geben wird. Im Jahr 2005 wird dies dann wieder ausgeglichen sein. Dann aber steigt der Anteil der über Achtzigjährigen bis zum Jahr 2020 erheblich an.

Unsere *Altersgesellschaft* ist zu zwei Drittel und im höheren Alter sogar zu drei Viertel eine *„Frauengesellschaft"*. Durch die höhere Lebenserwartung der Frauen (derzeit 79 Jahre; Männer: 73 Jahre) und durch die Kriegsfolgen ist die Feminisierung des Alters bei uns besonders ausgeprägt. Die Kriegsfolgen werden sich absehbar abschwächen, was das Geschlechterverhältnis etwas ausgleicht. Kamen in Deutschland 1990 noch 168 Sechzigjährige (285 über Achtzigjährige) Frauen auf 100 Männer, sollen es im Jahr 2010 noch 131 (bzw. 232) sein, im Jahr 2030 sollen 126 (bzw. 195) Frauen dann 100 über Sechzigjährigen Männern gegenüberstehen. Durch die auch in Zukunft wahrscheinliche höhere Lebenserwartung der Frauen wird die Geschlechterrelation unausgeglichen bleiben. Sind z. B. aus der Perspektive des Übergangs in ein Heim Alleinlebende, Frauen und Hochaltrige sehr deutliche Risikopopulationen, so ist zu berücksichtigen, daß auch bei den Hochaltrigen der Frauenüberschuß nach dem Jahr 2000 sich abschwächt, sich damit Risiken verändern werden. Dennoch bleibt die Feminisierung des Alters aufrechterhalten. Aus der Perspektive der Altenhilfe handelt es sich um eine doppelte Feminisierung: Es ist häufiger Altenhilfe für ältere Frauen, so beim wesentlich höheren Anteil der Frauen in Heimen. Es ist aber auch in wesentlich größerem Umfang Altenhilfe durch Frauen, familiär und außerfamiliär-professionell. Die Altenhilfe ist – so gesehen – eine Alters-Frauengesellschaft eigener Art. Eine stärkere Maskulinisierung der Pflege z. B. ist familial und außerfamilial auch in Zukunft wohl eher unwahrscheinlich. Die „Feminisierung des Alters" hat aus der Sicht der „Angebote" von Aktivitäten und Tätigkeiten quantitative und qualitative Konsequenzen. Überall ist – schon quantitativ – zu erwarten, daß Frauen häufiger als „Teilnehmer" anzutreffen sein werden, z. T. ist dies überproportional der Fall, so bei Bildungsveranstaltungen und beim Kirchenbesuch, um Beispiele zu nennen. Frauen sind offenbar leichter anzusprechen und „kommunikativer" als Männer und/ oder die Bedingungen, mehr Männer anzusprechen, sind andere. Auffällige geschlechtsspezifische Unterschiede zeigen sich auch beim ehrenamtlichen bürgerschaftlichen Engagement.

Zielt bürgerschaftliches Engagement auch auf die Lösung gesellschaftlicher Probleme, dann kommt den *familialen Veränderungen* heute und in Zukunft eine große Bedeutung zu. Hierzu in Umrissen einige Entwicklungstrends:

> Die meisten Älteren heute haben Kinder. Wir wissen zudem, daß diese (wenigstens ein Kind) auch häufiger in der Nähe leben, im Stadtteil, der Stadt, im Umkreis von einer Stunde. Andererseits gibt es 10 bis 15 % Kinderlose. Von Kohorte zu Kohorte hat der Anteil *kinderlos bleibender* Frauen zugenommen und geschätzt wird, daß die 1960 bis 1970 Geborenen zu cirka 30 % kinderlos bleiben werden. Hinzu kommen die Männer, die kinderlos bleiben und jene, deren Kinder früh sterben. Zwar sind die 1970 Geborenen erst im Jahre 2030 60 Jahre und hoffentlich noch am Leben. Es geht hier jedoch um die absehbaren familialen Trends, selbst wenn sie sich nur langsam auswirken werden.

Zu den übergreifenden strukturellen Trends gehören die *Veränderungen bei den Haushalten*, so die stetige Abnahme der Mehrgenerationen-Haushalte und der Haushalte mit mehr als fünf Personen. Auch andere Tendenzen sind deutlich: die zu kleineren Haushalten mit ein bis zwei Personen, die steigende Zahl von Ein-Kind-Familien, von kinderlosen Ehepaaren, die steigende Zahl von Ein-Personen-Haushalten. Singularisierungstrends nehmen ganz offensichtlich zu. Singularisierung ist Alleinleben und Lebensstil, z. B. durch Verwitwung zunächst erzwungen, dann aber auch gewollt und durch neue Formen des (Wieder-)Zusammenlebens nicht verändert. Gemessen am familienorientierten Normallebenslauf (Heirat, Kinder), der sich in diesem Ausmaß erst in diesem Jahrhundert herausgebildet hat, nehmen bei den Älterwerdenden der absehbaren Zukunft *brüchigere Lebensläufe, Lebensläufe mit kritischen und fürs Alter häufiger folgenreichen Einflüssen* zu. Diese Brüche sind familiale und außerfamiliale, so z. B. in der Berufstätigkeit. Festzustellen ist, daß die Scheidungsraten seit den sechziger Jahren deutlich gestiegen sind, die Ehescheidungen langjährig Verheirateter haben sich seit 1975 verdoppelt. Das trifft auch für die längeren Ehen zu. Es ist zu erwarten, daß dieser Trend anhält, sich eher noch verstärken wird. Insgesamt nehmen dann, durch familiale Entwicklungen bedingt, die Risikopopulationen zu. Zu ihnen gehören Alleinlebende, Geschiedene, Verwitwete. Hinzu kommen Risiken aus der Berufstätigkeit – häufiger wird es Personen mit Phasen zum Teil längerfristiger Arbeitslosigkeit geben, mit Brüchen also auch im beruflichen Bereich, bei zunehmend größerer Abhängigkeit der Lebenssituation der Frauen von der Ausübung einer Berufstätigkeit. Von der weiteren quantitativen Dominanz eines risikoreicheren feminisierten Alters dürfte in Zukunft auszugehen sein.

Ein weiterer Trend wird heute im Hinblick auf die Älteren über Gebühr schon als Realität unterstellt: die zunehmende *Individualisierung*. Hierbei geht es zunächst um Aspekte des Wertewandels, der Selbstbestimmung und Befreiung von Zwängen, der Erhaltung von Wahl- und individuellen Entscheidungsmöglichkeiten und der Selbstverwirklichung. In dieser Hinsicht als „individualisierter" dürften sich zukünftige Altersgenerationen durchaus darstellen, vermutlich dann auch mit der Verstärkung singularisierender Tendenzen verbunden, weil sie dem Muster nach Unabhängigkeit, Bindung nach Wahl und auf Zeit mehr entsprechen als traditionellen Bindungs- und Verpflichtungsmustern. Individualisierung aber schließt auch den Zwang zur Selbstgestaltung persönlicher Verhältnisse ein, was wiederum Fähigkeiten zur Gestaltung und Aufrechterhaltung sozialer Beziehungen verlangt. Individualisierung ist somit durchaus auch mit neuen Zwängen verbunden.

Fassen wir die absehbaren Trends zusammen, wird man von einer stärkeren *Entfamiliarisierung des Alters* in Zukunft sprechen können.

Die heute Fünfzig- bis Siebzigjährigen sind im Jahre 2005 die Sechzig- bis Achtzigjährigen, die Zielgruppen der Angebote für Ältere. Kohortenspezifische Veränderungen wird es – mal mehr, mal weniger deutlich – in den Lebenslagen, den Lebensläufen und den Lebensstilen geben. Betrachten wir die Angebote und Entwicklungen, die sich in den letzten zehn Jahren etwa für das und im jungen Alter ergeben haben, wird man deren Weiterentwicklung und die *Verbreitung von Angeboten und Initiativen* annehmen dürfen. Prototypische Angebote etwa noch vor 20 Jahren waren einerseits Bildungsangebote für Ältere durch die Volkshochschulen – durch Träger, die mit der Altenhilfe nichts zu tun hatten – und Angebote der offenen Altenhilfe wie Altenclubs durch Kirchen, Kommunen und Wohlfahrtsverbände. Die Angebotslandschaften jenseits der Altenhilfe und die der Altenhilfe selbst haben sich differenziert und ausgeweitet. Es sind ganz neue Formen von Aktivitäten und Angeboten hinzugekommen. Altenarbeit, Altenhilfe und die Entwicklung des Alters selbst bedingen sich wechselseitig und sind miteinander verbunden.

Eine Reihe von Trends zur Entwicklung der folgenden Generationen „jungen Alters" werden z.B. von der Enquete-Kommission Demographischer Wandel unter dem Titel „Aktives Älterwerden" beschrieben. (Deutscher Bundestag 1994, S. 180ff.). Danach ergeben sich für die (westdeutsche) zukünftige junge Altersgesellschaft weitere Verbesserungen auf verschiedenen Ebenen. *„Aktives Alter" als Wunschvorstellung* einer großen Mehrheit der Bevölkerung setze sich danach verstärkt durch und wahrscheinlich auch um. Aus Befragungen im europäischen Vergleich zeigte sich, daß neben den Älteren aus Dänemark die Befragten aus Deutschland den durch Aktivitäten am meisten ausgefüllten Alltag aufweisen. Bessere Schulbildung und abgeschlossene Berufsausbildungen finden sich in höherem Ausmaß – von Kohorte zu Kohorte mit höheren Prozentwerten. Sie sind wichtige Einflußvariablen für höhere Aktivität und auch bessere Altersbewältigung, was die gerontologische Forschung immer wieder bestätigt.

Der *Besitz an Wohneigentum* wird ebenfalls einige Prozentpunkte zugelegt haben. Auto- und Führerscheinbesitz werden für die zukünftigen Älteren noch häufiger als schon heute selbstverständlich sein und ihre Mobilitätsmöglichkeiten einerseits und die Verkehrsbelastung andererseits erhöhen. Es werden sich die materiellen und immateriellen Niveaus im Durchschnitt auf verschiedenen Ebenen wohl noch weiter erhöhen, trotz wahrscheinlich weiterer Polarisierungen durch die schon genannten häufiger werdenden Brüche in den Erwerbstätigkeits- und in den familialen Biographien. Angenommen wird weiterhin (abgelesen an fundierten ausländischen Studien in westlichen Gesellschaften), daß die zukünftigen Altersgenerationen gesünder ins Alter kommen bzw. länger einen besseren Gesundheitszustand aufrechterhalten können. Andererseits wird der Trend zur frühen Entberuflichung in den nächsten zehn Jahren wohl ungebrochen bleiben. Dies entspricht zudem den Wünschen der (westdeutschen) jüngeren Befragten, wenn von Vierzig- bis Neunundvierzigjährigen (1989) fast ein Drittel ein Rentenalter von unter 58 anstreben und nur 13% länger als bis zum 64. Lebensjahr arbeiten wollen. Bisher ging in Westdeutschland eine frühe Berufsaufgabe für den größeren Teil mit einer Zufriedenheit einher. Eine Trendwende ist wahrscheinlich, wenn die Alterseinkommen sich bei früher Berufsaufgabe zu stark verringern bzw. ein Ausgleich durch das gemeinsame Einkommen von Partnern nicht zu gewährleisten ist.

Festgestellt wurde im Kohortenvergleich, daß *gesellige Aktivitäten* zugenommen haben. Zwar wird davon ausgegangen, daß Vereinsaktivitäten eher abnehmen werden, möglicherweise über die altersspezifischen Abnahmen hinaus. Zum anderen wird festgestellt, daß informelle soziale Kontakte „für Ältere eine größere Bedeutung haben als formelle, wie sie in einer Vereinszugehörigkeit gegeben sind“ (Deutscher Bundestag 1994, S. 185–190). In einer Repräsentativ-Befragung in Schleswig-Holstein hatten wir festgestellt, daß – wie nicht anders zu erwarten – die Mehrheit, die sportliche Aktivitäten betreiben, dies auch früher schon getan hatte. Aber cirka 10 % hatten „im Alter“ damit auch neu begonnen und 15 % wären dazu zusätzlich bereit (Minister für Soziales, Gesundheit und Energie des Landes Schleswig-Holstein 1991, S. 78). Ähnliche Werte gab es bei der Teilnahme an Bildungsaktivitäten. Günstige Angebote und Voraussetzungen unterstellt, warum sollten die in zehn Jahren zu erwartenden Werte sich nicht z. B. um 10 % erhöht haben, wenn hier offensichtlich vorhandene Potentiale stärker „ausgeschöpft“ werden?

Die hohen Anteile der Älteren bei den *Reisen* brauchen hier kaum erwähnt zu werden. Kontinuität im Urlaubs- und Reiseverhalten („die alten Reisen der jungen Alten“) sind hier eher zu erwarten als größere Einbrüche, die dafür nötigen vorhandenen finanziellen Mittel vorausgesetzt. Und immer muß man Wechselseitigkeit berücksichtigen: Einem breiter werdenden Markt werden die entsprechenden (z. T. auch günstigeren) Angebote unterbreitet.

Die wahrscheinliche Entwicklung in einzelnen Verhaltensbereichen wäre gründlicher und datenbezogener zu betrachten. Es dominieren aber die „Positiv-Trends“, trotz zu berücksichtigender und (wieder) zu erwartender Negativ-Trends, z. B. der wahrscheinlich wieder steigenden Altersarmut. Gehen wir zudem von einer Steigerung der Lebenserwartung von cirka zwei weiteren Jahren bis zum Jahr 2000 aus, dann ist von einer vermutlich statistisch häufigeren weiter verlängerten Phase „normalen“, unabhängigen, selbständigen, kompetenten, nicht kranken oder zumindest gesundheitlich wenig beeinträchtigten jungen Alters in (West-)Deutschland auszugehen. Diese Phase hat bisher kontinuierlich, wenn auch nicht spektakulär zugenommen.

Zu berücksichtigen sind weiterhin Veränderungen in den *Wertorientierungen* bzw. in den Ergebnissen der Wertewandeldiskussion. Klages stellt hierzu fest:

> „Stark zugenommen haben im Wertewandel Bedürfnisse nach ‚Selbstentfaltung‘, das heißt Bedürfnisse nach individueller Handlungs- und Entscheidungsautonomie, nach der Möglichkeit, das eigene Leben nach eigenen Vorstellungen zu ge-

stalten, und nach der Chance, dem, was einem persönlich widerfährt, einen persönlichen ‚Sinn' abzugewinnen, kurz, Bedürfnisse nach der Möglichkeit, ‚Subjekt des eigenen Handelns' sein zu können." Und es sei „von daher gesehen risikolos, die Prognose aufzustellen, daß das Altwerden im Wertewandel in Zukunft anders verlaufen wird als bisher. Die inzwischen bekannte Feststellung, daß das überkommene Normalmuster des Lebensverlaufs aufgesprengt wird..., gilt für das Altwerden um so mehr, je mehr wir in die Zukunft blicken. Die gegenwärtigen ‚Pioniere' eines neuen, selbständigeren und selbstbestimmten, auf Eigenkompetenz und Selbstverfügung pochenden Altersselbstverständnisses sind gewissermaßen ‚Trendsetter' eines sich abzeichnenden zukünftigen Normalverständnisses der Alten." (Klages 1994, S. 13)

Und eine häufig zitierte Untersuchung zum Thema der „neuen Alten" ermittelte vier zentrale Lebensstile (pflichtbewußt-häusliche Ältere: 31 %; sicherheits- und gemeinschaftsorientierte Ältere: 29 %; resignierte Ältere: 15 %), wobei die „neuen Alten" 25 % der befragten Fünfundfünfzig- bis Siebzigjährigen ausmachen sollen. Die „neuen Alten" als „Lebensstil-neue Alte" sind danach keinesfalls die Jüngsten.

„Lebensgenuß (auch durch Konsum), Mobilität (man reist sehr gerne), vielfältige Kommunikation, soziale Kontakte, das Wahrnehmen kultureller Angebote kennzeichnen diesen Lebensstil. Entsprechend ausgeprägt sind die damit verknüpften Wertorientierungen ... Weiterbildungsangebote, z. B. der Volkshochschulen, werden überdurchschnittlich häufig genutzt, am politischen und gesellschaftlichen Leben nimmt man regen Anteil." (Infratest Sozialforschung u. a. 1991)

Kontinuität der Entwicklungen – wie eben beschrieben – vorausgesetzt, wie hoch könnte der Anteil der so beschriebenen „neuen Alten" in zehn bis fünfzehn Jahren ausfallen?

2. Unausgeschöpfte Potentiale?

Immer wieder wird belegt, daß die Älteren über die meiste Freizeit unter den Erwachsenen verfügen. So hatten Berufstätige in den alten Bundesländern im Durchschnitt 3,8, Hausfrauen 4,8 Stunden und Rentner 6,9 Stunden *Freizeit* am Tag, wobei allerdings erhebliche individuelle Unterschiede festzustellen sind, „die von 0 bis zu 10 und mehr Stunden Freizeit im Ruhestand reichten". Nach Altersgruppen getrennt verfügen über „freie Zeit", wie im Kasten (S. 90) dargestellt.
Die Alleinstehenden ab 41 Jahre ohne Kinder haben die höchsten Freizeitquoten nach Haushaltstyp (Statistisches Bundesamt 1994, S. 531). Nimmt die Zahl der Alleinstehenden ohne Kinder in Zukunft zu (Entfamiliarisierung, Singularisierung), erweitert sich damit offensichtlich auch der Personenkreis mit der meisten Freizeit. Dies bedeutet zunächst, daß die Älteren

Alter	„sehr viel“ West	Ost	„viel“ West	Ost
58- bis 67 Jahre	35	36	47	48
68 Jahre und älter	50	44	41	40
		– in % –		

und die Alleinstehenden die meiste Freizeit und auch Freiheit „von etwas“ (z. B. tagesstrukturierenden Verpflichtungen) haben.
Fragt man nach positiven und negativen Seiten des Alters mit Hilfe entsprechender Vorgaben, werden von der Mehrheit der Älteren die positiven Seiten betont: Man kann Dinge machen, die interessieren/Spaß machen; man kann endlich über seine Zeit frei verfügen usw. Das geben die Sechzig- bis Neunundsechzigjährigen häufiger an als die Siebzig- bis Fünfundsiebzigjährigen (Repräsentativ-Befragung von 2.500 55- bis 75jährigen Westdeutschen 1992 der GfK Nürnberg; Tews 1992). Fragt man nach der Selbsteinschätzung als mehr oder weniger „aktiv“, dann schätzt sich ein Viertel bis zu 40 % als wenig oder gar nicht aktiv ein. Und nach eigener Einschätzung eher zu viel Freizeit haben 14 % bis zu einem Viertel bei den Siebzig- bis Fünfundsiebzigjährigen.
Aus den Querschnittsdaten von Repräsentativbefragungen wissen wir, daß das Alter heute schon früh „entberuflicht ist“. Auch kennen wir die Zusammenhänge, die mit der Singularisierung verbunden sind. Das alleinstehende und sich allein versorgende Alter ist heute fast schon typischer für unsere Gesellschaft als das familiale. Hinzu kommt bei den Frauen im Prinzip größere Verfügbarkeit über Zeit bei früher Beendigung der Kindererziehungsphase durch weniger Kinder. Freie Zeit, z. T. sogar zuviel freie Zeit, ist das Ergebnis. Mit zunehmendem Alter haben die Alten mehr freie Zeit, zuviel freie Zeit, abnehmende Verpflichtungen. Dies nun bedeutet auch, daß im Durchschnitt/Querschnitt betrachtet die Älteren die meiste Freizeit (und auch Freiheit) „zu etwas“ haben, trotz aller zu berücksichtigenden Einschränkungen und Belastungen z. B. durch Verschlechterungen des Gesundheitszustandes. Diese Diskrepanz zwischen der Freizeit (und Freiheit) von und zu etwas ist eine bereits sehr pauschale Antwort auf die Frage nach den unausgeschöpften Potentialen des Alters heute.
Werden sich nun bei den folgenden Altersgenerationen die so beschriebenen Potentiale vermindern oder eher erhöhen? Eine Zusammenstellung der Ergebnisse zum „Aktiven Älterwerden“, wie sie dem Zwischenbericht der Enquete-Kommission Demographischer Wandel des Deutschen Bundestags zu

entnehmen sind, zeigt *positive Trends in Richtung „Erhöhung von Potentialen"* (Deutscher Bundestag 1994, S. 180ff.):

> Im Hinblick auf die *„geistige Leistungsfähigkeit"* werden stetige Verbesserungen erwartet, so z. B. durch die Feststellung, „daß die Kohorten 1955 bis 1960 in mancher Hinsicht mit günstigeren Voraussetzungen in die Altersphase eintreten werden."
> Die Zunahme der *Berufstätigkeit der Frauen* (circa 43 % der Fünfundzwanzig- bis Fünfunddreißigjährigen sind heute berufstätig) geht mit „mehr Interesse an der Ausweitung ihres Horizontes" einher. „Auch der Wunsch, den Radius der eigenen Interessen möglichst lange zu erhalten, war in dieser Gruppe (ehemals berufstätige Frauen zwischen 60 und 70 Jahren) deutlich stärker ausgeprägt" (Deutscher Bundestag 1994, S. 199).
> Die Erhöhung des *Bildungsniveaus*, abgelesen an den formalen Bildungsabschlüssen und den Anteilen abgeschlossener Berufsausbildung von Alterskohorte zu Alterskohorte, und der erwartbare Ausgleich der Unterschiede zwischen den Geschlechtern erhöhen „Potentiale" ebenfalls.
> Weiterhin hat sich der *Gesundheitszustand* unserer jungen Alten offenbar im Vergleich zu den alten Alten kohortenabhängig verbessert, wofür es Anhaltspunkte gibt. So kann bei Frauen und Männern „aufgrund verbesserter sozialer Ausgangsbedingungen ein besserer objektiver und subjektiver Gesundheitszustand erwartet werden." (Deutscher Bundestag 1994, S. 199)
> Und ein breiteres *Freizeitverhalten* wird ebenfalls prognostiziert: „Mehr Freizeitaktivitäten werden häufiger gepflegt werden, differenzierte Freizeitinteressen zu differenzierterem Freizeitverhalten führen. Die persönlichen Lebensräume werden durch eine größere Mobilität größer und offener. Dies wird vermehrt zu außerhäuslichen Betätigungen, zu Reisen und Urlauben führen" (Schmitz-Scherzer 1988, S. 157).
> Es wird weiterhin z. B. davon ausgegangen, daß der Anteil der *sportlich Aktiven* im Alter in Zukunft höher sein wird als heute. Andererseits wird vermutet, daß Personen mit aktivem politischen Engagement auch in Zukunft eine Minderheit sein werden.

Entwickeln sich diese „Potentiale" tatsächlich so, dann dürfte sich in Zukunft die Frage nach ihrer (auch gesellschaftlichen) Nutzung verstärkt stellen.

2.1. Formen des Engagements

Welche Formen des Engagements gibt es? Wie häufig engagieren sich Ältere und wobei? Die Fragen zur Entwicklung des ehrenamtlichen Engagements sollen im Folgenden im Vordergrund stehen. Welchen zeitlichen Umfang beanspruchen diese „Engagements"? Wovon hängt das Engagement ab, und wie entwickelt sich das Potential des Engagements zukünftiger Altersgenerationen? Nimmt es eher ab oder eher zu?
Einer Untersuchung in den 80er Jahren war zu entnehmen, daß insgesamt 18 % der erwachsenen Bürger ehrenamtlich oder im Bereich der Selbsthilfe

tätig wurden, 5 % entfielen dabei auf Altenhilfe und Altenselbsthilfe (Braun/Röhrig 1987). Eine neuere Untersuchung (befragt wurden 2.611 50- bis 70jährige Personen im Jahre 1992, Berufstätige und nicht mehr Berufstätige) weist Werte vergleichbarer Größenordnungen auf: Insgesamt 23 % der 50- bis 69jährigen Befragten gaben an, Ehrenämter, Pflegedienste oder politische Arbeit nicht-erwerbsmäßig zu übernehmen. Interessant sind die vergleichsweise hohen Anteile ehrenamtlich Tätiger unter den Älteren und der mit den außerberuflichen Tätigkeiten verbundene Zeitaufwand.

> „Während sich ... etwa zwei Drittel der Befragten grundsätzlich dazu positiv äußern, üben rund 23 Prozent der Nicht-Erwerbstätigen eine außerberufliche, außerhäusliche Tätigkeit aus. Der wöchentliche Zeitaufwand liegt dabei bei knapp acht Stunden. Bemerkenswert ist, daß auch bei (Noch-)Erwerbstätigen ein gleich großer Prozentsatz eine außerberufliche Tätigkeit ausübt und dabei wöchentlich im Durchschnitt nicht weniger Zeit einsetzt (6,7 Stunden)." (Warnken 1993, S. 8)

Es gibt somit nicht unbeträchtliche Anteile von Personen, die neben ihrer Berufstätigkeit außerberuflich tätig sind und die auch nach der Berufstätigkeit wahrscheinlich aktiv bleiben.

Eine weitere Repräsentativ-Befragung zu den ehrenamtlichen Tätigkeiten über Achtzehnjähriger in Schleswig-Holstein (Ministerium für Frauen, Bildung, Weiterbildung und Sport des Landes Schleswig-Holstein 1994) bringt ebenfalls vergleichbare Ergebnisse. Hier gaben 23,5 % an, ehrenamtlich tätig zu sein, wobei die Männer mit 27 % höhere Werte aufweisen als die Frauen mit 20 %. Die höchsten Anteile finden sich bei den 50- bis 59jährigen Personen mit 34 % insgesamt. Abnahmen gibt es bei den über Sechzigjährigen, bei denen noch 24 % der Männer und 16 % der Frauen ehrenamtlich tätig sind.

Wovon nun hängt „Engagement" ab? Den zitierten Untersuchungen sind einige Zusammenhänge zu entnehmen. Angegeben wird z. B., daß Personen mit höherem sozialen Status stärker engagiert sind. Negativ auf das Engagement wirken sich unter anderem das Wohnumfeld in Vororten und Trabantenstädten aus. Eine Befragung des Bundesinstituts für Bevölkerungsforschung im früheren Bundesgebiet (1989) richtete sich an 960 Vierzig- bis Neunundfünfzigjährige (BMFuS 1994c). Zunächst läßt sich feststellen, „daß die Bereitschaft zum Engagement im Alter für die Familie stärker ausgeprägt ist als für den außerhäuslichen Bereich" (BMFuS 1994c, S. 178). Interessant ist, daß mit zunehmendem Bildungsniveau die Orientierung an der Familie ab-, die Bereitschaft zu sozialem Engagement in der Nachbarschaftshilfe und in Wohltätigkeitsorganisationen zunimmt. Das betrifft Frauen wie Männer. Auch im Hinblick auf die Bereitschaft zum politischen Engagement findet sich eine vergleichbare Antwortstruktur. Im Kasten sind die Prozentanteile der Männer und Frauen ausgewiesen, die im Alter politisches Engagement für sich ausschließen.

	Männer	Frauen
bei höherem Bildungsabschluß	41%	48%
bei Volksschulabschluß	71%	83%

Der schon zitierten Untersuchung aus dem Jahr 1992 ist die Feststellung zu entnehmen:

> „Je besser die Schulbildung und je höher das Einkommen, desto stärker werden tendenziell die persönlichen und gesellschaftlichen Vorteile und die Notwendigkeiten eines außer- beziehungsweise nachberuflichen Engagements gesehen und befürwortet." (Warnken 1993, S. 7)

Die Untersuchung ehrenamtlicher Tätigkeit in Schleswig-Holstein (Ministerium für Frauen, Bildung, Weiterbildung und Sport des Landes Schleswig-Holstein 1994, S. 55 f.) erfragte auch „Potentiale", bei über 18- bis über 60jährigen Befragten ohne Ehrenamt. Dieser Befragung zufolge ist die Bereitschaft recht hoch. Gefragt wurde, ob man sich vorstellen könnte, in den nächsten drei Jahren eine ehrenamtliche Tätigkeit zu übernehmen. Dies bejahen 28% der männlichen und 22% der weiblichen Befragten, wobei zu berücksichtigen ist, daß die Anteile derer, die dann tatsächlich ehrenamtlich tätig werden, selbst bei optimalen Angeboten für solche Tätigkeiten geringer sind. Dennoch dürfte die Schlußfolgerung, daß bisher noch unausgeschöpfte Potentiale vorliegen, berechtigt sein. Die über Sechzigjährigen weisen hier allerdings die geringsten „Potentiale" auf.
In den Ergebnissen zeichnen sich durchaus stabile Trends ab, wonach

> „Engagement in Selbsthilfegruppen, Selbsthilfeinitiativen und Selbsthilfeprojekten, aber auch in ehrenamtlicher Tätigkeit vorzugsweise von Menschen mit höherem Bildungsabschluß, von Frauen und von Personen im erwerbsfähigen Alter getragen werden. Die sogenannten jungen Alten, deren Zeithaushalt und deren ökonomische Unabhängigkeit eher ein Engagement erlauben, verhalten sich demgegenüber zurückhaltend" (Ferber 1993, S. 126).

Es gibt nun durchaus Trends und Zusammenhänge, die *im Hinblick auf bürgerschaftliches Engagement im zukünftigen Alter positive Perspektiven* eröffnen: Zu unterstellen ist, daß die Beziehungen, die zu höherem Engagement bzw. zu höherer Bereitschaft zum Engagement führen, auch in Zukunft gleichermaßen zutreffen. Belegbar ist, daß sich das Bildungsniveau von Kohorte zu Kohorte erhöht, abgelesen am Anteil abgeschlossener höherer

Schulbildungen und abgeschlossener Berufsausbildungen. Hinzu kommt wahrscheinlich zusätzlich eine strukturell bedingte Abnahme der Familienorientierung durch weniger Kinder bei den nachfolgenden Altersgenerationen. Im Prinzip werden hierdurch Entpflichtungen erhöht. Andererseits vertikalisieren sich Familienstrukturen weiter. „Familie" richtet sich dann stärker von älteren auf noch ältere Familienmitglieder. Insofern kann sich auch die Bedeutung der Familienorientierung wandeln. Innerfamiliäre Verpflichtungen, die sich auf ältere Angehörige beziehen, können auch zunehmen. Insgesamt aber wird man eher davon ausgehen können, daß sich die Potentiale des Engagements im außerhäuslichen Bereich erhöhen werden. Dies ist prinzipiell kein schlechter Ausgangspunkt auch für ein höheres bürgerschaftliches Engagement der Älteren in der Zukunft.
Dieses Engagement realisiert sich jedoch nicht von allein. Es müssen auch Angebote vorhanden sein und entwickelt werden, die es fördern und wirksam werden lassen.

2.2. Einschätzungen der jungen Alten

Im Rahmen der „Initiative Drittes Lebensalter" (siehe den Beitrag von Ursula Frenz, S. 136ff.) wurden Ende 1993 Projektgruppenmitglieder/Projektbeteiligte schriftlich über ihre *Beteiligungsmotive*, die Form der Beteiligung u. a. m. befragt:

> Es wurden 98 Projektgruppen- und Bürgerausschuß-Mitglieder angeschrieben; der Rücklauf betrug 52%. „Projektgruppen-Mitglieder" waren sowohl jüngere als auch ältere Menschen, professionell in die Initiative Eingebundene und engagierte Bürger, die z. T. zur Teilnahme im Rahmen der „Initiative" angesprochen worden waren oder die anders auf die Initiative aufmerksam wurden und sich dann hieran beteiligten.
> Nur ein Teil hiervon rechnet sich selbst zu den jungen Alten (43%), 59% waren beruflich oder aus anderen Gründen in der „Initiative" beteiligt. Vorgegeben wurden eine Reihe von Feststellungen und Einschätzungen, die die jungen Alten betrafen. So wurden zwölf Feststellungen vorgegeben, die sich mit den Themen „Aktivierbarkeit", „Freizeit und Verpflichtungen", „Angebote", „zu erwartende Veränderungen bei den nächsten Altersgenerationen" und mit dem „Engagement für die eigene Sache" befaßten.
> Die Gegenüberstellung der Einschätzungen jener, die im weitesten Sinne beruflich-professionell mit der „Initiative" zu tun hatten (Profis) und den jungen Alten („Bürger") führt zu interessanten Ergebnissen.
> Zwischen beiden Gruppen gibt es keine oder kaum Unterschiede im Hinblick auf die Einschätzung von Freizeit und Freiheiten der jungen Alten. Etwa zwei Drittel stimmen dem völlig zu, daß die jungen Alten heute viel Freizeit und Freiheiten haben. Darüber hinaus sind rund drei Viertel der Meinung, sie lebten auf sich selbst bezogen und wollten in Ruhe gelassen werden. Darüber hinaus sind rund drei Viertel der Meinung, sie lebten auf sich selbst bezogen und wollten in Ruhe

gelassen werden. Man kann es aber auch anders sehen, wenn über ein Viertel dem nicht zustimmt.

Deutliche Unterschiede zwischen Profis und „jungen Alten“ zeigen sich beim Thema „Verpflichtungen“. „Wir sollten von ihnen Engagement oder gar neue Verpflichtungen nicht verlangen“, dem stimmen rund zwei Drittel der Profis und ein Drittel der jungen Alten nicht zu. Die Profis unterstützen somit zu rund zwei Drittel diese Forderungs-/Engagement- oder Verpflichtungsthese.

Im großen und ganzen ist man sich im Hinblick auf die Ansprechbarkeit und Aktivierbarkeit einig. Man ist mehrheitlich der Meinung, es bleibe wohl immer so, daß nur ein kleiner Teil sich jeweils für Dinge in der Gemeinde engagiert. Bei der Feststellung, nur ein kleiner Teil sei ansprechbar und aktivierbar, überwiegt mit rund zwei Drittel die Antwort „stimmt teilweise“. Hier ist man sich somit nicht mehr ganz so sicher.

Interessant sind Unterschiede zur Einschätzung der Angebote für die älteren Generationen. Da es ja tatsächlich in der Regel und fast überall zahlreiche Angebote gibt, stimmt man auch eher zu, daß es an den Älteren selbst liege, ob sie diese nutzen: 58 % bzw. 61 % bestätigen „stimmt/stimmt teilweise“. Deutlichere Unterschiede gibt es bei der Vorgabe „Jede ins Alter kommende Generation braucht für sich neue Angebote. Die müssen von den Generationen selbst entwickelt und geschaffen werden“. Hier stimmen über die Hälfte (54 %) der jungen Alten völlig zu. Konservativer sind die jungen Alten im Hinblick auf die Entwicklungsfähigkeit der nachfolgenden Altersgeneration. Hier sind rund 70 % der jungen Alten der Meinung, die nächste Generation der jungen Alten würde sich nicht viel von der heutigen unterscheiden: Die „Profis“ geben zu 37 % „stimmt/stimmt teilweise“ an, die Bürger zu 69 %.

Deutlich aber sind die Zustimmungen der Älteren zu den Feststellungen „Die Beteiligung älterer Bürger für die eigene Sache muß man gezielt entwickeln. Dadurch ist mehr zu erreichen als im allgemeinen erwartet wird“. Dem stimmen 73 % völlig zu. Und: „In Zukunft werden die jungen Alten ihre Probleme stärker selbst lösen müssen als das heute der Fall ist.“ Dem stimmen 70 % völlig zu.

2.3. Alter zwischen Ent- und Verpflichtungen

Die Entwicklung des Alters läßt sich auch in den Dimensionen „Ver- und Entpflichtung“, „Be- und Entlastung“ beschreiben. Allgemein kann angenommen werden, daß die Pflichten im Alter im Durchschnitt abnehmen, man häufiger im wesentlichen für sich selbst zu sorgen hat, die Belastungen des jungen Alters (z. B. durch Krankheit, eigene Hilfe- und Pflegebedürftigkeit und durch die von Angehörigen) – befragen wir einen repräsentativen Querschnitt jüngerer im Vergleich zu älteren Alten – sich noch in Grenzen halten und dieses Alter eher durch Entlastungen bestimmt ist. Nach meiner Einschätzung stehen wir vor folgenden Entwicklungen:

> Die Entpflichtung des Alters hat durch seine frühe Entberuflichung, ganz wesentlich aber auch durch Singularisierung als Alleinleben und Lebensstil zugenommen. Andere Einflußfaktoren kommen hinzu. Diese Tendenzen werden sich durch strukturelle Entwicklungen eher verstärken und in den Lebensläufen

niederschlagen. Die entpflichtete Altersphase wird hierdurch zeitlich ausgedehnt. Insgesamt haben wir eine weitere Zunahme entpflichteter Alterszeit zu erwarten.

Gleichzeitig ist eine Scherenentwicklung festzustellen: Sehen wir die Zunahme der Altersentpflichtungen als Entlastung des Alters an, sowohl individuell als auch kollektiv, so stehen diesen Entlastungen zunehmende gesellschaftliche Belastungen durch Alter gegenüber, und zwar auf den unterschiedlichsten Ebenen und zwischen den Generationen. Somit verändern sich die Belastungs- und Entlastungsbilanzen zwischen den Generationen. Dieses zukunftsträchtige Thema wird häufig mit der Zunahme von Konflikten zwischen den Generationen verbunden oder gar zum erwartenden „Krieg der Generationen" hochstilisiert.

Alter als Entpflichtung wird zwar in aller Regel von den Alten selbst mit sehr positiven Attributen belegt. Aber entpflichtete Alterszeit muß nicht unbelastete Alterszeit sein. Entpflichtungen können auch mit Belastungen verbunden sein. Zwischen Belastungen muß man unterscheiden. Sie können unabhängig von Entpflichtungen sein (siehe z. B. Krankheiten). Und es gibt Belastungen, die mit Entpflichtungen deutlich verbunden sind: Langeweile und zuviel freie Zeit haben, nichts mit sich anzufangen wissen, das Gefühl haben, nutzlos zu sein und nicht gebraucht werden, bis hin zu psychischen Folgen wie Depressivität und Somatisierungen.

Ich möchte im weiteren die „Verpflichtungen im Alter" vom „Alter als Verpflichtung" unterscheiden. Die eine Ebene betrifft die Verpflichtungen, die man empirisch nachweisbar hat. Alter ist ja nicht nur durch Ent-, sondern – wenn auch nur zeitweise – durch neue, andere, z. T. auch schwerer zu bewältigende Verpflichtungen geprägt (Stichwort: Pflegebedürftigkeit und ihre Bewältigung innerhalb zumeist partnerschaftlicher und familiärer Zusammenhänge). Die andere ist die gesellschaftliche Ebene, eher Ergebnis gesellschaftlicher Makroentwicklungen und Produkt gesellschaftlicher Prozesse. Nun hat sich nicht nur die verpflichtungsfreie Zeit im Alter erhöht, sondern auch das kompetente, das gesunde, das nur oder noch in geringem Maße krankheitsbestimmte Alter, das prinzipiell als „aktives" und vielleicht sogar gesellschaftlich „produktives Alter" denkbar ist. Wenn diese so einzuschätzende Altersphase ausgeweitet wurde, ist dies ebenfalls als Produkt gesellschaftlicher Entwicklungen interpretierbar. Gleichzeitig ist davon auszugehen, daß sich individualisierende und hedonistisch-egoistische Tendenzen im Sinne von „Ich will noch was vom Leben haben" zuungunsten solidarischer, altruistischer verstärkt haben und sogar gesellschaftlich verstärkt worden sind. Dies wäre eine ebenfalls negativ zu interpretierende Scherenentwicklung.

Was ergibt sich hieraus? Welche intra- und intergenerativen Verpflichtungen sind für dieses neue Alter denkbar? Von den kompetenter gewordenen Alten kann man ja doch schließlich fordern, daß auch sie ihre Kompetenzen einset-

zen. Läßt sich aus der Altersentwicklung ableiten, die Alten sollten daraus sich entwickelnde Probleme auch verstärkt selbst lösen?
Wir werden die faktischen Verpflichtungen des Alters, so z. B. die familialen Pflegeleistungen, zu berücksichtigen haben. Dennoch – so die These – erfolgte die gesellschaftliche Verpflichtung dem Alter gegenüber durchaus asymmetrisch als Entlastung des Alters. Angesichts der hinreichend beschriebenen Altersentwicklung steht die Frage nach einer neuen Symmetrie, nach Ausgleich an.
Was heißt das, oder was müssen wir anstreben? Das Alter soll nicht benachteiligt werden, sondern seine Möglichkeiten und Chancen sind besser zu nutzen, wenn es so entwicklungsfähig ist, wie dies von Gerontologen behauptet wird. Das Alter sei danach die einzige Lebensphase, deren Chancen und Entwicklungsmöglichkeiten bisher noch nicht hinreichend ausgelotet wurden. Dann ist die Altersentwicklung aber gesellschaftlich-strukturell zu einseitig durch Entpflichtungen geprägt worden. Die Entwicklung von Altersverpflichtungen ist als Teil der Entwicklung des Alters selbst zu sehen. Dabei sollte die Produktivität des Alters entwickelt und verstärkt genutzt werden, um die Lebenssituation des Alters selbst zu verbessern.

3. „Zielgruppen" – eine doppelte Perspektive

Ich fasse die bisherigen Ergebnisse zusammen: Die Älteren haben von allen erwachsenen Bevölkerungsgruppen die meiste Freizeit (Freiheit) „von etwas" und deshalb auch die meiste Freizeit (Freiheit) „zu etwas" – im Querschnitt betrachtet und die Formen der Belastung mitberücksichtigt. Das junge Alter ist durch eher noch zunehmende Entpflichtungen gekennzeichnet. Dem stehen „Potentiale" gegenüber, die gesellschaftlich nicht genutzt werden. Diese Potentiale werden eher zu- als abnehmen. Ein weiterer Ausgangspunkt: Fast drei Viertel der von uns befragten (engagierten) Älteren stimmen der vorgegebenen Feststellung zu, die Beteiligung der älteren Bürger für die eigene Sache müßte man gezielt entwickeln; dadurch sei mehr zu erreichen als im allgemeinen erwartet. Und 70 % stimmten der vorgegebenen Feststellung zu, daß die jungen Alten in Zukunft ihre Probleme stärker selbst lösen müßten, als das heute der Fall ist. Ist dies so – was durch eine Repräsentativ-Befragung der Durchschnittsbevölkerung vergleichbarer Altersgruppen erst noch zu bestätigen wäre –, dann erscheint die Frage naheliegend, was die einen – jene mit den ungenutzten Potentialen – für die, die diese Potentiale nützen könnten, sinnvollerweise tun könnten. Dann gäbe es im Prinzip zwei unterschiedliche „Zielgruppen", wenn es darum geht, Austauschprozesse zu moderieren und zu organisieren.

3.1. Zur Entwicklung der „Problemgruppen"

Sicher kann es nicht darum gehen, nach Problemgruppen zu suchen, die „Zielgruppen" für wen auch immer sein können oder sollen. Andererseits ist es sinnvoll, nach der Entwicklung von „Risiken" zu fragen. Das betrifft traditionelle Risiken (wie Armut und Arbeitslosigkeit) und ihre Veränderungen sowie neue Risiken bzw. in ihrer Ausprägung neue Risiken – quantitativ und qualitativ, so z. B. das der Hochaltrigkeit und die Singularisierungsfolgen. Was nun sind die Problemgruppen im Alter – ausgehend von der Ausweitung der Altersphase, die z. T. bereits noch ins mittlere Alter hineinreicht, wenn z. B. über Fünfzigjährige altersbedingt beruflich ausgegliedert werden? Was sind die traditionellen Risiken, welche kommen – so z. B. durch den Strukturwandel des Alters selbst – hinzu oder bekommen ein anderes Gewicht? Nur kursorisch kann ich auf typische Problemgruppen eingehen.

Zu den häufig dem Alter zugerechneten traditionellen Problemen gehören Isolation und Vereinsamung, eine schlechte finanzielle Situation, aus der Wohnsituation resultierende Probleme, Krankheit/Behinderung, Hilfe- und Pflegebedürftigkeit und anderem. Wie hat sich die Problembelastung alter Menschen in den letzten zehn Jahren verändert? Sind ihre Probleme geringer geworden, haben sich die Lebensverhältnisse an Befragungsergebnissen ablesbar verbessert? Einer Repräsentativ-Befragung in Schleswig-Holstein (Minister für Soziales, Gesundheit und Energie des Landes Schleswig-Holstein 1991) entnehme ich die folgenden Angaben zu unterschiedlichen Formen der Problembelastung nach Angaben der beiden Altersgruppen der 60- bis 65jährigen und 70- bis 75jährigen Befragten. Es zeigen sich in der Regel Unterschiede nach Geschlecht und Alter – im Sinne von „mit zunehmendem Alter häufiger". Bei solchen Querschnittsvergleichen ist zu berücksichtigen, daß z. B. bei den höheren Altersgruppen Verschlechterungen schon bei relativ geringen Anteilen dann zum falschen Schluß führen, den Älteren ginge es eben „altersbedingt/altersverursacht" generell schlechter. Wichtig sind die Größenordnungen. Summarisch soll auf einzelne Problembereiche kurz eingegangen werden:

(1) *Vereinsamung/Kontakte:* Einer Reihe von Untersuchungen ist zu entnehmen, daß Alter und Vereinsamung nicht zwangsläufig miteinander verbunden sind und die Vereinsamung im Alter quantitativ im allgemeinen überschätzt wird. Oft einsam sind nach unterschiedlichen Untersuchungen bis etwa 10% oder wenig darüber. Es sind eher die Frauen, eher die Älteren – und dies ist häufiger auch mit Verwitwung und Alleinleben verbunden. Auch das Bedürfnis nach mehr Kontakten wird von diesen Personengruppen häufiger geäußert – vor allem wieder bei den älteren Frauen (bis etwa 15%). Der höchste Anteil, der häufiger das Haus verlassen möchte, liegt mit 20% bei den 60- bis 65jährigen Frauen. Wiederum häufiger die höhere Altersgruppe – dennoch aber kaum mehr als 5% – ist dann, unter dem „Alleinsein" zu leiden.

(2) *Negative Seiten der Berufsaufgabe:* Etwa 20 % der Männer ist die Berufsaufgabe schwergefallen, aber nur bei etwa der Hälfte (9 %) der 60- bis 65jährigen Männer überwiegen die negativen Seiten der Berufsaufgabe. Die Gründe sind z. B. Berufs- und Erwerbsunfähigkeit, zu geringe Einkommen, die als zu früh empfundene Berufsaufgabe. An den Gründen ist abzulesen, daß den Einflußmöglichkeiten im Hinblick auf die Aufrechterhaltung der Berufstätigkeit und das Berufsaufgabealter enge Grenzen gesetzt sind.
(3) *Schlechte finanzielle Situation:* Im Wohlfahrtssurvey 1988 wurden 7 % der über Fünfundsechzigjährigen der Arbeiterschicht als „relativ arm" eingestuft. 12 % der 60- bis 65jährigen Männer in unserer Befragung bezeichneten ihre finanzielle Situation als „schlecht" oder „sehr schlecht", was wiederum in Verbindung mit der frühen Berufsaufgabe zu sehen ist. Unter 10 % bezeichnen sonst in den verglichenen Altersgruppen ihre finanzielle Situation als „schlecht" oder „sehr schlecht". Die Größenordnungen sind wiederum vergleichbar.
(4) *Wohnmängel:* 15 % gaben mehr als zwei Mängel in ihrer Wohnsituation an.
(5) *Belastung durch Hilfe, Pflege, Haushaltsführung:* Bis zu 5 % der Befragten geben an, daß der Partner „sehr stark" oder „stark" von Hilfe abhängig ist, und bis etwa 10 % erbringen Hilfe/Pflege für Eltern/Schwiegereltern, also für ältere Angehörige. Die Gefährdung, in einer Notsituation nur auf sich selbst angewiesen zu sein, ist bei den Frauen deutlich höher und abhängig vom häufigeren Alleinleben. Ein Viertel gibt dies an.
(6) *Gesundheitszustand/Beeinträchtigungen:* Auch bei den Angaben zu Gesundheitszustand und Beeinträchtigungen werden bekannte Ergebnisse reproduziert. Der subjektive Gesundheitszustand der Frauen, insbesondere der älteren, wird von ihnen häufiger als schlechter eingeschätzt. Mehr als drei gesundheitliche Beeinträchtigungen wurden von ein Fünftel der älteren Frauen angegeben. Wiederum ist auch die Behandlungsbedürftigkeit der Älteren und der älteren Frauen größer.

Es sind somit jeweils Minoritäten von 2 bis cirka 20 %, die mit den abgefragten Problemen in diesen Altersgruppen der eher noch jungen Alten belastet sind. Höhere Angaben (z. B. bei „oft" oder „manchmal einsam") sind durch großzügigere Einbeziehung der jeweiligen Antwortkategorien (hier „manchmal") bedingt.
Die relativ breit angelegte Befragung umfaßte 22 Problemaspekte. Faßt man ungewichtet Problemnennungen zusammen (kumulative Problembelastung), hatten von den aufgeführten Problemen 29 % kein Problem, 39 % ein bis zwei Probleme, 12 % drei Probleme und 20 % vier und mehr Probleme.

Dem Datenreport 1994 (Statistisches Bundesamt 1994, S. 574 ff.) sind Angaben über die Entwicklung von *objektiven Problemlagen* zu den Lebensbereichen „Einkommen", „Wohnung", „Bildung", „Sozialbeziehungen" und „Gesundheit" und zu subjektiven wie „Einsamkeit", „Glück", „Ängste" und „Sorgen" zu entnehmen. Hierzu nur wenige Angaben:

(1) Die Einkommenssituation der Älteren hat sich zwischen 1978 und 1993 verbessert. Dies ist auch in Ostdeutschland der Fall: „Während sich Rentner-Haushalte sowie Haushalte von einfachen Angestellten gegenüber 1990 überdurchschnittlich verbessern konnten, gelang dies Arbeiter-Haushalten sowie Arbeitslosen nur unterdurchschnittlich." Problemgruppen in Ost und West sind

kinderreiche Familien, Arbeitslose, unvollständige Familien in der Reihenfolge ihrer Betroffenheit. Bei etwa 15% der älteren Bevölkerung wird heute von Armut ausgegangen (Einkommensarmut).

(2) Die Wohnsituation hat sich (Belegungsdichte, Wohnungsausstattung) in Westdeutschland verbessert: „Im Jahre 1978 waren nach den Kriterien der Belegungsdichte noch 17% der Westdeutschen unterversorgt; bis 1988 fiel dieser Wert auf 7%, um 1993 leicht auf 9% anzusteigen. Ebenso deutlich fällt die Verbesserung hinsichtlich der Ausstattung der Wohnungen aus."

(3) Der Anteil der Personen ohne beruflichen Bildungsabschluß ging zurück. „1978 verfügten noch fast 30% der Bundesbürger über keine abgeschlossene Berufsausbildung; dieser Anteil ist bis 1993 insgesamt auf 18% zurückgegangen."

(4) „Zwischen 3% und 6% der Deutschen leben zwischen 1978 und 1993 sozial isoliert ... Fast jeder achte Befragte in Ost und West berichtet 1988 bzw. 1990 von einer Krankheit oder Behinderung, die ihn gezwungen hat, den Beruf zu wechseln oder das Leben ganz umzustellen ... In beiden Bereichen, Sozialbeziehungen und gesundheitliche Beeinträchtigungen, sind vor allem unter den älteren Mitbürgern beachtenswerte Anteile an Betroffenheit zu finden."

(5) Auch Angaben über Einsamkeit, Ängste, Sorgen und Niedergeschlagenheit wurden erhoben, Mitte der 80er Jahre war hierbei ein „hohes Ausmaß an Belastung zu beobachten." Interessant dürfte jedoch sein, daß bis 1993 für Westdeutschland in diesen Bereichen ein Rückgang festgestellt werden konnte.

Zwei wesentliche Ergebnisse in diesen Zusammenhängen seien besonders erwähnt:

Betroffen von mehreren Defiziten gleichzeitig sind in Ost- und Westdeutschland vor allem die alleinstehenden Rentner.

„Für die meisten der betrachteten Problemgruppen ist allerdings ein Abbau früher ausgeprägter Kumulationen zu erkennen." und: „Die Vermutung, der ostdeutsche Transformationsprozeß hätte breite Bevölkerungskreise in ihren objektiven Lebensbedingungen bedroht oder sozial Benachteiligte noch weiter marginalisiert, hat sich nach unseren Daten als voreilig erwiesen." (Statistisches Bundesamt 1994, S. 588)

Die Schilderung dieser Problemverteilungen aus Befragungsergebnissen Älterer ist hier nicht Selbstzweck. Gehen wir die *Problembereiche* durch, dann sind sie mehr oder minder *beeinflußbar*. Zwar wird man Armut durch das bürgerschaftliche Engagement der Nicht-Armen wohl kaum abschaffen können, aber Hilfen – auch materielle – sind dennoch denkbar, wenn schon Armut sozialpolitisch nicht zu beseitigen ist. Und Wohnungsmängel sind auch durch Hilfe zur Selbsthilfe und durch bürgerschaftliche Fremdhilfe wenigstens z. T. zu beheben. Je stärker der Hilfebedarf in den psychosozialen Bereich (Beratung, Gespräch, Unterstützung) hineinreicht, um so eher sind bürgerschaftliche Formen der Unterstützung sinnvoll, notwendig oder sogar nur diese erfolgreich. Staatliche und professionelle Unterstützung mögen hier zudem ihre Grenzen besitzen – sei es, daß staatlich-professionelle Hil-

fen zu teuer oder nicht vorhanden sind oder aber gemessen an ihren Effekten sich sogar ungünstiger darstellen.
Relativierungen sind dennoch wiederum angebracht. Aus dem Blickwinkel der Selbsthilfe führt v. Ferber (1993, S. 126f.) hierzu an: Freiwilligenarbeit als Ehrenamt und Selbsthilfe hätten ihren Schwerpunkt bei den sozialen Mittelschichten, der Hilfebedarf ist jedoch bei den Grundschichten höher. Die Selbsthilfe-Aktiven hätten ihren Schwerpunkt in der zweiten Hälfte des erwerbsfähigen Alters zwischen dem 30. und 55. Lebensjahr, in den Mittelschichten und organisierten gegenseitige Hilfe aus Betroffenheit. Dies muß für den Fremdhilfe-Aspekt bürgerschaftlichen Engagements nicht gleichermaßen gelten.
Es dürfte allerdings eine naive Annahme sein, Alter solidarisiere Ältere schon oder allein schon durch gemeinsame Alters-Betroffenheit. Dies betrifft die Politik durch Ältere für die Älteren generell. Es handelt sich bei den Betroffenen zumeist um Minderheiten – wie bei den Engagierten auf der Gegenseite auch. Aber ist es nicht naheliegend zu fragen, wie die Minderheit der Engagierten zu vergrößern ist, die sich dann in stärkerem Maße für die Minderheit der Betroffenen engagiert?

3.2. Aktive Bürger und bürgerschaftliches Engagement

Traditionelle Formen des Engagements sind politische Beteiligung, Mitgliedschaften in Parteien, Verbänden und Vereinen. Hierzu lassen sich ebenfalls Trendentwicklungen aufführen. Zunächst will ich einige Angaben zur Beteiligung in Gewerkschaften, Parteien und Bürgerinitiativen machen: In „konventionellen" Beteiligungsformen der Mitgliedschaft in einer Partei sind etwa 5% der Westdeutschen insgesamt organisiert, 2 bis 3% in Bürgerinitiativen, offenbar mit eher abnehmender Tendenz. Männer, die Altersgruppen 35 bis 54 Jahre und Personen mit höheren Bildungsabschlüssen sind am häufigsten in diesen Formen engagiert, wobei hier nichts über das Ausmaß des Engagements ausgesagt wird. Entgegen der weitverbreiteten These von zunehmender Politikverdrossenheit wurde die politische Einflußnahme „den westdeutschen Bürgern in den vergangenen Jahren zunehmend wichtiger für ihr politisches Wohlbefinden und wird 1993 von immerhin der Hälfte der Westdeutschen so angesehen" (Statistisches Bundesamt 1994, S. 558).
Mitgliedschaften in Vereinen sind in Westdeutschland häufiger als in Ostdeutschland mit einer dort im Vergleich bisher noch schwach entwickelten Vereinskultur, allerdings inzwischen mit deutlichen Aufholtrends. In Westdeutschland ist fast jeder Zweite Mitglied in einem Verein. Vor allem im ländlichen Bereich sind Vereinsmitgliedschaften häufiger. Die Quoten unter den Jüngeren (Sportvereine) sind höher als bei den Älteren. Männer sind

häufiger Vereinsmitglieder, in kirchlichen Vereinen sind die über 60jährigen Personen häufiger vertreten. Wichtiger noch ist die Kumulation von Vereinsmitgliedschaften. Die Hälfte der 40- bis 64jährigen Menschen und noch fast 40% der über 65jährigen gehören somit mindestens einem Verein an (a. a. O., S. 560).

Damit sind die eher traditionellen Partizipationsformen in ihren Häufigkeiten nach Mitgliedschaften quantitativ grob umschrieben. Mitgliedschaften können eine Voraussetzung für aktives Engagement sein, das sich durch Teilnahme an Aktivitäten und die Übernahme von Funktionen z. B. in Vereinen auszeichnen kann. Vereine können vornehmlich geselligen Zwecken dienen. Sind sie dann weniger „bürgerschaftlich" als der zudem oder ausschließlich etwa kommunalen Zielsetzungen verpflichtete Verein? Läßt sich bürgerschaftliches Engagement sinnvoll von anderen Formen des Engagements unterscheiden? Welche Abgrenzungen werden in empirischen Untersuchungen vorgenommen?

Ehrenamtliches Engagement und Mitarbeit, Selbsthilfe, freiwilliges soziales Engagement – dies sind die heute gängigen Begriffe für ein recht diffuses Feld von Aktivitäten, über deren Wichtigkeit andererseits große Einmütigkeit besteht.

Naheliegend erscheint dann, daß – wie aus Befragungen entnommen werden kann –

> „sowohl die Vorstellungen darüber, welche Tätigkeiten als ehrenamtliche Mitarbeit verstanden werden, als auch die Selbsteinschätzungen der in den Selbsthilfe- und Helfergruppen Tätigen äußerst heterogen sind. Die Vorstellungen darüber, was ehrenamtliche Mitarbeit ist, überlappen sich mit den Vorstellungen über Selbsthilfe. Häufig verstehen Personen, die in einer als Selbsthilfegruppe bezeichneten Vereinigung tätig sind (wie Anonyme Alkoholiker, Frauenselbsthilfe nach Krebs), ihre Tätigkeit als ehrenamtliche Mitarbeit, und andere, wenn sie leitende oder organisatorische Funktionen ausüben. Aber auch Personen, die in Helfergruppen tätig sind, verstehen ihre Mitarbeit gelegentlich als Selbsthilfe, z. B. wenn sie ihre Isolation aufheben und ihrem Leben einen neuen Sinn geben wollen." (Braun/Röhrig 1989, S. 188)

In dieser Untersuchung über „Soziales Engagement und Selbsthilfe" wurde ehrenamtliches Engagement und Selbsthilfe dann durch die Frage festgestellt: „Es gibt viele Möglichkeiten, wie man sich ehrenamtlich oder in Selbsthilfe betätigen kann. Wie ist das bei Ihnen, sind Sie selbst in einem dieser Bereiche ehrenamtlich oder in Selbsthilfe tätig?"

Als gesellschaftliche Bereiche wurden vorgegeben:

(a) Soziales, Gesundheit, Jugend
(b) Sportvereine
(c) Schulen
(d) kulturelle und gesellige Vereine

(e) Kirchengemeinden
(f) Parteien, Gewerkschaften, berufsständische Organisationen
(g) Bürgerinitiativen, Initiativgruppen.

Nach dieser Bürgerbefragung (über Sechzigjährige in vier Kommunen; im Jahr 1984) sind 42 % in einem oder mehreren Bereichen „ehrenamtlich oder in Selbsthilfe" tätig (was sich übrigens in etwa mit den Repräsentativ-Ergebnissen zu den Vereinsmitgliedschaften deckt).
In der aktuellen Untersuchung zur „Ehrenamtlichen Arbeit von Männern und Frauen in Schleswig-Holstein" (Ministerium für Frauen, Bildung, Weiterbildung und Sport des Landes Schleswig-Holstein 1994, S. 11) wird Ehrenamt definiert als

(a) nicht professionell
(b) nicht entlohnt
(c) nicht sozial gesichert
(d) ohne formale Qualifikation erreichbar und
(e) ohne vertragliche Bindung.

Zunächst ist das Ehrenamt – gemessen an der sonst üblichen Wertschätzung ehrenamtlicher Tätigkeiten – einseitig negativ definiert. Unterschieden wird weiterhin das soziale vom politischen Ehrenamt. Beim *sozialen Ehrenamt* handelt es sich „überwiegend um Beziehungs-, Betreuungs- und sonstige soziale (Dienstleistungs-)Arbeit (handelt). Das soziale Ehrenamt ähnelt eher der Haus- als der Berufsarbeit (vereinzeltes Arbeiten, weitgehend unbegrenzte Verfügbarkeit, wenig Einfluß- und Gestaltungsmöglichkeiten)." (Ministerium für Frauen, Bildung, Weiterbildung und Sport des Landes Schleswig-Holstein 1994, S. 11).
Das *politische Ehrenamt* wird eher von Männern übernommen und bietet mit seiner stärkeren Konzentration auf Planungs-, Organisations-, Beratungs- und Entscheidungsfunktionen mehr Ehre, Macht, Ansehen und auch Vorteile für berufliches Weiterkommen. Freiwillig, unbezahlt, ohne materielle Profite – so wird Ehrenamt hier bestimmt.

Eine weitere aktuelle Untersuchung von „älteren Menschen als Helfern in ehrenamtlichen Diensten" in Frankfurt a. M. (BMFuS 1994b) konzentriert sich auf ehrenamtliche Tätigkeiten, bei denen soziale Probleme im Zentrum stehen und grenzt „klassische Selbsthilfe" aus, die „in Gruppen von Personen stattfindet, die von einer bestimmten Problemlage betroffen sind und die sich mit gleichen Rechten und Pflichten solidarisch gegenseitig unterstützen" (Ministerium für Frauen, Bildung, Weiterbildung und Sport des Landes Schleswig-Holstein 1994, S. 18):

Es geht dann um „ehrenamtliche Arbeitszusammenhänge ..., die ganz oder zu einem großen Teil auf direkte Beratung, Betreuung und Unterstützung anderer Menschen ausgerichtet ist", ohne ehrenamtliche Tätigkeiten in den Bereichen „Kultur", „Heimat", „Brauchtumspflege", „Sport", „Natur", „Tierschutz" u. a. Ehrenamtliche Tätigkeit wird hier offenbar im wesentlichen als soziale Arbeit, als Hilfe für andere verstanden. Es wurden Angaben von 3.414 ehrenamtlich Tätigen (geschätzt sind rund 6.000 Ehrenamtliche in sozialen Diensten in Frankfurt tätig) erhalten:

(a) Knapp zwei Drittel der ehrenamtlich Tätigen sind älter als 50 Jahre, 37 % 51- bis 65jährige und 30 % über 65jährige Personen.
(b) Es ist eine Domäne der Frauen, wenn nur jeder vierte ein Mann ist, der Frauenanteil mit dem Alter der Ehrenamtlichen kontinuierlich ansteigt – bis auf 77 % bei den über Fünfzigjährigen.

Unterschieden werden nach Institutionstypen „Kirchengemeinden", „Ortsgruppen von Verbänden", „Initiativen", „ambulante Einrichtungen/Dienste" und „stationäre Einrichtungen". Auch hier zeigen sich z. T. große Unterschiede in den Altersgruppen und den Anteilen Ehrenamtlicher nach Geschlecht. So sind die Anteile der über Fünfzigjährigen in den Kirchengemeinden mit 65 % hoch und es sind zu 85 % Frauen – das typische soziale und „dienende" Ehrenamt also. In den Ortsgruppen der Verbände sind zwar die Älteren mit 77 % über Fünfzigjährigen ebenfalls in hohem Maße vertreten, dort aber findet sich ein überdurchschnittlich hoher Männeranteil (Vorstandsarbeit, Finanzverwaltung). Es zeigt sich somit wiederum die geschlechtstypische Ausprägung ehrenamtlicher Tätigkeiten. Die demographischen Entwicklungen beeinflussen auch die Strukturen des ehrenamtlichen Engagements, „wenn es sich bei der jetzigen Generation freiwilliger Helferinnen vor allem um ältere Frauen handelt, die aus Altersgründen in den nächsten Jahren ausscheiden werden, ein ‚Nachwachsen' jüngerer Frauen aber nur in geringem Ausmaß erfolgt" (Ministerium für Frauen, Bildung, Weiterbildung und Sport des Landes Schleswig-Holstein 1994, S. 10).

Neue „Initiativen", Projekte und Angebote für die jungen Alten müssen somit einerseits versuchen, die absehbaren quantitativen „Ausfälle" im ehrenamtlichen Engagement der nachwachsenden Generationen zu kompensieren. Sie müssen – richten sie sich an die jungen Alten – andererseits aber auch traditionelle Rollenerwartungen berücksichtigen. „Initiativen" und Projekte sind zudem auch daran zu messen, wie sie mit traditionellen Rollenerwartungen umgehen und sie – z. T. wenigstens – auch überwinden, wenn sie als entwicklungshemmend empfunden werden.
Unterscheidet man *Angebote und Nachfrage*, gibt es zwei Ansätze für Typisierungen:

(a) die inhaltliche Seite der Angebote und
(b) die Seite der Nachfrage, für die eine sehr starke biographische Prägung feststellbar ist.

Sowohl bei der inhaltlichen als auch bei der Nachfrage-Seite sind geschlechtsspezifische und geschlechtstypische Unterschiede festzustellen. Angebote und Nachfrage sind somit geschlechtsspezifisch. Die kritische Betrachtung des Ehrenamtes betrifft vornehmlich die sozialdienende Orientierung des weiblichen und vornehmlich sozialen Ehrenamtes. Dagegen ist die Kritik am vornehmlich männlichen politischen Ehrenamt offenbar weitgehend bedeutungslos. Auch die Frage der Entlohnung des Ehrenamtes verbindet sich vornehmlich mit den sozialen Ehrenämtern der Frauen, die am ehe-

sten professionelle Tätigkeiten ersetzen und/oder ergänzen. Die Rolle der Entlohnung wird zudem häufiger mit biographischen Ausgangssituationen wie der Freizeittätigkeit der Frauen oder Problemsituationen wie der zu frühen, erzwungenen Berufsaufgabe verknüpft.
Die Diskussion um das Ehrenamt umfaßt somit m.E. *drei unterschiedliche Typen*:

(a) das traditionelle, mit Ehre verbundene Amt, das auch zumeist ein männliches Ehrenamt ist und sich offenbar noch stärker in den Ortsgruppen der Verbände findet,
(b) das typisch soziale und „dienende" Ehrenamt mit seiner Nähe zur peiswerten Arbeitskraft im sozialen Bereich, das deshalb auch am kritischsten betrachtet wird, und
(c) das neue Ehrenamt, das individuelle Wünsche, Mitsprache und Partizipation stärker berücksichtigt und deutlicher an „Selbstentfaltungswerten" ausgerichtet ist.

Offen ist hierbei, ob es sich sozusagen um Entwicklungsstufen ehrenamtlicher Tätigkeit insgesamt handelt und in welchem Maße ehrenamtliche Tätigkeiten sich empirisch tatsächlich den analytisch unterschiedenen „Typen" zurechnen lassen. In der aufgeführten Studie aus Frankfurt wird das „alte" vom „neuen" Ehrenamt in wesentlichen Merkmalen unterschieden, wobei die Autoren noch keineswegs sicher sind, „ob eine Dichotomisierung für unsere Zwecke ausreichend ist oder in einer späteren Analysephase ein komplexeres Unterscheidungsraster gewählt werden muß" (BMFuS 1994b, S. 85). Stichwortartig übernehme ich die dort vorgenommene Typisierung des „alten" und des „neuen" Ehrenamtes:

„Altes" Ehrenamt:

(a) Orientierung an überschaubarem räumlichen Kontext wie Ortsverein und Kirchengemeinde,
(b) eher Organisations- und weltanschauliche Bindung,
(c) eher hierarchische Einordnung in Verbandsstrukturen und eher formelle Auszeichnungen und Ehrungen,
(d) Konzentration auf eine Organisation und häufig langfristiges Engagement,
(e) altruistische Orientierung und Zurückdrängung eigener Bedürfnisse,
(f) Sinnhaftigkeit und Nützlichkeit der Tätigkeit ergibt sich aus der Tätigkeit des Verbandes.

„Neues" Ehrenamt:

(a) in hohem Maße an den Inhalten der Arbeit interessiert,

(b) Erwartung an interessante Arbeit, die dem individuellen Anspruchsniveau entspricht, und an Effizienz der Arbeit,
(c) Mitgestaltung der Arbeit als bedeutsames Motiv,
(d) Teilnahme auch aus der Perspektive vorhandener Alternativen und Wahlmöglichkeiten, die man nutzen könnte,
(e) Wunsch nach Vielfalt und Abwechslungsreichtum, was häufig zum Engagement bei mehreren Organisationen führt.

Da es ebenfalls eine offene empirische Frage ist, wer mit welchen typischen Merkmalen sich für das „alte" und wer sich für das „neue" Ehrenamt entscheidet, sind entsprechende Angebote und Wahlmöglichkeiten vorhanden.

Orientiert sich die Unterscheidung in altes und neues Ehrenamt stärker an inhaltlichen bzw. qualitativen Merkmalen, kann zum anderen auch die biographische Seite der Nachfrager als Ausgangspunkt dienen, wobei sich diese wie in Abbildung 1 typisieren läßt (Jakob 1992, zit. nach Ministerium für Frauen, Bildung, Weiterbildung und Sport des Landes Schleswig-Holstein 1994, S. 8).

Typus 1 entspricht der traditionellen Ehrenamtsorientierung, wahrscheinlich dominant für die sozial ehrenamtlich tätigen Frauen. Typus 2 steht dagegen eher für die traditionell-männliche Ehrenamtlichkeit mit Karriere- und Milieubindungen. Typus 3 wäre dagegen eher problemorientiert und auch eine Form der Selbsthilfe. Geht es bei den ersten beiden Typen stärker um die Bindung der Biographie an traditionelle Formen der Ehrenamtlichkeit, so steht bei den Typen 3 und 4 die Verbindung mit den „neuen Biographien" im Vordergrund, gekennzeichnet einerseits durch „Brüche" und Krisen, zum anderen durch ehrenamtliches Engagement im Zusammenhang mit eigenen biographischen Zielsetzungen.

Die vergleichsweise eher diffusen und vagen Unterscheidungen liegen einerseits in der Sache begründet, weil ehrenamtliche Tätigkeiten eben ein eher diffuses Feld sind. Andererseits verweist diese Variabilität auch auf Veränderungen und Prozesse, die seit längerem in Gang sind. Es mag dabei auch strittig bleiben, wieviele „Typen" empirisch trennbar sind. So meint Olk, empirisch nur zwei Typen unterscheiden zu können: Jenen Typus mit eher traditionell altruistischem „Engagement als Ausdruck fremdauferlegter Handlungsaufforderung", mit starker Disposition, auf Appelle zu reagieren, Sorgen für andere zu übernehmen aus entwickelter Solidarität heraus, die biographisch zu verbinden ist mit selbst erlebten Mangel- und Notsituationen. Dem steht ein zweiter Typ des sozialen Engagements als selbsterschaffenem Handlungsfeld gegenüber, mit hoher Bereitschaft, sich die Felder des Engagements zu entwickeln, ihr Engagement für andere als Ausdruck ei-

Abbildung 1: „Typen ehrenamtlichen Engagements (Jakob 1992)"

Typus I: **Biographische Kontinuität mit sozialer Ehrenamtlichkeit als Dienst und Pflichterfüllung**

Dieser Typus zeichnet sich durch folgende Charakteristika aus:
- frühe Einbindung über religiöse oder weltanschauliche Gemeinschaften in ehrenamtliche Tätigkeit
- Vermittlung einer Lebensorientierung und biographische Kontinuität
- Engagement wird zur Aufgabe, der Folge geleistet wird

Typus II: **Karriereverlauf im Ehrenamt**

Eine Voraussetzung dieses Typus ist die Zugehörigkeit zu einem „Milieu" (Partei, Gewerkschaft, sozialer Verband). Die Übernahme von Ehrenämtern ermöglicht einen persönlichen Aufstieg, der sich weitgehend unabhängig von formalen Bildungsabschlüssen vollzieht.

Typus III: **Ehrenamtlichkeit als Instrument der biographischen Orientierung**

Die Übernahme eines Ehrenamtes wird genutzt zur Bearbeitung biographischer Krisen (Arbeitslosigkeit, Krankheit, Alter). Das (soziale) Engagement enthält dabei Aspekte einer Selbsthilfe. Dieser Typus findet sich in Bereichen, in denen Angebote zur Selbstreflexion und Selbstthematisierung möglich sind.

Typus IV: **Realisierung eigener biographischer Wünsche und Themen mit ehrenamtlicher Tätigkeit**

Dieser Typus verbindet mit ehrenamtlichen Engagement die Umsetzung eigener biographischer Zielsetzungen: Auseinandersetzungen mit der eigenen Biographie (Engagement in Stadtteilgruppen, Geschichtsgruppen).

Typus V: **Soziales Engagement als biographisch randständiges Engagement**

- zeitlich begrenzt und nur phasenweise
- ohne identitätsstiftende Bedeutung.

ner Reflexion über ihre bisherigen biographischen Erfahrungen und der Entwicklung von Projekten für die Zukunft zu sehen, was dann der den neuen „Initiativen" und „Projekten" entsprechende und „passendere" Typ wäre.

Was nun ist „bürgerschaftliches" Engagement, ein Engagement, das eher an Formen politischer Partizipation im traditionellen Sinne anknüpft und diese mit neuer Ehrenamtlichkeit verbindet, zudem neue „biographische" Züge trägt, weil es z. T. andere oder sogar neue Zielgruppen anspricht? Einen Übergang bietet Carola Schaaf-Derichs (siehe Beitrag S. 250ff.) bezogen auf den „Treffpunkt Hilfsbereitschaft" in Berlin, wenn dort von freiwilligem sozialen Engagement und von Hilfsbereitschaft gesprochen wird, „wo es um die sozialen Interessen und Tätigkeiten von Bürgern geht; das bürgerschaftliche Engagement umfaßt nach unserer Auffassung darüber hinaus Selbsthilfe-Initiativen, ökologische und politisch emanzipative Bestrebungen, die auf eine Förderung von Gemeinsinn und Gemeinwohl zielen".

Mir erscheinen zwei Eckpunkte bei der Bestimmung bürgerschaftlichen Engagements sinnvoll: Erstens lautet der § 1 der Gemeindeordnung Baden-Württembergs, die „Gemeinde fördert in bürgerschaftlicher Selbstverwaltung das gemeinsame Wohl der Einwohner. Die verantwortliche Teilnahme an der bürgerschaftlichen Selbstverwaltung der Gemeinde ist Recht und Pflicht des Bürgers." Dies ist ein recht umfassender Anspruch. Und zweitens erscheint es mir sinnvoll, vom prozessualen Charakter der Bestimmung (zum Teil sicher auch Neubestimmung) bürgerschaftlichen Engagements auszugehen, wenn wir hierbei „zunehmend auch die Aufgabe gemeinsam formulieren" (siehe Konrad Hummel in seinem Beitrag S. 14ff.)

Bürgerschaftliches Engagement sollten wir zudem zunächst nicht zu eng eingrenzen. Als wesentliche Merkmale für Formen bürgerschaftlichen Engagements sehe ich an:

(a) räumliche Orientierung der Aktivitäten an der Kommune, dem Ort bzw. dem Stadtteil;
(b) sinnhafte Orientierung für die beteiligten Individuen im Sinne von „für mich und für andere, für andere bzw. für mich mit anderen zusammen für mich und für andere" vorherrschen;
(c) bürgerschaftliches Selbstverständnis der Beteiligten (die Beteiligten sollten sich in der Rolle als Bürger verstehen);
(d) Vielfalt der Tätigkeitsfelder, die von der Selbsthilfe über traditionelle politische Partizipation bis hin zu neuen Formen von Initiativen und Projekten reichen;
(e) Vielfalt der Institutionalisierungsformen (vom Verein über den genossenschaftlich ausgerichteten Laden bis zum Bürgertreffpunkt/Bürgerbüro).

Ob man bürgerschaftliches Engagement mehr aus einer individuellen, einer gesellschaftlichen oder einer politischen Perspektive betrachtet (soweit die letzten beiden so zu trennen sinnvoll ist), die Funktionen des bürgerschaftlichen Engagements dürften aus jeder dieser Perspektiven etwa die gleichen sein:

(a) individuelle „Potentiale" werden genutzt oder erschlossen;
(b) richtet sich häufig auf Probleme und Problemgruppen und hat somit problemlösende Funktionen;
(c) ist bei Vergrößerung der gesellschaftlichen Probleme (z. B. die durch den Strukturwandel des Alters sich ergebende zunehmende Singularisierung) z. T. eine angemessenere Bewältigungsform als professionelle oder staatliche Lösungen;
(d) integriert Menschen durch Erhöhung der sozialen und politischen Einbindung der sich Engagierenden und durch Hilfe für und Unterstützung von Zielgruppen;
(e) verstärkt die „Gemeinschaftlichkeit/Gemeinschaft" angesichts überall beschworener Individualisierungs- und Entsolidarisierungstrends und bekommt somit auch eine politisch-staatlich zu verstärkende Funktion der Gegensteuerung.

Wen nun erreicht man im Rahmen eines Projektes, das sich die Entwicklung und Nutzung bürgerschaftlichen Engagements zum Ziel gesetzt hat? Wiederum sind einige Ergebnisse aus der Befragung der Projektgruppen-Mitglieder der „Initiative Drittes Lebensalter" 1993 aufzuführen:

Den Projektgruppen gehören beruflich mit der „Initiative" befaßte Mitglieder und sich zumeist als „Ehrenamtliche" verstehende Bürger oder einfach sonst „Aktive" an. Vorgegeben hatten wir die grundsätzliche Unterscheidung, ob man sich zu den häufig so genannten „jungen Alten" – also den etwa Fünfundfünfzig- bis Siebzigjährigen rechnet, oder ob man nicht dazu gehört und beruflich oder aus anderen Gründen in der „Initiative" tätig ist. Danach rechnen sich zunächst 22 (= 43 %) zu den „jungen Alten" und 30 (= 59 %) zu den beruflich oder aus anderen Gründen in der Initiative Aktiven. Das Selbstverständnis der Projektgruppenmitglieder wurde mit den vorgegebenen Antwortalternativen „Ich engagiere mich hier als Bürger" (10), „Ich bin eher in ehrenamtlicher Funktion beteiligt" (11) erhoben. Jeweils etwa die Hälfte der „jungen Alten" sah sich somit entweder eher als „Bürger" oder als „Ehrenamtliche" in der „Initiative" tätig. Das Selbstverständnis der Ehrenamtlichkeit in traditioneller oder modifizierter Form ist bei unseren aktiven Älteren in starkem Maße vorhanden. Es war naheliegend, zwei Gruppen voneinander zu trennen: die Profis und die Bürger.
Nach dem Alter waren es zu 61 % (30) bis Sechzigjährige, über Sechzigjährige 39 % (19, keine Angabe 3). Einige Fragen waren gezielt auf Vergleichbarkeit mit einer Repräsentativ-Stichprobe der gleichen Alterskategorien angelegt (die von der GfK Nürnberg 1992 durchgeführt worden war: 2.500 westdeutsche Befragte

von 55 bis 75 Jahren; der Vergleich erfolgt mit den Sechzig- bis Siebzigjährigen, etwa den „jungen Alten" nach unserem heutigen Verständnis). Bei dieser Gegenüberstellung nach einigen sozialstatistischen Daten läßt sich feststellen:

(a) Bei den Profis sind die Frauen überrepräsentiert, bei den Bürgern ist die Relation ausgeglichen. Die Initiative hätte somit in etwas stärkerem Maße Männer erreicht. Das würde den Erfahrungen entsprechen, daß Männer eher durch im weitesten Sinne politische Aktivitäten ansprechbar sind, die Initiative auch durchaus stärker so verstanden werden könnte.

(b) Die Profis sind entweder verheiratet (zu 79%) oder (noch) ledig. Die Verwitweten unter den Bürgern machen ein Drittel aus. Ihr Anteil ist höher als in der Repräsentativstichprobe. Kompensation von Kontakten dürfte – vom Familienstand her – somit vielleicht etwas im Vordergrund stehen. Auch die Alleinlebenden sind mit 28% etwas überrepräsentiert. Die „sozialstatistische Singularisierung" ist somit sicher kein dominantes, aber für eine kleine Gruppe wahrscheinlich dennoch ein Motiv der Beteiligung.

Den sozialstatistischen Vergleichen ist zu entnehmen, daß die erreichten Älteren sich vom repräsentativen Querschnitt ihrer Altersgruppen zumindest nicht wesentlich unterscheiden, eher sind sie mit ihrer Kontaktsituation noch zufriedener als der Durchschnitt der Repräsentativ-Stichprobe; somit sind eher sozialstatistische Durchschnittsbürger erreicht worden.

Es gab noch weitere Vergleichsmöglichkeiten mit der genannten Repräsentativ-Befragung. Dies betrifft die nach eigener Einschätzung für Verpflichtungen aufzubringende Zeit (die „verpflichtete Zeit", Verpflichtungszeit). Weiter wurden die auf einer vorgegebenen Liste aufgeführten Tätigkeits- und Lebensbereiche verglichen, in denen diese Verpflichtungen gesehen werden. Der Vergleich mit den Repräsentativ-Daten der GfK '92 zeigt recht deutlich, daß unsere Bürger im Hinblick auf die Einschätzung ihrer verpflichteten Zeit zwischen den Ergebnissen der Repräsentativ-Stichprobe und den Profis stehen. Sie haben mehr „verpflichtete Zeit" als der Durchschnitt der vergleichbaren Altersgruppen.

Fast drei Viertel der Bürger waren oder sind bisher schon ehrenamtlich tätig. Und auch bei den Profis ist das nach deren Angaben bei über der Hälfte der Fall oder schon der Fall gewesen. Für nur ein Viertel der Bürger ist das etwas Neues, womit stärker die Aktiveren und in solchen Aktivitäten Erfahrenen erreicht wurden. Vereinstätigkeiten und -funktionen, Mitarbeit in Altentagesstätten, Kinderbetreuung, Beratung, Selbsthilfegruppen u. a. wurden als Aktivitätsbereiche angegeben.

Diese – wenn auch sehr beschränkten Ergebnisse – legen die Frage nahe, wie hoch typischerweise die Anteile jener sind, die durch solche „Initiativen" und „Projekte" als neue Zielgruppen erreicht werden. Sind es – wie hier – etwa ein Viertel? Unter welchen Bedingungen sind ihre Anteile zu erhöhen, und ist das Ausmaß der Erreichbarkeit jener Zielgruppen ein Indikator für „innovative Projekte" im engeren Sinne?

4. Angebote, Inhalte, Institutionalisierungen

Zunächst sind einige Trends in der Entwicklung von „Angeboten“ für Ältere zu umreißen. Angebote sind weiterhin entwicklungsfähig. Sie lassen sich sinnvoll *vier Schwerpunkten* zuordnen:

(a) Biographie,
(b) Alltag,
(c) Kreativität/Kultur und
(d) Produktivität.

Produktivitätsorientierte Konzepte und alterskulturelle Angebote sind im letzten Jahrzehnt deutlich ausgeweitet worden. Kurz werden vergleichbare Entwicklungen bei den produktivitätsorientierten Konzepten in den USA angesprochen. In einem weiteren Punkt geht es dann um Motive der Beteiligung und der ehrenamtlichen Tätigkeit. Ältere in der dritten Lebensphase stehen in einer ambivalenten Situation. Befreit von Zwängen des mittleren Lebensalters will man sich neuen Verpflichtungen nicht oder nur sehr begrenzt als „Selbstverpflichtung mit Kündigungsrecht“ unterwerfen. Gibt es Strategien, die zunehmenden Diskrepanzen zwischen gesellschaftlichen Entwicklungen und der zunehmenden bzw. aufrechterhaltenen Kompetenz älterer Menschen abzubauen? Es entwickeln sich neue Formen bürgerschaftlichen Engagements und neue Institutionalisierungen. Seniorengenossenschaften, Senioren- und Bürgerbüros sind meines Erachtens markante Beispiele für diese Entwicklung. Bürgerschaftliches Engagement bekommt durch sie kommunale, orts- und stadtteilbezogene Orientierungen. Bürgeramt, Bürgerbüros und Bürgerhäuser – sind dies zukünftige Institutionalisierungsformen für die unterschiedlichen Ebenen des „Bürgerschaftlichen“?

4.1. Angebote und Inhalte

Das Spektrum der Angebote und Tätigkeitsfelder, bei denen Ältere heute aktiv werden können, haben sich ausgeweitet. Es gibt neue Angebote über die traditionellen ehrenamtlichen Tätigkeiten hinaus. Aber was ist an ihnen innovativ? Sind alle Angebote sozusagen gleichviel wert, sind die Inhalte mehr oder minder gleichgültig, mit denen Ältere sich befassen (entsprechend der früher vertretenen Aktivitätsorientierung in der Gerontologie, die sich in der Altenhilfe überspitzt in „Aktivität“ um ihrer selbst willen oder „Hauptsache aktiv“ umsetzte)? Sind auch die Ansprüche an Aktivitäten und Tätigkeitsfelder nicht allein durch ihre Ausweitung, durch die Erweiterung dieses „Marktes“ gewachsen? Gibt es heute „zeitgemäßere“, passendere Angebote als früher? Die hier feststellbaren Trends möchte ich *vier Leitlinien* unterordnen:

(1) Eine erhebliche *Ausweitung der Angebote für Ältere* hat in den letzten beiden Jahrzehnten stattgefunden und anzunehmen ist, daß diese Entwicklung keineswegs abgeschlossen ist, sondern zudem zu neuen Qualitäten führt. Wesentliche Einflüsse sind die Folgen des Strukturwandels des Alters: die zunehmend problematischere frühe Entberuflichung, die Singularisierung, die Zunahme der Älteren selbst, ihre Rolle als Markt für Professionalisierungen, aber auch als Markt für Veranstaltungen kommerzieller Anbieter. „Wie unterschiedlich das ‚Niveau' solcher Angebote und Aktivitäten auch sein mag, sie alle zielen auf eine Einbindung des (verjüngten) Alters in je unterschiedliche Bereiche sozialen Lebens, gesellschaftlicher wie politischer Instanzen. Es handelt sich um ein Spektrum, das von der Selbsthilfeinitiative über die Angebote der traditionellen Altenhilfe und die anderer Träger reicht bis hin zu bislang alters-abstinenten Organisationen, die im Zeichen der ergrauenden Gesellschaft sich neu orientieren – im sozial verpflichteten wie kommerziellen Bereich (‚Seniorenmarkt')" (Bäcker u. a. 1989, S. 226). Vermutlich bietet schon der Vergleich der Ankündigungen der Angebote „für Senioren" in der Lokalpresse vor zehn Jahren und heute z. B. über einen Wochenzeitraum ein eindrucksvolles Bild für die erfolgte Ausweitung der Angebote, womit Fragen nach Veränderungen von Zielgruppen, „Reichweite" der Angebote, ihrer Orientierung, Qualität, Kommerzialität usw. noch nicht beantwortet sind. Andererseits hat sich damit auch die Konkurrenz der Angebote erhöht: Die „gemeinnützigen" stehen gegen z. T. attraktivere kommerzielle sowie gegen alternative Zeitverwendung, wie die bequemere Mediennutzung, aber auch z. B. gegen die ausgeweiteten Angebote von Reisen und Busfahrten. Dies betrifft auch neue kulturelle Minderheiten wie die Türken, von denen z. B. ein Teil nach der Berufsaufgabe jedes Jahr einige Monate in der Türkei verbringt oder die gar „ein halbes Jahr Türkei, das andere in Deutschland" als „ideal" ansehen und dies z. T. dank preiswerter Flugangebote sogar realisieren können. Wie sollen „Initiativen" und „Projekte" mit solchen Diskontinuitäten und Wahlmöglichkeiten umgehen oder gegen sie konkurrieren?

(2) *Bildung und Bildungsaktivitäten* sehe ich als eine der größten Altersressourcen an (siehe Tews 1993). Weil es so viel freie Alterszeit gibt, sind auch zeitgebundene, zeitstrukturierende Angebote sinnvoll, vielleicht sogar zunehmend erforderlich. Bildung kann extrem zeitaufwendig und subjektiv hoch befriedigend betrieben werden, zweckbestimmt oder als Selbstzweck. Auch hier geht es um bekannte Zusammenhänge und um Minderheiten. Die Kontinuitäts-These der Gerontologie trifft zu, wenn die Mehrheit der Teilnehmer an Bildungsangeboten auch schon früher im Leben an Bildungsveranstaltungen teilgenommen hatte. Auf die Gesamtheit repräsentativ befragter Älterer hatten von den über Sechzigjährigen nur 8 % neu an solchen Aktivitäten teilgenommen (Minister für Soziales, Gesundheit und Energie des Landes Schleswig-Holstein 1991, S. 67). Mit solchen Größenordnungen ist also zu rechnen. Ich unterscheide zur Bestimmung der Rolle der Bildung bei der Weiterentwicklung des Alters drei Entwicklungsstufen: eine um aufgewertete kommunikative Elemente (im Extrem ist die Kommunikation mit anderen wichtiger als die Bildungsinhalte) erweiterte Altenbildung als Allgemeinbildung; eine um Entwicklung und Nutzung von „Kompetenzen" und „Potentialen" angereicherte psychologisch-individualistische zweite Entwicklungs-

stufe (nachdem die Ergebnisse psychologischer Gerontologie zur Lernfähigkeit und weitreichend aufrechterhaltenen Kompetenz im Alter in den Kanon der Bildungsangebote aufgenommen wurden); und eine dritte – eher vielleicht als soziologisch zu bezeichnende Entwicklungsstufe – konzentriert sich auf die gesellschaftliche Entwicklung und Nutzung einer neu zu bestimmenden „Produktivität des Alters". Die Teilnahme an „Initiativen" und „Projekten" etwa implizieren immer auch Lernprozesse. Wie weit ist die Initiierung von Lernprozessen dann Voraussetzung für die Ausweitung bürgerschaftlichen Engagements?

(3) Nehmen wir an, die Abnahme der traditionellen Ehrenamtlichkeit ist eine nur schwer aufzuhaltende Entwicklung, ist dann die *alte Ehrenamtlichkeit* durch Ausweitung von Angeboten in Formen *neuer Ehrenamtlichkeit* zu kompensieren, ausgehend von der weiteren Annahme, diese Angebote ließen sich entsprechend institutionalisieren? Abgesehen von Problemen der Abgrenzung alter von neuer Ehrenamtlichkeit, fehlen für die Entwicklung letzterer quantitative Hinweise. Diese sind – bedingt auch durch den Nachweis der Effekte von Modellförderungen – z. B. für die Selbsthilfe eher vorhanden. So wird angegeben (Braun/Opielka 1992, S. XV), daß in den alten Bundesländern seinerzeit mehr als 50.000 soziale und gesellschaftliche Selbsthilfegruppen sich im Sozial- und Gesundheitsbereich engagierten. Die Förderung von Selbsthilfekontaktstellen im Rahmen eines Bundesprogramms sei erfolgreich gewesen, wenn in den Kommunen des Modellprogramms „die Zunahme der Selbsthilfegruppen um 36 % zwischen 1988 und 1991 in hohem Maße auf die Arbeit der Selbsthilfekontaktstellen zurückzuführen" sei. „Da derzeit weniger als 30 % der Bevölkerung der Bundesrepublik die Leistungen von Selbsthilfekontaktstellen nutzen können, kann davon ausgegangen werden, daß durch ihre Einrichtung in allen Städten und Kreisen die Zahl der Selbsthilfegrupen und der in Selbsthilfe engagierten Bürger weiter steigen wird." (Braun/Opielka, S. XV) Ist die Bestimmung von Selbsthilfe und ihrer Verbreitung offensichtlich leichter zu erreichen, so stellt sich dennoch die Frage, welche Effekte durch die Förderung und Verbreitung der neuen Ehrenamtlichkeit z. B. bezogen auf eine Gemeinde ausgehen können? Läßt sich also ein Teil der alten Ehrenamtlichkeit durch Angebote für neue Ehrenamtlichkeit ersetzen und in welchen Formen?

(4) Angebote altern in doppelter Hinsicht, als solche und mit ihnen ihre Nutzer, soweit es die gleichen bleiben. Dies ist etwa besonders deutlich bei Altenclubs/Altentagesstätten der Fall. Aber auch die *Form der Angebote* ist zum Teil „generativ". So ist zu hoffen, daß die konsumtive Kaffee- und Kuchen-Geselligkeits-Kultur und die Kaffeefahrten in ihrem Umfang generativ limitierte Angebote sind und diese Formen sich vermindern werden. Dennoch kann davon ausgegangen werden, daß jede Generation in gewissem Umfang ihre eigenen Angebote benötigt. Interpretiere ich die Entwicklung richtig, dann haben die jungen Alten heute bedingt durch ihre „Potentiale" im Vergleich zu früheren Altersgenerationen günstigere Ausgangsbedingungen, sich ihre eigenen Angebote selbst zu schaffen. Auszugehen ist von günstigeren Bedingungen auf verschiedenen Ebenen: größere Bereitschaft und Aufgeschlossenheit entsprechenden Angeboten gegenüber bei den heutigen jungen Alten und die schon genannten sonstigen günstigeren Ausgangsbedingungen, die Ausweitung der Angebote selbst, der verbreitete Wunsch, sich von traditionellen Altenangeboten abzuheben, Modellförderungen wie etwa die Landesförderungen in Baden-Württemberg („Spurwechsel"-Kurse, Ideen- und Wissensbörsen, Seniorengenossenschaften, Intiative Drittes Lebens-

alter) und in anderen Bundesländern und die prinzipielle Übertragung von Projekten und Initiativen. Hinzu kommen Erfahrungen nicht nur mit Förderprogrammen, sondern auch mit Moderatorfunktionen, die z. B. Professionelle übernehmen oder auch übernehmen müssen.

Angebote und Tätigkeitsfelder für ältere Menschen beziehen sich auf *Inhalte*, deren Akzeptanz und Entwicklungsfähigkeit ebenfalls generative Aspekte enthält. Eine neue Arbeit zum Thema „Altersbildung" (Kade 1994) unterscheidet die inhaltlichen Felder „Biographie", „Alltag", „Kreativität" und „Produktivität" und bezieht sich damit auf Themenbereiche der „Altenbildung". Der damit verbundene Ansatz hat allerdings einen wesentlich breiteren Rahmen und umfaßt Entwicklungsperspektiven des Alters selbst und Veränderungen, auf die nicht nur Altenbildung in ihren Angeboten zu reagieren hat. Es sind nicht nur „Lernfelder" in einem pädagogischen, sondern Entwicklungsfelder für Angebote in einem weiteren Sinne. So würde im Lernfeld „Biographie" eine sich gegen Beziehungslosigkeit und Vereinzelung Älterer richtende „biographische Selbstvergewisserung" im Austausch mit anderen erforderlich, die von der Frage ausgeht: „Wie bin ich zu der Person geworden, die ich bin? Lebenserfahrung, was einer aus seiner Geschichte gelernt hat, ist bis heute nicht durch Ratgeber oder Medien zu ersetzen oder weiterzugeben." (Kade 1994, S. 49) Die Zunahme von biographischen „Brüchen" und Trends zu weiterer Individualisierung, so kann man schlußfolgern, wird Formen „biographischer Selbstvergewisserung" nötiger und sinnvoller machen. „Geschichte als Lebensgeschichte" als Thema und „Erzählcafés" als institutionelles Angebot sind Beispiele für dieses inhaltliche Feld. Ist die möglichst lange Aufrechterhaltung von Selbständigkeit und Unabhängigkeit für Ältere gesellschaftspolitisches und individuelles Ziel, ist das Feld „Alltag" ein zunehmend gewichtigeres, wenn es darum geht, Selbsthilfepotentiale zu stärken und zu unterstützen. Dies macht Kompetenzen erforderlich, sich vorhandene Ressourcen zu erschließen und zu nutzen. Diesem Bereich sind z. T. auch die Folgen massenhafter Freisetzungsprozesse aus der Berufstätigkeit bei uns und vor allem in Ostdeutschland zuzuordnen. Angebote wurden und werden hier geschaffen, die allerdings das Hauptproblem fehlender Arbeit nicht beseitigen können und die Zielgruppen nur z. T. erreichen oder auch überhaupt keine Nachfrage finden, obwohl doch am ehesten hier der „Problemgruppen-Ansatz" erfolgreich sein müßte. Ein drittes Feld betrifft den Bereich „Kreativität/Kultur". Auf der Ebene individueller Kreativität schlägt sich dies z. B. im Bildungsbereich der Volkshochschulen und Akademien für Ältere nieder, die hier z. T. inzwischen ein reichhaltiges Angebot unterbreiten. Ob eine eigenständige „Alterskultur" zu entwickeln ist oder entwickelt werden sollte, mag eine noch strittige Frage sein. Auch hier ist inzwischen eine breite Palette von Möglichkeiten und Angeboten entwickelt worden, von den „Schreibwerkstätten" über Orchestergründungen bis hin zu landesweiten Veranstaltungen zur Alterskulturarbeit (siehe den Beitrag von Matthias Bullinger und Gisela Diringer, S. 156ff.; Seniorenkulturarbeit 1991; z. B. auch das Modellprojekt „Geöffnete Türen" 1993). Das Feld „Produktivität" umfaßt den meines Erachtens entwicklungsträchtigsten Bereich, ausgehend von einem veränderten Produktivitätsverständnis. Neue Formen der Institutionalisierung wie die Seniorengenossenschaften, Senioren- und Bürgerbüros setzen hier an.

Exkurs: Vergleichbare Entwicklungen in den USA

Einer Arbeit über „Bilder des Alters“ in den USA und ihre Konsequenzen für Altenbildung und Alterspolitik sind mit aktuellen deutschen Entwicklungen vergleichbare Trends zu entnehmen (Donicht-Fluck 1994). Dies betrifft den Wandel der Orientierungen der Altenbildung, die bei uns wahrscheinlich noch zu erwartende Diskussion um entlohnte Tätigkeiten Älterer nach der Erwerbsarbeit aus beschäftigungspolitischer Perspektive, die durchaus vergleichbaren Aktivitätsfelder und Tätigkeiten, die sich entwickeln oder entwickelt werden und die im Vergleich zu Deutschland anders gewichteten Traditionen gemeinwesenorientierter Tätigkeiten und Beteiligung.
Bezogen auf institutionelle Formen der Altenbildung wird für die 80er Jahre eine Trendwende festgestellt,

> „das growth-Konzept mit seiner Dimension persönlicher Lebensbereicherung und Selbstverwirklichung ist zugunsten einer stärker pragmatisch-funktionalen Perspektive zurückgedrängt worden. Sie betont den Aspekt einer unabhängigen Lebensbewältigung im Alter, die der Aufrechterhaltung von Selbständigkeit und Selbstverantwortung oder – um einen Leitbegriff der 80er Jahre zu benutzen – von self-sufficiency dient“ (Donicht-Fluck 1994, S. 195).

Altenbildung ziele in stärkerem Maße auf die Stärkung des Selbsthilfe-Potentials, Altenbildung müssen sich in zunehmendem Maße als „produktiv“ rechtfertigen. Eine der deutschen ebenfalls vergleichbare Entwicklung ziele auf eine Veränderung der Klienten und ihrer Rolle als Empfänger von Dienstleistungen „von der eines passiven, bevormundeten Klienten zu der eines aktiv Beteiligten und Mitbestimmenden“ (Donicht-Fluck 1994, S. 196). Der Zwischenbericht der Experten-Kommission des Deutschen Bundestages zum Demographischen Wandel läßt meines Erachtens eine ähnliche Trendwende im Hinblick auf die dort gegenübergestellten Positionen zum „aktiven Älterwerden“ erkennen. Es ist ein Trend, der vom selbstbezogenen aktiveren Altern (Aktivität um ihrer selbst willen ist bereits genug) zur Betonung und Entwicklung eines stärker gesellschaftlich-produktiven Altern führen soll – ohne daß sich diese Orientierungen wechselseitig ausschließen müssen.
Vergleichbare quantitative Angaben zur Verbreitung ehrenamtlicher Tätigkeiten finden sich in den USA, wenn Mitte der 80er Jahre cirka jeder Vierte ehrenamtlich tätig war und 10 % hierzu bereit seien, wobei Unterschiede in den Operationalisierungen zu berücksichtigen sind. Festgestellt wird zudem ein Zuwachs beim Typ eines aktiven, unabhängigen Ruheständlers mit sozialem Verantwortungsbewußtsein bei den Männern. Gefördert werden diese Entwicklungen durch Regierungsprojekte wie das Foster Grandparent Program, Programme, die auch Entlohnungen für Arbeitsleistungen ein-

schließen, was zu Verbesserungen der finanziellen Situation gerade von Personen mit niedrigen Einkommen führen sollte. Angesichts hoher Arbeitslosenquoten steht die gewerkschaftliche Seite solchen Beschäftigungsprogrammen für Ältere allerdings eher kritisch gegenüber. Auch dies ist – in besonderem Maße bezogen auf die Entwicklungen in den neuen Budesländern – eine unserer vergleichbare Entwicklung, wenn auch bisher offenbar ohne die kritische Kommentierung durch die Gewerkschaften. Je stärker jedoch marktfähige Arbeitsleistungen übernommen werden, um so eher ist Kritik auch bei uns zu erwarten.
Interessant erscheint auch die Breite der Angebote, wenn hier auch offenbar eher speziellen Altenbildungsprogrammen zugeordnet. Die folgende Liste von Beispielen aus dem Feld „Produktivität" ist mit den Angeboten heute bei uns durchaus vergleichbar:

- Ältere Menschen arbeiten als Tutoren für lernschwache Schüler in Ghettoschulen, so beispielsweise pensionierte Angestellte einer Lebensversicherungsgesellschaft in New York, wofür sie von ihrer früheren Firma ein Honorar erhalten und von Verbindungslehrern ausgebildet werden;
- sie arbeiten als Lehrhelfer und leiten Lese- und Rechtschreibgruppen;
- sie fungieren als Zeitzeugen der Geschichte im Geschichtsunterricht;
- sie halten Vorträge zum Thema Alter im Sozialkundeunterricht;
- sie leiten Handwerks- und Hauswirtschaftsgruppen in Schulen;
- sie beaufsichtigen Spielplätze und helfen in der Schulbücherei;
- sie betreuen behinderte Schüler und helfen bei den Schulgesundheitsuntersuchungen;
- sie arbeiten als Paraprofessionals in ländlichen Sonderschulprogrammen;
- sie leiten Sprachkurse in Schulen und arbeiten als Übersetzer für ausländische Schüler;
- sie leiten Spielgruppen und betätigen sich als Geschichtenerzähler im Kindergarten;
- sie arbeiten als Tutoren, Gastdozenten und als Berater in Hochschulen;
- sie sind Mitglieder der Beratungsgremien von Seniorenzentren und arbeiten an der Programmplanung;
- sie fungieren als Beschwerdestelle (Ombudsmann/frau) für Heimbewohner;
- sie übernehmen Aufgaben im Umweltschutz und in der Verbraucherberatung;
- sie führen Besuchergruppen (z. B. von behinderten Menschen) durch Ausstellungen, Museen und Universitäten.

- sie betreuen kranke Kinder und Jugendliche in Krankenhäusern, die von ihren Angehörigen nur selten besucht werden können;
- sie arbeiten in kommunalen Altengremien und Seniorenparlamenten mit;
- sie betreuen Langzeitpatienten im Krankenhaus;
- sie besuchen ältere Menschen in Heimen und zu Hause,
- sie führen Installations- und Reparaturarbeiten in Haushalten älterer und behinderter Menschen durch;
- sie arbeiten in der angewandten Altersforschung und führen unter Anleitung eigene Forschungsarbeiten durch;
- sie leiten generationsübergreifende Bildungsangebote;
- sie geben Kurse für Analphabeten;
- sie stellen ein Verbindungsglied zwischen Krankenhaus und eigener Wohnung dar und helfen alten Menschen bei der Wiedereingewöhnung in die Selbständigkeit nach einem längeren Krankenhausaufenthalt;
- sie arbeiten als Entwicklungshelfer in der Dritten Welt;
- sie beraten junge Geschäftsleute beim Aufbau von Kleinunternehmen;
- sie teilen Essen an Obdachlose aus;
- sie sammeln Lebensmittelüberschüsse von Restaurants und Supermärkten und verteilen
- sie an Arme;
- sie leisten Sterbehilfe und betreuen Menschen, die ihren Lebenspartner verloren haben;
- pensionierte Rechtsanwälte bieten kostenlose Rechtsberatung für Arme;
- sie setzen (Rentner einer amerikanischen Telefongesellschaft) ihre technischen Kenntnisse für Behinderte ein, bauen Fernsehadapter für Hörgeschädigte und handgesteuerte Fahrzeuge für Gehbehinderte und unterrichten benachteiligte Kinder in Radiotechnik und Elektrotechnik.

Diese „Liste" zeigt beispielhaft, was prinzipiell möglich ist, ohne daß zudem Angaben über „Breitenwirkung" und „Reichweite" solcher Initiativen zur Verfügung stehen. Naheliegend ist auch die Frage nach den notwendigen „Kompetenzen", die verlangt werden, das Ausmaß der notwendigen Ergänzung solcher „Initiativen" durch Professionalität und anderes. Die hier aufgeführte Liste könnte z. B. den Angeboten der Senioren- und Bürgerbüros oder auch den inzwischen weiter verbreiteten „Wissensbörsen" gegenübergestellt werden. Es ließe sich eine ganze Reihe solcher „Listen" aufführen, mit identischen und unterschiedlichen Angeboten.
Offensichtlich gibt es in den USA zudem andere Traditionen des Pragmatismus und der Selbstverständlichkeit gesellschaftlicher Nützlichkeit und Produktivität, die es erleichtern, auch Ältere in produktionsorientierte Programme und Initiativen einzubinden. Es ist von daher auch leichter, Ältere in

„Altenbildungsprogrammen" als „produktives Potential" und als „underused active elderly" und gesellschaftliche Ressource zu nutzen, weil es im amerikanischen Kontext ebenso plausibel wie legitim sei, „die Frage nach der gesellschaftlichen Beteiligung" des Alters aufzuwerfen und ältere Menschen in die Pflicht zu nehmen, ihren Beitrag zum Gemeinwohl zu leisten, sei es durch Rückkehr in den Arbeitsprozeß oder durch Übernahme ehrenamtlicher Aufgaben in der Gemeinschaft" (Donicht-Fluck 1994, S. 204).
Dies legt die Frage nahe, welche Rolle die Vermittlung von Leitbildern – z. B. dem des „produktiven Alters" – zukommen kann.

4.2. Motive und Beteiligung

Der schon mehrfach zitierten Untersuchung ehrenamtlicher Tätigkeiten in Schleswig-Holstein sind auch Häufigkeiten für die erfragten Motive für ehrenamtliches Engagement zu entnehmen. „Etwas für andere tun", sinnvolle Zeitverwendung, Gemeinschaftszugehörigkeit und Kontakte sind die am häufigsten genannten Motive. Diesen Motiven stimmten jeweils über 90% der Befragten zu. „Bezahlung" als Motiv liegt am Ende der Liste mit weniger als 5% Zustimmung, neben anderen ebenfalls in geringem Maße akzeptierten Vorgaben zu formellen Anerkennungen für erbrachte Leistungen.
In der Befragung der Mitglieder/Teilnehmer der „Initiative Drittes Lebensalter" wurden ebenfalls Motive durch vorgegebene Sätze ermittelt. Wiederum wurden die „Bürger" von den „Profis" unterschieden.

> Bei den Bürgern dominiert mit 62% ein „eher allgemeines Interesse". Die Kontakt-Motive stehen bei den Bürgern mit 76% im Vordergrund. Naheliegend ist, daß die Bürger stärker auf „soziale Kontakte" setzen – aber auch bei den Profis sind die Angaben hierzu erstaunlich hoch. Die Bedeutung zufriedenstellender sozialer Kontakte bei der Zusammenarbeit ist – wenn auch mit unterschiedlichem Gewicht – für beide Seiten hoch. Dem Satz „Die Ziele, die wir uns setzen, stehen für mich im Vordergrund" wird von 38% der Profis und von 61% der Bürger „völlig" zugestimmt.
> Wenn man mitarbeitet, macht man das eher für sich und/oder für andere? Bei den Bürgern findet sich einerseits eher ein Trend zu „für mich und für andere" und ausgeprägter auch „für andere" – letztlich im Sinne ehrenamtlichen Engagements. Und am passendsten für beide Gruppen dürfte die Orientierung „für mich und für andere. Und dabei sind die sozialen Kontakte ganz wichtig, die sich ergeben." Dies bejahen (stimmt völlig) rund 60% der Bürger, „völlig und teilweise" zusammengerechnet entspricht dies offenbar der Orientierung von 83% bzw. 86%.

Es zeigt sich bei den Bürgern, daß ihre Interessen „eher allgemein" sind, wenn die Mehrheit „stimmt/stimmt teilweise" ankreuzt. Auf der anderen Seite geben fast drei Viertel an, konkrete Angebote zur Mitarbeit würden sie übernehmen. Und fast die Hälfte der Bürger bezeichneten ihre Interessen wiederum auch als „ganz konkret“: „Es sind ganz bestimmte Aufgaben, die ich übernehmen will“. Konkrete Angebote – vorgegeben oder gemeinsam entwickelt – sind somit erforderlich, um Mitarbeit über ein „allgemeines Interesse“ hinauszuführen.

Die These vom „Prozeßnutzen des Tätigwerdens“ trifft mit Sicherheit auch für unsere Befragten zu, wonach „die Erbringer solcher Leistungen nicht ausschließlich, und gelegentlich sogar eher sekundär an den Endprodukten, sondern vielmehr am „Prozeßnutzen“ des Tätigwerdens interessiert sind: Die Suche nach befriedigenden sozialen Beziehungen, das Gefühl, anderen bzw. der Allgemeinheit geholfen zu haben, sowie soziale Anerkennung und Teilhabe sind ein zentrales Motiv freiwilliger sozialer Tätigkeiten. Gerade diese eigentümliche Motivstruktur macht den besonderen Wert und auch die Qualität dieser Aktivitätsformen aus (Olk 1990, S. 18).

Dennoch: Nur Minderheiten lassen sich bisher zu freiwilligem Engagement bewegen. Es sind zumeist die ohnedies Aktiveren. Aber ihr Engagement steht auch gegen die Übernahme neuer, als zu weitreichend empfundener oder gegen überhaupt zu übernehmende neue Verpflichtungen, nachdem man eine verpflichtungsfreiere Lebensphase erreicht hat.

> „Die Freiheit, über seine Zeit endlich eigenständig verfügen zu können, ist die wertvollste Eigenschaft, die den Ruhestand ausweist und die die Ruheständler auch auf keinen Fall wieder eingeschränkt wissen wollen. Hierauf muß von Anbieterseite her sehr flexibel reagiert werden. Die Möglichkeit, etwas tun zu können, ohne es tun zu müssen, muß Markenzeichen freiwilliger sozialer Arbeit sein, wenn sie denn nachgefragt werden soll. Wieweit das die Praxis realisieren kann, ist eine andere Frage. Ebenso inwieweit diese Freiheit dann auch wirklich in Anspruch genommen wird, denn vor allem die von den Männern gewünschte verantwortliche Mitarbeit wird wohl kaum ohne feste zeitliche Einbindung und ohne ein gewisses Maß an Selbstverpflichtung zu leisten sein. Wenn Männer künftig vermehrt für freiwillige Arbeiten gewonnen werden sollen, müssen Tätigkeiten angeboten werden, die im Berufsleben erworbenes Wissen erfordern, denn besonders Männer möchten gerne ihre Kenntnisse, ihre Erfahrung und ihre Leistungsfähigkeit einbringen, ein Wunsch, der schon im Interesse der Gesellschaft nur zu unterstützen ist.“ (Voraussetzungen für gesellschaftliches Engagement … 1995, S. 34).

Dieses Resümee einer Befragung zum ehrenamtlichen Engagement Älterer verweist auf die ambivalente Situation, in der sich Ältere befinden. Gleichsam befreit von den Zwängen des mittleren Lebensalters will man sich neuen Verpflichtungen nicht oder doch nur sehr begrenzt unterwerfen – zudem dann nicht als Fremd-, sondern allenfalls als „Selbstverpflichtung mit Kündigungsrecht“.

Gibt es dennoch Strategien zur Verpflichtung des Alters? Wie lassen sich Maximen formulieren, die möglicherweise auch in Politik umzusetzen sind? Das ist die Frage nach Inhalten, Aktivitäten, Handlungen. Sicher hat es keinen Sinn, sich zu früh Selbstbeschränkungen aufzuerlegen. Wir haben uns bezogen auf Ehrenamtlichkeit zwar versagt, „Alte pflegen (nicht verwandte) Alte" selbst als Möglichkeit zu akzeptieren, aber das sollten wir in neuen Zusammenhängen überdenken. „Alte in den Umweltschutz", undenkbar ist auch das nicht, wie wir wissen. Das heutige Spektrum reicht also von den Angeboten der „Wissensbörsen" über die „Leihoma", die Reparaturdienste bis hin zu den Alten, die (nicht verwandte) Alte pflegen. Es ist der sich entwickelnde gesellschaftliche Bedarf, die zunehmende Unbezahlbarkeit immer teurer werdender Dienstleistungen und das junge Alter mit seinen zunehmenden Diskrepanzen zwischen gesellschaftlichen Entpflichtungen und altersspezifischen Kompetenzentwicklungen, die zu diesen Überlegungen führen.

Ich möchte dabei altersbezogene von nicht-altersbezogenen Aktivitäten mit verpflichtendem Charakter unterscheiden. Die *nicht-altersbezogenen*, die auf die Jüngeren zielenden, nehmen im Strukturwandel des Alters ab, so möchte ich ganz pauschal behauptet. Da nun die altersbezogenen, verpflichtenden Aktivitäten zunehmen müssen, warum sollen die Alten hier nicht zunehmend Verpflichtungen übernehmen? Es spricht offensichtlich mehr dafür als dagegen. Demnach sind Verpflichtungspotentiale auch am ehestens dort zu suchen. Das führt zu verstärkten altershomogenen Kontakten bis hin zu einer eigenständigen Alten(hilfe)-Kultur und Altersidentität in gesellschaftlichem Selbstverständnis, einschließlich seiner Selbstorganisation bis hin zu einer Politik des Alters durch die Alten selbst. Ich denke, hier liegt der Kern eines neuen gesellschaftlichen politischen Selbstverständnisses des Alters mit entsprechendem Entwicklungsbedarf. Es wäre eine Politik des Ausgleichs unter aktiverer Beteiligung der Alten selbst, und es wäre die Ablösung der alten Forderungspolitik, der alten Asymmetrie, nach der die Jüngeren oder „die Gesellschaft" für die Alten zu sorgen haben.

Konflikte sind bei solchen Forderungen natürlich absehbar. Ich möchte dazu Maximen vorgeben, die Wege bieten könnten, die offensichtlichen Konflikte steuernd zu lösen: Es hat keinen Sinn, ohnedies Hoch-, Selbst- und Fremdverpflichtete mit neuen Verpflichtungen zu versehen. Das Spektrum könnte demnach von den überlastet Verpflichteten über die hoch Selbstverpflichteten bis hin zum „sozialen Jahr für Alte", die völlig unverpflichtet vor sich hinleben, reichen. Wie sind aber Wahlfreiheiten zu gewährleisten? Die Forderung nach und die Gewährleistung von Wahlfreiheiten ist ja ebenfalls ein ganz wesentliches Ergebnis unserer gesellschaftlichen Entwicklung.

Ich gehe nun weiterhin davon aus, daß es bei der Verpflichtungsdiskussion primär zunächst um die Veränderung von Verhältnissen geht und erst in der Folge um die Veränderungen von Verhalten. Es geht zunächst um die Schaffung von Rahmenbedingungen in gesellschaftlich-politischer Zuständigkeit

und Verantwortung. Aufgaben, Verbindlichkeiten, Verhandlungsmöglichkeiten und Wahlfreiheiten sind zu entwickeln und zu gewährleisten. Die Angebote müssen also zunächst stimmen, mit denen man in Verhandlung mit den Individuen tritt. Prinzipiell sind Organisation und Transparenz von Angeboten heute viel leichter zu bewältigen, oder anders: Wenn wir schon wissen, wie die Möglichkeiten aussehen könnten, Verpflichtungen zu organisieren – ich nenne das Beispiel der Seniorengenossenschaften in Baden-Württemberg –, dann ist es zunächst unsere Aufgabe, diese Möglichkeiten zu schaffen. Vermutlich ist aber unser Denken und das Denken der heute Alten in Verpflichtungen recht einseitig gerichtet. Beispielsweise man hat lange genug gearbeitet, erwartet nun den gerechten Lohn im Alter, falls man gearbeitet hat, ist froh, alten Verpflichtungen entronnen zu sein, genießt die „neuen Freiheiten" und will gerade von neuen Verpflichtungen nichts wissen. Dies sind durchaus verständliche, gut nachvollziehbare Zusammenhänge. Es dürfte wohl auch kaum weit verbreitet sein, daß man sich z. B. der Gesellschaft schuldig fühlt. Verhältnisse werden wohl eher einseitig, asymmetrisch, egoistisch interpretiert: Schuldig ist man anderen wenig oder nichts, und alles erscheint mehr oder weniger verdient. Aber wodurch eigentlich? Angesichts gesellschaftlicher Entwicklungen wird zunehmend deutlich, daß dieses Denken zunehmend weniger zuträglich ist, weil es problemverschärfend und nicht problemlösend ist.
Mit dem Leitbild des z. B. aktiven und aktivierbaren Alters traten seinerzeit Gerontologie und Altenarbeit an. Dieses Leitbild setzte vornehmlich auf ich-zentrierte Aktivitäten. Muster: Je aktiver ich bin, desto zufriedener bin ich. Dies war eine doppelte ich-zentrierte Orientierung. Ich sollte aktiv werden, und zwar „Ich für mich." Dies war bereits genug.
Die Grenzen des „Ich für mich" haben wir durch unsere Angebote, die inzwischen entwickelt wurden, ein wenig weiter ziehen können, gemessen an der Angebotsakzeptanz und auch an Teilnehmerzahlen. Diese Grenzen sind noch keineswegs endgültig bestimmt – durchaus auch im Sinne der Nutzung von Angeboten im Sinne des „Ich für mich". Hieran ist nichts auszusetzen – im Gegenteil: Dies ist aus dem Blickwinkel der Entwicklung des Alters zu begrüßen und zu unterstützen. Ich möchte aber weitergehen und den gesellschaftlichen Entwicklungsbedarf des Alters in einem Dreischritt sehen, in *drei Entwicklungsstufen* gleichsam:

(a) „Ich für mich" – ich tue etwas, weil es mir Spaß macht, dies rechtfertigt meine Aktivitäten.
(b) Eine zweite Orientierung war häufig (oder vielleicht schon immer) die Verknüpfung von Aktivität und Kommunikation – von besonderer Bedeutung sicher im Alter, das so häufig mit Isolation und Vereinsamung assoziiert

wird. So haben wir z. B. bei Bildungsaktivitäten im Alter schon früh festgestellt, daß die kommunikativen Elemente des Lernens für die Älteren offenbar im allgemeinen wichtiger sind als das Lernen und die Lerninhalte selbst. Die zweite Orientierung läßt sich dann durch den Leitsatz „Ich für mich mit anderen zusammen" kennzeichnen.

(c) Der dritten Entwicklungsstufe möchte ich den Leitsatz „Ich für mich mit anderen zusammen für mich und für andere" zuordnen. In der Entwicklung der Auseinandersetzung mit dem Altersthema vor allem in der Gerontologie lassen sich Veränderungen, gewandelte Einschätzungen und Orientierungen ausmachen: die Abwendung von der zu einseitigen Negativ-Sicht des Alters, die Hinwendung zu den Potentialen des Alters als weiterzuentwickelnder Lebensphase und die Zunahme von Optionen und Chancen des Alters ganz wesentlich durch die verbesserten Lebensniveaus der heute Alten und der Erhöhung von Wahlmöglichkeiten in einem weiteren Sinne. Verbinden wir die Feststellungen zu den vorhandenen, erhöhten und verbleibenden Kompetenzen der Alten mit der von mir oben behaupteten unterentwickelten gesellschaftlichen Produktivität des Alters, zudem mit der absehbar sich verschiebenden intergenerativen „Belastungsbilanz", dann sehe ich hier zusätzliche Entwicklungschancen. „Ich für mich mit anderen zusammen für mich und für andere" – dies ist die Entwicklungsstufe der Orientierung, die ich mit der Verpflichtungsdiskussion anstrebe. Die politische Verbreitung und stärkere Durchsetzung dieser Orientierung halte ich angesichts absehbarer gesellschaftlicher Entwicklungen für erforderlich.

4.3. Neue Formen der Institutionalisierung bürgerschaftlichen Engagements

Zu den *neuen Formen bürgerschaftlichen Engagements* rechne ich

(a) die Seniorengenossenschaften in Baden-Württemberg,
(b) die im Rahmen eines Modellversuchs des Bundes geschaffenen fast 50 Seniorenbüros in West- und Ostdeutschland und
(c) die sich aus und im Zusammenhang mit der „Initiative Drittes Lebensalter" in Baden-Württemberg etablierenden Bürgerbüros, die offenbar unterschiedliche Entwicklungen aufnehmen.

Eine der wichtigsten Entwicklungen ist meines Erachtens die schon im Begriff „Bürgerbüro" sich programmatisch andeutende *intergenerative Öffnung* eines ursprünglich ebenfalls für „Senioren" gedachten Konzepts.
Der *Begriff der „Senioren"* wurde gezielt in die Altenarbeit und Altenhilfe eingeführt, um den abwertenden Begriff „alt" zu vermeiden. „Senioren" sind, befragt man Ältere nach der Akzeptanz dieses Begriffes, am häufigsten

die Sechzig- bis Siebzigjährigen, die sich noch am ehesten mit diesem Begriff kennzeichnen lassen wollen (Tews 1991, 1995). Den Begriff der Senioren habe ich selbst nie benutzt; ich empfand ihn immer künstlich und unangemessen, auch zu euphemistisch. Er wurde aber eingeführt und war offenbar auch recht erfolgreich. Die Modellprogramme der Seniorengenossenschaften in Baden-Württemberg und die Seniorenbüros benutzen ihn explizit und fixieren sich damit auf die Zielgruppe „Senioren".

Entspricht die Alterszusammensetzung der Teilnehmer dieser Institutionalisierungsformen aber den begrifflichen Vorgaben? Befragungsergebnissen der Mitglieder der *Seniorengenossenschaften* waren zum *demographischen Profil* recht deutliche Hinweise zu entnehmen (Otto 1993):

Fast genau die Hälfte der Mitglieder waren unter 65 Jahre und immerhin ein Viertel jünger als 55 Jahre. Bei Männern liegt ein größeres Gewicht bei den Fünfunddreißig- bis Vierundfünfzigjährigen, bei den Frauen bei den Sechzig- bis Vierundsiebzigjährigen.

Es zeigen sich beträchtliche Unterschiede zwischen den Orten – sie reichen von weniger als ein Drittel bis hin zu 57 % unter Vierundsechzigjährigen.

Der vorgegebenen Feststellung, die Seniorengenossenschaften sollten nicht nur Senioren umfassen, stimmte die Hälfte „voll zu", weitere 24 % kreuzten „trifft eher zu" an – eine deutliche Mehrheitsmeinung also. Die unter 55jährigen Männer stimmten zu 87 % „voll zu". Und insgesamt lehnt es eine nicht zu übersehende Minderheit ab, noch mehr mit Älteren zu tun zu bekommen.

In nicht unbeträchtlichem Ausmaß werden somit durch die Seniorengenossenschaften Nicht-Senioren erreicht. „Genossenschaften" im rechtlichen Sinne sind sie zudem nicht geworden, sondern eingetragene Vereine.

Bei den Seniorenbüros handelt es sich um ein Modell-Projekt des Bundes.

Nach Ausschreibung im Jahr 1992 erfolgte aus 650 Bewerbern eine Auswahl von zunächst 32 und inzwischen 44 geförderten (1995) Seniorenbüros. Zielvorgabe sind 50 bis 60 Büros. Das Projekt wird wissenschaftlich begleitet. Praxishandbücher wurden erstellt (Praxishandbuch für Seniorenbüros, Teil 1/Teil 2, 1994), die Aufbau und Arbeit der Seniorenbüros erleichtern sollen. Ein weiterer Bericht beschreibt „Profile von Seniorenbüros in der Aufbauphase" (1994). Ihr Ziel ist die Förderung der ehrenamtlichen Tätigkeit Älterer in allen Bereichen. Seniorenbüros sind „Anlaufstellen für ältere Menschen, die Informationen zu Ehrenamt und Selbsthilfe geben und über die Möglichkeiten des Engagements beraten. Sie vermitteln an Träger und Initiativen sozialer und gemeinnütziger Arbeit und begleiten die ehrenamtlich Tätigen. Sie schaffen Möglichkeiten zu Kontakten zwischen engagierten älteren Bürgern und beraten Selbsthilfegruppen " (Hedtke-Becker/Titz 1994, S. 344). Fünf übergeordnete Ziele haben die Seniorenbüros: Motivierung und Aktivierung zu Ehrenamt und Selbsthilfe, Erschließung von neuen Tätigkeitsfeldern, lokale Vernetzung der Engagementförderung, Aufwertung und Anerkennung des freiwilligen Engagements im Alter durch Öffentlichkeitsarbeit und den Aufbau eines leistungsgerechten und bedarfsgerechten Seniorenbüros (Claussen 1994, S. 21). Die Erwartungen des Ministeriums zum Modellversuch

sind hoch. Die Seniorenbüros sollen einmal so selbstverständlich werden „wie Sozialstationen". Zwar war das Interesse von Antragstellern an einer Förderung sehr groß. Grundproblem wird jedoch die Übernahme der Büros durch die Kommunen nach der Modellförderung sein, in deren Zuständigkeit die Büros dann fallen und deren Finanznot überall beschworen wird. Gefördert werden die Büros durch den Bund mit mindestens einer Vollzeitstelle und durch Übernahme von Sachkosten. Die Erwartungen an die Seniorenbüros sind ebenfalls anspruchsvoll: die Gestaltung der Lebenswelt von Senioren sollte herausgearbeitet werden, mit ihnen könne die Umbruchssituation der Altenhilfe zur Altenarbeit besser gelingen, sie könnten in Zukunft „Brücken sein zwischen Senioren, freien Trägern und der kommunalen Verwaltung". Dabei habe jedes Seniorenbüro „sein besonderes Selbstverständnis, das durch seine Infrastruktur und die Arbeitsinhalte und Arbeitsformen wesentlich ausgedrückt wird" (Hedtke-Becker/Titz 1994, S. 344).
Ein großer Teil der bisherigen Erfahrungen mit der Einführung der Seniorenbüros sind mehr oder minder auf alle Projekte und Initiativen in diesem Feld übertragbar:

(a) Man muß einen harten Kern von Personen finden, die sich für solche Initiativen engagieren – mit dann bei ihnen auch häufiger auftretenden Problemen der Überlastung. Zum anderen ist deren Identifikation mit der Sache groß, was z. T. den Übergang von Aufgaben an andere, jüngere und Ablösungen erschwert.
(b) Die z. T. gut ausgebauten Strukturen der Altenhilfe und Altenarbeit legen Befürchtungen der Konkurrenz nahe, so z. B. bei den Seniorenbeiräten, die es in einem größeren Teil der Städte mit Seniorenbüros gibt. Dies macht Überzeugungsarbeit, die Abgrenzung von Aufgaben und vor allem Kooperation erforderlich.
(c) Das Problem der Aufwandsentschädigungen muß gelöst werden, zumal es etwa Frauen mit niedrigen Renten gibt, für die auch geringfügige Aufwandsentschädigungen hilfreich sind. Die Grenzen zur verkappten Beschäftigungspolitik werden fließend, wenn höhere Aufwandsentschädigungen bezahlt werden (genannt wird hier die „Aktion 55 plus" in Sachsen, wo für cirka 60 Stunden geleistete Arbeit 200 DM im Rahmen eines Landesförderprogramms bezahlt werden). Die These vom freiwilligen sozialen Engagement läßt sich dann kaum aufrechterhalten. Zum anderen ist ehrenamtliche Tätigkeit sonst zum Teil zudem noch nach wie vor mit selbst zu tragenden Aufwendungen (z. B. Fahrtkosten) verbunden, was diese Tätigkeiten nicht gerade begünstigt.
(d) Im allgemeinen ist bei solchen Projekten mit einer ein- bis zweijährigen Aufbauphase zu rechnen, die durchzustehen ist, Rückschläge und Durchsetzungsschwierigkeiten müssen bewältigt werden.
(e) Einerseits ist Kompetenz erforderlich: „Die Fähigkeit zu organisieren, auf Menschen einzugehen und darüber hinaus auch mit Finanzen umgehen zu können, sind Schlüsselqualifikationen für Personen, die soziales Engagement initiieren wollen" (Hedtke-Becker/Titz 1994, S. 348). Andererseits lassen sich diese Qualifikationen auch erlernen. Dies kann Herausforderung sein, setzt aber Motivation voraus und macht entsprechende Qualifizierungsangebote erforderlich.

Für das Jahr 1994 wird für die Seniorenbüros von einem „unerwartet hohen Zulauf" gesprochen, weil 17.295 Personen, Gruppen oder Kooperationspartner von den 33 Büros erreicht wurden, insgesamt 40.957 Kontakte zustandekamen. Ein relativ hoher Anteil von Männern gehört zu den Nutzern (ISAB Aktuell 1/1995,

S. 2f.). Die Seniorenbüros stehen unter politischem Rechtfertigungsdruck – wie alle anderen staatlich geförderten Initiativen und Projekte auch und angesichts zunehmend knapperer Kassen verstärkt. Es ist sehr wahrscheinlich, daß ein Teil der Seniorenbüros wirtschaftliche und Überlebensprobleme bekommen wird. Die Gründung einer Bundesarbeitsgemeinschaft soll dazu beitragen, die Dienstleistungsangebote offenbar auch stärker „marktgerecht" zu gestalten. Offensichtlich deuten sich hier Grenzen an, wenn sich auch Seniorenbüros „rechnen" müssen und entweder auf Unterstützungen angewiesen sind oder ihren Aufwand und ihre Aufwandsentschädigungen selbst erwirtschaften müssen.

Wie schon die *Seniorengenossenschaften* zeigen auch die Seniorenbüros ein interessantes *demographishes Profil*. Ihm sind durchaus vergleichbare Angaben zur Altersstruktur zu entnehmen:

(a) 38 % der „Interessenten" (wie benennt man hier „ehrenamtlich tätig sein Wollende" in einer der neuen Situation angemessenen Form?) sind unter 60 Jahre alt, 18 % über 70 Jahre. Zwei Drittel sind Frauen.
(b) Naheliegend ist, daß sich ein höherer Prozentsatz Jüngerer in den Seniorenbüros Ostdeutschlands findet (44 %), wenn dort ein höherer Anteil Frühberenteter erreicht wird. Der Unterschied ist mit 10 % andererseits nach Altersgruppen nicht sonderlich hoch, nach Erwerbsstatus jedoch beträchtlich, wenn 38 % Vorruheständler in Ostdeutschland die Seniorenbüros nutzen.
(c) Die Frage nach dem freiwilligen Engagement in den letzten drei Jahren verweist auf hohe Anteile bisher nicht Engagierter, was vielleicht auch an der Fragestellung liegen kann. Demnach wäre der Anteil neu Engagierter mit drei Vierteln beträchtlich. Es wären damit in hohem Maße offenbar andere als „immer die gleichen" für ehrenamtliche Tätigkeit Ansprechbare erreicht worden.
(d) Zu etwa 40 % wurden keine „Senioren" im üblichen Verständnis angesprochen. Die Bezeichnung „Seniorenbüros" dürfte von daher auch nicht sonderlich angemessen sein und sich für die Erreichbarkeit jüngerer Zielgruppen eher als Hemmnis erweisen.

Kritik gab es auch an der Namensgebung „Initiative Drittes Lebensalter" des Projekts des Sozialministeriums Baden-Württemberg. Es zeigte sich dort z. B., daß die Projekte der Initiative sich häufig von den „Senioren" abgrenzten, den „Bürger"-Begriff bevorzugen und Arbeitsweltbegriffe wie „Büros", „Arbeitsamt", „Vermittlung" benutzen. In einer Projektstadt (Brühl) hatten sich Team und Fachkräfte schon zu Beginn gegen den Begriff „Initiative Drittes Lebensalter" gewehrt, zu sehr würde das Alter im Vordergrund stehen und dadurch Bürger abschrecken (Ministerium für Arbeit, Gesundheit und Soziales Baden-Württemberg 1995, S. 40).
Gründungen aus der „Senioren"-Perspektive haben somit durchaus auch ihre Probleme. Im Strukturwandel des Alters ist der Aspekt der „Verjüngung des Alters" (Tews 1991) markant. „Alt sind immer die anderen", und man wird heute später alt als früher. Das betrifft auch die Selbsteinschätzungen. Dann gehört man auch erst später zu den „Senioren". 50- bis 60jährige Menschen können sich noch nicht als Senioren verstehen. Die Nutzung des Se-

nioren-Begriffs beschränkt zudem die sonst erwünschte Öffnung in den Lebenslauf, damit ins mittlere Lebensalter und verstärkt unangemessen altersspezifische Ansätze, statt altersintegrative zu fördern. Und auch bezogen auf die Sache, Inhalte und Form des Engagements muß man sich keineswegs als Ältere/r oder gar Alte/r verstehen.

Vom Bürgeramt über das Bürgerbüro zum Bürgerhaus?

Eine Reihe von Entwicklungen zielen im kommunalen Bereich auf größere „Bürgernähe". Es geht um stärkere Bürgerbeteiligung, die Erhöhung der Effizienz der Verwaltung und um stärkere Dezentralisierung. Ähnliche Entwicklungsziele prägen die Altenhilfe, bei der heute die Stärkung stadtteilorientierter Versorgungsstrukturen, die dezentrale Versorgung mit Diensten und Leistungen, die Stützung vorhandener sozialer Netze und stärkere „Kundenorientierung" im Vordergrund stehen. Es geht um ein neues politisches „Leitbild", wonach

> „gerade in den Kommunen Politik in dem Sinne zum Ereignis werden könnte, daß sie sich dort noch einigermaßen anpassen, unmittelbar beeinflussen, zusammen betreiben ließe. Dabei zieht der amerikanische Kommunitarismus mit seinen Vorstellungen von Gemeinsinn und einem Weg jenseits von schrankenlosem Egoismus, rein technokratischer Steuerung und autoritärer Bevormundung viel Aufmerksamkeit auf sich; oft wird er zu einem theoretischen Gerüst." (Kaiser 1995, S.33)

Es sei geradezu eine „kleine Kulturrevolution", die nicht nur mehr Wirtschaftlichkeit, sondern auch einen Zugewinn an Demokratie verspreche.
Bürgeramt und Bürgerbüro in einem Bürgerhaus – dies könnte ein Konzept sein, das mehrere Ziele und Organisationsformen der „Bürgernähe" mit neuen Konzepten der Selbsthilfe, Selbstorganisation und des bürgerschaftlichen Engagements verbindet. Die Finanznot der Gemeinden ist dabei ein Grund, der vielleicht erwünschte Entwicklungen beschleunigt.
In Heidelberg wie in anderen Städten auch werden Bürgerämter in den Stadtteilen eingerichtet, die die Aufgaben der Verwaltung bürgernah und dezentral gewährleisten. Heidelberg wird hierbei eine Vorreiterstellung zugebilligt (was sich in einem Innovationspreis der Verwaltungsfachhochschule Speyer im Jahre 1994 niederschlug). Im Bürgeramt kann man z. B. Personalausweise/Pässe beantragen, Lohnsteuerkarten und Einkommensteuererklärungen abholen, Wohn-, Erziehungsgeld und Sozialhilfe beantragen, sein Auto zulassen, Gewerbebetriebe an- und abmelden usw. Die Bearbeitung erfolgt durch die gleiche Person, die Öffnungszeiten sind „bürgerfreundlich", die Arbeitsathmosphäre wird von den für diese neue Arbeitsorganisation qualifizierten Mitarbeitern als angenehmer empfunden, als die im sonst eher

unpersönlicheren „Amt". Eine Erhöhung der „Kundenzufriedenheit" wird ebenfalls erreicht. Bezogen auf den Personaleinsatz ist die dezentrale Lösung im Vergleich zu früheren zentralen kostenneutral, das Verkehrsaufkommen wird reduziert, weil die sich in Wohnnähe befindenden Bürgerämter zumeist zu Fuß erreichbar sind – insgesamt also ein stimmiges und erfolgreiches Konzept. Hinzu kommt, daß z. T. alte Gemeinde- oder Schulhäuser einer zeitgemäßen Nutzung zugeführt werden können.

Die sich aus der „Initiative Drittes Lebensalter" offensichtlich entwickelnden Bürgerbüros (Kirchheim/Teck, Friedrichshafen, Bühl) und die auch andernorts eröffneten Bürgertreffpunkte stellen meines Erachtens ein erfolgsträchtiges Pendant zum Bürgeramt dar. Die bisherigen, sich erst in der Entwicklung befindenden Bürgerbüros wollen vorhandene Angebote und Aktivitäten vernetzen, trägerübergreifend neue Entwicklungen anstoßen, Informations-, Wissens- und Kontaktbörsen sein auf der Basis von Prinzipien des Tausches. Sie sind selbstorganisiert und wollen wechselseitige soziale Tätigkeiten und Selbsthilfe anbieten. Nach einer übergreifenderen Bestimmung (Ministerium für Arbeit, Gesundheit und Soziales Baden-Württemberg 1995, S. 19 ff.) sind sie eine Form selbstverwalteten freiwilligen Engagements, bestehend aus Projekten, Initiativen, Gruppen, zum Teil mit einem Schwerpunkt in der Selbsthilfe. Sie wollen oder sollen zudem Zentren anderer Tätigkeitsstrukturen als der Erwerbsarbeit sein, die Hilfen bieten und vermitteln, wo es um „Alltägliches, Zwischenmenschliches, Kontakte" geht, wobei nicht jede Dienstvermittlung angeboten werden soll und „nicht-monetäre Vergütungsformen" erprobt und praktiziert werden, z. B. Fahr- und Betreuungsdienste angeboten werden sollen,und die Angebote „gleichviel wert sind, wenn sie nützlich sind." Und allgemein geht es um die „Weiterentwicklung von Bedürfnissen, der Nachfrage und des Angebots." Sie seien deshalb auch nicht an der Anzahl der Austauschvermittlungen zu messen wie die Seniorenbüros, sondern „an der Qualität der beteiligten Projektgruppen und Ideen." Und letztlich sollen die Bürgerbüros nicht in erster Linie Anlaufstellen sein, sondern „öffentliche Räume und faßbare Ideen", Treffpunkte mit Ereignissen, „wo sich engagierte Bürger einbringen, wiederfinden, vergleichen und unterhalten können". Die Bürgerbüros befinden sich im Entwicklungsstadium – insofern ist ihr „Aufgabenspektrum" noch variabel, möglicherweise sollte dies auch so bleiben. Über zukünftige Institutionalisierungsformen läßt sich vorab nur spekulieren. Andererseits ist zu erwarten, daß sie zu einem Selbstläufer werden (was z. B. das von Bürgermeistern dem Sozialministerium gegenüber bekundete breite Interesse andeutet).

Die Bürgerbüros kommen bisher offensichtlich eher aus dem „Senioren-Bereich", aber sie sind darauf keineswegs beschränkt und auf die „Öffnung in den Lebenslauf" angelegt. Sie sind nicht auf traditionelle Ehrenamtlichkeit ausgerichtet, aber diese wird ebenso wenig von vornherein ausgeschlossen wie Kooperationen mit etablierten Trägern. Sie sind als Organisationsform bürgerschaftlichen Engagements angelegt, aber es dürfte noch unklar sein, wie bürgerschaftliches Engagement in ihrem Kontext sich ausformuliert und gestaltet. Sie sind – betrachtet man ihre bisherigen „Angebote“ – eher „produktivitätsorientiert“, aber dies schließt gesellige Aktivitäten nicht aus. Sie sind Vermittlungs- und Kontaktstellen, aber mehr als Vermittler von (ehrenamtlichen) Diensten und Leistungen. Und es dürfte sich wahrscheinlich eine variable, flexible Organisationsform in Zukunft herausbilden, die regionale, örtliche Ausgangssituationen, Angebote und Gegebenheiten berücksichtigt.

Bürgeramt und Bürgerbüros könnten sich – durchaus auch unmittelbar räumlich – ergänzen. Das Bürgerbüro könnte sich zur institutionellen Verankerung bürgerschaftlicher Selbstorganisation herausbilden, so z. B. die Angebote der Selbsthilfe vermitteln und Ansprechstelle für das „Bürgerschaftliche“ sein, mag dies zunächst auch noch vage erscheinen. Dies allerdings würde zur Konsequenz haben, daß z. B. auch traditionelle Vereinsstrukturen und Formen bürgerschaftlichen Engagements im Bürgerbüro vertreten sind, ihre weitere Öffnung somit denkbar ist. Hilfreich in diesem Zusammenhang dürfte die (in der „Initiative Drittes Lebensalter“ und auch sonst in Kommunen schon praktizierte) Budget-Orientierung sein: Für definierte Projekte/Initiative/Zwecke stellt die Kommune Budgets zur Verfügung, über die das Bürgerbüro (z. B. in Kooperation mit „Trägern“) selbstverwaltet verfügt.

Daß Bürgeramt und Bürgerbüro institutionell in einem Bürgerhaus vereinigt werden könnten, erscheint durchaus denkbar und wohl auch schlüssig. Ein Bürgerhaus gibt es z. B. in Münster, mitten im Einkaufszentrum, wobei sich die

> „Benutzer des Hauses nicht nur als ‚Kunden‘, sondern auch als Eigentümer begreifen. Zwar macht das Haus auch eigene Angebote. Aber vor allem: Unter seinem Dach sind private Initiativen entstanden, kleine Zusammenschlüsse von Bürgern, Gesprächskreise, Spielrunden, Kurse für alles mögliche, die allen offenstehen. Nicht hauptamtliche Betreuung wird großgeschrieben, sondern die Selbstorganisation der Bürger“ (Kaiser 1995, S. 34).

Eine Entwicklung, die vom Bürgeramt über das Bürgerbüro zum Bürgerhaus führt, erscheint somit durchaus denkbar. Alle Formen hiervon gibt es bereits. Basishypothese ist hierbei: Es gibt nicht nur Bedarf, sondern ganz offensichtlich auch Potentiale für neue Formen bürgerschaftlichen Engagements. Und es werden dann wohl auch neue Formen für dessen Institutionalisierung nötig sein, in denen dieses Engagement seinen sichtbaren Ausdruck findet.

Perspektiven für ein neues Engagement

Hannelore Jani-Le Bris

> „Es soll verhindert werden, daß sich immer häufiger einzelne ohne soziale Sinnstiftung isolieren, keine befriedigende soziale Rolle finden und daß die Chancen zur sozialen und gesundheitlichen Prävention durch Einbindung in die Gemeinschaft ungenutzt bleiben." (MAGS-BW 1994a, S. 86)

Das Durchschnittsalter beim definitiven Austritt aus dem Arbeitsmarkt liegt de facto in vielen Staaten der Europäischen Union (EU) seit Jahren unter 60 Jahren. Allein diese Tatsache drängt die Frage auf: Welche Gesellschaft, welcher Wohlfahrtsstaat ist materiell und immateriel reich genug, um verantworten zu können, rund ein Fünftel, bei gleichbleibenden Bedingungen morgen: ein Viertel seiner Bürger hinter den Fernseher bzw. auf Reisen zu schicken, d.h. dieses Lebenserfahrungspotential brach liegen zu lassen? Können unsere Gesellschaften ohne ihre Alten auskommen? Oder sozialethisch gefragt: Bleiben sie integriert und selbstverantwortlich, oder werden sie morgen abgeschoben? „Die zivile Gesellschaft (verlangt) genau dies: Männer und Frauen, die sich aktiv engagieren – im Staat, in der Wirtschaft und der Nation, ebenso wie in den Kirchen, Nachbarschaftsvereinen, Familien und vielen anderen Handlungsräumen" (Walzer 1992, S. 93 f.) – und das gilt nicht nur für die Jüngeren.

Wie viele Gesellschaften vor uns, ist die unserige im ausgehenden zwanzigsten Jahrhundert in ihrem Mauerwerk erschüttert, tendentiell zunehmend gekennzeichnet von Korruption und Kriminalität (Walzer 1994, S. 93 f.), von neuen Formen der Armut, von Krieg selbst in Europa, von Drogen, Sucht, neuer Epidemie usw. – Phänomene, die einerseits zwar unsere Sensationslust befriedigen mögen, andererseits aber Ängste in uns freisetzen und uns aus dem Gefühl der Machtlosigkeit heraus dazu disponieren, uns individuell selbstschützend abzukapseln und von der Gemeinschaft zu isolieren. Gleichzeitig stehen unsere Gesellschaften in ungeheuren Wandlungsprozessen, von denen wir nicht vorauszusehen vermögen, wohin sie uns führen werden, denn diese strukturellen Wandlungsprozesse sind geschichtslos und damit für unsere Zukunftsvorstellungen auch gesichtslos.

Ich will hier nur einige der treibenden, sehr komplexen *Umbruchskomponenten* nennen:

(a) Die demographische Entwicklung mit noch nie da gewesener, äußerst niedriger Kindersterblichkeit und Geburtenziffern; mit noch nie da gewese-

ner, sehr hoher Lebenserwartung, inklusive in höheren Lebensjahren; und folgerichtig mit noch nie da gewesenen, sehr hohen Anteilen alter und hochaltriger Menschen;
(b) der Umbruch des Arbeitsmarktes mit der Folge, daß sich immer weniger Menschen aktiv am Produktionsprozeß beteiligen brauchen aufgrund langer Schul-, Hochschul- und Berufsausbildung in jungen Jahren, später aufgrund von Umschulungs- und Fortbildungszeiten; aufgrund kürzerer (Mutterschaftsurlaub, Krankheit, Ferien z. B.) oder längerer Arbeitszeitunterbrechungen (die wir noch mit dem negativ belegten Ausdruck „Arbeitslosigkeit" benennen) und aufgrund früher definitiver Austritt aus dem Arbeitsmarkt;
(c) die Krise des Wohlfahrtsstaates, an den man sich zumindest in den nördlicheren EU-Staaten und Skandinavien gewöhnt hat und der uns zu passiver Erwartungshaltung verführte – eine Entwicklung, die nicht nur zu den bekannten Finanzierungsproblemen der Wohlfahrtsstaaten, sondern insbesondere zu einem Dissoziationsprozeß bzw. zu bürgerschaftlichem Disengagement der Individuen geführt hat, auch wenn unter bestimmten Umständen und in bestimmten Gruppen individuelle und kollektive Solidarität weiterhin praktiziert werden: „Aus einem kirchlichen Tätigkeitsbereich und organisierter, privater Wohltätigkeit ist soziale Unterstützung zu einer Abteilung der Regierungen geworden" (Pusic 1994, S. 169), d. h. zur Selbstverständlichkeit – Selbstverständlichkeit und (teilweise sozialrechtlich untermauerte) Erwartungshaltung, denen aber ein krisenbelegter Wohlfahrtsstaat, sofern es überhaupt seine Aufgabe ist, nur bedingt gerecht werden kann;
(d) der Individualisierungsprozeß innerhalb unserer Gesellschaften – ein Prozeß, der sich mit dem parallelen Anspruch auf größtmögliche individuelle Freiheit, bei gleichzeitigem Verwurf ihres Korrelats, d. h. der individuellen Verantwortung, vollzieht. Gibt es Schwereres als frei zu sein, d. h. Schöpfer seines Schicksals, und Erdrückenderes als die Konsequenzen eigener Handlungen zu tragen? „Ich nenne Unschuld (innocence) diese Krankheit des Individualismus, die daraus besteht, den Folgen seiner Handlungen zu entkommen, diesen Versuch, den Gewinn der Freiheit auszukosten, ohne irgendeinen ihrer Nachteile zu erleiden." (Bruckner 1995, S. 14)

Während dank hochentwickelter Rentensysteme (zumindest der nördlicheren EU-Länder und Skandinaviens) die Ruhestandsbevölkerung vom Zustand des Elends und der Unsicherheit ab den fünfziger und sechziger Jahren in jenen der stabilen, guten materiellen Absicherung gelangt ist, krankt diese Bevölkerungsgruppe gleichzeitig an den längst überholten, gewerkschaftlichen Forderungsprinzipien des wohlverdienten Ruhestandes mit der falschen Extrapolation „Nichtstun sei nun angesagt". Hinzu kommt, daß die jungen Alten sich vielfach dem hedonistischen Zeittrend mit den Begleiterscheinungen „Egoismus und Egozentrismus" und „Individualisierung" anpassen. Aber benötigen sowohl die Gesellschaft als auch sie selbst nicht im Gegenteil ihren Unruhestand?

In diesen allgemeinen Gesellschaftskontext gehören Fragen wie: Gibt es nur Altersrechte? Gehört nicht, insbesondere in gesellschaftlichen Umbruchssituationen, zu den Aufgaben gerade der Ältesten der Bürgergemeinschaft – denn sie haben allen anderen die längste Erfahrung mit dem Leben voraus – nicht nur Nehmende, sondern auch Gebende zu sein? Inwieweit ist in diesem gesellschaftlichen Umbruch die Demokratie gefährdet? Inwieweit ist es (auch) Aufgabe gerade der Ältesten über sie zu wachen? Zu unseren großen demokratischen Werten gehören „Freiheit" und „Gleichheit". Die Franzosen setzen noch „Brüderlichkeit" hinzu: Liberté, Egalité, Fraternité. Aber ist Freiheit – inklusive Freiheit vom Arbeitsmarkt – nicht unumgänglich an individuelle Verantwortung eines jeden Bürgers gebunden? In ihrer Ansprache im April 1994 sagte Sozialministerin Helga Solinger: „Sich engagieren bedeutet im bürgerschaftlichen Konzept, ‚Verantwortung übernehmen für die Freiheit des anderen'. Engagement wächst aus der Erkenntnis, der Erfahrung, daß mein eigener Freiheitsspielraum und meine eigenen Lebensziele nur solange verwirklicht werden können, wie mir die Lebensweisen meiner Nachbarn nicht gleichgültig sind." (Solinger 1994, S. 14)

Die Verbindung „Freiheit – Verantwortung" ist in den neuen altenpolitischen Prinzipien des Landes Baden-Württemberg omnipräsent, und letztere stehen für eine über Baden-Württemberg hinaus zu entwickelnde Altenkultur. Auf Plakaten und Schriften dieses Bundeslandes finden sich entsprechende Aufrufe: „Eigenverantwortliche Versorgung" – „bürgerschaftliche Selbstbestimmung" – „Emanzipation zum Sozialen" – „Dritte Lebensphase als Lernwerkstätten der Sozialpolitik" – „produktives, eigenständiges Alter" – „Sinnfindung, Sinnstiftung über nachberufliches Engagement" usw. – und dort sind es Leitbilder, nicht leere, plakatierte Worte.

Die Seniorengenossenschaften haben in den wenigen Jahren ihres Bestehens exemplarisch bewiesen, daß sie Handlungsräume dieser Altenkultur im Sinne sinngebenden, bürgerschaftlichen Engagements darstellen. Sie haben den Beweiß der Vielfältigkeit des Potentials freiwilliger Hilfe erbracht. Sie haben neue Tätigkeitsfelder zwischen professioneller Altenpflege und traditioneller, informeller Hilfetätigkeiten geschaffen. Sie haben gezeigt, wieviel Phantasie und neue Ideen frei werden oder auch daß sie – trotz ihrer Bezeichnung als „Seniorengenossenschaften" – generationsübergreifend funktionieren können. Sie „haben übereinstimmend gezeigt, daß eine institutionalisierte und formalisierte Kooperations- und Koordinationseinrichtung eine zentrale ‚Relaisstation' darstellt, die für das gesamte Verbundwesen von Be-

deutung ist, und die Effizienz der einzelnen Maßnahmen, aber auch des Hilfenetzwerkes erhöht“ (Brandt/Göpfert-Divivier/Schweikart 1992, S. 230). Sie bezeugen, daß sie andere Personengruppen als das klassische Ehrenamt anziehen: Das Profil der dort Tätigen unterscheidet sich nennenswert von dem der klassischen Ehrenamtlichen (Otto 1992). Dennoch treffen einige der determinierenden Erfolgsfaktoren des ehrenamtlichen Bereichs, wie sie eine multinationale Forschungsarbeit aufzeigt, auch für die Seniorengenossenschaften zu. Zu diesen Faktoren zählen: „Start mit den richtigen Treibkräften (beziehungsweise sozialen Unternehmern); Aufbau partnerschaftlicher Beziehungen mit Gemeindepolitikern; Stützen auf professionelle Ressourcen; Aufzeigen früher Erfolge; Spaß an der Tätigkeit; Nutzung der Medien; Sprengen bürokratischer Schwere.“ (Falk 1992, S. 9)
Seniorengenossenschaften sind keine Patentlösung; weder wollen, noch sollen sie es sein. Aber sie haben sich zu entscheidenden Bausteinen dessen entwickelt, was morgen unserere Gesellschaft sein könnte. Sie widerlegen die Schwarzmalerei bezüglich unserer ergrauten Gesellschaft, zeigen ganz im Gegenteil deren Werte auf.
Ihre Schwierigkeiten haben aber – jedenfalls lauten so ihre kritische Selbsteinschätzung und ihre Forderungen (z. B. Wiech/Richter/Pflüger 1994) – auch gezeigt, daß die Chancen, kontinuierlich Wirksamkeit zu erzeugen und nachahmungsstimulierend zu sein, gering sind, wenn nicht über die Anlaufphase hinaus flankierende Maßnahmen getroffen werden. Dazu gehören insbesondere:

(a) Eingliederung in die Sozialpolitik des Landes, der Kreise und insbesondere der Gemeinden;
(b) Informationshilfen;
(c) Orientierungshilfen;
(d) Professionalisierung im weitesten Sinne, d. h. spezifische Ausbildungen;
(e) regelmäßiger Erfahrungsaustausch;
(f) Öffentlichkeitsarbeit.

Professionelles Handeln, Planen, Denken bedingen offensichtlich spezifische Fort- und Ausbildung, und man muß wohl heute den Entschluß bedauern, ein diesbezügliches Vorhaben in der allerersten Phase der Seniorengenossenschaften abgelehnt und nicht in die Realität umgesetzt zu haben. Somit ist es nur zu begrüßen, daß laut des Positionspapiers des Sozialministeriums vom 4. April 1994 nunmehr Fachberatung und „ab sofort Qualifikationsmaßnahmen der Mitglieder in Form von Fortbildung, Information und Fachaustausch“ (MAGS-BW 1994, S. 85) durchgeführt werden sollen.
Weiterhin müßten nicht zuletzt im Namen der gesellschaftspolitischen Ziele die heutigen Seniorengenossenschaften – oder wenigstens die kommenden –

sowohl personell als auch inhaltlich generationsübergreifender konzipiert sein und arbeiten; und die neuen Genossenschaften müßten auf anderen Gebieten entstehen. Meines Erachtens sollten auch die Hilfeempfänger stärker in den Integrations-, Konzeptions- und Ideenprozeß eingebunden werden, um nicht über eine ausschließliche Nehmerrolle definiert und letztlich marginalisiert zu werden.

Aber die schönsten Modelle, so viel sie auch erreichen und so erfolgreich sie auch sein mögen, bleiben ein Tropfen im Ozean, wenn sie nicht transferiert, multipliziert und fortentwickelt werden. Inge Hafner sagte kürzlich: „Wir werden weitermachen und das Begonnene fortentwickeln, denn spannend wird es bleiben, auch wenn Alltag und Routine in das Leben der neuen Vereine einkehren." (Infodienst 1994, S. 3).

Teil 2
Beispiele bürgerschaftlichen Engagements

Die „Initiative Drittes Lebensalter“ als kommunales und europäisches Modellprojekt

Ursula Frenz

Ausgehend von neuen Herausforderungen der Altenarbeit (Abschnitt 1) wird ein Förderprogramm vorgestellt, das diejenigen Kommunen unterstützt, die sowohl strukturell als auch programmatisch bürgerschaftlichen Initiativen in der Nacherwerbsphase Platz einräumen (Abschnitt 2). Das Förderprogramm wird interkulturell von einem europäischen Städtevergleich ergänzt. Das Modell „Initiative Drittes Lebensalter“ stellt eine landespolitische Antwort auf die Chancen und Risiken und die veränderten Lebensweisen der nachberuflichen Lebensphase dar. Die Beschreibung des Modellverlaufs erfolgt mit Hilfe der Lewinschen Dimensionen des sozialen Wandels (Abschnitt 3). Andere Kriterien als die einer kurzatmigen Bedürfnisbefriedigung werden formuliert. Dies zeigt sich insbesondere an der Einrichtung von Bürgerbüros (Abschnitt 4). Im letzten Teil wird die interkulturelle europäische Netzwerkerweiterung der „Initiative Drittes Lebensalter“ vorgestellt und als Baustein künftiger europäischer Sozialpolitik dargelegt (Abschnitt 6).

1. Die Lebenslage „Alter“

Die „Initiative Drittes Lebensalter“ ist ein von 1993 bis 1996 laufendes Modellprogramm bürgerschaftlichen Engagements in fünf Städten in Baden-Württemberg und wird seit 1994 durch ein europäisches Städtenetzwerk (Eurobes) ergänzt. Das Programm entwickelt die *offene Altenarbeit* weiter.

Eine zukunftsorientierte Altenpolitik hat sich heute an dem Strukturwandel des Alters, den ökonomischen Herausforderungen des Übergangs von der Industrie- zur Dienstleistungsgesellschaft und an dem veränderten Verständnis des Sozialstaats zu orientieren.

(a) Unter *Strukturwandel des Alters* sind Veränderungen in Demographie und Lebensformen zu verstehen. Die Menschen im dritten Lebensalter, verstanden als Menschen in der Nach-Erwerbs- und Nach-Familienphase, befinden sich in einer historisch neuen Situation, die gekennzeichnet ist durch die stark zunehmende Größe und Heterogenität dieser Bevölkerungsgruppe.

Jede ins „Alter“ kommende Generation ist durch neue Verhaltens- und Einstellungsunterschiede gekennzeichnet (z. B. Singularisierung). Grundsätzlich kann von einer Ausweitung der Altersphase ausgegangen werden, da sich einerseits die Lebensdauer verlängert (Hochaltrigkeit) und andererseits das Berufsaustrittsalter derzeit weiter vorverlegt wird (Entberuflichung). Ältere erscheinen jünger (Verjüngung), Frauen prägen die Lebensformen (Verweiblichung) (Tews 1989, S. 130ff.).
Merkmale dieser Lebenssituationen sind einerseits die veränderten Ansprüche, welche die Älteren an ihr Lebensumfeld stellen, und andererseits die veränderten Ansprüche, die vom Lebensumfeld an die Älteren herangetragen werden: Der ältere Mensch ist relativ gesund, finanziell relativ gut gestellt, frei von traditioneller Verantwortung für Beruf und Familie, zunehmend besser ausgebildet und politisch aktiv: Anspruch des Älteren an eine selbständige und eigenbestimmte Lebenssituation als Individualisierungschance. Der Mensch, der beispielsweise mit 55 Jahren aus dem Beruf austritt, hat weitere 20 bis 30 Jahre zu leben. Diese „freie“ Zeit muß gestaltet, der weitere Lebensweg einschließlich der Vereinzelung bewältigt werden: Das Lebensumfeld und auch der ältere Mensch selbst stellen den Anspruch, diese Lebenszeit sinnvoll zu nutzen, eine Art Individualisierungszwang.
(b) Der immer früher im Leben einsetzende Beginn des Ruhestandes, die Freisetzung älterer ArbeitnehmerInnen und die rasche Veraltung des Erfahrungswissens älterer Menschen bezüglich neuer Produktionstechniken zeigen die *ökonomischen* Änderungen: daß sich das Industriezeitalter unter dem Druck von Weltmarkt und Rationalisierung seiner Produzenten immer mehr entledigt und sie „nur“ noch als VerbraucheInnen und KlientenInnen benötigt. Nun werden die Fähigkeiten benötigt, die einem helfen, daß man sich vom Stolz des Herstellers, vom Stolz des eingesetzten Fleißes und der Arbeit am Produkt, lösen kann. Gebraucht werden Geschicklichkeit des Tausches, Handelns und der Informationsverarbeitung. Für viele Ältere ist dieser Wandel der Arbeitswelt gleichbedeutend mit Wertlosigkeit, Ausgrenzung und Sinnverlust.
Die Suche nach sinnvollen Projekten wird aber auch aus anderen Gründen notwendig: Für viele wird Selbsthilfe nötig, weil soziale Dienste immer teurer werden.
Allzu gern wird ihnen in der Wirtschaft bedeutet, daß sie nur noch Kostgänger von Renten, Kassenleistungen und Sozialabgaben sind, während die Dienstleistungsbranche vom Handel über die Banken bis zu den sozialen Diensten längst weiß, wie bedeutsam und volkswirtschaftlich unverzichtbar Ältere auf diesem Markt sind.
(c) Auch der *Sozialstaat* verschärft seine Gangart: Die Verrechtlichung der Leistungsansprüche und die Verberuflichung der Leistungen verändern das

Ehrenamt und die KlientInnen. Sie erwarten Leistungen und der/die Ehrenamtliche eine gesicherte Rolle, Anerkennung und Teilvergütung für sein Tun. Zwischen dem, was man für andere tut, und dem, was es einem selber bringt – gar nicht allein finanziell –, muß es zu einem Ausgleich kommen. Die KlientenInnen sollen selbst mehr tun. Die Rollen zwischen HelferInnen und Betroffenen fangen ohnehin an, sich abzuwechseln und zeitweise auszutauschen. Ältere sind eben Empfänger und Erbringer materieller und immaterieller Dienste.
Mit der Differenzierung der Lebensweisen und der Verlängerung nachberuflicher Lebenszeit wechseln die Zugehörigkeiten der Menschen. Weder die gesicherte Berufskollegenrolle noch die Ehepartnerrolle bleibt ihnen, auch nicht die in Verein und Nachbarschaft. Je mehr die Menschen geneigt erscheinen, „Ruhe" im „Stand" ihrer gesellschaftlichen Funktion finden zu können, um so mehr sind sie auf sich selbst verwiesen, müssen sich neu umschauen und anvertrauen, wenn sie nicht isoliert enden wollen. Individuelle soziale Vorsorge wird notwendig, die fast nur zu leisten ist, wenn es dafür Unterstützung und hilfreiche Umgebungs-/Umweltangebote, besonders in Gemeinschaftsformen gibt („social support"). Die Gefahr derzeitiger Politik ist, daß sie die „Kaffee-und-Kuchen-Altenarbeit" auslaufen läßt, die Leistungen dem Einzelnen finanziell zur Verfügung stellt und die Qualität der Infrastruktur allein dem Spiel des Marktes und den „Fürsorgekorporativen" (Verbände) überläßt. Gerade aber die künftige Kleingruppenarbeit, die bürgerschaftliche Öffnung über die Generationen und die praktische Beteiligung am Gemeinwesen funktionieren nicht ohne Abstimmung von Politik, Markt und BürgerInnen, d. h. nicht ohne eine planende und fördernde Unterstützung vor allem durch die Kommunalpolitik.

Diese Herausforderungen mögen je nach Region und Mentalität verschieden ausgeprägt sein, sie gelten im Wirkungsbereich der Industrie- und Erwerbsgesellschaft aber europaweit gleich. Circa 300 TeilnehmerInnen aus den Regionen Rhone-Alpes und Katalonien, aus Polen, Wales und anderen europäischen Ländern haben diesen transnationalen Ansatz beim Euroseminar des Landes Baden-Württemberg in Bad Boll (Januar 1993) im gemeinsam erarbeiteten und verabschiedeten Memorandum festgehalten:

> „Wir zeigen, daß es im Kern nicht um eine Ausweitung von Sozialfürsorge, Altenhilfe oder um eine Vereinheitlichung der europäischen Altenpolitik geht. Vielmehr fordern wir angesichts des Wandels der Gesellschaft den Umbau des Sozialstaates und die Verständigung auf gemeinsame Werte, Leitlinien und Visionen in Europa" (Infodienst 1–3 1993, S. 7).

Ausgehend von diesen Orientierungen in der Altenpolitik ergeben sich zwei *Leitbilder*:

(a) Der ältere Mensch als Produzent seiner Lebenslage, als produktives Mitglied der Gesellschaft: Ausgehend von der Tatsache, daß der/die BürgerIn sowohl Empfänger von Dienstleistungen als auch Leistender selbst ist, muß ein Austausch zwischen diesen beiden Rollen stattfinden. Wie es scheint, ist dieses Prinzip des Austausches nicht von alleine möglich. Es muß organisiert werden in Form von Börsen, Bürgerbüros, Seniorenbüros oder Bürgertreffpunkten, die Angebot und Nachfrage koordinieren. Gleichzeitig braucht es die Stärkung des Selbstbewußtseins der (neuen) Kompetenzen und des Wissens um Fähigkeiten (Handlungsbereitschaft) des Älteren.
(b) Der ältere Mensch als Bürger: Der/die Ältere ist nicht nur EmpfängerIn, KundeIn oder Mitglied einer Vereinigung mit Anspruchsrecht. Er/sie ist Bürger, der Rechte und Pflichten hat, der sowohl ehrenamtlich als auch teilberuflich, genossenschaftlich und bürgerschaftlich tätig sein will. Gefragt ist an dieser Stelle ein rollenbewußtes Handeln.

Für die jüngeren Alten ist die „dritte Lebensphase“ ein neuer Anspruch, sich selbst zu finden, den erworbenen Freiheitsansprüchen treu zu bleiben, neue Kontakte zu finden, Grenzen zu überschreiten und soweit das überschaubar bleibt, etwas für das Gemeinwohl zu tun. Die *Gemeinden* sind nun der *Schauplatz dieses sozialen Handlungsfeldes* und tun gut daran, sich intensiv und über bisherige traditionelle Altenplanung hinweg dieser Aufgabe zu stellen. Die zentralen Probleme des wirtschaftlichen und sozialen Wandels spiegeln sich in den Städten und Gemeinden wider: Alterungsprozeß, Verkleinerung der Familien und veränderte Lebensbiographie, soziale Spaltung und Freisetzung aus Arbeits- und Wohnungsmärkten, gestiegene Erwartungen an Freizeit, pflegerische und soziale Dienste.
Historisch haben die Städte und die Gemeinden die Freiheits- und Bürgerrechte ermöglicht. Sie haben aber die Weiterentwicklung der sozialen Sicherung und Rechtsansprüche an den Nationalstaat abgeben müssen. Die Dynamik der Professionalisierung und Spezialisierung der Dienstleistungen des Sozialstaates haben das übrige dazugetan. Eine Folge ist, daß beispielsweise die Regelung der Pflegeversicherung auf Bundesebene entschieden wurde. Die pflegerischen und sozialarbeiterischen Berufsbilder und Dienstleistungsansprüche wurden gesamtgesellschaftlich weitergetrieben und mit überörtlichen Verbänden abgesichert. Auf örtlicher Ebene aber soll die Qualität der Dienste erbracht, kontrolliert und im richtigen Mischungsverhältnis von Nachbarschaftshilfe, Gemeinwohl und Markt vorgehalten werden. Dies soll erfolgen, ohne gewachsene Strukturen zu zerstören, ohne die Motivation zu Nachbarschafts- und Selbsthilfe zu gefährden und ohne die Bereitschaft zu bürgerschaftlichem Engagement und lebendigem Gemeinwohl zu schmälern.

Die Maßnahmen der Gemeinde und des Gemeinwesens sind von ihrer Natur her auf Gemeinschaftlichkeit ausgerichtet in einer Mischung aus Wahlfreiheit und sozialer Kontrolle. Der Sozialstaat ist in einer Mischung aus Sicherheit in der Erwerbsgesellschaft und Emanzipation im Lebensstil auf das Individuum ausgerichtet. Die Krise des Sozialstaates, die Rückbesinnung auf Gemeinschaftlichkeit („Kommunitarismus"), der Appell an Vernetzung sind Ausdruck des Ungleichgewichtes zwischen allgegenwärtigem Sozialstaat und schwacher Sozialgemeinde, zwischen Individualisierung und Gemeinschaftlichkeit. In diesem Spannungsverhältnis von Staat und Gemeinde, von Individualität und Gemeinschaftlichkeit im Alter setzt die „Initiative drittes Lebensalter" an.

2. Das Landesmodellprogramm

Dieses gemeinwesenorientierte Konzept wird seit 1993 in der „Initiative Drittes Lebensalter" in zunächst vier Städten durchgeführt. Im Gegensatz zu den Seniorengenossenschaften sind hier die *Kommunen* selbst *Träger* der Modellprojekte. In den Modellstädten werden am Thema „Altern der Bevölkerung" verschiedene Aufgabenstellungen verfolgt, die zusammen mit Ausschüssen gefunden werden.

Die Initiative fragt nach den Voraussetzungen, unter denen Menschen sich engagieren und nach der Infrastruktur, die notwendig ist, damit sie handlungsfähig, eigenständig und sozial verbunden sind. Die Initiative schafft Lebensräume und Lebenssituationen, die zur Mitverantwortung, zur Mitgestaltung und zur demokratischen Mitwirkung anregen und auffordern.

Mit dem Begriff „Drittes Lebensalter" wird eine Lebensphase beschrieben, in der Erziehung und Erwerbstätigkeit beendet sind und dennoch alles noch einmal neu geordnet und gestaltet werden muß. Die Initiative zielt auf sozialen Wandel der Verhältnisse und auf einen Einstellungswandel der Menschen im Gemeinwesen. Die soziale Gestaltung der eigenen Lebenswelt ist eine wesentliche Aufgabe aller BürgerInnen. Deshalb müssen Voraussetzungen dafür geschaffen werden, daß Menschen neue Freundeskreise erschließen und sich neue Netzwerke eröffnen lassen. Die BürgerInnen müssen Bedingungen vorfinden, die es ihnen ermöglichen, als NachfragerInnen, KlientenInnen und KundenInnen im Dienstleistungsmarkt kompetent aufzutreten und sich selbst in Projekten und Initiativen zu organisieren. Solche Projekte bedürfen der Organisation und der Unterstützung auf ihrer institutionellen Ebene, in den Kommunen, in Institutionen der sozialen Dienste und in der Landesregierung durch Begleitung, Förderung und Kommuni-

kation miteinander, für die das Sozialministerium Ansprechpartner bereitstellt.
Im Rahmen des Kooperationsvertrages wird eine *wissenschaftliche Begleitung* durch ein vierköpfiges Expertenteam zur Verfügung gestellt. Für das am europäischen Netzwerkes EUROBES beteiligte Projekt ist die Einbindung durch eine einfache Vereinbarung geregelt und im Zuschußantrag an die EU-Kommission deklariert (siehe Abschnitt 6).
Auf die Ausschreibung der „Initiative Drittes Lebensalter" am 5. September 1992 (Staatsanzeiger Nr. 72) bewarben sich 40 Kommunen. Aus Sicht der wissenschaftlichen Begleitung des Modellprojektes stellte sich die *Interessenlage* der circa 40 antragstellenden Kommunen folgendermaßen dar:

(a) Ideelle statt materielle Anreize: Die Antragsteller zeigten grundsätzlich eine große Akzeptanz hinsichtlich des eher ideell ausgerichteten Projektes. Materielle Gesichtspunkte standen nicht im Vordergrund der Interessensbekundungen. Das Interesse an einem Modellprojekt, welches sich ohne hohen finanziellen Input realisieren läßt, war sehr groß. Wichtig schien allen Antragstellern zu sein, daß die sich aus dem Projekt abzuleitenden Strukturen dauerhaft finanzierbar sind oder sich nach Projektende selbst tragen. Die Kommunen wollten nicht innerhalb der Projektlaufzeit einen Bedarf wecken, den sie am Ende der Landesförderung nicht mehr decken können.
(b) Standardisierung der Dienste statt Vervielfältigung: Die Kommunen haben einen hohen Bedarf an einer Darstellung der vorhandenen Einrichtungen, der Aktivitäten vor Ort und der anstehenden Planungen (Altenpläne) und hinterließen den Eindruck einer großen Innovationsbereitschaft. Dieser Selbstdarstellung folgte jedoch in fast allen Gesprächen die Frage nach Standards. Die Antragsteller zeigten ein großes Interesse an übertragbaren, leicht modifizierbaren Projekten, die auf die jeweiligen Rahmenbedingungen vor Ort reagieren können. Standards für bestimmte Kursangebote bzw. eine gewisse Verbindlichkeit in der Kooperation mit unterschiedlichen Trägereinrichtungen wurden gefordert. Die Kommunen merkten, daß sie den Aufgaben des Strukturwandels des Alters nicht alleine gerecht werden können. Gleichzeitig wurde deutlich, daß die zahlreichen Dienste nebeneinander aufgebaut sind, ohne daß eine verbindliche Zusammenarbeit stattfindet. Initiativen und Absichten der verschiedenen Einrichtungen werden zwar zur Kenntnis genommen, bleiben jedoch ohne Folgeeffekte und scheinen dadurch sehr beliebig. Diesen Forderungen nach Standards und nach Vernetzung standen jedoch immer wieder die Ängste der Kommunalverwaltungen vor zu großer Vielfalt, vor zu komplexen Systemen gegenüber. Diese komplexen Systeme wären für sie nicht mehr so leicht zu überschauen und zu verwalten. Die durch den Strukturwandel des Alters bedingte Vielfalt von

Lebensweisen erfordert aber eine Vielfalt von Angeboten und Beteiligungsmöglichkeiten. Inwieweit sich die Gemeinwesen auf diese Anforderungen einlassen bzw. inwieweit die Forderung nach Standards Spielraum für Innovationen läßt, wird genau zu beobachten sein.
(c) Projektinstallation statt Prozeßbegleitung: Die Einstellungen der Antragsteller bezüglich der Modellinhalte waren in den meisten Fällen gleich. Meist herrschten sehr unpräzise Vorstellungen über die eigenen Zielen in den Gemeinwesen vor. Unklar waren außerdem, welche Ziele mit der Teilnahme am Modellprojekt verfolgt werden sollten. Die Vertreter des wissenschaftlichen Arbeitskreises wurden während der Informationsgespräche immer wieder auf ein fertiges Konzept angesprochen. Die Antragsteller hatten konzeptionelle Überlegungen erwartet bzw. erhofft und nicht erkannt, daß dies kein Projekt ist, das ein fertiges Konzept vor Ort einfach installiert. Die Ausschreibung wies zwar darauf hin, daß die fachliche Begleitung im Vordergrund steht, jedoch schien der prozeßhafte Verlauf nicht eindeutig klar bzw. erwünscht gewesen zu sein.
(d) Kennenlernen einer „neuen Landschaft": Alle Gespräche mit den Antragstellern machten deutlich, daß eine große Bereitschaft bestand, neue und innovative Projekte kennenzulernen und somit ein vollständigeres Bild von der Altenhilfelandschaft zu erhalten. Deutlich wurde auch, daß nicht nur Informationen über Entwicklungen außerhalb des eigenen Gemeinwesens gewünscht wurden, sondern auch innerhalb der Gemeinwesen gab es erhebliche Informationsdefizite, sei es, daß die Professionellen der Altenarbeit nicht ausreichend über bestehende Angebote informiert sind oder daß die betroffenen BürgerInnen die verschiedensten Möglichkeiten nicht überblicken.

Schließlich wurden drei Städte ausgewählt (Bühl, Friedrichshafen, Kirchheim unter Teck), deren Situation typisch für bestimmte Regionen und die sozialplanerisch aufgeschlossen bzw. nicht voll versorgte Gemeinwesen sind. Ferner wurde das Modellprogramm um ein ausländerspezifisches (Mannheim) und europaspezifisches (Geislingen) Projekt ergänzt.

3. Projektverlauf

Mit Vertretern der vier ausgewählten Kommunen Bühl, Friedrichshafen, Kirchheim u. T. und Mannheim sowie der Geschäftsstelle und des wissenschaftlichen Arbeitskreises begannen Anfang 1993 Verhandlungen über Ziele und Prioritäten innerhalb des Projektes. Von den Schwerpunkte vor Ort, die für jede Projektstadt neu bestimmt werden mußten, da die Voraussetzungen vor Ort sehr unterschiedlich waren, sind die übergeordneten Projektleitlinien „Handlungsfähigkeit", „Eigenständigkeit" und „soziale Integration" abzuheben. Diese Diskussionen waren dann Grundlage für den zwischen Sozialministerium und Kommunen unterzeichneten Kooperationsvertrag (MAGS-BW 1994, S. 238–244).

3.1. Implementation von Prozessen und Projektgrundlagen

Die entwickelten Leitlinien und Projektschwerpunkte sollten den altenpolitischen Planungen nicht einfach angefügt und unter Anleitung der Fachkräfte durchgeführt werden, sondern sie wurden zum Gegenstand von paritätisch besetzten Projektgruppen und Planungssitzungen. Die Projektgruppen setzten sich zusammen aus BürgerInnen, Fachkräften, VertreterInnen der Verbände und Institutionen und der Politik bzw. der Verwaltungsspitze. Diese Konzeption versprach ein offenes Ende, ein Ausloten der Kreativität, der Spielräume und Identifikationen auf allen beteiligten Seiten. Dieses Initiativkonzept hatte ein zwingend anderes Machtverständnis als die bisherige Sozialpolitik.
Finden lassen sollen sich „... allgemeine Bedingungen für eine kommunikative Alltagspraxis und für ein Verfahren der diskursiven Willensbildung, welche die Beteiligten selbst in die Lage versetzen könnte, konkrete Möglichkeiten eines besseren Lebens nach eigenen Bedürfnissen und Einsichten aus eigener Initiative zu verwirklichen" (Habermas 1985, S. 161). Das ist mehr als demokratische Mitsprache am Altenplan oder Veranstaltungskalender. Nach der Hälfte der Laufzeit läßt sich der sozialplanerische Ansatz voll bestätigen. Des weiteren ist festzustellen, daß der sozialstaatliche Machtverzicht Machtfragen an anderer Stelle und mitten im Projekt aufwirft. In allen Projekten gab es vergleichsweise heftige Auseinandersetzungen um Zuständigkeiten, Mitspracheregeln und um den Umgang mit örtlichen Strukturen. Die BürgerInnen in den Projektgruppen definierten sich dafür umso unverblümter als Subjekte der Planung. Sie engagierten sich selbst in den neuen Bürgerbüros/Bürgertreffpunkten, entwarfen Logos, lernten neue Menschen kennen und rechtfertigten anfängliches Schweigen in den Sitzungen ganz selbstbewußt damit, „man/frau habe eben noch lernen müssen, mit den Herren ins Gespräch zu kommen".
Lassen sich aus dieser Art von subjektiven Handlungsprojekten und aus der beschriebenen Eigenständigkeit der erreichten Generation der Achtundfünfzig- bis Achtundsechzigjährigen in allen beteiligten Orten „allgemein gültige Bedingungen" und Erkenntnisse formulieren? Sicher nicht unter statistisch repräsentativen Anforderungen, wohl aber unter dem Gesichtspunkt, daß aus überörtlicher Perspektive solche Trends in allen Projektorten zutage

treten und zu erkennen sind. Um solchen Trends Gestalt, Form und Sprache zu geben, wurden alle Projektgruppen befragt (siehe den Beitrag von Hans Peter Tews, S. 80ff.), mit den Fachkräften Projekte nach bestimmten Kriterien auf einem Profil skaliert (MAGS-BW 1995, S. 43–47), Fachtagungen veranstaltet, gemeinsam Seminare bei Dritten besucht, Presseartikel ausgetauscht und im Infodienst der Geschäftsstelle berichtet und immer wieder mit den BürgerInnen an Leitgedanken gefeilscht. Diese Leitgedanken „Wir setzen unsere Ideen in Projekte um" wurden in Plakatform gedruckt und den Projekten zur Verfügung gestellt (MAGS-BW 1994, S. 36).

3.2. Beschreibung des sozialen Wandels im Projektprozeß

Kurt Lewin (1953) hat die Qualität sozialen Wandels an fünf Dimensionen geknüpft, deren Wirkung nicht einzeln, sondern nur zusammen zum Tragen kommt. Sie im Projektprozeß wiederzuerkennen, geht über die subjektive Gesamteinschätzung einzelner Beobachter hinaus. Lewin (1953) spricht von der Entwicklung einer *neuen sozialen Wirklichkeit*, wenn Rollen umverteilt oder neue Rollen verteilt werden, wenn neue Erfahrungen in der Praxis gemacht werden, wenn Machtstrukturen verändert werden, wenn neue Begriffe gefunden bzw. eine eigene Sprache verwendet wird und wenn sich der „neue" Alltag einspielt.
Die teilnehmende Beobachtung ergab, daß sich der Wandlungsprozeß in den Städten grob in zwei Phasen unterscheiden läßt, innerhalb derer sich die Lewinschen Themen feststellen lassen.

(1) Etablierungs- und Konsolidierungsphase: Von März 1993 bis Anfang 1994 haben sich in den vier Städten vielfältige Projekte gebildet. Im ersten Projektjahr waren folgende Entwicklungen zu beobachten:
(a) Ein sozialer Wandel in Gemeinwesen setzt voraus, daß die Rollen aller Beteiligten neu verteilt werden. Veränderungen kommen nur in Gang, wenn die bisherigen FunktionsträgerInnen von außen beeinflußt werden. Wenn sich Institutionen und Gremien öffnen bzw. sich neue bilden, werden Rollen um- oder neu verteilt. In den Städten wurden paritätisch besetzte Projektgruppen gebildet. BürgerInnen, Fachkräfte, Verwaltungs- und VerbandsmitarbeiterInnen versuchten von Anfang an gemeinsam und gleichberechtigt, über die Vision des Älterwerdens vor Ort zu diskutieren und sich in ihre Rollen einzufinden.
(b) In diesem Sinne vollzog sich auch eine Machtklärung. Bisher selbstverständliche Strukturen wurden öffentlich diskutiert, und normative Vorherrschaften wurden zur Diskussion gestellt. Es stellte sich die Frage, wer bereit ist, Verantwortung für die Entwicklungsprozesse zu übernehmen, welches

Amt, welche/r BürgerIn oder welche Wohlfahrtsverbände diese Projektarbeit vorantreiben. In allen Städten fanden solche Klärungsprozesse statt.
(c) Im ersten Projektjahr haben in allen vier Städten wegweisende Veranstaltungen stattgefunden, die einen Lernprozeß im Sinne der Initiative einleiteten. Es entstanden Praxisprojekte mit neuen Wertorientierungen wie beispielsweise die Bürgerbüros in Friedrichshafen und Kirchheim u. T., das Programmcafé und die Geschichtswerkstatt in Bühl, die Tagesstätte für türkische Senioren und die Veranstaltungen und Kurse im „Türkischen Volkshaus“ in Mannheim. Diese Wertorientierungen wurden zunächst in vorläufigen Leitgedanken festgehalten, die als Grundlage für weitere Werte- und Zieldiskussionen dienen sollten.

Für die Partner vor Ort war es wichtig, daß mit Projektbeginn und der Einrichtung neuer Strukturen, wie zum Beispiel die Projektgruppen, mit der Diskussion um Rollen, Verantwortung und Praxis auch ein Stück Routine sich ausbildete. Nicht jede Projektgruppensitzung darf vorher zu Turbulenzen führen oder ungeklärte Tagesordnungspunkte zurücklassen. Die Projektpartner haben diese gewonnen, sie werden nicht immer wieder in Frage gestellt. Man kann davon ausgehen, daß die Beteiligten gelernt haben, in ihrer neuen Rolle selbstbewußter zu handeln und vor allen Dingen selbst aktiv zu werden. Diese Entwicklung von Selbstbewußtsein und von Strukturen machte es möglich, daß die Arbeitstreffen und Projektgruppensitzungen ab 1994 eine neue Qualität und Dynamik erhielten.
(2) Identitätsphase: Für Lewin sind, um dauerhaften Wandel in Gang zu setzen, veränderte Begriffe und eine Veränderung der normativen Sprache, also der Spielregeln im Alltag nötig. Dies ist gleichzusetzen mit der Veränderung von Verhaltensstrategien auf der Ebene der Lebenswelt der Beteiligten und der Veränderung von Verhältnissen an sich.

(a) Klärung von Begriffen und Normen: Die Geschäftsstelle hat zu Beginn des Projektes einige feststehende Begriffe, wie etwa „Initiative Drittes Lebensalter“, „Projektgruppe“, „Fachkräfte- und Koordinatorentreffen“, „Bürgerbüro“, die Logos für jede Stadt, eingeführt, um vor Ort gewisse allgemeine Festlegungen zu treffen und damit eine Identität mit dem Projekt zu befördern. Nachdem sich die Projekte etwas gefestigt hatten bzw. etwas klarer war, welche Wege beschritten werden, wurden diese vorgegebenen Begriffe in Frage gestellt. Es war zu beobachten, daß sich in jeder Stadt die Namen und Begriffe nach eigenen Regeln und eigener Dynamik ordneten:

> In Friedrichshafen hat das Team des Bürgerbüros einen eigenen Namen gesucht. Der beibehaltene Arbeitstitel erhielt einen zusätzlichen Eigennamen „Kontakt 3“. Für die beteiligten BürgerInnen war es wichtig, den Begriff „Bürgerbüro“ mit etwas „Eigenem“ zu füllen und damit eine eigene Identität herzustellen.

Das Team aus Fachkräften und Bürgern in Bühl hat sich von Beginn an gegen den Titel „Initiative Drittes Lebensalter" gewehrt, da damit zu sehr das Alter in den Vordergrund gerückt und BürgerInnen abgeschreckt würden. Der Titel wurde umgeändert in „Initiative Dritte Lebenschance: Neue Wege gehen – Altes bewahren". Auch das Programmcafé „Kaleidoskop" benutzte eine eigene Sprache und setzt damit in Bühl neue Normen: „Wir laden Sie ein zum Stadt-finden, statt-finden". Seit Beginn des Jahres 1994 wird in Bühl versucht, eine Kontakt- und Wissensbörse aufzubauen. Sie war bis dato in einem Gemeinschaftsbüro untergebracht und trug den Namen „Der neue Weg". In dem vorhandenen Raum konnte die Börse keine eigene Identität entwickeln; er war für die BürgerInnen kein informeller Treffpunkt. Daraufhin wurde ein ehemaliges Ladengeschäft angemietet, für das die Beteiligten auch den Namen in „Bürgertreff Interkontakt" umänderten.
Die Entwicklung in Kirchheim u.T. war geprägt von der dreifachen Neubesetzung der Fachstelle „Älter werden in Kirchheim". Der Begriff „Bürgerbüro" wurde als Titel zwar beibehalten, doch die Beteiligten entwickelten ein eigenes Logo (die Brücke), das in Kirchheim nun für die Altenarbeit generell steht.
Das Projekt „Älter werden zwischen den Kulturen" in Mannheim wird vom Ausländerbeauftragten koordiniert; die zentralen Projekte (Tagesstätte und Türkisches Volkshaus) liegen in der Trägerschaft der Arbeiterwohlfahrt. Durch die kontinuierliche Arbeit des türkischen Mitarbeiters, der für die Projektzeitdauer in einem befristeten Vertragsverhältnis steht, ist es mittlerweile gelungen, den Informationsfluß zwischen den Projektpartnern zu verbessern. Beide Projekte haben mittlerweile ihren eigenen Modus bezüglich der Gestaltung ihrer Prospekte und der regelmäßigen Einladungsschreiben zu Veranstaltungen entwickelt. Bei Treffen mit Auswärtigen wird deutlich, daß sich die Mannheimer Fachkräfte inzwischen eine eigene Begrifflichkeit vor allem hinsichtlich der Ziele, die sie in ihrer Arbeit verfolgen, zugelegt haben.

(b) Klärung des Alltags: Jedes der sehr unterschiedlichen Projekte in den vier Städten hat eine eigene Dynamik im alltäglichen Geschehen. Nach dem ersten Projektjahr hat sich in jedem Projekt ein Alltag herauskristallisiert, der es möglich macht, daß sich die beteiligten Partner kontinuierlich und selbstverständlicher dort engagieren:

Das Team des Bürgerbüros in Friedrichshafen hat seinen Alltag in der Arbeit sehr schnell gefunden. Die Strukturen des Bürgerbüros sind durch Unterstützung einer Fachkraft eines Trägers geschaffen worden; eine Honorarkraft hilft, den Ablauf im Alltag mitabzusichern. Die Rollen im Team wurden schnell aufgeteilt. Das Team hat sich kontinuierlich auf mittlerweile 18 MitarbeiterInnen vergrößert. Auftritte bei Tagungen oder in Rundfunksendungen sind inzwischen selbstverständlich.
Auch in Bühl haben sich die Einzelprojekte in eine Richtung entwickelt, daß sie mit großer Selbstverständlichkeit von den beteiligten BürgerInnen und Fachkräften durchgeführt und auch von der Bevölkerung angenommen werden. Die Teilnehmerzahl des Programmcafés stieg stetig an (zur Zeit circa 80 TeilnehmerInnen). Die Geschichtswerkstatt arbeitet kontinuierlich an bestimmten Themen, zu denen die TeilnehmerInnen inzwischen auch ihre Mitbestimmung einfordern.

Für das Team des Bürgerbüros in Kirchheim ist es im Laufe des Jahres 1994 selbstverständlich geworden, daß sie regelmäßig in der Presse erscheinen. Hier bewährt es sich, daß eine Redakteurin im Bürgerausschuß beteiligt ist. Im Frühjahr und Herbst haben die MitarbeiterInnen einen Informationsstand auf dem Markt. Jedes Jahr veranstalten sie ein Bürgerbüro-Fest, werden von Dritten, von BürgernInnen und Fachkräften aus ganz Baden-Württemberg besucht. Gemeinsame Veranstaltungen mit dem traditionellen Seniorenarbeitskreis und dem Bürgerbüroteam finden inzwischen auch statt.
Das Mannheimer Projekt mit seiner großen Vielfalt (Tagesstätte, Türkisches Volkshaus, Geschichtswerkstatt „Zeitsprung“ usw.) erlaubt spezielle Angebote für bestimmte Zielgruppen. Diese Differenzierung ist gerade bei der nicht genau einzuordnenden Zielgruppe nötig. Bei Diskussionen vor Ort, z. B. in der Projektgruppe oder innerhalb der Arbeiterwohlfahrt treten die unterschiedlichen Ansprüche der TeilnehmerInnen zu tage und rechtfertigen die Vielfalt der Strukturen. Allen Projekten gemeinsam ist, daß sie die Selbsthilfe und Selbstverantwortung stärken bzw. ermöglichen. Bei Auftritten vor Dritten, z. B. bei der Heidelberger Fachtagung oder dem Vorbereitungstreffen zur Fachtagung der Arbeiterwohlfahrt, treten die Gemeinsamkeiten aller Projekte deutlich hervor. Die Frage ist hier, ob trotz der Vielfalt ein gemeinsamer Trägerverein gefunden wird, der die einzelnen Aktivitäten bündelt und vernetzt und für eine Fortführung nach der Modellförderung garantiert.

4. Das Projekt „Bürgerbüro/Bürgertreffpunkt“

Die „Initiative Drittes Lebensalter“ zeichnet sich in den Modellstädten dadurch aus, daß sich je nach Voraussetzungen vor Ort und den Kompetenzen der sich einbringenden BürgerInnen sehr vielfältige Einzelprojekte entwickelt haben: vom Programmcafé bis hin bis zur Geschichtswerkstatt, vom selbstverwalteten Einkaufsladen in einem Stadtteil bis hin zu den bundesweit verbreiteten Wissensbörsen. Trotz der Verschiedenartigkeit der beteiligten Gemeinwesen und ihrer unterschiedlichen Schwerpunkte hat sich die gemeinsame Idee des „Bürgerbüros/Bürgertreffpunktes“ als zentraler Leitgedanke durchgesetzt. Diese Entwicklung vollzog sich nicht direkt und gleichartig. Die Ausgangspunkte in den Städten waren von sehr unterschiedlichen Rahmenbedingungen geprägt, die verschiedene Anforderungen an die Beteiligten stellten.
Die Bürgerbüros/Bürgertreffpunkte waren kein festgeschriebenes Ziel der „Initiative Drittes Lebensalter“. Man wollte nicht künstlich einen Raum für Begegnungen schaffen. In jeder Stadt wurden aber Überlegungen angestellt, wie spezielle Einrichtungen in das Gemeinwesen einbezogen werden können und wie sich das Potential der einzelnen BürgerIn bzw. Gruppierungen nutzen läßt.

Ausgangspunkt in Kirchheim u. T. war, daß neben dem städtischen Projektträger die Familienbildungstätte aus ihrer Erwachsenenbildungsarbeit heraus ein hohes Interesse an einer Öffnung hin zur Bürgerschaft zeigte. Daneben war in Kirchheim ein hohes Potential an BürgerInnen vorhanden, die sich in selbstverwalteten Projekten einbringen wollten. Es wurde den Projektpartnern und der Geschäftsstelle schnell klar, daß hier eine Anlaufstelle gebraucht wird, soll der gemeinwesenorientierte Projektverlauf gelingenen. Im Haus der Familienbildungsstätte wurden Räume für das Bürgerbüro zur Verfügung gestellt, die einerseits als Treffpunkt für neu entstehende Projekte und für bestehende Interessengruppen (z. B. Selbsthilfegruppen) und andererseits für BürgerInnen, die sich engagieren möchten, dienen sollen.
Ausgehend von der Tatsache, daß in Friedrichshafen eine Stiftung eine Tagespflege betrieb, die räumlich eng an den Kinderschutzbund und eine Hospizgruppe angebunden war und die für 1996 eine großes Bauvorhaben (Franziskusheim) plante, wurde überlegt, welche Projekte in dem vorhandenen Rahmen und im Hinblick auf die Eröffnung und die vorgesehene Einbindung des Altenzentrums in das Gemeinwesen stattfinden könnten. Bei Veranstaltungen zum Thema „Ambulante Rehabilitation" und „Vorruhestand" wurde deutlich, daß es ein Potential in der Bürgerschaft gibt, das sich für Gemeinschaftsprojekte interessiert. Die Idee eines Bürgerbüros wurde schnell aufgegriffen, da man über eine solche Anlaufstelle die Interessenangebote und -nachfragen besser an „den Mann/die Frau" zu bringen glaubte. Der Ort selbst, der „Pavillon am See", ist ein attraktiver Anziehungspunkt, da sich dort auch andere Selbsthilfegruppen treffen.
Für die vielfältigen Kulturprojekte in Bühl, die im Rahmen der „Initiative Drittes Lebensalter" entstanden sind, wurde zunächst das modern gestaltete Bürgerhaus genutzt. Abgesehen von der unpersönlichen Atmosphäre führten die schwierigen Verrechnungswege und die hohen Mieten zu Problemen. Der Wunsch nach eigenen Räumlichkeiten für die zahlreichen Einzelprojekte wurde immer lauter, zumal eine parallel entstandene Wissensbörse in einem Gemeinschaftsbüro von der Bürgerschaft nur zögernd wahrgenommen wurde. Mittlerweile wurde ein Ladengeschäft angemietet, das sich nun als Treffpunkt für alle Einzelprojekte herauskristallisiert und von dem aus die Gemeinschaftsprojekte gestartet werden. Die Idee des Bürgerbüros/Bürgertreffpunktes hat sich im nachhinein als sinnvoll erwiesen, um auch eine Schnittstelle zwischen den vielen Einzelprojekten zu gewährleisten.
Die Orte des Geschehens für die Projekte in Mannheim waren größtenteils vorgegeben. Da der Projektpartner für die Arbeit mit türkischen Senioren die Arbeiterwohlfahrt war, konnten deren personelle und räumliche Ressourcen konnten genutzt werden (wobei jedoch der „Ort" des Türkischen Volkshauses begrenzt bzw. sanierungsbedürftig ist). Doch hier wurde schnell deutlich, daß neben diesen festen „Orten" gleichzeitig ein Potential vorhanden sein muß, um die vorgesehenen Aktivitäten mit Leben zu füllen. Bei dem Schwerpunkt „Türkische Senioren" zeigte sich, daß die Fachkräfte in der türkischen Tagesstätte und im Volkshaus viel mehr steuern müssen als in den anderen Projektorten. Mittlerweile haben sich verschiedene Aktivitäten der türkischen Senioren soweit entwickelt, daß auch hier nach einer Anlaufstelle für die Einzelprojekte gefragt wird.

Die Bürgerbüros stehen als Teil der „Initiative Drittes Lebensalter" für neue Projekte, neues Engagement, für einen neuen Beginn in der Biographie, für eine Vielfalt lebensweltlicher Engagements nicht nur im wohlfahrtsstaatlichen Bereich, für Hilfe zur Selbsthilfe, für Vermittlungsformen in Anlehnung an das Konzept der Wissensbörsen, für politische Teilhabe im Gemeinwesen und für selbstverwaltete Organisationen und Kooperation mit Fachkräften. Die hier beschriebenen Bürgerbüros/Bürgertreffpunkte sind aber zu unterscheiden von städtischen oder politischen Bürgerbüros/-ämtern; diese zielen ausschließlich auf eine Bürgerberatung/-information mit Servicefunktion.

5. Perspektiven

Die „Initiative Drittes Lebensalter" erweist sich als dynamisches Element des Neubeginns oder Wiederaufnahme von Engagement im Alter:

(a) Es konnten in großem Umfang Menschen für bürgerschaftliches Engagement gewonnen werden, sowohl in den Projekten/Projektgruppen als auch in den selbstverwalteten Bürgerbüros/-treffpunkten. Neue Tätigkeitsfelder wurden erschlossen. Bürgerengagement ist machbar, wenn die politischen Rahmenbedingungen dafür stimmen, auch wenn dies meist von Konflikten zwischen traditioneller und neuer offener Altenarbeit begleitet wird.
(b) Bei den Initiativen und Projekten wurden BürgerInnen individuell angesprochen. Für die Bürgerbüros/-treffpunkte wurde überall durch die BürgerInnen selbst ein verbindlicher Rahmen geschaffen. Der kommunalpolitische Willen ist erkennbar, die Bürgerbüros zu Anlaufsstellen bürgerschaftlichen Engagements zu machen.
(c) Hervorstechendes Motiv der beteiligten BürgerInnen ist der Wunsch nach Kontakten und informeller Unterstützung. Hierzu gehört auch die Bereitschaft, Zeit einzubringen und – je nach weiterem Projektverlauf – auch einen Zeittausch zu etablieren. Diesen spontanen Formen des Engagements stand das Interesse gegenüber, immer mehr Engagement zu „verregeln" und entsprechend der bisherigen Arbeits- und Lebenswelten in Vertragsformen zu gießen.
(d) Das Engagement in den Initiativen, Projekt(-gruppen) und Bürgerbüros/Bürgertreffpunkten bezieht sich nicht auf bestimmte Sozial- oder gar Altenpolitikfelder, sondern zieht sich quer durch das Gemeinwesen und fordert eine aufgabenübergreifende integrierte Förderungpolitik, die von den Kommunen getragen werden sollte.

6. Die europäische Dimension

Seit März 1993 haben sich die Städte Geislingen an der Steige, Olot (Katalonien) und Bialystok (Polen) mit Unterstützung der Europäischen Union und dem Sozialministerium Baden-Württemberg zu einem „Europäischen Netzwerk für Bürgerschaftliches Engagement und Selbsthilfe" (EUROBES) zusammengeschlossen.

6.1. Kooperationsfindung und Arrangement

Für die an der „Initiative Drittes Lebensalter" beteiligten vier Kommunen war der Aufwand zu groß, neben ihren kommunalen Projekten ein transnationales Kooperationsprojekt mit engagierten Bürgern aufzubauen. Durch Kontakte der Geschäftsstelle stellte sich heraus, daß die Stadt Geislingen an der Steige an einem solchen Projekt großes Interesse zeigte und gleichzeitig hoffte, damit ihre Konzeption zur Einrichtung einer Begegnungsstätte (Bürgertreff) auf einer breiteren bürgerschaftlichen Basis voranzubringen.
Im Rahmen der Arbeitsgruppe „Altenpolitik der ‚Vier Motoren' europäischer Regionen" und der regelmäßig stattfindenden Euroforen und Euroseminare ab 1991 war zwischen dem katalanischen Sozialministerium (Generalitat Benestar Social) und dem baden-württembergischen Sozialministerium eine konstruktive Zusammenarbeit entstanden. Die Foren dienten dem Austausch altenpolitischer ExpertInnen und AltenvertreterInnen, und bei Seminaren begegneten sich interessierte BürgerInnen und ProjektmitarbeiterInnen. Neben dem Informationsaustausch wurden vor allem gemeinsame Positionen zur Lebenslage älterer Menschen erarbeitet. Als interessierter und fachlich kompetenter Partner für ein Netzwerk wurde von dortiger Seite die Stadt Olot genannt.
Während den Veranstaltungen hatte sich außerdem zwischen dem gerontologischen Institut der Universität Warschau, der Woiwodschaft Bialystok und der Geschäftsstelle eine enge Zusammenarbeit entwickelt. Die Woiwodschaft Bialystok und die dortige Stadtverwaltung zeigten hohes Interesse an dem Netzwerk. Ausgehend von einer beginnenden Partnerschaft der Seniorengenossenschaften Riedlingen und Antoniuk, einem Stadtteil in Bialystok, stand die Frage im Raum, ob eine Kooperation im Rahmen von EUROBES denkbar wäre. Für die polnischen Partner in der Woiwodschaft und die Stadtverwaltung war dies im Hinblick auf den politischen Umbruch und eine sich verändernde Sozialpolitik keine Frage. In Bialystok gab es zum einen schon einige Ansätze in diese Richtung, und zum anderen versprachen sich die Verantwortlichen mit Hilfe eines solchen Projektes, die Idee wirksam in das Gemeinwesen tragen zu können.

Die dritte Sozialkonferenz der „4 Motoren“ in Mailand (Mai 1994) konnte zur Verabschiedung einer gemeinsamen Vereinbarung genutzt werden. Dort verabschiedeten die Verantwortlichen aller drei Städte folgenden Text:

> „Dieses Netzwerk dient vergleichend und in Zusammenarbeit dreier Städte zur Erarbeitung eines gemeinsamen Zukunftskonzeptes zur Teilhabe älterer Menschen in ihrem Gemeinwesen. Die Sozialminister begrüßen die Beteiligung der Kommission der Europäischen Union, der polnischen Woiwodschaft Bialystok und der katalanischen Stadt Olot sowie von Geislingen an der Steige zur Teilnahme und Unterstützung an diesem Projekt.“ (Infodienst 7/8 1994, S. 1)

6.2. Funktion des Geschäftsstelle

Dieses Netzwerk der drei Kommunen funktioniert nicht ohne Koordination. Die Geschäftsstelle im Sozialministerium versteht sich als Koordinator, um folgende Bereiche abzusichern:

(a) das Projektmanagement: Zwischen den Fachkräften und den MitarbeiterInnen der Verwaltungen der drei Städte mußten Kontakte hergestellt und die jeweils kompetenten Ansprechpartner gefunden werden. Durch die Konstellation des Projektes und die Intervention der Geschäftsstelle wurden durch die Einrichtung paritätisch besetzter Projektgruppen auch innerkommunale Kontakte, zwischen BürgerInnen, Fachkräften, Institutionen und der Verwaltung in Gang gebracht. Solche Projektgruppen sind selbst schon ein Stück Innovation.
(b) die Kommunikation: Der Aufbau eines Netzwerkes gelingt nur, wenn die Inhalte und Ziele der Partner gemeinsam abgesteckt werden. Der zeitlich eingeschränkte Rahmen der EU-Förderung (jeweils für ein Jahr, dann muß ein neuer Antrag gestellt werden) machte es notwendig, daß zunächst bilaterale Gespräche (Telefon, Fax, Besuche vor Ort) zwischen der Geschäftsstelle und den Partnern stattfanden (und auch weiterhin notwendig sein werden). Die interkommunalen Kontakte entwickelten sich langsam, da es starke sprachliche und technische Barrieren gibt. Die Aufgabe der Geschäftsstelle besteht hier darin, BürgerInnen durch Informationen, Tagungen, Prospekte und Feiern zusammenzubringen. Dies gelingt gelegentlich auch über sprachkundige BürgerInnen (z.B. sprechen die Polen häufig deutsch, die Katalanen manchmal französisch) oder über Dolmetscher. Texte und Protokolle werden in den jeweiligen Sprachen zur Verfügung gestellt.
(c) die Finanzierung: Die Geschäftsstelle stellt(e) den Antrag bei der Europäischen Union und wickelt(e) die Abrechnung für alle Partner gemeinsam ab. Es gibt keinen Pauschalbetrag, sondern der Zuschuß ergibt sich aus dem jeweiligen Antrag der Kommune. Die Geschäftsstelle bietet Unterstützung

bei der Erstellung der Finanz- und Kostenpläne und stellt dafür stundenweise Fachkräfte ab. Die EU-Kommission fördert ausschließlich die Vernetzung der Projektpartner untereinander, so daß insbesondere Übersetzungs-, Besuchs- und Reisekosten sowie Kommunikationsmittel (Plakate) bezuschußt werden.
(d) die Beratung: Die Geschäftsstelle interveniert(e) sowohl auf methodischer und kultureller als auch auf politischer Ebene, d.h. beim Ablauf und der Durchführung der Begegnungen, bei den Studienbesuchen, Hintergrundinformationen und Feiern sowie der Vermittlung zwischen MinisterInnen, Bürgermeistern, Interessenvertretern, Presse und Aktiven.
(d) die Inszenierung der Begegnung: Zwischen den einzelnen Kommunen mit all ihren Eigenheiten, Traditionen und fachlichen Gegebenheiten sind Berührungs- bzw. Kontaktängste zu beobachten. Es tauchten ethnisch-interkulturelle Bedenken auf. Die Partner können noch nicht einschätzen, welches Verhalten wie interpretiert wird. So versteht sich die Geschäftsstelle als „Ermöglicher" von Kontakten und setzt verschiedene Veranstaltungen in Szene. In Geislingen wurde in Kooperation mit der Stadtverwaltung die Verleihung des Generationenpreises zeitgleich mit dem ersten Arbeitstreffen von EUROBES veranstaltet. Über Kulturformen wie Tanz, Musik und Kabarett wurde ein Kennenlernen ermöglicht. Über Kulturformen und Diskussionen zu gemeinsamen Fragen (Lebensweisen) und nicht über das Herausstellen der Unterschiede (Strukturen, Daten) erkennen die Akteure Gemeinsamkeiten, und so ist es eventuell möglich, ähnliche Projekte zu starten.

6.3. Innerkommunale Arbeit

Diese Arbeit sah in den beteiligten Städten wie folgt aus:

> Die Aufnahme der Stadt Geislingen in das EUROBES-Netzwerk wurde dort als Anlaß genommen, eine paritätisch besetzte Projektgruppe zu bilden, die sich zum einen an der Entwicklung der Konzeption „Älterwerden in Geislingen" beteiligt(e) und darüber hinaus dies auch im direkten Erfahrungsaustausch mit den europäischen Partnern erarbeitet und vergleicht. Die Projektgruppe setzt sich aus interessierten BürgerInnen, Fachkräften, MitarbeiterInnen der Stadtverwaltung und verschiedener Institutionen zusammen. Sie unterscheidet sich von dem vorhandenen Stadt-Alten-Ring, in dem ältere BürgerInnen an Prozessen in der Kommune beteiligt werden. Auf einen Zeitungsaufruf haben sich zwölf Geislinger BürgerInnen gemeldet, wobei sich nicht nur die ältere Bevölkerung bei diesem Thema angesprochen fühlte. Nach dem Prinzip der Zukunftswerkstatt wurden in den ersten Sitzungen Fragen nach der Zukunftsvision Geislingens gestellt, nach Prioritäten, Hindernissen und Maßnahmen gefragt und eine „Plattform", eine Art Zielmemorandum formuliert. Ein Ergebnis war die Gründung einer Wissensbörse „Bürger in Kontakt".

Analog zu dieser Entwicklung haben sich in Bialystok die Träger der ambulanten Dienste zusammengefunden, um den Selbsthilfeaspekt zu stärken. Zwar scheint hier der versorgende und betreuende Charakter des Engagements im Vordergrund zu stehen, da es z. T. darum geht, existenzielle Probleme zu lösen. Erstaunlich ist jedoch, mit welcher Selbstverständlichkeit BürgerInnen sich engagieren. Die Erfahrungen aus der Arbeit der Partnerseniorengenossenschaft Riedlingen und dem EUROBES-Netzwerk werden dort gerne aufgegriffen. Die örtliche Presse wird stark in die Arbeit eingebunden, um die Informationen und Entwicklungen in das Gemeinwesen zu transportieren.

Die Stadt Olot hat für bürgerschaftliches Engagement/Seniorengenossenschaften kaum Ansatzpunkte in ihrer Arbeit vor Ort. Sowohl die Fachkräfte als auch BürgerInnen betonen, wie fest und stabil die Familien- und Nachbarschaftsbande sind. Im traditionellen Altenhilfebereich sind es entweder staatliche Dienste oder zentrale Einrichtungen von Versicherungen und Sparkassen, die entsprechende Aufgaben übernehmen. Unterhaltung und Begegnung muß und darf dort nicht organisiert werden. Bürgerschaftliches Engagement wird dort anders definiert.

Die unterschiedlichen Mentalitäten von Polen, Katalanen und Deutschen werden im Begegnungsprozeß deutlich. Im Rahmen des Netzwerkes wurde jedoch erstmals eine Projektgruppe mit Bürgern gebildet, die sich mit dem „Älter werden in Olot" beschäftigt und damit die zukünftige Gestaltung der Altenarbeit in die Hand nimmt. Das „paritätische Denken" (Verwaltung – BürgerInnen) ist in allen drei Städten nicht selbstverständlich, und es braucht eine Anschubkraft (Koordinator) vor Ort, die sich um dieses „Ausgleichsverhältnis" bemüht. Mit der paritätischen Besetzung ist die Frage nach der Legitimität einer solchen Gruppe angesprochen: Wer darf für ältere Menschen sprechen? Wer trifft Entscheidungen? Mit einer paritätisch besetzten Projektgruppe wird ein „Observationsgremium" geschaffen, das den sozialen Wandel im Gemeinwesen beobachtet.

6.4. Interkulturelle Arbeit

Die Situation in den drei Gemeinwesen hat viel Gemeinsames, aber auch einige Besonderheiten. Gemeinsam sind die Entwicklungen in der Arbeitswelt, den Familien, der Erwachsenenbildung und der Altenpflege. Immer früher kommen Arbeitnehmer in den Ruhestand, immer kleiner werden die Familien, immer vielfältiger wird die Altenbildung und immer differenzierter die Altenpflege.

In Bialystok gibt es eine Universität des dritten Lebensalters, in Olot und Geislingen eine Volkshochschule, in Bialystok ein „Gerontologisches Institut" und in Geislingen die „Kleine Akademie" im Haus der Begegnung. In Olot und Geislingen werden derzeit tagesklinische und tagespflegerische Zentren gebaut, altengerechte Wohnungen erstellt. In allen drei Städten wird die geriatrische Kompetenz der Krankenbehandlung verbessert und dem Wohnen zu Hause der Vorzug gegeben. In Bialystok und Geislingen werden die Stadtverwaltungen selbst sich mehr um die Zusammenarbeit der Träger sowie um die Einrichtung und den Betrieb von Begegnungsstätten kümmern müssen. Bisher leisteten die Caritas in Bialystok und kirchliche, freie und private Träger in Geislingen die Pflege. Das Rote Kreuz in Bialystok sowie viele Kirchengemeinden und Clubs in Geislingen organisieren eine offene, gesellige Altenarbeit. In Olot betreiben das Landessozialministerium (Generalitat) und die Versicherungskassen Altentagesstätten. Selbstverwaltete Vereine mit ehrenamtlichen Vorständen leiten diese Begegnungsstätten.

Das Besondere sind die Motive, die kulturellen und historischen Hintergründe und kommunalpolitischen Zuständigkeiten:

In Polen hat der Umbruch viele Menschen passiv im Alter zurückgelassen. Eine aktive Minderheit hat die Chance ergriffen und gestaltet kompetent und engagiert Selbsthilfegruppen. Bialystok sucht das Zusammenwirken von Woiwodschaft, Stadt und Einrichtungsträgern. In Katalonien hat der Regionalisierungsprozeß nach Franco viele Energien freigesetzt: Katalanische Geschichte und Sprache haben ältere Menschen zusammengeführt. Die Stadt Olot hat keine städtischen Altenhilfeeinrichtungen und ist in der Planung am Landkreis und dem Land orientiert. Sie sucht Träger, die anspruchsvoll Behandlungszentren betreiben können. In Baden-Württemberg ist der Individualisierungsprozeß vorangeschritten (Leben und Interessen à la carte). Traditionelle Großveranstaltungen oder klassische gesellige Altentreffs sind in Auflösung begriffen. Ältere können heute nach anderen Kriterien auswählen. Geislingen versucht mit dem evangelischen Träger, einen eigenen Weg zur Betriebsträgerschaft des künftigen Altenzentrums zu gehen. Der Vergleich unterschiedlicher Zustände der Partner ist ein Stück Erfahrungslernen über eigene Vergangenheit und Zukunft und hilft zu mehr Bewußtsein des eigenen sozialen Wandels. Dieses wiederum macht toleranter für Unterschiede.

6.5. Interkommunale Dimension

Neben der Entwicklung, die durch das Netzwerk vor Ort angestoßen wird, ist die interkommunale pädagogische Dimension eine Konsequenz, die sich zwischen den kommunalen Verwaltungen, den Fachkräften und den BürgerInnen ergibt. Während der vier Treffen im Jahr 1994 lernten die Beteiligten zunehmend kennen, warum die anderen etwas tun oder lassen, welche Maßnahmen ihnen wichtig sind oder nicht, was Rituale (Geschenke, Tagungseröffnungen, Hotelqualität usw.) bedeuten. Positionspapiere werden verworfen, „Hausaufgaben" für nächste Treffen verteilt und Gefühle deutlicher ausgesprochen.
In den drei Städten lagen pragmatische Altenpolitikplanungen vor. Unübersehbar ist, daß sich schon nach einem Jahr die Gewichtung der Altenplanung deutlich zugunsten bürgerschaftlicher Arbeit veränderte. Seniorenselbsthilfeinitiativen wie in dem Stadtteil Bialystok-Antoniuk, Bürgerbörsen in Geislingen oder generationenübergreifende Projekte in Olot haben „Unterstützung" erhalten. Sozialpolitiker stellen fest, daß sie vor ähnlichen Sach-

fragen stehen (altersgerechte Wohnungen, neu aufzubauende Tagespflegen). Gemeinsam treten die Repräsentanten bei Fachkongressen auf (z. B. Euroforum IV. in Barcelona 1994) und ergreifen grenzüberschreitend Partei für Sachpositionen. Zusammen mit Fachhochschul- und Universitätsstudenten sollen nun Daten verglichen und Praktikanteneinsatzfelder geschaffen werden.

Die Vertiefung der Zusammenarbeit bedeutet gleichzeitig, die personale Ebene (der Freundschaften und Erlebnisse usw.) und die fachliche Ebene (Erfahrungsaustausch bei der „Privatisierung" oder Öffnung sozialer Dienste) zu verbinden. EUROBES als Projekt von BürgerInnen und Kommunen stärkt die bürgerschaftliche Komponente des Sozialstaates, der in Europa notwendigerweise am Entstehen ist.

Lernprozeß „Soziale Kultur“

Matthias Bullinger, Gisela Diringer

Wer sich mit dem Thema „Bürgerengagement“ beschäftigt, kann feststellen, daß vielerorts die These vertreten wird, die „Gemeinschaft“ müsse neu konstituiert werden. Diffus und strittig bleibt im allgemeinen, was unter „Gemeinschaft“ zu verstehen und auf welche Weise diese inhaltlich neu zu bestimmen sei. „Gemeinschaft“ – der Begriff suggeriert Homogenität, bei näherer Betrachtung gleicht er jedoch eher einer der derzeit beliebten facettenreichen Postkarten, die dem Betrachter ein magisches Auge abverlangen, um ihren verborgenen Inhalt – vielleicht – preiszugeben. Es würde den Rahmen dieses Aufsatzes sprengen, wollten wir eine genaue begriffsgeschichtliche Eingrenzung dieses Terminus unternehmen (ausführlich: Riedel 1975, S. 801–862).

Im Zusammenhang mit der Arbeit in Projekten sozialer Kultur scheinen einige Vorbemerkungen über die Grundlagen und Probleme dieses Begriffs dennoch sinnvoll. Häufig wird auf Positionen aus der amerikanischen Kommunitarismusdebatte zurückgegriffen (Brumlik/Brunkhorst 1993; Honneth 1994; Zahlmann 1992; Walzer 1992; Barber 1994). Bei den Versuchen, diese anwendbar zu machen, sollte stets mitbedacht werden, daß der Gemeinschaftsbegriff in der amerikanischen Kulturtradition sich von dem in Deutschland erheblich unterscheidet und nicht nur positiv besetzt ist, so daß dieser nicht direkt übernommen werden kann (Joas 1993, S. 49–62). Der Ruf nach Gemeinschaft mag bei allen lauteren Absichten leicht mißverstanden werden als ein raunendes Beschwören eines einigenden Schulterschlusses. Ein historischer Rückblick, der weiter geht als in die Zeit der „volksgemeinschaftlichen“ Diffamierung sozialer und demokratischer Bewegungen in der Weimarer Republik[1] zeigt jedoch, daß die Gleichsetzung des Gemeinschaftsbegriffs mit antidemokratischem Denken verfehlt und ungerecht ist. Skepsis gegenüber der Aufforderung nach mehr Bürgerengagement ist jedoch auch aus einer anderen Richtung zu erwarten. Nach bald 50 Jahren repräsentativer Demokratie in Deutschland sitzt die Überzeugung tief, daß der Staat zu übernehmen habe, wofür der einzelne nicht unmittelbar zuständig ist. Leicht wird dabei vergessen, daß sich repräsentative und partizipato-

---

1 Hilfreich sein könnte beispielsweise ein Rückblick auf die Geschichte der bürgerlichen Jugendbewegung und den dort entwickelten Gemeinschaftsvorstellungen (siehe Hepp 1987).

rische Elemente in demokratischen Rechtsstaaten nicht notwendigerweise ausschließen, sondern einander vielmehr ergänzen sollten.

> Zweifellos wäre es vermessen zu glauben, eine liberalistisch verfaßte Gesellschaft könne „durch irgendeine (...) Gemeinschaft, die (...) gleich hinter dem Horizont auf ihren Einsatz warte, ersetzt werden. Nichts wartet auf seinen Einsatz (... auch) jenseits des Horizonts (gibt) es nichts als voneinander getrennte, mit Rechten ausgestattete, freiwillig sich zusammenschließende, in freier Rede sich äußernde, (...) Individuen. Und dennoch wäre es gut, wenn wir diese Individuen lehren könnten, sich als soziale Wesen zu begreifen, als die historischen Produkte und partiell auch als die Verkörperung von liberalen Werten" (Walzer, 1994, S. 170).

Es geht daher bei gemeinschaftsorientierten Ansätzen in kulturellen Projekten nicht um eine rückwärtsgewandte Kritik an der Moderne, sondern darum, umfassende lokale Aktivitäten zu fördern, die dem einzelnen neue Spielräume eröffnen und neue Erfahrungen vermitteln und so ihrerseits Ferment sein können für eine umfassende demokratische Kultur.

1. Die „Initiative Drittes Lebensalter" in Baden-Württemberg

Das Modellprojekt „Initiative Drittes Lebensalter" wurde durch das Ministerium für Arbeit, Gesundheit und Sozialordnung des Landes Baden-Württemberg im September 1992 formell ausgeschrieben. Aus 42 Bewerbern, Kreise, Städte, Gemeinden, Stadt- und Kreisseniorenräte, Institutionen der Altenhilfe, wurden als Modellstandorte die Städte Bühl/Baden, Friedrichshafen, Kirchheim/Teck und Mannheim ausgewählt. Untersucht wird in diesem Projekt, ob und wie sich sozialer Wandel innerhalb der dreijährigen Modellphase vollzieht. Ziel dieses Projektes ist es deshalb in erster Linie, bürgerschaftliches Handeln in den Modellorten zu fördern und ihm neue Felder zu erschließen. Es wird gefragt, welche Voraussetzungen nötig sind, damit „Menschen sich engagieren (Mobilisierung von Bürgern)" und welche „Infrastruktur" nötig ist, „damit sie handlungsfähig, eigenständig und sozial verbunden" bleiben. Erheblich sind daneben die Faktoren, mit denen eine Selbstorganisation entsprechend dieser Fragen zu fördern ist[2].

---

[2] Die Initiative enthält drei wesentliche inhaltliche Elemente: Prävention, Kommunikation und soziale Kultur. Wenngleich diese nicht trennscharf geschieden werden können und deutliche Schnittmengen zeigen, erhielten die Modellorte dennoch die Gelegenheit, Projektschwerpunkte auszuwählen. Friedrichshafen entschied sich für den Schwerpunkt „soziale Prävention"; Kirchheim für „Kommunikation" und Bühl

1.1. Arbeitsdefinitionen

Unumgänglich sind zunächst einige grundlegende *Arbeitsdefinitionen*, die während des Projektverlaufes mit den Beteiligten diskutiert und weiterentwickelt werden können:

(a) *Sozialer Wandel:* Unstrittig dürfte sein, daß sich die Grundlage einer Gesellschaft ebenso wie deren Struktur und Erscheinung durch unterschiedliche Einflüsse und Entwicklungen so verändern kann, daß sich aus dieser Gesellschaft eine andere entwickelt. Sozialer Wandel soll dann die Veränderung vorfindbarer Strukturen in bestimmten Institutionen sowie den Wechsel überkommener Rollen und Normen innerhalb eines definierten Zeitraumes bezeichnen.

(b) *Gemeinschaft:* Was in modernen Gesellschaften unter „Gemeinschaft“ verstanden werden kann, bleibt trotz aller fachdisziplinärer Spezialdefinitionen außerordentlich vage und ist für die Projektarbeit weitgehend ungeeignet. Folgende Charakteristika könnten für die Eingrenzung hilfreich[3] sein: Die Mitglieder einer Gemeinschaft finden sich freiwillig zu einem bestimmten Zweck zusammen und teilen bestimmte Wertvorstellungen. Sie schätzen den jeweils anderen mit seinen individuellen Fähigkeiten und Eigenschaften.

(c) *Soziale Kultur:* Für die Arbeit innerhalb der „Initiative Drittes Lebensalter“ wird ein weites Kulturverständnis[4] mit folgenden Bestandteilen zugrundegelegt: Kultur entspricht den Ausdrucksformen herkömmlicher und neuerer Kunstgattungen und beinhaltet daneben die Vermittlungen durch Massenmedien. Alltagsweltliche Äußerungen des Menschen werden ebenfalls einbezogen (Kolland 1992, S. 15ff.). Dieser Kulturbegriff wird durch sozial, im Sinne von „interaktiv“ und „gemeinschaftlich“ präzisiert, da die kulturelle Identität eines Menschen neben seiner Zugehörigkeit zu einer Nation, Region und Religion auch durch die Zugehörigkeit zu einem Gemeinwesen bestimmt wird. Gemeinwesen ist hier zu verstehen als kulturelles Beziehungsgeflecht zwischen Personen und Institutionen eines engeren geographischen Raumes, jedoch nicht unbedingt deckungsgleich mit den dort vorgegebenen Orts- und Stadtteilen. Soziale Kultur soll verstanden wer-

---

für den Bereich „soziale Kultur“. In Mannheim liegt der Schwerpunkt auf der „Integration älterer ausländischer Mitbürger“.

3 Wir folgen hier einem Vorschlag von Axel Honneth (1993, S. 260–270).

4 Zur Vielfalt der möglichen Kulturbegriffe siehe Liebald/Fuchs (o. J., S. 75f.); Heinrichs (1988, S. 11ff.).

den als die interaktive und gemeinschaftsbezogene Kulturausübung innerhalb eines Gemeinwesens.

(d) *Lernen:* Lernen soll hier verstanden sein als selbstvollzogene Veränderung der Betrachtensweise, unter der sich Sachverhalte und menschliche Verhältnisse erschließen, als verändertes Kommunikationsverhalten und Wahrnehmen von Aufgaben.

2. Lernen in der „Initiative Drittes Lebensalter"

Mit der „Initiative Drittes Lebensalter" soll hohe Lebensqualität für den Einzelnen wie auch in den Beziehungen innerhalb eines Gemeinwesens erreicht und gefördert werden. Das Projekt ist als Suchprozeß zu verstehen. Innerhalb der Schwerpunktthemen „Prävention", „Kommunikation" und „Soziale Kultur" können die Beteiligten neue Ziele finden, Identität und Selbstvertrauen hinzugewinnen. Sie können die Qualität von Beziehungen verändern und neue Beziehungen aufbauen. Es muß die Balance gefunden werden zwischen dem Bedürfnis nach Individualität und dem Wunsch nach Zugehörigkeit und Verbundenheit. All dies bedeutet Lernen.

Wie unterstützen bürgerschaftliche Projekte wie die „Initiative Drittes Lebensalter" Lernprozesse? In der Initiative gibt es *drei wesentliche Lernfelder*:

(a) Die *konkreten Teilprojekte:* Bei den in Teilprojekten engagierten Menschen hat sich ein Gruppenzusammengehörigkeitsgefühl herausgebildet. Die Überschaubarkeit in der Größe und das gemeinsame Arbeiten an Inhalten haben dieses Gefühl entstehen lassen, die Wahrnehmung konkreter Aufgaben hat es ermöglicht, vorhandene Fertigkeiten und Fähigkeiten einzubringen. Wesentlich ist hier das individuelle Interesse am Thema des Teilprojekts und den sich daraus ergebenden Kontakten. Gelernt wird vor allem themenbezogen im Umgang miteinander und in der inhaltlichen Zusammenarbeit mit Fachkräften bzw. den Verwaltungsmitarbeitern. Beispielhaft können hier folgende Situationen genannt werden:

> In Bühl sind Projekte entstanden, die unten (S. 163 ff.) beschrieben werden.
> In Friedrichshafen wurde das Bürgerbüro „Kontakt 3" aufgebaut, in dem ein festes Team regelmäßig eintreffende Angebote und Nachfragen vermittelt hat. Das Büro ist mit einem PC ausgestattet, anfallende Daten werden hiermit verwaltet. Das Team hat im Verlauf des Jahres die für seine Arbeit im Projekt notwendigen Voraussetzungen durch intensive Zusammenarbeit und durch interne Fortbildung erworben. Gleichzeitig sind Kontakte zu anderen bestehenden Initiativen aufgebaut worden, die für die Zukunft weitere Perspektiven und Vernetzungschancen eröffnen. Für das Jahr 1995 ist bereits zur Öffentlichkeitsarbeit eine Veranstaltung

der Selbsthilfegruppen im Bodenseekreis mit dem Bürgerbüro „Kontakt 3" geplant, die den Gedanken des „Miteinander" zum Hauptthema haben wird. Es hat sich hierfür eine regelmäßig zusammentretende Vorbereitungsgruppe gebildet.
In Kirchheim-Lindorf gibt es das Projekt „Einkaufsmöglichkeit in Lindorf", ein Laden, der in Selbstverantwortung geführt wird und zunehmend Anerkennung gewinnt. Besonders geschätzt wird hier inzwischen neben der Einkaufsmöglichkeit die Gelegenheit für informelle Kontakte für diejenigen im Ortsteil, die z.B. durch kleine Kinder oder abnehmende Mobilität stärker gebunden sind. In diesem Projekt arbeiten Menschen aller Altersgruppen mit viel Begeisterung, hohem Zeiteinsatz und (wenn überhaupt) mit sehr geringem Entgelt. Alle Engagierten sind stolz auf die in neuen Handlungsfeldern erreichte Leistung. Das Bürgerbüro in Kirchheim wird ebenfalls mit viel persönlichem Einsatz, modernen Bürokommunikationsmitteln und in enger Teamarbeit geführt. Die zunehmende Anerkennung für die erworbene Kompetenz ist unter anderem auch daran abzulesen, daß es bereits Anfragen weiterer Kommunen gegeben hat, die diese Form bürgerschaftlichen Engagements für eigene Aktivitäten interessiert und die sich an den Erfahrungen Kirchheims mit der Initiative orientieren wollten.
Für Mannheim mit dem Schwerpunkt „Älter werden zwischen den Kulturen" ist als bemerkenswert festzuhalten, daß ein Austausch besonders dann gelingt, wenn deutsche und türkische Bürger die jeweiligen Besonderheiten ihrer Kulturen in gemeinsamen Feiern zu Anlässen wie Advent, Zuckerfest u.ä. kennenlernen und bei aller Verschiedenheit auch durchaus Gemeinsamkeiten miteinander entdecken. Auseinandersetzung, Diskussion und Kennenlernen hatten eine zunehmende Toleranz zur Folge und eröffneten Möglichkeiten für künftige gemeinsame Projektarbeit von älteren Türken und Deutschen.

(b) Die *Projektgruppen und der Bürgerausschuß:* Die Projektgruppen und der Bürgerausschuß sind Gremien, die die Interessenvielfalt in der Kommune widerspiegeln sollen. Ihre Aufgabe ist es, Vernetzungsmöglichkeiten zu entwickeln und die Arbeit gemäß den Zielen des Gesamtprojekts sicherzustellen. Gemeinsam sollen Bürger, Vertreter von Institutionen und der Verwaltung wie auch Politiker das Projektgeschehen reflektieren, über dessen Perspektiven nachdenken und weitergehende Aktivitäten diskutieren. Hier geht es für die beteiligten Bürger um überindividuelle Interessen, um das Vertreten der dem Projekt zugrundeliegenden Idee gegenüber Fachleuten aus Politik und Verwaltung. Gelernt wird, Nachfragekompetenz auf politischer Ebene zu entwickeln, die Interessen derer wahrzunehmen, die sich nicht engagieren, sowie Einflußmöglichkeiten zu bekommen und diese zu nutzen.

Ein Beispiel hierfür ist die Entscheidung des Kirchheimer Bürgerausschusses, über das Ende des geförderten Projektzeitraums hinaus zu planen und Maßnahmen zu treffen, die die weitere Arbeit am Ziel „Verbesserung der Lebensqualität für älter werdende Menschen in Kirchheim" sicherstellen sollen.

Der Ausschuß soll erweitert und offen gehalten werden für neue Mitglieder und damit auch für weitere Interessen. Das Selbstbewußtsein der Bürger ist innerhalb der Projektdauer deutlich gewachsen, das Engagement wird als wichtig akzeptiert.

In Mannheim ist beispielsweise durch die Kontakte in der Projektgruppe eine Zusammenarbeit zwischen der Abendakademie und der „Initiative Drittes Lebensalter" anläßlich der „Infotage für ältere Menschen" in Mannheim konkretisiert worden.

(c) Die *überregionalen Treffen:* Einen besonderen Stellenwert haben die Begegnungen zwischen den Projektpartnern aller Modellorte, sei es beim Besuch von Fachtagungen und Kongressen oder auf gemeinsamen Arbeitstagungen. Daneben erscheint ebenso wesentlich der Austausch mit anderen Bürgerschaftsprojekten auf Landesebene. Gelernt wird dort die gesellschaftspolitische Bedeutsamkeit persönlichen Engagements und die Notwendigkeit, „seine Sache zu vertreten". Dies bedeutet, über die Unverbindlichkeit eines Modellversuchs hinauszutreten und Organisationsformen zu finden, in denen der Einzelne sich entsprechend seinen Bedürfnissen und Möglichkeiten einbringen kann und in denen überindividuelle Ideen und Interessen nach außen vertreten werden können. Erst damit wird es möglich, Rahmenbedingungen zu beeinflussen und dauerhafte Strukturen zu bilden.

Die bisherigen Erfahrungen in der „Initiative Drittes Lebensalter" haben gezeigt, daß sich in diesem Projekt entscheidende Lernprozesse vollziehen. Auf persönlicher Ebene steigt die Lebensqualität durch die Veränderung der eigenen Lebenslage entsprechend den eigenen Neigungen und Fähigkeiten. Selbstbewußtsein, Neugier und Risikofreude wachsen in vielen Fällen. Auseinandersetzung mit sich und anderen führt zu persönlicher Weiterentwicklung. Darüber hinaus wird durch Teilhabe am Gemeinwesen, durch soziales Engagement und die Identifikation mit den Zielen der Initiative Einfluß auf das soziale Umfeld genommen und dieses für die Zukunft mitgestaltet.

3. Leitgedanken

Die Idee, die in den jeweiligen bürgerschaftlichen Projekten steckt, bedarf der Darstellung nach innen und nach außen, um Menschen dafür zu interessieren und weitergehend zur Mitarbeit zu gewinnen. Gerade weil es sich bei dieser Art von Projekten um eine Gemeinschaft frei assoziierter Individuen handelt, ist es für diese bedeutsam zu wissen, ob sie sich mit den zugrundeliegenden Ideen und Vorstellungen identifizieren können und wollen.

Diskussionen um die optimale Form von Akquisition und Werbung machten deutlich, daß es sinnvoll ist, schriftliche *Handreichungen* zu entwickeln, denen Projektmitarbeiter und Bürger Leitgedanken und Kommunikationsziele entnehmen können und die darüber hinaus auch Hinweise auf grundlegende Literatur enthalten. Diese Handreichungen können auch als Gesprächsgrundlage verwendet werden sowie später um projekt- und ortsspezifische Besonderheiten ergänzt und im Laufe des Projekts in Leitgedankendiskussionen dem wachsenden Selbstverständnis und den sich entwickelnden Vorstellungen angepaßt werden.
Besonders zu Beginn neuer Projekte ist Werbung für die Vorhaben notwendig. Vielfach ist die Orientierungsphase derer, die sich bereits engagieren, aber noch nicht abgeschlossen. Deshalb könnten solche Handreichungen außerordentlich hilfreich sein, um damit Werbematerial zu entwickeln, in dem zu vage Formulierungen vermieden werden müssen, da sie eine neue Initiative eher konterkarieren als stützen. In der „Initiative Drittes Lebensalter" sind im Juni 1993 Leitgedanken entwickelt worden, die im September 1994 noch einmal diskutiert wurden und deren zentrale Begriffe wie „soziale Idee", „Projekte", „Offenheit", „solidarisches Miteinander" und „politische Verantwortung" ergänzt werden durch die Begriffe „Kompetenz", „Selbstbewußtsein", „Vielfalt", „Gemeinwesen" und „Gemeinschaft"[5].

---

[5] Leitgedanken der „Initiativen Drittes Lebensalter":
„1. Wir engagieren uns für eine soziale Idee. Die veränderten Lebensumstände am Ende der Erwerbs- und Familienphase sind eine besondere Chance und Herausforderung, für uns selbst und für unser Gemeinwesen Verantwortung zu übernehmen.
2. Wir engagieren uns in unseren neuen Rollen und der von uns erworbenen Kompetenz. Wir bringen dies ein in neu entstehende und zu bildende Gemeinschaften und Initiativen.
3. Wir öffnen uns mit unserem Engagement gegenüber anderen Gemeinschaften und Kulturen. Wir wissen, daß uns die notwendigen Schritte in der Öffentlichkeit und die demokratische Willensbildung Mut und Selbstvertrauen abverlangen.
4. Wir wollen im Gemeinwesen mit unserem Engagement gebraucht und gefragt werden. Wir müssen immer wieder den Umfang und die Vielfalt unseres Engagements selbst bestimmen.
5. Wir sind der festen Überzeugung, daß unsere Lebensqualität vom Miteinander der Generationen und der gemeinsamen sozialen Kultur aller gesellschaftlichen Gruppen abhängig ist. Unsere Projekte sollen sowohl dieser Solidarität dienen als auch durch sozialen Austausch und selbstverwaltete Dienste uns selbst und allen anderen im Gemeinwesen." (Infodienst Nr. 11/12 1994)
Im März 1995 ist eine Neufassung der Leitgedanken verabschiedet worden.

4. Beispiele für Projekte sozialer Kultur

4.1. Der Bürgertreffpunkt „Inter-Kontakt"

Kurz nach Beginn des Teilprojektes in Bühl war angeregt worden, einen „Ort der Normalität" einzurichten, der allen Projekten zur Verfügung stehen solle. Er sollte sich als eigenständig und selbstorganisiert präsentieren können und nicht als weitere kommunale Maßnahme für ältere Mitbürger erscheinen. Im vergangenen Jahr ist es gelungen, einen ehemaligen Laden im Stadtzentrum von Bühl anzumieten, der die Möglichkeit zu kontinuierlicher Arbeit eröffnet. Darüber hinaus bietet dieser Raum, der auch freien Gruppen überlassen werden soll, die Chance, mit anderen ins Gespräch zu kommen und vielleicht neue Projektideen entstehen zu lassen.

4.2. Die Interessen- und Kontaktbörse

Im Laufe des ersten Projektjahres war in Bühl die Idee entstanden, wie bereits in anderen Orten, eine Interessen- und Kontaktbörse einzurichten, die „Kenntnisse anbieten und Erfahrungen nutzen" sollte (Selbstdarstellung im Prospekt „Initiative Dritte Lebens-Chance", S. 17). Die Mitarbeiter entwickelten eine organisatorische und inhaltliche Konzeption, die der selbstgewählten Zielgruppe „Menschen, die auf dem Weg zum Älterwerden auf neue Weise aktiv werden wollen"[6] entsprach[7].
Während der Startphase wurde intensiv nach Anbietern einschlägiger Dienstleistungen und möglichen Kooperationspartnern recherchiert. Angesprochen wurden zunächst Bürger, die den Mitarbeitern persönlich bekannt waren. Daneben vereinbarten sie Termine mit Vereinsvertretern und Mitarbeitern in Personalabteilungen ortsansässiger Firmen, um das Vorhaben auch bei Menschen bekannt zu machen, bei denen der Übertritt in ihre nachberufliche Lebensphase bevorstand.
Die Börse hat eine außerordentlich positive Entwicklung genommen. Eine Bürgerin, die bereits seit Beginn nebenberuflich in der Börse mitgearbeitet hatte, konnte gewonnen werden, die Koordination des Projektes zu übernehmen, als sie aus dem Berufsleben ausschied. Sie wird unterstützt von weite-

---

6 Selbstdarstellung im Prospekt „Initiative Dritte Lebens-Chance" (S. 17). Der Konzeption gemäß wurde für die Börse der Name „Der Neue Weg" gewählt.

7 Folgende Stichworte finden sich in der Konzeption: „Gleiche Interessen verbinden – wir helfen Ihnen, Partner zu finden; Kontakte zwischen Menschen, die bereit sind ihr Wissen (...) weiterzugeben und Menschen, die etwas wissen möchten (...); Hilfe bei kleineren Reparaturen im Haushalt; Kinderbetreuung."

ren Bürgern, von denen einige zu den Gründungsmitgliedern der Börse gehören, aber auch von solchen, die später akquiriert werden konnten.
Bemerkenswert für die „Initiative Drittes Lebensalter“ ist, daß hier in einem Teilprojekt erstmals der Übergang zu einer Organisationsstruktur ohne Fachkräfte vollzogen wurde. Zur Konsolidierung scheint es jedoch dringend erforderlich, den Beteiligten ohne große Zugangsbarrieren externe Beratung und Unterstützung zugänglich zu machen, um Überforderungsängsten frühzeitig zu wehren. Angebote zur Fortbildung sind ebenso notwendig wie regelmäßige Treffen, um Erfahrungen mit Mitarbeitern vergleichbarer Einrichtungen auszutauschen. Es scheint auch hier sinnvoll, die horizontale Vernetzung konzeptionell und organisatorisch zu forcieren.

4.3. Das „Kaleidoskop“

Das „Kaleidoskop“, dessen Mitarbeiterinnen[8] „mit der Idee eines Programmcafés eine andere und für die Stadt Bühl neue Form der Kommunikationsmöglichkeiten für und zwischen alt und jung“ (Selbstdarstellung im Prospekt „Initiative Dritte Lebens-Chance“, S. 9) verwirklichen wollten, ist zu einer sehr erfolgreichen Einrichtung in der Stadt geworden[9], die sich trotz ihrer etwas ungünstigen Lage in einem nüchternen Mehrzweckraum des Bürgerhauses Geltung verschaffen konnte. Gerade für Personen, die sich über die Initiativprojekte informell informieren wollen, scheint diese Möglichkeit eines diskreten Kennenlernens sehr geeignet. Mitarbeit wird – noch – nicht eingefordert, Beispiele für bürgerschaftliches Engagement lassen sich jedoch unmittelbar erleben.

4.4. Die Geschichtswerkstatt

„Lassen Sie uns Geschichte machen!“ (Selbstdarstellung im Prospekt „Initiative Dritte Lebens-Chance“, S. 7) lautet das Motto für die Geschichts-

---

8 „Frauen im Alter von 50 bis ..., die sich im Kurs ‚Spurwechsel‘ kennengelernt haben“ (Selbstdarstellung im Prospekt „Initiative Dritte Lebens-Chance“, S. 9).

9 Regelmäßig am Nachmittag des ersten Sonntags im Monat wird in das Bürgerhaus „Neuer Markt“ eingeladen. Das Programm – von Lesungen über Konzerte bis zum Kabarett – wird von den Mitarbeiterinnen, die von einer Verwaltungsmitarbeiterin unterstützt werden, gemeinsam gestaltet oder organisiert. Beispielsweise stellten sich der Klavier-Zirkel des „Initiativprojektes der Städtischen Schule für Musik und darstellende Kunst“ sowie die Theaterwerkstatt mit einem selbstentwickelten Stück vor. An einem anderen Termin wurde „Ein literarischer Winterspaziergang“ unternommen, für den ein Schauspielerpaar engagiert worden war.

werkstatt, die ihren Schwerpunkt auf die Geschichte der dreißiger und vierziger Jahre legte. In den einzelnen Sitzungen wurden Filme dieser Zeit vorgeführt und in anschließenden Diskussionen versucht, Erinnerungen und Empfindungen der Teilnehmer vor dem Hintergrund historisch gesicherter Fakten zu beleuchten. Erarbeitet wurden zunächst eine Ausstellung über die Geschichte des Films in Bühl und eine „Filmwoche", die beim Publikum und in der lokalen Presse erhebliche Beachtung fanden.
Wohl kaum zu überschätzen sind die positiven Effekte auf das Selbstbewußtsein und das Selbstvertrauen der Mitglieder der Geschichtswerkstatt, die bei den Vorbereitungen vielfach zum ersten Mal ein Archiv betraten. Die Mitglieder, denen es gelungen war, Kontakt zu einer Jugendgruppe herzustellen und zu Filmvorführungen einzuladen, zeigten sich außerordentlich erfreut über die wohl so nicht vermutete Bereitschaft zum Gespräch. Es wurde daher in nachbereitenden Sitzungen häufig der Wunsch geäußert, diese Diskussionen auch über Filme fortzusetzen, die von Jugendlichen ausgewählt werden.
Für den weiteren Bestand der Werkstatt scheint nach einigen weiteren Sitzungen entscheidend, ob es gelingt, die Motivation der Bürger zu erhalten[10]. Die Bürger, die auf positive Erfahrungen des ersten Projektjahres zurückblicken können, bedürfen dringend anspruchsvoller und stimulierender Aufgaben mit klaren, gemeinsam zu erarbeitenden Zielen. Es besteht sonst die Gefahr, daß sich die Mitglieder mit einem Gefühl der Unterforderung abwenden. Es bleibt abzuwarten, wie innerhalb der für das letzte Projektjahr festgelegten Arbeitsthemen[11] Aktionsformen entwickelt werden können, die den Ambitionen der Bürger entsprechen und Möglichkeiten eröffnen, unterschiedliche Fähigkeiten und Fertigkeiten einzubringen.

---

10 Deutlich für ein gestiegenes Interesse spricht, daß aus dem Kreis der Teilnehmer selbst die Anregung kam, mehr über die Arbeit anderer Werkstätten zu erfahren und mit diesen Erfahrungen auszutauschen. Die Mitglieder der Geschichtswerkstatt und ihre Leiter erhielten noch im Herbst Gelegenheit, an der Fachtagung „Erlebte Dinge, erinnerte Geschichte" teilzunehmen, die gemeinsam vom Kreisarchiv des Landkreises Tübingen und dem Ministerium für Arbeit, Gesundheit und Sozialordnung in Baden-Württemberg veranstaltet wurde.

11 Vorgeschlagen wurden Themen wie: „Sitten und Gebräuche"; „Spiele, Lieder, Bücher"; „Rund um die Küche"; „Vom Fahrrad zum VW". Diese sozial- und alltagsgeschichtlichen Themenfelder wurden allerdings bislang noch nicht chronologisch eingegrenzt.

4.5. Die Theaterwerkstatt

„Nie hätte ich früher gewagt, vor so vielen Menschen überhaupt etwas zu sagen …". Der Bericht, den eine Teilnehmerin im Kulturausschuß des Gemeinderates gab, war ebenso persönlich wie beispielhaft. Die gemeinsame Arbeit habe ihr und den anderen Mitgliedern völlig neue Erfahrungen vermittelt und Perspektiven eröffnet, die sie nicht für möglich gehalten hätte. Inhaltlich standen Übungen im Vordergrund, die das Selbstvertrauen der Teilnehmerinnen stärken sollten. Recht rasch konnte auch ein Stück entwickelt werden, das wesentlich auf biographischen Notizen einer Teilnehmerin beruhte. Dessen Aufführungen bieten Anlaß für eine zielgerichtete weitere Arbeit der sehr motivierten Gruppe, der sich mittlerweile weitere Personen angeschlossen haben[12]. Die Theaterwerkstatt vermag die Anforderungen, die an ein sozial-kulturelles Projekt im Rahmen der „Initiative Drittes Lebensalter" zu stellen sind, gut zu erfüllen. Sie bietet Menschen in einem konkreten kulturellen Interaktionsfeld die Möglichkeit, sich in neuen Rollen kennenzulernen und neue Lebenszusammenhänge zu erfahren. Wenngleich die Gruppe recht klein ist, vermag sie im Bühler Gemeinwesen ein Beispiel dafür zu sein, daß Neues durchaus Gewinn und nicht nur Bedrohung überkommener Strukturen bedeuten kann.

4.6. „Musizieren ab 50"

Die „Städtische Schule für Musik und darstellende Kunst" bietet unter diesem Titel als Teilprojekt der Initiative ein „Angebot für aktive Menschen um die 50, um die 60, um die 70, die ihr musikalisches Hobby wieder aufnehmen oder neu entdecken wollen" (Selbstdarstellung im Prospekt „Initiative Dritte Lebens-Chance", S. 11). Das gemeinsame Musizieren, nicht das technische Können des einzelnen, stehen im Vordergrund. Problematisch schien, die Teilnehmer für öffentliche Auftritte zu gewinnen. Für den Erfolg dieses Teilprojektes dürfte es erheblich sein, ob es mit den anderen vernetzt werden kann. Anderenfalls stünde zu befürchten, daß es sich zu einem qualitätvollen, aber isolierten Angebot für musizierfreudige Senioren entwickelt, die auch durch spezielle Kurse der Musikschule hätten gewonnen werden können.

---

12 Insgesamt gehören der Gruppe jetzt fünf Personen an, darunter mittlerweile auch ein Mann.

4.7. Das Stadtspiel

Das gemeinsame inhaltliche Ziel für die Bühler Teilprojekte zur Sozialen Kultur der Initiative – soll einer frühen planerischen Grundentscheidung gemäß – ein umfassendes „Stadtspiel“ sein. Es soll als gemeinsames Projekt von Bürgern verschiedenen Alters dazu dienen, Selbstvertrauen, Identität und Kompetenzen zur Selbstorganisation zu entwickeln oder zu fördern. Wichtig dabei scheint, daß dieses Vorhaben auf die Öffentlichkeit bezogen ist. Es soll in das örtliche Geschehen eingreifen und dessen alltägliches Leben unterbrechen. Für den engeren Kreis der Mitwirkenden wie auch für das Publikum soll es Anregungen schaffen, Realität selbst neu zu gestalten oder zu verändern. Die Tätigkeiten der einzelnen Projektgruppen sollen sich in der sozialen und bürgerschaftlichen Struktur des Ortes niederschlagen, so daß deren Netzwerk im Gemeinwesen auffindbar wird. Das „Stadtspiel“ soll deutlich machen, daß es – ausgehend vom jeweiligen biographischen Hintergrund – in Vergangenheit, Gegenwart und Zukunft Spielräume gibt und die gesellschaftliche Entwicklung aktiv mitgestaltet werden kann. Als offene Arbeitsdefinition wurde daher festgehalten, daß das Stadtspiel zu verstehen sei als Summe verschiedener, aufeinander abgestimmter kultureller Aktionen, und nicht als eine einzige szenische Großveranstaltung. Ebenso wesentlich wie das mögliche Produkt ist der Prozeß zu dessen Realisierung.
Das sogenannte „Kleine Stadtspiel“[13] des Jahres 1994 wurde ein beachtlicher Erfolg. Es gelang, dem Anspruch auf ein prozeßorientiertes Vorgehen gerecht zu werden und die Gruppen durch die gemeinsame Projektarbeit zu stärken. Daneben wurde auch der angestrebte Werbeeffekt erreicht und die Initiative einem größeren Publikum, das bisher nur recht gering informiert war, vorgestellt. Das Ziel der Initiativprojekte im Jahr 1995 ist ein „Großes Stadtspiel“, das mehrere Elemente haben und die Projekte verknüpfen soll[14].

---

[13] Auf der Grundlage der frühen ersten Überlegungen konzipierte das Leitungsteam für Juni und Juli 1994 mehrere Aktionen: Die Geschichtswerkstatt zeigte die erarbeitete filmhistorische Ausstellung und präsentierte Filme der dreißiger und vierziger Jahre. Das Kaleidoskop veranstaltete ein großes Sommerfest mit Kulturprogramm. Die Interessen- und Kontaktbörse bot einen Tag der offenen Tür. Die Aktionen wurden verknüpfend als „Kleines Stadtspiel“ bezeichnet.

[14] Geplant sind (Stand: Februar 1995) eine Ausstellung der Geschichtswerkstatt, ein Videofilm, der auf biographischen Notizen einiger Bühler Bürgerinnen basiert. Weiterhin ist eine Musikshow vorgesehen. Die Konzeption läßt erhoffen, daß sich die verschiedenen Teilprojekte mit ihrer Arbeit einbringen können. Daneben könnte insbesondere die geplante Musikshow die Chance bieten, den sozialkulturellen Initiativprojekten auch handwerkliche und gestalterische Tatigkeitsfelder hinzuzufü-

Nach nahezu zwei Jahren der „Initiative Drittes Lebensalter“ zeichnet sich ab, daß sich aus den Entwicklungen an den Modellorten einige Parameter ableiten lassen, die für die Konzeption und Realisierung weiterer bürgerschaftlicher Projekte erheblich sein könnten:

(a) Leitgedanken: Es bedarf bereits vor Projektbeginn klar formulierter Leitgedanken, die in Handreichungen an die Verwaltungsmitarbeiter und die Bürger im jeweiligen Projektort bekanntgegeben werden.
(b) Leitgedankendiskussion: Die Leitgedanken sollten gemeinsam mit Verwaltungsmitarbeitern und Bürgern kontinuierlich fortentwickelt werden.
(c) Regelmäßige Grundlagenforen: Zur Diskussion der Leitgedanken wie auch der gesellschaftspolitischen Grundlagen des Gesamtprojektes könnten regelmäßige Arbeitskreise hilfreich sein.
(d) Lernen: Bürgerschaftliche Projekte brauchen Vernetzung und eine Verankerung im Gemeinwesen, wenn sowohl auf persönlicher als auch gesellschaftspolitischer Ebene Lernprozesse stattfinden sollen.
(e) Projektmanagement: Eine eindeutige und nachvollziehbare Struktur des Projektmanagements mit klaren Kompetenzregelungen ist erforderlich, um finanzielle und personnelle Ressourcen optimal zu nutzen, verwaltungsinterne Auseinandersetzungen auf ein Minimum zu reduzieren und bei den zu gewinnenden Bürgern das Vertrauen entstehen zu lassen, das erforderlich ist, um sich in einem neuen, ungewohnten Rahmen zu engagieren.
(f) Verselbständigung: Gruppenleiter sind auf ein bewußtes und differenziertes Rollenverhalten zu verpflichten. Im Vordergrund stehen muß das Selbständigwerden der Gruppe und nicht die Perpetuierung der eigenen einflußreichen, zu Projektbeginn notwendigerweise stark steuernden Position.
(g) Konkrete Handlungsfelder: Teilprojekte sozialer Kultur, die Bürger ansprechen sollen, müssen möglichst konkret und deren jeweiliger Lebenswelt entnommen sein sowie ein möglichst breites Spektrum verschiedener Tätigkeitsfelder bieten.

---

gen. Diese könnten Bürgern eine Möglichkeit zur Teilnahme eröffnen, die sich von den bisherigen nicht angesprochen oder möglicherweise überfordert fühlten.

Seniorengenossenschaften und die Modernisierung der Altenhilfe

Roland Schmidt

Die Diskussionen über zeitgemäße Strategien, wie ältere Bürger zu sozialem Engagement motiviert werden können, zielen seit Ende der achtziger Jahre verstärkt ab auf die Themenfelder „Selbstintegration durch Tätigwerden", „Sozialintegration mittels Gemeinwesenentwicklung" und „Initiierung einer Tätigkeitskultur jenseits des Erwerbssystems" (stellvertretend: Knopf/Schäffter/Schmidt 1989). Dabei erweist sich die konzept- und handlungsleitende Idee eines tätigen nachberuflichen Lebens durchaus als anschlußfähig an Lebenssituationen auch jüngerer Populationen, die gleichfalls nicht in das Erwerbssystem einbunden sind. Mit den oben gegebenen Stichwörtern – Selbstintegration, Sozialintegration und tätiges nachberufliches Leben – ist zugleich implizit ein spezifischer Sinngehalt des Programms „Seniorengenossenschaften" angedeutet. Denn die über dieses Programm eingeleitete und sich über eine bewußte Weckung von lebensweltlichen und Gemeinwesenpotentialen vollziehende Gesellschaftsentwicklung faßt den Rahmen für Handlungen wie Erörterungen weiter, als dies zuletzt in der Debatte um das klassische soziale Ehrenamt seit Mitte der siebziger Jahre üblich war, als man dessen Renaissance zu erkennen glaubte. Und auch heute noch ist eine solche Verkürzung des Themas auf allein die Verfügbarkeit und Dienstbarkeit von Menschen, genauer: meist Frauen, im sozialen Ehrenamt vielerorts bestimmend für die Art und Weise, in der es in der Praxis zugeschnitten wird. Eine Funktionalisierung sozialen Engagements mit geringem Autonomiegrad der Aktiven findet ungebrochen statt, obgleich sie längst der Kritik in Theorie und Praxis anheim gefallen ist (siehe hierzu z. B. die Debatte um ein „altes" versus „neues" Ehrenamt bei Bock 1988 und Olk 1989, die bereits auf Prozesse der Differenzierungen des Ehrenamts aufmerksam macht). Dieser Erneuerungsbewegung sind ebenfalls die Seniorengenossenschaften zuzuordnen.

Im Falle der Seniorengenossenschaften handelt es sich aber zusätzlich auch um den anspruchsvollen Versuch, parallel zu den angestammten und neuerdings erweiterten gesellschaftlichen Sicherungssystemen (Pflegeversicherung) das soziale Engagement der Bürger im Zuge des Umbaus des Sozialstaates neu zu begründen. Die Modernisierung des Sozialengagements folgt dabei dem Leitmotiv, daß Menschen sich in solchen Vereinigungen bereit finden, die Leistungen, die die Sozialversicherung garantiert, durch gemeinschaftliche Formen der Herstellung sozialer Sicherheit zu ergänzen. Avisiert ist also keine alternative Sicherungsform, sondern eine Art Koproduktion von sozialen Diensten. Diese vermittelt sich im Kontext der Seniorengenossenschaften nicht über eine Einbindung in große und anonyme gesellschaftliche Sicherungssysteme oder die Zugehörigkeit zu großen Leistungserbringern, sondern über praktische Schritte des Übernehmens und Tragens von Verantwortung durch Bürger in ihrer Kommune, in ihrer Lebenswelt. Trotz aller Unterschiede, die gesellschaftliche und gemeinschaftliche Formen von sozialen Leistungen aufweisen, ist hiermit kein Gegensatzpaar beschrieben. Vielmehr belegt gerade die Praxis mancher Seniorengenossenschaften, daß eine Kombinationen beider Elemente nicht nur möglich, sondern geradezu notwendig ist: Man kann dieses am Beispiel der Tagespflege (so in Köngen) demonstrieren, die selbstverständlich – neben dem genossenschaftlichen Element, getragen vom Bürgerengagement mit den Medien „Zeittausch" und „Zeitgutschrift" – auch auf Leistungen professioneller Kräfte aufbauen, die sich nun über die Pflegekassen refinanzieren lassen.

1. Bürger als Ko-Produzenten sozialer Dienste: zur Neuorientierung sozialen Engagements

Die *Idee des tätigen nachberuflichen Lebens*, die der Vorstellung des Koproduzierens sozialer Dienste als zentraler Moment zugrunde liegt, speist sich im allgemeinen aus *zwei Quellen*:

(a) Seit Mitte der achtziger Jahre wird „Alter" nicht länger ausschließlich als Spezialistenthema angesehen, das, wie es bis dahin der Fall war, wenige Ältere (z. B. in Beiräten), einige professionelle Instanzen und eine deutlich begrenzte Forschergemeinde bewegte. Zusehends ist seit diesem Zeitraum zu beobachten, daß sich neben dem traditionellen Verständnis und Zugriff, nämlich „Alter" relativ isoliert in Theorie und Praxis zu behandeln, nunmehr „offenere" Perspektiven verschiedener Wissensgebiete und Praxisbereiche hinzugesellen und Dimensionen des Themas für sich „entdecken": „Alter(n)" wird nunmehr als ein gesellschaftlich relevantes und allgemein interessierendes Thema bewertet – vorrangig in Form der Frage nach den sozialen Folgen des demographischen Wandels. Dabei wird die Debatte nicht allein durch den Trend zu mehr Hochaltrigkeit (und seinen Wirkungen auf das Sozial- und Gesundheitswesen) genährt, sondern erst die derzeit parallel laufende Reduktion der durchschnittlichen Lebensarbeitszeit verleiht angesichts des Geburtenrückgangs dem Ganzen seine – möglicherweise – Dra-

matik. Die neuen Fragen nach dem „Alter“ spinnen sich nun häufig entlang der Problemstellung: „Wie schaffen es moderne Industriegesellschaften, die Folgen der sich verändernden Zusammensetzung ihrer Bevölkerung zu bewältigen?“. „Alter“ gilt so gesehen immer häufiger als bedeutsamer, weil als zukunftsrelevant erachteter Faktor. In diesem Zusammenhang sind zwei Nebenerwägungen von altenarbeitspraktischem Interesse:
Zum einen gilt das für Intentionen und praktische Schritte des Gesetzgebers, die durchschnittliche Lebensarbeitszeit wieder zu verlängern, wobei derzeit völlig offen ist, wie sich diese vorrangig rentenpolitisch motivierte Reform später in der betrieblichen Personalpolitik und am sich längst internationalisierten Arbeitsmarkt durchsetzen können soll. Hieran anschließend wäre weiter zu fragen, ob und wie sich in mittlerer Zukunft die heute gültige soziale Konstruktion der nachberuflichen Lebensphase verändern könnte. Denn eine Verlägerung der Lebensarbeitszeit müßte im Nebeneffekt zugleich bewirken, daß alle Strategien, die auf die Mitmachbereitschaft und das soziale Engagement kompetenter älterer Erwachsener setzen, möglicherweise ihre Zielgruppen zumindest in Teilen verfehlen. Denn vor allem diese Personenkreise sind im besonderem Maße prädestiniert, gegebenenfalls auch im Erwerbskontext nachgefragt zu bleiben, sofern das Bestreben, die Lebensarbeitszeit durchschnittlich zu erhöhen, später Erfolge zeitigt. In sozialpolitisch orientierten Beiträgen zur Gerontologie wird dies als eher unwahrscheinlich angesehen, weil Strategien der Personalverjüngung nach wie vor Bestandteil betrieblicher Rationalisierungsbemühungen gelten.
Zum anderen sind Versuche von Gewicht, gegen die bis dato ungebrochen fortschreitende „Entpflichtung“ des höheren Erwachsenenalters eine neue „Verpflichtungsethik“ setzen wollen (Tews 1994). „Verpflichtungsethik“ zielt unter anderem ab auf die Motivierung von Menschen (nach dem Erwerbsleben), in selbstgesteuerten Bahnen, doch gleichwohl sozial und dem Gemeinwesen verpfichtet, tätig bleiben zu wollen: also beispielsweise „Arbeit jenseits der Erwerbsarbeit“ zu leisten in Form des bürgerschaftlichen Engagements für soziale Belange der Kommune und damit zugleich eine Form der Selbstintegration zu betreiben, die durch das Tätigsein Kommunikation und Kontakt herstellt. Jedoch ist solches Engagement auf freiwilliger Basis nicht gefeit vor Bestrebungen anderer Art, nachberufliche Tätigkeiten stärker als Anforderung zu fassen.
(b) Neben solchen Bestrebungen, zwischen der Ausgliederung älterer Arbeitnehmer(innen) aus dem Erwerbsleben und einer zukünftig möglicherweise greifenden Wiedereinbindung des fortgeschrittenen Erwachsenenalters in Erwerbsstrukturen eine „Tätigkeitskultur“ aktiv zu fördern, existiert zugleich ein häufig beschriebener Reformüberhang im klassischen Spektrum der gemeinschaftsorientierten offenen Altenarbeit (grundlegend: AG

Interpretative Altersforschung 1983). Die seit Ende der siebziger Jahre zu beobachtende Wandlung der Leitorientierungen in der Club-, Tages- und Begegnungsstätten-Kultur ist gekennzeichnet von einer allmählichen Ablösung ehedem dominierender Betreuungskonzepte durch nunmehr favorisierte Aktivierungsprogramme (Entwicklungsphase 1). Diese wurden ihrerseits seit Beginn der achtziger Jahre in einem Folgeschritt wiederum erweitert um Elemente der Selbstorganisation und der Partizipation der Einrichtungsbesucher(innen) (Entwicklungsphase 2). Beide Reformsschritte wurde jeweils getätigt in der Intention, die als zwingend erachteten Anpassungen dieser Einrichtungen an sich verändernde Zielgruppen und neue Nachfragestrukturen einzuleiten.
Jedoch waren diese Modernisierungsversuche der konventionellen Altengemeinschaften rückblickend nur begrenzt erfolgreich. Alle Bemühungen der Beteiligten, Einstellungs- und Verhaltensänderungen von (Teilen der) Altenpopulationen stärker zu entsprechen, scheiterten an dem Umstand, daß die Fragwürdigkeit von „Sonderinstitutionen für ältere Menschen" im beginnenden nachberuflichen Leben unreflektiert blieb. Diese Problemverkürzung bewirkte, daß die Prämissen der Reform gemeinschaftsorientierter, offener Altenarbeitspraxis damals nicht selbstkritisch überprüft wurden – vor allem im Hinblick auf die Entwicklung, daß der Fokus „Alter" für nachwachsende Generationen allmählich an handlungssteuernder Kraft eingebüßt hat und noch weiter einbüßt. Man ist zwar zugegebenermaßen alt, aber zugleich vieles mehr. Zwischen den „vorverlagerten" frühzeitigen Beginn nachberuflichen Lebens und dem Hochbetagtsein, also einem immer weiter gespannten Bogen an Lebensjahren, verliert ein unspezifisch und undifferenziert verwendeter Altersbegriff zusehends an Sinngehalt und Kommunizierbarkeit. Es ist vor solchem Hintergrund nurmehr konsequent, daß sich Zielgruppenangehörige durch soziale Strategien, die allein das Älter- und Altsein akzentuieren, kaum noch angesprochen fühlen (Schmidt 1994).
In einer „ergrauenden Gesellschaft" wird Altsein höchst „normal" – zumindest bei Abwesenheit von Abhängigkeiten infolge eingeschränkter materieller Verhältnisse und infolge chronischer Krankheit und Behinderung. Eine Weiterentwicklung der gemeinschaftsorientierten, offenen Altenarbeit, die unter diesem umfassenden und „einheitlichen" Etikett kaum länger firmieren kann, hätte vor solchem Hintergrund zu berücksichtigen, daß Spezifizierungen der Angebote und Präzisierungen in den Zielgruppenbestimmungen vonnöten sind (Entwicklungsphase 3): beispielsweise mit Blick auf finanziell bedrängte Alterssituationen, mit Blick auf Personen in kritischen Lebensphasen (Verwitwung), mit Blick auf rüstige Hochbetagte, deren Bewegungsradius sich zusehends auf das Wohnumfeld konzentriert, oder mit Blick auf zu Hause gepflegte alte Menschen, denen mittels Mobilitätshilfen

ein gewisses Maß an Teilhabe am gemeinschaftlichen Leben, soweit möglich, auch weiterhin eröffnet werden soll.

Die Verbreitung der Idee eines „tätigen nachberuflichen Lebens" als Zukunftsentwurf einerseits und die im Rückblick bilanzierte Reformbedürftigkeit der bekannten und allseits verbreiteten Formen organisierter Gemeinschaften im Rahmen der Altenarbeit andererseits haben dann zum Ende der achtziger Jahre hin bewirkt, daß verschiedentlich auf Landes- oder Bundesebene neue und alternative Strategien gesucht und im sozialen Experiment erprobt wurden. Dieser Mut zum „ungesicherten Projekt", der ja nebenbei auch einen gewissen Einsatz öffentlicher Mittel ohne eingeschlossenes Erfolgsversprechen aus Erfahrung erfordert, resultierte aus der Überzeugung, daß sich die vorherrschende Geselligkeits- und Angebotsorientierung offener sozialer Einrichtungen weder mit Blick auf die Besucherkreise noch auf die hier freiwillig Aktiven bislang als flexibel für Innovationen erwiesen hatte. In diesen Gesellungsformen sind die Kernelemente des skizzierten Zukunftsentwurfs „Tätigsein", „soziale Verpflichtung" und „Gemeinschaftsstiftung" nicht in einer neuen und zeitgemäßen Konzeption zusammenzuführen und zu realisieren: Die starre Teilung der Welt der offenen Altenarbeit vom Club bis zur Begegnungsstätte in eine Sphäre der Konsumenten der Angebote und eine Sphäre der hiervon deutlich abgesetzten Ehrenamtsposition all derjenigen, die diesen Rahmen der Geselligkeit und des Angebotskonsums (mit)garantieren, bot sich kaum zur Keimzelle der Reform an. Die Rollen waren und sind verteilt und festgeschrieben. Weder ist diese Tradition für die Entwicklung neuer sozialer Strategien, Leitbilder und Projekte zu beerben, noch bieten sich solche Ort an, um andere (jüngere) Personenkreise, als die bislang erreichten, zum Mittun zu gewinnen. Bei aller Unterschiedlichkeit im besonderen Zuschnitt solcher Modellprogramme – was im vorliegenden Zusammenhang aber nicht näher verfolgt werden soll, da es nicht von primärem Interesse ist – kann man den nunmehr entwickelten und präferierten Strategietyp, der sich als staatlicherseits initiierte Innovation in Lebenswelten präsentiert (Schmidt 1993), an *drei Programmen* in seinem allgemeinen Profil diskutieren: dem Berliner Programm „Erfahrungswissen Älterer nutzen" (Koordinations- und Beratungsstelle o. J); dem vom damaligen Bundesministerium für Familie und Senioren aufgelegten Programm „Seniorenbüros" (Bundesministerium für Familien und Senioren 1994) und dem baden-württembergischen Modellprogramm „Seniorengenossenschaften" (Ministerium für Arbeit, Gesundheit und Sozialordnung Baden-Württemberg 1994).
Alle drei Programme sind daraufhin angelegt, einen *Rahmen für Prozesse der Selbstverständigung* zu setzen mit dem Ziel, daß ältere und nicht (mehr)

erwerbstätige Menschen soziale Phantasie entwickeln, eigene Vorhaben zu projektieren und sich Tätigkeitsfelder zu erschließen, um sie in der Diskussion mit den Zuwendungsgebern anschließend programmbezogen zu schärfen. Im einzelnen unterscheiden sich die drei Modellprogramme dabei durch den Grad an Offenheit oder an vorformulierter inhaltlicher Orientierung (z. B. durch den Ausschreibungstext) sowie dem bewußt gesuchten oder „gebändigten" experimentellen Charakter.

Die *inhaltliche Besonderheit der Seniorengenossenschaften*, also die *Koproduktion sozialer Dienste* und die *Rekonstruktion von Formen gemeinschaftlicher Solidarität*, die sie signifikant von anderen Projekten unterscheidet, ist gepaart mit strukturellen Ähnlichkeiten im Typ des strategischen Vorgehens. Dieses soll nun ein Stück weit näher erörtert werden, da hiermit bereits ein erster Wirkungsstrang der Seniorengenossenschaften – in diesem Fall gewissermaßen im verwandtschaftlichen Verbund mit weiteren Programmen von sonst anderem inhaltlichen Zuschnitt – auf Sozialplanung zu identifizieren ist: die Ausdifferenzierung von Leitbildern sozialen Engagements und von Strategien, Mitmachbereitschaft und Bürgersinn zu wecken.

2. Profilierung der Strategien zur Motivierung sozialen Engagements (Wirkungsstrang 1)

Allein der Umstand, daß Seniorengenossenschaften – wie anderenorts Erfahrungswissenprojekte oder Seniorenbüros – „in die Gänge" gekommen sind, belegt bereits den Erfolg der oben genannten Motivationsstrategie neuen Typs. Es handelt sich daher um einen Wirkungsstrang, der nicht ursächlich allein an einer respektablen Praxis dieser Vereinigungen festzumachen ist, sondern an der Kombination von strategischem Vorgehen der Initiatoren, das Effekte zeitigte, und dem Bürgerhandeln vor Ort in den Kommunen. Die lokale Aktivität adelt gewissermaßen das Kalkül und Handeln auch der Innovatoren, die in allen drei Fällen staatliche Instanzen repräsentieren. Und dies ist, nebenbei, bemerkenswert: Es hat mitunter den Anschein, als sei in den letzen Jahren das sozial kreative Potential aus dem vielfältigen und breiten Feld der wohlfahrtsverbandlichen Sozialen Arbeit weggewandert, um sich nun festzusetzen im Spektrum von Selbsthilfe- und Basisbewegungen einerseits und den hiermit kommunizierenden staatlichen Instanzen andererseits. Die verbandliche Ebene wirkt auf der Umsetzungsseite zwar durchaus mit (so z. B. auch im Kontext der Seniorengenossenschaften), sie stellt jedoch nicht die Ebene dar, von der zuletzt Initialzündungen ausgingen.

Man kann die *zentralen Elemente des zu erörternden strategischen Typs* in vier Punkten konzentrieren. Sie verdeutlichen in diesen Details zugleich, daß die Ausgestaltungsmacht im wesentlichen in den Händen der Mitwirkenden vor Ort liegt. Und hierin ist der gravierende Flexibilitätsvorteil gegenüber den bislang präferierten sozialen Strategien zu sehen. Während letztgenannte mehr oder weniger normativ Alterszuschreibungen und Altersbilder mit transprortierten und inhaltlich ausformulierten, also: „geschlossene" Programme darstellten, setzen moderne Konzepte auf inhaltliche Optionen. Ein Zuschnitt, der der Buntheit heutiger Alterssituationen weitaus mehr gerecht wird und der es beispielsweise den Menschen zudem erlaubt, selbst zu entscheiden, ob sie sich weiterhin altershomogen in Sonderinstitutionen einrichten wollen oder nicht. Diese strategieschen Elemente sind:

(a) Die Titel der Modell- oder Förderprogramme bezeichnen einerseits eine *allgemeine Richtung*, in die sich die zu entfaltenden Aktivitäten erstrecken sollten. Andererseits aber enthalten sie sich allzu konkreter Ausschmückungen, die vorab schon vorgeben, was sich engagierende Personen später einmal tun sollen. Maßgeblich ist dabei: die Programme sind von Beginn an offen für die soziale Phantasie der Leute und deren Übersetzungsleistung allgemeiner Programmideen in die jeweiligen Lebenswelten. Die Projekterfindung wird zwar via Fördermitteln „von oben" motiviert, „unten" jedoch durch die Interessenten selbst entscheidend zugeschnitten und variiert.
(b) Diese *relative Offenheit und (bewußte) inhaltliche Unschärfe* kann insofern als angemessen bezeichnet werden, als es nunmehr an den Menschen selbst liegt, zu diskutieren, zu beschließen und umzusetzen, was sie tun wollen. Das gewohnte Verhältnis von sozial engagierten Bürgern zu Einrichtungen oder Diensten, wie es im Ehrenamtsbereich vielerorts vorgelebt wird, kehrt sich hier gewissermaßen um. Es sind nicht länger Institutionen, die vorab fremddefinieren, was Menschen, die zum Mittun erst noch gewonnen werden sollen, zu erbringen haben. Die Wiedergewinnung der Steuerungskraft schließt selbstverständlich die Möglichkeit ein, daß ein selbstgewählter Tätigkeitsinhalt und ein selbstorganisierter Rahmen deutlich konventionelle Prägung haben kann. Entscheidend ist nicht der „avantgardistische Charakter", den Experten einem Bürgerprojekt attestieren, sondern vielmehr der Umstand, daß Menschen daran arbeiten, Aspekte des „Sozialen" als bürgerschaftliches Thema und Handlungsfeld für das Gemeinwesen zurückzugewinnen.
(c) Alle Bürgerprojekte stellen in je besonderer Weise *Mischungen aus Gemeinschaftselementen und Tätigkeitsformen* her. Bürger(innen) greifen da-

bei zunächst zurück auf ihre vorhandenen Wissensbestände und Talente. Projekte eröffnen häufig aber zusätzlich Chancen persönlicher Entwicklung. Die Basis hierfür bildet gerade nicht das so häufig zu beobachtende Sich-Einrichten in einer Sonderinstitution mit von den Normalverhältnissen abweichenden Spielregeln, sondern erst die Auseinandersetzung mit der sozialen Umwelt und die Gewinnung neuer Umwelterfahrungen bieten die Möglichkeit zur Horizonterweiterung (z.B. durch Kooperation mit Instituten oder Verbänden vor Ort, durch Vernetzung mit anderen Vereinigungen im Rahmen des Gesamtprogramms, durch Verhandlungen mit dem Zuwendungsgeber, durch Kontakte zum Ausland). Dieser Zusammenhang von Tätigsein und Lernen unterscheidet sich von der Praxis jener Bürgerprojekte, die beispielsweise die bekannten Pro-Ehrenamts-Strategien verfolgen, in denen Autonomie und Verpflichtung, Geben und Nehmen, Tun und Lernen eher schwach in ihren Interdependenzen ausbalanciert sind.
(d) Bürgerprojekte haben erkennbar *Ortsbezug*. Ihre Einbettung in einen Verbund (Gesamtprogramm) ermöglicht ein sich vergleichendes Einordnen in der Projektelandschaft und ein Teilhaben an den Erfahrungen anderer. Das heißt, neben die Entfaltung der Person tritt die Projektentwicklung als zweites Erfahrungs- und Lernfeld. Mittels kontinuierlichem Informationsaustausch zwischen den einzelnen Vereinigungen über die Praxis hier wie dort – im unmittelbaren Gespräch (Konferenzen) und über Medien vermittelt („Infodienst") – ist Binnenkommunikation sichergestellt. Daneben bildet dieses Kontaktnetz zudem Voraussetzung dafür, daß sich eine Art „Programmphilosophie" (hier: „Leitbild der Seniorengenossenschaften") im Laufe der gemeinsamen Arbeit ausbilden konnte.

Mit solchem Zuschnitt sowie angesichts des praktischen Erfolgs und Programm-Marketings *beeinflussen die neuen Motivierungsstrategien auch anderenorts die Vorstellungen von Personen und Instanzen*, die im Zuge der Weiterentwicklung von sozialen Diensten und Einrichtungen unter anderem danach suchen, auf welchem Wege soziales Engagement überhaupt/stärker/zeitgemäßer geweckt und praktiziert werden könnte. Analysen zum klassischen sozialen Ehrenamt haben verschiedendlich belegt, daß Mitmachbereitschaft heutzutage nicht länger bedingungslos „einzusammeln" ist, sondern daß sie verstärkt an Konditionen geknüpft wird, die zusammenfassend besagen, daß von den potentiell ansprechbaren Frauen und Männern Souveränität und Regie nicht mehr bedenkenlos an die Nutzer und Verwerter des Ehrenamts delegiert werden (stellvertretend hierzu: Gesellschaft für sozialen Fortschritt 1989). Dieses Kernproblem ist allgemein geläufig, dennoch mangelte es bislang an inhaltlichen und methodischen Alternativen zu herkömmlichen Formen des Sozialengagements.

Für alle diejenigen, die sich beispielsweise anläßlich der Erarbeitung von Altenhilfeplänen mit diesen Fragestellungen befassen, können die strategischen Elemente von Programmen wie „Seniorengenossenschaften", „Erfahrungswissen" und „Seniorenbüros", die in den oben formulierten vier Punkten präsentiert wurden, Anregungen bieten, um aus der latenten, schwelenden Krise des sozialen Ehrenamts alter Prägung herauszufinden. Dies ist ein erster Wirkungsstrang der Seniorengenossenschaften (hier im Verbund mit anderen Programmen): die praktisch unterfütterte *Anregung zur kritischen Bilanzierung bislang favorisierter Formen und Inhalte des Sozialengaggements.* Seniorengenossenschaften leisten auf allgemeiner Wirkungsebene einen *Beitrag zur Pluralisierung der Leitbilder vom sozial aktiven Bürger.* Diese Ausstrahlung ist weniger für die lokale Ebene entscheidend, sie entfaltet ihre Wirkung stattdessen erst auf der Ebene bundesweiter Erörterung zeitgemäßer Konzepte der Wohlfahrt zwischen staatlichem Handeln und Bürgerverantwortung.

3. Anstösse zur Weiterentwicklung lokaler Versorgungsstrukturen (Wirkungsstrang 2)

Demgegenüber ist die inhaltliche Bedeutung der Praxis von Seniorengenossenschaften – die anderen Programme können nun ob deren Zuschnitts vernachlässigt werden – auf das jeweilige Gemeinwesen gerichtet. Dort wurzelt das Bürgerengagement und hierauf zielt es. Das heißt, am konkreten Fall läßt sich im kommunalen Raum diskutieren, welche Verbindungslinien zwischen der geplanten und reflektierten Weiterentwicklung der sozialen Dienste und Einrichtungen einerseits und dem Bürgerprojekt andererseits bestehen. Der zweite Wirkungstrang von Seniorengenossenschaften vermittelt sich somit nicht mehr über eine Beeinflussung fachlicher Überzeugungen und Konzepte allgemeiner Art, sondern er führt zu gleichsam *handfesten, vor Ort wahrnehmbaren und zu studierenden Veränderungen in der Versorgungsstruktur.*

Es bietet sich also an, die lokale Wirkung am Exempel zu diskutieren. Dies soll nun anhand der Seniorengenossenschaften in Köngen, Riedlingen und Ravensburg erfolgen, wobei auf die detaillierte Darstellung der Praxis der drei Vereinigungen an dieser Stelle verzichtet werden soll (siehe hierzu ausführlich: Ministerium für Arbeit, Gesundheit und Sozialordnung Baden-Württemberg 1994: 156ff., 174ff. und 179ff.). Im Stenogrammstil lassen sich die für den vorliegenden Zusammenhang relevanten Informationen wie folgt umreißen:

(a) Köngener Leben im Alter (KLIMA): Die Vereinigung ist in enger Abstimmung mit der Gemeindeverwaltung und deren Altenhilfevorhaben gegründet worden. Das im Entstehen befindliche Heim wurde in seinem Leistungsangebot bereits vorab mittels Seniorengenossenschaft um ein Tagespflegeangebot erweitert, das in Kooperation von sozial engagierten Bürger(innen) mit professionellen Kräften unterbreitet wird. Das Zeitkonto der Genossenschaft wird durch die Gemeinde über einen Gegenwert „gesichert".
(b) Seniorengenossenschaft Riedlingen e.V.: Die Entstehung und Ausrichtung der Seniorengenossenschaft Riedlingen ist verbunden mit dem Vorhaben, im Rahmen der Innenstandtsanierung altengerechtes, das meint barrierefreies und betreutes, Wohnen anzubieten. Eine Tagespflege soll das Angebote ergänzen. Die Einbindung der personenstarken Bürgerinitiative in gemeindliche Planungen wird durch das Engagement von Kommunalpolitikern unterstrichen. Zur Zeit leistet die Genossenschaft Servicedienste (zum Beispiel einen Mahlzeitendienst) für ältere Menschen in der Kommune.
(c) Hand in Hand aus dem Krankenhaus, Ravensburg: Der Verein sichert den Übergang vom Krankenhaus in die Privatwohnung durch eigene Betreuungsleistungen und durch Organisation notwendiger Hilfen Dritter bei Bedarf. Die Initiative hierzu entstand unabhängig von der Kommune. In Kooperation mit der „Stiftung Liebenau" und, demnächst, einem städtischen Altenheim wird zudem in Rahmen von Tagespflegeangeboten Betreuung geleistet.

Ohne weiter ins Detail gehen zu müssen, belegt die Grundsituation der Seniorengenossenschaften in Köngen und Riedlingen bereits von Beginn an eindrücklich das Zusammenwirken kommunaler Instanzen und deren Überlegungen zur Weiterentwicklung von Altenhilfediensten mit der Suche engagierter Bürger nach geeigneten Feldern des genossenschaflichen Engagements. In solchen Konstellationen kommt es, da man auf jeden Fall vermeiden will, daß die zu gründende Seniorengenossenschaften mit bereits exisitierenden, alteingesessenen Trägern der Altenarbeit in der Kommune in Konkurrenz geraten, zu Formen der (mitunter öffentlichen) Bilanzierung lokaler Versorgungs- und Angebotsstrukturen. Um eben diese ungewollte Konkurrenz von Beginn an auszuschließen – ein Anliegen, das Bürger und Kommune durchaus gleichermaßen artikulieren –, siedeln sich die Genossenschaften vornehmlich in den Leistungsbereichen an, die in der Altenhilfelandschaft vor Ort bis dato nicht abgedeckt waren. Man kann in solchen Diskussionen über das Versorgungsniveau und die Lücken in der Altenhilfe durchaus den wirksamen Versuch einer *Selbstverständigung in Teilen der Bürgerschaft über die Angemessenheit und Perspektive der Altenhilfe in der Kommune* erkennen. Das bedeutet sowohl einen ersten Schritt zur Wieder-

einbindung von Themen des Sozialen in die bürgerschaftliche Diskussion als auch eine Art sozialplanerischen Diskurs darüber zu führen, wie eine der Bevölkerungsentwicklung und den Lebensbedürfnissen alter Menschen adäquate zukünftige Versorgung in der Kommune aussehen könnte. Wobei sich zwei Leitmotive im Gespräch verschränken: zum einen das Motiv, das Altenhilfenetz enger zu knüpfen, und zum anderen das der Konkurrenzvermeidung. Letzteres Motiv wiederum beinhaltet zum einen das Streben, Reibungsverluste und Rationalitätsdefizite mit Blick auf das Hilfesystem zu vermeiden, und zum anderen das Bemühen, die sich gründenden Seniorengenossenschaften aus einem sonst drohenden Konfliktfeld mit anderen Trägern herauszuhalten.
Allein also durch den Umstand, daß in einer Kommune eine Seniorengenossenschaft gegründet werden sollte, bewirkte in diesen Fällen bereits, daß sozialplanungsähnliche Bestandsaufnahmen, Niveauprüfungen und Zielfindungsprozesse eingeleitet wurden. Und zwar, dies stellt durchaus ein Novum dar, im öffentlichen oder zumindest teilöffentlichen Rahmen. Zusätzlich aber führte die Suche nach den qualitativ bedeutenden und zukunftsrelevanten Lücken im Altenhilfenetz zugleich zu Festlegungen anzustrebender Tätigkeitsfelder der Genossenschaften, die konzeptionelle Kernpunkte heutiger Altenhilfediskussionen repräsentieren:

(a) die (Organisation der) Übergangspflege vom Krankenhaus in die eigene Häuslichkeit,
(b) der Aufbau von Tagespflege als familienunterstützende Hilfe und
(c) die Entwicklung von Formen des betreuten Wohnens mit besonderem Augenmerk auf dem sonst oftmals „ungesicherten" Serviceaspekt im Bedarfs- und Notfall.

Seniorengenossenschaften verändern die lokale Altenhilfe also nicht durch eine Ergänzung von Angeboten an den „Rändern des Hilfesystems". Sie siedeln sich vielmehr an in zentralen Handlungsfeldern, in die gerade auch die ambitionierte professionelle Praxis derzeit strebt. Denn es handelt sich hierbei um diejenigen Leistungsbereiche, die zum einen auf die Überwindung von Schnittstellenproblemen zwischen Sozial- und Gesundheitswesen sowie zum anderen auf die Vermeidung von raschen Institutionalisierungsprozessen infolge einer Überlastung pflegender Angehöriger oder infolge von Pflege erschwerenden Wohnverhältnissen gerichtet sind.
Obgleich – oder besser: weil – Seniorengenossenschaften die Konkurrenz zu bestehenden Strukturen meiden, siedeln sie sich in den hier diskutierten Fällen just dort an, wo anderenorts und unter anderen lokalen Gegebenheiten „normalerweise" professionelle Instanzen wirken. Nicht auf der unmittelbaren Vor-Ort-Ebene und im Sinne direkt wirksamer Konkurrenz, wohl aber im

Sinne einer alternativen und damit auch konkurrierenden Option, demonstrieren die Genossenschaften, daß Brennpunkte der Sozialen Arbeit mit Betagten nicht exklusiv der professionell gestützten Fachlichkeit vorbehalten bleiben müssen. Inwiefern das gelungene Beispiel einer bürgerschaftlich und genossenschaftlich flankierten Tagespflege, Tagesbetreuung oder Übergangspflege auch andere Kommunen motiviert, vergleichbare *Mischungen aus Bürgerengagement und Professionalität* herzustellen, wird sich noch erweisen müssen. Die Resonanz, auf die die genossenschaftliche Praxis mancherorts stößt und ihre Präsenz in fachlichen und Massenmedien liefert zumindest die Voraussetzung dafür, daß solche Adaptionen stattfinden könnten.

Allerdings ist diese Formulierung – Mischung aus Bürgerengagement und Professionalität – nicht mißzuverstehen. Damit soll nicht ein Verhältnis von Laienarbeit zu beruflichem Handeln der Fachkräfte beschrieben werden, was in dieser polaren Gegenüberstellung viel zu oberflächlich geriete, um die Kompetenzen der Genossenschaftler(innen) auch nur annähernd angemessen zu bezeichnen. Vielmehr zielt sie auf die Besonderheit der Einbindung fachlicher und spezialisierter Praxis in ein aus der Gemeinschaft hervorgegangenes und ihr verpflichtetes Bürgerhandeln. (Es war somit auch nur folgerichtig, daß im Kontext des Modellprogramms zudem Ausbildungsfragen erörtert wurden, die auf die Gestaltung solcher Beziehungen und Verhältnisse zielten.)

4. Die kulturelle Emanzipation von Pflege als lebensweltlichem und alltagspraktischem Thema (Wirkungsstrang 3)

Im Hinblick auf die „Leistungsseite" der Seniorengenossenschaften ist, wie zuletzt am Beispiel der drei vorgestellten Vereinigungen dargelegt, der Zusammenhang zu sozialplanungsnahen Überlegungen recht unmittelbar gegeben. Kulturelle Wirkungen hingegen, die über solche Modellprogramme ebenfalls zu erzielen sind, zeichnen sich demgegenüber dadurch aus, daß sie vermittelter, eher im Wechselspiel mit zusätzlichen Faktoren und in weiter gefaßten Zeitläuften praktisch werden. Man kann die kulturelle Neuerung, die von Bestrebungen wie den Seniorengenossenschaften ausgehen, wie folgt beschreiben: Ein zentrales Problem der Diskussion und des Umgangs mit dem Handlungsfeld „Pflege" besteht darin, daß man es einerseits zu tun hat mit einem differenzierten und komplexen professionellen Diskurs, in den Politik, Verbände, Wissenschaft und Professionen intensiv involviert sind. Spezialisierte Wissensbestände und heterogene Interessenlagen werden auf einer institutionellen Ebene von Gesellschaft argumentiert und vermittelt. Hiervon letztlich losgelöst ist andererseits die lebensweltliche Ebene, auf der sich Betroffene, Angehörige, erweiterte Familien- und Freundeskreise mit den Folgen chronischer Krankheit und Behinderung im Alter auseinanderzusetzen haben – sei es in Form der Beteiligung an der Pflege und Versorgung, sei es in Form der Anteilnahme im Gespräch. „Pflege" ist bis dato nur sehr rudimentär zu einem Alltagsthema gereift, das Menschen im öffentlichen und teilöffentlichen Raum aufgreifen und behandeln (produktive Ausnahme: Schreibwerkstatt 1994) – völlig konträr beispielsweise zur privaten oder öffentlichen Thematisierung von Beziehungs- oder Erziehungsproblemen. „Pflege" ist für Angehörige immer noch pures Krisenmanagement ohne Handlungssicherheit und Orientierungsmuster. Dies demonstriert anschaulich die Erfahrung entsprechender Beratungsstellen. Das Pflege-Thema befindet sich in einer kulturellen Nische. Ansätze, hier herauszufinden, existieren nur wenige: Es gibt Selbstorganisationen von Angehörigen, es werden fachlich flankierte Gruppen für diese Personenkreise durch soziale Dienste offeriert. Hierbei handelt es sich um spezifisch ausgerichtete, den Einzelfall stützende teilöffentliche Foren. Mit ihnen ist im Regelfall nicht das Anliegen verbunden, alltagsweltliche Folgen von Pflege verallgemeinerbar und öffentlich in der Bürgerschaft zu behandeln. Seniorengenossenschaften hingegen leisten in diesem Kontext (potentiell) auch eine Art *Brückenfunktion zwischen „erlebten" Pflegesituationen auf der einen Seite und lokalen, öffentlichen Prozessen der Verständigungen über Bürgerbelange und kommunalpolitischen Handlungsbedarf* auf der anderen Seite. Sie koproduzieren nicht allein gemeinschaftliche Formen sozialer Dienste, sondern sie wirken zudem mit an der Produktion von Bewußtsein über die kulturellen Auswirkungen von Hochaltrigkeit, die inzwischen zum biographischen Normalfall zu rechnen ist.

Dem erfolgreichen Bemühen um eine staatliche Regulierung des Pflege-Problems (auf dem Niveau eines Zuschusses zu den Pflegekosten) entspricht derzeit in den Lebenswelten – noch ungebrochen – die Erfahrung, notwendiges häusliches Krisenmanagement „irgendwie" und oftmals kurzfristig betreiben zu müssen. Zwar hat der Gesetzgeber nunmehr im Pflegeversicherungsgesetz mit der Gewährung einer Option von Geld-, Sach- oder Kombinationsleistungen den Menschen die Möglichkeit eröffnet, im vorgegebenen Rahmen zu überlegen, welche Variante in der häuslichen Pflege und hauswirtschaftlichen Versorgung im eigenen Fall situativ angemessen ist und gewünscht wird. Jedoch ist mit der gewährten Wahlfreiheit noch nicht zugleich inhaltlich verbunden, daß Betroffene oder Angehörige nun plötzlich auch über (erfahrungsgesättigte) Kriterien verfügen, die es ihnen ermöglichen, bei Eintreten einer solchen kritischen Lebensereignisses in der

Familie – aufgeklärt und autonom – entscheiden zu können, welches Pflegearrangement man warum präferiert; oder: wo man sich die notwendigen Informationen von einer Instanz beschaffen könnte, die nicht zugleich auch Partei ist und als Anbieter von Pflegesachleistungen erst die erforderliche Neutralität aufbringen muß, um nicht Gefahr zu laufen, gewisse Problemlösungsrichtungen aus Eigeninteresse „beratend" den Betroffenen/Angehörigen nahezulegen. Kurz: Das Wissen, wie im Falle eines Falles mit solchen Situationen in der Familie und bei Nutzung der vorhandenen Spielräume im allgemeinen umgegangen werden kann, zählt derzeit noch keineswegs zu den abrufbaren und allseits verbreiteten Gegenständen des Alltagswissens. Der Umstand, daß im Erwachsenenalter spätere Pflegephasen längst in den Horizont der Normalbiographie gerückt sind, hat sich noch nicht in kulturellen Orientierungen und Handlungsmustern niedergeschlagen.

Seniorengenossenschaften leisten hier ihren Beitrag zur Schließung dieser kulturellen Lücke zwischen normalbiographisch erwartbaren Lebensereignissen und der konkreten Antizipation individueller und sozialer Folgen von Pflege – im Sinne eigener, aber auch familiarer Betroffenheit, dann vermittelt durch die Elterngeneration. Dies geschieht zum einen ganz praktisch durch den Umstand, daß Menschen via gemeinschaftlicher Hilfe, die sie als Mitglieder einer Seniorengenossenschaft leisten, eine zusätzliche Sicherung – neben der Sozialversicherung und privater Zusatzversicherung – aktiv betreiben. Und dies geschieht zum anderen im erweiterten Rahmen der Förderung des bürgerschaftlichen, öffentlichen Gesprächs über das Leben im Alter in der Kommune, wie dies oben im Zusammenhang mit der Bilanzierung der örtlichen Altenhilfe am Beispiel skizziert wurde. Indem also Seniorengenossenschaften ein Stück weit kulturelle Entwicklungsarbeit „nebenbei" leisten, beeinflussen sie – zumindest auf der kommunalen Ebene – die Pflegevoraussetzungen nachwachsender Generationen. Zwei Einflußrichtungen liegen auf der Hand: das *Ins-Bewußtseinrücken von Vorsorge über Gemeinschaftspotentiale* und die *Anreicherung der Bestände des Alltagswissens über Thematisierungen der „Pflege"*. Können hier mittel- bis längerfristig Effekte erzielt werden, so sind die der Sozialplanung zugrunde liegenden Annahmen über notwendige Quantitäten und Qualitäten sozialer Dienste und Einrichtungen zudem aus kultureller Perspektive aktiv gestaltetem Wandel unterworfen. Prozesse der Rationalisierung der Lebensführung werden eingeleitet, die es zukünftig erschweren, Altenhilfeentwicklung auch morgen noch vornehmlich aus Erkenntnissen des demographisch orientierten Diskurses zu speisen und anderes zu vernachlässigen.

Kulturelle Entwicklung bedeutet hier gleichfalls, daß ein primär aus professioneller Sicht definiertes Pflegeverständnis, das sich bekanntlich durchaus vom alltagsweltlichen unterscheidet, zukünftig stärker zu vermitteln hat hin zu dem, was Menschen alltagsweltlich unter „guter Pflege" verstehen (und das schließt bei ambulanter Versorgung gerade die Weiterführung des Haushalts im Sinne der oder des zu Pflegenden ein). Auch hier sind Perspektiven auszutauschen und transparent zu machen, will man Qualitätskriterien nicht über die Köpfe der Menschen hinweg kommunizieren.

5. Bürgerschaftliches Engagement und Perspektiven der Sozialplanung

Seniorengenossenschaften demonstrieren zum einen, daß es Varianten bei der Gewinnung und Orientierung sozialen Engagements gibt (Wirkungsstrang I). Ebenso belegen sie, daß neben den eingeführten Instanzen, die „Pflege" sozialrechtlich sichern und praktisch leisten, auch gemeinschaftliche Formen der Vorsorge und Hilfe möglich sind (Wirkungsstrang II). In diesen beiden Bedeutungsdimensionen kommt den Seniorengenossenschaften zunächst in erster Linie eine Anregungsfunktion für sozialplanerische Überlegungen zu. Dadurch, daß sie anschaulich unter Beweis stellen, daß die Perspektiven für kommunale Altenhilfeentwicklungen deutlich vielfältiger sind als dies allein die dominanten Traditionslinien und deren Fortspinnung erkennen lassen, eröffnen sie Differenzierungschancen. Sie zeigen, daß der kulturelle Umgang mit Pflegephasen im Lebenslauf beeinflußbar ist (Wirkungsstrang III). Sie demonstrieren, daß heutige Formen des lebensweltlichen Umgangs mit den Folgen von chronischer Krankheit und Behinderung keinesfalls als unabänderliche Konstanten der Altenhilfeentwicklung interpretiert oder als feste Größen für Zukunftsprojektionen angenommen werden dürfen.
Neben der Diskussion einzelner Wirkungsstränge, die von Formen gemeinschaftlicher Hilfe auf Felder der Sozialplanung ausgehen und die bislang im Zentrum der Analyse standen, wäre abschließend – und das stellt einen *Perspektivwechsel* dar – zu erörtern, durch welches Profil sich eine Sozialplanung, die solche Anregungen aufgreift und fördert, auszeichnen müßte. Im diesem Fall wird also angenommen, daß Personen und Instanzen, die auf der kommunalen Ebene für die Weiterentwicklung der Hilfe- und Versorgungsstrukturen verantwortlich zeichnen, bürgerschaftliches Engagement ausdrücklich suchen und hierfür geeignete Bedingungen bereiten wollen.
Wenn nun abschließend Elemente einer solchen Sozialplanung skizziert werden sollen, so ist allerdings zu berücksichtigen, daß infolge der Änderungen zentraler rechtlicher Grundlagen in der Pflege und Versorgung alter Menschen (Pflegeversicherungsgesetz, europäisches Recht) auch die Ge-

genstände, Zielsetzungen und Verfahren der Sozialplanung nicht unverändert aus solchen eingeleiteten „Deregulierungen“ – mit Stärkungen von Konkurrenz zwischen den Leistungserbringern, mit Marktelementen und Kundenorientierung – hervorgehen werden (siehe hierzu in der rechtlichen Würdigung z.B. Neumann 1994). Prozesse der Veränderung von Sozialplanung werden, dies sei im vorliegenden Zusammenhang nur angedeutet, auch an anderer Stellen eingeleitet. Es wird somit vermutlich von einem recht komplexen Prozeß der Neuformierung von kommunaler Sozialplanung auszugehen sein, in dem die im vorliegenden Zusammenhang erörterten Inhalte sich zu weiteren gesellen. Dies kompliziert es derzeit, eine *Reform der Sozialplanung* zu debattieren.

Man wird, wie gesagt, in den Lebenswelten mit Blick auf Pflege- und Versorgungsarrangements von widersprüchlichen Entwicklungen auszugehen haben, die kontinuierlich eine fortschreitenden Differenzierung häuslicher Pflegesituationen bewirken. Selbst die Zunahme von Ein-Personen-Haushalten Betagter, die häufig als Beispiel für begrenzte Chancen zur Nutzung von Wahlfreiheit aufgeführt wird, kann durchaus begleitet sein von bewußt erwogenen, präventiven Schritten zur Minimierung der besonderen Risiken, die „singularisierte Lebensformen“ bei chronischer Krankheit und Behinderung im hohen Alter bergen. Es handelt sich dann, wie erwähnt, um Schritte hin auf eine Rationalisierung der Lebensführung und damit um Absicherungen vor Pflegefolgen auf individuellem Niveau. Eine (kombinationsfähige) Alternative hierzu stellen gemeinschaftliche Bestrebungen, wie sie die Seniorengenossenschaften verkörpern, dar, indem sie das erforderliche Maß an persönlicher Vorsorge in Form neuer lokaler Solidargemeinschaften organisieren und leisten.

Die fortschreitende *Pluralisierung von Lebensformen* wird nicht haltmachen vor dem hohen Lebensalter und den hier gehäuft auftretenden Abhängigkeitssituationen. Sie stellt eine übergreifende gesellschaftliche Entwicklung dar, die das Pflegeversicherungsgesetz zusätzlich fördert, indem es Teilgruppen der Betroffenen durch die gewährten Pflegeleistungen vor der ehedem drohenden Gefahr nivellierender Sozialhilfeabhängigkeit bewahrt. Der in jüngeren Altersstufen erreichte Grad an sozialer Differenzierung ebnet sich nun nicht länger als Folge von Pflegebedürftigkeit zum Lebensende hin ein. Auch dies stellt einen Aspekt der allmählichen Normalisierung des Alters und der Auflösung von Sondernormen dar, die das Alter bislang von anderen Lebensphasen isolierten (Schmidt 1994).

Menschen werden sich nicht nur vermehrt des Umstandes bewußt, daß Hochaltrigkeit mit ambivalenten Begleiterscheinungen einhergeht, sondern sie beginnen ihrerseits damit, sich auf diese Unwägbarkeiten einzustellen. So, wie die private Zusatzrente lebensstandardsichernd abgeschlossen wird, so gewinnen auch mit Blick auf die Pflege-Thematik *Vorsorgeaspekte* derzeit an Gewicht – bei selbstverständlich ungleichen sozialen Ausgangsbedingungen und Differenzen in den zur Verfügung stehenden familialen Ressourcen. Der individuelle Weg zu zusätzlicher Sicherung im Pflegefall ist mit ein paar Stichwörtern bereits heute in der Experten- und alltagsweltlichen Diskussion präsent: die private, ergänzende Pflegeversicherung, das altersgerechte, „betreute Wohnen", die Bildung von „Wahlfamilien". Gemeinschaftlichen Bestrebungen zur Verbesserung sozialer Integration und Pflege in der Kommune bereichern die vorhandenen beiden Optionen einer Sicherung im Pflegefall – die Leistung der großen, anonymen Solidargemeinschaften (Pflegekassen) und die individuell abgeschlossenen zusätzlichen, ergänzenden Leistungen – um eine dritte, die vom Engagement und nicht vom Einkommen abhängt. Dies macht ihre Besonderheit aus.

Überlegungen und Planungen zur Weiterentwicklung der Altenhilfe haben somit einerseits von sich differenzierenden Lebens- und Pflegesituationen auszugehen. Andererseits stehen mit den zuletzt skizzierten Vorsorgealternativen Handlungsfelder und Instanzen zur Verfügung, die sich nicht gegenseitig ausschließen, sondern sinnvoll kombinieren lassen. Auch wenn die drei Wege der Pflegeabsicherung nicht als gleichrangig bezeichnet werden können, dazu ist die Bedeutung der großen, anonymen Solidargemeinschaften viel zugrundlegend, so ist aus Betroffenensicht und mit Blick auf die persönliche Lebens- und Versorgungsqualität – die dann häufig am Alltag insgesamt „gemessen" wird und weniger an parzellierten Einzelleistungen – die situationsangemesse Mischung das Maß der Dinge. Soll auch im Falle von Abhängigkeit im hohen Alter Kontinuität pluraler Lebensstile bei sozialer Integration möglich sein, kommt solchen Chancen selbstgesteuerter Mischungen in der Pflege und Versorgung eine individualitäts- und differenzerhaltende Bedeutung bei. In der Orientierung und Ausgestaltung zukünftiger Versorgungslandschaften gilt es zu bedenken, daß normativ gesetzte Standardisierungen den lebensweltlichen Problemdruck eher verschärfen. Denn sie erzwingen einseitig Anpassungsleistungen von denjenigen, die als unmittelbar oder mittelbar Betroffene veranlaßt sind, eine neue Balance im veränderten Alltagsleben zu finden. Gemeinschaftliche Hilfen neuen Typs stellen somit auch keinen Gegensatz zu gesellschaftlicher Individualisierung dar, sondern sie resultieren aus ihr und sichern sie in schwierigen Lebenssituationen.

Konsequenzen, die hieraus für sozialplanerisches Handeln zu ziehen wären, betreffen zunächst die stärkere Beachtung der Prämissen, die Planungen für die Zukunft innewohnen. Eine Herstellung der oben genannten Kombinationschancen für die Bürger in der Kommune bedeutet auch, Abstand zu nehmen von eindimensionalen, bestimmte Lösungswege präjudizierenden

Stratgegien der Altenhilfeentwicklung. Diese Öffnung wird, wie gesagt, auch durch veränderte rechtliche Grundlagen eingeleitet. Die Motivierung gemeinschaftlicher Hilfen zur erweiterten Sicherung von Pflege und Versorgung jenseits des Pflegemarktsegments erfordert die aktive Bereitschaft der Kommunen, solchen Aktivitäten infrastrukturell das Feld zu ebnen.

Wenn Sozialplanung zukünftig dazu beiträgt, Optionsvielfalt zu motivieren und zu gestalten, wird die Initiierung eines bürgerschaftlichen Diskurses zu Fragen des Altwerdens in der Kommune zentral. Selbstverständigungsprozesse im bürgerschaftlichen Rahmen können – neben der Stärkung gemeinschaftlicher Verantwortung und der bewußteren Wahrnehmung der Kundenposition – zudem Dienstleistungsunternehmen zu Angebotsprofilierungen auf dem Pflegemarkt motivieren. Öffentliche Diskussion über „Pflege" in der Bürgerschaft „schärft" Nachfrageverhalten und signalisiert Veränderungen. Dies stellt eine vielleicht nicht unwirksame Form der („intelligenten") Beeinflussung von Angebotsstrukturen und Leistungsqualitäten unter den Bedingungen nunmehr stärkerer Marktsteuerung dar. Konsumentenposition und Verbraucherschutz sind mittels „Veröffentlichung" von Erfahrungen und Erwartungen zu stärken (auch hier: Schreibwerkstatt 1994 als eindrückliches Beispiel).

An die Stelle der ehedem dominanten Bedarfssetzung und Zuerkennung von Lebensniveaus träte somit die Herstellung und Gestaltung von Pflege- und Vorsorgungsvarianten in der Kommune sowie das bürgerschaftliche Sprechen über „Pflege" im lebensweltlichen Sinn. Ein solcher Perspektivwechsel in der Sozialplanung würde bewirken, daß Elemente wie Optionalität und Diskursivität die bis dato überragende Macht der Expertendefinitionen und Wohlfahrtszuteilungen ablösten.

Die Idee der Bürgerbüros in Baden-Württemberg[1]

Traude Müschenborn

Das Alter, die dritte Lebensphase, soll heutzutage angesehen werden als eine Herausforderung, die es zu meistern gilt, nicht als Zeit der Leere und Resignation, sondern als Freiraum für längst gewünschte Aktivitäten und Erlebnisse. Mit der Idee des Bürgerbüros soll der neuen Altersgeneration Unterstützung gegeben werden, die Selbsthilfekräfte zu stärken und allen Generationen eine Möglichkeit zu solidarischem Handeln zu bieten. Es wuchs die Erkenntnis, daß das Angebot für Menschen im dritten Lebensalter nur durch die Verbindung und Vernetzung der mannigfachen Angebote im sozialen, kulturellen und Bildungsbereich zeitgemäß bleiben kann. Der ältere Bürger will vermehrt ein selbständiges, aktives Mitglied seiner Gemeinde sein und Mitverantwortung tragen. Er will stärker als bisher handlungsfähig, sozial verbunden, aktiv das gesellschaftliche Leben mitgestalten. In den Bürgerbüros wurde der Rahmen geschaffen, schon Vorhandenes mit Entstehendem zu verbinden, selbstverwaltete Organisationen in Zusammenarbeit mit Fachkräften zu kooperieren, neue Tätigkeitsfelder und Möglichkeiten zu erschließen.

Der ältere Bürger – und um den handelt es sich im Grunde, obwohl die Bürgertreffpunkte auch generationenübergreifend ausgewiesen werden – findet in den Bürgerbüros eine *zentrale Anlauf- und Kontaktstelle*, eine *Wissens-Service-* und *Hobbybörse*. Ideen sollen dort unterstützt und gefördert werden. Hilfe- und Ratsuchende sollen dort Gesprächsbereitschaft und ein offenes Ohr finden. Bürger sollen sich selbst, ihr Wissen, ihre Zeit einbringen und etwas bewegen können. Dieses Prinzip des Austausches muß in Form von Bürgerbüros, Bürgertreffpunkten, Börsen usw. organisiert werden, damit Angebot und Nachfrage koordiniert werden können.

Wir vom Bürgerbüro Kirchheim u. T. sehen uns als Berater und Unterstützer, Aktivierer für ältere Bürger. Unser Wahlspruch: „Selbständiges Leben im Alter“ umreißt kurz und treffend unser Ziel, Anlaufstelle für bürgerschaftliches Engagement zu sein, Hilfe zur Selbsthilfe zu geben. Wir sind ca. 15 aktive Träger, die z. T. angesprochen wurden, z. T. sich selbst für Projekte gemeldet haben, wovon fünf im Ausschuß mitarbeiten.

---

[1] Der Beitrag gibt eine am 14. April 1995 in Baden-Baden gehaltene Rede in leicht modifizierter Form wieder.

Vielfaches ist in unserer Stadt zu schon Vorhandenem dazugekommen. Von der Senioren-Blaskappelle „Herbstwind“ bis zur Wohnberatung, vom mobilen Bücherdienst bis zu den bekannten Donnerstagstreffen reicht das Spektrum der Möglichkeiten, um nur einige Projekte herauszugreifen. Ein „Tante-Emma-Laden“ wurde im Stadtteil Lindorf errichtet und wird mit Erfolg in Eigenregie geführt. Voraussichtlich im Juni eröffnet das neue Seniorenzentrum „Fickerstift“ seine Pforten. 60 Pflegeplätze, 20 betreute Altenwohnungen, ein stationärer Mittagstisch und eine Tagespflege mit Unterstützung von Bürgergruppen ergänzen die Altenarbeit. Getreu den Leitgedanken der „Initiative Drittes Lebensalter“ engagieren wir uns für eine soziale Idee, öffnen uns anderen Gemeinschaften und Kulturen, denn gerade im Austausch mit anderen Bürgerschaftsprojekten, im Kennenlernen ihrer Probleme, aber auch deren Erfolge, werden wir Fehler erkennen, Schwierigkeiten beseitigen und nicht in festgefahrenen Gleisen und Schemata erstarren. Wir haben gelernt, auch unserer Stadtverwaltungsspitze zu sagen, wie wir die wirklichen Probleme des Alltags hier sehen.
In jeder der inzwischen fünf Modellstädte haben sich Normen und Begriffe nach eigenen Regeln geordnet:

(a) Bühl wendet sich mit seinem Bürgertreffpunkt „Interkontakt – Initiative drittes Lebenschance“ mehr dem Motto zu „neue Wege gehen, Altes bewahren“.
(b) Friedrichshafen sieht sich mit „Kontakt 3“ als ganz neue Perspektive, als organisatorische „Background“ für Selbsthilfegruppen.
(c) „Älter werden zwischen den Kulturen“ ist das Projekt Mannheims, daß die Altenarbeit mit ausländischen Mitbürgern, vor allem türkischer Herkunft, als wichtige Zukunftsaufgabe ansieht.
(d) „Arbeitswelt und Ruhestand“ steht in Geislingen an der Steige auf dem Programm.

Die Idee des Bürgerbüros hat nur dann eine Chance auf Dauer zu bestehen, wenn die Bürgerschaft einer Stadt dies wert- und sinnvoll ansieht, an der „Initiative Drittes Lebensalter“ beteiligt zu sein. Eine *breite bürgerschaftliche Verankerung* soll deshalb der begleitende *Bürgerausschuß* sichern, der sich aus engagierten Bürgern der Stadt mit unterschiedlichen Erfahrungswissen und Projekterfahrung zusammensetzt. Kritisch zu hinterfragen, Standpunkte zu vertreten, neue Ideen einzubringen, Bedürfnisse und Probleme des Bürgers im dritten Lebensalter darzustellen und nach Lösungen zu suchen, das ist die Aufgabe des Bürgerausschusses. Die Fragen nach dem Fortbestand des Bürgerbüros, die Verankerung im Gemeinwesen, der Ideenaustausch, Berichte aus der täglichen Arbeit des Bürgerbüros, das sind Themen, die mit dem Sozialministerium und Verantwortlichen der Stadtverwal-

tung diskutiert werden. In absehbarer Zeit wird es Veränderungen im Bürgerausschuß geben. Man denkt an Erweiterung und Öffnung für neue Mitglieder und Institutionen und damit für neue Interessen und Impulse.
Bei meinem Rückblick „Ein Jahr Bürgerbüro in Kirchheim u. T." im November 1994 erwähnte ich ein Zitat von André Gide: „Es ist ein Gesetz im Leben, wenn sich eine Tür vor uns schließt, öffnet sich dafür eine andere. Die Tragik ist jedoch, daß man nach der geschlossenen Tür blickt und die geöffnete nicht beachtet." Im Sinne dieses Zitates ist jeder, auch jede Initiative immer wieder neu gefordert, sich von geschlossenen Türen zu lösen, geöffnete wahrzunehmen, neue Türen auf Öffnungsmöglichkeiten hin zu überprüfen. Die Bürgerbüros wollen dem Menschen des dritten Lebensalters ermöglichen, Türen zu anderen Menschen und Möglichkeiten zu öffnen und zu durchschreiten. Die offene Tür soll Symbol sein für das Aufeinanderzugehen, neues Mit- und Füreinander zu wagen, für menschliche Begegnungen.

Europäisches Bürgerengagement – das Beispiel EUROBES

Monika Zeisler

In diesem Text wird vorgestellt, wie das persönliche Engagement einer Frau auf die Beteiligungschancen eines europäischen Städtenetzwerkes trifft (EUROBES), das interkulturelles Lernen als Notwendigkeit einer europäischen Sozialpolitik von unten möglich macht.

1. Der Bürgeraufruf

Zu EUROBES bin ich durch eine Anzeige im Stadtinfo Geislingen an der Steige gekommen, die das Projekt „Europäisches Netzwerk für Bürgerschaftliches Engagement und Selbsthilfe“ (EUROBES) beschrieb und in der der Oberbürgermeister zur Mitarbeit aufrief. Diesem Projekt gehören auch die Städte Olot in Katalonien und Bialystok in Ostpolen an. Die Möglichkeit, Kontakte zu schaffen und zum Abbau des negativen Altenbildes beizutragen, hat mich sehr gereizt. Schließlich gehöre ich auch dieser Altersgruppe an. Ich habe mich gemeldet, und nun bin ich dabei.
Die Projektgruppe EUROBES in Geislingen besteht aus 13 Personen. Deren Mitglieder kommen aus dem Stadtaltenring, von sozialen Institutionen sowie aus einer Gruppe interessierter BürgerInnen, zu der ich zähle.
Seit Beginn unserer Arbeit haben wir uns ungefähr zwölfmal getroffen. In dieser Zeit gab es etliche Höhepunkte zu verzeichnen, die die Verflechtung des europäischen Netzwerkes betrafen.

2. Die europäischen Treffen

In Geislingen waren Mitte 1994 zum ersten Mal Gäste aus Katalonien, der Partnerstadt Olot, und aus Polen, aus Bialystok, zu Besuch. Schon bei diesem ersten Treffen stellten wir fest, daß alle Länder die gleichen Probleme haben: nämlich die Menschen zusammenzuführen. Die Unterschiede liegen lediglich in der Mentalität, der wirtschaftlichen, finanziellen und politischen Struktur. Es waren Tage, die ahnen ließen, daß aus dieser Begegnung viele freundschaftliche Kontakte entstehen würden.

Ende 1994 flog ein Teil unserer Gruppe nach Bialystok zum Gegenbesuch. Auch eine Delegation aus Katalonien war anwesend. Wir wurden dort wie alte Freunde empfangen. Die Realität in Polen war für alle erschütternd, wir sahen, wie Menschen tätig werden und die Initiative ergreifen, um anderen, und damit auch sich selber zu helfen. Wir besuchten auch ein Tagesheim, in dem vorbildlich generationenübergreifend gearbeitet wird. Dort werden Kinder aus „pathologischen" Familien betreut und beaufsichtigt. Wir merkten bald, daß Nachbarschaft ein Teil des Lebens ist und keine organisierte soziale Leistung. Dies war in überwältigender Weise zu sehen. Eine Organisation könnte dies nicht leisten; sie verpflichtet, setzt Zwänge und unterbindet Freiwilligkeit.

Ende 1994 trafen wir uns in Katalonien in der Stadt Olot und nahmen anschließend am vierten Euroforum in Barcelona teil. Ein ganz anderer Hintergrund erwartete uns dort – politisch und sozial. Riesige Casals, Begegnungsstätten, bahnhofsgroße Räume, gefüllt mit kontaktfreudigen und miteinander kommunizierenden älteren und alten Menschen, machten auf uns einen besonderen Eindruck.

3. Grundlagen einer Sozialpolitik

Uns allen wurde so richtig bewußt, daß eine allgemeine europäische Sozialpolitik sich auf gewisse gemeinsame Prinzipien stützen soll, dabei müssen aber die nationalen Unterschiede berücksichtigt werden.

Das Thema des Vierten Euroforum in Barcelona lautete: „Die Rolle des alten Menschen beim Aufbau Europas – Vereinswesen und Familie". Dieses Euroforum hat unter anderem zum Ziel, den Austausch von Erfahrungen zu erleichtern, die entweder die Altersgruppe „ältere Menschen" zum Ziel haben oder die von alten Menschen in den verschiedenen europäischen Regionen selbst gemacht werden. Alle Teilnehmer unserer Gruppe waren von der Begeisterung und dem Enthusiasmus der auf dem Euroforum anwesenden Menschen tief beeindruckt.

Anfang 1995 besuchten wir erneut Bialystok, um zu erfahren, was sich dort seit unserem letzten Besuch getan hat. Es war nicht wenig: Die „Universität des dritten Lebensalters" ist erweitert worden und wird stark frequentiert. Und es entstanden noch weitere Seniorengenossenschaften. Das Modellprojekt „Initiative Drittes Lebensalter" ist inzwischen über Bialystoks Grenzen hinaus bekannt, denn auch aus benachbarten Städten nahmen interessierte Fachkräfte und Senioren an den Treffen teil.

Bedingt durch die enorme Arbeitslosigkeit der Bevölkerung ab 45 Jahren suchen die Menschen nach einer gewissen Erfüllung. Sie wollen und müssen den sogenannten „Pensionsschock" überwinden. Dieser resultiert aus der Tatsache, daß die Arbeit in ihrem bisherigen Leben den Mittelpunkt bildete und sie sich nun plötzlich überflüssig vorkommen, – Gefühle und Erfahrungen, die mir nicht fremd sind, schließlich gehöre ich auch dieser Menschengruppe an.

4. Leitgedanken der Arbeit

Der Sinn des Programmes „Initiative Drittes Lebensalter" besteht darin, unsere Fähigkeiten und unsere Ideen einbringen zu können und Verantwortung auf vielen Feldern bürgerschaftlichen Engagements zu übernehmen. Wir wollen mit Kommunen, Verbänden und Fachkräften zusammenarbeiten, um neue Wege in der Gestaltung des dritten Lebensalter durch Bürgerbüros, Ideenaustausch und selbstverwaltete Treffpunkte zu beschreiten. Unsere Wünsche und Vorstellungen haben wir in einer Geislinger Plattform ausformuliert: Wir wollen unsere Fähigkeiten einbringen, unsere Rechte wahrnehmen und unsere Pflichten sehen. Wir wollen nicht nur Kaffeekränzchen besuchen und kegeln, sondern uns um Kontakte, den sozialen Austausch, die Mitarbeit und die Toleranz und um das Engagement im Gemeinwesen kümmern. Dazu braucht man Begegnungsstätten, Räume und auch Institutionen, die uns die Möglichkeiten dazu geben, ebenso wie hauptberufliche und professionelle Unterstützung und Förderung.
Um alle diese Vorhaben zu realisieren, brauch(t)en wir die Unterstützung des Gemeinderates – nicht nur mit Worten, sondern auch mit Taten. Will man Menschen des dritten Lebensalters als kompetente Gesprächspartner und mit ihrem Engagement gewinnen, muß man sie durch Offenheit und Akzeptanz anerkennen.
Sichtbares Zeichen unseres Wollens und Tuns ist die Eröffnung des Büros „Bürger in Kontakt" im April 1995, das ein Konzept umsetzt, das auf dem Prinzip der Selbstverwaltung freiwilligen Engagements basiert.

5. Mitsprache bei der örtlichen Sozialarbeit

1996 werden neben dem Kulturzentrum in Geislingen Begegnungsräume und Altenpflegeeinrichtungen eröffnet. In einem geplanten „Seniorentreffpunkt" soll nun – nach den Plänen der EUROBES-Projektgruppe – ein Bürgertreffpunkt entstehen. Dieser Treffpunkt sollte für alle Generationen offen sein, sollte selbstverwaltet und unabhängig sein. Zumindest sollte er nicht nur unter der alleinigen Aufsicht und in Trägerschaft eines Wohlfahrtsver-

bandes stehen. Dies wird in der Stadt jedoch durchaus unterschiedlich gesehen.
Diese Erfolge zeigen, daß wir nicht untätig waren, und werden es auch in Zukunft nicht sein. Wir wollen mitreden und fühlen uns darin den Bürgern und Bürgerinnen Polens und Kataloniens verbunden, Türen zu anderen Menschen und Möglichkeiten zu öffnen und zu durchschreiten. Die offene Tür soll Symbol sein für das Aufeinanderzugehen, für das Wagnis eines neuen Mit- und Füreinander, für menschliche Begegnungen.

Aufbau und Entwicklung der Solidargemeinschaft der Generationen Seniorengenossenschaft Ulm-Wiblingen e.V. als Beispiel eines bürgerschaftlichen, stadtteilbezogenen Selbsthilfemodells

Elfriede Wiech

Im Folgenden wird der Aufbau und die Entwicklung der Seniorengenossenschaft Ulm-Wiblingen beschrieben – ausgehend vom Ziel und Zweck des Projekts einerseits und den im Stadtteil Ulm-Wiblingen vorgefundenen Ausgangsbedingungen andererseits. Schwerpunkte der Ausführungen bilden die Arbeitsfelder des Projekts, seine Organisation, Verwaltung und Finanzierung, die Öffentlichkeitsarbeit, die Mitgliederentwicklung und deren Altersstruktur. Besonders eingegangen wird auf den Tausch von Zeitgutschriften als Verrechnungsform, die mit zwei konkreten Beispielen aus der Arbeit der „Solidargemeinschaft der Generationenen – Ulm" verdeutlicht wird.

1. Ziel und Zweck des Projekts

Der Verein „Seniorengenossenschaft Ulm-Wiblingen e.V." wurde im Oktober 1991 als Stadtteilprojekt gegründet. Ziel des Projekts ist es, das Image des älteren Menschen im Stadtteil zu verbessern: vom „hilfebedürftigen, zu betreuenden Klienten" zum „selbstbestimmten Menschen". Das soll durch eine Förderung der Selbstverantwortung und durch Selbsthilfe der Senioren im Rahmen ihrer zeitlichen Möglichkeiten, Interessen und Fähigkeiten geschehen.
Zweck des Vereins ist laut Satzung (§ 2), Kontakte, den Austausch gegenseitiger Hilfen, die Organisation geeigneter Hilfsmittel im Wohnumfeld sowie die Durchführung von Bildungsmaßnahmen, die der Vorsorge im Alter und der Bewältigung des Alltags dienen, zu ermöglichen. Von besonderer Bedeutung ist dabei eine Organisation, die breite Teile der Bürgerschaft aktiviert und stadtteilbezogen ein hohes Maß an Selbsthilfe, Selbstverwaltung und bürgerschaftlicher Integration vorsieht.

2. Der Stadtteil Ulm-Wiblingen

Das soziale Umfeld des Projektes ist der Stadtteil Wiblingen der Großstadt Ulm. Vom „Zweitausendseelendorf" in der ersten Hälfte dieses Jahrhunderts über den Zuzug von Heimatvertriebenen nach dem Zweiten Weltkrieg, der Ansiedlung von Bundeswehrangehörigen sowie von Angestellten der neugegründeten Universität Ulm in den sechziger und siebziger Jahren und von Aus- und Übersiedlern in den achtziger Jahren hat sich dieser Teilort Ulms zur einer Schlafstadt mit heute ca. 19.000 Einwohnern entwickelt. Der Anteil älterer Menschen an der Gesamteinwohnerzahl ist relativ hoch. Dies ist bedingt durch den Umzug Älterer aus Innenstadtwohnungen nach dem Ausscheiden aus dem Erwerbsleben bzw. durch Verbleiben vor allem älterer Aus- und Übersiedler im bekannten Umfeld nach ihrem Auszug aus dem staatlichen Übergangswohnheim in Wiblingen.

3. Die Arbeitsfelder des Projekts

Dem Vereinszweck zufolge lautet der Arbeitstitel der Seniorengenossenschaft Ulm-Wiblingen „Solidargemeinschaft der Generationen" – kurz „SGG Ulm" genannt. Im Laufe der Pilotphase bis Ende 1994 wurden die folgenden *Arbeitsfelder* schrittweise aufgebaut:

(a) Angebot von Hilfsdiensten, damit die älteren Menschen möglichst lange in ihrer Wohnung bleiben können: Dazu gehören die klassischen, pflegebegleitenden Hilfen wie Besuchsdienst bei einsamen älteren Menschen, nachbarschaftliche Hilfe, wie Einkaufen, zum Arzt begleiten, hauswirtschaftliche Hilfe bei kurzer Krankheit, aber auch handwerkliche Hilfsdienste bei kleinen Reparaturen, und ein stationärer Mittagstisch.
(b) Organisation von Kontakten zwischen älteren und jüngeren Menschen zum gegenseitigen Kennen- und Verstehenlernen. In Grundschulen begegnen sich nun schon im dritten Jahr Seniorinnen und Kinder beim gemeinsamen Basteln, Handarbeiten und Kochen, bei Theateraufführungen und Schulfeiern und beim Erzählen aus vergangenen Tagen. In Zusammenarbeit mit Schulen und Sozialarbeitern erfolgt seit kurzem eine regelmäßige Hausaufgabenbetreuung für Grundschüler, die überwiegend nicht Deutsch als Muttersprache haben.
(c) Die SGG Ulm ist Anlaufstelle für Probleme, Wünsche, Bedürfnisse und Interessen der älteren Menschen im Stadtteil. Dazu finden dreimal wöchentlich Sprechstunden zur Information, Beratung und zu Gesprächen statt. In der Wiblinger Interessenbörse zur Vermittlung von Partnern zur gemeinsa-

men Freizeitgestaltung haben sich im vergangenen Jahr unter der Leitung von Mitgliedern Gruppen zum Musizieren, Handarbeiten, Malen, Sprachen lernen, zur Einführung in die Arbeit mit dem Computer usw. gebildet. In diesen Gruppen entwickeln die älteren Menschen durch gemeinsame Interessen ein besonderes Gefühl der Zusammengehörigkeit.

4. Organisation – Verwaltung – Finanzierung

Die SGG Ulm hat einen fünfköpfigen Vorstand, dessen Mitglieder neben ihrer speziellen Aufgabe wie Vorsitz, erste und zweite Stellvertretung, Finanzverwaltung und Schriftführung noch die Verantwortung für die Organisation der Einzelprojekte in den verschiedenen Arbeitsfeldern haben. In einem Beirat sind Mitglieder aller für die Altenarbeit im Stadtteil relevanten Gruppen wie Stadtverwaltung, Stadtparlament, Kirchengemeinden und Wohlfahrtsverbände vertreten.
Die Organisation und Verwaltung wird in Mitgliederselbsthilfe und mit einer Kraft, die acht Stunden pro Woche im Büro insbesondere die Koordinationsarbeit erledigt, geleistet. Dabei ist jede „Position" zwei- bis dreifach besetzt, damit auf die zeitlichen Möglichkeiten und die Belastungen der Mitglieder Rücksicht genommen werden kann.
Eine Anschubfinanzierung für Sachmittel erfolgte in den Jahren 1991/92 durch das Sozialministerium Baden-Württemberg. Seit 1993 ist die SGG Ulm in den Altenhilfeplan der Stadt aufgenommen. Somit werden die laufenden Kosten durch einen Zuschuß der Kommune gedeckt. Die Stadt Ulm stellt für die Arbeit der SGG seit Herbst 1991 Räume in einem städtischen Zentrum zur Verfügung. Diese bildeten eine wichtige Voraussetzung für die praktische Umsetzung der Idee des bürgerschaftlichen Engagements in einer Seniorengenossenschaft.

5. Öffentlichkeitsarbeit – Mitgliederentwicklung – Altersstruktur der Mitglieder

Die Öffentlichkeitsarbeit zur Gewinnung von Mitgliedern erfolgt durch regelmäßige Berichte im Lokalblatt für Wiblingen und durch gelegentliche Veröffentlichungen in den Ulmer Tageszeitungen. Mit einem bei Ärzten, Apotheken, Banken und Altentreffs ausgelegten Faltblatt, durch Präsentation bei verschiedenen Veranstaltungen in Ulm und Umgebung, aber nicht zuletzt durch Mund-zu-Mund-Werbung steigt die Mitgliederzahl der SGG Ulm kontinuierlich. Von den derzeit 223 Mitgliedern sind 115 sind zur Mit-

arbeit in einem oder mehreren der drei Arbeitsfelder bereit, 69 nehmen Hilfe in Anspruch, wenn sie sie benötigen, 39 Mitglieder interessieren sich für die Arbeit der SGG, können aber zur Zeit aus verschiedenen Gründen noch nicht aktiv sein. 61 der Mitglieder sind männlich, 162 weiblich.
Die Solidargemeinschaft der Generationen steht Wiblinger Bürgern jeden Alters offen. Demzufolge sieht die Altersstruktur des Vereins folgendermaßen aus: 28 Mitglieder sind unter 50 Jahren, 49 zwischen 51 und 60 Jahren, 46 zwischen 61 und 70 Jahren, 60 zwischen 71 und 80 Jahren und 40 über 80 Jahre. Das jüngste Mitglied ist 17 Jahre alt, das älteste 92 Jahre.

6. Der Tausch von Zeitgutschriften als Verrechnungsform

Die Arbeit der SGG Ulm geschieht auf der Basis der Hilfe zur Selbsthilfe. Wer heute aktiv mitarbeitet, hat Anspruch auf Hilfe, wenn er sie selbst benötigt. Auf einem Zeitkonto werden ausgeführte Tätigkeiten mit Bonuspunkten gutgeschrieben, bei eigenem Bedarf können diese Punkte abgerufen werden.
Alle Tätigkeiten sind gleichwertig und werden pro Stunde mit zwei Zeitpunkten vergütet. Ein Mitglied, das beispielsweise Briefe mit Mitgliederinformationen austrägt, erhält dafür genauso zwei Punkte pro Stunde wie derjenige, der eine Stunde lang eine Gruppe Interessierter in die Arbeit mit dem PC einführt, einen alten Menschen besucht oder in der Schule mitarbeitet.
Die „reine Lehre" des Zeitgutschriften-Systems können wir allerdings nicht praktizieren, denn die Gefahr des „Ausgenutztwerdens" ist vor allem den handwerklichen und hauswirtschaftlichen Hilfsdiensten zu groß. Außerdem bestehen die Mitglieder der Wohlfahrtsverbände im Beirat darauf, daß diese Tätigkeiten ihren Konditionen vergleichbar ausgeführt werden. 15 DM pro Stunde müssen deshalb die Hilfeempfänger für die Inanspruchnahme dieser beiden Dienste bezahlen. Davon kann der Hilfeleistende 12 DM behalten oder in den Hilfenfonds des Vereins geben und sich dafür zwei Zeitpunkte pro Stunde gutschreiben lassen. 3 DM gehen in jedem Fall an den Fonds.
Dieser Hilfenfonds wurde nach einem Fallbeispiel eingerichtet: Ein Mann, der in der Anfangsphase handwerklich tätig war und sein Geld „abgeliefert" hatte, brauchte nun selbst Hilfe. Er muß jetzt nicht etwa mit Geld bezahlen, sondern bekommt Punkte abgebucht. Der Hilfeleistende kann sich diese Punkte gutschreiben oder sich mit 12 DM pro Stunde aus dem Hilfenfonds bezahlen lassen.
Ein weiteres Fallbeispiel befaßte sich mit dem Problem, was geschieht, wenn ein erworbenes Zeitguthaben aufgebraucht ist. Die Lösung sieht folgendermaßen aus: Die in der SGG Ulm erworbenen Zeitpunkte können in

Absprache mit dem Vorstand an Verwandte oder Bekannte übertragen werden. Zudem wurde neben den persönlichen Punktekonten ein „allgemeines Punktekonto" eingerichtet, in das z. B. bei Wegzug persönliche Punkteguthaben eingebracht werden können. Dieser „Punktetopf" steht dann zur Verfügung, wenn ein Konto aufgebraucht ist.

Die Arbeit mit den Zeitgutschriften erfordert eine „Bürokratie". Dazu wurden Formulare entwickelt, ein Tätigkeitsnachweis, in dem der Auftraggeber die geleisteten Stunden bestätigt, sowie ein Abrechnungsblatt, in das die Angaben aus dem Tätigkeitsnachweis im Büro übertragen werden. Die Daten werden in der Datenbank der SGG Ulm geführt. Im Augenblick sind etwa 6.000 Punkte erfaßt, davon 300 im „allgemeinen Punktetopf".

Im Zusammenhang mit der Vergütung durch Zeitgutschriften taucht die Frage auf, ob auch in Zukunft die Möglichkeit besteht, sein „Haben" auf dem Punktekonto einzulösen. Darauf gibt es zur Zeit keine gültige Antwort. Die Öffnung der SGG Ulm für alle Altersstufen gibt die Hoffnung, die Frage bejahen zu können. Im übrigen sind ein gutes Drittel der etwa hundert regelmäßig oder gelegentlich tätigen Mitglieder weniger an einem persönlichen Punktekonto als an sinnvoller Tätigkeit interessiert, sei es im Bereich der Hilfen für Ältere, sei es bei der Mitarbeit in den Schulen und Jugendeinrichtungen oder sei es bei der Leitung einer Interessengruppe.

7. Zwei konkrete Beispiele aus der Arbeit der SGG Ulm

Das erste Beispiel zeigt, wie der Tausch von Zeitgutschriften praktiziert wird: Eine 83jährige Dame, die schon im dritten Jahr mit Grundschülern bastelt und handarbeitet, kann aus gesundheitlichen Gründen die „Kehrwoche" nicht mehr selbst leisten. Sie erhält Unterstützung von Mitgliedern und gibt dafür von ihrem Guthaben Punkte an die Hilfeleistenden ab.

Die Mitarbeit bei der SGG bietet die Chance, sich auch noch Kenntnisse und Fertigkeiten anzueignen, die im Arbeitsleben nicht erworben wurden; davon handelt das zweite Beispiel: Ein Rentner, der an den Rollstuhl gebunden ist, hat von der ersten Stunde an in der Verwaltung mitgearbeitet. Zuerst legte er Mitgliederlisten per Hand an, dann schrieb er auf einer neu erworbenen Schreibmaschine Mitgliederkarteikarten. Als ein PC angeschafft werden konnte, wollte er die Mitarbeit aufgeben, denn er hatte im Erwerbsleben nie am PC gearbeitet. Ein jüngeres Mitglied, Mitte fünfzig, Physiker bei der Dasa und zeitweise kurzarbeitend, hat den Rentner in die Arbeit am PC eingeführt. Jetzt ist der ältere Mann weitgehend selbständig beim Umgang mit dem PC, ja, er weist bereits ein weiteres interessiertes Mitglied in die Computergeheimnisse ein.

Das letzte Beispiel soll stellvertretend für zahlreiche andere auch zeigen, wie die SGG Ulm das Image des älteren Menschen vom „hilfebedürftigen und zu betreuenden Klienten“ zum „selbstbestimmten Menschen“ verändern kann, was ja eines der Ziele des Projektes ist.

Älter werden und verbindlich zusammenleben

Martin Link

Aus der Erfahrung heraus, die in der Begleitung eines gemeinschaftlichen und generationsübergreifenden Wohnprojektes gewonnen wurde, werden in diesem Beitrag Ideen und Konzepte der Initiativen und Gruppen, die diese Wohnformen anstreben, dargestellt, die Grundprinzipien formuliert sowie die Bedingungen und Voraussetzungen benannt.

1. Die älteren Menschen von heute

Es wächst heute eine neue Generation von älteren Menschen heran, die sich kaum mehr mit dem herkömmlichen Bild vom älteren Menschen – eingebunden in den Schoß der Familie, beim Kaffeenachmittag im Altenclub oder als Pflegebedürftiger im Heim – zeichnen läßt, geschweige denn noch so gesehen werden will. Ein vielfältiges Panorama mit einer immer breiter werdenden Palette von Lebensentwürfen wäre zu skizzieren, was bereits an vielen Stellen getan worden ist. In diesem Zusammenhang interessiert ein – zugegebenermaßen (noch) kleiner – Ausschnitt aus der großen Themenpalette: Menschen, die nach *anderen Formen des Wohnens und Zusammenlebens* suchen. Für diese Menschen bildet vielfach allein schon die Perspektive, in einer zu großen oder nicht adäquaten Wohnung zu wohnen oder die Angst, hilfe- und pflegebedürftig zu werden, eine Triebfeder, sich nach anderen Möglichkeiten umzusehen, als sie bisher vorfinden. Sie wollen sich mit den vorhandenen Möglichkeiten – oft in der eigenen Familie, Verwandtschaft oder dem Bekanntenkreis vorgelebt – nicht abfinden und machen sich auf einen mühsamen Weg. Sie suchen nach einem Weg zwischen der Fortführung bisher privat geregelter Arrangements einerseits und den herkömmlichen Institutionen und Angeboten des Sozialstaats andererseits. Sie begeben sich in einen Raum, der für sie und ihr Anliegen keine vorgegebenen Muster, keine Vorbilder für gemeinschaftliche Formen des Wohnens, bereitstellt. Da Wohnen in erster Linie eine private Angelegenheit jedes einzelnen oder der Kleingruppe Familie ist und nur in institutionalisierten Sonderformen in gewisser Weise eine öffentliche Angelegenheit wird, entsteht in den neuen gemeinschaftlichen Wohnentwürfen eine neue Lebensform, die Privatheit und Öffentlichkeit neu und anders miteinander verzahnt dabei wird einerseits die Privatsphäre respektiert und auch eingeräumt, andererseits genau diese Sphäre auch geöffnet, sozusagen als Teil des Wohnens öffentlich gemacht. Zwischen Privatheit und Sozialstaat entstehen im Sinne bürgerschaftlicher Selbsthilfe neue Formen der Beteiligung und der Gestaltung von Lebensräumen. Hier wird der Begriff der Bürgergesellschaft im wahrsten Sinne des Wortes mit Leben erfüllt, z. T. gegen den Widerstand sozialstaatlicher Verwaltung, z. T. auch gegen den Widerstand in den Köpfen der Menschen.

Bisher sind es Minderheiten, die sich in kleinen und größeren Gruppen zusammenfinden, ihre Ideen in die Öffentlichkeit tragen, Konzepte entwickeln und sich für die Realisierung von Wohnprojekten einsetzen. Ihre Zahl nimmt langsam, aber kontinuierlich zu. In Baden-Württemberg hat sich in den vergangenen Jahren eine ganze Reihe von Initiativen gebildet, die zum Ziel haben, gemeinschaftliche Wohnprojekte zu entwickeln. Die Orientierung an vorhandenen Beispielen ist schwierig, da es in Baden-Württemberg bisher kaum Vorbilder gibt; anders sieht dies in nördlichen Bundesländern oder – mit unterschiedlichen Hintergründen und Bedingungen – im europäischen Ausland aus.

Überwiegend sind die gemeinschaftlichen Wohnentwürfe generationsübergreifend gedacht und repräsentieren ein Spektrum von jungen Singles über Familien mit kleinen Kindern, Alleinerziehenden mit Kindern bis zu Alleinlebenden in der zweiten und dritten Lebensphase und älteren Ehepaaren. Es scheint, daß gerade in der Generation der Fünfundvierzig- bis Sechzigjährigen ein starkes Bedürfnis vorhanden ist, sich mit der Frage auseinanderzusetzen, welche Lebensentwürfe sie noch gestalten wollen und können. Dieser Trend wird übrigens auch von empirischen Untersuchungen bestätigt; als Beispiel sei eine Studie der empirica vom Oktober 1994 erwähnt: „Die Bereitschaft, die Wohnsituation zu verändern, ist bei den zukünftigen Ruheständlern, den heute Fünfundvierzig- bis Fünfundsechzigjährigen, hoch. Etwa zwei Drittel der Befragten haben sich schon Gedanken über neue Wohnformen für die dritte Lebensphase gemacht und sind bereit, nochmals ihre Wohnsituation zu verändern, während nur etwa jeder fünfte eine Veränderung der derzeitigen Wohnsituation ablehnt und jeder siebte sich bisher noch keine Gedanken darüber gemacht hat."

2. Ideen und Konzepte der Initiativen und Gruppen, die gemeinschaftliches Wohnen anstreben

Der Grundgedanke des gemeinschaftlichen Wohnens, wie er beispielsweise im Verein „Wabe – Gemeinschaftliche Lebens- und Wohnformen für jung und alt, für Einzelpersonen, Paare, Familien und Alleinerziehende e.V." formuliert wurde und der für andere Initiativen ähnlich gilt, wird in einem gesellschaftspolitischen Kontext beschrieben (siehe Übersicht 1). Darauf bauen die Idee und das Ziel der Vereins „Wabe“ auf.

(1) *Die Idee:* Bürger verschiedener Altersgruppen und Berufe mit unterschiedlichem familiären Hintergrund (Familien, Singles, Alleinerziehende) wollen in wahlverwandtschaftlicher Gemeinschaft in einem Gebäude, das nach ökologischen Gesichtspunkten errichtet (oder umgestaltet) wird, Formen generationenübergreifenden Zusammenlebens erproben. Gemeinsame Aktivitäten, gegenseitige Unterstützung und Hilfe sollen selbstverständlich sein. Die Teilnehmer an dem Projekt bewohnen je eine kleine abgeschlossene Wohnung. Allen Bewohnern zugängliche Gemeinschaftsräume schaffen Möglichkeiten für Kommunikation und unterschiedlichste Aktivitäten. Gemeinschaftseinrichtungen intensivieren die Kommunikation zwischen Projektteilnehmern und umgebender Wohnbevölkerung.
(2) *Das Ziel:* Die Wabe will eine aktive und solidarische Gemeinschaft sein sowie eine neue nachbarschaftliche Qualität und bessere Lebensbedingungen schaffen. Sie will in ihrem Bereich die Vereinzelung aufheben. Das Ziel wird in den Visionen beschrieben: Ältere Menschen sollen länger in den eigenen vier Wänden leben können (Hilfe bei Krankheit, praktische Hilfe im Haushalt durch Mitbewohner). Kinder mit einem (berufstätigen) Elternteil fühlen sich in einer Gemeinschaft (Betreuung, Hausaufgabenhilfe) aufgehoben. Alt und jung leben wieder unter einem Dach. Austausch von Erfahrungen bereichert und gegenseitige Hilfe erleichtert das Zusammenleben.
(3) *Das Ergebnis:* Mehrgenerationen-Modelle bringen sowohl soziale Verbesserungen für die Nutzer als auch langfristig wirtschaftliche Vorteile für die Wohnungseigentümer/-vermieter. Sorgsamer Umgang mit dem knappen Gut „Wohnraum“ (der gemeinschaftlich verbrauchte Wohnraum ist geringer; z. T. werden von einzelnen Personen bewohnte große Wohnungen oder Häuser frei). Mehrgenerationen-Modelle sind eine qualitative Erweiterung des Angebots der Wohnraumversorgung im Alter.

3. Grundprinzipien für gemeinschaftliche generationenübergreifende Wohnformen

Das gemeinschaftliche Wohnen basiert auf folgenden Grundprinzipien:

(1) *Die Menschen kennen sich, bevor sie gemeinschaftlich wohnen:* Im Unterschied zu allen anderen Wohnformen – auch zum Betreuten Wohnen –

Übersicht 1: Gesellschaftliche Erneuerung durch familiale Gemeinschaften

Der gesellschaftliche Zustand	Die zukünftige Entwicklung nach dem WABE-Konzept
Vereinzelung Wir alle beobachten in unserer Umgebung: Verringerung sozialer Bindungen, fortschreitende Auflösung traditioneller Familienstrukturen, Vereinsamung in allen Altersgruppen, Hilflosigkeit bei Krankheit und im Alter. Der Mangel an Gemeinschaftssinn ist die Folge einer gesellschaftlichen Entwicklung, die mit dem technischen Zeitalter begann. Seither gewinnen hohe Ansprüche und das Streben nach materiellen Werten als vorrangiges Lebensziel immer größere Bedeutung. sie fördern einen Egoismus, der auf Kosten anderer ausgelebt wird. Er nimmt Umweltschäden ebenso in Kauf wie den Zerfall der Familien.	*Integration* Die derzeitige Situation ruft nach einer Neubesinnung und nach praktikablen Lösungen. Die WABE will der zunehmenden Ausgrenzung durch Integration entgegenwirken. sie ist Treffpunkt für Menschen, die sich zutrauen, mit Offenheit, Hilfsbereitschaft und Toleranz eine neue Form der Gemeinschaft zu gestalten, die hilfreiches Miteinander und Individualität verbindet.
Auswirkungen Das Netz der sozialen Kontakte zerfällt. Einsamkeit anstelle von Gemeinschaft entsteht. Gegenseitige Hilfe fehlt. Ersatz erfolgt durch soziale Institutionen des Staates oder der Wohlfahrtsverbände. Sozialleistungen werden immer teurer und bald nicht mehr bezahlbar. Der Generationenvertrag gerät in Gefahr. Durch den Trend zum Einpersonenhaushalt wird mehr Wohnraum benötigt, und der Haushalt wird immer teurer. Zunehmendes egoistisches Denken bremst das dringend erforderliche Umdenken bei den anstehenden schwierigen Problemen unserer Zeit.	*Auswirkungen* Es entstehen wieder Gemeinschaften mit familiärem Charakter. Die Geborgenheit in der Gemeinschaft und der freundschaftliche Umgang mit Menschen unterschiedlichen Alters, verschiedener Ansichten und Gewohnheiten gibt Anregungen für eine aktive Lebensgestaltung und erhöht die Chancen für die körperliche und geistige Gesundheit bis ins hohe Alter. Durch gegenseitige Hilfen werden die institutionellen Sozialleistungen stark reduziert und der Kostenanstieg in diesem Bereich gebremst. Kleine Gruppen übernehmen vielfältige soziale Leistungen kostengünstiger als es der beste Sozialstaat kann. Wer Leben in einer Gemeinschaft als zukunftsweisendes Modell begreift, kann hier auf der Basis von Vertrauen und freundschaftlicher Nähe vielfältige zwischenmenschliche Beziehungen finden und andere anbieten.

Quelle: WABE o.J.

geht dem gemeinschaftlichen Wohnen ein langer und intensiver Prozeß des Kennenlernens voraus. Menschen finden zusammen, die in Gesprächen und gemeinsamen Unternehmungen erleben, daß die abstrakte Idee von Gemeinschaft nicht viel taugt, erst die konkreten Menschen, die Sympathie füreinander empfinden, gemeinsame Interessen feststellen, zu einer Gruppe zusammenwachsen und trotzdem ihre individuellen Eigenarten akzeptieren und schätzen, werden die Energie aufbringen, das gemeinsame Wohnprojekt zu wagen und durchzusetzen.

(2) *Individuelles Wohnen wird mit zentral gelegenen Gemeinschaftsflächen kombiniert:* Jedem Bewohner oder jeder Bewohnergruppe steht eine eigene individuelle Wohneinheit mit eigener Türe zur Verfügung, die man zumachen kann, mit Sanitäreinrichtung und zumindest einer kleinen Küche. Wieviel individuelle Wohnfläche jeder braucht, wird gemeinsam diskutiert und von jedem für seinen Teil entschieden. Genauso entscheidet die Wohngruppe, wie die Gemeinschaftsflächen aussehen sollen. Wichtig ist, daß sie zentral gelegen sind; es geht also nicht um den Hobbyraum im Keller, sondern um zentrale Begegnungsflächen. Die Größe und Ausgestaltung hängt von der Entscheidung der jeweiligen Gruppe ab, die die Gruppe ja auch anteilsmäßig mitzuverantworten haben. Denkbar sind sowohl gemeinschaftliche Küchen, Wohnzimmer, Wohnküchen, Gästezimmer, Hobbyräume oder Spielzimmer; der Phantasie sind nur im Sinne von Finanzierungsmöglichkeiten Grenzen gesetzt.

(3) *Überschaubare Gruppengrößen:* Gemeinschaftliche Wohnprojekte brauchen ein bestimmte Mindestgröße und dürfen andererseits eine Höchstgrenze nicht übersteigen. Man geht von einer Anzahl von acht bis zwölf Wohneinheiten mit 15 bis 25 Bewohnern aus. In diesem Spektrum scheint am ehesten gewährleistet, daß Kontakt, Kommunikation und Rückzug, Nähe und Distanz, also ein lebendiges Gruppenleben möglich ist. Sind es zu wenige, wird der Bezug zu eng, sind es zu viele, wird Gemeinschaftsleben zu kompliziert. Auch im Sinne einer flexiblen Wohnverwaltung und den Möglichkeiten von gegenseitiger Hilfeleistung scheint die geschilderte Größenordnung die richtige.

(4) *Gegenseitige Hilfeleistung:* Eine Grundidee des gemeinschaftlichen Wohnens ist die gegenseitige Unterstützung in allen Lebenslagen. Grundlage ist kein ausgefeiltes Regelsystem, bei dem genau darauf geachtet wird, daß keiner zuviel oder zuwenig tut; im Mittelpunkt stehen die Freiwilligkeit und die Einsicht, das Notwendige zu tun. Von der Kinderbetreuung über Einkäufe, Fahrdienste, Reparaturen, Betreuung und Pflege usw. ist alles denkbar. Klar ist andererseits, daß es Grenzen gibt, z. B. bei schwerer Krankheit oder Pflege, daß hier Hilfe von außen notwendig ist. Ein abgestuftes Konzept soll hier als Richtschnur dienen.

Das Betreuungskonzept der Wabe basiert auf drei Stufen:

(a) Die interne Absicherung und Übernahme möglichst vieler Dienste auf der Basis von Gegenseitigkeit (Motto: „Jung hilft Alt – Alt hilft Jung") („primäres Netz"):

- Hauswirtschaftliche Dienste (Reinigung, Einkäufe, Fahrdienste, usw.),
- Notrufbereitschaft nach einem bestimmten Modus,
- Pflegedienste bei Krankheit und leichter Pflege nach interner Absprache,
- Rehabilitation, Nachsorge nach Krankheit, Wiederherstellung von physischer und mentaler Gesundheit und Lebensfreude,
- Gemeinschaftlich organisierte Aktivitäten wie Ausflüge, Feste, Gesprächskreise, Veranstaltungen,
- Technische Grundversorgung: Führung, Reinigung und Wartung der Gemeinschaftsräume, Pflege der Außenanlagen, kleinere Reparaturen.

(b) Nachbarschaftliche Dienstleistungen („sekundäres Netz"): Zusätzliche, von der Gemeinschaft nicht zu erbringende Hilfen können über Angehörige, Nachbarn und Freunde erbracht werden. Eventuell kann ein Freundeskreis des gemeinschaftlichen Wohnprojektes solche nachbarschaftlichen Dienste anbieten. Dies kann alle auch die unter (a) erwähnten Dienstleistungen umfassen.

(c) Dienste von außen („tertiäres Netz"): Die gemeinschaftliche Wohngruppe organisiert in den Fällen, in denen sie selbst und das „sekundäre Netz" nicht in der Lage sind, Dienste zu erbringen, über Sozialstationen, ambulante Dienste oder sonstige Pflegedienste pflegerische und hauswirtschaftliche Hilfen. Entsprechende Vereinbarungen mit den örtlichen Dienstleistungsanbietern werden im Vorfeld getroffen. Die gemeinschaftliche Wohngruppe behält sich vor, auch bei der technischen Versorgung – soweit sie damit selbst überfordert ist – diese über den Bauträger oder andere Anbieter sicher zu stellen.

(5) *Unterschiedliche finanzielle Hintergründe der Beteiligten erfordern Mischformen in der Finanzierung und im Wohnstatus:* Menschen finden sich zu gemeinschaftlichen Wohnprojekten aufgrund gegenseitiger Sympathie und ähnlicher Interessen. Dies schließt mit ein, daß nicht jeder die gleichen finanziellen Grundlagen hat. Wenn also die Finanzen die Gruppe nicht wieder auseinanderdividieren sollen, müssen gemeinschaftliche Wohnprojekte so gestaltet werden, daß unterschiedlich finanzierte Wohneinheiten in einem Projekt möglich sind. Dies macht die Finanzierungswege komplex und schwierig, Lösungen sind jedoch möglich. Ein Modellbeispiel: Es handelt sich um ein Projekt mit zwölf unterschiedlich großen individuellen Wohneinheiten und entsprechend von allen gewünschten gemeinsam zu tragen-

den Gemeinschaftsflächen. Aufgrund der Einkommensverhältnisse der zukünftigen Bewohner werden vier Wohnungen im sozialen Mietwohnungsbau, drei Wohnungen im freien Mietwohnungsbau, drei Wohnungen nach dem Wohnbauförderprogramm für junge Familien und zwei Wohnungen auf Eigentumsbasis gebaut. Möglich sind solche Mischformen, aber es wäre wünschenswert, Subventionen beim Wohnen zu vereinfachen oder auf gemeinschaftliche Wohnprojekte zuzuschneiden.

(6) *Die Wohngruppe entscheidet über Nachfolger oder Neueinsteiger, nicht der Bauträger oder derjenige, der ausscheidet:* In gemeinschaftlichen Wohnprojekten ist die Gruppe selbst verantwortlich und entscheidet souverän über Belegungsrechte und Belegungsmöglichkeiten. Die Rechte von Eigentümern, seien es Bewohner selbst oder auch ein Bauträger sind eingeschränkt. Ein Eigentümer, der zur Gruppe gehört und eine Wohnung bewohnt, erhält zwar sein investiertes Kapital plus eventuell vereinbarten Wertzuwachs zurück, wenn er aus dem Projekt aussteigt. Aber die Gruppe selbst entscheidet über den/die Nachfolger. Sie trägt damit auch das Belegungsrisiko; gegebenenfalls muß die Gruppe die Kosten für leerstehende Wohnteile dann auch selbst tragen.

(7) *Die zukünftige Wohngruppe ist in den Planungsprozeß eingebunden:* Nicht der Bauträger oder die jeweiligen Eigentümer allein planen das Bauobjekt, die Wohngruppe ist in die Planung einbezogen. Diese Mitwirkung reicht von der Grundrißplanung über Zuschnitt, Lage und Größe der Einzelwohnungen, über die Gestaltung der Gemeinschaftsflächen und Außenanlagen bis hin zur Materialauswahl und Inneneinrichtung.

(8) *In der Wohnverwaltung wird nach dem Prinzip der Selbstorganisation und Selbstverwaltung gearbeitet:* Alle notwendigen organisatorischen, handwerklichen und verwaltungstechnischen Aufgaben, die in einem Projekt dieser Größenordnung entstehen, werden arbeitsteilig von den Bewohnern selbst durchgeführt. Die Grundlage dafür, wer was zu tun hat und mit welcher Verantwortlichkeit, wird in der Gruppe gemeinsam besprochen. Dies erhöht nicht nur die Identifikation mit dem Wohnobjekt, sondern macht es auch kostengünstiger. Aber auch hier gilt das Prinzip: Sollte die Gruppe mit irgendeiner Aufgabe überfordert sein, kann sie selbstverständlich Aufgaben nach außen übertragen.

(9) *Die Wohngruppe ist kein geschlossenes System, sondern offen für die Nachbarschaft, das Gemeinwesen und für Beziehungen nach außen:* Die Erfahrung in verwirklichten Wohnprojekten zeigt, daß das Engagement in der Gruppe auch positiv nach außen wirkt. Gruppenräume werden für Interessenten von außen geöffnet, Hilfsdienste werden auch für Menschen in der Nachbarschaft angeboten, Menschen aus dem Wohnprojekt kümmern sich um Belange im Stadtteil (z. B. öffentlicher Nahverkehr, soziale Infra-

struktur, Einkaufsmöglichkeiten, Gestaltung der Straßen und Grünbereiche usw.).

4. Bedingungen gemeinschaftlicher Wohnprojekte

(1) *Eigenverantwortung – Verantwortung für andere:* Es fühlen sich Menschen angesprochen, die ihr Leben bewußt gestalten wollen, die wissen, daß nur in der Verantwortung für sich selbst und nicht in der Erwartung staatlicher oder besser sozialstaatlicher Lösungen oder in der Erwartung die Chance liegt, daß es immer andere geben wird, die für einen selbst die Probleme angehen. Indem sie Verantwortung für gesellschaftliche Entwicklung übernehmen werden sie zu Bürgern einer echten Bürgergesellschaft. Diese setzt Teilhabe und Solidarität voraus. In der Gestaltung der Keimzellen dieser Gesellschaft, eines gemeinschaftlichen Wohnens und des Zusammenlebens ist ebenso echter Bürgersinn begründet wie in der Verantwortung für das eigene Leben und in gewissem Maße auch für das der Mitbewohner und des Gemeinwesens.

(2) *Veränderung:* Gemeinschaftliches Wohnen zu verwirklichen, setzt die Bereitschaft zur Veränderung voraus. Menschen, die dieses anstreben, sind bereit zur Veränderung, wollen sich bewußt auch auf Neues einlassen und nehmen damit auch in Kauf, daß sie Altes zurücklassen. Sie prägen neue positive Bilder gerade auch vom alten Menschen, dem in der Regel eher Bewahrung des Vergangenen und Angst vor Veränderungen zugedacht wird.

(3) *Mobilität:* Durchaus konträr zur herrschenden Sozialpolitik und speziell zur Politik für Ältere, für die die Devise gilt, „älteren Menschen so lange wie möglich ein Verbleiben in der eigenen Häuslichkeit zu ermöglichen“, ist beim gemeinschaftlichen Wohnen die Bereitschaft zur Mobilität Voraussetzung. Der Aufbruch mit zunächst fremden Menschen, eine neue Gemeinschaft in anderer Nachbarschaft zu bilden, erfordert körperliche, geistig/kulturelle und räumlich Mobilität.

(4) *Lebendiges Miteinander der Generationen – Wahlverwandtschaften:* Angelehnt an Vorstellungen von der Großfamilie, in der verschiedene Generationen unter einem Dach zusammenleben, wollen gemeinschaftliche Wohnprojekte das lebendige Miteinander der Generationen verwirklichen. Die Feststellung, daß es auf der einen Seite immer mehr Menschen gibt, die alleine, in Klein- oder Kleinstfamilien leben, führt zu der Erkenntnis, daß die Lebenswelten der unterschiedlichen Generationen immer weiter auseinanderdriften. Während ein Teil der Gesellschaft die Individualisierung und Singularisierung ausschließlich als Befreiung aus den Fesseln familiärer Zwänge begreift, wächst bei einigen das Bedürfnis nach einer neuen Form

von Zusammenhalt in familien-, verwandtschafts- oder nachbarschaftsähnlichen Gemeinschaften. Der Versuch besteht nicht darin, das Rad der Geschichte zurückzudrehen und wie auch immer geartete traditionelle Familienstrukturen wieder herzustellen, sondern – im Sinne von Wahlfamilie oder Wahlverwandtschaften – auf der Basis freier Entscheidungen nach Sympathie neue Formen für das Miteinander der Generationen zu finden. Dies setzt Offenheit, Toleranz, Kompromißbereitschaft und Wagnis voraus, wird jedoch, wo es gelingt, in vielerlei Hinsicht belohnt. Kontakt- und Kommunikationsfähigkeit bleiben erhalten, die Möglichkeiten interessanter Lebensgestaltung werden erweitert, und die Formen gegenseitiger Hilfeleistungen werden vielfältiger.

(5) *Selbsthilfe:* Viele Bürger sind von den staatlichen Rahmenbedingungen der Daseinsvorsorge enttäuscht. Sie spüren, daß es im parlamentarisch demokratischen Gesellschaftssystem nicht ausreicht, informiert zu sein und die richtigen Vertreter ins Parlament zu wählen. Eine aufgeklärte Bürgergesellschaft setzt das engagierte Mitwirken seiner Bürger bei der Gestaltung aller Lebensbereiche voraus. Schwierig ist, daß Gestaltungswille bei vielen durchaus vorhanden ist, daß aber traditionelle und verkrustete Strukturen Zugänge erschweren oder das Mitwirken der Bürger verhindern. Auch im Bereich des Wohnens und der sozialen Dienstleistungen trifft dies zu. Die Form, wie gebaut wird eröffnet zunächst kaum Spielräume der Mitgestaltung. Wohnbau orientiert sich nach wie vor am Haushalt der Kleinfamilie oder an Einzelpersonen. Bei der Kindererziehung und -betreuung, bei Krankheit, Hilfe- und Pflegebedürftigkeit kann der einzelne zwar vorhandene Angebote nutzen. Da er jedoch kaum Einflußmöglichkeiten auf Veränderungen des Angebots hat, muß er, wenn ihm diese nicht gefallen, zur Selbsthilfe greifen. Dies ist die Erfahrung vieler Bürger, die wachsende Selbsthilfebewegung legt ein beredtes Zeugnis davon ab. Bei den gemeinschaftlichen Wohnprojekten wird dieser Weg eingeschlagen, neue selbstbestimmte Formen des Wohnens und neue Formen gegenseitiger Hilfeleistung werden diskutiert und erprobt. Dies ist ein mühsamer und langwieriger Prozeß.

5. Voraussetzungen für gemeinschaftliches Wohnen

(a) Menschen, die für sich gemeinschaftliches Wohnen verwirklichen wollen, müssen zunächst einmal in einem intensiven Prozeß ihre Interessen abklären, Sympathien füreinander entwickeln und sich auf eine gemeinsame Basis verständigen. Viele Initiativen sind daran gescheitert, daß sie aus dem kleinen privaten Rahmen nicht herausgetreten sind und eine Diskussion auf breiter Basis in der Öffentlichkeit nicht stattgefunden hat. Ohne eine breite Basis von Interessenten bleibt die Entwicklung zu der Gruppe, die sich ganz konkret für ein Projekt entscheidet, oft stecken. Notwendig scheint es, den Weg vom noch abstrakten Wunsch nach Gemeinschaft bis zum konkreten Projekt zu begleiten und zu beraten. Gleichzeitig ist es notwendig, ein Netzwerk aufzubauen, das Menschen, Erfahrungen und vorhandene Projekte und Projektideen zusammenbringt. Ein solches Netzwerk Wohnen entsteht gerade für Baden-Württemberg.

(b) Bauliche Voraussetzungen für das Wohnen in Gemeinschaft müssen erst geschaffen werden. Trotz intensiven Bemühens, auch vorhandene Wohnsubstanz für gemeinschaftliche Wohnprojekte zu finden, gelingt dies in den wenigsten Fällen (freiwerdende Kasernen eröffnen hier möglicherweise neue Perspektiven). Architekten und mehr noch Bauträger müssen gefunden werden, die bereit sind, für diese Gruppen zu bauen und sie dabei an der Planung zu beteiligen.

(c) Auch neue Organisationsmodelle müssen entwickelt werden, die den Vorstellungen und Bedürfnissen aller Beteiligten an gemeinschaftlichen Wohnformen gerecht werden. Hier herrscht noch große Unsicherheit, weil keine der bekannten Rechtsformen (Genossenschaft, Verein, GbR, GmbH usw.) alle organisatorischen Probleme angemessen regeln kann.

(d) Neue Finanzierungswege müssen erschlossen werden, um entsprechend der finanziellen Möglichkeiten das private Kapital der zukünftigen Bewohner, zinsgünstige Kredite von privaten Anlegern, die der Idee positiv gegenüberstehen, und öffentliche Fördermittel einzubeziehen. Die Trennung in Mieter und Eigentümer muß aufgehoben werden und eine ganze Palette von möglichen finanziellen Beteiligungen und Eigenleistungen an dessen Stelle treten.

Gemeinschaftliche Wohnprojekte gelingen nur, wenn die oben genannten Prozesse und Konzepte sinnvoll aufeinander abgestimmt werden. Gruppenfindungsprozeß, Bauplanung, Entwicklung einer Organisationsstruktur und eines Finanzierungskonzeptes sind unverzichtbare Bestandteile, wenn gemeinschaftliche Wohnprojekte gelingen sollen.

Bürgerengagement
Vom Privatleben zur Landesinitiative ARBES

Werner Matthes

In einem biographischen Abriß wird die persönliche Entwicklung vom „Engagiert-sein" zum bürgerschaftlichen Engagement beschrieben. Ein Bürgertreff, der in seiner Vielfalt dargestellt wird, fordert zu einem Tätigwerden auf, das sich in seiner politischen Sichtweise nicht nur auf das Lokale konzentriert, sondern auch das Überregionale in dem Blick hat.

1. Persönlich engagiert sein

Ich war lange Werbeleiter für technische Gebrauchs- und Investitionsgüter in einem Industrieunternehmen. Im Sommer 1992 wurde ich Rentner (mit 60 Jahren). Ich habe mich dann „neu sortiert" mit Haus, Garten, Reisen und allem, wozu früher keine Zeit war. 1993 fand in Stuttgart die Internationale Gartenschau (IGA) statt, wo ich meine gärtnerische Kenntnisse aktivieren konnte: Dort fungierte ich jede Woche einen Tag lang als Fachberater. Danach wollte ich noch ein bißchen studieren und hatte dafür bereits einige Bücher gekauft. Die Wende, die Veränderung dieser Planungen hieß dann im Herbst 1993 „Bürger-Treff Gerlingen".

2. Ein Bürgertreff als Herausforderung

Mit knapp 19.000 Einwohnern und einer guten Infrastruktur ist Gerlingen eine eigenständige, übersichtliche Kommune. Die Bevölkerung der Stadt ist aufgrund der vorteilhaften Verkehrsanbindung stark nach Stuttgart orientiert. „Man kennt sich" aus der Nachbarschaft, den Vereinen usw. Doch dieser Eindruck stimmt nur auf den ersten Blick. Auch in Gerlingen leben viele Menschen anonym und allein. Der Bürger-Treff bemüht sich um diese Menschen. Dieser Bericht gibt meine Sicht wieder, der ich mit anderen gemeinsam in der Arbeit des Bürger-Treffs engagiert bin. Ich übernahm dort die Koordination und Gestaltung der Monatsprogramme und andere organisatorische Aufgaben.
Die Entstehung des Bürger-Treffs begann mit der Schließung des städtischen Altentreffs, des „Urbantreffs". Er hatte sich weitgehend überlebt. Die Reno-

vierung des alte Rathauses nahm der Stadtrat zum Anlaß, das Gebäude umzuwidmen und es zum „Haus der sozialen Dienste" zu machen. Irgendwann kam auch die Idee, statt eines Altentreffs dort etwas Neues einzurichten. Man fuhr nach Nürtingen, Wangen und anderswohin, um sich zu erkundigen und bekam dort auch gute Anregungen. Dies mündete in dem Beschluß, einen „Bürger-Treff" zu starten. Im Juni 1993 erließ der Bürgermeister im Gerlinger Anzeiger einen Aufruf an die Bürger, bei der Verwirklichung und Durchführung eines Bürger-Treffs zu helfen.

Zur Überraschung aller füllte sich der Sitzungssaal beim ersten Treffen mit fast 50 Personen, die einen Fragebogen für ihre Mitarbeit ausfüllten. Die Gerlinger zeigten sich begeistert und interessiert. Der Sozialamtsleiter berichtete davon am 2. September 1993 bei der offiziellen Eröffnung des „Hauses der sozialen Dienste" wie folgt: „Der Erfolg zur Gründung und Gestaltung eines Bürger-Treffs zeigt deutlich, daß es nicht mehr entscheidend für das Engagement der Ruheständler ist, wieviel es wofür gibt, sondern was ihn motiviert, wie er seine Fähigkeiten einsetzen kann, welchen Kontaktnutzen er sieht".

3. Organisieren bürgerschaftlichen Engagements in Gerlingen

Der schönste Raum im Erdgeschoß des alten Rathauses wird seitdem als „Bürger-Treff" genutzt. Die Stadt stellte den Raum mit Einrichtung und Wartung zur Verfügung, ebenso die Mittel für den Betrieb. Eine Mitarbeiterin vom Sozialamt/IAV-Stelle begleitet den Bürger-Treff sehr engagiert. Sie ist Ansprechpartnerin für die Belange des Treffs und koordiniert die Aktivitäten einfallsreich mit großem persönlichem Einsatz. Fest stand von vornherein, daß alle Aufgaben vom „Freundeskreis Bürger-Treff Gerlingen" übernommen werden, einer offenen Gruppe Gerlinger Bürger. Die Gründung einer selbständigen Vereinigung wird vorbereitet.

Beim Bürger-Treff machen Frauen und auch eine beachtliche Anzahl Männer mit. Die meisten haben die Berufsphase beendet, verfügen jetzt über ihre Zeit und haben den Wunsch, etwas für andere zu tun, – aber nicht nur für andere, sondern auch mit anderen. Und daß man dort nette Menschen und auch Freunde findet, ist ja wohl der größte Lohn für alles Engagement. So sehe ich die Chance des Bürger-Treffs vor allem darin, daß er als Forum mitten in der Stadt dazu dient, etwas zu geben, nämlich: Ideen, Zeit, Engagement für andere, sowie etwas zu nehmen: nämlich Freundschaft, das Gefühl, gebraucht zu werden, und auch die Möglichkeit, mit anderen Menschen zusammen Dinge auszuprobieren. Wo gibt es das denn sonst, daß man sich mehr oder weniger verbindlich Gleichgesinnte suchen kann, mit denen man über seine Neigungen und Interessen spricht oder etwas gemeinsam unternimmt?

Bewirtschaftet, gestaltet und organisiert wird der Bürger-Treff vom Freundeskreis; das sind inzwischen 60 Gerlinger Bürger; 17 davon sind Männer. Der Freundeskreis arbeitet größtenteils rein ehrenamtlich. Die Bewirtung wird mit einem geringen Stundensatz honoriert. So ist sichergestellt, daß eingearbeitete, erfahrene Kräfte auch dabeibleiben.

Unser Motto lautet: „Bürger-Treff Gerlingen im Alten Rathaus – ein Ort der Begegnung und des bürgerschaftlichen Engagements". Der Bürger-Treff ist ein Raum inmitten der Stadt, wo sich Gleichgesinnte jeden Alters finden und treffen können, wo Gespräche, Ansprache und Geselligkeit möglich sind, wo Besucher Anregungen für Aktivitäten finden können, wo Besucher über Betätigungsmöglichkeiten informiert werden, bei denen soziales Engagement, Lebens- und Berufserfahrung gefragt sind, wo Besucher Unterstützung beim Verwirklichen ihrer Gestaltungswünsche finden und wo nicht nur aktive Besucher, sondern auch Zuschauer willkommen sind.

Wir wollten weg von der bekannten betulichen Betreuung alter Menschen, hin zu eigener Lebensgestaltung, die wir gemeinsam mit anderen vornehmen wollten. Ältere lassen sich nicht (mehr) von „Fachleuten" sagen, was gut und notwendig für sie ist. Sie bestimmen selbst, was sie brauchen und was sie tun. Begegnung und bürgerschaftliches Engagement sind Grundelemente der offenen Altenarbeit im Bürger-Treff. Sie sind allerdings nicht auf ältere Menschen beschränkt, wenn auch vor allem sie zu den Besuchern des Treffs gehören. Wichtig ist das Sich-Treffen, verbunden mit Programm-Angeboten. Diese Angebote liefern denen, die zögern, einen Grund, „über die Schwelle zu treten" und den Treff zu besuchen. Das Programm ist nicht Selbstzweck, auch keine Konkurrenz zur örtlichen Volkshochschule und anderen Anbietern, sondern will Anregung und Hilfe sein.

4. Gruppenarbeit und Projekte

Bei den Vorüberlegungen, wie man den Bürger-Treff betreiben kann, ergaben sich zwei Aufgabenbereiche. Der eine war die Bewirtung, der zweite das Programm-Angebot.

Für die *Bewirtschaftung* wird selbständig eingekauft; oft gibt es selbstgebackenen Kuchen von Gerlinger Hausfrauen. Montag, Dienstag, Donnerstag und Freitag ist der Bürger-Treff von 14 bis 18 Uhr geöffnet, samstags von 9 bis 12 Uhr als Markttreff gleich neben dem Wochenmarkt. Für jeden Tag gibt es einen Tagesverantwortlichen, der mit den Helfern sicherstellt, daß

immer zwei sachkundige Personen anwesend sind. Die Gäste bedienen sich weitgehend selbst. Die üblichen Getränke wie Kaffee, Tee, Saft, Sprudel, Wein usw. sind zu günstigen Preisen zu haben. Dazu gibt es Kuchen, Brezeln, Vesperteller. Abends ist die Kasse abzurechnen. Die Bewirtung erzielt einen Überschuß. Die Bewirtungsgruppe arbeitet effizient und professionell. Personalprobleme gab es bisher nicht. Jeder engagiert sich im Rahmen seiner Möglichkeiten.
Gleich bei den ersten Gesprächen war klar, daß Kaffeetrinken allein nicht ausreicht. Wenn wir nun schon über einen Raum verfügen, dann sollte dort auch etwas geschehen. Das *Programm* wird inzwischen immer bunter. Es wird auch in der Ferienzeit angeboten. Die Beiträge zum Programm kommen auf verschiedene Weise zustande. Neben einem Mitarbeiterstab, der die ständigen Programmpunkte leitet, melden sich Bürger freiwillig mit Vorschlägen und Angeboten. Nach dem Motto: „Wer anregt, führt auch aus" entpuppt sich manches Talent. Mancher läßt sich auch im Gespräch gewinnen, aus seinem Interessengebiet etwas beizusteuern. Zur monatlichen Programmbesprechung werden immer auch die eingeladen, die neu hinzugewonnen werden konnten. Termine und Raumbelegung werden untereinander abgestimmt. Wir holen uns auch gezielt Bürger ins Haus, von denen wir wissen, daß sie Interessantes anbieten können. Die Programmgruppe arbeitet rein ehrenamtlich ohne Bezahlung. Als kleines Dankeschön haben wir zum einjährigen Bestehen des Bürger-Treffs eine Tasse aus Porzellan mit dem Bild des Alten Rathauses in kleiner Serie aufgelegt, die für besondere Beiträge überreicht wird.

4.1. Programmschwerpunkte

Jeden Dienstag von 9 bis 11 Uhr wandert eine immer größer werdende Gruppe in Gerlingen und Umgebung. Anfangs waren wir Männer unter uns, inzwischen finden auch die Frauen Gefallen am Wandern. Ältere turnen fleißig bei der „Gymnastik auf dem Stuhl". Es gibt eine Schachgruppe für Anfänger und die Gruppe „Yoga über 50". Sehr gut besucht ist an jedem dritten Donnerstag im Monat die Reihe „Kultur unterm Rathausturm" mit Gedichten, Geschichten und Musik. Einmal im Monat steht das Tagesgeschehen von Gerlingen bis Bonn zur Diskussion. Es gibt Bastelangebote oder Treffs zu besonderen Anlässen sowie den erwähnten Markttreff am Samstag. Weitere wiederkehrende Veranstaltungen sind z. B. die Plaudereien auf der Eckbank, eine Talkshow mit Gerlinger Bürgerinnen und Bürgern. Eine Gruppe fährt mit dem Rad von Gerlingen ins Gäu. Es gibt Ausflüge und Besichtigungen, ergänzt durch Lichtbildervorträge, z. B. über alte Gläser. Die Gerlinger Bank hat uns einen Blick hinter die Automaten erlaubt. Wir waren im Hauptbahn-

hof in Stuttgart, auf dem Flughafen, im Funkhaus des Süddeutschen Rundfunks, hinter den Kulissen des Großen Hauses, in der Kerschensteiner-Berufsfachschule in Feuerbach. Bei den Ausflügen nutzen wir möglichst unsere persönlichen Beziehungen für individuelle Führungen. Es gab Vorträge zur Vorbereitung auf Veranstaltungen, etwa auf eine Reise nach Seaham, unserer englischen Partnerstadt. Im Bürger-Treff sahen wir eine Fotoausstellung mit Bildern aus Altgerlingen und Ölkreidebilder einer Hobbymalerin aus dem Altersheim. Besonders erwähnen möchte ich noch die Betreuung kleiner Kinder im Vorkindergartenalter durch Wahl-Omas und auch -Opas. An jedem Donnerstagvormittag geht es dann mit bis zu zwölf Kindern im Bürger-Treff recht lebhaft zu. Eine Gruppe älterer Menschen, angeleitet von Kindergärtnerinnen i. R., hat diese Aufgabe übernommen. Freitags ist eine Gruppe von über Achtzigjährigen im Haus, und jeden zweiten Donnerstag krabbeln nachmittags Kleinkinder umher, während die Mütter Kaffee trinken und Erlebnisse austauschen. Als erste Fortbildungsveranstaltung (bereits im November 1993) fand ein Männerseminar zum Thema „Erwartungen an die Zeit nach dem Beruf" statt. 16 Männer haben daran teilgenommen. Als Dozent referierte ein Fachkundiger vom Paritätischen Bildungswerk in Stuttgart. Die Männer, die damals beim Seminar waren, finden sich fast alle noch häufig im Bürger-Treff. Uns war wichtig, daß hier eine Schwelle ins dritte Lebensalter überwunden wurde. Weitere Seminare sollen folgen. Mit der Hobby- und Interessenbörse möchten wir Menschen mit gleichen Interessen zusammenführen. Einige Kontakte konnten hergestellt werden. Gruppen haben sich gebildet, z. B. für Schachanfänger, Radfahrer, Wanderer. Angebote haben wir von Interessierten bekommen für Bastelangebote oder für Yoga über 50. Alles dies bereichert unser Programm. Menschen lernen einander kennen und können etwas gemeinsam tun.
Wie wird auf den Bürger-Treff aufmerksam gemacht, und wie wird über ihn in der Presse berichtet? Die Presse meint es gut mit uns. Immer wieder schreibt sie etwas über den Bürger-Treff, z. B. unter folgende Überschriften: „Senioren treiben das alte Rathaus um", „Ein echter Selbstläufer", „Brücken zwischen alt und jung", „Wie die Bremer Stadtmusikanten in der schwäbischen Kleinstadt landeten", „Initiative im Alter notwendig". Bis es aber so weit war, war viel Beharrlichkeit nötig gewesen. Jede Woche lancierten wir eine Notiz im Amtsblatt der Stadt Gerlingen/Gerlinger Anzeiger. Über das Veranstaltungsprogramm habe ich vorausschauend und im Rückblick geschrieben. Der Prospekt mit dem Monatsprogramm (DIN A 4, sechsseitig gefaltet) wird an allen wesentlichen Stellen in der Stadt ausgelegt. Für besondere Programmangebote gibt es spezielle Einladungsprospekte mit ausführlichen Hinweisen. Inzwischen funktioniert auch die Mundpropaganda ganz gut.

Als werbewirksamer Paukenschlag diente das Fest „Tag des Bürger-Treffs" am 7. Oktober 1994 im Foyer der Stadthalle. Wir gaben einen Rückblick auf das erste Jahr, der Bürgermeister sprach ein Grußwort und Konrad Hummel vom Sozialministerium referierte über das Projekt und das Thema „Engagement". Ein selbstgestaltetes Spektakel „Wie die Bremer Stadtmusikanten Gerlingen eroberten" wurde begeistert aufgenommen. Mit Musik und Tanz klang der Tag aus. Eingebettet war der Tag des Bürger-Treffs in eine Veranstaltungsreihe „Älter werden in Gerlingen" in Kooperation mit der Volkshochschule und dem Kreisseniorenrat.

4.2. Bürgerschaftliches Engagement – eine Zitatensammlung

Beim „Tag des Bürger-Treffs" haben wir vielfältige Umschreibungen des Bürgerengagements gehört; die uns bedeutsamen haben wir im Folgenden wiedergegeben:

> „Das bürgerschaftliche Engagement hat einen sozialen und einen gesundheitlichen Vorsorgeaspekt. Es baut der sozialen Isolation älterer Menschen vor, die nicht mehr in die Arbeitswelt eingebunden sind. Es sichert ihnen einen Platz in der Gemeinschaft und eine Rolle, die ihnen das Gefühl gibt, unverwechselbar und unverzichtbar zu sein."
>
> „Das freiwillige Engagement soll persönlich befriedigend sein und sich an den Interessen und Fähigkeiten der Interessierten orientieren. Der Tätigkeitsbereich und sein zeitlicher Umfang sollen wesentlich von den Engagierten bestimmt werden, es soll also keine Fremdbestimmung durch Institutionen stattfinden, denn davon bot das Arbeitsleben schon genug. Es geht um Gruppen, die Zeit haben, die etwas tun wollen und die bisher nicht genügend gefordert werden."
>
> „Ehrenamtliches oder bürgerschaftliches Engagement ist keine Massenbewegung, sondern es handelt sich um Minderheiten, die sich engagieren wollen."

5. Von Einzelinitiativen zur Landesinitiative

Es ist gut, etwas zu tun – im überschaubaren Rahmen, mit Freunden, mit Nachbarn. Doch wer etwas politisch bewegen, eine Idee durchsetzen möchte, kann das nur gemeinsam mit anderen. 1994 haben sich über 20 bürgerschaftliche Initiativen im Land, Seniorengenossenschaften, Bürger-Treffs, Ideenbörsen und Wohninitiativen zu einer Arbeitsgemeinschaft bürgerschaftliches Engagement/Seniorengenossenschaften, kurz: ARBES zusammengeschlossen. Die Mitglieder wählten einen Sprecherrat. Dieser wählte einen Vorstand, der sich um das laufende Geschäft kümmert und dem ich als Vorsitzender angehöre. Da ich etwas bewegen möchte, bin bereit, Verantwortung zu übernehmen.

Die Aufgaben der ARBES sind: Erfahrungen austauschen, Interessen der Mitglieder in Öffentlichkeit und Politik vertreten und ehrenamtliche Mitarbeiter fortbilden. Es gilt jetzt, möglichst rasch diese Aufgaben in Handeln umzusetzen; so bieten wir einen Pilotkurs „Sozialmanagement" mit viel Praxisbezug an (100 Unterrichtsstunden an zehn Tagen von März bis November, mit Zertifikat). Bei der dritten Ideenbörse auf dem Stuttgarter Messegelände wird sich die ARBES vorstellen. An vielen Veranstaltungen wirkt sie mit. Vor allem soll der Austausch zwischen den Mitgliedern gefördert werden.
Die Initiativen, die die ARBES startet, haben zum Inhalt: die Ziele und Verwirklichung ihrer Projekte so aufeinander abzustimmen, daß eine gemeinsame Vision des dritten Lebensalters erwächst, in der die Würde des Alters geachtet, die Vielfalt generationen- und nationen-übergreifender Initiativen unterstützt und die praktische Umsetzung vor Ort ermöglicht wird.

(a) Jede Initiative, egal ob Seniorengenossenschaft, Wissensbörse, Bürger-Treff, ist vor Ort auf ihre Weise aktiv. Wir finden vor Ort ganz verschiedene Formen und Organisationen vor. In jedem Fall haben besondere lokale Gegebenheiten zur Gründung der Initiative geführt; sie sind geprägt von den Personen und Rahmenbedingungen am Ort. Und doch sind die Beweggründe eigentlich überall gleich gewesen, sich an die Arbeit zu machen. Nach einer Pionier- und Erprobungsphase kam der Wunsch, mit anderen Erfahrungen auszutauschen und daraus zu lernen. Darum wurde die ARBES gegründet.
(b) Ein zweites kam auch zutage: Es war meist ein kleiner Kreis engagierter Bürger, die z. T. mit Unterstützung der Gemeinden und auch von Fachkräften bei den Initiativen die Arbeit begonnen haben. Inzwischen werden weitere Mitarbeiter gebraucht. Ein größerer Betrieb erfordert Fachwissen. Deshalb steht an zweiter Stelle in der Satzung die Fortbildung, – wieder ein Grund, gemeinsam zu handeln, um gute Fachreferenten zu bekommen und um die Kosten im Rahmen zu halten.
(c) Gemeinsam kann man sich besser in der Öffentlichkeit bekannt machen. Öffentlichkeitsarbeit wurde überall als wichtig erkannt. Alle Mitglieder haben zu „ihrer" Presse bereits gute Kontakte. Vielleicht wäre die Resonanz noch größer, wenn sich ein paar zusammentun, Konzepte erarbeiten, Kontakte schaffen usw. Bei Funk und Fernsehen ist das eine wichtige Voraussetzung. Auch diese Arbeit erfordert Fortbildung und Erfahrungsaustausch.
(d) Nicht nur gegenüber Bürgermeister, Stadtverwaltung und Gemeinderat sind die Interessen der Initiativen zu vertreten. Auch in der Landespolitik sind wichtige Entscheidungen zu treffen (z. B. wenn es ums Geld geht). Ganz besonders hier müssen alle Initiativen mit einer Stimme sprechen, um im

Chor der Interessenvertreter gehört zu werden. Darum steht als Zweck der ARBES in der Geschäftsordnung auch, daß sie zu politischen Fragen Stellung nimmt und Entscheidungen beeinflußt, wenn sie unsere Belange berühren.

Ziel der ARBES ist es, Bürgerinnen und Bürger im neben- und nachberuflichen Engagement zu unterstützen. Bürgerschaftliches Engagement ist gefragt:

(a) von Menschen, die nicht zum „alten Eisen gehören" möchten, sondern aktiv mit anderen und für andere Aufgaben anpacken wollen, und
(b) von Menschen, die Dienste und Hilfen benötigen.

Wer sich engagiert, möchte dies zusammen mit anderen tun und selbst bestimmen dürfen, wo er es tut. Ebenso gleichgewichtig möchten Menschen sich zur Verbesserung ihrer eigenen Lebensqualität engagieren können. Erfolg ist der ARBES und ihren Mitgliedern zu wünschen. Ein Schlußwort zu diesem Bericht kann heute noch nicht geschrieben werden.

Seniorenhilfe Dietzenbach
Ein Praxisbeispiel aus Hessen

Hans Lucas, Wolfgang Thüring

Wie kann eine Seniorengenossenschaft als Förderung der offenen Altenarbeit aus einer Landkreisverwaltung heraus angeregt und begleitet werden? Welches sind die entscheidenden Faktoren? Diesen Fragen wird im folgenden Bericht aus der Praxis einer Seniorengenossenschaft nachgegangen. Zudem werden die Leitlinien des Projektes bestimmt und die Gründe für die erfolgreiche Arbeit herausgearbeitet. Entscheidend für das Gelingen und die Qualität der Arbeit ist die ergebnisorientierte Gestaltung der Schnittstelle von Ehrenamt und Professionalität, von ehrenamtlichen und professionellen Helfern.

1. Entstehungsgeschichte der Seniorenhilfe

Die Seniorenhilfe Dietzenbach ist ein Verein, der nach dem genossenschaftlichen Prinzip arbeitet, und seit April 1994 existiert. Der Anstoß zur Gründung der Seniorenhilfe Dietzenbach ging von der Leitstelle „Älterwerden" des Kreises Offenbach aus. Eine der Aufgaben der Leitstelle ist es, Erkenntnisse aus der Altenhilfeplanung durch die Initiierung von Projekten in der Altenarbeit umzusetzen. Ein Schwerpunkt des 1992 verabschiedeten Altenplans sieht die Förderung der offenen Altenarbeit vor, insbesondere im Blick auf die Zielgruppe der „jungen Alten". Als eine der ersten Umsetzungsmaßnahmen wurde ein Förderprogramm für die Unterstützung von Seniorengenossenschaften für das Jahr 1994 eingerichtet.
Die Leiterin der Abteilung „Altenhilfe" in Dietzenbach zeigte sehr bald Interesse, in ihrer Stadt eine Seniorengenossenschaft zu initiieren. Gemeinsam mit dem Kreis wurde im Frühjahr 1994 eine Veranstaltung organisiert, die den Stein ins Rollen brachte. Auf der Grundlage eines Konzeptes des jetzigen Vereinsvorsitzenden wurde schon zwei Wochen später der Verein „Seniorenhilfe Dietzenbach" gegründet. Bereits im September wurde in einem von der Stadt zur Verfügung gestellten Büro die Arbeit aufgenommen. In knapp einem Jahr hat sich die Seniorenhilfe zu einer festen Größe in Dietzenbach entwickelt. Dies äußert sich unter anderem darin, daß sie selbstver-

ständlich zu den entsprechenden kommunalen Ereignissen, wie beispielsweise den Neujahrsempfang, eingeladen wird. Sie ist mit etwa 650 Mitgliedern einer der größten Vereine dieser Kommune. Im Folgenden sollen die Leitlinien der Arbeit der Seniorenhilfe und einige Gründen für die erfolgreiche Arbeit aufgezeigt werden.

2. Leitlinien des „Dietzenbacher Modells"

Vorbild für die Arbeit der Seniorenhilfe sind die Seniorengenossenschaften in Baden-Württemberg. Wie bei vielen der Genossenschaften dort wurde auch in Dietzenbach der Begriff „Seniorengenossenschaften" im Vereinsnamen vermieden. Der Name „Seniorenhilfe Dietzenbach" wurde gewählt, weil er einfach ist und sich somit alle Bevölkerungsgruppen damit identifizieren können. Die Seniorenhilfe Dietzenbach versteht sich als generationsübergreifender Verein. Das Durchschnittsalter der Mitglieder liegt unter 60 Jahren. Dies ist um so erstaunlicher, da das Alter eines nicht unerheblichen Teils der Mitglieder bei weit über 70 Jahren liegt. Ein geringer Jahresbeitrag und ein breitgefächertes Programm bilden weitere Grundpfeiler des Vereins.

Das System der Zeitgutschriften wurde aus Baden-Württemberg übernommen und modifiziert. Für jede halbe Stunde Tätigkeit erhält jedes Mitglied einen Punkt. Dabei ist es völlig gleichgültig, welche Aktivität angeboten wird. Die Zeitgutschriften werden sowohl in Punktekonten als auch in den Ausweisen der HelferInnen eingetragen. Sie können im Bedarfsfall jederzeit eingelöst werden und sind zwischen Eheleuten, aber auch von Kindern auf Eltern bzw. umgekehrt übertragbar – vorausgesetzt, die Beteiligten sind Mitglieder der Seniorenhilfe Dietzenbach. Die Vorstandsmitglieder arbeiten ehrenamtlich; sie erhalten also für die Teilnahme an Vorstandssitzungen keine Punkte. Dafür gibt es jedoch Punkte für Arbeiten, die nicht funktionsspezifisch sind.

Die Geschäftsordnung regelt die Rechte und Pflichten der aktiven HelferInnen. Sie erhalten einen auf ihren Namen ausgestellten Ausweis, sind während ihres Einsatzes unfall- und haftpflichtversichert und entscheiden frei darüber, ob sie einen von der Zentrale vermittelten Auftrag annehmen oder ablehnen.

Um zumindest einen Teil der laufenden Kosten zu decken, wird von den betreuten Mitgliedern eine Verwaltungsgebühr erhoben. Sie beträgt für die erste Stunde eines jeden Einsatzes 5 DM und für jede weitere Stunde 3 DM.

3. Fünf Gründe für die erfolgreiche Arbeit

Es ist erstaunlich, wie in kurzer Zeit eine Gruppe entstanden ist, die durch ihre Arbeit zu einem wichtigen Element im Altenhilfesystem der Stadt Dietzenbach geworden ist. Im Folgenden sollen fünf Gründe für diesen Erfolg genannt werden. Diese Begründungen beziehen sich ausschließlich auf die spezifische Situation in Dietzenbach. Dabei wird deutlich werden, wie alle diese Begründungen miteinander verwoben sind und erst in ihrer Gesamtheit ein abgerundetes Bild ergeben. Auf viele allgemeine Ursachen für die erfolgreiche Arbeit von Seniorengenossenschaften wird an dieser Stelle nicht eingegangen, obwohl sie sicherlich auch für Dietzenbach relevant sind.

3.1. Bedingungen vor Ort – Dietzenbach, eine junge Stadt

Dietzenbach ist eine Stadt mit 30.000 Einwohnern im Ballungsraum des Rhein-Main-Gebietes gelegen. In den letzten 25 Jahren hat sich die Bevölkerung in dieser Stadt fast verdreifacht. Der Anteil an ausländischen MitbürgerInnen ist mit rund 27 % sehr hoch. Der Anteil der über Fünfundsechzigjährigen ist mit 8,5 % vergleichsweise gering. Die Zahl der Fünfzig- bis Fünfundsechzigjährigen, die den Großteil der Mitglieder der Seniorenhilfe ausmachen, liegt im Vergleich zur Gesamtbevölkerung mit 18,3 % wiederum relativ hoch. So wird die junge Stadt Dietzenbach langsam alt. Obwohl in Dietzenbach immer noch viel gebaut wird und jüngere Menschen hinzukommen, gleichen diese den Anstieg der Altenbevölkerung nicht mehr aus. Da nach einer Untersuchung der Altersstruktur die meisten Mitglieder zwischen 50 und 65 Jahren alt sind, ist in Dietzenbach ein großes Potential für die Arbeit in einer Seniorengenossenschaft vorhanden. Die derzeitige Altenbevölkerung setzt sich vor allem aus Menschen zusammen, die in Dietzenbach ihre Wurzeln haben. Sie sind in eingesessenen Verbänden und Vereinen integriert oder nehmen die Angebote der traditionellen offenen Altenarbeit wahr. Dies ist nicht so und in viel geringerem Umfang bei den Fünfzig- bis Fünfundsechzigjährigen der Fall; für diese Gruppe, die zumeist erst in den letzten Jahren nach Dietzenbach gezogen ist, bildet die Seniorengenossenschaft als neue Organisation die Möglichkeit, sich zu integrieren, da hier keine traditionellen Strukturen vorgegeben sind.

3.2. Arbeitsweise der „Seniorenhilfe Dietzenbach"

Für die besondere Arbeitsweise der Seniorenhilfe Dietzenbach sind drei Gesichtspunkte bedeutungsvoll: die Organisationsstruktur, die Öffentlichkeitsarbeit und die Mitgliederwerbung.

(a) *Organisationsstruktur:* Der äußere Organisationsrahmen kann mit den Begriffen „Einfachheit“ und „Klarheit“ charakterisiert werden. Kopf des Vereins ist der elf Männer und Frauen umfassende Vorstand. Hier laufen die Fäden zusammen, wobei jedes Vorstandsmitglied seinen eigenen Zuständigkeitsbereich hat. Besonders positiv wirkt sich aus, daß zumindest bei einigen Bereichen die Verantwortlichen über einschlägige berufliche Erfahrungen verfügen. Diese Arbeitsaufteilung bewirkt, daß die Mitglieder eine klare Struktur vorfinden, die es ihnen ermöglicht, sich an das jeweils zuständige Mitglied zu wenden. Diese Klarheit und Eindeutigkeit setzt sich bei der Organisation der Hilfen fort. Dank Computertechnik und einem einfachen, aber effektiven Abrechnungssystem ist es möglich, daß bis zu 15 verschiedene Menschen die Organisation des Büros problemlos sicherstellen können.
Ein weiteres Merkmal einer effektiven Arbeitsstruktur ist, daß die Hilfeangebote klar definiert sind. Dabei wurde darauf geachtet, daß eine Konkurrenz mit professionellen Angeboten vermieden wird. Dennoch zeigt sich in der Praxis, daß durch neue Hilfeanforderungen über die Palette der Angebote immer wieder nachgedacht werden muß. Dabei werden aber neue Hilfeleistungen nicht stillschweigend übernommen. Vor der Aufnahme in die offizielle Angebotspalette findet eine intensive Diskussion im Vorstand und beim Treffen der aktiven HelferInnen statt.
Zur Struktur der Seniorenhilfe gehört, daß sie die Vermittlung und Durchführung der Hilfen sehr gewissenhaft betreibt. So wird beispielsweise unterschieden zwischen einfacher Vermittlung von Hilfen, die der Bürodienst unverzüglich durchgeführt, und schwierigen Vermittlungen, die mit einer dafür benannten Frau des Vorstands abgesprochen werden müssen. Die betreffende Person ist von Beruf Krankenschwester und verfügt über eine gute Menschenkenntnis. Ziel der Vermittlung ist es, die Personen zusammenzubringen, die zueinander passen. Diese gründliche Vermittlungsarbeit schafft Sicherheit bei Hilfesuchendem und -gebendem.
Für alle Aktiven findet darüber hinaus ein monatliches Treffen statt, bei dem einzelne Probleme mit den Fachkräften aus der Stadt Dietzenbach und dem Kreis Offenbach besprochen werden können.
(b) *Öffentlichkeitsarbeit:* Für die Mitglieder des Vereins gibt es sechsmal im Jahr einen Rundbrief, in dem alle wichtigen Termine und die Mitglieder interessierenden Themen enthalten sind. Diese Schrift ermöglicht es auch den passiven Mitgliedern, das Geschehen zu verfolgen. So ist der Rundbrief gerade dafür wichtig, daß aus passiven Mitgliedern aktive werden. Darüber hinaus wird eine sehr intensive Pressearbeit betrieben. Bisher war das Interesse der Medien allerdings so groß, daß der Verein auch ohne Bemühungen des Vorstands genügend Publizität hat.

(c) *Mitgliederwerbung:* Bei der Seniorenhilfe wurde von vornherein davon ausgegangen, daß nur ein Teil der Mitglieder – etwa 20% – aktiv wird. Mit erheblichem Einsatz des Vorstands wurde daher in der ganzen Stadt um Mitglieder geworben. So hat die Seniorenhilfe nach nicht einmal einjährigem Bestehen bereits über 600 Mitglieder, und es ist tatsächlich so, daß etwa 20% davon aktive HelferInnen sind.
Da es sich bei den meisten Aktiven um Menschen handelt, die auch bisher schon ehrenamtlich tätig waren, spielt bei der Entscheidung für die Seniorenhilfe die spezifische Form dieses Vereins eine große Rolle. Die Seniorenhilfe bietet dem einzelnen die Möglichkeit, frei zu entscheiden wann, wo und über welchen Zeitraum er sich engagiert. Es ist auch von Bedeutung, daß sie Seniorenhilfe ein Stück Sicherheit für den Fall bietet, daß jemand selbst pflegebedürftig wird.

3.3. Der Gemeinschaftsgedanke bei der „Seniorenhilfe Dietzenbach"

„Miteinander – füreinander" – dieses Motto wird von der Seniorenhilfe als oberstes Ziel des Vereins benannt. Dabei wird dieser Slogan nicht nur auf die Arbeit der HelferInnen bezogen, sondern er umschreibt das Ganze der Seniorenhilfe. Die Seniorenhilfe greift in diesem Sinne auch das Bedürfnis nach Kommunikation auf. Zum Kennenlernen, zum Reden und Kontakte knüpfen wurde daher ein wöchentliches Treffen ins Leben gerufen. Dieses Treffen ist für alle Mitglieder des Vereins offen. Es ist damit ein Treffpunkt für jung und alt, für Helfer und Betreute, für aktive und passive Mitglieder.
Auch Bildungsinteressen und kulturelle Bedürfnisse werden in Form von Veranstaltungen, Vorträgen und Kursen angesprochen. Diese Angebote werden ausschließlich von Mitgliedern gestaltet, die dafür Zeitpunkte gutgeschrieben bekommen. Hier zeigt sich auch, daß das System der Zeitgutschriften viele Möglichkeiten zum direkten Tausch bietet und das Prinzip des Zeittausches einen erheblichen Beitrag zur Förderung des Gemeinschaftsgedankens leistet.
Dieses umfassende Gemeinschaftsverständnis bei der Seniorenhilfe Dietzenbach weist auf die gesellschaftliche Bedeutung der Seniorengenossenschaften hin. Hier wird nicht nur eine Lücke im ambulanten System der Hilfeleistungen geschlossen, sondern auch eine Antwort auf die wachsende „Singularisierung", insbesondere im Alter, gegeben. Der genossenschaftliche Gemeinschaftsgedanke birgt die Möglichkeit, neue Lebensperspektiven, z. B. auch in gemeinschaftlichen Wohnprojekten, zu entwickeln.
Der Gedanke der Gemeinschaft wird von der Seniorenhilfe auch im Hinblick auf die Stadt Dietzenbach gesehen. Das Verständnis, ein Teil der Kommune

zu sein und in dieser eine bestimmte Rolle einzunehmen, ist sehr ausgeprägt. Dabei wird die Kommune als gleichwertiger Partner betrachtet, und es wird sehr darauf geachtet, daß die Unabhängigkeit des Vereins nicht verloren geht.

3.4. Schnittstelle: Ehrenamt – Professionalität

Von Anfang an waren die Stadt Dietzenbach und der Kreis Offenbach an der Gründung der Seniorenhilfe beteiligt. Somit ging der erste Anstoß von hauptamtlichen Mitarbeitern/innen aus. Nach der ersten Veranstaltung wurde die Initiative von den ehrenamtlichen Vereinsmitgliedern übernommen. Das bedeutet jedoch nicht, daß die Profis nun nicht mehr gebraucht würden. Da der Verein völlig selbständig arbeitet, kann er den Professionellen sehr selbstbewußt gegenübertreten. Im Laufe des Jahres hat sich ein partnerschaftliches Verhältnis herausgebildet. Die Professionellen vom Kreis Offenbach und insbesondere bei der Stadt Dietzenbach haben eine beratende Funktion vor allem bei fachlich inhaltlichen Fragen übernommen. So beteiligen sie sich am monatlichen Aktiventreff, bei dem Probleme der konkreten Arbeit besprochen werden. Sie haben hier die Funktion, die Arbeit der Seniorenhilfe fachlich abzusichern. Dies hat für die Motivation der aktiven HelferInnen erhebliche Bedeutung. Die Altenberaterin der Stadt Dietzenbach ist zudem auch eine mögliche Ansprechpartnerin im Alltag bei Problemen.
Dieses Verhältnis von Hauptamtlichen und ehrenamtlichen HelferInnen hat sich bisher als sehr gewinnbringend erwiesen. Für die Zusammenarbeit ist entscheidend, daß die Partner nicht in einem Abhängigkeitsverhältnis zueinander stchen. Dies ist ein Beispiel dafür, wie die Arbeit einer Seniorengenossenschaft fachlich abgesichert werden kann, ohne daß sie dafür ihre Unabhängigkeit aufgeben muß.

3.5. Die „Seniorenhilfe Dietzenbach“ als Teil des Altenhilfesystems

In der Fachdiskussion haben Vernetzung und Koordination in der Altenarbeit in den letzten Jahren immer mehr an Bedeutung gewonnen. In der Stadt Dietzenbach hatte diese Diskussion die Konsequenz, daß ein Seniorenzentrum geschaffen wurde, in dem neben „betreuten“ Wohnungen auch die offene Altenarbeit ihren Sitz hat. Darüber hinaus sind hier die Anbieter der ambulanten Dienste und die Abteilung „Altenhilfe“ der Stadt angesiedelt. In regelmäßigen Besprechungen wird die Arbeit koordiniert. Auf städtischer Ebene gibt es einen Seniorenbeirat, der sich aus Vertretern/innen der Verbän-

de in Dietzenbach zusammensetzt und sehr eng mit den kommunalen Einrichtungen kooperiert. In ihm ist auch die Seniorenhilfe vertreten.
Durch die Integration der Seniorenhilfe in das Altenhilfesystem der Stadt Dietzenbach wird sowohl in der Öffentlichkeit als auch unter den Mitgliedern sehr deutlich, daß die Hilfeangebote der Seniorengenossenschaft eine Lücke im Altenhilfesystem schließen und sie somit dringend gebraucht werden. Es hat sich gezeigt, daß diese Tatsache unter den aktiven Mitgliedern eine großen Motivationsschub erzeugt hat.
Diese Integration in die städtische Altenarbeit erhöht die Effizienz der Seniorengenossenschaften als auch bei den professionellen Angeboten, da durch eine koordinierte Arbeit Tätigkeiten, die nicht in den Bereich der Seniorengenossenschaft fallen, auf kurzem Wege anderweitig vermittelt werden können.
Bei einer engen Zusammenarbeit von professionellen Anbietern mit ehrenamtlichen Helfern besteht die Gefahr, daß letzere zu Handlangern der Professionellen werden. Dies ist in Dietzenbach nicht der Fall. Der Hauptgrund dafür ist, daß die Seniorenhilfe trotz einer engen Zusammenarbeit mit professionellen Diensten großen Wert auf Eigenständigkeit und Unabhängigkeit legt. Dies ist gemeinsam mit einer klaren Eingrenzung des Tätigkeitsfeld sicherlich die Voraussetzung dafür, um in einem von Professionellen geprägten System bestehen zu können.
Bei den Seniorengenossenschaften plant der Kreis zusätzlich zur finanziellen Förderung eine Unterstützung durch Qualifikationsprogramme und Fortbildungen. An diesen Angeboten sollen neben den Seniorengenossenschaften auch andere ehrenamtliche Initiativen in der Altenarbeit beteiligt werden. Dabei wird davon ausgegangen, daß Seniorengenossenschaften eine von vielen möglichen Formen des Engagements darstellen. Der Kreis sieht seine Aufgabe darin, alle Formen des ehrenamtlichen Engagements auf Kreisebene zu unterstützen und durch gemeinsame Zusammenkünfte die Kooperation verschiedener Angebote zu fördern.
Die Seniorenhilfe ist in eine kreisweite Struktur ehrenamtlichen Engagements eingebunden, welche ein wichtiges gegenseitiges Unterstützungssystem für die Arbeit vor Ort darstellt.
Die Auswirkungen auf die örtliche Gesellschaft sind spürbar. Die Arbeit der Seniorenhilfe hat dazu geführt, daß in der Stadt ein neues Gefühl von Gemeinschaft entstanden ist. Die Seniorenhilfe hat gezeigt, daß durch bürgerschaftliches Engagement in kurzer Zeit viel zu erreichen ist. Dem versuchen andere Initiativen nachzueifern. Bei den Kommunalpolitikern stoßen sie auf offene Ohren, weil diese nicht zuletzt durch die Seniorenhilfe mehr Vertrauen in die Möglichkeiten bürgerschaftlichen Engagements haben. Auf seiten der Verwaltung ist spürbar, daß Initiativen aus der Bürgerschaft zunehmend

ernstgenommen werden. Inwieweit diese Auswirkungen allein auf die Existenz der Seniornhilfe zurückzuführen sind, bedarf jedoch einer genaueren Analyse.

4. Ausblick – Seniorengenossenschaften in Hessen

Im Kreis Offenbach gibt es neben der „Seniorenhilfe Dietzenbach" eine weitere Seniorengenossenschaft in Dreieich. Durch Berichte in den Medien wurden beide Vereine hessenweit bekannt und haben im ganzen Land großes Interesse hervorgerufen. Täglich treffen bei den Seniorengenossenschaften Anfragen ein. Auch das zuständige Ministerium hat reagiert, indem es zunächst gemeinsam mit der Leitstelle „Älterwerden" des Kreises Offenbach eine Veranstaltung zu diesem Thema organisiert.

Wenn hier vom „Modell Dietzenbach" die Rede war, so vor allem deshalb, weil Dietzenbach zum Vorbild für weitere Seniorengenossenschaften in Hessen werden könnte. Ob sich weitere Gruppen bilden werden, wird unter anderem auch davon abhängig sein, inwieweit das Land Hessen bereit sein wird, diese Gruppen durch finanzielle Mittel und fachliche Beratung zu unterstützen.

Würdigung und Wertschätzung – oder: Gemeinden anerkennen, was Pflegende leisten
Ein bürgerschaftlicher Beitrag zur Unterstützung von Pflegenden

Irene Steiner-Hummel, Hannes Wetzel

Der nachfolgende Beitrag stellt das vermeintlich „private" Engagement pflegender Angehöriger in den erweiterten Zusammenhang bürgerschaftlichen Engagements und ermöglicht damit neue Zugänge und Unterstützungsformen zur Aufrechterhaltung, Qualifizierung und Öffnung dieser Tätigkeit hin zum Gemeinwesen. Vorgestellt wird die Zusammenarbeit vom Bürgerbüro Kirchheim und vom Bürgertreff Nürtingen mit dem Projekt „Solidarisch mit Angehörigen". Mit den „Würdigungsabenden" wird einerseits die Verantwortung der Kommunen eingeklagt, andererseits erleben pflegende Angehörige als „engagierte BürgerInnen" Teilhabe und Verbundenheit. Damit werden auch Impulse gegeben, den „Dienstleistungsmarkt" Altenpflege in einen erweiterten Zusammenhang bürgerschaftlichen Engagements zu stellen. Andere Projektträger folgen diesem Programmansatz der „Würdigungsabende".

1. Pflegende: eine marginalisierte Gruppe

Was Pflegende leisten, vollzieht sich meist in der Privatsphäre, stellt aber eine bedeutsame Gemeinschaftsleistung dar. Pflegende Angehörige ermöglichen durch ihr Engagement, daß Bürger und Bürgerinnen, die gebrechlich und hilfebedürftig sind, in der eigenen Häuslichkeit bleiben können. Die meisten ziehen diese Lebensform allen anderen vor. Sie bedeutet ihnen Lebensqualität, ermöglicht durch die Unterstützung von nahen Verwandten. Pflegende Angehörige befinden sich, bezogen auf das Gemeinwesen, in einer ausgegrenzten Lebenssituation. Sie erfahren wenig Teilhabe von außen und sind von Teilen des öffentlichen Lebens abgeschnitten. An diesem Lebensgefühl ändert der Kontakt zu ambulanten Diensten nur wenig.

Lebensqualität für Pflegende wächst, wenn sie Wertschätzung und Verbundenheit erfahren. Wer sich in Zeiten großer Herausforderung auf andere stützt und sich in einen größeren Kreis eingebunden weiß, gewinnt Sicherheit und Widerstandskraft. Wertschätzung und Würdigung sind Formen sozialer Unterstützung in einer Gemeinde. Sie sind genauso notwendig, wie die Palette der ambulanten und teilstationären Hilfen, benötigen aber eigene Formen der Umsetzung.

2. Leitgedanken einer bürgerschaftlichen Angehörigenarbeit: Unterstützung durch Würdigung

Die Gemeinde beachtet die Lebenslage von Pflegenden vor Ort und setzt sich mit ihr auseinander. Sie bringt ihren Respekt zum Ausdruck und schafft eigenständige Formen, damit Bürgerinnen und Bürger auch in dieser Lebenssituation Zugehörigkeit und Anerkennung erfahren. Verbundenheit und Wertschätzung müssen spürbar und sichtbar sein.
Wertschätzung und Würdigung entstehen im wechselseitigen Austausch. Sie beruhen darauf, daß Menschen sich in ihrer jeweiligen Eigenheit im öffentlichen Raum wahrnehmen. Sie konstituieren sich erst im Geflecht von Gruppenbeziehungen. Sie sind Ergebnis von Interesse und Interaktion vielfältiger Gruppen und Individuen. Erst im öffentlichen Raum wird Teilhabe konkret als soziales Erlebnis eingelöst. Sie wendet sich an alle Pflegenden. Sie beschränkt sich nicht auf Ehrungen von Einzelpersonen mit herausragenden Leistungen durch Repräsentanten von Politik, Wirtschaft und Kultur. Würdigung und Wertschätzung sind auf Kommunikation und Begegnung von BürgerInnen und Betroffenen ausgerichtet. Dadurch können sich neue Perspektiven der Hilfe auf Gegenseitigkeit eröffnen. Indem Wertschätzung und Würdigung öffentlich und gemeinschaftlich erfolgen, wird der Wert von Pflege durch Angehörige offensichtlich.
Wertschätzung kann in drei Formen stattfinden:

(a) als soziale Wertschätzung von Fachkräften und Freiwilligen durch geeignete Kommunikation und Unterstützung;
(b) als kulturelle Wertschätzung von Pflege als Feld sozialer Erfahrung und lebensgeschichtlicher Herausforderung;
(c) als instrumentelle Wertschätzung durch Tauschleistung und Belohnungen vielfältigster Art.

Wertschätzung ist sowohl Voraussetzung als auch Ergebnis eines Prozesses, der viele Einzelpflegebeispiele öffentlich macht und sie in völlig veränderte Milieus und Wahrnehmungszusammenhänge überführt. Für Bürgermeister, Sozialstationsleitungen oder Künstler einerseits als auch für Schwestern, Schwiegersöhne oder Nachbarn andererseits ist die Art des öffentlichen Dialogs „normaler kultureller“ Zusammenhänge und bürgerlicher Schauplätze – weder Blumenstraußbesuche noch Krankenbettatmosphäre – eine praktische Chance veränderter Selbstwahrnehmung mit politischen Folgen.

Die Fragen danach, wer und wie eingeladen wird, wer mithilft und welches kulturelle Niveau beabsichtigt ist, welcher Bürgermeister wann spricht, stehen exemplarisch dafür. Gemeinschaftliche Formen schaffen Gelegenheiten zu vielseitiger Mitwirkung von BürgerInnen. Sie sind ein Schritt zu gemeinschaftlicher Problemlösung. Bürgerschaftliches Engagement und Verantwortung füreinander in der Lebenssituation mit Pflege werden gestärkt. Sie eröffnen neue Wege nicht-professioneller Unterstützung und schaffen neue Elemente einer kommunikativen Infrastruktur für alle Interessierten. Sie geben praktische Antworten auf das Postulat „inszenierter Solidarität" angesichts der Risiken gesellschaftlicher Individualisierung.

3. Das Beispiel zweier Kommunen: Wertschätzung als Projekt – oder: Pflegenden ein Fest bereiten

In der Stadt Kirchheim unter Teck (37.000 Einwohner) und der Stadt Nürtingen (40.000 Einwohner) im Landkreis Esslingen sind im Laufe eines Jahres als Umsetzung des Projekts „Solidarisch mit Angehörigen" zwei Würdigungsinitiativen mit unterschiedlichem Profil entstanden. In beiden Städten führten Projekt- und Beteiligungsaktionen zu einem Fest für Pflegende, an denen sich die kommunale Führungsspitze und Bürgergruppen aus verschiedenen Handlungsfeldern beteiligten.
In Kirchheim stand das Fest als „Tag des Schmetterlings" im Zeichen lebensbejahender Erlebnisse zum Auftanken. Zum Programm gehörten Musik, Varieté und Humor. In Nürtingen ging es um die Würdigung der Erfahrung von Pflegenden, wie sie in der Erzählaktion „Gepflegte Geschichten" durch die Bürgergruppe der Schreibwerkstatt gesammelt und veröffentlicht wurde. Als Abschluß des Projekts lud der Oberbürgermeister alle Pflegenden zu einem Kulturabend ein. Leitgedanken bildete ein Gedicht aus den „Gepflegten Geschichten" mit dem Titel: „Und dafür danke ich Dir ...".
Beiden Veranstaltungen waren umfangreiche Beteiligungsaktionen vorausgegangen. In Nürtingen hatten über 40 Pflegende mit verschiedenen Beiträgen mitgewirkt. In Kirchheim wurden Betroffene, Freiwillige und Fachkräfte über ein kulturelles Wunschprogramm und einen runden Tisch an der Planung beteiligt. In einem zweiten Schritt wurden die wichtigsten Organisationen der ambulanten Altenhilfe, der Frauen- und Behindertenarbeit sowie Bürgergruppen im Umfeld des neu entstandenen Bürgerbüros für die Mobilisierung und Vermittlung von pflegenden Angehörigen gewonnen. Der „Tag des Schmetterlings" schloß das erste Jahr eines differenzierten Zielgruppenprogramms ab, das das Projekt „Solidarisch mit Angehörigen" als Baustein des Pflegenetzwerkes initiiert hatte.

3.1. Programmkriterien

Für die Programmgestaltung der Feste gibt es drei Kriterien:

(a) Wir streben eine Balance zwischen bürgerschaftlichen und professionellen Kulturbeiträgen an;
(b) Wir achten auf einen hohen Erlebniswert der Programmelemente und der räumlichen Inszenierung;
(c) Wir schaffen Beteiligungs- und Identifikationsmomente jenseits von Pflege.

Der „Tag des Schmetterlings" stellte humoristische Verbindungen zu kommunalen und kirchlichen Vertretern her. In den Zauberaktionen wurden aktuelle Formen der Publikumsbeteiligung verwendet. Lokale Zugehörigkeit war das Ziel des heimatkundlichen Quiz, und die verschiedenen Beiträge von Laienmusikern und ein bürgerschaftliches Varieté hatte Lokalkolorit. Preise regten Erlebnisse an (Gutscheine für Kultur, Genuß und Gesundheitsförderung in Kirchheim). Der Würdigungsabend in Nürtingen umfaßte offizielle Ansprachen von Oberbürgermeister und Projektrepräsentanten. Musikalisch und tänzerisch wurden Belastungssituationen aufgegriffen und schafften mit Chor und mit Kleinkunst eindrucksvolle Verdichtungen. Persönliche Identifikationen stellte eine Talkshow mit Mitwirkenden der Erzählaktion her. In beiden Veranstaltungen ist es gelungen, Pflegenden ein bedeutsames Erlebnis in ihrer Rolle als pflegende Angehörige in der Gemeinschaft zu ermöglichen. Darauf beziehen sich Beteiligte seither als eigenständige Form bürgerschaftlichen Engagements.

3.2. Projektorganisation

Bei der Projektorganisation gehen wir von der Mobilisierung von vier Handlungsfeldern aus:

(a) Die Pflegenden selber müssen sich angesprochen fühlen und vertreten sein;
(b) Die Fachkräfte müssen den Sinn der Aktion verstehen und ihre Vermittlungsfunktion aktiv wahrnehmen;
(c) Die kommunale Spitze muß sich hinter die Würdigung stellen;
(d) Bürgergruppen und Freiwillige müssen für das Projekt begeistert werden.

In Nürtingen engagierten sich immer nur einzelne Schlüsselpersonen oder kleine Gruppen aus den vier Handlungsfeldern, aber dafür wiederholt und kontinuierlich über einen längeren Zeitraum. In Kirchheim wirkten BürgerInnen, Verwaltungsspitze, freiwillige Helfer und Fachkräfte punktuell, bei der Mobilisierung und bei der Festorganisation jedoch breit mit. Es gab Vereinbarungen mit den Stadtverwaltungen über die Ausrichtung des Festes, vorbereitende Absprachen oder Projektsitzungen, schriftliche Beteiligungsaktionen bei Betroffenen, Multiplikatoren und Helfern der ambulanten Dienste. In beiden Städten wandte sich die kommunale Spitze mit einem offenen Brief an die Angehörigen. Die Presse begleitete die Aktionen kontinuierlich. Die Vorbereitungen erstreckten sich über eine Zeitraum von sechs Monaten. In Kirchheim legten wir besonderen Wert auf vernetztes Vorgehen. In Nürtingen konnten wir circa 100 Angehörige und 60 Mitwirkende einbeziehen; in Nürtingen 150 Zuhörer und 60 Mitwirkende. Die Kosten liegen zwischen 2.000 DM und 5.000 DM.

4. Bewertung

In beiden Städten gelang die Mobilisierung von Pflegenden, insbesondere der älteren pflegenden Ehefrauen. Dies scheint uns besonders wertvoll zu sein, weil Partnerpflege starker sozialer Kontrolle unterworfen ist und das Eigenleben von Pflegenden besonders einschränkt. Durch das öffentliche Arrangement der Feste erreichte die Idee der Würdigung für Pflegende die lokale Öffentlichkeit. Die Presse und das Lokalradio berichteten. An beiden Veranstaltungen waren Akteure aus gesellschaftlichen Bereichen beteiligt, die mit dem Pflegethema kaum in Berührung kommen. Wir werten dies als Beitrag zur Normalisierung von Pflegesituationen. Angehörige finden sich selbstverständlich eingebettet in multiple Gruppen.

Der besondere Aufforderungscharakter der jeweiligen Veranstaltung vermittelte Mitwirkenden und TeilnehmerInnen Aufmerksamkeit, Bereicherung und Wertschätzung. Eindrücklich berichteten BesucherInnen über die belebende Wirkung, die Beiträge kleiner Gruppen und Einzelpersonen im Arrangement einer Gemeinschaftsinitiative entfalten können. Aufwand und Verpflichtung für Freiwillige blieben überschaubar.

Ein weiteres positives Erlebnis stellen die Kommunikations- und Vernetzungseffekte dar, die im Laufe der Planung entstehen. Fachkräften kommt besonders entgegen, daß sie als Türöffner bei Pflegenden wirken können. Dies stellt eine konstruktive Alternative zu den häufigen Erlebnissen von Hilflosigkeit gegenüber Angehörigen dar. Ihre Mitwirkung kostete sie wenig Zeit und Energie. Sie profitierten in einzelnen Pflegehäusern direkt von der Wertschätzung, die Angehörige erfahren haben.

Die Grenzen solcher Veranstaltungen liegen in ihrer Vergänglichkeit. Tragfähige Unterstützung muß kontinuierlich durch Personen und Aktionen in

den Pflegealltag hineinreichen. Würdigung und Wertschätzung können erst im Umfeld kontinuierlicher kommunikativer Ereignisse als kommunales Programm wirken. Erst dann werden sie sichtbarer Ausdruck einer solidarische Haltung bei Fachdiensten, in der Bürgerschaft und bei der Kommune.
Die derzeitige Projektstruktur in Nürtingen/Kirchheim ermöglicht den Versuch, diese Veranstaltungsformen kontinuierlich jährlich durchzuführen, ihnen einen Stellenwert in den „Jahreskalendern" der Kommunen zu sichern. An beiden Orten wurden GemeinderätInnen beteiligt.

5. Voraussetzungen und Perspektiven einer breiten Umsetzung dieses Ansatzes

Diese Zusammenfassung soll noch einmal den „feinen kleinen Unterschied" in der großen Landschaft der sozialen Maßnahmen und Veranstaltungen betonen. Nicht daß eine solche Veranstaltung zustande kommt, ist das Problem, sondern wie und mit welcher *Haltung* sie getragen wird – das gilt derzeit für viele Projektunterschiede an der Schnittstelle sozialer, ehrenamtlicher oder bürgerschaftlicher Maßnahmen. Würdigung und Wertschätzung sind Ergebnisse einer einfühlsamen und kreativen Inszenierung mit Hilfe eines völlig anderen Rollenverständisses auf beiden Seiten. Angehörige sind hier auch Bürger, und die Stadt ist nicht nur Dienstleistungsbetrieb. Initiatoren kennen die Lebenslage, Bedürfnisse und Formen der Pflegenden. Notwendig ist eine Philosophie gemeinsamer Verantwortung und Wertschätzung für Menschen, die Pflege leisten, aber auch die Bejahung eines begrenzten Engagements von Dritten. Personen aus dem öffentlichen Leben haben Modellfunktion, wenn sie diese Philosophie authentisch vermitteln.
Für die Wirkung ist es unerläßlich, daß die politische Spitze die Botschaft mitträgt. Würdigung muß ein gemeinsames Programm in der Gemeinde darstellen. Die Vernetzung der Fachdienste unterstützt die Breitenwirkung. Auch für diejenigen, die sich vermittelnd einsetzen, gilt, daß aufrichtiges Interesse und Parteilichkeit für die Lebenslage von Pflegenden Teilnahme erschließen.
Die Ausrichtung auf Kulturveranstaltungen ermöglicht bei den BürgerInnen neue Perspektiven und Erlebnisse und dadurch wirksame Distanzierung vom eigenen schwierigen Alltag. Symbolische Ausdrucksformen unterstützen Identifikation und Abgrenzung. Im gemeinsamen kulturellen Erlebnis können sich Menschen zugehörig fühlen und sich sozial vergewissern. Beide Prozesse sind für die Stabilisierung der persönlichen Identität im sozialen Raum notwendig und hilfreich. Auf ihnen beruhen die positiven Effekte von

sozialer Unterstützung (Steiner-Hummel 1994, S. 231 ff.). Weitere Maßnahmen sind denkbar und wurden zum Beispiel zwischen Bürgertreff und Kontaktstelle in der Erzählwerkstatt realisiert (Schreibwerksatt am Bürgertreff Nürtingen 1994). Angehörige gehen als sprechende Bürger an die Öffentlichkeit. Auch hier gilt das Interesse weder einem zu erwartenden Mitleid noch einer lobbyistischen Anwaltsfunktion. Die Darstellungsform öffnet Zugänge zu anderen Bürgern, sucht Besonderes und Gemeinsames darzustellen und bereichert selbstbewußt die kulturelle Vielfalt unserer Gemeinwesen durch die Teilhabe von Betroffenen: Engagement lohnt sich!

Teil 3
Neue Wege freiwilligen Engagements

Ehrenamtliches Engagement und öffentliche Förderung

Armin Brosch

Eine Gesellschaft lebt davon, daß sich Menschen um eine Idee scharen und sich tätig einbringen. Diese Menschen sehen ihr Handeln als Ausdruck ihres Lebens, das sie als Teil einer Gemeinschaft begreifen. Hierin zeigen sie ihr Selbstverständnis als Bürger. Ihr Engagement speist sich aus unterschiedlichen Motiven, die nach Amatei Etzioni (1994, S. 150 ff.) aus einer Kombination ihrer Fähigkeit, Vergnügen zu generieren, und ihrem moralischen Status bestehen, und äußert sich in unterschiedlichen Formen, beispielsweise im freiwilligen, sozialen oder bürgerschaftlichen Engagement und in verschiedenen Tätigkeitsfeldern. Scheinbar ähnliches Verhalten kann nach seiner Intention sehr verschieden sein. Scheinbar unterschiedliches Verhalten kann auf der gleichen Intention beruhen. Diese Diversifikation stellt eine Folge der Pluralisierung und Individualisierung der Lebenslage und der Lebensstile dar. Lineare Zusammenhänge von Intention oder Lebenslage im weiteren Sinne und Formen des Engagements reichen allein zur Beschreibung nicht mehr aus: Arbeiter engagieren sich nicht nur in der Arbeiterwohlfahrt, sondern auch in Sportvereinen. Dort ist aber Leistung wichtiger als Herkunft. Biographische Zusammenhänge und Lebensstile müssen berücksichtigt werden. Erst wenn man die *Intention* von der Form des Engagements unterscheidet, kann man die Form der Anerkennung von der Art der Tätigkeit trennen. Wenn man andererseits die Anerkennung mit der Intention verbindet, schließt sich der individuelle Kreis von Intention, Tat und Belohnung.

Diese Hinwendung von der Tätigkeit zur Person, die tätig ist, soll am Beispiel öffentlicher Förderung freiwilligen Engagements dargestellt werden. Hierzu werden die verschiedenen Ausprägungen ehrenamtlichen Engagements beschrieben und die quantitative Bedeutung ehrenamtlichen Engagements in Baden-Württemberg dargestellt; anschließend wird die Entwicklung dieser Hilfeform eingeschätzt (Abschnitt 1). Im nächsten Schritt werden die Formen öffentlicher Förderung nach ihrer Dimension unterschieden und mit Tätigkeitsfeldern und persönlichen Motiven nach der Frage differenziert, welche Art öffentlicher Förderung paßt zu diesem Tätigkeitsfeld und zu den Motiven der Engagierten (Abschnitt 2). Abschließend wird die Bedeutung öffentlicher Förderung ehrenamtlichen Engagements für die Beurteilung und zur eigenen Gestaltung von Demokratie hervorgehoben (Abschnitt 3).

1. Ehrenamtliches Engagement in der Gesellschaft

1.1. Vielfältiges ehrenamtliches Engagement

Seit längerem werden aus Gründen der Identifikation, des Images, des Prestiges und der Öffentlichkeitsarbeit neue Namen für einzelne Formen des Engagements in die Diskussion eingebracht: Die Unterscheidung von „neuem“ und „altem“ Ehrenamt, freiwillige soziale Tätigkeit, kulturelles, soziales, politisches Engagement sowie der Begriffe „Voluntäre“, „Streeter“[1] und bürgerschaftliches Engagement zeugen einerseits von einer Veränderung der Selbstwahrnehmung und der Motivation und andererseits von dem Versuch, dem jeweils Besonderen und Neuen mit einem griffigen Namen Kontur zu verleihen.
Gemeinsam ist den Engagementsformen, daß sie nicht abschließend definiert werden können, so daß alle Spielarten erfaßt und berücksichtigt sind. Sie stehen in einem gegenseitigen Abhängigkeitsverhältnis zu ihrer Umwelt und den Lebenslagen und Motivationen der Engagierten. Dies äußert sich in der derzeitigen Vielfalt, Dynamik, Flexibilität und Heterogenität. Definitionen haben damit den Charakter von zeitlich und inhaltlich begrenzten Arbeitshypothesen, was an der Unabgeschlossenheit und Ungreifbarkeit des Untersuchungsgegenstandes selbst liegt (Guggenberger 1980, S. 19).

(1) Der *Begriff „Ehrenamt“* ist vielgestaltig und unscharf. Unter „Ehrenamt“ wird eine freiwillige, nicht auf Entgelt ausgerichtete und ohne direkte Gegenleistung erbrachte Tätigkeit im Rahmen von Institutionen und Vereinigungen verstanden (LT-Drs. 11/2709, S. 4; Roth/Simoneit 1993, S. 143). Das Ehrenamt verfügt ebensowenig wie das freiwillige soziale Engagement über ein Statut, der Gesetzgeber spricht noch nicht von freiwilligem sozialen Engagement (Bundesministerium für Familien und Senioren/BMFuS 1994, S. 1). In öffentlichen Reden wird diese Problematik mit dem Begriff des „echten“ Ehrenamtes bezeichnet. Offen bleibt, was an den anderen Formen „unecht“ ist. Dietrich Engels (1991, S. 7–11) analysiert unterschiedliche Definitionsversuche von Engagement und weist auf ihre Begrenztheit hin.

---

[1] Ein kreierter Name der Gota GmbH, der mit beliebigem Inhalt zu füllen ist (Bank für Gemeinwesen 1994).

In den unterschiedlichen Definitionen liegt unter anderem ein Grund für die unbefriedigende Datenlage (BMFuS 1994, S. 6f.), ein anderer ist die schlechte Dokumentation der Tätigkeiten. Engel benennt zur Bestimmung und zur Abgrenzung des Ehrenamtes gegenüber familialer Eigenhilfe, Selbsthilfe und bezahlter Arbeit die Kriterien „Unentgeltlichkeit", „Qualifikation", „Organisation" und „Freiwilligkeit" (BMFuS 1994, S. 8–13). Obwohl diese Kriterien zusammengenommen ein Ideal darstellen, läßt sich damit das Ehrenamt kennzeichnen. Bestimmte Kriterien lassen sich aber bei manchen Engagementformen immer seltener auffinden. Es stellt sich die Frage, bis zu welcher Akzentuierung einzelner Kriterien eine Tätigkeit „noch" ehrenamtlich ist oder „schon" privat, semiprofessionell, erwerbswirtschaftlich oder selbsthilfemotiviert. Wie soll es bewertet werden, wenn sich eine teilzeitarbeitende Frau als Vorstand in einer Selbsthilfeinitiative engagiert, hierfür an Fortbildungen teilgenommen hat, sich etwa 20 Stunden die Woche engagiert und dafür eine Aufwandsentschädigung bekommt, die sie zur Aufbesserung ihres kargen Gehaltes benötigt?

Es ist davon auszugehen, daß mindestens 40% der Ehrenamtlichen irgendein Entgelt erhalten. Nicht nur, daß sie sich für ihre Tätigkeit an Qualifizierungsmaßnahmen beteiligen, es gibt Bereiche, z. B. die Telephonseelsorge, wo eine entsprechende qualifizierende Einführung für die Mitwirkenden Voraussetzung ist. Die Frage der Freiwilligkeit erhält eine neue Qualität, wenn ehrenamtliche Tätigkeit einerseits Auswirkungen auf das Sozialsystem haben soll, etwa in der Rente, und andererseits ein Kriterium für den beruflichen Wiedereinstieg werden soll (Merkel 1994, S. 434).

Gerd Igl (BMFuS 1994, S. 23–25) versucht, die Vielfalt der Erscheinungsformen ehrenamtlicher Tätigkeiten nach der Art der Beziehung zu strukturieren. Er unterscheidet

(a) selbstrelationelle Strukturen: das Grundmodell der Selbsthilfe;
(b) zweiseitige Beziehungen: hierzu gehören direkte soziale Arbeit und die Tätigkeit für eine Institution; und
(c) dreiseitige Beziehungen: jemand wird im Rahmen einer Institution für Dritte tätig.

Diese Unterscheidung erweist sich in der Diskussion über Motivation, Anerkennung und Förderung als vorteilhaft, da sie die Beziehungsarten der Personen zueinander hervorhebt.

Die *Unterscheidung* (siehe Born 1988, S. 25f.; BMFuS 1994a, S. 85f.) von „altem" Ehrenamt (soziale, caritative Nachbarschaftstätikigkeiten und öffentliche Ämter) und „neuem", (kompetenzgesteuerte Angebote nach individuellen Interessen) reflektiert unterschiedliche Mischungen altruistischer und egoistischer sowie intrinsischer und extrinsischer Motive. Aber sie

bleibt plakativ, solange sie nicht mit Inhalten gefüllt ist, die sich auf die konkreten Einsatzbedingungen beziehen (BMFuS 1994, S. 84–86).
Eine ähnliche Unterscheidung, aber aufgrund anderer Kriterien, benutzt Thomas Olk (Olk 1994, S. 206f.), wenn er Typen von Ehrenamtlichen nach ihren biographischen Handlungsmustern differenziert. Für den Zugang zur Übernahme ehrenamtlicher Tätigkeiten unterscheidet er zwei gegensätzliche Varianten:

(a) zum einen die, die durch Dritte, meist lokale Autoritäten aufgefordert wurden, und
(b) zum anderen diejenigen, die den Zugang als „selbstgesteuerten Annäherungsprozeß" gestalten, bei denen Suchprozesse vorausgingen.

(2) Von einer *semiprofessionellen Tätigkeit* kann dann gesprochen werden, wenn für den einzelnen die Vergütung für die Ausübung ökonomisch relevant ist, wenn die Tätigkeit einen erheblichen zeitlichen Aufwand erfordert, wenn sie eine spezifische Qualifikation, sei es Erfahrung oder Fortbildung voraussetzt, und wenn sie an eine Organisation gebunden ist. Sie ist eine ehrenamtliche Tätigkeit, deren Ausmaß für die Person einen professionalisierten Charakter annimmt.
(3) Ein Engagement in *Selbsthilfegruppen* kann durch „die Hilfe in Gegenseitigkeit für sich oder für andere in freiwilligen Gemeinschaften" (Braun 1992, S. 19) definiert werden. Pragmatisch gesehen handelt es sich bei Selbsthilfegruppen um Zusammenschlüsse von Menschen, die ein gemeinsames Problem haben und etwas dagegen unternehmen wollen (Matzat 1992, S. 52). Kennzeichnend ist die Verbindung von Selbstbetroffenheit und Fremdbetroffenheit mit Engagement und Lust an der Veränderung des Vorgefundenen. Joachim Braun (Braun 1992, S. 43–46) unterscheidet

(a) Selbsthilfegruppen von Betroffenen,
(b) außenorientierte Selbsthilfegruppen bzw. Selbsthilfevereinigungen,
(c) Selbsthilfeinitiativen und
(d) Selbsthilfeprojekte nach den Motivationen der Mitglieder, den charakteristischen Leistungen und ihrer Handlungslogik.

(4) *Bürgerinitiativen* lassen sich wie folgt charakterisieren:

> „Bürgerinitiativen sind spontane, zeitlich in der Regel begrenzte, organisatorisch lockere Zusammenschlüsse von Bürgern, die sich außerhalb der traditionellen Institutionen und Beteiligungsformen der repräsentativen Parteiendemokratie zumeist aus konkretem Anlaß als unmittelbar Betroffene zu Wort melden und sich, sei es im Wege der Selbsthilfe, sei es im Wege der öffentlichen Meinungswerdung und der Ausübung politischen Drucks, um Abhilfe im Sinne ihrer Anliegen bemühen." (Guggenberger 1980, S. 18f.)

Mit Bürgerinitiativen geht nicht nur „das habitualisierte Mißtrauen gegenüber Sachzwangberufungen“ (Guggenberger 1980, S. 65) einher. Sie stemmen sich gegen die schleichende Nivellierung und Ersetzung des einzelnen durch anonyme soziale Großgruppen. Sie machen den einfachen Bürger als handelndes Subjekt wieder präsent. Guggenberger thematisiert die Rückgewinnung der politischen Dimension des Einzelnen als Renaissance des Bürgers (Guggenberger 1980, S. 65), der Demokratie als Teilhabe versteht. Neben der Frage der Legitimität (Guggenberger 1980, S. 24) besteht ihr strukturelles Problem in dem Verhältnis von Bürger und Masse, in der Austarierung von Handlungsfähigkeit bzw. Entscheidungsfähigkeit und Verantwortung (Guggenberger 1980, S. 90–94).

(5) In der *genossenschaftlichen Selbsthilfe*, z. B. den Seniorengenossenschaften, engagieren sich Menschen für sich und für andere in Tätigkeitsbereichen, die ihnen durch ihr Zusammentun Nutzenvorteile bringen. Ihre Tätigkeit bezieht sich meist auf eine geschlossene Nutzergruppe und schließt eine hohe Verbindlichkeit ein. Die Vergütung ist als Äquivalenztausch für irgendwelche Gegenleistungen organisiert. Das Neue an ihnen ist ihre Kombination von Gegenseitigkeit, Selbsthilfe und Ehrenamt, die Menschen dazu veranlaßt, sich als Bürger einzubringen. In den seit 1990 existierenden Seniorengenossenschaften (Ministerium für Arbeit, Gesundheit und Sozialordnung/MAGS 1994) werden Formen freiwilligen bürgerschaftlichen Engagements auf Gegenseitigkeit gelebt.

(6) *Bürgerschaftliches Engagement* bezeichnet eine eigene Form freiwilligen Engagements. Sich engagieren bedeutet im bürgerschaftlichen Kontext, Verantwortung zu übernehmen für die Freiheit der anderen, sowohl für ihre Befähigung, daß sie ihre Freiheit nutzen können, als auch für die entsprechenden Voraussetzungen, für den Rahmen.

Engagement wächst aus der Erkenntnis, daß der eigene Freiheitsspielraum und die eigenen Lebensstile nur solange verwirklicht werden können, wie einem die Lebensweisen der Nachbarn nicht gleichgültig sind (Solinger 1994, S. 14). Als zivile Gestaltung des eigenen Lebens umfaßt bürgerschaftliches Engagement gleichzeitig Rechte und Pflichten in einer individuellen, gemeinschaftlichen und politischen Dimension. Die Bezeichnung „Bürgerengagement“ verbindet den selbstbestimmten, zeitbegrenzten Einsatz, das aktive Tun, mit dem Begriff „Citoyen“ und dem Tätigkeitsbereich und Bezugsfeld „Bürgerschaft“ bzw. „Gemeinwesen“. Es kann nach der Struktur des Interaktionsprozesses in individuelles, gemeinschaftliches und politisches bürgerschafltiches Engagement differenziert werden. Bürgerschaftliches Engagement unterscheidet sich vom „Ehrenamt“ mit der Unterscheidung von „neu“ und „alt“ zum einen darin, daß Ehrenamt vor allem caritativ definiert wird, und zum anderen in seiner Ausrichtung auf das Gemeinwohl. Paulwitz (Paulwitz 1993, S. 10f.) weist darauf hin, daß bürgerschaftlich Engagierte in einer demokratischen Gesellschaft als handelnde Subjekte partnerschaftlich gefragt werden und einladende Strukturen vorfinden wollen.

1.2. Tätigkeitsfelder ehrenamtlichen Engagements

Die quantitative Dimension ehrenamtlichen Engagements zeigt dessen Bedeutung. Das Land Baden-Württemberg[2] soll bei der folgenden quantitativen Analyse als Beispiel dienen. In den öffentlichen Ehrenämtern der Ortschaften, Bezirke, Gemeinden, Kreise und Regionalverbände beträgt die Zahl der bürgerschaftlich Engagierten etwa 38.000. Es gibt ungefähr 45.000 Vereine, denen rund 3,25 Mio Bürgerinnen und Bürger angehören. Von den 310.000 Mitgliedern der Sportvereine übt rund jedes zehnte Mitglied eine ehrenamtliche Funktion aus. Die Wanderorganisationen haben 260.000 Mitglieder, von denen viele ehrenamtliche Funktionen ausüben. 149.300 Freiwillige gehören den Feuerwehren an. Im Technischen Hilfswerk sind 9.800 freiwillig tätig, in den Rettungsdiensten 120.289. Für circa 60.000 Schulklassen gibt es einen Klassenpflegschaftsvorsitzenden, seinen Stellvertreter, einen Klassensprecher und seinen Stellvertreter. Es kann von 270.000 Mitarbeiterinnen und Mitarbeitern in der Jugendarbeit ausgegangen werden. In Jugendfreizeitstätten sind 15.000 langfristig und ebenso viele kurzfristig ehrenamtlich tätig. Die Evangelische Landeskirche in Württemberg verfügt über 130.000 Ehrenamtliche. Der Caritasverband für die Erzdiösese Freiburg gibt an, daß etwa 16.000 ehrenamtlich im diakonischen Bereich aktiv sind. Im Justizvollzug gibt es insgesamt 1.060 Ehrenamtliche. Im Bereich der Denkmalpflege sind 193 ehrenamtlich Beauftragte tätig. In den Landjugendverbänden sind es circa 2.500 Ehrenamtliche. Bei den Landfrauen sind es 10.100 Frauen. In sozialen Vereinigungen engagiert sind etwa 230.000 Ehrenamtliche. In den ambulanten Diensten sind 33.000 Ehrenamtliche aktiv. Im Landesnaturschutzverband sind 400.000 Mitglieder organisiert. In der Verkehrssicherheit gibt es circa 2.900 Ehrenamtliche.
Daneben gibt es noch die Bereiche des Theaters, der Literatur, der Familienverbände und der Selbsthilfegruppen, in denen solches Engagement erbracht wird. Für den Bereich der Musik, der Gerichtsbarkeit, der Straffälligenhilfe, der Volkshochschulen und der Frauenverbände werden keine Angaben gemacht.

---

[2] Die Angaben sind aus LT-Drs. 11/1076 und 11/2709, die auf Erhebungen der Ressorts beruhen.

1.3. Einschätzung der Entwicklung

In der Landtagsdrucksache (LT-Drs. 11/2709, S. 15) wird festgestellt, „daß die verantwortungsbewußte und uneigennützige Mitarbeit der Bürger des Landes ungebrochen ist“. Obwohl z. B. der Freiwillige Polizeidienst, die Turn- und Sportvereine, die Wanderorganisationen, die Landesjugendverbände, die Landesfrauenverbände, die Verkehrswachten und der Justizvollzug mit Sorge einen Rückgang der Zahl Ehrenamtlicher beobachten, kann in den meisten Fällen nicht von einer grundlegenden Krise geredet werden. Ohne Frage geht aber die Bereitschaft, unentgeltlich für gemeinnützige Zwecke zu arbeiten, zurück. Je höher die Qualifikationsanforderungen sind, desto weniger Personen sind zur ehrenamtlichen Tätigkeit bereit. Die zunehmend stärker werdende Mobilität schwächt die örtlichen Sozialgefüge. Die Zukunft des Ehrenamtes muß in engem Zusammenhang mit dem sich wandelnden Selbstverständnis der Frauen gesehen werden, z. B. in den Bereichen „Berufstätigkeit“, „Bildungs- und Freizeitangebote“ und „eigene Existenz- und Alterssicherung“. Als weitere Gründe gegen ein ehrenamtliches Engagement werden Überlastung, Zeitmangel und fehlende Entschädigung angeführt. „Gleichzeitig ist ein hohes ehrenamtliches Engagement dort festzustellen, wo die Arbeit mit Spaß verbunden ist, wo eigene Bedürfnisse (...) betroffen sind, wo erlebnisorientiert gearbeitet wird, (...) wo die Arbeit befristet und überschaubar ist.“ (LT-Drs. 11/2709, S. 15f.) Zusammenfassend wird festgestellt (LT-Drs. 11/2709, S. 17), „daß sich diejenigen Mitbürgerinnen und Mitbürger, die ehrenamtlich tätig sein wollen, ganz individuell für eine bestimmte Aufgabe entscheiden, diese also selbst aussuchen und sich nicht von dritter Stelle verplanen lassen. Sie bestimmen auch selbst, wieviel Zeit sie aufbringen wollen. Insofern kann von einem Wandel in der Einstellung der Bevölkerung zum Ehrenamt gesprochen werden.“ Dies bedeutet, daß sich der Typus des ehrenamtlich Tätigen gewandelt hat und daß das Dauerengagement, das früher das Ehrenamt geprägt hat, immer mehr durch eine aufgabenbezogene Tätigkeit ersetzt wird.

2. Öffentliche Förderung ehrenamtlichen Engagements

Die Aufnahme und die Aufrechterhaltung einer ehrenamtlichen Tätigkeit unterliegen lebenslagenspezifischen, biographischen und tätigkeitsspezifischen Voraussetzungen. Die Gestaltung dieser Voraussetzungen, die eine Aufgabe der öffentlichen Förderung ist, und die persönliche Wahrnehmung der Gestaltung wirken sich positiv oder hinderlich auf die Aufnahme und Aufrechterhaltung einer ehrenamtlichen Tätigkeit aus.

Die Förderung ehrenamtlichen Engagements ist ein staatliches und kommunales Steuerungsinstrument der Beeinflussung öffentlichen Lebens. In der Förderung wird der Problembearbeitungsprozeß des politisch-administrativen Systems mit der Bildung öffentlicher Meinung und den Motiven der Ehrenamtlichen zusammengebracht. Die Vielfältigkeit ehrenamtlichen Engagements bedingt eine angemessene öffentliche Förderung, die sowohl nach der Art des Engagements und den Motiven der Ehrenamtlichen differenziert, als auch die Ehrenamtlichen in der Ausübung ihres Engagements auf vielfältige Weise unterstützt. Eine ausgestaltete und differenzierte öffentliche Förderung bewertet ehrenamtliches Engagement und legt Kriterien an, die sich von denen der Ehrenamtlichen unterscheiden. Nur durch eine Anpassung der Art und Vielfalt öffentlicher Förderung an die Vielfalt ehrenamtlichen Engagements behält dieses Steuerungsinstrument seine Eignung der Beeinflussung öffentlichen Lebens und kann effektiv eingesetzt werden (siehe den Beitrag von Steiner-Hummel/Wetzel in diesem Band, S. 226 ff.).

In der Praxis werden Förderung und Würdigung meist nicht getrennt. Unklar bleibt, ob die Förderung eine Würdigung oder die Würdigung eine Förderung ist. Diese Vermischung verdeutlicht, daß im öffentlichen Raum zur Zeit meist nicht getrennt, zweckfrei und unvoreingenommen über die Förderung des freiwilligen Engagements, die Förderung der Engagierten und die Würdigung des Engagements und der Engagierten gesondert diskutiert werden. Person, Tätigsein und Tat werden im öffentlichen Raum im Unterschied zur Selbstwahrnehmung der Betroffenen als eins gesehen.

2.1. Direkte, infrastrukturelle und institutionelle Förderungsmaßnahmen

Die öffentliche Förderung ist Sache der Gesetzgeber auf Bundes- und Länderebene, der Kommunen, der Vereine und Verbände. Eine Expertenrunde des Ministeriums für Kultus und Sport Baden-Württemberg/MKS (Stellungnahme des MKS zu LT-Drs. 11/3843, S. 3) bezeichnet hierfür folgende thematische Schwerpunkte: Qualifizierung, Steuerfragen, Gewinnung von Ehrenamtlichen, gesellschaftliche Anerkennung, Medien und Öffentlichkeitsarbeit und Verwaltungsvereinfachung. Wie eine Untersuchung zur Selbsthilfeförderung zeigte (Braun 1992, S. 4), kann die Förderung durch

(a) direkte,
(b) infrastrukturelle und
(c) institutionelle Unterstützung erfolgen.

Diese Instrumente sollten durch eine Politik unterstützt werden, die eine integrierte Infrastrukturförderung, wenn nicht sogar eine ehrenamtsunterstützende Strukturpolitik durchsetzt (Trojan u. a. 1991, S. 30–33). Der Städtetag Baden-Württemberg[3] weist auf die beschränkten finanziellen Möglichkeiten der Kommunen und auf eine Berücksichtigung des besonderen Charakters ehrenamtlicher Tätigkeit hin, der für ihn durch Freude und Befriedigung und nicht finanziell oder beruflich motiviert ist. Die Maßnahmen sollen nicht zu einer weitgehenden Angleichung ehrenamtlichen Engagements an professionelles Engagement führen.

(a) Als direkte Maßnahmen für die Personen werden Ehrenerweise, Bildungsprogramme, finanzielle oder äquivalente Gratifikationen und rechtliche Vergünstigungen im Bereich „Steuer", „Rente", „Pflege", „Urlaub" und „Mitbestimmung" diskutiert. Daneben sei auf die direkte Förderung der Gruppen, z. B. durch kostenlose Mitbenutzung der Geräte, der Räume und des Personals der Kommunen, verwiesen.
(b) Infrastrukturelle Maßnahme können beispielsweise (Stellungnahmen des MKS zu LT-Drs. 11/3843) sein: verbandsübergreifendes Beratersystem für Ehrenamtliche, Bürgerbüros, Bürgertreffpunkte, Leitfaden, der als Nachschlagwerk dient[4], Kontakt- und Informationstagungen, Informationsbroschüren für steuerrechtliche Fragen, telephonische Beratung bei den Verbänden und beim Ministerium sowie Clearingstellen.
(c) Als institutionelle Maßnahmen werden Abstimmung der Weiterbildungsangebote auf der Führungs-, Verwaltungs-, Organisations- und Beteuungsebene, Vermeidung von Förderrichtlinien, Vereinfachung des Vereinsförderungsgesetzes, Kooperation und Vernetzung der Institutionen, die in der Aus- und Weiterbildung Ehrenamtlicher tätig sind, und ein Geflecht aus zentralen und dezentralen Maßnahmen vorgeschlagen (Stellungnahmen des MKS zu LT-Drs. 11/3843).

Eine Kultur für das Ehrenamt (Sengling 1992, S. 124) soll das Engagement der Bürger aus dem Schatten erwerbswirtschaftlicher Arbeit in eine gesellschaftlich geachtete Alternative rücken. In diese Richtung gehen die Forderungen nach einem Klima für Ehrenamtlichkeit und einer „Sozialzeit" neben Arbeit und Freizeit (Spescha 1993, S. 31). Als ehrenamtsunterstützende Maßnahmen im weitesten Sinne kann die Möglichkeit einer differenzierten

---

3 Städtetag Baden-Württemberg in einem Brief vom 8. November 1994 an das Kultusministerium

4 Ein Beispiel ist das Praxishandbuch für Seniorenbüros (Teil 1, Band 3 der Materialien zum Modellprogramm Seniorenbüro; BMFuS 1994a).

Beurteilung der Schüler über modifizierte Kopfnoten angesehen werden, die der wachsenden Bedeutung sozialer Fähigkeiten und überfachlicher Qualifikation Rechnung tragen. Journalistenwettbewerbe, regelmäßige Berichte und regelmäßige Kontaktgespräche der Verbände mit den Medien sind weitere Vorschläge.

2.2. Förderungsmaßnahmen in Abhängigkeit von den Tätigkeitsfeldern

Bei der ideellen Anerkennung werden neben öffentlichen und organisationsinternen Auszeichnungen und Anerkennungen besondere Veranstaltungen und Leistungen vorgeschlagen. Umfragen zum „Jahr des Ehrenamtes" ergaben, daß Ehrenamtliche selten Ehrenerweise als Anerkennung wünschen. Eher bevorzugen sie besondere Feste oder praktische Dienste, z. B. Kinderhüten (Landessportbund Nordrhein-Westfalen 1994, S. 71).

> „Die Akzeptanz einer Verdienstauszeichnung ist nur dann gewährleistet, wenn sie in der Öffentlichkeit als angemessener Ausdruck der Anerkennung und des Dankes für besondere Leistungen nachempfunden werden kann. Dies setzt eine sinnvolle Beschränkung staatlicher Ehrenerweise voraus." (LT-Drs. 11/2709, S.45).

Die Forderungen nach Fort- oder Weiterbildung werden durchgehend erhoben. Eine neue Möglichkeit der Bildung eröffnet der Modellversuch eines Frauenstudiums, für das ein ehrenamtliches Engagement Voraussetzung ist (Casel 1994, S. 426f.; Jänike 1994, S. 428–434). Mit Ausnahme solcher Tätigkeiten, bei denen eine Fortbildung Voraussetzung ist, z. B. bei der Telephonseelsorge, ist die Reihenfolge von Ausbildung und Arbeit bei Ehrenamtlichen umgedreht. Bei Bildungsmaßnahmen sind die Interessen der Organisationen von denen der Ehrenamtlichen zu unterscheiden. Die Organisationen haben ein Interesse an geringer Fluktuation, längerfristigem Engagement und einer Entlastung der Hauptamtlichen. Bei Ehrenamtlichen stehen neben aufgabenbezogen Interessen auch solche, die mit dem biographischen Projekt zusammenhängen, wie Selbstentfaltung und Trauerarbeit. Auf diese Art können Ehrenamtliche zu Qualifikationsprofis werden. Es ist zu fragen, zu wessen Nutzen Bildungsmaßnahmen durchgeführt werden: für die Organisation, für die „Klienten" oder für die Ehrenamtlichen.

Eine finanzielle Anerkennung kann direkt mittels Auslagenersatz, Aufwandsentschädigung, geringfügiger Entlohnung oder Stundenlohn oder indirekt mittels vergünstigtem Beitragssatz oder steuerlicher Absetzbarkeit (LT-Drs. 11/2709, S. 21) geschehen. Eine Alternative bietet die Einführung einer Zeitwährung wie bei den Seniorengenossenschaften. Die Probleme liegen in der Bewertung, Messung und Kontrolle der Leistung sowie grundsätzlich in einer Merkantilisierung dieses Bereichs. Man ist sich in der Diskussion einig, daß den Ehrenamtlichen durch ihre Tätigkeit zumindestens keine Nachteile entstehen dürfen.

Die Diskussion rechtlicher Aspekte betrifft die Schaffung von Schutznormen (z. B. Unfall, Haftung, Rente), von Ausgleichs- und Ersatzregelungen (z. B. Fahrt-, Bildungskosten), von Fördernormen (z. B. Qualifizierungsmöglichkeiten) und von Anreizregelungen (z. B. Steuervergünstigung, in den Sozialversicherungen) (LT-Drs. 11/2709, S. 27; BMFuS 1994, S. 97 f.). Die Regelungen zum Versicherungsschutz (Renten-, Haftpflicht- und Unfallversicherung) sind darauf ausgerichtet, daß Ehrenamtliche für ihr Engagement keine Nachteile erfahren (LT-Drs. 11/2709, S. 27, 33–36). Igl kritisiert (BMFuS 1994, S. 99): „Es existieren keine Untersuchungen über die rechtstatsächlichen Wirkungen der vorhandenen, die Ehrenamtlichkeit direkt oder indirekt betreffenden Regelungen ebensowenig wie Untersuchungen zu den einzelnen Problemfeldern, für die das Fehlen oder die Unangepaßtheit von Rechtsvorschriften beklagt wird". Es sind aber Substitutions- und Sogeffekte zu berücksichtigen.

Die Mitbestimmung Ehrenamtlicher (Olk 1994, S. 208 ff.) in den Vorständen ist von der Mitbestimmung derer zu unterschieden, die sich vor Ort im Dienst engagieren. Vielfach sind ehrenamtliche Vorstände weit von der Basis entfernt, da sie durch ihre Tätigkeit in anderen Interaktionszusammenhängen stehen, eine andere Problemwahrnehmung haben und zeitlich belastet sind. Mitbestimmung kann „politisch" oder praktisch sein. Sie kann grundsätzlich, zu entsprechenden Fragen oder periodisch organisiert sein. Sie kann formalisiert oder informell strukturiert sein. Aber immer handelt es sich um die Beteiligung an Entscheidungsprozessen und am Informationsfluß. In der Kommunikationsgesellschaft geht es somit um die Frage der Macht. An der Machtfrage offenbart sich die tatsächliche Bedeutung Ehrenamtlicher für eine Organisation und der Respekt, der ihnen entgegengebracht wird.

In der Frage der Verantwortung und Selbstbestimmung sind die unterschiedlichen Motivationen Ehrenamtlicher entscheidend. Sie kann Voraussetzung oder Belohnung, aber auch Herausforderung oder Überforderung sein. Die Selbstbestimmung über das zeitliche Ausmaß ehrenamtlicher Tätigkeit wollen sich die meisten nicht mehr nehmen lassen. Während für die einen ihr Ehrenamt ein Mittel ist, den Tag zu strukturieren, engagieren sich andere für ein bestimmtes, zeitlich befristetes Projekt; wiederum andere haushalten sehr genau mit ihrer Zeit. Sie lassen sich nicht verplanen. Selbstbestimmung umfaßt auch Art und Umfang, Planung und Durchführung der Tätigkeit. Die unterschiedliche Bedeutung der Selbstbestimmung stellt die Organisationen vor die Frage, ob nicht die Einsatzbereiche nach dem Grad der Selbstbestimmung organisatorisch und räumlich zu trennen sind (Olk 1994, S. 207). Eine

Anfrage des Städtetages[5], welche Maßnahmen zur Würdigung und Förderung des Ehrenamtes unternommen werden, ergab ein sehr differenziertes Bild. Vorschläge für die Würdigung nehmen in 13 Städten das Hauptamt, in sechs der Bürgermeister, in fünf das Sozialamt und in einer das Kulturamt entgegen. Geehrt werden Personen und Vereine. Medaillen sind die häufigste Form für Personen. Zehn veranstalten Feiern bzw. laden zu Empfängen öder ähnlichem ein. Geldpräsente werden nur in zwei Städten an Bürger und in einer anderen an Gruppen verliehen. Von Fortbildungen wird nicht berichtet. Sieben Städte geben an, daß die Ehrungen in einer Satzung geregelt sind.

Über den Würdigungsmöglichkeiten in den Tätigkeitsfeldern steht die Verleihung von Orden und Ehrenzeichen durch die Ministerpräsidenten der Länder oder des Bundespräsidenten. Neben der öffentlichen Anerkennung in Ansprachen und in Pressemitteilungen durch die jeweiligen Ressortminister sind die häufigsten Formen öffentlicher Ehrerweisung Ehrennadeln, Orden, Urkunden und Erwähnung von Dienstjubiläen. Seltener sind Präsente, z. B. im Justizbereich, und die Würdigung durch Redebeiträge, etwa bei den Landfrauen (siehe Tabelle 1, S. 246). Bei der Darstellung verschiedener Würdigungs- und Förderungsformen zeichneten sich Unterschiede nach Bereichen ab. Die Tabelle listet unterschiedliche Förderungs- und Würdigungsmaßnahmen in Abhängigkeit von der Form des Engagements auf.

2.3. Förderungsmaßnahmen zwischen öffentlichen und persönlichen Interessen

Die ehrenamtliche Tätigkeit eines Menschen ist Teil seiner Biographie. Die Förderungsmaßnahmen sollten sich nicht nur nach den Bereichen, sondern auch nach den biographischen Mustern orientieren. Formen der Anerkennung können nicht von den Bedingungen der Motivation und der Tätigkeit losgelöst werden. Gisela Jakob (1991, S. 26–32) unterscheidet zentrale Typen und Muster sozialer Ehrenamtlichkeit anhand der *Einbindung* der ehrenamtlichen Tätigkeit *in den biographischen Verlauf* und mit der Tätigkeit verknüpften Sinnorientierungen. Die Typen differieren

(a) in ihrer Motivation, ob man sich für sich oder für sich und andere engagiert,
(b) in ihrem Bezug, ob man außenorientiert ist, z. B. milieubedingt, oder Selbstverwirklichung sucht,

---

5 Anlage zu Städtetag 1994: n = 25.

Tabelle 1: Formenabhängige Würdigung und direkte Förderung

Typ	Beispiel	Würdigung direkte Förderung
altes Ehrenamt	Feuerwehr, Deutsches Rotes Kreuz	Ehrennadel, Urkunde, Tag des Ehrenamts, Dienstjubiläum
neues Ehrenamt	selbstbestimmtes Engagement	Wahlmöglichkeit der Förderung, Selbstbestimmung
Semiprofessionelle	Nachbarschaftshilfe, Suchthelfer	Zertifikate, Weiterbildung, Stellenbeschreibung
Selbsthilfe	Krebshilfe, Kreativverein	Räume, Geräte, Förderrichtlinien
Genossenschaftliche Selbsthilfe	Seniorengenossenschaften	Bonussysteme, Wahlmöglichkeit der Förderung
Bürgerinitiative	Bürgerinitiative	Räume, Geräte, öffentliche Auszeichung
Bürgerschaftliches Engagement	Gemeinderat, BürgerbüromitarbeiterInnen, pflegende Angehörige	Mitsprache bei öffentlichen Entscheidungen, Redebeiträge, Feste

Quelle: eigene Erstellung

(c) in ihrer Dauer, ob das Engagement kurz- oder langfristig ist, und
(d) in der Ausrichtung, ob eine Vergesellschaftung oder Therapeutisierung der Tätigkeit erfolgt.

Jabob unterscheidet

(a) biographische Kontinuität mit sozialer Ehrenamtlichkeit als Dienst oder Pflichterfüllung,
(b) Karriereverlauf mit ehrenamtlicher Tätigkeit,
(c) soziale Ehrenamtlichkeit als Instrument der Suche nach biographischer Orientierung und
(d) Realisierung eigener biographischer Wünsche und Themen mit ehrenamtlicher Tätigkeit.

Bei der Diskussion um Formen der Anerkennung (Bock 1994, S. 422) sind verschiedene *Intentionen* zu beachten. Handelt es sich um

(a) Rekrutierung, Werbung für eine bestimmte Tätigkeit;
(b) rechtliche Absicherung;
(c) Voraussetzung, Motivierung für die Ausübung;
(d) Arbeitsweise oder
(e) Gratifikationsformen?

Mitbestimmung kann beispielsweise für die einen eine Voraussetzung sein, für andere ist sie eine Gratifikation für Leistungen, wiederum für andere ist sie Teil ihrer Arbeitsweise, und schließlich kann sie für manche uninteressant sein. So werden der gleichen Form der Anerkennung verschiedene individuelle Bedeutungen und Wertigkeiten zugeschrieben. Persönliche Vorstellungen über Art und Ausmaß der Rückgewinnung weisen eine individuelle Gewichtung der Befriedigung psychischer und sozialer Bedürfnisse, von Ego-Bedürfnissen und Selbstverwirklichung auf. Auf diese Pluralisierung und individuelle Bewertung müssen sich die Organisationen zukünftig einstellen. Wenn Organisationen mit Ehrenamtlichen arbeiten wollen, empfiehlt Irmtraut Paulwitz (1993, S. 10) einen „volunteer-orientierten Ansatz", der auf persönliche Vorstellungen, Wünsche und Potentiale zentriert ist. Dies bedeutet ebenso einen Bedarf an Management und Verwaltung, wie die Berücksichtigung ehrenamtlicher Tätigkeit z. B. bei Rentenbeiträgen. Dies kann zu der ungewollten Entwicklung führen, daß mit der Orientierung an den Wünschen der Ehrenamtlichen eine Bürokratisierung, Verrechtlichung und Monetarisierung ehrenamtlicher Tätigkeit einhergeht. Grundsätzlich bestehen die Gefahren der Monetarisierung sozialer Konflikte, etwa der Pflegeversicherung, und der Verpflichtung freiwilliger Arbeit, etwa wenn von einem Suchthelfer erwartet wird, daß er regelmäßig für einem bestimmten zeitlichen Umfang der Einsatzzentrale zur Verfügung steht und an Qualifizierungsmaßnahmen teilnimmt. In diesem Zusammenhang fordert Adalbert Evers (1994a, S. 7), daß Ehrenamtliche selbst über Art und Umfang ihrer Anerkennung entscheiden.

3. Bedeutung öffentlicher Förderung ehrenamtlichen Engagements

Die Pluralisierung ehrenamtlicher Motivation bedeutet für eine Organisation, daß sich dann die Wahrscheinlichkeit für ein Engagement erhöht, wenn zum einen für den Ehrenamtlichen die richtige, d. h. die seinen biographischen Orientierungen und Handlungspositionen gemäße Aufgabe gefunden wird, und zum anderen, wenn die Sinnangebote, Umgangsweisen und organisatorischen Rahmenbedingungen des Verbandes zu denen des Ehrenamtlichen passen (Olk 1994, S. 205f.; Paulwitz 1993, S. 11–18). Kontaktbüros oder Clearingstellen[6] sind Anlaufs-, Informations-, Beratungs- und Vermittlungsstellen, deren Aufgabe es ist, für eine entsprechende „Passung" (matching) zu sorgen.

Wenn die These stimmt „Wer einmal ehrenamtlich tätig ist, wird sein Leben lang immer wieder nach Möglichkeiten für ein Ehrenamt suchen" (Atfield 1994, S. 3), dann resultieren daraus folgende Fragen: Welche Möglichkeiten werden unternommen, möglichst viele junge Leute an ehrenamtliche Tätigkeiten heranzuführen? Welche biographischen Zussammenhänge bestehen zwischen der Person, seinem bürgerschaftlichen Engagement und der jeweiligen Form der bevorzugten Förderung? Wenn Dietrich Engels (1991, S. 40) eine Abnahme ehrenamtlicher Älterer feststellt, ist in diesem Zusammenhang zu fragen, ob die Organisationen nicht flexibel genug sind, ob sie nicht lernfähig genug sind, diesen Älteren den Raum für ihre ehrenamtliche Tätigkeit zu geben, den sie brauchen (Bock 1993, S. 33; BMFuS 1994a, S. 75). Wie Organisationen die Vielfalt managen, zeigt ihre Lernfähigkeit und Flexibilität.

Diese Entwicklung von der Aufgabe zur Person bedeutet für die öffentliche Förderung ehrenamtlichen Engagements, daß sie Wahlmöglichkeiten über Art und Umfang bereithält. Wenn Bürger über ihr Engagement entscheiden, ist es nur angemessen, wenn sie auch über die Art ihrer Auszeichnung mitbestimmen.

Bernd Uffrecht möchte Ehrenamtlichkeit als gesellschaftspolitische Chance verstanden wissen: „Als Chance zur Verbundenheit und Solidarität, die Chance, daß wir eigene Lösungen auf Herausforderungen unserer Zeit entwickeln können, die Chance, eigene Verantwortung zu übernehmen" (zit. in Weiler 1995, S. 13). Nur die Erfahrung, die durch eigenes Engagement gewonnen wurde, befähigt die Bürger zur Beurteilung und zur eigenen Gestaltung von Demokratie, damit diese nicht zu einem sinnentleerten Muster einer formalen Staatsordnung wird. Freiwilliges Engagement bekommt somit eine Bedeutung, wie Demokratie durch eigene Erfahurung „im Kleinen" erlernt wird.

> „In verschiedenen Handlungen der Menschen wiederholt sich gewissermaßen etwas, was die Erfahrungen der Handelnden untereinander vergleichbar macht. Aufgrund dieser Erfahrungen, die untereinander ähnlich, aber nicht identisch sind, läßt sich ein entsprechender Begriff bilden. (…) Begriffe (…) sind immer verbunden mit einem ‚exemplarischen, zentralen Ereignis' innerhalb einer beson-

---

6 Z. B. Seniorenbüros, Bürgerbüros und IAV-Stellen in Baden-Württemberg und Selbsthilfekontaktstellen (KGST-Bericht 12/1984, S. 24)

> deren Geschichte. Diese Erfahrung können ‚andere auf eigene Weise wiederholen' – und sie müssen es sogar, ‚wenn die Erfahrung ihnen gehören soll' (Walzer 1990, S. 10)." (Hahn 1994, S. 20).

Öffentliche Förderung freiwilligen Engagements hat seine Bedeutung nicht nur in den direkten Auswirkungen des Engagements, sei es als Dienst für andere oder für die Gemeinschaft, sei es für den einzelnen selber. Sie dient einer bürgerlichen Gesellschaft, Demokratie in den eigenen Lebensbereichen zu leben und zu lernen, indem geeignete Bedingungen für freiwilliges Engagement ermöglicht und beschützt werden. Öffentliche Förderung freiwilligen Engagements trägt zum Erhalt einer freiheitlichen, demokratischen Grundordnung bei.

Agentur für Sinnstiftung in der Großstadt: der „Treffpunkt Hilfsbereitschaft" in Berlin

Carola Schaaf-Derichs

Seit sieben Jahren hat sich der „Treffpunkt Hilfsbereitschaft" – Förderprojekt des Landes Berlin – als Agentur für sozial Engagierte pionierhaft der Aufgabe verschrieben, Bürger für soziale Tätigkeiten zu gewinnen, sie individuell über die Bandbreite der Betätigungsmöglichkeiten zu orientieren und ihnen den Zugang zu einem gewünschten Aufgabengebiet zu erleichtern. Der „Treffpunkt Hilfsbereitschaft" bietet den öffentlichen Service der Beratung für Bürger, die sich für hilfebedürftige Menschen engagieren wollen und fungiert zugleich als Wegbereiter für die Wertschätzung der freiwilligen Sozialen Arbeit.

Mittlerweile stehen vielfältige weitere Initiativen und Projekte Berlins in Verbindung mit dem „Treffpunkt Hilfsbereitschaft", wenn es um die Einladung von Bürgern zur aktiven Teilhabe an der sozialen Gemeinschaft in unserer Stadt geht. Mit ihnen zusammen bildet der „Treffpunkt Hilfsbereitschaft" ein Netzwerk von sozialen Tätigkeitsfeldern für interessierte Menschen, das Hilfebedürftige mit Hilfsbereiten zusammenbringt.

> Die 92jährige Frau A. aus Hellersdorf freut sich, wenn sie der Student Herr K. zwei- bis dreimal die Woche zu Hause besucht. Sie trinken Kaffee zusammen, und Frau A. plaudert gern aus früheren Tagen, was Herrn K. jedesmal wie eine Geschichtsstunde aus dem Leben vorkommt. Herr K. wiederum gehört zu einem ehrenamtlichen Besuchskreis, der bei der DRK-Sozialstation eingerichtet wurde. Die Helfer treffen sich alle zwei bis vier Wochen, tauschen ihre Erfahrungen aus und können die zuständige Sozialarbeiterin bei Bedarf um Rat oder sogar Supervision fragen. All diesem ging die Beratung und Vermittlung von Herrn K. durch den „Treffpunkt Hilfsbereitschaft" voraus.
>
> Die 43jährige Frau D. aus Steglitz erlebt, wie ihr 16jähriger Neffe durch einen Einbruch auf die schiefe Bahn geriet. Aus ihrem Einsatz für ihn hat sie soviel Erfahrung gesammelt, daß sie sich auch für andere jugendliche Straftäter engagieren wollte. Durch unsere Vermittlung kam sie zur „Freien Hilfe e.V." und ist nun als ehrenamtliche Bewährungshelferin tätig und zufrieden.

Anläßlich seines fünfjährigen Bestehens im Jahr 1993 äußerte Sozialsenatorin Ingrid Stahmer über den „Treffpunkt Hilfsbereitschaft":

> „Der Erfolg macht mich um so zufriedener, als ich sehe, wie wichtig ein solcher Vermittlungspunkt ist und wie sehr gerade auch eine sozial aktive Stadt wie Berlin die Stärkung ihrer Infrastruktur durch den Treffpunkt braucht. In nur fünf Jahren hat er ausgesprochenen Modellcharakter gewonnen, so daß ich hoffe, daß in Zu-

kunft sich auch andere Kommunen an ihm orientieren und ähnliche Kontaktstellen sozialen Engagements errichten."

Unserer Agenturserfahrungen bestätigen den Bedarf, den Bürger haben, und das Interesse anderer Regionen, ähnliche Beratungs- und Vermittlungszentren zu schaffen. Gerade die Anonymität der Großstadt weckt im individuellen Lebensgefühl Bedürfnisse nach Gemeinschaft, läßt Menschen ihre „soziale Ader" entdecken. Verbindliche, hilfreiche Beziehungen haben deshalb eine verblüffende Konjunktur erlangt.

1. „Was heisst ‚Ehrenamt' für Sie"?

Genauso bedeutsam für Berlin sind die Erfahrungen der letzten Jahre: Ehrenamtliche Erfahrungen „Ost", geprägt durch frühere Aktivitäten von Bürgern zu Zeiten der DDR etwa in der „Volkssolidarität", in Betrieben oder im eher skeptisch beäugten außerstaatlichen Gebiet gehen unverwandt einher mit Erfahrungen „West". Letzere haben im letzten Jahrzehnt einen – wenn nicht den – Wechsel in der Orientierung der Engagierten von den caritativen Werten zum Credo der Selbstbestimmung durchlaufen.

Die unvermittelte Koexistenz der Erfahrungshintergründe birgt ein enormes Dilemma im Sprachgebrauch zwischen Ost und West in sich, sobald von „Ehrenamt" die Rede ist. Für die einen ist es unter Umständen eine widerwillige Erinnerung an „von oben verordnete" Solidaritäten; für die anderen ist es eine mit der modernen Zeit überkommene Worthülse, die mit ihren Interessen, sich einzumischen und etwas für sich und andere zu tun, nichts gemein hat. Beide Bevölkerungsgruppen haben aber die Bereitschaft zu helfen (ca. 50% laut Umfragen der „Berliner Studie" (Müller-Kohlenberg/von Kardorff/Kraimer 1993 und Müller-Kohlenberg u. a. 1994), vorausgesetzt, daß sie das Ergebnis einer freien Entscheidung und der persönlichen und materiellen Lebensvoraussetzungen ist.

Unser Fazit aus diesem – überdies im Westen schon länger währenden – Begriffsproblem ist: Wir sprechen von „freiwilligem sozialen Engagement" und von „Hilfsbereitschaft" da, wo es um die sozialen Interessen und Tätigkeiten von Bürgern geht; das „bürgerschaftliche Engagement" umfaßt nach unserer Auffassung darüber hinaus Selbsthilfeinitiativen, ökologische und politisch-emanzipatorische Bestrebungen, die auf eine Förderung von Gemeinsinn und Gemeinwohl zielen.

2. Wert-Schätzung von Hilfsbereitschaft

Schließlich stoßen wir auf das weitgehend ungelöste Anliegen, dem gemeinnützigen Engagement von Bürgern öffentliche und medienbeachtete Aufmerksamkeit zu schenken. Noch mehr volkswirtschaftliche „Wert-Schätzung" sollte das Ziel dieses Anliegens sein.
Alle wollen und brauchen sie, die unentgeltliche Hilfsbereitschaft: die Wohlfahrtsverbände, die Politiker, geistliche und weltliche Vordenker – aber nur vereinzelte dieser Repräsentanten der Wohlfahrtsgesellschaft verbinden damit die finanzielle Förderung von kleinen Initiativen und Einzelpersonen, die für das Gemeinwohl aktiv sind.

3. Netzwerken tut Not!

Doch ganz ohne hintergründige Ironie betrachtet, muß festgestellt werden, daß abgesehen von der vielfältigen Selbstorganisation von Engagierten bereits eine variantenreiche Szenerie von Koordinations- und Fördereinrichtungen für Engagierte von Bund, Ländern und Kommunen entwickelt worden ist: Seniorenbüros, Bürgerbüros, einige Freiwilligenzentralen oder -agenturen und Betreuungsvereine, um nur einige zu nennen. Eine wirklich übergreifende Verständigung wird dadurch immer notwendiger, sollte je eine Vernetzung nach Art z. B. der holländischen Freiwilligenbüros erreicht werden. Mit einem solchen Schritt würden ein größerer Nutzen und eine größere Selbstverständlichkeit für die bürgerschaftliche Partizipation geschaffen – im Sinne der „normativen Kraft des Faktischen": Soziales, ökologisches, überhaupt freiwilliges Engagement würde zum Alltag und zur Normalität dazugehören, bedürfte keiner individuellen Kraftanstrengung mit vielerlei Hürden und Unwägbarkeiten mehr, da leichthin vermittel- und erreichbar. Und mit Sicherheit würden sich dann weitaus mehr der 50 % der Hilfsbereiten in der Bevölkerung freiwillig einer gemeinnützigen Sache verschreiben: weil es dann Gemeingut und damit kommunitär (Etzioni 1994) würde, sich für den Erhalt und die Vitalisierung der Gemeinschaft zu investieren und darüber eigene neue Chancen und Entwicklungen zu fördern.
Als These stelle ich daher voran: Es gibt weitaus mehr Engagementbereite als man üblicherweise der Psyche des vom Individualismus und Kommerzialismus geprägten Menschen zuschreibt. Die Aufgabe besteht darin, die Schwelle zum Aktivwerden zu senken; das heißt, Interessierte offen einzuladen, dem sozialen Engagement Ansehen zu verschaffen und das Vorurteil auszuräumen, freiwillige soziale Hilfe sei nur etwas für Selbstaufopferer, Sozialtanten und Außenseiter. Den Glauben an die Zusammengehörigkeit zu

stärken, ist nicht nur eine ideelle, sondern vor allem eine praktische Herausforderung.

4. Gemeinschaftserlebnis und Hilfsbereitschaft

Die „Unwirtlichkeit der Städte“ wird zu einem „Eremitenklima“ führen, schrieb Alexander Mitscherlich (1965) vor gut 30 Jahren; er warnte vor den Risiken der „totalen Betreuung“ und der „fürsorglichen Belagerung“ des Einzelnen durch den Sozialstaat. Allerdings wäre es fatal, die heutige Risikogesellschaft (Beck 1986) nur pessimistisch zu sehen. Empirische Netzwerkforschung – so führte Heiner Keupp 1993 aus – belege vielmehr, daß die Auflösung der traditionellen Gemeinschaftlichkeit nicht automatisch zum Egoismus führe und deswegen Individualität und Solidarität nicht als Gegensatzpaar gesehen werden müßten. „Individualität und solidarische Bezogenheit sind nicht Alternativen, sondern verweisen aufeinander.“ (Keupp 1993, S. 4)

Vor allem in großstädtischen Ballungsräumen existieren „soziale Baustellen“ für stützende und integrierende Subkulturen im Ersatz für Familie und Verwandtschaft. Der Trend der „regionalen Netzwerkbildung“ ist dadurch für viele Lebensentwicklungen und Lebensfragen des Einzelnen sehr prägend:

> „Zunehmende gesellschaftliche Individualisierung baut nicht in pauschaler Weise Solidarbeziehungen ab, sondern sie schafft eher einen neuen Typus von Solidarität. Sie wird freiwillig erbracht und weniger aus einem Gefühl der Verpflichtung, das aus traditionalen Gemeinschaftsbindungen folgt. Es gibt keinen empirischen Beleg dafür, daß religiös gebundene Menschen mehr soziales Engagement zeigen. Der neue Typus der Sozialbeziehung ist im Vergleich zu der traditionalen Form zwangloser, vielseitiger, zeitlich und sachlich eingegrenzter und beweglicher. Er ist weniger von einem moralisch aufgeladenen Helferpathos geprägt.“ (Keupp 1993, S. 7)

Genau diese Grundhaltung treffen wir in der Beratung von Interessierten im Treffpunkt an: Weder kann dabei von einem „alten“ und einem „neuen Typus“ von Ehrenamtlichen (Olk 1989) gesprochen werden, noch bilden moralische Werte wie Nächstenliebe, Solidarität oder Sozialsinn ihrer Motivation. Es handelt sich vielmehr um eine Mischung von kritischem Weltbild und bewußter Stellungnahme, von aktueller Lebensphase und Selbsterkenntnis sowie von außen ausgelöster oder im Innern gereifter Hilfsbereitschaft. Lassen sich diese drei Achsen zu einer guten Tat verbinden, so ist der Gewinn aus allen Perspektiven sicher: Der Hilfsbereite kümmert sich um einen hilfebedürftigen Menschen, der sonst darben würde; er selbst hat damit eine neue, erfüllende Aufgabe für sich gefunden, die ihm etwas gibt, was er zuvor vermißt hat (wie etwa Verantwortung, Dank, Beziehung, Sinn) und die soziale Gemeinschaft hat dadurch wieder ein intaktes Hilfssystem mehr. Die Suche nach einer „kommunitären Individualität" (Keupp 1993) ist der motivationale Motor für ein eigenes existentielles Anliegen.

5. Trends und aktueller Zeitgeist

Bei einer Befragung von engagementbereiten Besuchern des „Treffpunkts Hilfsbereitschaft" kristallisierte sich als durchgängiges Motiv der Wunsch heraus, für andere, schwächere Menschen da zu sein, ihnen zu neuem Mut und Lebenssinn zu verhelfen und damit für sich selbst Gleiches zu tun.
Ermutigung und sinnhaftes Leben sind ein Gut, das weder käuflich zu erwerben ist, noch durch individuelles Streben erreichbar wird. Und damit scheiden zwei Hauptschienen moderner Lebensführung für die Erreichung kommunitärer Individualität aus. Wir werden auf „alte" Formen des Austauschs zwischen Menschen zurückverwiesen, z. B. auf gemeinsame Gespräche, das tägliche Ritual der Essenszubereitung und des gemeinsamen Speisens, Spaziergänge, Festlichkeiten u. a. m., – kurz: all die einfachen Dinge des Alltags, deren Stellenwert für die Selbsterhaltung für intakte, arbeitsfähige Menschen offensichtlich immer mehr geschmälert oder gar wegrationalisiert wird.
Es handelt sich also um das Bedürfnis nach mehr Kontakt, nach gelebten Werten und nach Gemeinschaft, das vielfach die Hilfsbereitschaft auslöst.
Laut statistischer Auswertung unserer Beratungen treten zwei demographische Gruppen in den letzten drei Jahren in den Vordergrund: Die größten vermittelten Gruppen sind die Angestellten (34,4 %) und die Erwerbslosen (14,3 %), und zwar bei den Frauen die Altersgruppe zwischen 40 und 50 Jahren (24,8 %) und bei den Männern die Altersgruppe zwischen 20 und 30 Jahren (28,4 %). Der Anteil der Männer, die sich für ein soziales Engagement interessieren, stieg auf 39 % an und steigt weiter. Das sind für den bislang als unattraktiv gewerteten Sektor der „Kümmerarbeit" im Ehrenamt geradezu umstürzlerische Zahlenverhältnisse zwischen den Geschlechtern. Und: die Männer bleiben und sind begeistert. Es muß sich also etwas Grundlegendes im persönlichen Gewinn aus sozialem Engagement geändert haben, da es nicht mehr von den für altruistischer gehaltenen Frauen allein ausgeübt wird.
Insgesamt hat sich aus Sicht des „Treffpunkts Hilfsbereitschaft" eine erhebliche Verjüngung der Interessenten für ein soziales Engagement eingestellt. Offenbar drängt es Menschen früher in ihrem Lebensverlauf, dem mensch-

Hilf´ doch mal!
Mit Ihren ganz persönlichen Erfahrungen, Wünschen und Fähigkeiten finden auch Sie eine sinnvolle Möglichkeit zum freiwilligen sozialen Engagement. Zum Beispiel, indem Sie ein paar Stunden in der Woche mit dem Kind eines Alleinerziehenden verbringen.
Wie immer Sie sich ehrenamtlich engagieren wollen: Wir beraten Sie persönlich und kostenlos - und vermitteln Sie an uns bekannte Projekte und Vereine in Berlin.
Treffpunkt Hilfsbereitschaft
DER DIREKTE WEG ZUM SOZIALEN ENGAGEMENT
Märkisches Ufer 28 · 10179 Berlin-Mitte · ☎ 279 39 94

lichen Austausch und der gegenseitigen Bereicherung im Kontakt Rechnung zu tragen; die Vorstellung, ein soziales Engagement sei erst etwas für das Alter, ist sicher nicht mehr aktuell. Vielmehr richtet sich das Augenmerk auf die verschiedenen biographischen Entwicklungsphasen, in denen ein soziales Engagement ein äußerst hilfreicher Begleiter und Förderer sein kann.

6. Qualität und Ansprüche: Soziales Engagement muss passen wie eine zweite Haut

Nicht nur die Interessenten ändern sich, auch das Angebot an freiwilligen sozialen Betätigungsfeldern hat sich sehr ausgedehnt und in vielen Bereichen große inhaltliche Tiefe entwickelt. Nicht umsonst, denn wenn schon die individuelle Entscheidung gefallen ist, freie Zeit und vorhandene Erfahrung in den Dienst einer guten Sache zu stellen, dann soll es sich auch lohnen. Der persönliche „Profit" aus dem Engagement für andere hat Konjunktur, Selbst-Weiterbildung ist gefragt und erhöht von Anfang an die Chance, daß sich jemand in eine soziale Aufgabe investiert. Das Prinzip von Leistung und Gegenleistung ist so alt wie die Austauschbeziehung zwischen Menschen insgesamt, es erlangt aber eine neuerliche Renaissance dort, wo kein neutrales Tauschmittel wie etwa Geld dazwischen steht. Der unmittelbare Tausch wird als realer und wahrer Beziehungsstifter sehr geschätzt, da er von der Freiwilligkeit des Gebens ausgeht und das Nehmen wieder lehrt.

Entscheidend ist für den Austausch, daß die Tauschpartner voneinander angetan, ja begeistert sind. Dies ist ein Arbeitsprinzip, das wir bei der Beratung und Vermittlung stets befolgen. Der Begriff „Beratung" greift hier zu kurz, denn er soll einen komplexen Prozeß bezeichnen: ein Kennenlernen der Person mit ihren Neigungen, Erfahrungen und Interessen, Vorlieben und Abneigungen, aktuellen Lebensaufgaben und -fragen, die zum Interesse an einem Engagement für andere geführt haben. Unsere Aufgabe ist es, aus diesem ganz individuellen Interessensprofil heraus Vorschläge für ein konkretes Betätigungsfeld, das zudem noch in der Wohnregion des Interessenten liegt, zu machen. Aus diesem Grund sind wir bestrebt, eine möglichst vielfältige und ausgefeilte Angebotspalette für soziale Betätigung bereitzuhalten. Nur so gelingt es, „hautnah", also optimal auf die Vorstellungen des Interessierten einzugehen.

Dieser Kernsatz, der sich so einfach anhört und geradezu zwingend logisch erscheint, ist aber mehr als nur eine Faustregel; indem wir optimale Beratung und vielfältigste Vermittlungsmöglichkeiten garantieren können, steigern wir das Vertrauen der Menschen, die bis dahin noch nicht sozial engagiert

waren. Freiwilligkeit ist das oberste Gesetz bei der Entscheidung der Beratenen. Unser Anteil liegt in der konkreten Darstellung dessen, was die Interessierten als Arbeitsrahmen erwartet, wieviel Zeit nötig sein wird, welche Anforderungen an sie gestellt werden und zugleich welche Unterstützung sie von der Einsatzstelle geboten bekommen: Einführungskurse, Probezeit zur Entscheidung, Fortbildungsangebote zum Inhalt der Arbeit, die geeignet sind, das soziale Thema (Krankheit, Alter, Behinderung, Straffälligkeit u. a. m.) in Beziehung mit dem Engagierten zu setzen.
Freiwilliges soziales Engagement setzt außerdem die Möglichkeit zur Partizipation, Gestaltung und Einflußnahme voraus, ein Punkt, der gerade bei professionell besetzten Arbeitsfeldern ein Konfliktpunkt werden kann und deshalb im Vorfeld geklärt werden muß.
Aufwandsentschädigungen, Versicherungsschutz und schließlich der zuständige Ansprechpartner – sei er hauptamtlich oder ehrenamtlich vor Ort beschäftigt – sind weitere Qualitätsmerkmale für optimale Rahmenbedingungen sozialen Engagements.

7. Essentials und Empfehlungen

Diese o. a Qualitätsmerkmale werten den Beitrag von sozial Engagierten erheblich auf. Sie verdeutlichen auf einer zunächst pragmatischen Ebene, welcher Einsatz seitens der sozialen Organisation geleistet werden muß, um die Mitarbeit von freiwillig Engagierten zu gewährleisten. Gewinn zieht die soziale Einrichtung allemal aus der freiwilligen Mitarbeit, wird sie doch mit einem bürgerschaftlichen Standbein versehen und damit zum Anliegen aller Bürger, nicht nur zum Anliegen von einigen „Betroffenen". Von höherer, auch sozialpolitischer Warte aus betrachtet, bildet sich durch solche bürgerschaftliche Beteiligung eine kommunitäre Klammer aus: Anwohner schalten sich in das soziale Klima ihres Lebensumfeldes aktiv ein, sicher nicht unbedingt bequem, aber mit einem Blickwinkel, auf den Politik im Sinne von Stadt- und Regionalgestaltung nicht mehr verzichten sollte. Erste Beispiele sind aus dem Lande Brandenburg an unser Ohr gedrungen; hier wurde ein Förderfonds zum bürgerschaftlich getragenen Aufbau von Kinderspielplätzen in den Kommunen offeriert, der nur ein Zehntel dessen betrug, was die Kosten einer beauftragten Firma ausgemacht hätten. Das Live-Experiment hat zeigen können, daß überall dort, wo sich Initiativgruppen für dieses Vorhaben entwickelt haben, mit viel Spaß, Gemeinschaft und Schaffensfreude Spielplätze gebaut wurden, die zudem optimal auf die Bedürfnisse vor Ort zugeschnitten waren. Und der Hauptgewinn besteht bis heute für alle Beteiligten, auch für die Kommunen, darin, daß dieser Spielplatz als eine kommunitäre, also eine „eigene“ Einrichtung der Anwohnerschaft betrachtet, behandelt und gepflegt wird.

Also zeigt dieses Beispiel nur zu gut, daß bürgerschaftliches Engagement angeregt und entfacht werden kann, wenn der Nutzen für die kommunitäre Individualität deutlich gemacht wird, daß darüber sehr viel Identifikation mit der guten Sache mobilisiert wird und entsprechend partnerschaftlich von Sach- und Fachverantwortlichen mit Engagierten umzugehen ist. Im Fachjargon derjenigen, die sich als Wegbereiter für bürgerschaftliches Engagement verstehen und betätigen – also der Organisatoren, Managerinnen und Agenturen für sozial Engagierte – ließe sich *zusammenfassen*: Freiwillig engagierte Menschen sind ein kommunitäres Kapital für eine soziale Gesellschaft, eine Ressource, die es zu gewinnen gilt, wenn wir eine Option auf eine soziale Zukunft entwickeln wollen (Schaaf-Derichs 1995); wir selbst, die sogenannten Wegbereiter, sollten mit gutem Beispiel vorangehen und aus den eigenen Erfahrungen im Engagement lernen.

Ein wichtiges Lernfeld besteht ohne Zweifel im *richtigen Design von Freiwilligen-Programmen*, die von einer Kultur des Gebens und Nehmens und der Gegenseitigkeit ausgehen und den Gewinn, den Nutzen für alle Beteiligten mit den Erfahrungen des social marketing (Bruhn/Tilmes 1989) stimmig aufgreift.

Schließlich ist es unsere Aufgabe, nicht als „Non-Profit“-Einrichtung zu erscheinen, sondern unermüdlich den an der Gemeinschaft orientierten Sinn der „Social-Profit“-Arbeit, die wir leisten, zu vertreten und mit Sachverstand zu kommunizieren. Denn für die Aufrechterhaltung einer sozialen Gesellschaft leisten wir das, was in der freien Wirtschaft ein Synergie-Effekt genannt wird: Wir führen die Menschen zusammen, die gemeinsam zu einer neuen Lebensqualität, Schaffenskraft und somit zu einem neuen Sinn finden, und das ist doch für das Zusammenleben unter modernen Verhältnissen der Gewinn schlechthin.

8. Was fehlt auf dem Weg zu einer kommunitär-engagierten Gesellschaft?

Auf diese Frage sollen abschließend einige Ideen und Anregungen genannt werden, die dem Image des freiwilligen sozialen Engagements dienen sollen:

(a) Ohne das Selbstbewußtsein von Engagierten schmälern oder in den Schatten treten lassen zu wollen: Wenn einige VIP’s sich öffentlich zu einem unentgeltlichen, freiwillig übernommenen sozialen Tun bekennen würden,

dürfte das Ansehen dieser Tätigkeiten und nicht nur der bedeutsamen Person steigen. Diese VIP's gilt es in noch größerer Zahl für die Sache des sozialen Engagements zu gewinnen.

(b) Sozial engagierte Menschen tragen zum Erhalt der sozialen Gesellschaft bei und sollten gesetzlich verankerte Anerkennung und klar umrissene Vorteile davon haben. Vorschläge gab es dazu schon genügend: die Anerkennung von freiwillig geleisteten gesellschaftlichen Tätigkeiten für die Rente ähnlich dem Erziehungsjahr oder die Anerkennung als ein Praktikum im Vorfeld von sozialen Studiengängen bis dahin, daß freiwilliges soziales Engagement genauso selbstverständlich in Bewerbungsunterlagen aufgeführt wird wie etwa Auslandserfahrungen und andere Persönlichkeitsbildungen (auch Opaschowski 1995, S. 1).

(c) Außerdem wird eine umfassende Versicherung für die unterschiedlichen Verantwortlichkeiten, Gefahren und Abenteuer im sozialen Engagement unumgänglich, sollen die Engagierten nicht die „Gelackmeierten" sein. Bislang gibt es zwar Zusatzversicherungen vor allem bei größeren Trägern, aber für kleine Träger ist schon dies meist ein Finanzkraftakt. Und alle Risiken in allen möglichen Lebenslagen (z. B. Jugendfreizeiten im eigenen

Urlaub begleiten und sich dabei den Arm brechen) sind bei weitem nicht erfaßt.

(d) Ein wirklich erfreuliches Kapitel tut sich auf, wenn es um das Dankeschön-Sagen gehen wird. Noch sind dies Wünsche und Hoffnungen, daß sich hier die kommunitäre Freude über so vielfältiges und zeitintensives Engagement von Bürgern in Form von Festen, Feiern und festlichen Einladungen niederschlägt. Richard von Weizsäcker hat in seinen letzten Amtstagen als Bundespräsident ein wirklich gelungenes Beispiel gegeben: einen Empfang im Schloßgarten Bellevue. Mehr davon!

(e) Und: die nötige Medienpolitik, die das wenig spektakuläre Sozialthema aufwertet, jenseits der Jagd nach Sensationen über das Erlebenswerte als Engagierte/r unmittelbar berichtet. Eine Serie im Fernsehen über die Vielfalt und lebendige Herausforderung im sozialen Engagement wäre doch überlegenswert.

Die Gemeinde als Hospiz „Mutmachen“ durch organisiertes Bürgerengagement

Hilda Röder

Das Thema „Sterben und Tod“ wird im normalen Alltag immer noch von vielen Menschen verdrängt: Wir sprechen nicht gern darüber und bereiten uns nicht darauf vor. Wenn dann ein Sterbefall in der Familie oder im Bekanntenkreis bevorsteht, sind wir oft hilflos und brauchen Unterstützung von Menschen, die mehr Erfahrung haben. Diese Hilfe kann durch Hospizhelfer und -helferinnen gegeben werden, die auf solche Tätigkeiten vorbereitet wurden. Sie können helfen und Mut machen, lebensbedrohlich Erkrankte, Sterbende und Trauernde nicht allein zu lassen. Damit diese Helfer das tun können, ist ein organisiertes Vorgehen notwendig: Man braucht eine Gruppe und gruppenbegleitenden Maßnahmen. In der Bundesrepublik gibt es inzwischen viele Hospiz- und Sitzwachengruppen, die sehr unterschiedlich strukturiert, organisiert und finanziert sind.
Ich möchte am Beispiel der ambulanten Hospizgruppe in Weil der Stadt (Kreis Böblingen) die Hospizarbeit vor Ort vorstellen:

(a) In der Hospizarbeit findet durch den direkten Kontakt von Mensch zu Mensch eine starke Motivation zur Nachahmung statt.
(b) Die Mitglieder der Gruppe helfen freiwillig und behalten die Freiheit, ihre eigenen Grenzen in der Bereitschaft zum Helfen zu setzen.
(c) Trotzdem füllt diese Gruppe eine Lücke in der Vernetzung der ambulanten Dienste und kann damit ein „zu-Hause-Sterben“ ermöglichen.
(d) Durch die besondere Organisationsstruktur der Einsatzleitung teilen wir unsere Kräfte und die Verantwortung auf.
(e) Mit der Entwicklung einer neuen tragfähigen Leitungsstruktur starteten wir den Versuch, dieses Modellprojekt zu stabilisieren und gleichzeitig das ehrenamtliche, bürgerschaftliche Engagement zu behalten.

Aus meiner dreijährigen Erfahrung mit der Hospizarbeit in Weil entwickelte sich die Idee, daß wir irgendwann soviel von unserem und über unser Tun weitergegeben haben, daß dadurch in der Gesellschaft eine Bewußtseinsveränderung stattfindet und wir unsere Gruppe auflösen können. Es entstand der Gedanke, ob wir mit dieser Arbeit zu einer füreinander sorgenden Nachbarschaft unterwegs sind. Kann so eine Gemeinde zum Hospiz werden?

Ich will aber mit einem Fallbeispiel anfangen und schrittweise über die Erfahrungen unserer Arbeit, über die Entstehung der Gruppe, die Organisation, die Vernetzung in der Praxis und unsere neue Leitungsstruktur berichten.

1. Die Aktualität von Hospizgruppen

1.1. Ein Fallbeispiel

„Warum machen Sie das? Kann es denn sowas geben?", fragte mich Frau M., als ich zum zweiten Mal eine Nacht bei ihr wachte. Ich antwortete: „Betrachten Sie uns einfach als Nachbarn. Zwar wohnen wir am anderen Ende der Stadt, aber dadurch, daß wir organisiert sind, können wir überall dort nachbarschaftliche Hilfe leisten, wo wir gebraucht werden." Sie schüttelte den Kopf und sagte nur: „Das ist unglaublich!" Da war das Ehepaar M.; er 90, sie 86 Jahre alt. Sie hatten keine Kinder, keine Angehörigen, die sich an der Pflege beteiligen konnten. Nur eine Bekannte war da, eine liebe Frau, die sich in den letzten Jahren um sie gekümmert hatte. Sie war jedoch berufstätig und konnte nur am Wochenende länger dableiben. Frau M. wußte, daß sie bald sterben würde, und war bis zum Schluß in der Lage, genau zu sagen, was sie wollte: „Nicht ins Krankenhaus, unter keinen Umständen".

Ihr Mann war rührend um seine Frau besorgt, aber nicht in der Lage, viel für sie zu tun, da er schon etwas altersverwirrt war. Bis es nicht mehr ging, wehrte sich Frau M. gegen fremde Menschen in ihrem Haus. Erst in den letzten Tagen vor ihrem Tod durften die Krankenschwestern der Sozialstation kommen und sie pflegen. Einen Tag später war sie mit der durchgehenden Betreuung der Hospizgruppe einverstanden, da sonst eine Einweisung ins Krankenhaus hätte erfolgen müssen. Sie bestimmte klar: „Ich will niemanden hier an meinem Bett sitzen haben, sondern bleibt bitte nebenan im Zimmer und laßt die Schlafzimmertür auf. Ich rufe Euch, wenn ich etwas brauche", was sie dann auch Tag und Nacht etwa halbstündig tat.

Aber auch Herr M. brauchte die Betreuung. „Ist auch immer jemand von den lieben Damen da?", fragte er stets wieder und kuschelte sich den ganzen Tag neben seine Frau im Ehebett. 60 Jahre waren sie verheiratet und hatten immer alles zusammen gemacht.

Rund um die Uhr waren sieben HospizhelferInnen an der Begleitung beteiligt (alle vier Stunden Wechsel am Tag, in der Nacht von 22 bis 6 Uhr waren zwei Helferinnen da). Die Bekannte des Ehepaares und ein Nachbar übernahmen am Samstag einige Stunden Sitzwache und badeten auch Herrn M., wie schon seit Jahren.

Der Zustand von Frau M. verschlechterte sich zusehends. Manchmal suchte sie auch das Gespräch oder eine Hand. Sie bedankte sich mehrmals für die Zuwendung. Nach fünf Tagen verstarb Frau M., unerwartet schnell, abends um 21.00 Uhr. Um dem alten Mann Gelegenheit zu geben, von seiner Frau lange genug Abschied nehmen zu können, verständigten wir noch nicht den Bestatter,

sondern es blieb eine Hospizhelferin die ganze Nacht bei dem verzweifelten Mann und seiner verstorbenen Frau. Hier konnte er reden, von früher erzählen, weinen, seine Frau immer wieder streicheln, küssen und spüren, wie das Leben aus ihrem Körper ging. Gegen Morgen war er damit einverstanden, daß der Bestatter sie abholte.
Es war dann sehr schlimm für ihn, daß er direkt nach der Beerdigung ins Altenheim kam, wo wir ihn bis heute regelmäßig besuchen. Er erzählt uns immer wieder von den Tagen des Sterbens und vom blauen Lieblingskleid, das er für seine Frau in der Nacht ausgesucht hatte. Sie sollte es im Sarg tragen.

Diese Begleitung hatte das Ziel, ein „zu Hause Sterben" zu ermöglichen. Wäre Frau M. ins Krankenhaus eingeliefert worden, hätte man sie gegen ihren Willen aus ihrer vertrauten Umgebung herausgerissen, und Herr M. hätte keine Möglichkeit gehabt, liebevoll und menschenwürdig seine Frau zu begleiten und sich von ihr zu verabschieden.

1.2. Menschen brauchen andere Menschen

Der Mensch ist das ganze Leben hindurch auf andere Menschen angewiesen. Bei der Geburt braucht er eine Hebamme, und in den schwierigsten Leidenszeiten seines Lebens braucht er Menschen, die das Leid mit ihm aushalten und ihm hilfreich zur Seite stehen. Der heutige Lebensstil ist von der Verdrängung des Leides geprägt. Hierfür gibt es vielerlei Ursachen, die meistens von der eigenen Angst vor unbekannten Situationen wie Krankheit, Schmerz, Sterben und Tod ausgehen.
Aber auch wenn wir anderen Menschen helfen wollen, haben wir oft Angst. Ist es die Angst, etwas falsch zu machen, etwas Falsches zu sagen? Wir wollen helfen, aber wissen nicht wie. Die Selbstverständlichkeit, einfach da zu sein und mit auszuhalten, was da passiert, ist vielen von uns verloren gegangen.
Beim Einkaufen sagte eine Frau zu einer anderen: „Schau, da drüben ist unsere Nachbarin. Ihr Kind ist vor drei Wochen gestorben. Besser wir sprechen sie nicht an. Was sollen wir sagen, wie sollen wir trösten? Lieber gehen wir nicht zu ihr hin." Schauen wir also weg, damit wir nicht mit ihrem Leid konfrontiert werden und reagieren müssen? Was das für eine trauernde Mutter bedeutet, können nur die begreifen, die es selber erlebt haben.
Familien fühlen sich oft alleingelassen, wenn es um „Sterben und Tod" geht. Auch professionelle Unterstützung kann hier nicht alles bewirken. Es ist auch nicht mit Appellen und Ratschlägen getan, sondern es sind Menschen notwendig, die sich für die Gemeinschaft engagieren und somit als Multiplikatoren wirken. Wichtig sind Projekte und Beispiele in der Gesellschaft selber, ein organisiertes bürgerliches Engagement am Ort, das sich primär

durch Hilfestellung und Motivierung für ein verändertes Denken einsetzt. Dieses „Organisiert-Sein“ ist erst einmal notwendig, um Menschen an den Ort, wo sie gebraucht werden, zu vermitteln. Hilfe zur Selbsthilfe ist die Lösung. Damit meine ich: Helft den Helfern, damit sie helfen können! Durch Gruppen- und Öffentlichkeitsarbeit können viele Bürger miteinander ins Gespräch kommen und damit etwas in Bewegung bringen, was eine Veränderung im sozialen Verhalten bewirkt. „Sie glauben nicht, was das für unsere Familie bedeutet hat, unsere Tante in ihren letzten Tagen nicht allein gelassen zu haben. Es war ein elementar wichtiges Erlebnis für die ganze Familie. Von alleine wären wir nie darauf gekommen, daß man das so machen kann“, sagte mir kürzlich Frau W., als ich sie auf der Straße grüßte. Die Tante war vor einem Jahr im Pflegeheim gestorben, und die gesamte Familie hatte sie, mit Hilfe des Heimes und der Hospizgruppe, Tag und Nacht liebevoll umsorgt.

1.3. Kulturveränderung und Hospizbewegung

Die Hospizbewegung in Deutschland breitet sich seit den achtziger Jahren kontinuierlich aus. Es gibt viele verschiedene Formen von Initiativen, und alle haben ihren Platz. Die zugrunde liegende Hospizidee ist aber immer die gleiche: das Recht des Menschen, ein menschenwürdiges eigenes Sterben zu erleben, möglichst bis zum Ende schmerzfrei, liebevoll gepflegt und umsorgt. Wir erfahren, daß die Bürger heute anders mit Sterben und Tod umgehen wollen. Und wir erleben, daß das, was die Hospizbewegung vorlebt, innerhalb der Gemeinde Nachahmung findet. Unsere Hilfe beim Ehepaar M. wurde in jenen Tagen von der Nachbarschaft sehr genau registriert und positiv aufgenommen.
Kann also eine Gemeinde so zum Hospiz werden? Bewußtseinsveränderung geht meistens nur langsam vonstatten. Aber Schritt für Schritt, direkt am Ort des Geschehens, am Sterbebett, im Gespräch mit Todkranken, Trauernden und verängstigten und überforderten Angehörigen kann sie am schnellsten stattfinden.
Der vordringlichste Wunsch Sterbender ist es meist, zu Hause in der vertrauten Umgebung zu sterben. Jedoch sind pflegende Angehörige oft damit überfordert, weil der Prozeß der Pflege und die Zeit des Sterbens infolge der medizinischen Möglichkeiten immer länger werden. Die Angehörigen geraten so oft ans Ende ihrer Kräfte und sehen dann nur noch die Möglichkeit, den Sterbenden in ein Krankenhaus einweisen zu lassen oder in ein Pflegeheim zu verlegen. Freunde und Nachbarn finden sich selten, die sich für einige Stunden oder auch einmal für eine Nacht ans Bett des Sterbenden setzen. In dieser Situation braucht man andere Menschen, Hilfe von profes-

sionellen Helfern ebenso wie von freiwilligen, nachbarschaftlichen Unterstützern. Hier kann die Hilfe der Hospizhelfer einsetzen.

2. Hospizgruppe Weil der Stadt

2.1. Hilfeangebote

Die Hospizgruppe Weil der Stadt leistet Beistand und Betreuung bei Menschen mit unheilbaren Erkrankungen, die zum Tode führen. Sie hilft dort, wo Angehörige Hilfe und Ermutigung brauchen, um eine Begleitung zu Ende führen zu können. Sie hilft dort, wo Menschen, die durch ihre tödliche Erkrankung isoliert und einsam sind, einen Ansprechpartner brauchen. Sie betreut auf Wunsch die trauernden Hinterbliebenen. Sie wirkt mit an der Enttabuisierung des Themas „Sterben und Tod" und hilft dabei, große Leiderfahrungen nicht mehr zu verdrängen, sondern in das Leben zu integrieren. Sie leistet Bildungs- und Öffentlichkeitsarbeit und wirkt als Multiplikator.

2.2. Kurze Entstehungsgeschichte

Zwei Frauen (48 und 50 Jahre alt) stellen sich im Jahr 1991 in Weil dem Alten- und Pflegeheim zur Verfügung, um einsame BewohnerInnen nicht nur regelmäßig zu besuchen, sondern auch im Sterben zu begleiten. Sie merken sehr bald, daß sie alleine schnell ans Ende ihrer Kraft kommen. Sie beschließen, eine Hospizgruppe zu gründen und ihre Dienste auch in Familien anzubieten. Die beiden Initiatorinnen bereiten sich sorgfältig durch verschiedene Schulungen und Fortbildungen vor, um in der Öffentlichkeit über die Hospizidee sprechen zu können und Helferinnen in einem Seminar auf ihre Aufgaben innerhalb der Hospizarbeit vorzubereiten. Mit viel Öffentlichkeitsarbeit und Unterstützung von Persönlichkeiten und Institutionen der Stadt und dem Landratsamt Böblingen wird im Winter 1991/1992 das erste Seminar „Umgehen lernen mit Krankheit und Tod" mit 15 Teilnehmern gestartet.
Mit zwölf neuen Hospizhelferinnen und einem Hospizhelfer wird im März 1992 die Hospizgruppe Weil der Stadt unter dem Dach der „Nachbarschaftshilfe e.V." gegründet. Beide Initiatorinnen teilen sich die Einsatz- und Leitungsaufgaben. Die Gruppe startet im Pflegeheim mit einem regelmäßigen Besuchsdienst, woraus das Vertrauen der Bewohner wächst, in der Zeit des Sterbens nicht allein gelassen zu werden. Die Leiterinnen stellen sich per-

sönlich mit der Hospizarbeit bei den bestehenden Diensten vor, und nach einigen Monaten schon werden wir von den Ärzten und von den Krankenschwestern der Sozialstation zur Hilfe gerufen, damit Angehörige ihre Sterbebegleitungen zu Hause vornehmen können. Seitdem werden dort, wo wir in den letzten Wochen oder Tagen gerufen werden und helfen können, keine Sterbenden mehr ins Krankenhaus eingewiesen (außer aus medizinischen Gründen). Sie können in ruhiger Atmosphäre, im Kreise ihrer Angehörigen zu Hause sterben. Auch dort, wo keine Angehörigen an der Pflege beteiligt waren, konnten wir in Zusammenarbeit mit den ambulanten Diensten vor Ort Sterbende bis zum Schluß zu Hause betreuen.

2.3. Arbeitsweise

Heute besteht die Gruppe, nach zwei weiteren Ausbildungsseminaren, aus 27 Hospizhelfern und -helferinnen. Die Jüngste ist 28, die Älteste 70 Jahre alt. Die meisten haben eine Familie zu versorgen und sind z. T. sogar berufstätig. Einige kamen in das erste Seminar, weil wir ihre Angehörigen begleitet hatten, andere hatten negative Erlebnisse mit Sterben und Tod und wollten lernen, wie man damit umgehen kann. Außer für akute Sterbebegleitung in Bereitschaft zu sein, betreuen die meisten von uns gleichzeitig mehrere alte, einsame und kranke Menschen mit noch kurzer Lebenserwartung, auch wenn man dies noch nicht als Sterbephase bezeichnen kann. Es gibt auch inzwischen schon viele trauernde Hinterbliebene, die weiterhin von uns besucht werden.

2.4. Statistische Angaben zu den Sterbebegleitungen

Im Jahr 1994 begleiteten wir insgesamt 88 Familien in der Zeit des Sterbens und der Trauer (ohne die alten, kranken und einsamen Menschen und die vielen Bewohner im Pflegeheim). Davon sind 27 Patienten gestorben. Die jüngste Patientin war 60, die älteste 97 Jahre alt. Die Dauer der Begleitungen reichte von einer Nacht bzw. einem Besuch bis hin zu vier Jahren. Diese unterschiedlichen Zeiträume machen deutlich, daß jede Begleitung andere Anforderungen an die Hospizhelfer stellt. Die durchschnittliche Zahl der Einsatzstunden pro Familie lag bei 33 Stunden, mit einer Streuung von 1 bis 230 Stunden. Die Hospizhelferinnen leisteten 1994 insgesamt 39 Nachtwachen. 93 % der Patienten war es möglich, zu Hause oder im Pflegeheim in ihrer vertrauten Umgebung zu sterben, meistens im Zusammensein mit ihren Angehörigen.

2.5. Vernetzung in der Praxis

Unsere Kontakte zu den Ärzten und Pfarrern, zu den Mitarbeiterinnen der Sozialstation und Nachbarschaftshilfe sind sehr gut. Wir arbeiten Hand in Hand und unterliegen genauso der Schweigepflicht wie sie. 1994 wurden zwei Drittel unserer Einsätze durch die Sozialstation und Ärzte, und ein Drittel durch Pflegeheimpersonal und Angehörige angefordert.
Die Auswirkungen der Gruppe auf die ambulanten Dienste in unserer Gemeinde werden als sehr positiv beurteilt. Vor allem den Krankenschwestern der Sozialstation ist es eine große Hilfe, die Hospizgruppe im akuten Notfall anfordern zu können. Sobald eine Hospizhelferin sie am Sterbebett ablöst, kann die Krankenschwester beruhigt zum nächsten Patienten fahren. Auch dem Pflegeheimpersonal ist es vor allem nachts eine Beruhigung, eine Sitzwache im Sterbezimmer zu wissen; denn sie können oft nur für kurze Zeit nach dem Patienten schauen. Die Ärzte in unserer Stadt weisen die Patienten nicht mehr so schnell ins Krankenhaus ein, da sie wissen, daß es die Hospizgruppe gibt. Oft setzen sie sich selber mit uns in Verbindung. Die Pfarrer unserer Kirchen unterstützen unsere Idee und arbeiten auch auf seelsorgerischem Gebiet eng mit uns zusammen.
Wenn der Patient gestorben ist, treffen sich die beteiligten HospizhelferInnen zu einer Nachbesprechung bei der Einsatzleiterin. Hierzu laden wir auch die beteiligten Krankenschwestern und die Mitarbeiterinnen der Nachbarschaftshilfe ein. Auch wenn eine Begleitung sehr lange dauert, rufen wir öfters alle an der Pflege Beteiligten (auch Angehörige und Nachbarn) zu einer Besprechung zusammen. Außerdem findet während der Begleitung ein Informationsaustausch durch die gemeinsam benutzte Pflegedokumentation der Sozialstation statt.
Die Hospizgruppe besucht viele Bewohner des Pflegeheimes, die Gespräche, liebevolle Aufmerksamkeit und Zuwendung benötigen. Die Gesichter der Hospizhelferinnen sind den Heimbewohnern inzwischen vertraut. Ihnen ist bekannt, daß wir von der Hospizgruppe sind und auch Sterbende begleiten können. Sie reden mit uns über ihr Sterben und ihre Angst vor Schmerzen oder dem Alleingelassensein. Aber sie lachen auch mit uns und erzählen aus ihrem Leben, als sie noch wichtig waren und gebraucht wurden. Durch die Vertrautheit und Integration der Hospizgruppe im Heim ist es den Bewohnern ein Trost, in der Zeit des Sterbens nicht allein gelassen zu sein. Für uns selbst ist dieser Kontakt eine große Bereicherung. Wenn man einmal gelernt hat, die Situation der Menschen im Heim anzunehmen, kann man auch damit umgehen und viel Ruhe und Lebensweisheit für sich selber daraus gewinnen. Wir bekommen sehr viel Liebe und Dankbarkeit von den alten Menschen.

Da es im Pflegeheim schon einen bestehenden Besuchsdienst gibt, haben wir eine Liste mit den Namen der Bewohnerinnen angelegt und von wem sie besucht werden. Zweimal im Jahr treffen sich die Besuchsgruppen und besprechen, wer wen wann besucht. Die Liste wird jeweils aktualisiert. Auch die Stationsleitung und das Pflegepersonal lassen sich gern in diesen Vernetzungsprozeß miteinbeziehen.
Kommt nun einer der Bewohner in die Sterbephase, können wir anhand der Liste feststellen, welche Betreuerinnen angerufen werden wollen (immer in Absprache mit den Angehörigen, sofern welche da sind). Das ist auch eine gute Möglichkeit, den „normalen" Besuchsdienst zu fragen, ob er sich an der Sitzwache beteiligen will. Die Hospizhelferin kann dabei ermutigen und behutsam begleiten. Dadurch kann die Schwelle für eine Sterbebegleitung für einen Menschen, der unsicher ist, überschritten werden, und er hat die Chance, auch in den letzten Stunden bei einem von ihm betreuten Bewohner zu sein.

2.6. Öffentlichkeitsarbeit

Es ist auch die Aufgabe einer Hospizgruppe, die Hospizidee weiterzugeben. Hospizhelfer lernen durch die Praxis, Sterben und Tod als zum Leben dazugehörend zu begreifen und bekommen eine positive Einstellung zur Lebensbewältigung. Dadurch sind sie in der Lage, intensiv an der Enttabuisierung dieses Themas mitzuarbeiten. Durch gezielte Öffentlichkeits-, Bildungs- und Pressearbeit wirken sie in der Gemeinde als Multiplikatoren. Hierzu zählen Vorträge, Filme, offene Gesprächsreihen und das Gespräch im Familien- und Freundeskreis.
Kann eine Gemeinde so zum Hospiz werden? Könnte das, was die Hospizgruppen vorleben, ein Weg zu unserem Nachbarn sein? Es scheint so. Zahlreiche Menschen in dieser Stadt reden jetzt offener über das Thema „Sterben und Tod" und empfinden es als eine Erleichterung, sich darüber austauschen zu können. Es finden lange Gespräche mit Hospizhelferinnen auf der Straße und im Laden statt. Vor vier Jahren war das noch anders. Damals konnten wir das Wort „Sterbebegleitung" nicht so leicht in der Öffentlichkeit präsentieren, sondern mußten es behutsam mit „Umgehen lernen mit Krankheit und Tod" umschreiben.

3. Organisationsstruktur

3.1. Das Hospiztelefon

Wir haben Rufbereitschaft rund um die Uhr (24 Stunden an 7 Tagen). Das Hospiztelefon befindet sich im kleinen Hospizbüro im Haus der Leiterin. Die Telefonnummer des Hospizdienstes finden die Hilfesuchenden unter den Notdiensten im Gemeindeblatt. Ist die Hospizleiterin nicht zu Hause, ist ein Anrufbeantworter angeschlossen mit Namen und Telefonnummern von sechs HospizhelferInnen, die alle selbständig eine Einsatzleitung organisieren können.

3.2. Die Einsatzleitung

Wir haben zehn Mitarbeiterinnen, die selbständig einen Einsatz organisieren können. Dadurch findet eine echte Arbeitsteilung statt, die auch ein verantwortliches, selbständiges Vorgehen der Mitarbeiterinnen fordert. Dazu haben wir miteinander einen Leitfaden für die Einsatzleitung erarbeitet, der aus den vielen Erfahrungen der unterschiedlichsten Begleitungen entstanden ist. Dieser Leitfaden wird einmal im Jahr unter Mithilfe der ganzen Gruppe überarbeitet. In diesem Zusammenhang reflektieren wir intensiv, was wir tun und bewirken wollen. Eine Identifizierung mit der Arbeit und der Gruppe kann sich so besser und sinnvoller vollziehen. Für die eventuelle Einsatzleitung besitzen alle Hospizhelferinnen sowie die Mitarbeiterinnen der Sozialstation, der Nachbarschaftshilfe und der Pflegeheimstationen eine aktuelle Einsatzliste mit Namen und Telefonnummern von allen zur Verfügung stehenden Sitzwachen.
Wichtigste Voraussetzung für das Funktionieren dieses ambulanten Dienstes ist eine ausreichende Anzahl von freiwilligen Mitarbeitern. Niemand darf überfordert werden oder für längerer Zeit über seine Grenzen gehen. Nach unseren Erfahrungen der letzten drei Jahre sind für eine Kleinstadt wie Weil der Stadt (18.000 Einwohner) etwa 20 bis 25 HelferInnen erforderlich.

3.3. Geborgenheit in der Gruppe

Die Geborgenheit in unserer Gruppe ist das Fundament unserer Arbeit. Hier tun wir alles Nötige, um auch für uns zu sorgen. Um sich für ihre Aufgabe innerhalb der Hospizarbeit zu stärken, treffen sich die Helfer durchschnittlich alle zwei bis drei Wochen für Weiterbildung, Supervision und seelische Unterstützung. Außerdem verbringen wir jährlich ein dreitägiges Klausurwochenende, einen Studientag und einen Ausflug miteinander. Die Fortbil-

dung, Supervision und Geselligkeiten für die freiwilligen Mitarbeiterinnen sind wichtig und notwendig. Sie geben ihnen das Gefühl, nicht ausgenutzt zu werden, sondern in ihrer Arbeit begleitet zu sein.
Wir appellieren immer wieder bei den Mitarbeiterinnen an ihre Eigenverantwortung. Wir erinnern an die eigenen Grenzen und mahnen, diese nicht zu überschreiten. Deshalb gibt es bei uns keine Verpflichtung, eine bestimmte Anzahl von Stunden in der Woche leisten zu müssen. Ein Pausieren von der Hospizarbeit für längerer Zeit ist immer möglich. Keine muß deshalb die Gruppe verlassen, wenn es ihr gerade mal schlecht geht und sie nicht in der Lage ist, jetzt andere zu begleiten. Im Gegenteil, sie bekommt innerhalb der Geborgenheit in der Gruppe seelische Unterstützung auch für ihre persönlichen Probleme. Hier finden wir die gelebte Solidarität innerhalb einer Gemeinschaft. Wir begleiten uns gegenseitig.
Wichtig ist auch die mitmenschliche Begleitung durch die Hospizleiterin. Sie sollte immer ein offenes Ohr und ein offenes Herz haben. Unsere Erfahrungen gehen dahin, daß ein in sich harmonisierendes Team große Belastungen verarbeiten kann.
Die freiwillige Mitarbeiterin im (emotional sehr schwierigen) Bereich der Hilfeleistung braucht einen Ausgleich für ihr Engagement. Sie muß Anerkennung bekommen, aber auch selber anerkennen, daß sie etwas bekommt, nämlich eine große Bereicherung für ihr eigenes Leben. Sie lernt, das Wichtige vom Unwichtigen zu unterscheiden. Sie lernt, mit der eigenen Angst vor dem Tod besser umzugehen und das Leben vom Ende her zu betrachten und zu gestalten.

3.4. Finanzierung

Die Hospizgruppe Weil der Stadt trägt sich selber: durch Spenden und Fördermittel. Wir erheben keine Mitgliedsbeiträge. Unsere Hilfeleistung ist und bleibt für die Betroffenen unentgeltlich. Alle Mitarbeiter der Hospizgruppe begleiten und helfen auf freiwilliger und ehrenamtlicher Basis. Die Spendenbereitschaft der betreuten Familien reicht aus, um die Fahrt- und andere Kosten der Hospizhelferinnen zu erstatten. Andere Spenden werden für Entspannungsangebote und Weiterbildung innerhalb der Gruppe und für Bürokosten verwendet. Für Fortbildungen und Supervision bekommen wir Fördermittel vom Landkreis Böblingen (meines Wissens der einzige Landkreis Baden-Württembergs, der Hospizarbeit finanziell unterstützt). Die Kirchen unterstützen uns, indem wir die Räumlichkeiten in den Gemeindehäusern kostenlos benutzen dürfen.

4. Ehrenamtliche Leitung

Die Problematik unseres Projektes liegt in der Absicherung und Stabilisierung für die Zukunft. Die Hilfe auch in Zukunft unentgeltlich für die Betroffenen anzubieten und dadurch die gewollte Bewußtseinsveränderung anzuregen, ist unser Hauptziel. Aber auch die Leitung einer solchen Gruppe soll ehrenamtlich bleiben, um diesen Bewußtseinsprozeß nicht zu stören und dem zweifelhaften Weg in den „Wohlfahrtsstaat" entgegenzuwirken. Zum ersten ist professionelle Hilfe rund um die Uhr nicht zu finanzieren, und zweitens ginge die Verantwortung für uns selbst und unsere Nachbarn immer mehr zurück. Es ist ein gutes Gefühl, ehrenamtlich und freiwillig zu helfen und auch Anerkennung dafür zu bekommen. Im Gefühl des Gebrauchtwerdens vollzieht sich eine Wechselwirkung von Geben und Nehmen. Zusätzlich profitieren wir von der Sinngebung und der Sinnerfüllung bei dem, was wir tun, verbunden mit dem Wunsch, daß auch jemand für uns da ist, wenn wir ihn brauchen. Insofern kann die Hospizarbeit nur ehrenamtlich bleiben.
Das große Problem ist jedoch die unverhältnismäßige Mehrarbeit und die alleinige Verantwortung einer Gruppenleiterin. Wie es überall, in den Vereinen, in der Kirchenarbeit usw. so ist, bekommt sie immer mehr Aufgaben dazu. Irgendwann kann sie die Leitung nicht mehr abgeben, weil niemand soviel Arbeit umsonst machen will. Ein solcher Einsatz geht weit über das gebotene Ausmaß von Ehrenamtlichkeit hinaus. Solche Personen fühlen sich irgendwann ausgenutzt und mit großem Druck belastet. Häufig scheitern gute Initiativen an diesem Problem, und es ist wichtig, ein Ausbluten von sinnvollem Bürgerengagement durch die Schaffung richtiger Rahmenbedingungen zu verhindern.

4.1. Die Entwicklung einer neuen Leitungsstruktur

In der internen Organisation unserer Hospizleitung hat sich seit April 1994 einiges verändert. Eine der Initiatorinnen schied ganz aus der Hospizarbeit aus. Aus der Sorge der verbleibenden Leiterin heraus, daß die ganze Hospizgruppe nunmehr an die ehrenamtliche Leitung einer einzigen Person gebunden ist, hat sich ein vierköpfiges Beratungsteam zur Unterstützung der Leiterin gegründet. Dieses Team trifft sich alle vier Wochen im Hospizbüro, berät die Leiterin in allen anstehenden Fragen, bringt neue Ideen ein und übernimmt viele Aufgaben. Es schult rhetorisch und fachlich sich weiter, um Seminare für neue Hospizhelferinnen zu entwickeln, Vorträge halten zu können und auch offene Gesprächsgruppen zu leiten.
Die organisatorische Arbeit einer solch großen Hospizgruppe ist gewaltig. Viele Aufgaben können delegiert werden, jedoch liegen die Koordination

und die Organisation bei der Leiterin. Sie begleitet die Gruppe und pflegt die externen Kontakte. Sie protokolliert alle Vorgänge, dokumentiert alle Begleitungen und erstellt die Statistik. Sie alleine ist die verantwortliche Person und hat alle Fäden in der Hand. Sie hat das Hospizbüro und bedient das Nottelefon. Ihre Familie muß dies mittragen und hat so manche Beeinträchtigung auszuhalten. Hier mußte eine Lösung für die Zukunft gefunden werden.

Innerhalb des nun fünfköpfigen Beratungs- und Leitungsteams soll in Zukunft alle zwei Jahre ein Wechsel der Leiterin/Koordinatorin (einschließlich Büro und Hospiztelefon) stattfinden. Es ist also eine rotierende Verantwortung für die Gruppe geplant, deren Vorteile darin liegen, daß Erfahrung und Wissen der Gruppe erhalten bleiben, eine sinnvolle und gut abgestimmte Aufgabenverteilung stattfindet, vier Stellvertreterinnen bei Urlaub oder Krankheit zur Verfügung stehen und bei plötzlichem Wegfall der Leiterin eine kompetente Nachfolgerin aus dem Team sofort einspringen kann.

4.2. Die Kombination von „zeitlich begrenztem Ehrenamt" mit „finanzieller Anerkennung"

Wir planen nun, für diese zweijährige Leitungstätigkeit eine Festanstellung für Geringverdiener einzurichten. Hier geben wir die Wahlmöglichkeit zwischen geringfügiger Beschäftigung auf 580 DM-Basis oder 610 DM mit Sozialabgaben (Renten- und Krankenversicherung), die ganz vom Arbeitgeber (in unserem Fall der Hospizgruppe) zu zahlen sind. Die Kosten für diese Konstellation (etwa 9.600 DM brutto pro Jahr) halten sich im Rahmen dessen, was wir unter Ehrenamtlichkeit verstehen. Voraussichtlich wird es ab 1. Januar 1996 hierfür Fördermittel des Sozialministeriums Baden-Württemberg geben. Wir beziehen für diese Lösung die politischen Möglichkeiten mit ein, die unser Helfen dauerhafter und wirksamer unterstützen sollen.

Alle Mitglieder unserer Gruppe stehen mit Begeisterung hinter diesem Konzept. Sie sehen darin die beste Absicherung für die Zukunft. Denn gleichwohl interessant ist die Kombination, die Leitungsposition auf einen absehbaren Zeitraum zu begrenzen, sie finanziell anzuerkennen und sie trotzdem im ehrenamtlichen bürgerschaftlichen Engagement zu belassen und zu stabilisieren.

Mit dieser neuen, tragfähigen Leitungsstruktur können wir gegen das „Ausbrennen" der Engagierten in einer verantwortungs- und arbeitsreichen Position angehen, zugleich aber durch ein aufeinander eingespieltes Team Kontinuität sichern.

5. Nachwort

Diese Arbeit in so kurzer Zeit zu stabilisieren, war nicht selbstverständlich. Wir hatten das große Glück, eine unterstützende kommunale Infrastruktur zu haben und in einer wohlwollenden Atmosphäre handeln zu können. Gleichwohl müssen die Rahmenbedingungen und das Projektmanagement für organisiertes Bürgerengagement stimmen, um eine Gruppe zu motivieren und in Zufriedenheit wachsen zu lassen. Dieses zukunftsorientierte Gesamtkonzept zur „Hilfe durch eigenverantwortliche Selbsthilfe" läßt sich auf andere Initiativen im sozialen Bereich anwenden, die von ehrenamtlichem Engagement getragen werden. Es kommt auf einen Versuch an. Und deshalb wage ich zu träumen: Es geht sicher sehr langsam, aber ich glaube, daß sich nur durch vorgelebte Multiplikatorenarbeit vor Ort eine neue Kultur der Mitmenschlichkeit entwickeln kann. Ich träume davon, daß organisierte Gruppen irgendwann aufhören können, organisiert zu sein. Sie verändern sich in eine füreinander sorgende Gemeinschaft, in der wir Bürger die Verantwortung für uns selber und für unseren Nachbarn übernehmen. Ja, vielleicht kann dann tatsächlich eine ganze Gemeinde zum Hospiz werden.[1]

---

[1] Dieser Artikel wurde von mir, als gebürtiger Holländerin, in deutscher Sprache geschrieben. Ich danke den Gruppenmitgliedern Renate Brandt, Gerd Busse, Hildegard Hornung, außerdem meinem Mann Ernst und meinem Sohn Jochen dafür, daß sie diesen Artikel sprachlich-kritisch durchgesehen und sorgfältig korrigiert haben.

Volunteers im Landkreis Esslingen

Inge Hafner

Weder Ehre noch Amt – diese Erkenntnis wird schon seit vielen Jahren in der „Ehrenamts-Diskussion" offenbar, die allerorten im Bereich der offenen Altenarbeit im Landkreis Esslingen (und nicht nur dort) geführt wird. So vieles gibt es zu tun, und so viele Menschen haben so viel Zeit. Warum greifen die Räder einfach nicht ineinander? Jahrelanges Hineinhorchen hat das Gehör geschärft: Aufgaben von heute und morgen lassen sich nicht mit moralischen Appellen von gestern und vorgestern erfüllen. Was fällt uns an orginellen Antworten ein, wenn uns Frauen und Männer, 60 Jahre alt, gut gebildet, lebenstüchtig, gesund, mobil und nicht arm, denen wir gesellschaftlich und sozial Unerledigtes als Betätigungsmöglichkeiten für ihre nächsten 20 Jahre „im Freistand" antragen, mit der knappen Frage: „Und was hab' ich davon?" den schönen Weg verstellen? Unsere Antwort „Auslagenersatz" ist eine ziemlich dünne Antwort.

In diesem Beitrag stelle ich eine Konzeption des Voluntariats vor, in der nicht Menschen für Aufgaben gesucht, sondern Aufgaben für Menschen entwickelt werden. Dabei werden Anforderungen an die Organisationen und deren Mitarbeiter formuliert, die mit Voluntären arbeiten wollen.

Mit der Fortbildung für unbezahlt Engagierte in der Altenarbeit „Gedanken-Gänge über die Schwäbische Alb" leitete die Altenhilfe-Fachberatung im Landkreis Esslingen im Sommer 1993 den Perspektivwechsel ein: Literatur über die amerikanische Volunteers-Bewegung stellte der bisherigen Frage „Wie finden wir Menschen für Aufgaben?" die viel spannendere Herausforderung gegenüber: „Aufgaben für Menschen zu entwickeln".

Eintauchend in alle Konsequenzen – im Mittelpunkt der Mensch mit seinem Streben nach Struktur, Gemeinschaft, Sinn – waren sich alle der knapp 30 TeilnehmerInnen einig, daß sie ihre unentgeltlich geleistete Arbeit viel lieber täten, wenn sie mit ihren individuellen Bedürfnissen und mit ihrer Motivation im Zentrum der Betrachtung stünden. Der Blick wendet sich damit weg von den „potentiellen Ehrenamtlichen" hin zu den Hauptamtlichen: Was haben sie im Austausch gegen Zeit und Kompetenz zu bieten? Machen sie sich Mühe, um Menschen zu gewinnen?

Dieser ersten Annäherung an die Volunteers-Grundsätze folgte im Dezember 1993 ein dreiteiliges Seminar „Kapital Zeit", das rund 20 hauptamtliche und unbezahlte Kräfte mit dem Ziel zusammenführte, die Volunteers-Idee auf die Verhältnisse im Landkreis Esslingen zu übersetzen. Eine sich anschließende „Denkwerkstatt" legte folgende *Grundsätze* für die Volunteers-Arbeit im Landkreis Esslingen fest:

(a) Wenn wir Menschen einladen wollen, sich zu engagieren, brauchen sie eine Fülle von Angeboten, um diejenigen Aufgaben herauszusuchen, deren Erfüllung ihnen Sinn macht und die ihnen Freude verspricht. Dazu brauchen wir einen weiten Horizont von Bereichen, der sich für Volunteers öffnet: Soziales, Kultur, Natur- und Umweltschutz usw.
(b) Diese Menschen müssen mit ihrer Motivation und mit ihren Bedürfnissen im Mittelpunkt stehen. Auch der Wunsch, auf unverbindliche Weise neue Menschen kennenzulernen und eine Erweiterung des Freundeskreises zu erleben, ist dabei wichtig.
(c) Es geht bei dieser Arbeit nicht darum, Lücken mit billigen Arbeitskräften zu füllen. Das Volunteers-Projekt im Landkreis Esslingen ist nicht eine neue Spar-Idee, sondern eine von vielen getragene Initiative, die sich um Werte der gegenwärtigen Gesellschaft und um die Lösung wichtiger Aufgaben bemüht.
(d) Dominierten früher in der Ehrenamts-Arbeit eher Werte des Altruismus, der Anpassung und der Gemeinwesenorientierung, so liegen sie heute eher in der Individualität, der Selbstbehauptung und im Gewinnstreben. Die Frage von Menschen, die zum Engagement bereit sind: „Was habe ich davon?" darf uns deshalb moralisch nicht empören. Wenn wir uns die Mühe machen, auf diese Fragen Antworten zu finden, werden diese darüber entscheiden, ob es gelingt, Menschen zu gewinnen.
(e) Volunteers-Angebote ermöglichen keinen finanziellen Gewinn. Wenn es aber stimmt, daß der Mensch zu seinem Glück die Gemeinschaft mit anderen, eine sichere Alltagsstruktur und Sinn-Erfahrung braucht, muß der „Gewinn" bei einem Volunteer-Engagement auf diesen Ebenen liegen – und er wird gegebenenfalls höher sein als der materielle Gewinn.
(f) Menschen, die zum Engagement bereit sind, brauchen eine klare Beschreibung der Aufgabe, müssen Spielräume haben, um Angebote mitzuentwickeln, brauchen eine sorgfältige Einführung und eine kontinuierliche Begleitung und Beratung, sie dürfen nicht überfordert werden, sie benötigen einen klaren Kontrakt mit Verbindlichkeiten und zeitlichen Vereinbarungen, sie müssen ohne schlechtes Gewissen wieder aufhören können und sie brauchen Anerkennung.
(g) Hauptamtliche, die mit Volunteers arbeiten wollen, brauchen ein klar ausgewiesenes Zeit-Budget zu deren Einführung und Begleitung, sie müssen die Weitergabe von Informationen für die jeweilige Aufgabe sicherstellen und ihnen Zuarbeiten gewährleisten, sie brauchen die Fähigkeit für partnerschaftliche Arbeit und die Bereitschaft, Volunteers als Persönlichkeit

anzunehmen und sich als Person einzubringen, sie müssen Fähigkeiten erkennen und Kompetenzen fördern können, und sie brauchen Volunteers gegenüber eine offene, motivierende und raumschaffende Grundeinstellung.
(h) Träger, die Volunteers suchen, brauchen die entsprechend motivierten und fähigen Hauptamtlichen, sie sollen viel Zeit darauf verwenden, Volunteers-Angebote sorgfältig zu entwickeln, sie müssen Gelder für Auslagenersatz und Fortbildung bereitstellen und sollten sich Gedanken darüber machen, womit sie Volunteers eine Freude machen und wie sie ihnen Anerkennung verschaffen können.

Viel Mühe machte sich die Gruppe in Esslingen, eine angemessene Übersetzung für „Volunteers" zu finden. Doch dies gelang nicht. Dieser Begriff wurde trotz aller Miß- und Unverständnis-Gefahr übernommen – auch, weil Nachfragen den Raum für Klärungen schafften. Als „Volunteers" wurden Menschen *definiert*, die sich freiwillig und ohne materiellen Vorteil engagieren, die Gaben und Fähigkeiten besitzen, die Lust haben, ihr Können und Wissen weiterzugeben, die ihren Horizont erweitern wollen, die durch ihre Tätigkeit Freude, Zufriedenheit und Erfolg erleben möchten, die etwas tun wollen, was ihnen Sinn macht und was der Gesellschaft nützt, die durch ihr Tun einen Selbstwert zu gewinnen suchen, die aus einem weiten Feld von Aufgaben das für sie Reizvolle auswählen wollen, die verantwortlich mitgestalten möchten, die Zuhören können und sich Zeit nehmen für persönliche Gespräche, die eine sorgfältige Einarbeitung und Begleitung erwarten, die sich auf bestimmte Zeit verpflichten, die sich ohne Vorwürfe zurückziehen dürfen und die ein hohes Ansehen verdienen.
Der nächste Schritt lag darin, Hauptamtliche aus verschiedenen Bereichen zu suchen, die offen waren, diese Grundsatzgedanken zu übernehmen. Auf 40 persönliche Einladungen folgten 30 Anmeldungen zu einer Auftaktveranstaltung, die die Aufgabe hatte, einen Volunteer-Aufgabenkatalog zu erstellen. Aus dieser Runde wiederum, die im Oktober 1994 erstmals tagte, entwickelte sich bis Ende Februar 1995 folgendes Angebotsspektrum:

- Unterstützung alleinerziehender Mütter bei Kinderbetreuung
- Übernahme von Patenschaften Arbeitsuchender
- Teilnahme an archäologischen Ausgrabungen
- Unterstützung Asylsuchender
- Begleitung Sterbender und ihrer Angehörigen
- Besuchsdienst im Alten- und Pflegeheim
- AnsprechpartnerIn für Betreutes Wohnen
- Mitarbeit bei Wissens- und Kontaktbörsen
- Bücherdienst für hausgebundene Menschen
- Gestaltung eines Film-Café

- FotografIn im Bürgerbüro
- Betreuung einer Freizeitgruppe mit Behinderten
- Begleitung junger Erwachsener
- Betreuung von Kindern aus kinderreichen Familien
- Krisenbegleitung
- Bereitschaft, als Leihgroßeltern tätig zu sein
- gestaltung von Lese- und Erzählkreisen
- Pflege von Museumsgärten
- Gestaltung von Naturräumen
- Öffentlichkeitsarbeit für Naturschutzgebiet, für Evangelisches Bildungswerk, für Bürgerbüro
- Unterstützung pflegender Angehöriger
- Organisation eines Stafettenlaufs
- Begleitung von Überschuldeten
- Begleitung von Veranstaltungen der Erwachsenenbildung
- Planung von Veranstaltungen der Erwachsenenbildung

Mit einer 40seitigen Broschüre „Initiative ergreifen – Persönlichkeit entfalten – Solidarität beweisen – Verantwortung übernehmen: als Volunteer im Landkreis Esslingen“ wurde die Initiative im Februar 1995 der Öffentlichkeit vorgestellt. Für jedes Angebot ist darin genau der jeweilige Träger mit Ziel und Aufgabe der Einrichtung, Inhalt der jeweiligen Aufgabe, die Partner der Zusammenarbeit, der wöchentliche oder monatliche Zeitaufwand, die Voraussetzungen, die Interessierte mitbringen sollten, die Art und Inhalte der Einführung und Begleitung, besondere Gratifikationen, die zeitliche Begrenzung, die verantwortlichen Personen und deren Erreichbarkeit beschrieben.

Innerhalb von sieben Wochen war die erste Auflage der Broschüre vergriffen (sie war nirgends ausgelegt, sondern mußte von Interessierten gegen 3 DM in Briefmarken beim Landratsamt angefordert werden). Der erste Austausch der Hauptamtlichen im April 1995 ergab, daß es für rund zwei Drittel der Projekte erste Rückmeldungen gibt (insgesamt rund 50 Gespräche). Die ersten Volunteers sind bereits im Einsatz.

Wie die Balance von „Geben und Nehmen“ gehalten werden kann, welche Verantwortlichkeiten sich ergeben, welche Netzwerke zwischen den Projekten und im Gesamtgefüge bürgerschaftlichen Engagements sich knüpfen – all dies wird in Jahresfrist zu bilanzieren sein.

Selbsthilfe in Gruppen – unterstützt durch Kontaktstellen

Waltraud Trukses, Sabine Gärttling, Bärbel Handlos,
Dieter Lehmann, Birgit Schmidt-Groß

Das Prinzip der gemeinschaftlichen Selbsthilfe ist Jahrhunderte alt. Menschen haben sich schon immer in unterschiedliche Gruppierungen zusammengeschlossen, um ihre Lebenssituationen, Anliegen, Schwierigkeiten und Krankheiten aus eigener Kraft gemeinsam zu bewältigen, z.B. in der Großfamilie, in der Nachbarschaft und im Beruf. Der Strukturwandel in unserer Gesellschaft hat zum einen zur Folge, daß diese gewohnten Netze und Strukturen immer brüchiger werden oder auseinanderbrechen, zum anderen wollen sich die Bürgerinnen und Bürger aber auch wieder von einem professionellen Versorgungsystem unabhängiger machen, dem sie sich oft ausgeliefert fühlen. Aus dieser Situation heraus entstanden und entstehen Selbsthilfegruppen.

Anfang der achtziger Jahre entstanden in einzelnen Städten Kontakt- und Informationsstellen für Selbsthilfegruppen. Sie sollten Räume und andere Ressourcen bzw. Unterstützungsmöglichkeiten für Gruppen und Initiativen zur Verfügung stellen, einzelne bei der Suche oder Gründung einer Gruppe informieren und beraten, existierende Gruppen begleiten und sie miteinander vernetzen, also Infrastrukturen für Selbsthilfe in Gruppen schaffen.

Dieser Entwicklung von professioneller Unterstützung von Selbsthilfe in Gruppen hat das Bundesministerium für Familie und Senioren Rechnung getragen, indem es von 1987 bis 1991 in den alten Bundesländern ein Modellprogramm zum Thema „Selbsthilfeförderung durch Selbsthilfekontaktstellen" durchgeführt hat, das durch das Institut für sozialwissenschaftliche Analysen und Beratung (ISAB) wissenschaftlich begleitet wurde. Der Abschlußbericht dieses Modells dokumentiert unter anderem, daß sich während der Laufzeit des Modells an den Standorten von Informations- und Unterstützungsstellen die Gruppenzahlen im Durchschnitt um über ein Drittel erhöht haben.

Waren Kontaktstellen Anfang der achtziger Jahre noch eine innovative soziale Einrichtung, die sich ihren Standplatz im professionellen Versorgungssystem erkämpfen mußten, so ist mittlerweile unbestritten, daß sie eine effiziente Art und Weise darstellen, Selbsthilfegruppen zu unterstützen:

> „Die Kontaktstellen helfen mit, daß die Wünsche vieler Menschen nach bürgerschaftlicher Mitwirkung und eigenverantwortlichem Handeln zusammen mit

> Menschen in gleicher Lebenslage, mit gleicher Betroffenheit realisiert werden können. Dies entspricht dem Grundsatz ‚aktiver Subsidiarität', nämlich Hilfestellung durch die staatliche Gemeinschaft, damit die kleineren gesellschaftlichen Einheiten ihre Aufgaben soweit wie möglich selbst erfüllen können. Maxime unserer Selbsthilfeförderung ist: Selbsthilfe ist immer Ergänzung zu professionellen Diensten und niemals Ersatz hierfür. Aber wer Eigeninitiative und Engagement aufbringt, dem muß Unterstützung angeboten werden." (Rönsch 1993)

Im Folgenden zeigen wir zuerst die gesellschaftliche Bedeutung von Selbsthilfegruppen (Abschnitt 1), sodann ihr Spektrum (Abschnitt 2) und die Bedeutung der professionellen Unterstützung ihrer MitgliederInnen (Abschnitt 3) auf. Auf dieser Grundlage werden dann das Aufgabenprofil und die Wirkungsweise von Kontaktstellen beschrieben, wobei das besondere Augenmerk darauf gelegt wird, welche Verhaltensweisen von Menschen gefördert werden (Abschnitt 4).

1. Selbsthilfe in Gruppen

Selbsthilfe in Gruppen heißt, sich mit anderen Betroffenen zusammenzuschließen, um sich aktiv mit der eigenen Lebenssituation, Krankheit, Behinderung oder mit gesellschaftlichen Mißständen auseinanderzusetzen und etwas für sich und andere zu bewirken. Die Kennzeichen von Selbsthilfegruppen sind:

(a) die Betroffenheit ihrer Mitglieder vom gleichen Problem,
(b) die freiwillige, gleichberechtigte Zusammenarbeit und gegenseitige Hilfe,
(c) der weitestgehende Verzicht auf die Mitarbeit von professionellen HelferInnen,
(d) die ausschließliche Orientierung an den Bedürfnissen ihrer MitgliederInnen,
(e) der Wunsch nach Selbst- und/oder Fremdveränderung.

Selbsthilfe in Gruppen ist also das Erkennen, Entwickeln und Nutzen eigener und gemeinschaftlicher Stärken. Die Mitglieder organisieren ihr Handeln auf der Basis individueller und gemeinschaftlicher Ressourcen selbst. Sie entwickeln Stärke aus einer schwierigen Lebenssituation heraus.
Die Gründe, warum Selbsthilfe in Gruppen im sozialen, gesundheitlichen, kulturellen und ökologischen Bereich in den letzten Jahren stark zugenommen hat, sind sehr vielfältig und können hier nur angedeutet werden:

(a) Die Überforderung bzw. Auflösung traditioneller sozialer Netze wie Familie, Nachbarschaft und Verwandtschaft sowie die zunehmende In-

dividualisierung veranlassen Menschen, nach alternativen Netzen zu suchen.
(b) Die zunehmende Unzufriedenheit mit dem professionellen Versorgungssystem und dessen oft anonymen Strukturen bilden den Nährboden für selbstgeschaffene Strukturen und Einflußmöglichkeiten.
(c) Menschen haben das Bedürfnis nach ganzheitlicher Betrachtungsweise ihrer Krankheit und Gesundheit.
(d) Menschen wollen sich eigenverantwortlich und gleichberechtigt an ihrer Krankheits- und Problembewältigung beteiligen.
(e) Als Reaktion auf gesellschaftliche Mißstände wird versucht, alternative Formen von Hilfe und Unterstützung zu entwickeln.
(f) Es werden vermehrt psychische Probleme und Krankheiten wahrgenommen, was eine offenere Auseinandersetzung damit möglich macht.
(g) Die Fortschritte in der Medizin eröffnen heute vielen Menschen mit schweren chronischen Erkrankungen überhaupt erst Überlebensmöglichkeiten. Die Alltagsbewältigung und das Leben mit der Krankheit wird ein ganz zentrales Thema für diese Menschen.

2. Das Spektrum der Selbsthilfegruppen

Die Bereiche, in denen Selbsthilfegruppen tätig sind, reichen von chronischen Erkrankungen, psychosozialen Problemen, Behinderungen, über Süchte, Frauen- und Männergruppen, Eltern-Kind-Gruppen, Alter und Nachbarschaft, besonderen sozialen Situationen (Arbeitslosigkeit, Trennung) bis hin zum Kultur- und Ökologiebereich. Schätzungsweise zwei Drittel der Selbsthilfegruppen sind im gesundheitlichen Bereich aktiv. Vergleicht man die Selbsthilfegruppen nach ihrer Größe, ihrem Formalisierungsgrad und ihrer Zielrichtung, dann lassen sich die folgenden vier Formen unterscheiden:

(1) *Gesprächsselbsthilfegruppen:* Bei ihnen sind die generellen Merkmale von Selbsthilfezusammenschlüssen am deutlichsten: Die Mitglieder sind von der gleichen Situation betroffen bzw. haben ein gemeinsames Anliegen oder Problem. Im Vordergrund steht die gegenseitige Hilfe und die gleichberechtigte Kooperation. Dies geschieht meistens in einer kleinen, überschaubaren Gruppe von weniger als 15 Personen. Die einzelnen profitieren von den Informationen und Erfahrungen der anderen. Nach dem ISAB-Bericht zählt knapp die Hälfte aller Selbsthilfegruppen in den alten Bundesländern zu diesem Typus, z. B. Sucht-, Angst-, Trennungs-, Frauen- und Männergruppen. Die Gesprächsgruppen sind in der Regel zeitlich begrenzte Zusam-

menschlüsse, die nach der jeweiligen Lebenslage zur Unterstützung und Bewältigung gebraucht werden.
(2) *Außenorientierte Selbsthilfegruppen:* Sie sind in der Regel größer als die Gesprächsgruppen und oft als eingetragene Vereine organisiert. Die eigene Betroffenheit spielt eine zentrale Rolle, es können aber auch Nichtbetroffene Mitglieder sein. Diese Gruppen leisten vor allem Unterstützung bei individuellen Problemen, die z. T. auch betroffenen Nichtmitgliedern angeboten wird. Zugleich verstehen sich diese Gruppen als Lobby aller Betroffenen – unabhängig von der Gruppenzugehörigkeit. Neben der Innenorientierung sind sie also auch nach außen orientiert. Etwa ein Viertel aller Gruppen ist dieser Form zuzurechnen. Dazu gehören Gruppen chronisch Kranker, Behindertengruppen, Angehörigengruppen von psychisch Kranken, Legasthenie-Arbeitskreise usw.
(3) *Selbsthilfeinitiativen:* Bei den Initiativen steht die Außenwirkung im Vordergrund. In Selbsthilfeinitiativen engagieren sich Menschen aus solidarischer Betroffenheit. Sie haben das Interesse, sich für eine Verbesserung sozialer, gesundheitlicher und ökologischer Situationen einzusetzen und anderen Menschen zu helfen. Eine wichtige Zielsetzung dieser Gruppen ist also die Information und Aufklärung von Betroffenen und der Öffentlichkeit. Diese Form macht etwa ein Fünftel der Gruppen aus. Dazu zählen z. B. Arbeitskreise für mehr Kinderfreundlichkeit der Städte, Behinderten- und Seniorenräte und auch Umweltinitiativen.
(4) *Selbsthilfeprojekte:* Diese Selbsthilfeprojekte entstehen aufgrund neuer gesellschaftlicher Bedürfnisse oder auch Mißstände. Sie entwickeln dabei oftmals sehr kreative und innovative Ansätze. So entstanden etwa die Frauenhäuser, die Drogen- und Aidshilfen, die Kinderläden, die Beschäftigungsprojekte und die selbstverwalteten Kulturprojekte. Sie wollen Verbesserungen im Sozial-, Jugend- und Kulturbereich in Form alternativer Projekte und in Abgrenzung zu bestehenden Diensten und Einrichtungen. Dabei ist es ihr Ziel, bezahlte Arbeitsplätze in selbstverwalteten Strukturen zu schaffen. Hier verzahnen sich ehrenamtliche und hauptamtliche Arbeit. Knapp jede zehnte Selbsthilfegruppe ist dieser Form zuzuordnen. Es wird deutlich, welche großen Unterschiede zwischen den Selbsthilfegruppen bestehen, sowohl in der Zielrichtung, der Arbeitsweise als auch in der Größe und Organisationsform. Die Übergänge zwischen den hier unterschiedenen Gruppenformen sind natürlich fließend.

Zur Wirkungsweisen von Selbsthilfegruppierungen sind folgende Aussagen möglich: Forschungsergebnisse und Erfahrungsberichte zeigen, daß Mitglieder von Selbsthilfegruppierungen seltener unter Depressionen und seelisch bedingten körperlichen Beschwerden leiden als andere Menschen in vergleichbaren Situationen. Die Gruppenarbeit stabilisiert medizinische Behandlungserfolge, steigert die persönliche Autonomie und das Selbstbewußtsein und verbessert die soziale Kontaktfähigkeit. Mitglieder von Selbsthilfegruppierungen sind über ihre Erkrankung und deren Behandlungsmöglichkeiten besser informiert. Sie nehmen professionelle Hilfsangebote gezielter und kritischer in Anspruch.

3. Professionelle Unterstützung von Selbsthilfegruppen durch Kontaktstellen

Selbsthilfegruppen entstehen aber nicht immer von alleine. In der Bevölkerung vorhandene Selbsthilfepotentiale können und müssen gefördert werden. Alle Untersuchungen der letzten Jahre haben eindeutig belegt, daß Kontaktstellen dabei die zentrale Rolle als kommunale infrastrukturelle Selbsthilfe-Fördermaßnahme spielen. Das besondere Merkmal von Selbsthilfekontaktstellen ist ihre Nichtspezialisierung. Ihr Arbeitsansatz ist problem-, fach- und generationsübergreifend. Ihr Angebot richtet sich an alle Bürgerinnen und Bürger ihres jeweiligen Einzugsgebietes – unabhängig von deren Geschlecht, Alter, Nationalität, Konfession und sozialer Stellung.

4. Das Aufgabenprofil von Selbsthilfekontaktstellen

4.1. Selbsthilfefreundliches Klima

Die zentrale Aufgabe von Selbsthilfekontaktstellen ist es, wesentlich an der Verbesserung eines selbsthilfefreundlichen Klimas mitzuwirken, das es Menschen erleichtert, sich in Gruppen zusammenzufinden und ihre Belange selbst in die Hand zu nehmen. Kontaktstellen schaffen einen Rahmen, der es Selbsthilfegruppen ermöglicht, zu entstehen, zu wachsen und erfolgreich zu arbeiten. Dies ist der rote Faden, der sich durch die gesamte Kontaktstellenarbeit zieht, angefangen beim telefonischen Erstkontakt über die Zusammenarbeit mit bestehenden Gruppen, der Unterstützung bei der Entstehung neuer Gruppen, der Kooperation mit selbsthilfeinteressierten Fachleuten bis hin zur Öffentlichkeitsarbeit. Kontaktstellen fungieren als Mittlerinnen zwischen den Menschen, die an Selbsthilfe interessiert sind, den Selbsthilfegruppen und den anderen professionell Tätigen im Sozial- und Gesundheitsbereich, in Politik und Verwaltung.
Ziel ihrer Arbeit ist es, die Idee der Selbsthilfe in Gruppen zu fördern und zu verbreiten. Kontaktstellen stehen daher in einem kooperativen Verhältnis zu

den fachlich spezialisierten Beratungsstellen und professionellen Versorgungseinrichtungen und sind eine wichtige Ergänzung des professionellen Hilfeangebots einer Kommune. Sie unterstützen die Vernetzung der verschiedenen Selbsthilfegruppen und Initiativen und ermöglichen damit eine gemeinsame Vorgehensweise bei zentralen Fragen (z. B. Öffentlichkeitsarbeit, Fort- und Weiterbildung usw.). Dadurch erhöht sich die Effizienz der Selbsthilfearbeit um ein Vielfaches. Kontaktstellen werden von Menschen in Anspruch genommen, die entweder von einer bestimmten schwierigen Lebenssituation oder Krankheit betroffen sind oder sich in irgendeiner Form engagieren wollen und geeignete Aufgabenfelder suchen. Im Sinne einer ganzheitlichen Gesundheitsförderung gemäß der Definition der Weltgesundheitsorganisation – „Gesundheit als körperliches, seelisches und soziales Wohlbefinden" – erfassen sie das gesamte Spektrum der Selbsthilfe. Aus der skizzierten Aufgabenstellung ergeben sich für die Kontakt- und Informationsstellen für Selbsthilfegruppen (KISS) folgende *Aufgabenbereiche*:

(1) Information für und Beratung von Menschen, die an Selbsthilfe interessiert sind: Zum zentralen Angebot aller Kontaktstellen zählen die Darstellung des Prinzips der Selbsthilfe und der Arbeitsweise von Selbsthilfegruppen, die Information über bestehende Gruppen sowie die Unterstützung bei der Suche nach Mitbetroffenen. Neben den Möglichkeiten werden aber auch die Grenzen der Selbsthilfe deutlich gemacht und gemeinsam mit den Ratsuchenden herausgearbeitet, ob Selbsthilfegruppen überhaupt die geeignete Unterstützungsmöglichkeit für die Betreffenden sind, oder ob nicht besser andere professionelle Hilfesysteme in Anspruch genommen werden sollten. Dies erfordert von den KontaktstellenmitarbeiterInnen eine genaue Kenntnis des professionellen Angebots im Sozial- und Gesundheitsbereich in ihrem jeweiligen Einzugsgebiet.

(2) Unterstützung bei der Entstehung von Selbsthilfegruppen: Ein zweiter Schwerpunkt ist die Unterstützung bei der Entstehung von neuen Selbsthilfegruppen. Das Angebot der Selbsthilfekontaktstellen hierfür umfaßt die Hilfe bei der Suche nach Gleichgesinnten, das Bereitstellen von Räumen für Gruppentreffen oder Suche nach anderen geeigneten Räumen, die Beratung von InitiatorInnen, um deren Erwartungen, Wünsche, Hoffnungen und Ängste abzuklären und herauszuarbeiten, was in Selbsthilfegruppen möglich ist und welchen Unterstützungsbedarf sie haben, die Organisation und Moderation des ersten Treffens sowie das Vermitteln von Kenntnissen über Gruppenregeln und -prozesse.

(3) Beratung und Unterstützung von Selbsthilfegruppen und Initiativen: Die Bereitstellung von Infrastruktur (z. B. technische Hilfsmittel, Archive, Gruppen- und Büroräume), Hilfestellung bei der Anmietung von Räumen,

Beratung über Förderungsmöglichkeiten und die Unterstützung bei gruppeninternen Problemen sind Dienstleistungen, die alle Selbsthilfegruppen in Anspruch nehmen können. Die Vernetzung der verschiedenen Gruppen zum Zwecke des Informations- und Erfahrungsaustauschs untereinander sowie die gemeinsame Organisation und Durchführung von Veranstaltungen und Seminaren zur Fort- und Weiterbildung von Gruppenmitgliedern sind weitere Teile des Unterstützungsangebots der Kontaktstellen.

(4) Kooperation mit anderen Fachleuten aus dem Sozial- und Gesundheitsbereich sowie mit VertreterInnen der Kommunalpolitik und Verwaltung: Ein wesentliches Ziel der Kooperation mit Professionellen ist es, deren Kenntnisse über Selbsthilfe und Selbsthilfegruppen zu vertiefen, sie für diese Themen zu sensibilisieren und damit ihre Unterstützungsbereitschaft zu erhöhen. Die Vermittlung von Kontakten zwischen Fachleuten und Selbsthilfegruppen und die kontinuierliche Mitarbeit in regionalen und überregionalen Gremien und Arbeitsgruppen sind hier ebenfalls zu nennen. Ständige, oft langjährige Kontakte zu Politik und Verwaltung sind nötig, um EntscheidungsträgerInnen von der Selbsthilfe-Idee zu überzeugen und so Einfluß zu nehmen.

(5) Öffentlichkeitsarbeit und Dokumentation: Die Zusammenarbeit mit örtlichen und überregionalen Medien zur Verbreitung von Nachrichten aus dem Selbsthilfebereich fördert ebenso die Verbreitung des Selbsthilfegedankens wie die Organisation von Selbsthilfetagen, die Erstellung von Informationsmaterialien, die Herausgabe von Rundbriefen und Selbsthilfezeitungen. Ein weiterer wesentlicher Bestandteil der Kontaktstellenarbeit ist die Dokumentation der Selbsthilfeaktivitäten vor Ort.

5. Die Bedeutung von Kontaktstellen

Die Bedeutung der Selbsthilfekontaktstellen liegt darin, daß sie Menschen vor Ort helfen, ihre Belange selbst in die eigene Hand nehmen und somit

(a) sich gegenseitig unterstützen und helfen,
(b) eigene Kompetenzen entdecken und neue entwickeln,
(c) ihre eigenen Aktivitäten erhöhen und die Konsumhaltungen vermindern,
(d) sich für sich und die Gemeinschaft einsetzen,
(e) sich solidarisieren und einer Individualisierung entgegenwirken,
(f) mehr soziale Kompetenz gewinnen,
(g) durch die Nutzung persönlicher und gesellschaftlicher Ressourcen mehr Unabhängigkeit von professionellen Versorgungseinrichtungen erreichen,
(h) soziale Mißstände öffentlich machen und Veränderungen bewirken,

(i) neue soziale Netze entwickeln,
(j) neue, freigewählte Gemeinschaften schaffen, die sich an den jeweiligen individuellen Bedürfnissen orientieren.

Die Arbeit der Kontaktstellen und ihr Stellenwert im professionellen Hilfesystem sind fachlich anerkannt, gleichzeitig fehlen aber den meisten die finanzielle Absicherung und eine ausreichende personelle Ausstattung. Und ohne diese ist das breite Spektrum der Aufgaben einer Kontaktstelle langfristig nicht zu leisten. Mit der Landesförderung der IAV-Stellen hat Baden-Württemberg ein deutliches Zeichen gesetzt. Diese müßte von den anderen Leistungsträgern aufgegriffen und umgesetzt werden; denn gemäß des breit angelegten Arbeitsansatzes der Kontaktstellen kann ihre Förderung nur eine Gemeinschaftsaufgabe von Land *und* Kommunen, Kreisen und Krankenkassen sein.

Teil 4
Bürgerengagement als Lebensgestaltung

Mitarbeit und Verantwortung in den eigenen Lebenskreisen
Perspektiven für neues Engagement

Wolf Rainer Wendt

Die Seniorengenossenschaften und anderen Initiativen im „dritten Lebensalter“ beeindrucken durch ihre Vitalität und durch die Gestaltungskraft, die sich in ihnen äußert. Sie sind aus dem persönlichen und sozial vermittelten Bedürfnis älterer Menschen entstanden, produktiv für sich und andere zu bleiben. Sie empfinden es als Beschränkung, bloß privat in den eigenen vier Wänden ihr Leben zu führen. Sie verbinden ihr Handeln mit dem Handeln anderer aus ihrer Generation und aus jüngeren Generationen und erreichen mit dieser Interaktion ein Format, das sie für sich allein nicht haben und von dem sie ohne sozialen Austausch nicht zehren können.
An diese Feststellung will ich einige weitergehende Überlegungen knüpfen, wie sich künftig die in eigenen Angelegenheiten vorhandene Kompetenz in der Bevölkerung zu bürgerschaftlichem Handeln entwickeln läßt. Dahin komme ich in einer doppelten Bewegung: aus öffentlichem Erfordernis in den Freiraum persönlichen Lebens und von dessen Inszenierung zurück in den Raum des Umgangs und Lebens miteinander.

1. Eine theoretische Betrachtung: Modi der Wohlfahrtsproduktion

Im Anschluß an Michael Walzers Ausführungen (siehe dessen Beitrag S. 42 ff.) sei zunächst noch einmal das Verhältnis von verstaatlichter respektive zentralisierter Wohlfahrtsproduktion und dezentraler bzw. individueller Wohlfahrtsproduktion beleuchtet. Was sich sozialstaatlich an Wohlfahrt schaffen läßt, wird entweder durch Umverteilung (also nicht eigentlich produktiv) zustande gebracht oder in direkter sozialer Dienstleistung hergestellt. Auf ihrer Ebene sind wir bereits wieder beim Handeln einzelner Menschen, die mit und für Mitmenschen eine individualisierte Wohlfahrt besorgen. Zur Produktivität tragen die geregelte und geordnete Einrichtung der Dienste, die Modalitäten ihrer Finanzierung, die Organisation und ihr Management gewiß bei; letztlich wird Wohlfahrt aber immer nur von ihren Subjekten erzeugt und bewahrt. Weil das so ist, dürfen wir beim Blick auf den

Modus der Distribution (verstaatlicht oder sozialisiert) nicht verkennen, daß er die Frage unbeantwortet läßt, wie wir jetzt und künftig Wohlfahrt erhalten und entwickeln können. Sozialpolitisch hat man lange genug über *Verteilung* und Verteilungsgerechtigkeit debattiert; weiter kommen wir mit einer Debatte über *soziale Wertschöpfung*.

Es ist gewiß ein notwendiger Schritt, die Konsumenten sozialer Dienstleistungen über deren Gestaltung und (hoffentlich ersprießliche) Verwendung (mit)bestimmen zu lassen. Man möchte sie doch als souveräne Konsumenten sehen. Und es dürfte auch angebracht sein, mehr in individuelle und gemeinschaftliche Selbsthilfe zu investieren und in dieser Hinsicht besonders die „Schwachen" zu fördern. Gehen wir aber von ihren Stärken aus und anerkennen wir zuerst die Lebensleistung eines jeden Menschen, haben wir Ansatzpunkte für eine plurale Bearbeitung von Wohlfahrt dort, wo es sie tatsächlich gibt oder wo sie doch zustande kommen soll. Die meisten Menschen sind nicht „Wohlfahrtsempfänger", und diejenigen, die Unterstützung brauchen, benötigen sie für ihr je besonderes Zurechtkommen. In seiner Vielfalt ist angelegt, was sozial gestaltet und weiterentwickelt werden kann.

Die Vielfalt des Zurechtkommens (und der mit ihm gegebenen Möglichkeiten des Scheiterns) fassen wir unter dem Gesichtspunkt der Wohlfahrtsproduktion *ökonomisch* auf. Nun gehört es zur Konstitution der zivilen Gesellschaft, daß Wirtschaft, Politik und Recht getrennt, aber dabei in eine Beziehung gesetzt sind, die unter demokratischen Verhältnissen zu wohlfahrtsstaatlichem Handeln nötigt. Seine Sicherungs- und Verteilungsfunktion wiederum erleichtert das eigenwirtschaftliche Handeln der Bürger. Im Ergebnis schafft der Wohlfahrtsstaat nicht weniger, sondern mehr Ungleichheit im Ergehen der Menschen. Diese Entwicklung ist auch für die Politik und das Recht relevant. Die Menschen werden als Empfänger von sozialen Leistungen „unpolitisch", als Konsumenten instrumentalisieren sie Politik aber auch für ihre Zwecke. Analog gestaltet sich ihr Verhältnis zum Recht. Am Ende hat die zivile Gesellschaft das Verhältnis von Ökonomie, Politik und Recht neu zu fundieren – und zwar bei den Nutznießern der Entwicklung, die für sich Wohlfahrt erreichen wollen. Was tun sie dazu?

Daß die Leute mehr und mehr ihre eigenen Wege gehen, beschreibt den inneren Zustand der Gesellschaft. Es gefährdet sie, stellt aber auch eine Chance dar. Entfernen sich die Menschen auf ihren Wegen (der Gewerbetreibende in seinen Geschäften, der Angestellte am Computer, Jugendliche in ihrer Freizeit, Rentner auf Mallorca) aus politischen und kulturellen Zusammenhängen, lösen sie faktisch die Gesellschaft auf. Aber ihre Wege kreuzen sich auch, und Gesellschaft läßt sich sozial auf eine sehr konkrete Weise in Netzwerken der sich überschneidenden Lebenskreise herstellen. Die virtuelle

Gemeinschaft, wie sie kommunikationstechnisch entsteht, bietet dafür ein – zugegeben zwielichtiges – Beispiel.

Mit Wohlfahrtsproduktion sind Prozesse der Lebensgestaltung gemeint. Sie vollziehen sich in den Aktionsräumen von Menschen. Diese Bereiche überschneiden sich vielfach. Zwar bleiben der eigene Körper und sein Sensorium in der alleinigen Zuständigkeit des einzelnen mündigen Subjekts, aber bereits das Familienleben wird von mindestens zwei Personen geteilt. In den materiellen und sozialen Beziehungen darüber hinaus überlagern sich viele Handlungen und Einflüsse. Zusammen gewinnen sie ein Format, das gewöhnlich in Begriffen der *Kultur* erfaßt wird. Sie qualifiziert die Wohlfahrt sowohl öffentlich wie privat. Für das persönliche Leben ist sie aber nur zu haben, wenn es sich den vielfältigen Bezügen des Gemeinwesens öffnet, in dem die Person lebt. Sie stellt für sich in der aktiven Wahrnehmung jener Bezüge Kultur her und qualifiziert damit (etwa in der Erfahrung von Sinn) ihre eigene Wohlfahrt.

Persönliches Ergehen ist der Bezüge wegen, in denen es subjektiv und objektiv wahrgenommen wird, kein punktuelles Merkmal. „Ergehen" dehnt sich, wie das Wort sagt, in Raum und Zeit aus. Es hat seine *räumliche* Erstreckung in den Lebenskreisen, in denen wir uns – wohnend, arbeitend, kommunizierend, liebend, sorgend – bewegen. Und Wohlfahrt hat eine *zeitliche* Erstreckung im Fortgang des Lebens, in der Perspektive und in der Retrospektive des Daseins. In jeder dieser Dimensionen können wir uns selbst und der Mitwelt gerecht werden, genügen oder nicht genügen. Die Strategie, die zum Erfolg in der Wohlfahrt führt, kommt wegen der Ausdehnung des Handelns und seines Resultats nicht ohne persönliche Politik und Moral aus. Früher hat man im positiven Fall von *Tüchtigkeit* gesprochen. Der neuzeitliche Bürger ließ Lebenstüchtigkeit und Geschäftsfähigkeit zusammenfallen. Wer danach bloß Rezipient von Diensten anderer ist, beweist keine Tüchtigkeit: Dem armen Bürger wurden deshalb bis ins 20. Jahrhundert hinein bürgerliche Ehrenrechte abgesprochen.

Der „berechtigte" Bürger braucht eine Zuständigkeit, in der er sich und anderen seinen zivilen Status (citizenship) beweisen kann. Bei fortgeschrittener Differenzierung und Individualisierung vertritt der einzelne Bürger als politisch Handelnder nicht mehr – wie in vormodernen Zeiten – ein „ganzes Haus"; er muß nicht Eigentumsrechte an äußeren Gütern besitzen oder ein „Geschäft" haben und einen „Beruf" ausüben. Die individuelle Lebensgestaltung ist kompliziert und teuer genug geworden, um in ihr allein schon einen je eigenen Kompetenzbereich zu erkennen. In ihm (der Führung eines Haushalts, der Gesundheitspflege, der Erziehung von Kindern) werden die persönlichen Belange und zugleich öffentliche Belange wahrgenommen. Es hat lange Zeit gebraucht, bis man erkannt hat, zuletzt in der Krise des Wohlfahrtsstaates, daß das generative Verhalten der Bevölkerung, ihr Gesundheitsverhalten, ihr Sozialverhalten, ihr Leistungsverhalten das Ergehen der Gesellschaft und mithin wieder ihrer einzelnen Angehörigen mindestens so sehr reguliert wie die Steuerungsmechanismen in Wirtschaft und Staat. Sie ersetzen jedenfalls nicht die Eigenregulation der für sich wirtschaftenden Subjekte. Sie sind darum nolens volens „zuständig", d.h. verantwortlich für die in den eigenen Belangen ausgeprägten Zustände des Gemeinwesens.

Der Modus der Wohlfahrtsproduktion erscheint danach in neuem Licht: Die öffentliche Wohlfahrt ist eine höchst differenzierte und plurale. Im demokratischen Gemeinwesen gehören zu ihr das Ergehen von jungen Menschen, das Auskommen von Familien und anderen Lebensgemeinschaften, Lebensgestaltung im Alter, die kulturellen Unterschiede unter Bevölkerungsgruppen, die Formen selbstbestimmten Lebens von behinderten Menschen. Für die Differenzierung des Auskommens kann nur in den unterschiedlichen Lebenskreisen von den Leuten selber gesorgt werden. Theoretisch besehen, sind diese Kreise nicht isolierte, aber doch eigene „Sphären der Gerechtigkeit" (Walzer 1992 a). In ihnen entscheiden Menschen selbständig über die Verteilung ihrer Ressourcen an Kraft, Zeit und Sinngebung. Sie nehmen dafür subsidiär die Mittel in Anspruch, die wohlfahrtsstaatlich verteilt werden. In ihrem physischen und sozialen Verfügungsraum, mit anderen Worten: in ihren Angelegenheiten, bleiben die einzelnen Personen die Ausführenden. Sie mögen rechten oder schlechten Gebrauch von Mitteln machen; in der Inszenierung von Wohlfahrt an „Ort und Stelle" sind die Bürger die alleinigen *dramatis personae*: die Handelnden, welche Wohlfahrt zustandebringen.

Wer danach Bürgerengagement mit Selbsthilfe und sie mit der Wahrnehmung eines „Amtes" gleichsetzt, schlußfolgert richtig. Ein demokratisches Gemeinwesen ist und bleibt notwendig unvollendet. Junge Menschen, Berufstätige, Eheleute, alte Menschen, Stadtbewohner und Landbewohner bestimmen jeweils für sich und neu über die Art und Weise ihrer Lebensgestaltung. Daß sie weder rundum zufrieden sind in ihrer Existenz noch wirklich fertig werden mit den Unzulänglichkeiten des Daseins, ist Grund genug für ihr Engagement. Es ist gewissermaßen das Gegenstück zu der Initiation bei Aufnahme in eine fertige Stammesgesellschaft. Eine zivile Gesellschaft kann nicht umhin, ihren Angehörigen die Regie im Spiel der Möglichkeiten zu überlassen, ihnen also quasi ein *Amt* in Sachen Lebensführung und Lebensbewältigung anzuvertrauen. Der einzelne Bürger nutzt seine individuelle Zuständigkeit und Vollmacht richtig, wenn er deren gesellschaftliche Relevanz erkennt und danach handelt, am besten in Abstimmung mit seinesgleichen und mit anderen Bürgern, erweitert sich damit doch der Kreis des

Verfügens und die Potenz, öffentlich zu wirken. Die eigenen und gemeinsamen Angelegenheiten prägen die res publica (die öffentliche Sache) aus; wer sich dazu „in den Stand setzt", kann sich ohne weiteres mit dem Amt „belehnt" sehen, in seinen Kreisen das Gemeinwesen zu pflegen.
Wer sich so engagiert, gewahrt eine Verpflichtung; er geht ein Engagement ein. Er wird nicht bloß passiv einbezogen, wie es der Terminus „Bürgerbeteiligung" oder „citizen's involvement" andeutet. Vielmehr engagieren sich Bürger, indem sie ihrem zivilen Status entsprechen und Bürgerschaft (citizenship) *ausüben*. Gemeint ist also eine zivile Performanz, *„performance of citizenship"*. Dazu ist jeder ermächtigt (und wir bezeichnen mit „empowerment" die Aufgabe Sozialer Arbeit, auch scheinbar oder tatsächlich „sozial Schwache" dahin zu bringen, sich ihren zivilen Rechten und Pflichten entsprechend aufzuführen). Die Bürgerinnen und Bürger brauchen, um ihre unterschiedlichen Fähigkeiten einsetzen und ihre diversen Anliegen verfolgen zu können, eine Mannigfaltigkeit von Handlungsräumen. Werden sie ihnen nicht schon eröffnet, sind sie ihnen zumindest zuzugestehen. Walzer definiert die ideale zivile Gesellschaft als „ein *Handlungsraum von Handlungsräumen*: Alle sind aufgenommen, keiner bevorzugt" (Walzer 1992, S. 79). Institutionelle und professionelle Arrangements mögen die einzelnen Aktionskreise übergreifen, sollen sie aber nicht vereinheitlichen. Die Differenz darf nicht, soll sie produktiv bleiben, ihre Entschiedenheit und Schärfe verlieren. Wenn Menschen sehr persönlich – ohne oder mit professioneller Unterstützung – ihre Probleme lösen, Krisen und andere Schwierigkeiten bewältigen und überhaupt in einer sozial akzeptablen Weise zurechtkommen, werden sie ihrer Zuständigkeit und ihrem Amt gerecht.
Eine Seniorengenossenschaft ist danach eine Verabredung älterer Leute, für sich und miteinander etwas zu leisten, was sozial gebraucht wird, und sich dafür einen Handlungsraum zu eröffnen. Sie nehmen sich ein Projekt vor, das in der Gesellschaft aufzeigt, wie sich bestimmte Aktivitäten von Menschen, die beruflich „entpflichtet" und aus dem Erwerbsleben entlassen sind, fruchtbar entfalten können. Sie exerzieren Formen gemeinsamer Lebensgestaltung im Alter. Über die Organisation muß man sich Gedanken machen, und ohne Management kommt die Wohlfahrtsproduktion auch der Genossenschaften nicht aus: Das Engagement derjenigen, die mitmachen, bleibt aber ein freies: sie helfen sich selber und geben ein Beispiel. Analoges wäre von Eltern-Kind-Gruppen, Frauengruppen oder Gruppen engagierter junger Menschen zu sagen. Sie vermitteln nicht zuletzt den Professionellen, wie differenziert heutzutage einerseits die Probleme sind, andererseits Lebensführung, Erziehung, Jugend erfolgen und gelingen kann (die Ausrichtung der Wohlfahrtspflege auf diese Differenziertheit hat Michael Titterton 1992 ein „new paradigm of welfare" genannt).

Als die Lebensweise noch nicht plural und noch stärker normiert war, zog man tüchtige Bürger für Beiträge zum „gemeinen Wohl" heran. Das ließ sich von oben her veranlassen oder in der Gesellschaft, im Verein Gleichgestellter beschließen. So sind besonders im 18. Jahrhundert soziale Aufgaben unter Bürgern verteilt worden. Weil sie sich ihrer Vernunft und ihrer Moral sicher waren, zweifelten sie nicht daran, für diese Aufgaben zu taugen. Die Ungeteiltheit der Vernunft und die Einigkeit darüber, was zu tun gut war, bot dem Engagement einen sicheren, selbstverständlichen und publiken Bezugsrahmen. Über ihn verfügen wir heute nicht mehr. Was wir an Engagement haben wollen, braucht jeweils eine Begründung, und diese Begründung muß diskursiv hergestellt und mit dem Engagement unterhalten werden.

2. In Amt und Würde: wie sich Mitarbeit arrangieren lässt

Ehrenamtliche Arbeit war in der Aufklärungszeit ein Ausweis von Tauglichkeit, von Tugend, und diese Arbeit war durchaus Pflicht für jemanden, den ein Amt zur öffentlichen Betätigung angetragen wurde. Die Wahrnehmung von Ämtern ergab sich aus dem Zusammenhang von *res publica* und *societas civilis*: Im Vollsinne „Bürger" konnte nur einer sein, der auch mit den Angelegenheiten des Gemeinwesens, dem er angehörte, beschäftigt war bzw. für eine solche Betätigung zur Verfügung stand. In diesem Sinne läßt sich die morgenfrische Definition von Ehren-Ämtern verstehen, die wir in Zedlers Universal-Lexikon von 1734 finden: „Es sind diese Pflichten, die man durch Beiträge solcher Personen, die dazu tüchtig befunden werden, und deswegen einen besonderen Vorzug verdienen, auferleget, dem gemeinen Wesen in einem und dem anderen Stande Dienste zu leisten. ... Hierbey muß auch eine Regelung seyn. Was man gezwungen tut, geräth sehr selten." In dieser Formulierung gibt sich der schon aufgeklärte Geist zu erkennen, der einen Unterschied macht zwischen standesgemäßem oder zünftigem Engagement und dem ungezwungen zivilen, das wenige Jahre nach Zedlers Lexikon-Eintrag mit dem Prädikat „gesellschaftlich" belegt wird. Der Bürger stellt sich fortan auch in seinen Pflichten frei; er mißt den Charakter seines Einsatzes nun an seinem guten Willen. Der bleibt in seiner moralischen Natur „menschheitlich" begründet, verliert aber bald seine politische Bindung.
Heute meinen wir mit einem sozialen Einsatz – ohne dafür angestellt zu sein – ein freitätiges Engagement, für das sich Menschen selbständig aus persönlichen und sozialen Motiven entscheiden. Aber wie die Übernahme eines Amtes vormals nicht selbstlos geschah, bleibt es heute nicht beim Selbst-

bezug im Engagement, also bei einer individualistischen Entscheidung, dem eigenen Leben einen spezifischen und zusätzlichen Sinn in freiwilliger Mitarbeit zu geben. Eigennutz und Gemeinnutz, Selbstinteresse und Solidarität lassen sich im sozialen Feld durchaus vereinbaren. Zur Förderung von Bürgerengagement gehört allerdings, daß sie zwischen einer Auffassung und Praxis des sozialen Ehrenamts als öffentlich und verbandlich abgeforderter Plichtübung einerseits und freiem Engagement als einer Sache persönlicher Lebensgestaltung und Selbstverwirklichung andererseits vermittelt und Brücken schlägt.

Dieser Aufgabe wird nicht gerecht, wer (etwa in einem Wohlfahrtsverband) die Mobilisierung von Selbsthilfe und freiwilligem Einsatz betreibt, um Kosten zu sparen, Hauptamtliche zu entlasten und Versorgungslücken zu schließen. Wer so denkt, wird auch mit dem Zuckerbrot von Aufwandsentschädigungen, Ehrenerweisen und Freistellungsregelungen nicht viel erreichen, so sehr solche Kompensationen je nach Tätigkeitsfeld angebracht sind. Das Beispiel der Seniorengenossenschaften und der „Initiativen des Dritten Lebensalters" lehren: Eigenständigkeit und Selbstorganisation sind ein probates Mittel gegen die bloße Indienstnahme von freier Mitarbeit. Sie muß ihre eigenen Formen finden und sich selber auslegen können – als Lebenskultur im Alter, als sinnvolle Freizeitgestaltung, als Kontaktpflege, als Erfahrungsgewinn, als Übung von Fähigkeiten und als eine eigentümliche und alternative soziale Erfüllung.

Nun soll sich das Engagement von Bürgern aber durch Eigengestaltung nicht gleich wieder aus dem sozialen Leben ausblenden und gewissermaßen im schwarzen Loch einer isolierten Selbsthilfe verschwinden. Bürger erledigen, was sie angeht, und damit basta! Derart wird das Soziale neuerlich privatisiert, verinselt, Betroffenen anheimgestellt. Nur als eines unter anderen Beispielen, wie man zusammenfinden, Beschäftigung haben und gemeinsam Probleme bewältigen kann, verdienen die Seniorengenossenschaften nicht die öffentliche Aufmerksamkeit und erreichen kaum Wirksamkeit über ihren Mitgliederkreis hinaus. Der Selbstbezug ist das eine, die *politische* Auslegung von Bürgerengagement, die politische „Ermächtigung" zu ihm (empowerment) und sein gesellschaftliches Arrangement das andere. Es wäre zuviel verlangt von einzelnen Menschen, daß sie sich selber die Szene eröffnen, in der sie zur Mitwirkung bereit sind. Zum öffentlichen Charakter des Engagements gehört, daß ihm *Raum gegeben*, daß es angefordert, gewürdigt und unterstützt wird und daß ihm Wege gebahnt werden.

Das Soziale ist Ende des 17. und im 18. Jahrhundert in einer Art moralischer Aufrüstung entstanden: Der Bürger wurde öffentlich – literarisch, theatralisch, in Theorie-Disputen und im geselligen Verkehr – zur Soziabilität und Zivilität angehalten (Black/Gregory 1991; Gordon 1994). Darin zeichnete sich das bürgerliche Leben aus. Heute ist viel mehr Differenzierung gefordert. Es gibt eine Menge subkultureller Formen, in denen Menschen für sich allein und zusammen ein Stück weit Lebensgestaltung betreiben. Diese Kreativität ist zu schätzen, und an diese Findigkeit ist anzuknüpfen, um das Soziale heutzutage zu kultivieren. Das persönliche Engagement ist sein Grund (und nicht etwa ist soziale Verbindlichkeit der Grund des Engagements). Nehmen wir ihn politisch wahr, erörtern wir ihn öffentlich, bereiten wir ihn für die „konstitutiven Ziele“ auf, welche der Mensch in seinem modernen Selbstsein verfolgt. Es kann diese Ziele, wie der Kommunitarier Michael Sandel (1984) herausgearbeitet hat, nicht „unbeschwert“ (unencumbered) von den Verwicklungen und Einbindungen erreichen, welche das menschliche Dasein von vornherein an sich hat (Sandel 1993, 18ff.). Die „konstitutiven Ziele“ des Selbst haben eben zum Inhalt, in aktiver Teilhabe sich definieren, auf eine Art jung sein oder alt werden zu können, sich beruflich einzubringen, miteinander etwas zu erleben, usw.

Politisch muß für förderliche Rahmenbedingungen einer Praxis gesorgt werden, in der Menschen sich derart produzieren können. Und zwar auf ihre unterschiedliche Art und Weise: Es ist nicht erforderlich, daß sie einem Verein oder einer Partei beitreten und Funktionen übernehmen, die irgendein Verband oder eine Institution ihnen überläßt. Die Leute ziehen schon mit ihrer Lebenstätigkeit Kreise im Gemeinwesen. Persönliches Tun und Lassen geht ständig über in soziales Tun – und Unterlassen. In der Erziehung der eigenen Kinder, im Gespräch mit Nachbarn, in Unternehmungen mit Freunden, beim Besuch von Veranstaltungen, im Umgang mit Fremden. Wie einer sich dabei zivil verhält, darin trägt er zur diskreten Beschaffenheit und Aufführung kommunen Lebens bei. In der Redensart, daß einer „sich etwas erlaubt“, „sich etwas herausnimmt“, „sich leistet“ ist dem Tadel die Anerkennung beigemischt, daß da ein Wert realisiert wird. Der Bürgerstatus, der auch dem sozial wenig angepaßten Mitmenschen zukommt, bezieht solches eigenwilliges Verhalten wie die von sich her ganz unauffällige Lebensweise in die Szene der *res publica* ein (mit anderen Worten: so wie das Gemeinwesen tatsächlich von ihren Angehörigen realisiert wird). Der persönliche Beitrag erscheint als das beschriebene Engagement (in eigener Sache). Konkret: Wer uns ein tätiges Leben im Alter vorführt, gewährleistet für seine Person und zugleich für die Gesellschaft eine Art gelingenden Lebens im Alter. Eine alleinstehende Mutter, die ihre Kinder aufzuziehen versteht, oder jemand, der seinen pflegebedürftigen Angehörigen versorgt, erbringt eine ähnliche soziale Leistung, die neben den anerkannten Leistungen etwa im Beruf oder in einer amtlichen Position bestehen kann.

Für die Förderung sozialer Aktivität von Bürgern ist es mißlich, daß mit Sozialpolitik nur ein Sektor staatlicher Tätigkeit gemeint und mit ihr nur ein

abgegrenztes Feld bestellt wird. Sozialpolitik vermag in dieser Einengung kaum aufzuschließen zu einer Gesellschaftspolitik, welche die Bürgerinnen und Bürger mit ihren Privatangelegenheiten gleich auch für allgemeine Belange „einzuspannen“ versteht und zum Ausgleich erlaubt, daß der größere Sozialraum von den einzelnen Menschen für ihre Nischen genutzt wird. Unter realsozialistischen Verhältnissen gab es eine solche Gesellschaftspolitik in der DDR, und sie hat, sieht man vom Zwangscharakter des Systems ab, viel soziale Aktivität erreicht und mit den Ämtern im übrigen auch Ehre zu verteilen gewußt. In einer Demokratie läßt sich derart nicht verfahren. Die zivilen Freiheiten sind aber durchaus geeignet, daß an sie gesellschaftspolitisch angeknüpft wird. Zum Beispiel an neue Gesellungsformen, Wohnformen und neue Typen von Lebensgemeinschaft. Freiheiten lassen Raum für Gestaltung – gerade auch des alltäglichen Daseins und seiner schöpferischen sozialen Ausformung. Potentiale dafür sind nicht nur in der Mittelschicht der Bevölkerung vorhanden. Menschen, die über wenig materielle Mittel verfügen, brauchen viel Findigkeit, um über die Runden zu kommen, und entwickeln häufig eine besondere Kompetenz in ihrer Art und Weise der Lebensbewältigung. Deren soziale Bedeutung liegt darin, daß (erstens) der Gemeinschaft die persönliche Lösung abgenommen wird, und daß (zweitens) ein Beispiel für andere gegeben wird, welches nachgerade in der Pluralität der Lebenserfahrung und der Lebensführung zählt. Wer mit wenig Mitteln auskommt, verdient Respekt und öffentliche Anerkennung. Eine Familie mit mehreren Kindern oder eine alleinstehende Mutter leistet eine modifiziertere (der besonderen Situation angemessenere) und effizientere Wohlfahrtsproduktion als eine Kindergärtnerin sie beruflich leisten kann.
Diejenigen, die als „sozial schwach“ gelten, als „Opfer von Verhältnissen“ betrachtet werden oder „Behinderte“ heißen, sind Bürger wie alle anderen. Sie führen in ihrem zivilen Status die diversen Schwierigkeiten vor, welche die Verhältnisse mit sich bringen, und sie führen ein Scheitern oder Gelingen vor. Sie sind nicht primär davon „betroffen“. Im Gelingen oder Scheitern ist ihre menschliche Leistung wertzuschätzen. Die Würde und das Recht des Bürgers, der behindert ist oder seine Schwierigkeiten hat, sind von den äußeren Mängeln nicht betroffen. Dabei unterstellen wir allerdings, daß die Menschen als Bürgerinnen und Bürger, also in öffentlicher Beziehung, selber Wert auf ihre Art und Weise des Zurechtkommens legen und sie vertreten. Bloß als Abhängige und Opfer können sie nicht Partner in der sozialen Bewältigung von Problemen sein, die ihre und nicht allein ihre sind.
In Blick auf heute mögliche Beziehungsgestaltung hat Heiner Keupp seine Überlegungen unter den Titel gebracht: „Soziale Netzwerke als soziales Kapital: Subjekte als Baumeister des Sozialen“ (Keupp 1994, S. 342). Die Menschen schaffen sich selber ihre Zusammenhänge, knüpfen neue Beziehungs-

muster, deren Merkmale „strukturelle Offenheit", „lockere Verknüpfung" und „Wahlfreiheit" sind (ebd., S. 343). Ich möchte diese Formulierungen nicht nur strukturell, sondern auch inhaltlich gelten lassen. Bürger füllen aus, was sich ihnen als soziale Gelegenheit bietet; sie investieren nach Gutdünken Aktivität in sie und erfahren eine gewisse Sinnerfüllung darin.
Diese Sicht des Engagements ist dem Sinn etwa einer Bürgerinitiative gerade entgegengesetzt. In ihr schließen sich Bürger zusammen, die ein gemeinsames Interesse öffentlich durchsetzen wollen. Im Bürgerstatus nehmen wir individuelles Handeln als eines wahr, das öffentliches Interesse beanspruchen kann. Zivile Kompetenz kommt zum Tragen. Natürlich erreicht die persönliche Aktivität eine Bedeutsamkeit im politisches Raum um so eher, als dieses Handeln sich assoziiert und vernetzt mit dem Handeln mehrerer Leute und damit auch eine Struktur gewinnt, die einigen Bestand hat und im politischen Raum durchhaltbar (sustainable) ist. Auch sie kann mit dem Ausdruck „Bürgerschaft" gemeint sein.
Seniorengenossenschaften sind ein praktisches Modell bürgerschaftlichen Einsatzes und sozialer Politik im Alter. Gezeigt wird, wie Älterwerden und Aktivsein sich sozial ausformen läßt, und zwar nach Interesse und Gusto der Beteiligten. Sie bestimmen in ihrem Kreis über eine ihnen gemäße Verknüpfung von Leben und Arbeit, Wohnen und Außenkontakte, sozialem Austausch und Pflege. Indem sie darüber bestimmen, konkretisieren sie bereichsspezifisch und lebensweltlich *Demokratie*. Ich möchte sagen: *ziviles Auskommen*. Gerade in der Spezifik des Beitrages, den Seniorengenossenschaften leisten, liegt ihre gesellschaftliche und sozialpolitische Bedeutung. Sie formen die Rationalität des Lebens im Alter aus, indem sie in ihrem Engagement die individuelle Rationalität der Lebensführung ihrer Mitglieder in eine Übereinstimmung mit der Anforderung bringen, daß die veränderten demographischen und biographischen Verhältnisse in der Gesellschaft bewältigt werden müssen.

3. Die Bürger in die Pflicht nehmen

Für die Soziale Arbeit ist die Frage der Gewinnung der Bürger für kommune Angelegenheiten kein neues Thema. Lassen wir mal beiseite, daß Soziale Arbeit einst mit dem Engagement von Bürgern anfing, gewann jene Frage um die Jahrhundertwende in den USA an Aktualität, als die beginnende Professionalisierung von Sozialarbeiterinnen abzuwägen war gegen die soziale Bewerkstelligung von mehr Bürgerbeteiligung (Devine 1908). Nach und nach wurden dann in der beruflichen Arbeit Methoden entwickelt, um in Angelegenheiten der *community* zu kooperieren: Formen von Gemeinwe-

senorganisation und Gemeinwesenentwicklung. Dieses methodische Vorgehen und ihre (bescheidenen) Erfolge täuschen aber nicht über eine zunehmende Distanz von Staatstätigkeit und Bürgeranliegen hinweg (mithin von Professionalität und Laienhilfe). Die Transformation von lebensweltlichen Erfahrungen in Systemerfordernisse und die umgekehrte Übersetzung gestalten sich schwieriger und werden aufwendiger. Diese Übersetzungsarbeit sollte aber nicht den staatlichen und parastaatlichen Organisation und auch nicht den Professionellen überlassen bleiben, denn sie erledigen diese Arbeit einseitig zweckrational (Brack/Giovanelli-Blocher/Steiner 1986; Müller/Rauschenbach 1988). Es handelt sich schließlich um die „Textgestaltung" sozialen Lebens – von Familien, Frauen und Männern, Jungen und Alten, Begüterten und Minderbemittelten: Textgestaltung in der „Sozialgemeinde", Textgestaltung per Sozialplanung, im Bürgerforum, in einer Arbeitsgemeinschaft oder im Netzwerk „Älter werden in ...".
Das soziale Engagement erweist sich als ein *ziviles*, da es in der Gesellschaft der Bürger ein für sie wichtiges Thema und Problem bearbeitet: wie nämlich – in unserem Beispiel – die älteren Generationen aktiv bleiben und zum sozialen Produkt auf ihre Art und Weise beitragen können. Die im System der Erwerbsarbeit angelegte politische und ökonomische Lösung, daß die Alten „im Ruhestand" sind und zur Ruhe gesetzt ihren „Lebensabend" verbringen sollen, befriedigt weder die Betroffenen noch liegt diese Lösung im gesellschaftlichen Interesse. Die Alten wollen nicht bloß „versorgt" werden, und dafür sind die Ressourcen auch immer weniger vorhanden. Indem die älteren Generationen ihre eigenen Ressourcen nicht verfallen lassen, sondern kreativ erschließen und bunter Verwendung zuführen, lösen sie das Problem der scheinbar „ergrauenden" Gesellschaft.
Die Lösung ist eine plurale, denn es gibt, um mit Michael Walzer zu sprechen, viele diverse Sphären konkretisierter Lebensgerechtigkeit. Sie in freiwilliger Assoziation, in einer bestimmten Strukturierung sozialer Beziehungen zu definieren und auszuformen, und sei es zweckgebunden, vorübergehend und unsystematisch, ist die Leistung, in der die Bürger und einzelne Gruppen von ihnen Selbständigkeit beweisen und dabei Eigenverantwortung und gesellschaftliche Gerechtigkeit übereinkommen lassen. Weil solche Projekte plural und partikular sind, muß ihnen in der gesellschaftlichen Dimension, die sie erfüllen, *politisch* zugearbeitet werden: Förderung von Bürgerengagement ist in zivilgesellschaftlicher Absicht eine Aufgabe der Sozialpolitik. Und zwar nicht eine unter anderen, sondern eine heute und für die Zukunft zentrale.
Sozialpolitik wird immer noch gern mit der Geste der Behebung von Not betrieben. Dazu paßt die Geste des Altruismus im freiwilligen Einsatz: „Einer trage des anderen Last". Aber weder Not noch Leid ist auf den distributi-

ven Wegen des „Lastenausgleichs“ aus der Welt zu schaffen. Hat man ihn eingerichtet, wird die *Gestaltungsaufgabe* erst richtig deutlich, zivile Formen zu entwickeln, zu bewahren und zu pflegen, in denen jeder einzelne und ein höchst differenziertes Gemeinwesen mit Belastungen und Schwierigkeiten, in Konflikten und Krisen zurechtkommen kann. Das administrative System muß in dieser Hinsicht produktiv sein und im Anschluß daran das bürgerschaftliche Handeln.

Der lebensweltlichen Ausformung von Engagement liegt eine *Infrastruktur von Gelegenheiten* zugrunde, die man entwickeln muß. Engagement und Solidarität verlieren sich leicht im Informellen, wenn sie nicht inszeniert werden – und ihnen nicht eine *Szene* bereitet wird. Individualisierung, die freie Lebensführung von uns allen in größtmöglicher Selbständigkeit bedingt, daß Mitarbeit und Gemeinschaftsprojekte zeitlich begrenzt und fluktuierend bleiben und auch immer wieder abbrechen. Ein Netzwerk der Betätigung kann nicht von den einzelnen Bürgerinnen und Bürgern unterhalten werden. Hier werden Kontaktbörsen, Foren, verbandliche Arbeitsgemeinschaften, Bürgerbüros und Geschäftsstellen gebraucht – und für sie subsidiäre politische Maßnahmen. Ich denke, daß die Tätigkeit des Sozialministeriums Baden-Württemberg auf diesem Gebiet beispielhaft ist – mit ihrer Geschäftstelle Bürgerschaftliches Engagement und Seniorengenossenschaften und in Korrespondenz etwa zur Landesarbeitsgemeinschaft bürgerschaftliches Engagement/Seniorengenossenschaften (ARBES) bis hin zum „Europäischen Netzwerk Bürgerengagement und Selbsthilfe im dritten Lebensalter“.

Die politische Wegbereitung schließt Ermutigung der Bürgerinnen und Bürger und Beiträge zu ihrer Befähigung ein. Das „neue Engagement“ unterscheidet sich von dem herkömmlichen, daß es sich nicht als Laienmithilfe versteht, untergeordnet dem professionellen und formell organisierten Handeln. Helfen wollen und sich betroffen fühlen: gut und schön; das entfaltet aber kein nachhaltig wirksames Engagement. Vielmehr geht es um Kompetenz in den eigenen Lebenskreisen der Bürgerinnen und Bürger. Sie wollen beispielsweise in einer Stadt Naturerfahrung für ihre Kinder und bauen deshalb mit ihnen eine Jugendfarm auf. Sie suchen die Begegnung mit Menschen aus anderen Kulturkreisen und finden Formen des Austausches mit ihnen. Sie wollen bestimmte Fertigkeiten und ihre Kreativität darin üben und sie weitervermitteln und treffen sich deshalb in Gruppen zum Kochen oder Tanzen oder Wandern. In solchen sozialen Betätigungen stellen sich die Leute nicht für einen Einsatz zur Verfügung, über den andere, insbesondere Betreiber von Sozialdiensten, bestimmen. Nein, es ist die eigene Kompetenz, die sozial zur Geltung kommt, in der Gruppe und im Gemeinwesen Gestalt gewinnt. Kompetenz heißt Zuständigkeit, Verantwortung und Fähigkeit.

Kompetenz im Sozialraum eigener und gemeinsamer Angelegenheiten zu entfalten, dahin ist politisch zu arbeiten. Mit den Worten von Helga Solinger (in einer Rede der Ministerin am 2. Juli 1994): „Bürgerschaftliches Engagement als politisches Konzept umfaßt alle Bereiche und Zielgruppen. Sozialpolitik muß ein Gemeinwesen organisieren helfen, in dem Raum ist, der sich als Lernfeld anbietet für bürgerschaftliche Mitwirkung, wo sich der einzelne als soziales Wesen erfährt und in die Pflicht genommen fühlt. *Emanzipationsprozesse zur Gemeinschaftlichkeit* – dies gilt es in Gang zu setzen."

4. Selbstgenerierung per Austausch und Zusammenarbeit

Jeder will frei sein und über sich selbst allein bestimmen. Aber die fortgeschrittene Individualisierung ist längst auch zu einer Last und zu einem Zwang geworden. „Individualisierung", formulieren Ulrich Beck und Elisabeth Beck-Gernsheim im Anschluß an Sartre, „ist ein Zwang, ein paradoxer Zwang allerdings, zur Herstellung, Selbstgestaltung, Selbstinszenierung nicht nur der eigenen Biographie, sondern auch ihrer Einbindungen und Netzwerke, und dies im Wechsel der Präferenzen und Lebensphasen und unter dauernder Abstimmung mit anderen und den Vorgaben von Arbeitsmarkt, Bildungssystem, Wohlfahrtsstaat usw. Zu den entscheidenden Merkmalen von Individualisierungsprozessen gehört derart, daß sie eine aktive Eigenleistung der Individuen nicht nur erlauben, sondern fordern. In erweiterten Optionsspielräumen und Entscheidungszwängen wächst der individuell abzuarbeitende Handlungsbedarf, es werden Abstimmungs-, Koordinations- und Integrationsleistungen nötig" (Beck/Beck-Gernsheim 1994, S. 14). Sie sind nicht allein im Selbstbezug bedeutsam, sind also nicht nur daraufhin zu betrachten, daß es Chancen gibt, die man für sich wahren und realisieren will, und daß es die ständige Gefahr gibt zu scheitern. Die Eigenleistung bezieht sich auch auf die Interaktion in den Räumen und Netzen, in die man sich (gerade auch mit der modernen Informations- und Kommunikationstechnik) „einwählen" kann – und in denen man dann „eingeschaltet" ist.
In diesen Netzen belebt die Person ihr soziales Wesen. Mal in fernen Verbindungen, mal in unmittelbaren Kontakten, vor allem aber in der Überlagerung der unterschiedlichen Kommunikationen. Die Person mag sich auf ihr operatives Geschäft konzentrieren, erzeugt wird dabei ein Mehrwert an sozialer Erfahrung. Wer sie haben will, mischt sich nicht nur um einer Sache willen ein. Vielmehr wird der Einsatz für sie mit der sozialen Beschäftigung identisch. Die Einmischung selber erfüllt ihren Zweck. Insoweit unterscheidet sie sich von einem Eingreifen in ein Geschehen, mit dem man zunächst nichts zu tun hat. In der Sozialen Arbeit meint eine zweckrationale Strategie

der „Einmischung", daß Professionelle und Betroffene sich in lokalen Debatten und politischen Gremien Gehör verschaffen und auch sonst eine aktive Rolle spielen. Dazu ist die große Mehrheit der Bevölkerung kaum zu bewegen. Ihnen liegt ein Engagement näher, das in den persönlichen Zügen schon sozial ist und als soziales Handeln persönlich bleibt. Von dieser Art können gemeinsame kulturelle, sportliche, gesundheitsfördernde, festliche Unternehmungen, organisierte Begegnungen, Foren sein. Sie setzen nicht Verbundenheit voraus, schaffen sie aber.
Die meisten Leute wollen nicht unbedingt und immer zusammenhocken, gar sich fest und auf Dauer binden, wenn sie sich engagieren. Wir müssen uns von den alten Gemeinschaftsvorstellungen verabschieden und flexible neue Formen erproben, die sich von den individuellen Bedürfnissen der Beteiligten prägen oder sich wie ein Wechselrahmen von ihnen benutzen lassen. Die mechanische Solidarität, die in einer Gemeinschaft erwartet wird – und um deretwillen Gemeinschaft beschworen wird –, gibt es nur ganz oder gar nicht, und sie ist darum ungeeignet als Bezugsrahmen für freies, individuell abwandlungsfähiges soziales Handeln. Ich will mich einmischen und auch heraushalten können, mich vorübergehend engagieren, aber meine Verpflichtung auch begrenzen. Wir sind – als Konsumenten wie als Produzenten – bewußt selektiv in unserem Verhalten. Verbindlichkeit setzt meine Entscheidung voraus; Solidarität übt unsereins in Selbstbestimmung.
Der Eigensinn hat allerdings auch eine Kehrseite. Selektivität widerspricht der Solidarität, und durch diesen Widerspruch müssen wir in der Dialektik von persönlichem Handeln und sozialer Politik hindurch. Von Adalbert Evers ist der Widerspruch wie folgt erfaßt worden: Man bemüht sich, „das eigene Engagement als wechselseitig bereichernde Austauschbeziehung zu stilisieren; schiere Hilfsbereitschaft kann peinlich sein. Daß Individualismus und Engagement einander stimulieren können, ist gut und recht. Das Problem liegt in den dabei verdrängten und nicht zur Sprache kommenden Elementen, zum Beispiel denen der Mühsal, des Opfers und der Einschränkung, die das Helfen und Sich-Engagieren ja auch prägen. Und es liegt in der folgenreichen Begrenzung, die sich aus dieser Stilisierung in Hinblick auf die Einklagbarkeit politischer Unterstützung ergibt. In dem Maße, wie Initiativen und Hilfsbereitschaften sich gewissermaßen als Frage persönlicher Präferenzen darstellen, kann die Politik sich mit einigem Recht darauf beschränken, ihnen alles Gute zu wünschen" (Evers 1994, S. 12).
Private Motive geben allerdings keine öffentliche Begründung her. Sie müssen erst zu zivilen werden – und erfordern in dieser Entwicklung gerade auch politische Unterstützung. Die Mühe, der man sich unterziehen muß, wenn man sich nach eigener Wahl sozial engagiert und konfrontiert wird mit anderen Lebensweisen, fremder Mentalität, mit Mißständen und Elend und dabei

in Krisen gerät, ist bereits die Bürde, mit der wir Solidarität auf uns nehmen und tragen. Der Eigensinn stellt sich im Prozeß seiner sozialen Kultivierung als Bürgersinn heraus. Will man ihn politisch haben, muß man den Prozeß erleichtern, in dem die Leute sich in selektiver Weise „einbringen". Im intermediären Raum der vielfältigen Formen von Bürgerengagement trifft sich und „beschwert" sich die Politik, die auf das Gemeinwohl aus ist, mit dem Sinn für eigenes Wohlergehen und das Ergehen miteinander.

Die intermediäre und politisch geförderte Betätigung bietet dem einzelnen Menschen als Bürger die Chance einer *Erleichterung* seiner Existenz. Die Last individueller Existenz und mit anderen Menschen geteilten Daseins kann derart abgearbeitet und der Zwang, allein über sich bestimmen zu müssen, dermaßen abgelegt werden, daß man sich nicht auf den Nabel des Selbst fixiert, sondern auf das Feld, in dem man sich bewegt und lebendig bleibt. Einer „zieht seine Kreise" und andere tun es auch. Die Kreise, die gezogen werden, überschneiden sich. Ihre Interferenz und die bunten Muster, in denen sie auftritt, sind wertzuschätzen. Die bloßen Verwicklungen allein schon, die das Leben täglich mit sich bringt, verdienen eine positive Bewertung. Wenn sie als *soziale* Verwicklungen wahrgenommen werden, vermehren sich mit ihnen die Gelegenheiten für den einzelnen Menschen außerordentlich, Engagement zu beweisen und zur sozialen Wohlfahrt etwas beizutragen.

Die Individualisierung ist mit Gewinn für eigenes Leben zu konterkarieren, wenn der persönliche Beitrag unerläßlich wird in dem Patchwork, das wir sozial, jedoch freischaffend, zustandebringen: ein Patchwork der Lebensweise in einer Generation, generationenübergreifend und in der Gesellschaft, der wir angehören. Erfährt der Bürger seine Kompetenz darin und werden ihm Wege bereitet und Gelegenheiten geboten, diese Kompetenz zu beweisen, dann schätzt er auch die zivile Performanz, in der seine Zuständigkeit und seine Befähigung hervortreten.

Aber wie das in einem Patchwork, einem Flickwerk so ist: Es läßt sich sehr verschieden zusammenfügen aus dem, was gerade vorhanden ist und sich anbietet. Buntheit verträgt sich hier mit Beliebigkeit. Wer sich engagieren will, kann das auf seine Weise tun. Vorausgesetzt er findet eine Stelle, an der seine Mitwirkung angebracht ist und sein Beitrag irgendwie paßt. Man arrangiert sich. Die zivile Abstimmung von sozialen Erfordernissen gibt dazu Anregungen, leitet an, weist Gelegenheiten aus und bereitet den Boden für das Engagement. In diesem Prozeß kommt eine Infrastruktur zum Tragen, in der das Engagement gedeihen kann. Den Beteiligten bleibt aber anheimgestellt, was sie für sich und andere auf diesem Boden und in den gebotenen Strukturen wachsen lassen. Sie erzeugen, pflegen und tauschen miteinander an einem bestimmten Ort mit seinen Umständen und für eine gewisse Zeit eine Qualität des Ergehens. Sie fällt sehr unterschiedlich aus und wechselt in ihrer Zusammensetzung mit dem Einsatz und den Bedingungen, unter denen er realisiert werden kann. Gedeihliche Bedingungen sind eine Sache der öffentlichen Förderung. Mit ihr und den Antrieben, die von den einzelnen Bürgerinnen und Bürgern kommen, reifen am Ende die Trauben der Wohlfahrt am Rebstock des Engagements.

Literatur

AG Integrative Altersforschung (1983): Alltag in der Seniorenfreizeitstätte. Soziologische Untersuchungen zur Lebenswelt älterer Menschen. Berlin

Atfield, Janet (1994): Förderung der ehrenamtlichen Arbeit – Internationaler Vergleich. Diskussionspapier auf der internationalen Fachtagung „Die Zukunft des Ehrenamtes“ in Bonn vom 17.–19. November 1994

Backes, Gertrud (1993): Ehrenamtliche Arbeit älterer und alter Frauen – zwischen fremdbestimmtem Ersatz, Selbsthilfe und freigewähltem sozialem Engagement. In: Bundesministerium für Familie und Senioren (BMFuS) (Hrsg.) (1993): Lebenszugewandtes Altern. Stuttgart, Berlin, Köln, S. 135–144

Bäcker, Gerhard/Dieck, Margret/Naegele, Gerhard/Tews, Hans Peter (1989): Ältere Menschen in Nordrhein-Westfalen. Düsseldorf

Bahlke, Klaus/Thiel, Wolfgang (1991): Jenseits des Helfens, Professionelle unterstützen Selbsthilfegruppen. Freiburg

Barber, Benjamin (1994): Starke Demokratie. Berlin

Bayerisches Staatsministerium für Arbeit und Sozialordnung, Familie, Frauen und Gesundheit (BSASFFG) (1993): Ehrenamtliche Tätigkeit im sozialen Bereich in Bayern. München

Beck, Ulrich (1986): Risikogesellschaft. Frankfurt a. M.

Beck, Ulrich/Beck-Gernsheim, Elisabeth (Hrsg.) (1994): Riskante Freiheiten. Individualisierung in modernen Gesellschaften. Frankfurt a. M.

Bellah, Robert N. u. a. (1987): Gewohnheiten des Herzens. Individualismus und Gemeinsinn in der amerikanischen Gesellschaft. Köln

Bellah, Robert N. (1990): Gewohnheiten des Herzens. In: Das Beste aus Reader's Digest. Mai 1990, S. 21–25

Biedenkopf, Kurt (1993): Die gesellschafts- und sozialpolitischen Herausforderungen der Zukunft. In: Caritas, 8–9, S. 360–368

Black, Jeremy/Gregory, Jeremy (Hrsg.) (1991): Culture, Politics and Society in Britain, 1660–1800. Manchester

Bock, Teresa (1988): Ressourcen ehrenamtlicher Tätigkeit zur Erfüllung von Hilfeerwartungen. In: Archiv für Wissenschaft und Praxis der sozialen Arbeit, 4, S. 292–317

Bock, Teresa (1994): Ehrenamtliche in der Caritas. In: Caritas, 10, S. 420–424

Born, Gudrun (1988): Steckt das Ehrenamt in einer Krise? herausgegeben von der Arbeitsgemeinschaft Caritas der Gemeinde Bezirk Frankfurt. Frankfurt a. M.

Born, Gudrun (1993): Freiwilligen Atmosphäre schaffen. In: Caritas, 1, S. 31–35

Born, Gudrun (1994): Freiwillige und Ehrenamtliche unterscheiden. In: Caritas, 10, S. 424–425

Borosch, Roland (1992): Die Bedeutung der Idee der Sozialgemeinde für die altenpolitische Planung. Der Weg des Landes Nordrhein-Westfalen. In: Asam, Walter (Hrsg.) (1992): Neue Alten-Politik. Sicherung der Pflege durch Sozialplanung. Freiburg, S. 70–79

Bourdieu, Pierre (1992): Die feinen Unterschiede. 5. Aufl. Frankfurt a. M.

Brack, Ruth/Giovannelli-Blocher, Judith/Steiner, Rudolf (1986): Freiwillige Tätigkeit und Selbsthilfe aus der Sicht beruflicher Sozialarbeit. Bern

Brandt, Franz/Göpfert-Divivier, Werner,/Schweikart, Rudolf (1992): Pflege alter Menschen. Verbesserung der Versorgung alter, kranker und pflegebedürftiger Menschen. (Abschlußbericht der wissenschaftlichen Begleitung. Ministerium für Arbeit, Gesundheit und Sozialordnung Baden-Württemberg) Stuttgart

Brandt, Hans (1993): Altenhilfe als Verbundsystem. Köln

Braun, Joachim (1992): Selbsthilfeförderung und Selbsthilfekontaktstellen. Bonn

Braun, Joachim (Hrsg.) (1993): Praxishandbuch für Selbsthilfekontaktstellen. Köln, Leipzig

Braun, Joachim/Röhrig, Peter (1987): Praxis der Selbsthilfeförderung – Das freiwillige Engagement am Beispiel von vier Städten. Frankfurt a. M.

Braun, Joachim/Röhrig, Peter (1989): Umfang, Beteiligungsinteresse und Unterstützungsbedarf sozialer Selbsthilfe. In: Bundesminister für Jugend, Familie, Frauen und Gesundheit (Hrsg.): Ehrenamtliche soziale Dienstleistungen. Stuttgart, Berlin, Köln, S. 183–207

Braun, Joachim/Opielka, Michael (1992): Selbsthilfeförderung durch Selbsthilfekontaktstellen. Abschlußbericht der Begleitforschung zum Modellprogramm „Informations- und Unterstützungsstellen für Selbsthilfegruppen" im Auftrag des Bundesministeriums für Familie und Senioren. Stuttgart, Berlin, Köln

Bruckner, Pascal (1995): La tentation de l'innocence. Paris

Bruhn, Manfred/Tilmes, Jörg (1989): Social Marketing. Stuttgart

Brumlik, Micha/Brunkhorst, Hauke (Hrsg.) (1993): Gemeinschaft und Gerechtigkeit. Frankfurt a. M.

Bundesminister für Bildung und Wissenschaft (BMBW) (Hrsg.) (1986): Freiwilliges soziales Engagement und Weiterbildung. Umfang und Unterstützung ehrenamtlicher Mitarbeit und Selbsthilfe, Weiterbildungsangebote für ehrenamtlich Tätige. Bonn

Bundesministerium für Familie und Senioren (BMFuS) (Hrsg.) (1994): Rechtsfragen des freiwilligen sozialen Engagements. Rahmenbedingungen und Handlungsbedarf. Bonn

Bundesministerium für Familie und Senioren (BMFuS) (Hrsg.) (1994): Ausgangslage der Seniorenbüros. (Materialien zum Modellprogramm Seniorenbüro Band 2) Wernigerode

Bundesministerium für Familie und Senioren (BMFuS) (Hrsg.) (1994a): Praxishandbuch für Seniorenbüros – Teil 1 und 2. (Materialien zum Modellprogramm Seniorenbüro Band 3) Bonn

Bundesministerium für Familie und Senioren (BMFuS) (Hrsg.) (1994b): Ältere Menschen als Helfer in ehrenamtlichen Diensten. (Materialien zum Modellprogramm Seniorenbüro Band 5) Bonn

Bundesministerium für Familie und Senioren (BMFuS) (Hrsg.) (1994c): Die Alten der Zukunft – Bevölkerungsstatistische Datenanalyse. Stuttgart, Berlin, Köln

Casel, Gertud (1994): Chancen für Frauen sind Chancen für die Gesellschaft. In: Caritas, 10, S. 426–427

Claussen, Fraucke (1994): Aufgaben der Seniorenbüros in der Engagementförderung. In: Bundesministerium für Familie, Senioren, Frauen und Jugend (BMFSFJ) (Hrsg.) (1994a): Praxishandbuch für Seniorenbüros. (Teil 2) Köln, S. 20–25

Dechamps, Andrea (1989): Volunteers und Ehrenamtliche Helfer. Ein deutsch-englischer Vergleich. Bad Heilbrunn

Der Paritätische Wohlfahrtsverband, Landesverband Schleswig-Holstein e.V. (1994): Veränderte Rahmenbedingungen – Herausforderungen freier Wohlfahrtspflege. Kiel
Deutscher Bundestag (1994): Zwischenbericht der Enquete-Kommission Demographischer Wandel – Herausforderungen unserer älter werdenden Gesellschaft an den einzelnen und die Politik. (Drucksache 12/7876) Bonn
Devine, Edward T. (1908): Neigborliness and Personal Service versus Citizenship and Improved Conditions. In: Charities and the Commons, 19, S. 1635–1636
Diakonisches Werk der evangelischen Kirche in Württemberg e.V. (Hrsg.) (1993): Wir haben noch viel vor. Dokumentation evangelischer Seniorentag 1993. Stuttgart
Dörrie, Klaus (1995): Ehre, Amt oder was? In: nachrichten parität, 1/2, S. 4–9
Donicht-Fluck, Bernd (1994): Bilder des Alters in den USA im 20. Jahrhundert und ihr Einfluß auf die amerikanische Altenbildung und Alten-(Sozial)politik. Berlin
Dubet, Francois (1994): Aus für die Vorstädte, Das Ende der Demokratie. Stuttgart
Ehmer, Josef (1990): Sozialgeschichte des Alters. Frankfurt a. M.
Engels, Dietrich (1991): Soziales, kulturelles, politisches Engagement. Sekundäranalyse einer Befragung zu ehrenamtlicher Mitarbeit und Selbsthilfe. Köln
Entwicklung der Bevölkerung bis 2030. Ergebnis der sieben koordinierten Bevölkerungsvorausberechnung. In: Wirtschaft und Statistik, 4, S. 217–223
Etzioni, Amatei (1993): Jenseits des Egoismus-Prinzips. Stuttgart
Evangelische Erwachsenenbildung Pfalz (Hrsg.) (1993): Geöffnete Türen. Ein Modellprojekt der Evangelischen Erwachsenenbildung Pfalz. Ludwigshafen
Evers, Adalbert (1994): Individuelle Freiheit und Gemeinsinn. In: die tageszeitung vom 2. Dezember 1994, S. 12
Evers, Adalbert (1994a): Vergütung ehrenamtlicher Tätigkeit. Diskussionspapier auf der interantionalen Fachtagung „Die Zukunft des Ehrenamtes" in Bonn vom 17.–19. November 1994
Falk, Nicholas (1992): Voluntary work and the environment: Lokal environmental development initiatives in Europe. European Foundation for the Improvement of Living and Working Conditions, Dublin. (hrsg. vom Office for Officical Publications of the European Communities) Luxembourg
Ferber, Christian von (1993): Freiwilliges soziales Engagement. In: Bundesministerium für Familie und Senioren (BMFuS) (Hrsg.) (1993): Lebenszugewandtes Altern. Stuttgart, Berlin, Köln, S. 126–134
Fink, Ulf (1988): Der neue Generationenvertrag. München, Zürich
Frenz, Ursula (1994): Freiwilliges Bürgerengagement muß politisch ermöglicht werden. In: Blätter der Wohlfahrtspflege, 9, S. 124–126
Frenz, Ursula (1994):, Wissenschaftliche Begleitung der Initiative 3. Lebensalter. In: MAGS-BW (Hrsg) (1994): Seniorengenossenschaften als Beispiel bürgerschaftlichen Engagements. Stuttgart, S. 270–283
Forst, Rainer (1994): Kommunitarismus und Liberalismus – Stationen einer Debatte. In: Honneth (Hrsg.) (1994): Kommunitarismus. Frankfurt a. M., S. 181–212
Gesellschaft für sozialen Fortschritt (1989): Ehrenamtliche soziale Dienstleistungen. Bericht eines Arbeitskreises der Gesellschaft für sozialen Fortschritt. Stuttgart, Berlin, Köln
Götz, Elisabeth (1993): Zur aktuellen Ehrenamtsdiskussion. In: Caritas, 1, S. 35–39
Gordon, Daniel (1994): Citizens without Sovereignty. Equality and Sociability in French Thought, 1670–1789. Princeton

Guggenberger, Bernd (1980): Bürgerinitiativen in der Parteiendemokratie. Stuttgart u. a.
Guggenberger, Bernd/Kempf, Udo (Hrsg.) (1978): Bürgerinitiativen und repräsentatives System. Opladen
Habermas, Jürgen (1985): Die Neue Unübersichtlichkeit. Frankfurt a. M.
Hahn, Achim (1994): Praxis und Interpretation. In: Neue Praxis, 1, S. 16–35
Halfar, Bernd (1994): Wohlfahrtsverband und Mitgliedschaft. In: Caritas, 3, S. 106–112
Halfar, Bernd/Koydl, Andrea (1994): Geht dem Ehrenamt die Arbeit aus? In: Blätter der Wohlfahrtspflege, 9, S. 119–121
Haug, Otto (1994): Das soziale Lernen muß neu organisiert werden. In: Blätter der Wohlfahrtspflege, 9, S. 111–114
Heather, Derek (1990): Citizenship: The civic ideal in world history, politics and education. London
Hedtke-Becker, Astrid/Titz, Katrin (1994): Senioren und freiwilliges soziales Engagement. In: Nachrichtendienst des Deutschen Vereins für öffentliche und private Fürsorge, 5, S. 344–350
Heinrichs, Werner (1988): Kommunale Kulturarbeit im ländlichen Raum. In: Schmidt, Heinrich (Hrsg.) (1988): Philosophisches Wörterbuch. Stuttgart, S. 11 ff.
Heinze, Rolf G. (1986): Neue Subsidiarität: Leitidee für eine zukünftige Sozialpolitik. Opladen
Heinze, Rolf G./Alt, Thomas/Hilbert, Josef (1988): Der neue Sozialstaat. Freiburg
Heinze, Rolf G./Olk, Thomas/Wohlfahrt, Norbert (1992): Von der traditionellen Sozialpolitik zur neuen Wohlfahrtskultur. (ILS-Schriften 64) Dortmund
Hentig, Hartmut von (1981): Aufwachsen in Vernunft. Stuttgart
Hertin, Katja (1995): Helfen ist oft auch ein Weg aus der eigenen Einsamkeit. In: Das Parlament, 7–8, S. 11
Honneth, Axel (1993): Posttraditionale Gemeinschaften. In: Brumlik/Brunkhorst (Hrsg.) (1993): Gemeinschaft und Gerechtigkeit. Hamburg, S. 260–270
Honneth, Axel (Hrsg.) (1994): Kommunitarismus: eine Debatte über die moralischen Grundlagen moderner Gesellschaften. Frankfurt a. M.
Huber, Joseph (1987): Die neuen Helfer. Das „Berliner Modell" und die Zukunft der Selbsthilfebewegung. München
Hummel, Konrad (1988): Das Ehrenamt in der gemeinwesenorientierten Altenarbeit. In: Evangelische Impulse, 3, S. 64–66
Hummel, Konrad (1990): Alt werden – Chancen in Europa: Verantwortung statt Versorgung. In: Brennpunkte sozialer Arbeit, 7, S. 17–21
Hummel, Konrad (1991a): Neues Engagement im Alter. In: Evangelische Impulse, 1, S. 10–12
Hummel, Konrad (1991b): Zeit tauschen – miteinander leben. In: Diakonie, 4, S. 75–79
Hummel, Konrad (1992): Alte Menschen in der Gemeinde – Perspektiven kommunalen Handelns. In: Petzold, C. (Hrsg.) (1992): Lebenswelten alter Menschen. Hannover, S. 120–127
Hummel, Konrad (1993a): Sozialpflegerische Entwicklungsarbeit im Gemeinwesen. In: Wendt (Hrsg.) (1993): Ambulante Sozialpflegerische Dienste in Kooperation. Freiburg, S. 162–174

Hummel, Konrad (1993b): Kommunikative Infrastruktur, Prävention, Selbstorganisation. In: BMFuS (Hrsg.) (1993): Lebenszugewandtes Altern. Stuttgart, S. 87–97

Hummel, Konrad (1993c): Lebenskultur und soziale Unterstützung durch gemeinschaftliches Handeln – Die Bürgergesellschaft und die Kultur des Helfens. In: Blätter der Wohlfahrtspflege, 9, S. 267–269

Hummel, Konrad (1993d): Selbsthilfe und bürgerschaftliche Altenpolitik. Unveröffentlichtes Manuskript

Hummel, Konrad (1993e): Altenhilfe und Altenpflege im Wandel der Zeit. In: Lazarus, 1, S. 27–35

Hummel, Konrad (1993f): Neue Akzente einer Senioren-Kultur-Politik. In: Glaser, Hermann/Röbke, Thomas (Hrsg.) (1993): Dem Alter einen Sinn geben. Heidelberg, S. 68–78

Hummel, Konrad (1993g): Öffnet die Altenarbeit. Zur sozialen Infrastruktur gemeinwesenorientierter Altenarbeit. In: Klose, Hans-Ulrich (Hrsg.) (1993): Altern in der Gesellschaft. Köln, S. 213–227

Hummel, Konrad (1994): Bürgergesellschaft und der Abschied vom Ehrenamt. In: Müller, Siegfried (Hrsg.) (1994): Erinnerungen an die Zukunft. Weinheim, S. 130–141

Hummel, Konrad/Hoberg, Rolf (1992): Altenpolitische Schwerpunkte des Landes Baden-Württemberg. In: Lehr, Ursula (Hrsg.): Altern in unserer Zeit. Heidelberg

Im Blick, Informationen des Landesseniorenrat Baden-Württemberg. Stuttgart

Infratest Sozialforschung u. a. (1991): Die Älteren – Zur Lebenssituation der 55–70jährigen. Bonn

ISAB-Aktuell Nr. 1, April 1995, Köln

Jakob, Gisela (1991): Zwischen Dienst und Selbstbezug – Biographieverläufe ehrenamtlicher Mitarbeiter und Mitarbeiterinnen. In: Neue Praxis, 1, S. 26–32

Jakob, Gisela/Olk, Thomas (1995): Professionelles Handeln und ehrenamtliches Engagement – ein „neuer" Blick auf ein „altes" Problem. In: Sozialmagazin, 3, S. 19–23

Janicke, Christel (1994): Ehrenamtlich tätige Familienfrauen studieren. In: Caritas, 10, S. 428–434

Jani-Le Bris, Hannelore (1993): Familiale Betreuung abhängiger alter Menschen in den Ländern der Europäischen Union. Europäische Stiftung zur Verbesserung der Lebens- und Arbeitsbedingungen. Dublin

Joas, Hans (1993): Gemeinschaft und Demokratie in den USA. Die vergessene Vorgeschichte der Kommunitarismus-Diskussion. In: Brumlik, Micha/Brunkhorst, Hans (Hrsg.) (1993): Gemeinschaft und Gerechtigkeit. Hamburg, S. 49–62

Johnson-Foundation (1991): Manuskript. Washington

Jouhy, Ernest (1988): Klärungsprozesse. Frankfurt a. M.

Kade, Sylvia (1994): Altersbildung – Ziele und Konzepte. Frankfurt a. M.

Kaiser, Carl-Christian (1995): Frischer Wind in den Amtsstuben. In: DIE ZEIT, Nr. 17 vom 21. April 1995, S. 33–37

Keupp, Heiner (1993): Egotrip oder neue Solidaritäten: Die postmoderne Gesellschaft am Scheideweg. (Vortrag anläßlich „Fünf Jahre Treffpunkt Hilfsbereitschaft") Berlin

Keupp, Heiner (1994): Ambivalenzen postmoderner Identität. In: Beck, Ulrich/ Beck-Gernsheim, Elisabeth (Hrsg.) (1994): Riskante Freiheiten. Frankfurt a. M., S. 336–350
KGST-Bericht-Nr. 12/1984, S. 24, Bürger, Verwaltung III, Bürgerengagement, Selbsthilfe, Helfergruppen, Bürgerverantwortung
Klages, Helmut (1994): Alt werden im Wertewandel – Probleme und Zukunftschancen. In: Bundesministerium für Familie, Senioren, Frauen und Jugend (BMFSFJ) (Hrsg.) (1994): Praxishandbuch für Seniorenbüros. (Teil 2) Köln, S. 11–20
Kohli, Martin/Fretter, Hans-Jürgen u. a., (1993): Engagement im Ruhestand. Opladen
Kolland, Franz (1992): Späte Freiheit. In: Socialmanagement, 3, S. 15–17
Konzeption „Modellprojekt Sozialgemeinde in der Altenarbeit". (1991) Hrsg. vom MAGS-NRW in Zusammenarbeit mit der Forschungsstelle für Gerontologie e.V., Dortmund
Koordinations- und Beratungsstelle Erfahrungswissen (1994): Erfahrungswissen. Berlin
Knopf, Detlef/Schäffter, Ortfried/Schmidt, Roland (Hrsg.) (1989): Produktivität des Alters. Berlin
Landesjugendring Baden-Württemberg e.V. (1994): Ehrenamt braucht Anerkennung. Positionen, Forderungen zum Ehrenamt in der Jugendarbeit. Stuttgart
Landessportbund NRW (Hrsg) (1994): Wir bringen Menschen in Bewegung – Jahr des Ehrenamtes 1993. Duisburg
Landtag von Baden-Württemberg (1993): Drucksache 11/1076. Stuttgart
Landtag von Baden-Württemberg (1993a): Drucksache 11/2709. Stuttgart
Lange, Ulrich von (1994): Wo Bürgerinitiativen das Sagen haben. In: Capital, 2, S. 23–30
Lewin, Kurt (1953): Die Lösung sozialer Konflikte. Bad Nauheim
Liebald, Christiane/Fuchs, Max (1987): Alter als Entwicklungsaufgabe. In: Institut für Bildung und Kultur e.V. (Hrsg.) (1987): Seniorenkulturarbeit. Remscheid, S. 75 ff.
Manifest der US-Kommunitaristen (1994): Die Stimme der Gemeinschaft hörbar machen. In: FAZ vom 8. März 1994, S. 17
Matzat, Jürgen (1992): Erfordernisse einer wirksamen Unterstützung von Selbsthilfegruppen durch Städte und Kreise. In: selbsthilfegruppen nachrichten, Mai, S. 52–55
Merkel, Angela (1994): Frauen im Ehrenamt. In: Caritas, 10, S. 434–438
Metzner, Ulrike (1995): Den Übergang in eine andere Welt ahnen. In: Das Parlament, 7–8, S. 5
Michalski, Krzystof (1991): Europa und die Civil Society. Stuttgart
Michel, Alexander (1994): Jede Menge Arbeit und wenig Ehre. In: Sonntag Aktuell, 13, S. 51–56
Mikus, Elke/Schmidt, Waldemar (1994): Modellprojekt „Sozialgemeinde" in der Altenarbeit. (Zwischenbericht) unveröffentlichtes Manuskript
Minister für Soziales, Gesundheit und Energie des Landes Schleswig-Holstein (Hrsg.) (1991): Ältere Menschen in Schleswig-Holstein. Eutin
Ministerium für Arbeit, Gesundheit, Familie und Sozialordnung Baden-Württemberg (MAGFS-BW) (Hrsg.) (1987): Dem anderen helfen. Eine Untersuchung über ehrenamtliche Arbeit im sozialen Bereich der Katholischen Fachhoch-

schule Freiburg und der Evangelischen Fachhochschule Reutlingen. Stuttgart
Ministerium für Arbeit, Gesundheit und Sozialordnung Baden-Württemberg (MAGS-BW) (Hrsg.): Infodienst, 2, S. 17–21
Ministerium für Arbeit, Gesundheit und Sozialordnung Baden-Württemberg (MAGS-BW) (Hrsg.) (1993): Ehrenamtliche Mitarbeit in stationären Einrichtungen der Altenhilfe. Freiwillige Mitarbeiterinnen und Mitarbeiter gewinnen, vorbereiten, begleiten – Erfahrungen und Empfehlungen. Stuttgart
Ministerium für Arbeit, Gesundheit und Sozialordnung Baden-Württemberg (MAGS-BW) (Hrsg.) (1994): Seniorengenossenschaften als Beispiel bürgerschaftlichen Engagements. Stuttgart
Ministerium für Arbeit, Gesundheit und Sozialordnung Baden-Württemberg (MAGS-BW) (1994a): Positionspapier des Sozialministeriums vom 4. Juli 1994. In: MAGS-BW (Hrsg.) (1994): Seniorengenossenschaften als Beispiel bürgerschaftlichen Engagements. Stuttgart, S. 85–88
Ministerium für Arbeit, Gesundheit und Sozialordnung Baden-Württemberg (MAGS-BW) (Hrsg.) (1995): Die Bürgerbüros. Suttgart
Ministerium für Arbeit, Gesundheit und Soziales Nordrhein-Westfalen (MAGS-NRW) (1991): Politik für ältere Menschen. 2. Landesaltenplan für Nordrhein-Westfalen. Düsseldorf
Ministerium für Frauen, Bildung, Weiterbildung und Sport des Landes Schleswig-Holstein (MFBW-SH) (Hrsg.) (1994): Ehrenamtliche Arbeit von Frauen und Männern in Schleswig-Holstein. Eutin
Ministerium für Kultus und Sport Baden-Württemberg (MKS-BW) (1994): Stellungnahme des MKS zu LTDS-BW 11/3843
Mitscherlich, Alexander (1965): Die Unwirtlichkeit unserer Städte. Frankfurt a. M.
Möller, Michael Lukas (1978): Selbsthilfegruppen. Reinbek
Moos-Hofius, Birgit/Rapp, Ilse (1993): Selbsthilfegruppen – Ein Leitfaden für die Gruppenarbeit. Düsseldorf
Müller, Siegfried/Rauschenbach, Thomas (Hrsg.) (1988): Das soziale Ehrenamt. Nützliche Arbeit zum Nulltarif. Weinheim
Müller-Kohlenberg, Hildegard/Kardorff, Ernst von/Kraimer, Klaus (1993): Soziales Engagement in Ost und West. Eine Berliner Studie. Berlin
Müller-Kohlenberg, Hildegard et. al. (1994): Laien als Experten. Frankfurt a. M.
Naegele, Gerhard (1994): Zur Forderung nach mehr Beteiligung älterer Menschen am öffentlichen und politischen Leben – zwischen Funktion und Realität. In: Sozialer Fortschritt. 10/1994, S. 232–238
Nährlich, Stefan (1994): Von den Angelsachsen lernen. In: Sozialmanagement, 1, S. 12–15
Negt, Oskar/Kluge, Alexander (1992): Maßverhältnisse des Politischen. 15 Vorschläge zum Unterscheidungsvermögen. Frankfurt a. M.
Neumann, Volker (1994): Angebotssteuerung und Qualitätssicherung im SGB XI. In: Vierteljahresschrift für Sozialrecht, 4, S. 309–321
N. N. (1994): Wir machen weiter. Bericht über die Jahresklausurtagung der Initiativen und Genossenschaften. In: Infodienst 3. Lebensalter,5 + 6, S. 3
Nonnenmacher, Günther (1989): Die Ordnung der Gesellschaft. Weinheim
Oelschlägel, Dieter (1994): Zum Stand der aktuellen Fachdiskussion in der Gemeinwesenarbeit. Duisburg

Olk, Thomas (1988): Zwischen Hausarbeit und Beruf. In: Müller, Siegfried/Rauschenbach Thomas (Hrsg.) (1988) Das soziale Ehrenamt. Weinheim, München
Olk, Thomas (1989): Vom „alten" zum „neuen" Ehrenamt. Ehrenamtliches soziales Engagement außerhalb etablierter Träger. In: Blätter der Wohlfahrtspflege, 1, S. 7–10
Olk, Thomas (1991): Förderung und Unterstützung freiwilliger sozialer Tätigkeiten – eine neue Aufgabe für den Sozialstaat. In: Ministerium für Arbeit, Gesundheit, Familie und Frauen Baden-Württemberg (MAGFF-BW) (Hrsg.) (1991): Selbsthilfe im Alter. Stuttgart, S. 7–19
Olk, Thomas (1994): Anreize zur Gewinnung ehrenamtlicher Helfer. Diskussionspapier auf der internationalen Fachtagung „Die Zukunft des Ehrenamtes" in Bonn vom 17.–19. November 1994
Opaschowski, Horst W. (1995): Ehrenamtlichkeit muß sich „lohnen". In: Das Parlament, 7–8, S. 1
Otto, Ulrich (1992): Sozialintegration plus Dienstproduktion. In: Archiv für Wissenschaft und Praxis der sozialen Arbeit, 3, S. 112–135
Otto, Ulrich (1992): Wir sind die Seniorengenossenschaften. Die Mitglieder und ihre Einstellungen. Ergebnisse einer Befragung. In: MAGS-BW (Hrsg.) (1992): Initiative Drittes Lebensalter. Stuttgart, S. 216–253
Pankoke, Eckart (1988): ‚Ehre', ‚Dienst' und ‚Amt'. In: Müller, Siegfried/Rauschenbach, Thomas (Hrsg.) (1988): Das soziale Ehrenamt. Weinheim, S. 207–222
Paulwitz, Irmtraut (1993): Welche Erkenntnisse und Erfahrungen hat man in den USA bzw. EG-Ländern im Umgang mit Ehrenamtlichen? In: SKM-Zentrale (Hrsg.) (1993): Neue Methoden zur Gewinnung Ehrenamtlicher in der Betreuungsarbeit. Düsseldorf, S. 7–22
Pusic, Eugen (1994): Administration et Services Sociaux. In: Sciènces de l'Homme et professions sociales, 3, S. 162–177
Rauschenbach, Thomas (1993): Von der Notwendigkeit sozialen Engagememts für eine moderne Gesellschaft. In: Der Rede wert, 2, S. 5–13
Rauschenbach, Thomas (1994): Inszenierte Solidarität: Soziale Arbeit in der Risikogesellschaft. In: Beck, Ulrich/Beck-Gernsheim, Elisabeth (Hrsg.) (1994): Riskante Freiheiten. Frankfurt a. M., S. 89–111
Riedel, Manfred (1975): Gesellschaft/Gemeinschaft. In: Brunner, Otto/Conze, Werner/Koselleck, Reinhart (Hrsg.) (1975): Geschichtliche Grundbegriffe. Historisches Lexikon zur politisch-sozialen Sprache in Deutschland. (Bd. 2) S. 801–862
Roth, Silke/Simoneit, Gerhard (1993): Vergesellschaftung durch ehrenamtliche Tätigkeit im sozialen Bereich. In: Kohli, Marin u. a. (Hrsg.) (1993): Engagement im Ruhestand. Opladen, S. 143–180
RSVP (1994): Gone Out Europe 1994. Ergebnisbericht der Ehrenamtsstudie zum europäischen Jahr des älteren Menschen. London
Ruf, Peter (1994): Thesen zur Standortbestimmung. In: Blätter der Wohlfahrtspflege, 9, S. 112
Sachße, Christoph (1988): Ehrenamtlichkeit, Selbsthilfe und Professionalität. In: Müller, Siegfried/Rauschenbach Thomas (Hrsg.) (1988): Das soziale Ehrenamt. Weinheim, München
Sandel, Michael J. (1993): The Procedural Republic and the Unencumbered Self. In: Political Theory, 12 (1984), S. 81–96. Deutsch in: Honneth, Axel (Hrsg.) (1993): Kommunitarismus. Frankfurt a. M., S. 18–35

Sanders, Claudia (1995): Die ehrenamtliche Arbeit soll sich auch sozial auszahlen. In: Das Parlament, 7–8, S. 5
Schaaf-Derichs, Carola (1995): Eine Agentur für „Sozial-Profit". In: Sozialmagazin, 3, S. 24–25
Schmidt, Roland (1993): Impulse zur Innovation von Lebenswelten. In: Socialmanagement, 4, S. 12–15
Schmidt, Roland (1994): Altern zwischen Individualisierung und Abhängigkeit. In: Kade, Sylvia (Hrsg.) (1994): Individualisierung und Älterwerden. Bad Heilbrunn, S. 59–71
Schmitz-Scherzer, Reinhard (1988): Freizeit im Alter. In: Staatsministerium Baden-Württemberg (Hrsg.) (1988): Altern als Chance und Herausforderung. Stuttgart, S. 153–158
Schreibwerkstatt am Bürgertreff Nürtingen (Hrsg.) (1994): Gepflegte Geschichten. Frickenhausen
Seligman, Adam (1992): The idea of civil society. New York
Sengling, Dieter (1992): Die Bedeutung des sozialen Ehrenamts. In: nachrichten parität, 9, S. 123–24
Solinger, Helga (1994): Das Konzept des bürgerschaftlichen Engagements im Alter. In: MAGS-BW (Hrsg.) (1994): Seniorengenossenschaften als Beispiel bürgerschaftlichen Engagements. Stuttgart, S. 12–14
Spescha, Plasch (1993): Sozialethische Thesen zum Selbstverständnis freiwilliger Hilfe. In: Caritaw, 1, S. 28–31
Spescha, Plasch (1993a): Arbeitszeit – Freizeit – Sozialzeit. In: Caritas, 8–9, S. 404–409
Staatsanzeiger Baden-Württemberg vom 5. September 1992, Nr. 72
Staatsministerium Baden-Württemberg (Hrsg.) (1988): Altern als Chance und Herausforderug. Stuttgart
Städtetag Baden-Württemberg (1994): Brief an das MKS-BW vom 8. November 1994
Statistisches Bundesamt (Hrsg.) (1994): Statistisches Jahrbuch 1994. Wiesbaden
Statistisches Bundesamt (Hrsg.) (1994a): Datenreport 1994. Bonn
Stommel, Tina (1995): Mit vereinten Kräften die Armut erträglich machen. In: Das Parlament, 7–8, S. 10
Tews, Hans Peter (1989): Die „neuen" Alten – Ergebnis des Strukturwandels des Alters. In: Karl, Fred/Tokarski, Walter (Hrsg.) (1989): Die „neuen" Alten. (Kasseler gerontologische Schriften 6) Kassel, S. 126–143
Tews, Hans Peter (1992): Die neuen „Alten" – aus der Sicht der Soziologie. In GfK-Tagung (Hrsg.) (1992): Die neuen Alten – Schlagworte der Medien oder marketingrelevante Zielgruppe? Nürnberg, S. 5–24
Tews, Hans Peter (1993): Neue und alte Aspekte des Strukturwandels des Alters. In: Naegele, Gerhard/Tews, Hans Peter (Hrsg.) (1993): Lebenslagen im Strukturwandel des Alters. Opladen, S. 15–42
Tews, Hans Peter (1993a): Bildung im Strukturwandel des Alters. In: Naegele, Gerhard/Tews, Hans Peter (Hrsg.) (1993): Lebenslagen im Strukturwandel des Alters. Opladen, S. 234–247
Tews, Hans Peter (1994): Alter zwischen Entpflichtung, Belastung und Verpflichtung. In: Verheugen, Günther (Hrsg.) (1994): 60 plus – Die wachsende Macht der Älteren. Köln, S. 51–60

Tews, Hans Peter (1994a): „Initiative 3. Lebensalter": Ergebnisse einer Befragung der Projektgruppenmitglieder Ende 1993. In: Ministerium für Arbeit, Gesundheit und Sozialordnung Baden-Württemberg (MAGS-BW) (Hrsg.): Seniorengenossenschaften als Beispiel bürgerschaftlichen Engagements. Stuttgart, S. 266–269

Tews, Hans Peter (1995): Altersbilder – Über Wandel und Beeinflussung von Vorstellungen vom und Einstellungen zum Alter. (Schriftenreihe FORUM, Bd. 16 des Kuratoriums Deutsche Altershilfe) 2. Aufl. Köln 1991

Tester, Keith (1992): Civil Society. London

Titterton, Michael (1992): Managing Threats to Welfare: The Search for a New Paradigm of Welfare. In: Journal of Social Policy, 21, S. 1–23

Trojan, Alf/Halves, Edith/Wetendorf, W. (1991): Entwicklungsprozesse und Förderbedarf von Selbsthilfegruppen – Konsequenzen für eine selbsthilfeunterstützende Sozial- und Gesundheitspolitik. In: MAGFF-BW (Hrsg.) (1991): Selbsthilfe im Alter. Stuttgart, S. 20–33

Wagner, Gert (1989): Drei Thesen zur ökonomischen Bedeutung von Dienstleistungen in einer demographisch alternden Gesellschaft. In: Deutsches Zentrum für Altersfragen (Hrsg.) (1989): Die ergraute Gesellschaft. 2. Aufl. Berlin, S. 308–321

Walzer, Michael (1990): Zwei Arten des Univeralismus. In: Beiträge zur jüdischen Gegenwart, 7, S. 3–5

Walzer, Michael (1992): Zivile Gesellschaft und amerikanische Demokratie. Berlin

Walzer, Michael (1992a): Sphären der Gerechtigkeit. Ein Plädoyer für Pluralität und Gleichheit. Frankfurt a. M.

Warnken, Jürgen (1993): Bislang unausgeschöpfte Potentiale. In: Bundesarbeitsblatt, 4, S. 5–10

Weiler, Patric (1995): Ehrenamt – Krise oder Formwandel? In: Das Parlament, 7–8, S. 13

Wendt, Wolf-Rainer (Hrsg.) (1993): Ambulante Sozialpflegerische Dienste in Kooperation. Freiburg

Wendt, Wolf Rainer (1993a): Zivilgesellschaft: Jenseits der Fürsorge. In: Socialmanagement, 3, S. 37–40

Wendt, Wolf-Rainer (1994): Selbsthife zwischen Bürgerverantwortung und Eigenpflege. In: Studium und Praxis – Mitteilungsblätter der Berufsakademie Stuttgart – Ausbildungsbereich Sozialwesen. 1994, Stuttgart, S. 7–20

Wiech, Efriede/Richter, Gerhard/Pflüger, Johannes (1994): Zukunft der Seniorengenossenschaften. Auszug eines Briefes der SG Ulm-Wiblingen, Marbach/Neckar und Steinen an den Vorsitzenden des Sozialausschusses des Landtags von Baden-Württemberg. In: MAGS-BW (Hrsg.) (1994): Seniorengenossenschaften als Beispiel bürgerschaftlichen Engagements. Stuttgart, S. 79

Wilbers, Joachim (1994): Die Mitarbeit Älterer – unentbehrlich im sozialen Bereich. In: Lehr, Ursula/Repgen, Konrad (Hrsg.) (1994): Älterwerden. München, S. 225–233

Winkler, Joachim (1994): Ehre und Amt. Ehrenamtliche Tätigkeit als Teil spezifischer Lebensstile. In: Vogt, Ludgera/Zingerle, Arnold (Hrsg.) (1994): Ehre. Archaische Momente in der Moderne. Frankfurt a. M., S. 132–150

Wirtschaft und Statistik, Entwicklung der Bevölkerung bis 2030. Ergebnis der siebten koordinierten Bevölkerungsvorausberechnung, Wirtschaft und Statistik 4/1992, S. 217–223

Zahlmann, Christel (Hrsg.) (1992): Kommunitarismus in der Diskussion. Berlin
Zeman, Peter (1992): Innovative Seniorenkulturarbeit – Grundlagen und Ziele. In: Glaser, Hermann/Röbke, Thomas (Hrsg.) (1992): Dem Alter einen Sinn geben. Heidelberg, S. 30–41

Fachpublikationen zu den „Seniorengenossenschaften" und der „Initiative Drittes Lebensalter"

Selbsthilfe im Alter. Band 6, Schriftenreihe „Politik für die ältere Generation" des MAGS-BW. Stuttgart 1991
„Sozialarbeit und genossenschaftliche Altenhilfe". Dokumentation Kolloquium. Hrsg. vom MAGS-BW. Stuttgart 1991
Blätter der Wohlfahrtspflege (1/1992): Genossenschaftliche Altenhilfe, ein Überblick aus internationaler Sicht
„Neue Wohnformen für ältere Menschen". Dokumentation Kolloquium. Hrsg. vom MAGS-BW. Stuttgart 1992
Initiative Drittes Lebensalter. Band 10, Schriftenreihe „Politik für die ältere Generation" des MAGS-BW. Stuttgart 1992a
Die Notwendigkeit innovativer Projekte – Beispiel Seniorengenossenschaften Ulm. Regine Schultheiß (Diplomarbeit, Berufsakademie Heidenheim). Heidenheim 1992
Wir für uns – Dokumentation zur Marbacher Genossenschaft. Gerhard Richter (Manuskript) Marbach 1993
Studie zu Leitbildern der Altenarbeit. Hrsg. vom Institut für Sozialarbeit und Sozialpädagogik (ISS). Stuttgart 1992
Seniorengenossenschaften – ein Weg aus der Misere der Altenhilfe. Andrea Meyle (Diplomarbeit, Fachhochschule Esslingen). Pliezhausen 1992
Innovationen im Feld altersbezogener Wohlfahrtspolitik – Die Seniorengenossenschaften Baden-Württemberg als exemplarisches Beispiel. Ulrich Otto (Dissertation Universität Tübingen). Tübingen 1994
Seniorengenossenschaften als Beispiel bürgerschaftlichen Engagements. Hrsg. vom MAGS-BW. Stuttgart 1994
Die Bürgerbüros. Bürgertreffpunkte und Projektgruppen der Initiative drittes Lebensalter. Band 1, Schriftenreihe „Bürgerschaftliches Engagement" des MAGS-BW. Stuttgart 1995
Älter werden zwischen den Kulturen. Initiativen in Baden-Württemberg. Band 2, Schriftenreihe „Bürgerschaftliches Engagement" des MAGS-BW. Stuttgart 1995
Seniorengenossenschaften. Elke Heussler (Diplomarbeit Universität Konstanz). Konstanz 1995.

Herausgeber, AutorInnen

Armin Brosch, geb. 1966, Dipl. Verwaltungswissenschaftler, ist als freier Mitarbeiter für die Geschäftsstelle bürgerschaftliches Engagement und Seniorengenosenschaften im Ministerium für Arbeit und Soziales Baden-Württemberg tätig.

Matthias Bullinger, geb. 1959, M. A. Geschichte und Rechtswissenschaft, arbeitet für Kultur LL als Berater zu Kulturprojekten und Unternehmenskultur und ist wissenschaftlicher Begleiter der „Initiative Drittes Lebensalter".

Gisela Diringer, geb. 1950, Dipl. Pädagogin, arbeitet für Kultur LL als Beraterin zu Kulturprojekten und Unternehmenskultur und ist wissenschaftliche Begleiterin der „Initiative Drittes Lebensalter".

Ursula Frenz, geb. 1966, Dipl. Sozialarbeiterin (FH), ist wissenschaftliche Mitarbeiterin der „Initiative Drittes Lebensalter".

Sabine Gärttling, geb. 1947, Redakteurin, ist Mitarbeiterin der Kontatk- und Informationsstelle für Selbsthilfegruppen e.V. in Stuttgart.

Inge Hafner, geb. 1952, M. A. Empirische Kulturwissenschaft, ist Altenhilfe-Fachberaterin des Landkreises Esslingen.

Bärbel Handlos, geb. 1959, Dipl. Sozialpädagogin (BA), ist als Leiterin des Gesundheitstreffpunktes Mannheim für die Kontakt- und Informationsstelle für Selbsthilfe zuständig.

Konrad Hummel, geb. 1951, Dipl. Pädagoge, Dr. rer. soc., ist Leiter der Geschäftsstelle bürgerschaftliches Engagement und Seniorengenossenschaften im Ministerium für Arbeit und Soziales Baden-Württemberg.

Hannelore Jani-Le Bris, geb. 1933, Dipl. rer. pol., Dr. rer. soc., ist als Europaexpertin Forschungsleiterin im französichen sozial-gerontologischen Zentrum CLEIRPPA in Paris und wissenschaftliche Begleiterin der „Initiative Drittes Lebensalter".

Dieter Lehmann, geb. 1956, Dipl. oec., arbeitet als Sozial- und Jugendhilfeplaner bei der Stadt Ulm und ist ehrenamtlicher Geschäftsführer der Koordinationsstelle regionales Netzwerk.

Martin Link, geb. 1952, Dipl. Pädagoge, arbeitet als Leiter des Paritätischen Bildungswerkes, Landesverband Baden-Württemberg u. a. in der Beratung und Begleitung von generationsübergreifenden Initiativen im Bereich des Wohnens.

Hans Lucas, geb. 1950, Dipl. Pädagoge, arbeitet bei der Leitstelle „Älter werden" des Landkreises Offenbach.

Werner Matthes, geb. 1932, Industriekaufmann und Werbefachmann, ist Vorsitzender der ARBES und Sprecher des Freundeskreises Bürger-Treff in Gerlingen.

Traude Müschenborn, geb. 1934, Apothekerin, gründete das Frauenforum und engagiert sich im Bürgerbüro-Team.

Hilda Röder, geb. 1943, Dip. Kosmetikerin, ist Mitbegründerin der Hospizgruppe Weil der Stadt und Mitglied der ARBES. Sie führt selbstentwickelte Seminare für Hospizhelfer durch.

Carola Schaaf-Derichs, geb. 1958, Dipl. Psychologin, ist Projektleiterin des Treffpunkts Hilfsbereitschaft in Berlin und Referentin mit dem Schwerpunkt Sozial- und Gemeindepsychologie.

Roland Schmidt, geb. 1951, Gesellschaftswissenschaftler, Dr. phil., ist wissenschaftlicher Mitarbeiter beim Deutschen Zentrum für Altersfragen und war im Arbeitskreis des Modellprogramms „Seniorengenossenschaften".

Birgit Schmidt-Groß, geb. 1956, Dipl. Sozialarbeiterin (FH), ist Mitarbeiterin des Heidelberger Selbsthilfebüros.

Irene Steiner-Hummel, geb. 1949, Dipl. Psychologin, ist Leiterin des Projektes „Solidarisch mit Angehörigen" der Robert-Bosch-Stiftung.

Hans Peter Tews, geb. 1939, Dipl. Soziologe, Dr. rer. soc., arbeitet bei der Stiftung Rehabilitation in Heidelberg und ist Vizepräsident der Deutschen Gesellschaft für Gerontologie und Geriatrie, Kurator im Kuratorium der Deutschen Altenhilfe und wissenschaftlicher Begleiter der „Initiative Drittes Lebensalter".

Wolfgang Thüring, geb. 1924, Kaufmann und Schriftsteller, ist Vorsitzender der „Seniorenhilfe Dietzenbach".

Waltraud Trukses, geb. 1955, Dipl. Sozialarbeiterin (FH), Supervisorin DGSv, ist Geschäftsführerin der Kontakt- und Informationsstelle für Selbsthilfegruppen e. V. in Stuttgart.

Michael Walzer, geb. 1940, ist Professor für Sozialwissenschaften am Institute for Advanced Studies in Princton.

Wolf Rainer Wendt, geb. 1939, Dipl. Psych., Dr. phil., Leiter des Ausbildungsbereichs Sozialwesen der Berufsakademie Stuttgart, Vorsitzender der Deutschen Gesellschaft für Sozialarbeit e. V.

Hannes Wetzel, geb. 1952, Dipl. Sozialpädagoge (FH), arbeitet als Fachberater eines Wohlfahrtsverbandes und ist Leiter des Bürgertreffs Nürtingen.

Monika Zeisler, geb. 1938, Bankkauffrau, arbeitet als Ehrenamtliche für das bürgerschaftliche Engagement in Geislingen.